# 神医凤轻尘

阿彩【著】

上

3 不负江山不负卿

新世界出版社
NEW WORLD PRESS

**图书在版编目（CIP）数据**

神医凤轻尘. 3，不负江山不负卿 ： 全二册 / 阿彩著. -- 北京 ： 新世界出版社，2017.11

ISBN 978-7-5104-6431-7

Ⅰ.①神… Ⅱ.①阿… Ⅲ. ①侠义小说－中国－当代 Ⅳ.①I247.5

中国版本图书馆CIP数据核字（2017）第255354号

## 神医凤轻尘．3，不负江山不负卿

作　　者：阿　彩
策划编辑：张铁成
责任编辑：佟　萌
责任印制：王宝根
出版发行：新世界出版社
社　　址：北京西城区百万庄大街24号（100037）
发 行 部：（010）6899 5968　（010）6899 8733（传真）
总 编 室：（010）6899 5424　（010）6832 6679（传真）
http://www.nwp.cn
http://www.nwp.com.cn
版 权 部：+8610 6899 6306
版权部电子信箱：nwpcd@sina.com
印　　刷：三河市华润印刷有限公司
经　　销：新华书店
开　　本：710mm×980mm　1/16
字　　数：731千字　印　张：38
版　　次：2017年12月第1版　2017年12月第1次印刷
书　　号：ISBN 978-7-5104-6431-7
定　　价：75.00元（全二册）

# 目录 CONTENTS 上

# 神医凤轻尘

## 目录 下 CONTENTS

# 第一章　此生，遇见你真好

位于群山之巅的玄霄宫常年白云萦绕，如同仙境，处处美不胜收，而其中最奢华、精致的地方就是宫主爱女宣菲的房间。

宣菲房间的摆设，比一国公主还要奢华三分，和帝王相比也不遑多让。

可再奢华的摆设，也无法改变宣菲在太鲁阁大峡谷受辱一事。

此时，玄霄宫宫主、宫主夫人，还有宣菲的二哥都站在宣菲的床边，等待玄医谷谷主揭开宣菲脸上的绷带。

宣菲的脸能不能恢复，就看今天。

“谷主，我妹妹的脸一定能恢复，对不对？”宣菲的二哥一脸紧张，看玄医谷谷主慢腾腾地揭开绷带，真恨不得把他推开，自己取而代之。

“我……”宣菲也急切地开口，哪知才说了一个字，就被玄医谷谷主打断：“不想毁了你这张脸，就别说话。”

养了两个多月，宣菲身上的伤好了七七八八，只是被暗器击中的部位因为伤口太深，即使有玄医谷谷主在，依旧留下了浅浅的疤痕，并且右腿也因伤了筋骨而落下了残疾。

至于脸上的伤，玄医谷谷主说有八成的把握可以恢复如初。为了给自己出气，玄医谷谷主在医治期间不允许宣菲说话、不允许发脾气、不允许有脸部表情。

这三个不允许把宣菲折磨得快疯了，她大小姐脾气极重，怎么可能做到这三点，可为了自己的花容月貌她必须忍。玄医谷谷主不许她说话，却没有说她不能虐仆。于是，在医治期间，宣菲稍有不顺，就虐打身边的下人。整个玄霄宫鸡飞狗跳，时不时就有仆人横死，看到宣菲如此刁蛮无理，玄医谷谷主恨不得立马下山。

是以，时间一到，玄医谷谷主不等玄霄宫的人来催就去给宣菲拆绷带了。随着绷带一圈一圈拆开，宣菲光洁的额头露了出来，房间里的人除了玄医谷谷主外，一个个既紧张又期待。

宫主夫人紧紧地握着宫主的手：“夫君，菲儿的脸不会有事的，对不对？”

仔细看，就会发现宫主夫人和凤轻尘长得很像，尤其是那双冷清的眸子和冷艳的神情。可是，细细一看又会发现有些不同，这妇人的冷艳少了一分风骨，具体的也说不上来，只感觉少了一点味道，多了些刻意。

“夫人放心，菲儿不会有事。”宫主拍了拍宫主夫人的手，眼中的深情和平日一样。宫主夫人心中一暖，悄悄挪了一步，两人靠得更近了。

而这个时候，宣菲脸上的绷带即将拆完，宫主、宫主夫人、宣菲的二哥皆屏住呼吸，不敢乱动，睁大眼睛看着宣菲的脸，生怕错过什么。

宣菲不敢有表情，只能紧紧地抓着身侧的锦被，既期待又害怕。

“好了。”随着玄医谷谷主说出这句话，宣菲脸上的最后一层绷带被拆了下来。

“我的脸好了？”宣菲摸着自己的脸，想要笑，却只扯出一抹极其僵硬的笑容。可沉浸在狂喜中的宣菲并没有发现，宣菲的二哥也没发现，他只高兴地说道：“菲儿，你的脸好了，完全好了，一点伤也没有。”

拆开绷带后，露出来的是一张完美无瑕的脸，光洁白皙的肌肤上丝毫看不出曾受过伤，明艳的五官似乎比之前更加动人。宣菲面无表情的样子和凤轻尘更像了，若是二人站在一起，就好像一对孪生姐妹，唯一的区别就是二人的双眼略有不同。

宣菲的眼睛没有凤轻尘的生动明亮。

“以沫！”玄霄宫宫主看到宣菲的脸，紧紧握住身侧的宫主夫人，高兴地说，“以沫，你看我们的女儿是不是和你年轻时一模一样？”

在“以沫”二字说出来时，宫主夫人的身子僵了一下，随即若无其事地点头：“夫君说的什么话，菲儿本来就像我。”

宫主却不这么认为：“菲儿的五官是像你，可性子和气质却与你年轻时不同，现在看来，倒是颇有几分你年轻时的风范。”

“是吗？”宫主夫人不自然地笑了笑，眼睑微微往下，掩去眼中的狠厉，宣菲的脸虽已痊愈，但仍无法冲散她心中的恨意。

以沫，陆以沫，你就是死了也不让我好过。

陆以沫，她此生最恨的三个字，可她却不得不顶着这个身份生活，只有这样她才能得到自己想要的幸福，才能得到这个男人的爱。

以沫，这个名字自从她嫁给这个男人后，就没有人再这样称呼了，因为她说嫁人后就是夫家人，她不再是陆以沫，而是玄霄宫宫主夫人。

一句话，便哄得这个男人只叫她夫人再也不叫她以沫。二十年过去了，她都快忘了这三个字，可如今又被夫君提了出来，提醒她，她现在的幸福是偷来的。

玄霄宫宫主欢喜异常，宫主夫人因“以沫”二字而失常，宣菲兄妹二人则光顾着那张脸了，一家四口都没有看到玄医谷谷主眼中的精光。

得罪什么人都别得罪大夫，他不过是略施小计惩治一下宣菲，没想到居然让他挖出一桩大秘密。

玄医谷谷主表示很高兴，琢磨着回头拿这个消息，去和凤轻尘换一套手术刀。

以沫，如果他没有老眼昏花、耳聋失忆的话，他记得他有一个徒弟和凤轻尘的父亲关系不错，那个徒弟曾提过一句，凤轻尘的父亲叫凤战，母亲则叫陆以沫。

之所以记得，是因为凤轻尘母亲这个名字太好记了，相濡以沫。

玄医谷谷主看宣菲一家四口正高兴，决定不打扰对方，提着药箱就要出门，正琢磨着如何才能让这个消息利益最大化时，却被玄霄宫大公子宣少奇拦住了："谷主，少奇有事想向谷主请教，请——"

宣少奇完全不给玄医谷谷主拒绝的机会，强硬地把他带走。玄医谷谷主也不生气，笑眯眯地看着宣少奇："少宫主，你要和我谈什么？你妹妹的脸已经好了，身上的伤也没有大碍，少谷主不用担心。"

"她不是我妹妹，我也不问她的事。"宣少奇毫不掩饰自己对宣菲的厌恶。宣菲从出事到现在，他就没有过问过，这个时候怎么可能会关心她的伤。

"咳咳，少谷主，老夫只是一个大夫，如果不是为了这事，我们之间应该没有什么好谈的。"家庭纠纷、内部争权什么的最可怕了，他真的不想掺和。

这位少宫主乃是玄霄宫宫主与发妻所生的儿子，宣菲和她二哥则是继室所生，他们天生就存着斗争。

可不管玄医谷谷主多么不情愿，遇上宣少奇这块顽固的石头也只有认栽的份儿，当然他认栽认得很高兴。

当宣少奇拿出一本失传的古医书时，玄医谷谷主连犹豫都没有，很干脆地就将凤轻尘"卖"了，而且卖了个极好的价钱。

到手的利益才是自己的，他回头还是可以和凤轻尘交易的，至于宣少奇得到这个消息后会如何做就与他无关了。

玄医谷谷主笑得如同老狐狸，一回房就收拾东西，准备下山。

玄霄宫太不安全了，他还是早早地回自己的玄医谷好。虽说大家都是玄字辈门派，可平日却没啥交情，不过是利益往来罢了，他才不要陪玄霄宫一起倒霉。

当晚，玄医谷谷主就在少宫主宣少奇的安排下，与宣少奇一起离开了玄霄宫。

第二天，玄霄宫宫主发现玄医谷谷主失踪一事，面色很不好看，不过看宣菲的伤势大好，又与自己心爱的妻子年轻时一模一样，玄霄宫宫主大方地不再计较玄医谷谷主不辞而别。对着夫人以沫长、以沫短地叫着，宫主夫人心里都快气炸了，却不敢表现出来，只能淡淡地笑。

至于玄霄宫少宫主，根本就没有人关心他的死活，他失踪与否对于玄霄宫来说都无关痛痒。

宣少奇不顾护卫的劝阻，日夜兼程朝东陵皇城赶去，那架势好像晚了一天，凤轻尘就会消失一般。

而此时，凤轻尘半点不知，有一个男人正为她不远万里日夜兼程地赶来。

凤轻尘急于医治好崔浩亭的伤，好借助崔家的力救九皇叔出来。

当天晚上，给崔浩亭检查身体后，凤轻尘确定他的身体经得起手术，便不再拖延手术的时间。

“我之前说过，要从一个与你血缘相近的人体内抽血给你，你找到人了吗？我曾再三提醒你多找几个，因为并不是血缘相近就能匹配的。”

“就像夜城主和夜少主那般，即使是亲生父子也不一定匹配，是吗？”对凤轻尘所说的抽血崔浩亭并不陌生，云潇已经把凤轻尘当日医治夜叶的经过告诉了他。

很新奇也很匪夷所思，他当时有一肚子的问题想问，可惜凤轻尘连夜就走了。

“是，即使匹配，也不一定就是亲生父子。”凤轻尘万分邪恶地道，只可惜这话传不到夜城主的耳朵里，不然事情就好玩了。

“我明白了，明日我就请人过来。”既然答应医治，崔浩亭就会全力配合，毕竟这事攸关自己的性命，马虎不得，而他也很欣赏凤轻尘严谨的态度。

第二天，凤轻尘按约定时间来到崔浩亭的院子，看到院子里的两个人，凤轻尘愣了一下：“这两个，哪个是？”

“两个都是。”崔浩亭看到凤轻尘的呆样，心情大好，笑得牙齿都露了出来。

“两个都是崔家人？你没骗我吧？”凤轻尘看看元希先生，又看看云潇。

原来这三个人是一家人，难怪交情那么好，她还当这几人只是谈得来的朋友呢。

“怎么？我不像崔家人？”元希先生眉毛一挑，“轻尘要是不信，不如嫁给我，到时候你就知道我是不是崔家人了。”

元希先生表示，他这一次是认真的。

“你是不是崔家人，关我什么事？”凤轻尘瞪了元希先生一眼，公事公办地道，“你和崔公子是什么关系？”

“叔侄。”救人事大，元希先生也不敢开玩笑。

凤轻尘点了点头，记了下来，又问云潇：“那你呢？”

“表兄弟。”云潇颇为尴尬，他娘是被崔家旁支逐出家门的女儿，和崔浩亭实在称不上亲戚，崔浩亭找上他，倒让他有些受宠若惊。

难不成，崔家愿意承认他母亲和云家了？虽然他不在意崔家的态度，可他母亲在意，如果崔家肯承认他母亲，他不介意为崔家出点小力。

凤轻尘一脸严肃地点头，满足了心中的八卦因子，这才开始工作。

“我今天替你们检查一下身体状况，还有提取你们的血液样本做检验，明天给结果。”凤轻尘拿出检查仪器，朝云潇走去。

云潇有头痛症，这个凤轻尘也听说过，不过具体的并不清楚，正好趁这个机会为他检查一下。

“明天？你给夜城主和夜少主做检查时，当场就好了。”崔浩亭不是不相信凤轻尘，而是等待的时间越长，他心中的不安越甚。

“你和夜少主不一样。”凤轻尘话中的意思是两人的病情不一样，可元希、云潇和崔浩亭听在耳朵里，却是崔浩亭与夜叶身份不一样，凤轻尘在崔浩亭的事情上，会更加仔细认真。

不管是真是假，这话听着就让人熨帖，打心底舒服，崔浩亭也就不再催凤轻尘。

该做的做完，凤轻尘将东西收拾好后，说道：“崔公子，请你相信我，我是大夫，我不会拿病人的性命和自己的名声开玩笑，请你安心等待结果。”

安抚好崔浩亭，凤轻尘又朝另两人欠了欠身：“元希先生、云公子失礼了，我还有工作要做，先行一步。”

言罢，大步往外走，干净利落的让崔浩亭三人感觉万分失落，好像他们三个大活人还比不上凤轻尘手中的那两滴血重要。

这一次，凤轻尘没有让孙思行插手，单说崔浩亭的身份，凤轻尘就不想把孙思行卷进来。

万一手术失败，崔家碍于她和崔浩亭签订的契约，明面上不会为难她，但暗地里怎么做，只有崔家人自己明白。这么危险的病人，她不想把孙思行扯进来。

凤轻尘把院子里的人都遣走，再三交待暗卫一定要守卫好，哪怕是天皇老子来了，也别让他进来。

将屋子里所有的灯都点燃，凤轻尘穿上白袍，盘起长发，戴上特制手套，将药箱里的东西一一摆好。

凤轻尘查看元希先生和云潇的检查结果，元希先生的数值都很正常，看样子元希保养得不错。

凤轻尘一边看，一边将元希的检查结果记录下来。

下一个，云潇。

对于云潇，凤轻尘并不太看好，她看得出来崔浩亭叫上云潇是另有目的，她也就装傻充愣，帮云潇检查一下吧。

横竖这些大家公子做事都是七绕八绕的，明明一句话就可以说清楚的事情，偏要拐弯抹角，拿出世家的派头，让对方主动开口。

“什么？”

一翻到云潇的检查结果，凤轻尘就吓到了，她本以为云潇只是普通的病症，没想到这么麻烦。

云潇不是普通的偏头痛，而是脑袋里长了东西。看到云潇的检查结果，饶是凤轻尘也忍不住小小的躁了一下，没有遇上就算了，一旦遇上，自己又和对方还算熟识，她怎么也无法装作不知。

“算了，回头和云潇谈谈，看云潇怎么说，他要是和崔浩亭一般扭捏，我就不管他了。”相识一场，凤轻尘做不到漠视云潇的病情。

再说了，云潇突然出现在东陵皇城与她结交，也许就是为了自己的病情而来，云潇说不定早有心理准备。

“崔家公子、王家公子我都敢治，还怕一个云家公子不成，作为一个大夫，最忌讳的就是怯，自己都怯了，让病人怎么办？”

凤轻尘收拾好心情，开始检查元希和云潇的血液样本，这一弄就到了晚上，可把佟珏和佟瑶几个丫鬟给急死了。

她们家姑娘都两顿没吃了，这样下去怎么得了？

结果她们好不容易等到凤轻尘出来，凤轻尘却大手一挥：“回头再说，我还有事要忙。”

说完大步朝崔浩亭的院子走去，佟珏和佟瑶面面相觑，苦着一张脸，因为她们进不去崔公子的院子。

“崔公子，检查结果出来了，元希先生的血液和你匹配，你让他做好准备，明天就住到凤府去。”

一般情况下，想寻找与病人血液相匹配的人很不容易，即使是嫡亲亲人也不一定能匹配成功，而崔浩亭很幸运，元希正好与他匹配。

“真的吗？你已经检查出来了？”崔浩亭这个时候也不淡定了，凤轻尘说让他安心等结果，可他怎么可能安心？

崔家公子是多，可愿意救他的没几个，希望他死的倒是一大把，如果元希先生不行，他就得回崔家求人，凤轻尘这话无疑让他的心彻底落地了。

凤轻尘点了点头：“知道你心急，所以我一有结果就先来告诉你。你和元希先生收拾一下，先搬到凤府去，我们手术的地方就在凤府，三天后我也会回去，手术的时间定在五天后。”

“好，我这就派人通知元希先生。”面临生死大事，哪怕是从小被教育，泰山崩于前也要面带微笑、从容不迫的崔浩亭也乱了。

"元极，元极，快去通知元希先生，让他去凤府。另外，吩咐下面的人给我收拾东西，我明天也要搬去凤府。"

"崔公子你别急，还是那句话，既然决定了手术你就不要再多想，你自己能做的你都做了，而且都做到了最好。现在你要做的就是放松心情，什么都不要想，更不用担心，剩下的交给我就好，相信我，我们一定可以创造奇迹。"崔浩亭的情绪很不稳定，凤轻尘不得不起身按住他的肩膀，坚定地告诉他，"我们可以的！"

崔浩亭深深地吸了口气，平复自己的心情，玉脸微红："让凤姑娘见笑了。"

他失态了，可并不认为自己有错。

这个时候，他似乎能够想象，当日凤轻尘对王锦凌说："大公子，我能医好你的眼睛。"大公子彼时失态的样子。

对他们这种人来说，一生下来就什么都不缺，什么都是最好的，可偏偏他们没有健康。当健康被凤轻尘捧到他们面前时，那一刻他愿意用全部的财富、权势去交换。

凤轻尘摇了摇头，眼中并没有嘲讽和笑话，只有真诚的安慰："崔公子，我能理解你的心情，也明白你的紧张与期待，如果崔公子不忙的话，我们下一盘棋如何？"

凤轻尘无视自己咕咕直叫的肚子，在崔浩亭对面坐了下来，与崔浩亭对弈。

而同一时刻，南陵锦凡和西陵天磊也收到了凤轻尘三天后过府的消息，两人带着邪笑，几乎同时向夜叶道："你的礼物可备好了？到时候可别拿不出称手的礼物。"

"放心，我一定让凤轻尘终生不忘！"

作为一名大夫，凤轻尘自认自己很尽责，陪崔浩亭下了五局，连赢崔浩亭五局，赢得全身都舒畅。

看崔浩亭输得脸都绿了，凤轻尘心情大好。果然虐贵公子什么的最有爱了，一天的疲劳与饥饿一扫而光，崔浩亭的脸越绿，她越是舒畅。

"再来一局。"崔浩亭这个时候，哪里还有心思忧心五天后手术的事情，他要找回面子。

太丢脸了，堂堂崔家公子，居然在棋艺上输给凤轻尘一个弱女子，这实在让他无法接受。

他两岁识字，三岁读诗，从小接受精英教育，琴棋书画，无一不精，尤其是棋艺更是颇有心得，就算和国手下棋也少有输的时候。

他今天真的被凤轻尘打击到了。

"不下了，你不是我的对手，实力相差太大，一点意思也没有。"凤轻尘将棋子一挥，全部搅乱。

崔浩亭深深地吸了口气，努力摆出贵公子的气度，矜持着道："再下一局，就一局。"

他不信，他堂堂崔家十六少，会赢不了凤轻尘。

“别说一局，就是十局你也赢不了我。你这哪是下棋，你完全是按棋谱落子，中规中矩，毫无杀气与锐气。”凤轻尘丝毫不顾忌崔浩亭的颜面，尖锐地点评道。

观棋如观人，崔浩亭和王锦凌都是世家大族培养出来的贵公子，一样的温文尔雅，高贵有礼，但王锦凌比崔浩亭多了一分生气以及对生命的热爱。

崔浩亭这哪里是少年人，分明就是个顶着少年皮囊的中年大叔，没有少年该有的轻狂与恣意，活得暮气沉沉。

“没有了锐气吗？”崔浩亭手一顿，双指夹起棋子放在自己面前，“我这些年一直缠绵病榻，确实没有了锐气与朝气，甚至没有了对生存的渴望。”

如果不是意外来到东陵遇到凤轻尘，他此时应该是在崔家庄子上等死。

“无论什么时候，都不应该放弃对生的渴望，你这样活着还有意思吗？你这样还来找我医什么病？不如直接找个山清水秀的地方等死好了。”凤轻尘端起一边的茶，吃了两块点心。

好心情只能让人暂时忘记饥饿，而无法让人真正不饿。凤轻尘很用心地吃，崔浩亭则很用心地沉思凤轻尘话中的意思，想着自己一路走来，按崔家公子的路走，是不是错了？

崔浩亭想得很认真，就差没摆出沉思者的样子。

一盏茶的时间后，凤轻尘吃饱了，崔浩亭也思考完了，崔浩亭不急不缓地将棋子分别捡好，把白子递到凤轻尘的面前：“我们再下一局。”

虽说吃饱了，凤轻尘有了再下一盘棋的精力，但她其实不太喜欢下棋，下棋太费心神，何况她又不喜欢输，所以更费心神。

之前，是为了安慰病人，现在嘛……

找她凤轻尘陪下棋，也是要付出代价的。

“再下一盘也不是不可以……”凤轻尘卖着关子，就是不说。

崔浩亭已恢复视力，他当然知道凤轻尘这个人什么都吃，就是不吃亏，当即问道：“你有什么条件？”

“赢了，你安排我去见九皇叔。至于输了嘛……”

“输了又当如何？”崔浩亭心里琢磨着自己该从凤轻尘手上讨什么好处，哪知凤轻尘却说了一句让他差点吐血的话：“我不会输。”

“你就这么自信，万一你输了呢？”这太打击人了，凤轻尘完全不把他看在眼里。

凤轻尘摇头：“没有万一，和别人下棋我不敢说，但赢你的把握还是有的，崔公子，落子吧。”

崔浩亭咬牙切齿，重重地落下一个子：“凤轻尘，我赢了你，条件任我开？”

“你先赢了我再说，连输五局的人没有资格说这话。”

一句话激起了崔浩亭前所未有的傲气，当下便拿出看家本事，非要赢凤轻尘一局不可。

若是连输六局，实在太丢脸了！

而崔浩亭不知，日后他将不断刷新这个数字！

不管日后如何，先把这一局下完再说。不知是凤轻尘的话点醒了崔浩亭，还是崔浩亭自己顿悟了，他的棋路一改之前的四平八稳，开始剑走偏锋。

这下好了，完全撞到了凤轻尘手里，凤轻尘的棋路本就是剑走偏锋，崔浩亭学她的棋路，不是找死嘛。

当然了，凤轻尘也不是不知轻重的人，她还要求崔浩亭办事呢，怎么也不会让他输得太难看。

而这就让凤轻尘头痛了，如何不着痕迹的小赢一把呢？

要知道，崔浩亭也是棋道高手，如果放水太明显，被对方发现，他肯定认为自己在羞辱他，凤轻尘这下着实头痛了。

这一局是有生以来凤轻尘下得最痛苦的一局棋，直到天快破晓时才决出胜负，凤轻尘堪堪赢了三子。

虽说，三子也不少，可和之前的十几子相比，崔浩亭已经输得很好看了。

“我输了。”这一次，崔浩亭输得心服口服，当然也输得高兴，少输几子对他来说也是一种赢。

“愿赌服输，麻烦崔公子了。”凤轻尘一改先前的疲惫，眼中闪着明亮的光芒。

自从九皇叔入狱后，她找了多少人都帮不了自己，和崔浩亭打赌也算是无奈之举。

她相信崔家的能力。

果然，崔家没有让她失望。当她睡醒起身时，崔浩亭就命人把允许凤轻尘去宗人府大牢探监的手谕送来了。是皇上亲笔所写，至于崔浩亭是怎么拿到的，凤轻尘就不关心了。

女为悦己者容，哪怕再心急，凤轻尘也要沐浴更衣，把自己收拾得容光焕发才出发。

临出发前，凤轻尘也不忘提醒崔浩亭，让元希今天搬去凤府，另外把云潇也叫过去，她有事要说。

崔浩亭并不意外凤轻尘会特意提起云潇，要是凤轻尘不提，他就要怀疑凤轻尘的医术了，别的大夫查不出来云潇的病，但他相信凤轻尘可以。

马车朝宗人府大牢驶去，凤轻尘坐在马车里，压制着心中的激动。

终于可以见九皇叔了，也不知九皇叔在宗人府大牢里怎么样，有没有瘦了，有没有受刑？

当然，凤轻尘的担心完全是多余的，哪个混蛋吃了熊心豹子胆，敢给九皇叔上刑，除非嫌命太长了。

别说受刑，就算是九皇叔掉了一两肉，回头都会有御史弹劾宗人府的管事，藐视天家。

凤轻尘拿着皇上的手谕，一路畅通无阻，来到关押九皇叔的地方。结果不仅没有如预想的那样，看到血淋淋、灰溜溜的犯人东陵九，反倒看到一个衣着光鲜、面色红润、悠然自得的东陵九皇叔。

一个不管到哪里，都发光发亮的男人。

“九皇叔？”看着九皇叔那行云流水的泡茶动作，凤轻尘试探地叫了一句。

这是坐牢吗？这是坐牢吗？九皇叔这是隐居吧？不仅一应用具都是极好的，牢房还是套房式的，外面是客厅，里面是寝室，充分保护了犯人的隐私。

这牢坐得真滋润。

“进来吧。”九皇叔对凤轻尘的到来并不意外，头也没有抬，只冷冷地应了一句。

哗啦！

凤轻尘只感觉一盆冷水当头浇下，所有的激动与期待通通都被浇熄了，打心底发寒。

九皇叔对她的到来没有半分的喜悦与激动，难道这么久没有见面，只有她一个人在期待，只有她一个人在思念吗？

先爱便先输，爱得越深，输得越惨。从初见的那一天起，她就注定了是输家。

凤轻尘酸涩一笑，正想唤牢头来开门，却发现……

九皇叔这真的是在坐牢吗？牢门居然没有锁！

有坐牢坐得像九皇叔这么自由、这么滋润的吗？

难怪九皇叔不想出去了，她是不是要回去和崔浩亭说，让崔家不用和王家合作救九皇叔了？

凤轻尘噘起嘴，一脸不高兴地走了进来，也不坐下，直接站在九皇叔的面前，而且站得近近的，摆明了想让九皇叔有压迫感。

一个大活人站在面前，一般人肯定会开口叫对方让开，最不济也会抬头看一眼，警告一下，可九皇叔却将凤轻尘无视到极点，只专心地泡自己的茶，似乎手中的茶具比凤轻尘更吸引人。

“九皇叔，我来看你了。”凤轻尘气极，低下头，在九皇叔耳边大声地说了一句。

九皇叔手一顿，抬头，与凤轻尘四面相对，很不客气地道：“凤轻尘，本王的耳朵没有聋，本王听到了，来看本王就来看，怎么？还要本王夸你不成？”

一低头，一抬头，两人就这样看着对方，也不觉得累。

“你……”熟悉的热气扑面而来，凤轻尘却没有被面前放大的俊颜诱惑，因为她看到了九皇叔眼中的冰冷。

身子一僵，脸上的笑容瞬间凝固，凤轻尘突然觉得自己这么辛苦地来看他，真不值得。

“本王怎么了？”凤轻尘生气，九皇叔更生气，两人就如同斗牛，谁也不让谁，你盯着我，我盯着你，保持同一个动作不变。

“我真蠢。”片刻后，凤轻尘自嘲一笑，没有与九皇叔继续大眼瞪小眼，后退一步，“你很好，不好的是我，人我也看到了，九皇叔，再见了！”

话落，凤轻尘干脆利落地转身走人，毫不留恋。

“走？本王准了吗？”九皇叔伸手，一把拉住凤轻尘的手就往自己怀里带。

“啊——”凤轻尘尖叫一声，旋转一圈后，落入一个温暖的怀抱，抬头正好看到九皇叔暴怒的眸子。

“怎么？有时间和王锦凌在暖房吃饭，陪本王这么一会儿就急着走，难道暖房的饭菜特别好吃？而本王让你特别讨厌？”九皇叔将凤轻尘稳稳地固定在自己怀里，不让她动弹。

天晓得，当他听到凤轻尘和王锦凌在暖房共进午餐时，他有多愤怒。

这皇城那么多的茶楼、饭馆，到哪里吃饭不好，非得要去那以梦幻、情调闻名的暖房？

凤轻尘真真是该死！

最最该死的还是因为那暖房是凤轻尘造的，可他却进不去。他甚至怀疑凤轻尘是故意的，明知他对花粉过敏，还建一个什么鬼暖房。

凤轻尘眼睛睁得很大，听明白九皇叔所说的话后，很不厚道地笑了出来。

“啊哈哈哈——”

“不许笑。”九皇叔面无表情，将头抬得高高的，一副目中无人的高傲样子，只是那微红的耳根，泄露了他的心情。

“好好好，我不笑。”凤轻尘早已看穿了他的心思，之前被九皇叔忽视的酸涩一扫而空，满心都是快要溢出来的甜蜜，不需要九皇叔多说，凤轻尘便很乖巧地往他怀里钻，腻在他的胸前娇笑道，“九皇叔，你吃酸了？”

面对凤轻尘的亲近，九皇叔表示很受用，只不过口气依旧不变："吃酸？本王吃甜、吃苦、吃辣，就是不吃酸，凤轻尘你别恃宠而骄，自以为是。"最后一句，铿锵有力。

"好好好，是我自以为是，你没吃酸，是我吃酸了行不行？"凤轻尘心情极好，很大方地不予计较。

"咳咳。"九皇叔不自在地咳了一声，"你明白就好。"

"嗯嗯，我明白。"凤轻尘很努力地憋笑，就怕自己笑出来，九皇叔会恼羞成怒。

在凤轻尘那戏谑的眼神下，九皇叔的耳根越发的红，低头看到她那粉嫩的耳朵，想也不想，张嘴就咬了下去。

让你不安分。

"嘶……痛。"凤轻尘全身绷紧，一张俏脸皱成了包子。

呜呜呜，九皇叔下口太狠了。

"知道痛就给本王长点记性，别以为本王人在大牢就管不了你，这大牢还困不住本王。"九皇叔也不敢真用力，连忙松开，但绝不会忘了口头上的威胁。

"遵命，我的皇叔大人。"凤轻尘才不会傻得撞枪口，这个时候九皇叔说什么就是什么，为了把九皇叔哄高兴，凤轻尘连忙请功，"报告九皇叔，崔家和王家决定合作给皇上施压，你很快就能出去了。"

凤轻尘没有说，她为了推动崔王两家合作做了什么，可九皇叔又怎会不知，如果没有人推动，崔、王两家打死也不会合作。

这个笨女人，还真是让人又爱又气。

九皇叔心里很高兴，这个女人在担心他，这个女人在用她的办法营救他，即使没有见面，他也知道这个女人心里一直有他。

此生，能找到一个遇事不慌不乱、有主张的女子，真好！

九皇叔将凤轻尘搂得更紧，不过，九皇叔绝对不会让凤轻尘知道他是怎么想的，不仅如此，九皇叔还很不客气地训斥道："凤轻尘，你好大的胆子，谁让你插手这件事的，怎么？你认为本王自己出不去，需要靠别人？"

他可不想被凤轻尘看轻了，现在只是不方便出去罢了，并不是出不去。

"当然不是。"凤轻尘飞快地摇头，"凭九皇叔你的能耐，这宗人府大牢怎么可能困得住你？只不过崔家刚好要出山，而王家换了家主，正好要立威，我想着，咱们就给崔王两家一个机会，免得人家说我们不近人情。"

凤轻尘当然不会傻得说伤九皇叔自尊的话，不仅如此，她还很无耻地摆出一副对崔王两家施恩的口吻，那得意的语气，骄傲的神情，就差没举个牌子说：我很乖，你快表扬我吧！

这语气，委实合了九皇叔的心，九皇叔亲了亲凤轻尘，以示表扬。

凤轻尘得意一笑，九皇叔的心情也跟着大好，他的轻尘本该如是高傲，如是嚣张。

总有一天，他会把天下至高无尚的宝座，捧到凤轻尘的面前，到时候不管是崔家还是王家，都只有俯首称臣的份儿。

九皇叔顺了顺凤轻尘的头发，让她靠在自己的肩膀上。

“崔王两家合作的事你别管了，如果有机会，我希望你去一趟玄霄宫。”九皇叔侧着头，与凤轻尘的脑袋相靠，两人坐在椅子上，微微摇晃，一副很享受的样子。

“不去。”凤轻尘想也不想就拒绝了，宣菲的脸和她那么像，多少和她有些关系，她去玄霄宫肯定能打听到一些关于她父母的事情。

之前，她一直都想知道父母的事情，只是，不知为何，现在的她心里有些隐隐不安。

不知道的时候想知道，可当真相摆在面前时，她又不敢揭开，她怕，怕真相是自己承受不起的重担。

“好，不去就不去，本王自会处理好，等你想知道的那天问本王就好。”九皇叔也不勉强凤轻尘，只将她不愿意做的事情揽下。

凡是凤轻尘不想做的事，他都会做好，让她没有后顾之忧。

凤轻尘一听，双眸闪亮，伸手搂住九皇叔的脖子，嘀咕了一句：“此生，遇见你真好！”

“嗯！”

九皇叔一愣，随即心中涌起无尽的狂喜。

一句“此生，遇见你真好”是凤轻尘对他的肯定，九皇叔只觉得胸口胀得难受，好像有什么要跳出来一般，手脚都不知如何摆放了。

他有千言万语要说，可是话到嘴边，却一句也说不出来，只在凤轻尘的脑袋上蹭了蹭：“笨蛋。”

此生，遇到凤轻尘，真好！

……

“真不想说幸福的时间总是过得特别快”这句话，然而事实就是这样。凤轻尘还有一肚子的话要和九皇叔说，可守在牢外的侍卫，已经提醒三遍了，天黑了，凤轻尘该走了。

“真不想走。”凤轻尘恋恋不舍地从九皇叔身上下来。

“天黑了，早点回去，很快就可以再见了。”九皇叔也不舍，只是他不会让凤轻尘知道。

“我知道。”凤轻尘也不是一个儿女情长的人，只是今天的气氛太美，美到让她沉溺。

凤轻尘吸了吸鼻子，露出一抹灿烂的笑容：“我回去了，我还有好多事情要忙，肯定不会有时间想你。”

这是在告诉九皇叔不要担心她，她知道自己该怎么做。

凤轻尘的体贴，也是这么的隐晦。

# 第二章　求娶凤轻尘为妻

东陵虽富裕，但还没有到处处都掌灯的地步，天一黑，哪怕是皇城也是漆黑一片，不见半点光亮，凤轻尘的马车孤零零地行驶在官道上，不疾不徐地往回赶。

而同一时刻，一匹骏马同样不顾夜色，朝皇宫奔去，向皇上禀报九皇叔与凤轻尘的谈话。

九皇叔与凤轻尘的谈话内容，只与风月有关，没有半句正事。

“只有这些？”皇上怎么也不相信，两人待了那么久，怎么可能全是一些没用的话？

“回皇上的话，属下听到的只有这些，九皇叔将凤轻尘抱在怀里，两人交耳相谈，属下实在没有办法听清他们还说了什么。”侍卫冷汗淋漓，头越叩越低。

“小九越来越长进了，如此失礼的动作，他也做得出来。”皇上恼怒，却不是针对侍卫，“退下吧。”

“谢皇上。”侍卫千恩万谢，一脸感恩地退了出去。

凤轻尘本想直接回西区小院，行至一半路突然想到她和云潇有约，当下便让车夫改道，先送她去凤府。

一踏入凤府，凤轻尘就被成排的护卫给惊到了，一进屋便问道：“他们是哪来的？”

“我的人。”崔浩亭直言道。

“保护你用的？”凤轻尘有点儿小不高兴，她不喜欢自己的家里出现太多陌生人，并且这么一来，弄得好像崔浩亭才是凤府的主人，而她是客人。

崔浩亭摇了摇头：“我自有暗卫保护，他们是用来保护你这座府邸的。”

“凤府需要人保护？”凤轻尘觉得有些好笑，这么大一个院子，难道还有人敢来再烧一次不成？

“难道你认为不需要吗？别忘了，你到现在还没找到烧凤府的人，对方能烧一次，就能烧两次。还有，凤轻尘，你别告诉我，你不知道府外有陌生人徘徊。”凤轻尘当然知道，若非如此，他也不会让人派这么多护卫过来。

凤轻尘翻了个白眼：“你放心，没有人敢再烧我凤府，至于门外那些人，不过是些无聊人士罢了，不用担心。”

烧她府邸的人十有八九就是李想那混蛋，李想早就死了，她还担心什么？

至于门外徘徊的人，十有八九是好奇者，真要对她或凤府感兴趣的人，绝不会做得这么明，他们只会隐在暗处，绝不会让她看到。

凤轻尘并不在乎，崔浩亭却做不到她这般淡定，他很惜命，他好不容易才有活下去的可能，绝不允许任何的意外发生。

崔浩亭知道凤轻尘不高兴他自作主张增加凤府的护卫，可他绝不会妥协。

“凤轻尘，防人之心不可无，我不希望我暂住期间凤府出什么问题，我会约束好这些人，不会给你添麻烦，而我离开时也会把人带走，不会给你和凤府添任何麻烦。”

崔家辛苦培养出来的护卫，怎么可能会便宜凤轻尘？

崔浩亭把话说到这份上，凤轻尘还能说什么，只能勉强同意。并且有备无患也是好的，万一崔家其他人不想崔浩亭活着，又来一出暗杀的戏码，有这些护卫在也安全些。

来了半天也没有看到云潇，凤轻尘只好开口问道：“云潇呢？他没有来吗？”

“咳咳……”崔浩亭一听凤轻尘提起云潇，立马不自然地咳了起来，见凤轻尘一脸怀疑，他又忙坐正，一本正经地道，“云潇家里来人了，他忙着回去招待。”

崔浩亭突然有些好奇，凤轻尘若是知道云家人的来意，会是什么表情？

一定很有趣吧，可惜他看不到。

家里来人就来人呗，用得着这么神神秘秘的吗？

凤轻尘狐疑地看了崔浩亭一眼，可惜崔浩亭的情绪收敛得太快，凤轻尘什么都没看到。

好奇心少一点，会活得比较久，凤轻尘懒得再问。云潇不在，她便不再久留，给元希做了手术前的准备工作后，便回了西区小院。

到了西区小院，听到佟珏和佟瑶绘声绘色地说起下午云家人拜访的事情，凤轻尘这才明白，崔浩亭听到“云潇”二字时，为什么会有那么大的反应。

云潇的家人，居然是来提亲的！

提亲！

天啊，凤轻尘顿时有种想要晕倒的感觉：“你说云家人为云潇提亲，聘我为正妻？”

凤轻尘特别强调“正妻”二字，看到佟珏和佟瑶肯定地点头，凤轻尘鼻子一酸，不知自己该哭还是该笑：“好难得呀，居然还有人想娶我为妻。”

最终凤轻尘还是笑了，只不过笑得比哭还难看。

如果，四个月前有人来提亲，说娶她为妻，她一定会毫不犹豫地点头，可现在……

她已经放弃了为人妻的梦，再也不敢想嫁人的事情，毕竟，这世间没有哪个男人，会娶一个声名狼藉的女人。

“小姐……”佟珏和佟瑶心疼地看着凤轻尘，她们自然明白凤轻尘在想什么。

这一年来，凤轻尘的经历比别人的一生还要丰富，一个女子最重要的便是名声、贞洁，而她全部都失去了，此时的她根本不可能嫁给云潇为妻，也不可能嫁给任何人为妻。

凤轻尘吸了吸鼻子，嫣然一笑：“我没事，后来呢？”

她真的没事，只不过一时感触罢了，和成为一个陌生男人的妻子相比，她更满意现在的生活。

九皇叔对她很好，这就够了。她现在只希望云家求娶的事情千万不要传到九皇叔的耳朵里，不然他一定会酸死。

“后来，云公子来了，把云家人劝走了，不过走之前，云家人说婚姻大事是媒妁之言、父母之命，只要小姐你点头同意，云家的聘礼立马就送到，而云公子并没有反对。”如果可以，她们真希望小姐能像普通姑娘一样，嫁人生子，云家和云潇是个很好的选择。

可惜，永远不可能！

凤轻尘闭上眼睛，掩去眼中的落寞：“告诉云潇，齐大非偶，凤轻尘配不上云家少家主。”

这是实话！

“小姐……”可这实话，让人心疼。

“好了，你们这是什么样子，一家有女百家求，你们家小姐我有人要还不好？”凤轻尘真心受不了佟珏和佟瑶那同情又怜悯的眼神。

她活得好好的呢，有什么值得人同情的？不就是不能成婚嫁人嘛，她还不愿意侍候别人一家大小呢。她现在的生活很好、很自由，嫁了人，夫家哪里会允许她抛头露面、治病救人。

“好了，别说这些事了，把东西收拾好，明天先把一些贵重的东西送回凤府，你们就不用回来了，直接住下。”

这一次搬回凤府，可不像之前入住西区小院那样简单，在西区小院住了这么久，要搬回去的东西多着呢。

“小姐放心，东西都收拾好了，贵重的物件白天顺着崔公子一行人，一同送了过去，定不会误了小姐的事。”佟珏和佟瑶也不再纠结云家提亲的事。

虽说错过这么一门好亲事挺可惜的，可再可惜也没用，她们家小姐不能嫁。

佟珏和佟瑶第二天就告诉云家人，她们小姐不同意嫁，云家人听到后并没有纠缠，只连连说可惜，回头却埋汰云潇，说云潇没用。

偷偷来皇城，认识凤轻尘这么长时间，居然还没有拿下凤轻尘，真对不起他云家大公子的名声。

云家人不会对凤轻尘怎样，却把云潇关在府上，不准他外出，天天对云潇唠叨，要他无论如何都要得到凤轻尘的芳心，让凤轻尘答应嫁入云家。

凭凤轻尘那身医术，就算不能医好云潇的病，也能让云家声名大噪，只可惜云潇只听却不行动。

他来东陵皇城，可不是为了求娶凤轻尘的，再说，万一他死了，凤轻尘就要在云家守一辈子的寡，他可不希望这样。

也因此，凤轻尘在过府前都没有见到云潇。云潇的病也不急在这一两天，而且他们两个现在见面也确实尴尬，虽说不算是议婚，但云家提亲一事却是真的。

关于王家和崔家的合作，凤轻尘听了九皇叔的话，便不再过问。至于炸玄霄宫的炸药，凤轻尘已经准备好了，只等王锦凌他们朝玄霄宫发难，便拿出来用。

当下，对凤轻尘来说，最主要的事情就是过府一事。

过府那天，天还没亮凤轻尘就起来了，任由春绘、秋画、夏挽、冬晴替她梳妆打扮。

今天，她要以最好的姿态，强势地告诉皇城众人，哪怕只有她凤轻尘一个人，凤家也不会倒！

吱呀一声，凤府朱红的大门缓缓打开，正式接待今天到来的贵客，无论敌友。

可是，让人意想不到的是，在凤轻尘过府的这一天，第一个到凤府的客人居然是国公府小姐容清秋，前武安郡主。

不过，她现在已不是什么国公府的千金，而是一个青楼名妓。

凤轻尘听到下人来报后，当下大怒，一拍桌子：“好大一份礼，我凤轻尘记下了！出去看看。”

在侍女的簇拥下，凤轻尘缓步走了出来，远远看去，竟有着少女没有的雍容与华贵，让人不由自主地自卑起来，至少对容清秋来说就是如此。

曾经，高高在上的人是她，卑微伏跪的人是凤轻尘，可现在呢？

两人的身份对调，被仆人簇拥的人是凤轻尘，而被人踩在脚底的却是她。

容清秋咬了咬唇，拉了拉身上好看却不实用的薄纱，借此暖和一下自己快要冻僵的身子，看到凤轻尘离门口只有数十步远时，松开手，摆出最娇媚的笑容："奴家见过凤姑娘。"

袅袅婷婷，婀娜多姿，风情万千，一开口便是发嗲讨好的声音，一看就是被青楼训练出来的。

可惜，这一招对男人有用，对女人却没用，凤轻尘站在门内，像是在打量商品一般扫视着容清秋，直到把她看得浑身不自在，才开口道："容姑娘，你是不是走错了地方？这是凤府，不是国公府。不对，容姑娘这个时候应该去官府才对，我要是没记错的话，容姑娘现在可是逃犯。"

难怪官府找不到容清秋。

容清秋笑得花枝乱颤，好似凤轻尘说了什么笑话一般："凤姑娘，你认错人了，奴家不叫什么容清秋，奴家是储花楼的花魁娘子倾城，取自倾国倾城之意。"

特别强调"倾城"二字，生怕凤轻尘没有听清一般。

花魁娘子倾城！

这个自称一出，凤府仆人都变了脸，尤其以春夏秋冬四婢为最，四女恶狠狠地瞪向容清秋，可越是如此容清秋就越发得意，只可惜凤轻尘并没有因此动怒。

"原来是花魁娘子，恕我眼拙，居然把一点朱唇万人尝的花魁娘子认成了国公府的小姐。我还以为是故人来了，特意出来迎接，没想到只是一个卑贱的妓女，来人呀，赶出去。"

花魁倾城，真是胆子肥了，她凤轻尘脸上就写了好欺负三个字吗？敢在今天找茬，容清秋，我凤轻尘今天就让你明白后悔二字怎么写。

"是！"家丁抡起棍子就上前，架在容清秋的身上，容清秋没想到凤轻尘会这么狠，当场吓得花容失色，跌坐在地，失措地大喊："住手！住手，快住手！凤轻尘，我是来给你送礼的，恭贺你迁府之喜，凤轻尘你不可以这样对我，凤轻尘……你，你你……"

容清秋忘了，她已不是高高在上的大小姐，她只是一个妓女，地位低下。不管她再怎么喊，也没有人搭理她，就算这些家丁想怜香惜玉，有凤轻尘在他们也没那个胆子，容清秋三两下就被乱棍撵得顺着台阶往下滚。

可是，事情并没有到此结束，突然之间，不知从哪个角落涌出数十个穿着清凉的女子，一窝蜂地围在容清秋的身边，大声叫道："啊，杀人啦，杀人啦，忠义侯府杀人了。"

"凤家千金杀人了。"

这些女人的嗓子极好，一嗓子喊出来，不但穿透力极强，而且还不难听，凤轻尘可以想象，不要多久，她的府前就会聚满看热闹的人。

好一场闹剧，好一份大礼，手段很粗劣，但胜在好用。

如果是平时，凤轻尘真不生气，可今天这些人却是该死！

她今天乔迁新府，定会有很多达官贵人前来贺喜，而此时门前却被这么多的青楼女子堵上，这算什么？

怕什么就来什么，凤轻尘远远地就看到宁国公世子夫人的马车，还有血衣卫总指挥使陆少霖夫人的马车缓缓而来了，这两人明显是来道贺的。

官家夫人，女子向来厌恶青楼女子，平时别说与她们碰面，就是提也不会提。这个时候，这群青楼女子挡在门前，世子夫人和陆夫人定不会进来，还会责怪凤轻尘失礼，让她们见到了青楼女子。

容清秋，你厉害。

凤轻尘招了招手，春绘和秋画立马上前："姑娘！"

"去，请世子夫人和陆夫人稍等。"她必须尽快把这群人给弄走，不然今天的宴会就别办了。

"是，姑娘。"二女小跑上前去，拦下陆夫人和世子夫人的马车。

凤轻尘也不和这些闹事的女人客气，直接命令护卫："把她们通通给我丢出去。"

"是。"护卫可不比家丁，二十个护卫冲出去，一人拎一个，任那些青楼女子在他们身上死磨硬缠，也不为所动，捂住她们的嘴巴就往远处走。

这些青楼女子也不是吃素的，动不了你，我还动不了自己嘛。

哗啦！哗啦！三两下就把自己身上的衣服给扯掉了，雪白的肌肤露了出来，胸前的两团软肉一颤一颤的，护卫也是血气方刚的男子，见到这个画面，哪怕是大冬天，还是忍不住小腹一热，愣了一下。

也就是这么一愣，有几个女子便挣开了护卫的牵制，朝凤府跑来，一边跑一边扯自己的衣服，她们本就穿得极少，这么一扯，哪里还有布料遮羞。

夏挽和冬晴脸色一红，低头不敢看，护卫和家丁则僵住了，一个个不知如何是好，这光溜溜的女人，碰也不是，不碰也不是。

"呼——"

遇到这种疯女人凤轻尘也头痛了，扫了一眼发呆的侍卫，怒道："发什么呆，还不快动手，把人丢出去。"

"是，是……"侍卫和家丁暗暗叫苦，却不得不再次上前，可这群女人哪里会站在那里等人抓，她们在凤府大门前跑来跑去，娇声调笑，嘴里还喊着："来呀，来呀，来抓我呀……"

不知道的人，还以为到了青楼呢，怎一个乱字了得。

“凤姑娘，我这大礼你可满意？”容清秋站在路中间，理了理散乱的发髻，得意地看着凤轻尘，极尽挑衅道。

“果真是一份大礼，容清秋，今天这笔账，我会找你们容家清算，你有胆惹我，就要付出代价，你以为自己还是高高在上的郡主吗？你以为你们容家还是高人一等的国公府吗？哼，容清秋你砸了我的迁府宴，我就让你们容家活下的人，生不如死。”凤轻尘的眼中迸发出强烈的杀意。

容清秋今天真是惹毛了她，这事不会就这么了结。

无视容清秋的叫嚷，凤轻尘冷声下令：“把这些女人全部抓起来，不服就给我打，打死我负责！”

经过几番搏斗，护卫总算把闹事的青楼女子全部控制住了，家丁则连忙上前，清理地上的碎布，冬晴和夏挽则命令小丫鬟取来大布，将那些赤裸的女子包住。

“姑娘，这些女人怎么处理？”护卫上前问道。

凤轻尘高傲地别过眼，扫了一眼那群闹事的女子，无情地命令道：“先把人关起来，回头检查一下，没有问题就全部送到军营。”

这些女子既然不在乎自己的身体，当街就敢脱光，她就废物利用好了，军营最缺女人。

“凤轻尘，你敢！”容清秋尖声大叫，想要冲上前，却被护卫拦住了。

“我有什么不敢的，别说这些女子，就是你我也敢送到军营去。”凤轻尘居高临下地看着容清秋，冷声道：“把她一起拿下，回头洗干净，送到军营去。”

“是。”护卫冲上前去，准备押住容清秋，容清秋却用力甩开对方，大喊道：“凤轻尘，你就是这样对待送礼的客人吗？”

这个时候，凤府外面已经围了几个看热闹的人，看他们的样子，应该是附近府上的下人。

这就叫好事不出门，坏事传千里。

“客人？你算什么客人，一个青楼女子也配称客人，你还真把自己当回事了，至于你的礼物，我已经收到了，你放心，我一定会好好地回一份大礼给你。你们还愣着干什么，没看到花魁娘子累了嘛，请她下去喝茶。”凤轻尘真心不想再闹笑话，当下便快刀斩乱麻。

可是容清秋今天本就是来捣乱的，她怎么可能善罢甘休？再说她背后也是有人的，她根本不怕把事情闹大，闹得越大越好。

容清秋爆发出前所未有的力量，突然冲开护卫，朝大街上跑去，护卫忙追，却被凤轻尘用一个眼神给制止了，护卫不明所以，又不敢乱动，只得乖乖地往回走。

护卫站在下面看不到，凤轻尘站在台阶之上却看到了，远处有一群衣着华贵的人走来，这群人的目的地显然是凤府。

若是没有幕后指使，这些青楼女子又怎么有胆来凤府门前闹，光凭容清秋这个落难的小姐还不够格。

这不，大鱼就来了，至于这群人是不是幕后主使者一点也不重要，但既然撞到他们了，当然要利用一二。

有人指使青楼女子来凤府闹场，总比凤轻尘招惹青楼女子传出去好听。

等那群人走近，凤轻尘才看清来人是谁，嘴角扬起一抹嘲讽的笑，不是冤家不聚首，西陵天磊、南陵锦凡。真不知是你们倒霉，还是我倒霉，你们居然就撞上来了。

没有让凤轻尘失望，容清秋很聪明，还没有靠近西陵天磊一行人，就大声喊道："凤府千金欺压百姓。"

"凤府千金杀人了。"

"凤府千金要抓我去当军妓，公子，救命呀！"

西陵天磊和南陵锦凡原本不打算管，可听到这话，他们当下便来了兴趣，于是，两人在凤轻尘面前上演了一出英雄救美的戏码。

凤轻尘对身边的夏挽耳语几句，夏挽小跑着上前，请世子夫人与陆夫人的马车上前，两位夫人的马车一前一后停在凤府门口，凤轻尘亲自下台阶迎接，至于从另一头走来的南陵锦凡和西陵天磊，凤轻尘权当没有看到。

好戏很快就要上演！

"世子夫人、陆夫人，轻尘有失远迎，还请两位夫人恕罪。"凤轻尘面带微笑，半句不提刚刚发生的事情，两位夫人当然也不会提。

"轻尘真是越来越客气了。"世子夫人和陆夫人笑了笑，也知道凤府门口有是非，没有停留，便在凤轻尘的引导下步入凤府。

刚踏进大门，身后就传来容清秋的声音："公子，就是这位凤姑娘，奴家带着重礼前来求医，却被赶了出去，不仅如此，凤姑娘还威胁奴家，说是要把奴家送去当军妓。"容清秋不遗余力地抹黑凤轻尘，撩起衣袖，露出身上的青紫。

凤轻尘面不改色，头也不回，只朝两位夫人歉意地欠身："夫人，我这里还有点事，失礼了。春绘，陪世子夫人和陆夫人到处逛逛。"

"轻尘别客气，去忙吧。"世子夫人与陆夫人没有掺和的打算，也假装不知身后的人是谁，可南陵锦凡却不放过二人，高声道："原来是宁国公世子夫人和血衣卫陆夫人，小王怎么说这么眼熟呢。"

南陵锦凡都这样说了，世子夫人和陆夫人再也不能装作没有看到，两人无奈，相视苦笑，正准备转身与凤轻尘一道外出行礼，凤轻尘却突然开口制止："世子夫人、陆夫人，你们还是别出去的好，南陵的皇子和西陵的太子，居然公开携青楼女子出门，实在是……”

后面的话，凤轻尘没有说，但那不耻的语气却让人明白，她有多看不起这二人。

“嗯……”世子夫人和陆夫人很配合，又转了回去，她们可不想惹这些事，她们在马车上就听说了，来者是前国公府容家的姑娘。

“凤轻尘你休得胡说。”南陵锦凡不在意这个指控，可西陵天磊不能不在意，堂堂太子携妓，这可是德行有亏的表现，一旦传回西陵，他就惨了。

凤轻尘一脸无辜：“磊太子，是我胡说吗？你看这姑娘的打扮，一看就是青楼女子，而她自己也承认了。”

“我……”容清秋一张俏脸，忽青忽白，不知是气的还是冷的。

凤轻尘居高临下，娉婷而立，没有走下台阶的打算：“磊太子、锦凡皇子，请恕我失礼，我没有向青楼女子行礼的习惯。”

“凤轻尘，本宫和这个女子不是一道的，只不过看她可怜，同情她罢了。”西陵天磊连忙撇清他们和容清秋的关系。

同时以眼神询问南陵锦凡，这个女人怎么回事，送大礼前还要准备开胃小菜？

南陵锦凡耸了耸肩，表示不知道。

谁知道这是哪个看凤轻尘不顺眼的人准备的，他们的礼还没到呢，他哪里知道这位姑娘是怎么回事？

他不过是凑个热闹，哪知热闹没看成，反惹一身腥！

“同情？”凤轻尘不屑地哼了一句，“磊太子的同情心还真特别，不同情吃不饱穿不暖的穷苦百姓，居然把满腔的同情心投注在一个青楼女子身上，磊太子可真是多情。”

“你……”西陵天磊当场脸黑，险些吐血。

凤轻尘这话简直是诛心。

“噗嗤……”世子夫人和陆夫人实在忍不住，闷声一笑，朝身边的丫鬟耳语几句，那丫鬟便大大方方地走了出来，站在凤轻尘身后，朝南陵锦凡与西陵天磊行了个礼：“磊太子、锦凡皇子，我家夫人说，有青楼女子在，女眷不方便现身，还请磊太子和锦凡皇子恕罪。”

“嗯。”西陵天磊黑着一张脸，应了一声，他现在解释也没用，反倒越描越黑。

世子夫人和陆夫人也不久待，两人继续往前走，而这时凤府门外看热闹的人也越来越多，甚至把给凤轻尘贺喜的人都挡在了门外，那些人看到这局面也不好上前，只好在人群中等着，等西陵天磊和南陵锦凡先进去。

凤轻尘明白，南陵锦凡与西陵天磊在门外待得越久，对双方越不好，即使凤轻尘再不愿意，为了凤府的脸面，也不得不先请这两人进府。

“磊太子、锦凡皇子，来者是客，请……至于这位花魁娘子，很抱歉，我凤府不欢迎。”

不是她凤轻尘看不起青楼女子，先不说这容清秋是来捣乱的，就算她真是来治病的，她也不能让容清秋进府。

这个社会规则就是这样，她要是让容清秋进门，别说世子夫人与陆夫人，就是崔浩亭也会不高兴，而她也会被烙上与青楼女子为伍的臭名。

“凤轻尘，这位姑娘是来看病的，莫非你不肯医？”他们当然要进去，什么都没有做，就被凤轻尘倒打一耙，实在不甘心。

西陵天磊身为太子不好多说，独自拾阶而上，南陵锦凡就毫无顾忌，拉着容清秋就往上走，直接把容清秋推到凤轻尘面前。

凤轻尘只笑不说话，南陵锦凡不依不饶道：“凤轻尘，你为什么不医她，担心她付不起诊费吗？凤轻尘你大可放心，这位姑娘要是付不起诊费，小王替她付了。”

南陵锦凡挑眉，细长的丹凤尾，比初见时更加的阴冷刻薄。

凤轻尘，你别想蒙混过关。

凤轻尘没好气地哼了声，这些人不找她麻烦会死吗？不就是不想让她办成迁府宴嘛，不就是不想她代九皇叔安抚众官员嘛。

这些人越不想，她越要做到。

凤轻尘嫌恶地扫了容清秋一眼，眼中闪过一道危险的光芒：“殿下，你可知这位姑娘得了什么病？你居然敢碰她，轻尘实在佩服。”

“什么病？”南陵锦凡被凤轻尘看得心里发麻，不安地松手。

不会是什么传染病吧？

凤轻尘微微前倾，以只有他们几人能听到的声音道：“花柳病，会传染的哦！”

“什么？”南陵锦凡大惊失色，立刻跳开，用杀人般的眼神看向容清秋。

贱人！

“不是的，不是的，殿下，凤轻尘她胡说的，我没有病，我没有病。”容清秋急忙解释，心急得居然把真话说了出来。

西陵天磊和南陵锦凡的脸色同时变了。

“凤轻尘，你耍我。”两人气得直磨牙，真丢脸！

凤轻尘笑了一声，连连摇头：“殿下你多心了，耍你的人不是我，是她。”

凤轻尘指着容清秋：“你好大的胆子，居然敢欺骗两位殿下，来人呀，把这位姑娘送顺天府去。”

不怕狼一样的对手，就怕猪一样的对手，西陵天磊和南陵锦凡算是被容清秋给拖累了，凤轻尘同情地看了两人一眼。

“凤轻尘，你好样的。”西陵天磊与南陵锦凡站在一边，没有开口帮忙。

容清秋知道自己大势已去，她现在只能做最后一搏，抹黑凤轻尘的名声。

“两位殿下，不是的，不是这样的，奴家本是来找凤姑娘看病的，凤姑娘打杀奴家，是因为奴家的名字和凤姑娘一样，奴家是摘花楼的花魁娘子，花名倾城，凤姑娘听到后，就要杀了奴家，求两位殿下……”花魁倾城，多好的名字。

人被拖远，后面的话听不到了。

容清秋却不在意，眼中闪过了一抹恶毒的光芒。

她要凤轻尘和她一样，名声尽毁，日后别人提到凤轻尘，就会想起青楼。

“妓女倾城，哈哈哈……难怪轻尘你生气，小王要是遇到这事，也会和轻尘你一样，小王能理解，这女子该杀。”南陵锦凡特意用上内力，声音之大，在场的人都能听到。

终于出了一口恶气，西陵天磊的脸色也好看了许多：“原来还有这么一出，本宫倒是不知内情了，咳咳……什么妓女倾城，三皇子你别乱说，不过是同名罢了，你这样说很容易让人误会。”

这话才真正叫人误会。

凤府的下人气得双眼发红，双手握拳，一个个看向凤轻尘，只要凤轻尘一声令下，哪怕面前的人是皇子，他们也照揍无误，可惜……

凤轻尘不仅没有下令打人，反倒不在意地笑道：“两位殿下又被这女子耍了，我还没有小气到因一个名字就气得要杀人。我之所以要抓那名女子，是因为她并不是什么花魁娘子，而是逃犯，她是国公府的小姐容清秋。”

凤轻尘没有内力，可她的声音并不小，至少能让在场的人都听到。

当然，光解释不反击，不是凤轻尘的风格，凤轻尘略一停顿，继续道：“轻尘不知两位殿下这么在意同名的事，险些犯了大错。冬晴，去，传我的话，把庄子上那两条叫西陵天磊和南陵锦凡的癞皮狗的名字改了，万一叫它们时，让两位殿下误会了可不好。不过是一个名字，我想那两条狗应该不会在意。”比毒舌，她凤轻尘也不会输给谁。

“哈哈哈——”凤轻尘的话，引得围观的人大笑，凤府的下人笑得更欢。

“奴婢遵命，这就去把西陵天磊和南陵锦凡两条狗的名字给改了。”冬晴更是幸灾乐祸地重复一遍。

西陵天磊和南陵锦凡气得想杀人：“凤轻尘，你大胆。”

“凤轻尘，你找死。”

“来人，给我拿下！”

两人异口同声地对侍卫命令道，“咔嚓！”侍卫拔刀上前，凤府的护卫不需要凤轻尘放话便将她护住，半步不让！

“凤轻尘，你胆敢反抗。”西陵天磊和南陵锦凡似乎不敢相信，凤轻尘居然敢和他们硬对上。

“为什么不敢？两位殿下不会忘了，这里是东陵吧？”敢砸她凤轻尘的场子，被羞辱是活该。

西陵天磊与南陵锦凡一愣，他们刚刚确实一时气急，忘了现在不是在他们自己的国家，可即便如此，皇室的威严也容不得凤轻尘如此践踏，两人眼中迸发出森冷的杀意。

面对西陵天磊与南陵锦凡杀气腾腾的眼神，凤轻尘毫无惧意，很善解人意地道：“两位殿下这是怎么了？不过是同名罢了，殿下不会因为这种小事就生气吧，要是两位殿下真生气，我就把那两条癞皮狗抓来，给两位殿下出气可好？”

凤轻尘不说这话还好，一说起来西陵天磊与南陵锦凡就更生气了，西陵天磊吸了口气，压下心中的怒火。

“凤轻尘，死到临头你还嘴硬，你可知自己犯了什么罪吗？”触犯皇室威严，下场只有一个死字，凤轻尘出口污辱皇子，是诛九族的死罪。

西陵天磊和南陵锦凡从来没有受过这样的侮辱，凤轻尘居然把他们比成癞皮狗，简直是自寻死路。

而他们忘了，前一秒还在得意地说“妓女倾城”。

想要她死？就算她同意，崔家人也不会同意，凤轻尘半点都不担心，正准备开口，已有人先一步开口道：“两位殿下好大的威风呀，我倒不知凤轻尘犯了什么罪，不过是一个名字罢了，就算殿下你不高兴有一条和你同名的狗存在，杀了那条狗便是，何必拿凤轻尘一个无辜的弱女子出气？”

“王家大公子？”西陵天磊与南陵锦凡看到来人，暗骂自己被凤轻尘那句“癞皮狗”气得失了理智，居然忘了今天这样的日子，王锦凌怎么可能不来？

“见过两位殿下。”王锦凌在护卫的保护下，从人群中走了出来，眼神温和，举止优雅，淡漠地开口，算是见礼。

无视凤府门口的肃杀之气，王锦凌步态从容地迈上台阶，走到凤轻尘身边，眼神落在南陵锦凡身上。

“三皇子还真闲呀，前段时间锦行皇子曾来找我，说三皇子你最近很安静，我道三皇子是怎么了，原来是把心思放到了欺负轻尘身上。”

这话，是满满的威胁，如果南陵锦凡乱来，他不介意和南陵锦行合作，现在就把南陵锦行推上南陵皇帝的宝座。

帝王位是南陵锦凡的唯一软肋，南陵锦凡的气焰顿时就弱了下来，狠狠地瞪了凤轻尘一眼，别过脸去，不再说话。

老天爷似乎看西陵天磊和南陵锦凡特别不顺眼，王锦凌出现后没多久，西陵天宇也带着礼物来了。

西陵天宇自从双脚能行走后，就特别爱走路，似乎要把前面十几年没走过的路，全部补回来。

在西陵天磊杀人般的目光下，西陵天宇步履优雅地朝凤轻尘走来，像是为了显摆自己的双脚一般，每一步都走得很慢。

“原来太子殿下也在，臣弟来迟了。”西陵天宇敷衍性地行了个礼，当着西陵天磊的面转身，对凤轻尘道，“轻尘，恭贺你迁府，小小礼物，不成敬意。”

看看，人家这才是来贺喜的，多懂事。

“多谢宇皇子，请……”凤轻尘笑容满面，一扫之前的不快。

钦天监说得没错，今天确实是黄道吉日，看到西陵天磊和南陵锦凡吃瘪，她就高兴了。

“哼……”西陵天磊怎么可能会让西陵天宇先进门，这不是打他的脸嘛，不管高不高兴，西陵天磊一甩衣袖，快西陵天宇一步走了进去。

他可不想当着西陵天宇的面，讨论一条叫“西陵天磊”的癞皮狗，而南陵锦凡则是不敢惹怒王锦凌，生怕王锦凌意气用事，和南陵锦行合作，也只好退步。

于是，被王锦凌和西陵天宇这么一打岔，剑拔弩张的气氛被很快化解了。凤轻尘虽然不爽南陵锦凡和西陵天磊入府，可也不好当面赶人，毕竟来者是客。

大人物都进去了，其他人哪里还敢躲，一个个拎着礼物就进去，今天来的人大多数是九皇叔一派的人，既是打探消息，也是为了证明九皇叔一派没有倒。

凤轻尘收拾好心情，随王锦凌一同进去，剩下的人并不需要她在门口亲迎。

“谢大人请……”

“陆大少请……”

“周大人请……”

“孙大人请……”

“赵大人您也来了。”

“两位侯爷大驾光临，蓬荜生辉，快请……”

“尚书大人，这边请……”

凤轻尘想到的、没想到的，全都来了。九皇叔入狱一事的影响，也因为九皇叔久久没有被判处，让更多的人明白，九皇叔不会轻易地倒下去。

听到这一连串的名字，凤轻尘的脸上露出一抹灿烂的笑容，今天的宴会一定会很成功，有崔浩亭和王锦凌在，稳住这些官员不成问题。

“笑，凤轻尘，我看你等会儿还能不能笑出来！”想到接下来的事，西陵天磊和南陵锦凡不禁露出一抹得意的笑……

# 第三章　棺材里面的东西不送

不管是什么宴会，大人物都会自恃身份，绝不会提前到，他们往往在所有人到场后，踩着点进来，成为全场注目的焦点。

按理说，王锦凌和西陵天磊、西陵天宇、南陵锦凡都算是大人物，他们应该是压着点，在所有小人物入了凤府后，再高调地进场，可这些人却没有一个按常理出牌，都早早地到场了，反倒把晚到的人惊得冷汗直流。

王锦凌要来给凤轻尘撑场子，自是不会因为面子而故意晚到。并且只有王锦凌一到，那些观望的人才会大着胆子进来。至于那些原本不打算来的人，也会临时改变主意，踏入凤府，借机与王家大公子攀交情。

一个空有爵位而没有实权的凤府，根本不会被这些官员放在眼中，没有九皇叔、王锦凌这两张招牌，皇城中随便一个官员都可以捏死凤轻尘。今天要是没有王锦凌和崔浩亭这两位公子坐镇，来凤家的客人会减少十分之九。

至于西陵天磊和南陵锦凡，他们完全是来看热闹的，再说这里是东陵，不需要他们压轴，早来和晚来没有区别。

西陵天宇来得早，一方面是想借此感谢凤轻尘替他医好双腿，另一方面则是要帮凤轻尘看着西陵天磊。有他在，西陵天磊终究不会太过分。

虽说今天来的人数超乎凤轻尘的意料，但她好在早有准备，早早地开好三个大客厅，将来人各自分开，互不打扰。

女眷由她负责接待，世家公子、权贵官员则由崔浩亭和王锦凌招呼，文人雅客所在厅，有元希先生在绝不会冷场子。

物以类聚，人以群分，今天来的都是有官职在身的人，就算没有官职在身，也大都出身名门、在清流文人中享有名声，没有一个是普通百姓。

凤轻尘请了苏文清，不过他并没有来，只送上了一份厚礼，他在这样的场合出现，也只有给人打趣的份，何必呢。

商人再有钱，也会被权贵看不起，以前有九皇叔撑腰，苏文清算是半官半商，世家权贵的人看在九皇叔的面子上，或多或少会给他三分面子。现在虽然九皇叔的威名还在，可人终归还在宗人府大牢没有出来，所以此时他避开也在情理之中。

一切井然有序，没有人提起门口发生的事情，不过西陵天磊与南陵锦凡却无法这么快将此事放下，两人闷坐在首位，并不与东陵的官员交谈，西陵天宇则坐在一旁，笑容满面地看着两人，以免两人使坏。

大大小小的官员来了一堆，当翟东明代表肃亲王府前来时，宴会算是达到了一个小高潮，也说明人到得差不多了。

翟东明一进来，就看到主位上那一桌居然快坐满了，当下不好意思地道：“我原以为我来得够早了，原来我竟成了最后一个到的。”

王锦凌笑着起身，打趣道：“世子爷来晚了，当罚酒三杯。”

王锦凌一放话，立马就有下人端了三大碗酒，捧到翟东明面前。

“不是吧，锦凌，你玩真的？”翟东明苦着一张脸，他肚子空空的，这三碗酒喝下去，十有八九得醉了。

“你说呢？”王锦凌不问反答，酒都摆出来了，还能不认真？

官职较高的人距离主桌都近，见到这一幕，当下起哄道：“罚酒，罚酒，世子爷这酒必须罚。”

“对对对，罚酒，罚酒，世子爷你尽管放心喝，凤府的酒很够味，你绝不会吃亏。”刚刚喝过酒的人，立刻给翟东明推荐。

往前靠了靠，浓浓的酒香扑面而来，翟东明吸了口气：“这酒确实够香，不亏不亏，这三碗酒本世子喝了。”

翟东明也是一个酒鬼，一闻这纯正的酒香，就知道这酒味道正，也够烈。这大冷天的，一碗灌下去，绝对暖烘烘的，翟东明不等人催，很主动地端起酒杯就准备喝，可惜……

他想喝的时候，偏偏有人不让他喝。

“太子殿下到。”门外，太监那尖细的嗓音响起，压过了屋内的吵闹声。

这才是压轴贵宾出场的气势，最后一个到。

什么？太子来了？

屋内的人顿了一下，面面相觑，有的人甚至掏了掏耳朵，怀疑自己听错了。

太子出现在这种场合，可不是因为私交，而是带有一种政治倾向。众人不会傻到认为这是太子在为凤轻尘捧场，都知道是在告诉众人，他站在九皇叔那边。

太子这完全是不计后果，放手一搏！

有胆量！

凤轻尘在内院听到太子来了时，亦是十分吃惊，她没想到太子居然敢在这风口浪尖到凤府来，看样子太子是被逼急了。

凤轻尘面带歉意地朝众位夫人客气了一下，便出去迎接太子。当然，这些夫人没必要也到前院迎接，毕竟前院全是男人，而凤轻尘是凤府唯一的主人，她是没办法。

不管太子是为何而来，既然他正经八百地摆出仪阵，就得出去迎接，王锦凌朝翟东明笑了笑，似乎在说："得，这酒你没得喝了，你不是最晚到的。"

翟东明苦着一张脸。

"走吧，迎驾。"崔浩亭整了整衣衫，示意王锦凌、翟东明和他一道。

他们三人要是不带头，其他人哪里敢出去，至于西陵和南陵的皇子，还是算了吧，没人敢让他们出去迎接。

"哗哗哗……"刚刚还热闹非凡的大厅，瞬间就走空了，只剩下西陵天磊两兄弟和南陵锦凡。

看着两人突然由怒转喜，面带微笑，西陵天宇有一种不好的预感，可他又不知道西陵天磊想做什么，只能眼也不眨地盯着他，以免西陵天磊砸了凤轻尘的场子。

今天可是凤轻尘的大日子，要是被他皇兄搞砸，九皇叔估计会剥了他西陵天宇的皮。

屋内，西陵天宇紧盯西陵天磊和南陵锦凡二人。屋外，王锦凌一行人已将太子迎了进来。

凤轻尘是女子，不好在男客这边久待，迎了太子便告罪离去。

太子今天本就是冲着崔浩亭和王锦凌来的，也并不在意凤轻尘在不在场。

太子当然是坐主位，由崔浩亭、王锦凌和翟东明陪着。西陵天磊、天宇和南陵锦凡也收起心中的愤怒，笑呵呵地与太子交谈，一桌子的人和乐融融，不知道的人还以为他们是亲兄弟呢。

因为有太子在，在场的人都拘束了许多，一个个小声说话，不敢再闹，当然翟东明罚酒一事，也就不了了之，至于罚太子的酒，那更是没人敢提。

太子也知他虽然身份尊贵，但绝不是一个讨人喜欢的角色，有他在绝对会冷场。再说这种场合，给个面子就行，真要久待，大家都受不了。

他今天是冲着崔浩亭和王锦凌来的，只要摆出姿态就行。这样的场合只适合结交，并不适合详谈，有了这个机缘，日后再谈就容易了许多。

太子喝了三杯酒后，就开口说走，王锦凌和崔浩亭按例挽留一二，便起身送太子离去。

不得不说，太子这样的人物到来，虽说是有天大的面子，但是也够折腾人的。

太子都起身了，其他人哪能不起身相送，好在太子也算知趣，示意众人都坐回去：“不必，有大公子和崔公子相送便行了。”

太子转身欲走，可刚一抬步，外面就传来一阵喧闹声。

大门距离大厅有数十米远，他们都能听到声音，可见外面的事闹得有多大，而太子的仪仗就在外面，这人还敢闹，说明来者不善。

崔浩亭和王锦凌的心“咯噔”一下，两人相视一眼，崔浩亭点了点头，表示会看好这里，让王锦凌放心去处理。

“太子，请您稍候，容锦凌先去看看外面的情况。”外面闹出了事，当然不能让太子去冒险。

太子点了点头，将迈出去的脚收回，眼中闪过一抹狠厉：明知他在凤府，还敢上门闹事，连面子功夫都不做，很好！

在场的人都战战兢兢，这个时候敢在外面闹场子的人绝非善类。众人暗呼倒霉，本以为之前已经在外面闹了一场，让凤轻尘丢了脸就算了，没想到居然还有人敢闹到太子面前，还真是……

西陵天磊与南陵锦凡没有动，但能猜到发生了什么事，两人相视一笑，心照不宣，摆明了等着看好戏。

西陵天宇没有错过两人眼中的戏谑，暗自叹了口气。

九皇叔，对不起了，我已经尽力了，可敌人太狡猾了，他看住了一个，没看住另一个。

王锦凌一出去，就看到夜叶和太子侍卫首领差点打起来，王锦凌的眼中闪过一抹寒光：“住手！”

“大公子。”那侍卫首领看到能主持大局的人来了，当下松了口气，立马退开，不再与夜叶纠缠。

这里不是太子府，他没必要为凤轻尘出头，之所以拦着夜叶，是不允许夜叶将那晦气的东西抬进去，以免冲撞了太子殿下。

“原来是王家大公子，你来得正好，凤轻尘呢？”夜叶也收手了，他是来闹事的没错，可他绝不会没眼色地让人赶出去，那太丢脸了。

“我在。”凤轻尘在佟珏和佟瑶的陪同下，急步走了过来，头上的珠钗互相碰撞，发出啪嗒啪嗒的声音，可见凤轻尘走得有多急。

夜叶一闹，凤府的下人就立刻去后院找凤轻尘，可她七赶八赶还是慢了一步，让前院的人听到了外面的喧闹声。

“轻尘，你先回去，这里的事我会处理。”王锦凌扫了一眼外面的情况，脸色微变，连忙阻止凤轻尘过来，可凤轻尘又怎么会同意。

“夜少主找的人是我。”下人已经告诉了她夜叶送的是什么，她虽然生气，但并不会因此失去理智，夜叶敢送上门，她就敢出面收，她没有那么多的忌讳。

“大公子，本少主是来给凤轻尘送礼的。”夜叶不客气的顶了王锦凌一句话，便对凤轻尘道，“凤轻尘，本少主亲自登门，送上重礼恭喜你过府，你们凤府的人却把本少主拦在门外，这就是凤府的待客之道吗？”

夜叶一脸倨傲地指了指他带来的礼物，看不出他在生气，只看得出他此时很得意。

确实应该得意，因为夜叶带来的礼物很不一般，正常人不会在今天送。

夜叶让人抬了两口棺材上门，此时正由几名大汉抬着，停在凤府台阶下，而这也就是太子的侍卫不让夜叶的“礼物”进凤府的原因。

没有人会上门送棺材，这不摆明了咒凤轻尘死嘛。

“夜少主言重了，不是我凤府没有待客之道，而是你的礼物太特别了，我府上的下人也是守规矩，不敢乱来。”凤轻尘站在王锦凌身侧，朝王锦凌展颜一笑，表示她不在意。

不就是两口棺材嘛，她怕什么，这棺材还能装她不成？

“这么说，凤轻尘你是不收本少主的礼物了？”夜叶一副纨绔子弟的模样，身形一转，对抬棺材的人说道，“既然如此，来人呀，给本少主砸了……”

“住手，不许砸！”凤轻尘不知夜叶这是什么意思，可听到夜叶说要砸了这两口棺材，她的心里突然闷得难受，总感觉有不好的事情要发生。

棺材里面有什么？

凤轻尘盯着那两口棺材，眼也不眨，她可以肯定里面有东西，只抬两口空棺材上门，这种低级的手段，夜叶不会用。

凤轻尘阻止得很及时，而夜叶也很给面子，扬手示意抬棺木的人不要乱动。转头似笑非笑地看着凤轻尘，挑衅道：“凤轻尘，你这是要收下本少主的大礼了？”

这种“大礼”，稍微有点理智的人都不会收，夜叶也就是算准了这一点，才特意把“礼物”装在棺材里，只要凤轻尘不收，他就可以当着凤轻尘的面，狠狠地把“礼物”给踩烂，甚至喂狗。

不过不是现在，他在等，等西陵天磊和南陵锦凡把人煽动出来，到时候看到的人越多，越能为他证明，他本一片好心，凤轻尘却错怪好人，他一时愤怒，才会失礼毁了“礼物”。

“收，为什么不收，夜少主亲自送上门来，我当然要收，不就是两口棺材嘛，夜少主敢送，我凤轻尘就敢收。”凤轻尘越发地怀疑棺材里面的东西很重要，明知这是夜叶给她挖的陷阱，她也得跳。

她赌，赌自己的第六感没有错，就算错她也认了。

“轻尘！”王锦凌劝说道，凤轻尘摆了摆手：“我有分寸，锦凌，麻烦你进去告诉太子一声，以免冲撞了太子殿下。”

“你真的要收？”没有人会在过府的好日子，将两口棺材摆在府内。

“收！”凤轻尘语气坚决，完全没有商量的余地，王锦凌没办法，苦笑了一声，道：“好，我去给太子解释。”

转身就往回走，他要去替凤轻尘善后。

让棺材进门，不仅太子会不高兴，在场的每一个人都会不高兴，可凤轻尘说了收，他只能尽量降低不好的影响。

“凤轻尘果然是凤轻尘，有胆识。”夜叶挑了挑眉，有些意外凤轻尘居然这么狂妄，当着这么多达官贵人的面，居然还敢让他把棺材抬进去。

他倒是小瞧了凤轻尘。

不过，没有关系，不能在门外给凤轻尘难堪，棺材抬了进去，他一样能坑死凤轻尘。

夜叶很有耐心地等，等王锦凌出来，有王锦凌出面，说服里面的那些人让他抬棺材进凤府，完全没有问题。

有南陵锦凡和西陵天磊在，夜叶相信自己可以全身而退，只不过便宜了凤轻尘。

夜叶高深莫测地笑了笑，凤轻尘被他笑得心里发毛，越发不安起来，也让她更加坚定地要把棺材和里面的东西留下来。

王锦凌进去时，正好听到南陵锦凡在用话激太子带众官员出去，太子虽然不悦，但碍于邦交，也不好和南陵锦凡一样口出恶言，只好微笑不动。

王锦凌才不管这些，毫不客气地打断南陵锦凡刻薄的话，道：“锦凡皇子有心了，还请锦凡皇子记住自己的身份，这里是东陵，不是南陵，在我东陵皇城，还轮不到你指手画脚。”

不怪王锦凌这么生气，实在是南陵锦凡与夜叶做得太明显，凤轻尘让夜叶把棺材抬进来也是好事，关起门来闹，总比在外面闹来得好看。

“大公子回来了？看样子外面的喧闹已经处理好了，倒是小王多事了。”南陵锦凡眼眸微闪，阴冷十足，却不得不收敛自己的脾气。

“殿下知道自己多事就好。”王锦凌温言软语，说出来的话不像是骂人，反倒像是陈述事实，让人无从反驳。

“咳咳——”西陵天磊知道南陵锦凡忌惮王锦凌王家大家主的身份，连忙插话道，“大公子，锦凡皇子也是担心凤轻尘，既然没事了，我们就继续喝酒。”

西陵天磊相信，依夜叶的本事和那份“重礼”的分量，绝对能打垮凤轻尘，所以他并不着急。

王锦凌这么快就折回，说不定会有意想不到的效果。果然，没让西陵天磊失望，王锦凌说出了夜叶的礼物，又说夜叶执意要将礼物抬进来，随即又向太子请罪，请太子原谅夜少主年幼无知，如有冲撞，还请太子恕罪。

噗！南陵锦凡气得差点吐血。

王锦凌这纯粹是睁眼说瞎话，夜叶不可能非要把两口棺材抬进来，明明是凤轻尘胆大包天，王锦凌居然把罪名全部推到夜叶头上，真狠。

可偏偏，没有人会说王锦凌撒谎，毕竟夜叶抬两口棺材上门，本就是无知加失礼的表现。

王锦凌解释一番后，太子虽然不满，还是点了点头，同意让夜叶把棺材抬进来："本宫也想见识一下，夜少主这份别出心裁的礼物。"

很明显，因为王锦凌的话，太子把所在的错都算在了夜叶身上，丝毫不在意凤轻尘的失礼。太子都这么说了，其他人当然不会说什么，王锦凌便命下人去告知凤轻尘。

厅中的人如同约好一般，一个个附和着太子的话，说是要看看夜少主这份别出心裁的礼物，于是大家排好队，按官位从高到低，以太子为中心，依次排开。

虽然没有人出面指挥，但大家都是人精，这位置绝不会站错。太子、西陵天磊站在最前面，西陵天宇、南陵锦凡、王锦凌、崔浩亭和翟东明则落后半步，其他人再往后……

凤轻尘与夜叶走在前面，身后则是由八个大汉抬进来的两口黑色棺木，人还没有走近，太子就发话道："夜少主好大的面子，这么一份礼物，居然要劳烦我们在这里等。"

不阴不阳的语调，充分说明太子有多么的不爽。

他再不受宠，明面上也是太子，夜叶区区一个城主之子，明知他在凤府，居然还敢抬棺材上门闹事，真是胆大包天。

凤轻尘一听，就知道在王锦凌的劝说下，太子把账都记在了夜叶身上，便朝王锦凌轻轻点头，表示感谢。

夜叶脚步一顿："殿下言重了，夜叶没有冲撞殿下的意思，这礼物是凤轻尘让抬进来的。"夜叶恶狠狠地剜了王锦凌一眼。

阴险的小人！

王锦凌无所谓地一笑，有本事拆穿他呀！

"哼——"太子面露不满，冷哼一声，对于王锦凌的话，太子已经先入为主，根本不相信夜叶，要不是夜叶逼迫，凤轻尘怎么会同意他把棺材抬进凤府？

"既然抬进来了，夜少主就打开，让本宫见识一下，本宫也很好奇，夜少主的重礼是什么？”王锦凌之前稍稍露了两句，棺木里面可能有东西，所以太子不等凤轻尘这个主人开口，就先问了起来。

夜叶愣了一下，随即不爽地挑眉，眼神扫向南陵锦凡与西陵天磊，用眼神质问：“你们两个怎么回事，怎么让事情变成这样？”

太子居然抢先问棺材里面有什么，让他失了先机，这让他如何拿棺材里面的东西出气？

这里面的东西虽是为凤轻尘准备的，可不是为了送给凤轻尘。

南陵锦凡和西陵天磊歉意地摇了摇头，表示他们无能为力，让夜叶自己想办法，他们也没想到凤轻尘会同意夜叶把棺材抬进来，更没想到王锦凌会为了凤轻尘，当众诋毁夜叶。

事情的发展超出了他们的预计，虽说效果一样，但这么一来夜叶就处在理亏的一方，现在他们才不要掺和呢，免得惹一身腥。

既然让夜叶出面，就表示他们不想沾上这事，添添火还可以，要他们上阵那是做梦。

没错，夜叶被南陵锦凡和西陵天磊利用了，而他自己还不知道。

没有帮手，夜叶只好靠自己，无视太子的冷眼，夜叶顶着来自众人的压力，厚颜道：“殿下误会了，我的礼物只有这两口棺材，棺材里面的东西不送！”

什么？

棺材里面的东西不送？

有这么送礼的吗？

夜叶此言一出，众人都鄙夷地看着他。

还夜城少城主呢，真是丢人，翟东明更是仗着自己身份特殊，直接开口奚落道：“夜少主还真是大方，送个礼只把盒子留下，礼物还要收回去，不知道的人还以为夜少主这棺材是用金子打的。”

“回世子的话，这棺材不是金子打造的，只是普通的寿木，最多就值十两银子。”佟珏在凤轻尘的授意下，上前一步，行礼回话。

“十两银子？这礼也好意思拿出手，哦……我忘了，夜少主有什么不好意思的，连凤轻尘的诊费都好意思赖着不给，送十两的礼物也属正常。夜少主，你们夜城是不是穷疯了，实在穷你就说一声，多的不敢说，千八百两的，我肃亲王府还是拿得出的。”

翟东明的嘴就像炮筒一样，噼里啪啦说个没完，夜叶越听越怒，双眼睁得极大，几次开口想要打断翟东明的话，可翟东明不仅语速快，声音也大，他根本插不进去。

“原来夜少主囊中羞涩，夜少主你早说呀，你不说我们怎么知道夜城这么穷。多的话锦凌不敢说，但只要夜少主开口，一两万的银子，王家还是能拿出来的。”翟东明搭好台子，王锦凌也不客气，上去就踩一脚。

换作平时，他一定不会做这种落井下石的事情，可谁让夜叶在这么重要的日子，找凤轻尘麻烦呢？

“多谢两位的好意，我夜城缺什么也不会缺银子！”夜叶被翟东明和王锦凌的一唱一和给惹毛了，咬牙切齿地咆哮道。

“不缺就不缺，夜少主说这么大声做什么，怕我们听不到吗？既然夜少主不缺银子，那就麻烦夜少主先把诊费付了，不多，一千两黄金，我想夜少主你应该不会缺这点钱。”凤轻尘越发地肯定，棺材里面的东西很重要，不然夜叶不会说出这样的话。

“不就是一千两黄金嘛，好，回头我就让人给你送来。”夜叶财大气粗地道，虽说他真心觉得凤轻尘这是狮子大开口，可他刚刚放了狠话，也不好意思再还价。

回头给？

我真要银子，还会等到现在？

“哼——”凤轻尘冷笑，“夜少主，不是我凤轻尘不信你，实在是你的诊费拖了太久了。我没有夜少主你财大气粗，如果夜少主付不起诊费，我也不为难夜少主，夜少主把你抬进来的礼物留下就好，我就当是诊费收了。”

凤轻尘的这话够恶毒的，不是“不付诊费”而是“付不起诊费”，这不就是说夜城穷嘛。

偏偏翟东明还很诚恳地赞道：“轻尘高风亮节，这么一来，你就替夜少主解决了一个大难题，不过夜少主你不必感激，区区一千两黄金罢了，我们东陵人还不看在眼里。”

“我说了，我夜城有的是银子，我回头就让人送来，别说一千两，就是一万两，我夜叶也付得起。”夜叶努力辩解，可惜在场的众人全都一副没有听到的样子。

别忘了，这里是凤府，是凤轻尘的地盘，夜叶做了恶人还想装好人，那是做梦。

翟东明看凤轻尘心神不宁的样子，就知道她对棺材里面的东西很在意，瞅准机会，立马开口：“轻尘，打开棺材看看里面到底装了什么东西，能让夜少主这么护着的东西，本世子很好奇。”

“世子爷说得是，既然大家都想看，那就打开吧。”凤轻尘感激地朝翟东明一笑，立刻命令府中的护卫动手。

她的确对里面的东西很感兴趣，她想知道到底是什么让她心神不宁，让她如此不安。

“住手！凤轻尘，我说了里面的东西不送给你。”夜叶没法再绕圈子，事到如今，他也没有什么办法，只能恶人做到底。

夜叶恶狠狠地瞪了一眼南陵锦凡和西陵天磊，冲上前去，挡在两口棺材前面。

西陵天磊与南陵锦凡也苦呀，他们有心想要帮衬夜叶一二，可他们一个被西陵天宇缠住，一个被王锦凌拉住，他们只能放任夜叶孤军奋战。

反正，棺材里面的东西，分量足够了。

“夜少主，你这是什么意思？送进门的东西还不让人打开？”凤轻尘下额微扬，一脸的高傲。

主动权在她手上，夜叶只有乖乖听话的份。

“凤轻尘，你搞清楚，本少主说了，棺材里面的东西不送给你，那可是本少主千辛万苦寻来喂狗的，被你拿走了，本少主的狗怎么办？”夜叶学翟东明，不管不顾飞快地说道。

“夜叶，我不管你说了什么，现在东西在我府上，就由我说了算，你们还愣着干吗，打开！”凤轻尘的脸被夜叶气得通红。

这些人，是多见不得她好。

既然非打开不可，夜叶也不肯让凤轻尘的人动手，那样多没震撼力：“凤轻尘，不劳你的人动手，本少主费尽心思寻来喂狗的东西，本少主自会取走。”

言罢，就示意抬棺材进来的那几个大汉动手。

夜叶的人距离棺材较近，当凤府的护卫发现他们要动手砸棺材时，已来不及阻止。

“咚——”大汉抡起拳头，一拳打在棺材上，这棺材果然是便宜货，一拳下去，便应声而碎。

“啪——”

几根白骨露在众人面前，看得出来是人骨。

死人的尸骨？

夜少主这是什么意思？

众人一脸不解，可当第二口棺材里的东西露出来时，众人终于明白了夜叶的用心。

夜叶实在太过分了！

第二口棺材里面放的是一口玉棺，玉棺里面有一具男尸，男尸被保管得相当好，看上去就像没死多久一样。

这本来也没什么，可当凤轻尘看到那具男尸时，整个人都呆住了，面色惨白如纸，好像失了魂魄一般，眼泪顺着眼角直往下流。

这是怎么了？

王锦凌连忙上前，想要安慰凤轻尘，可当他看清楚玉棺里的那具男尸时，也愣住了。

“凤将军？”王锦凌吃惊道。

“什么，凤将军的尸骨？这怎么可能。”太子、翟东明连忙上前，不敢相信死了十几年的人，怎么会出现在这里，可是……

“真是凤将军的尸体，这怎么可能？凤将军去世那么久，他的尸体怎么可能保存得这么好？”翟东明小时候见过凤战，可以肯定棺材内的尸体就是凤战。

尸体保存得极好，就像是凤战还活着一样，甚至不认识凤战的人，也知道这是凤战的尸体，因为男尸身上放了一块军牌，上面就有“凤战”二字。

这是凤轻尘的父亲凤战的尸体，也是夜叶开口闭口，拿去喂狗的“东西”。

“夜叶，你找死！”

凤轻尘回过神来，撕心裂肺地喊了一句，眼泪唰的一下就流了出来，双眼睁得极大，却没有一丝生气，死死地瞪着夜叶，看得夜叶毛骨悚然，就好像被鬼盯上了一样。

“小姐，小姐，你别吓我。”佟珏和佟瑶在听到“凤将军”三个字时就愣住了，一听到凤轻尘悲痛的低鸣声，连忙抱住她，她们怕凤轻尘崩溃了！

凤轻尘的脸白得如同死尸，甩开佟珏和佟瑶，机械地朝夜叶走去，血色的红唇一张一合：“夜叶，你要拿我爹的尸骨去喂狗？”

那惨白的脸色，阴冷的语气，就像索命的女鬼，夜叶吓得连连后退：“凤轻尘，你要干什么嘛，尸体是我找到的，我想拿去干吗就干吗，我就拿你爹的尸体去喂狗，又怎么了。”

“哼哼——”凤轻尘只冷笑，不说话，阴森森地盯着夜叶，就好像夜叶是死人一般。

夜叶吞了吞口水，突然发现自己惹到煞星了，他没想到凤轻尘的反应会这么大，不就是两个死人嘛，至于发疯吗？

围观的人看到太子不说话，也不敢多说，只一脸同情地看向凤轻尘。之前凤将军的尸骨没有找到，凤轻尘还能抱着一丝希望，想着凤将军可能还没死，可现在……

凤将军的尸体被夜叶抬了进来，还口口声声说要拿去喂狗，这夜叶是拿刀往凤轻尘的心窝里戳呀。

就在众人都以为凤轻尘承受不住这打击时，她突然开口，指着另一个棺木里的白骨问道：“那具白骨是谁的？”

其实，她隐约猜到了，只是不敢确定。

一天之内，见到两位至亲的尸骨，老天爷非要逼疯她才甘心吗？

“那是你娘的尸骨，里面有一块玉佩，那是你娘随身佩戴的玉佩，我派人在你娘掉下去的地方找到的。”

夜叶也不知道自己怎么了，被凤轻尘那双看死人般的眼睛盯着，脑子一片空白，什么都没办法想，一张嘴就乖乖地说了出来。

“我娘！”

啪嗒！一滴血红的眼泪，从凤轻尘的眼中流了出来，就在众人以为凤轻尘会杀了夜叶时，凤轻尘却退开了，指着门外道：“夜叶，你可以滚了。”

“凤轻尘，你叫我滚？好，我走，来人呀，把那两具尸骨给我抬走，我要拿去……”

啪！凤轻尘转身，朝夜叶甩了个巴掌：“你再多说一个字，我就拿你去喂蛇。”

这不是威胁，凤轻尘绝对说到做到。

夜叶捂着自己的右脸，不敢相信地看着凤轻尘：“你居然敢打我？”

“我便打你又如何！”

凤轻尘高傲地与夜叶对视，双眼跳动着愤怒的火焰。

她绝不会放过夜叶！

太子、王锦凌、崔浩亭、翟东明一众人，默默地站在凤轻尘旁边，无声地支持她。

即使凤轻尘当众甩了夜叶一巴掌又如何，他们不认为凤轻尘有错，换作是他们也会和凤轻尘一样。

夜叶千不该万不该，不该拿凤将军和凤夫人的尸骨作礼物，还口口声声说要拿去喂狗，如果夜叶找到凤将军和凤夫人的尸骨，好好地送来，凤轻尘说不定还会不计前嫌，可现在……

夜叶要庆幸自己有一个好父亲，如果夜叶不是夜城少主，这个时候就已经是尸体一具了。凤轻尘看向夜叶的眼神，就像是在看死人。

南陵锦凡与西陵天磊心里发怵，他们也没想到凤轻尘一个弱女子，居然会有这么大的恨意，这恨意也令他们两人发寒。

两人庆幸自己没有参与这件事，他们顶多算是帮凶，凤轻尘再记恨也记恨不到他们头上。于是，二人很有默契地后退，隐在人群中，他们可不想和夜叶一样，成为东陵的公敌。

诡异的静寂让夜叶明白了事情的严重性，夜叶捂着右脸，一脸木然地看着凤轻尘，似乎不知道自己接下来该怎么办。

事情完全超出了他的预料，他怎么也弄不明白，自己到底哪里做错了，事情怎么会变成这个样子？

他把凤战和陆以沫的尸骨找出来，可不是为了还给凤轻尘，而是要打击她，要她哭着、求着，求他把凤战和陆以沫的尸骨还给她。

可结果呢？凤轻尘是哭了，可并不是哭着求他，而是流下了愤怒的泪水，一副恨不得将他撕碎，拿去给她父母陪葬的架势。

夜叶不想面对这样的凤轻尘，可是他还没有把凤战和陆以沫的尸骨给毁了，他怎么能够甘心？

可不甘心又能如何，他现在已经没有动手的机会，他心里已经怯了，只是面子上下不来。

夜叶倔犟地扬头，与凤轻尘僵持着，他绝不会就这样离开，凤轻尘叫他滚他就滚，他颜面何存？夜城的面子往哪里摆？

夜叶这个时候需要一个台阶下，王锦凌知道夜叶不走，凤轻尘真会杀了他，王锦凌望向太子，示意太子开口。

太子了然点头，上前一步隔开凤轻尘和夜叶，果断地将事情定了性。

“夜少主，本宫看你的精神似乎不太好，你还是先回去的好，至于今天这事，本宫会亲自去问夜城主。”

太子这话确实是给夜叶台阶下，同时也把整个夜城给扯进来了，如果有需要，东陵便能以这件事为理由朝夜城开战。

太子相信，在他们师出有名的情况下，其他八城绝不会出兵帮夜城，只要九城不绑成一团，东陵大军便可以轻易地将夜城收入本国的版图。

太子就是太子，时刻都想着东陵的利益，王锦凌摇了摇头，心疼地看着凤轻尘。在场的这么多人，也只有凤轻尘是单纯地为凤将军和凤夫人的尸骨伤心，至于其他人，各有各的算计罢了。

夜叶冷汗淋漓，脸色煞白，他怎么也想不到，不就是把凤战和陆以沫的尸骨找出来嘛，太子怎么就扯上了东陵和夜城呢？

夜叶动了动嘴唇，想要辩解一句，可又不知道该说什么。夜叶茫然地看向南陵锦凡与西陵天磊，希望这两人帮他说句话，这样的局面，一个不好就会毁了整个夜城。

可惜他找了半天，也没有找到那两人的身影，夜叶知道自己完了，那两人抛弃了他，这个黑锅夜城背定了。

夜叶绝望地站在原地，他今天自以为是的举动，居然把夜城推到了绝境，他即将成为夜城的罪人。

这个时候夜叶不仅失声了，还失神了，就这么呆呆愣愣地站在那里，什么也看不到，什么也听不到，甚至被人拖出去也没有半点反应。

夜叶走后，凤轻尘的情绪也平复了许多，她没有撕心裂肺地大喊大叫，只站在那里，默默垂泪，可即便只是这样，她的嗓子也哑了。

凤轻尘朝太子与众人鞠了个躬，用粗哑的嗓音道：“殿下，众位大人，发生这样的事情，请恕轻尘无法招待众位，今天的宴会就此散了。改日，轻尘定会备上厚礼，登门谢罪。”

说完，又是深深地鞠了一躬。

发生这样的事情，谁还好意思留在这里吃喝，当下便在太子的带领下，一一说没事，凤轻尘先操办凤将军的事情要紧。

“轻尘你好好保重，有事就派人去太子府说一声，本宫能帮上忙的地方，定不推辞，他日凤将军与凤夫人下葬时，本宫定亲自相送。”太子留下这话便率先离去，其他人见状亦一一离开。

凤轻尘就像一块木头，机械地站在那里，整个人像是游离在人群之外，别人在她面前说一句，她就鞠一躬，哀伤的神情让人不忍多看。

王锦凌和翟东明特意留在最后，两人本想留下来陪陪凤轻尘，可不等他们开口，凤轻尘就拒绝：“我想一个人静静，你们先回去。”

有些悲痛，刻骨铭心，不是有人陪着就能减轻的，她今天已经很累了，她只想一个人静静，一个人默默地舔伤口。

她的心很痛，很痛！

王锦凌点了点头不再多说，翟东明却在离去前，特意安慰了凤轻尘一句：“轻尘，你节哀。凤将军和凤夫人的尸骨能找到也是一件好事，你不要太伤心。”

翟东明这话确实是安慰，可对凤轻尘来说，无疑又被人往心口里戳了一刀。

“嗯。”凤轻尘木讷地点头，死死地咬着唇，不让自己哭出来。

王锦凌歉意地看了凤轻尘一眼，连忙把翟东明拖了出去，翟东明不明白，王锦凌却明白，翟东明这话哪里是安慰，这简直就是诛心。

# 第四章　悲伤逆流成河

翟东明和王锦凌走后，凤府的客人也就全部走了，后院那些夫人们在佟珏和佟瑶的解释下，一个个眼眶红红地离开，并没有打扰凤轻尘。

崔浩亭知道凤轻尘这个时候需要独处，早早地就打发了下人，同时亦让人给在西区小院的孙思行送个消息。

他和凤轻尘非亲非故，不方便安慰她，孙思行怎么说也是凤轻尘的徒弟，由他安慰凤轻尘于情于理都说得过去。

偌大的院子，除了凤轻尘父母的尸骨外，就只有她一个人孤零零地站在那里，寒风就像刀子一般，刮在她的脸上剧烈生痛，凤轻尘却没有任何感觉。

凤轻尘不知道自己站了多久，只知道全身都冰凉冰凉的，双腿沉重的不像是自己的，眼中的泪流干了，凤轻尘木然转身，走向玉棺。

翟东明说得没错，她父母的尸骨能找回来是一件好事，不过前提是她自己亲手找回来，而不是被夜叶这个混蛋用这种方法找回来。

夜叶将她父母的尸骨大张旗鼓地抬到凤府，等于狠狠地甩了她一个巴掌，让她无地自容。

她是一个不孝的女儿！

别人说她的父母尸骨无存，她就信了，只想着给父母建衣冠冢，完全没想过去寻找尸骨，她连夜叶都比不上。夜叶为了打击她，还能费尽心思地去寻找她父母的尸骨，可她呢？

她什么都没有做。

“呜呜呜——”凤轻尘跌坐在地，趴在玉棺上，大声地哭了出来，也只有在没人的时候，她才敢尽情地哭，才敢放声地大哭。

将心中的悲痛全部哭出来，将心中的委屈全部哭出来，将心中的不甘全部哭出来，哭完后，她就要开始战斗！

天知道，她有多想杀了夜叶，如果不是还有一点理智，她今天就不是甩夜叶一巴掌，而是直接朝他的心脏插一刀。

凤轻尘看着玉棺里的尸体，眼泪掉得更凶，她知道父亲死在战场上，可真的没想到父亲的死这么惨，甚至连一具完整的尸首都算不上。

她父亲的尸体被玉棺保存得很好，脸上擦得干干净净，还能看出昔日的俊朗不凡，身上穿的战甲虽然有血迹和锈迹，好在还算完整。

她的父亲躺在玉棺里就好像在安睡一般，一般人看不出战甲下面的样子，可凤轻尘不是一般人，她对人体的了解超出常人。

战甲下是一具支离破碎的尸体，她母亲的尸骨只剩下几根白骨，而她父亲的尸体，则是一块一块缝起来的。

缝合的人很细心，如果不是凤轻尘对人体足够了解，根本就看不出来她父亲死得这么惨。

可再仔细也无法让尸体完好如初，也无法改变她父亲死前所受的伤害。

凤轻尘对着玉棺里的尸骨发呆，她的父亲铁骨铮铮，为这个国家而死，怎么会落得如此下场，居然要一个外人来给他收尸。

她甚至可以想象，那个保存她父亲尸骨的人，是如何在一堆乱尸里寻找自己父亲的尸体，这本该是她这个女儿要做的，结果……

她恨自己，恨自己从来没有想过她父母的尸骨还在，从来没有想去寻找。

“青山处处埋忠骨，何必马革裹尸还！”

她相信这一句话，所以她从来没有动过寻找的念头，她自以为是地认为十几年过去了，她就算去找也找不到，可夜叶此举却狠狠地给了她一巴掌，将她打醒。

这天下没有什么不可能的事情，只有你不去做的事情。

春绘、秋画、夏挽、冬晴站在角落里，看凤轻尘哭得伤心，也默默地掉眼泪，佟珏和佟瑶早早地准备好了热水和姜汤，等凤轻尘从悲伤中恢复过来。

她们相信，她们家姑娘绝不会被轻易地击垮。

孙思行收到消息，飞快地赶了过来，连口气都没有喘，跳下马车就往府里跑，哪知还没有走近，就被佟珏和佟瑶拦住了。

“孙少爷，让小姐一个人静静，她会恢复过来的。”凤轻尘早已接受了父母双亡的事实，不会一味地沉浸在悲伤中。

孙思行默默地点了点头，看着凤轻尘身边的两具尸骨，不由得想到自己的父母，如果有朝一日，有人抬着他父母的尸骨出现在他面前，他会怎么办？

不……不，不会的。

孙思行连连摇头，不断地告诉自己，不会的，绝不会发生这样的事情，他的父母还活得好好的，他一定能找到自己的父母。

他的父母只是失踪，他还有个念想，可师父呢？他光想着就感到剜心一般的痛，师父却是在亲身经历，他可以想象师父此时有多伤心，可偏偏他什么也不能做，只能远远地看着……

时间悄然流逝，天色渐黑，凤轻尘依旧趴在玉棺上，没有起身的打算。春绘、秋画、夏挽、冬晴急了个半死，几次想要冲上前去，都被佟珏和佟瑶制止了：“小姐知道自己在做什么，我们做下人的，守好自己的本分就行了。”

佟珏和佟瑶跟着凤轻尘的时间长，她们更了解凤轻尘，凤轻尘会悲伤，但绝不会沉浸在悲伤中无法自拔。

没有让众人失望，当天黑得无法视物时，凤轻尘站了起来。

全身冻得僵硬，双唇发紫，眼睛却亮得吓人。

佟珏和佟瑶明白，她们家小姐回来了。

“小姐！”六个丫鬟一窝蜂地冲了上来，披风、热毛巾、热水，每个人手上捧一样东西。

摸着像冰块一样的凤轻尘，六个丫鬟险些又哭了出来，她们真的心疼凤轻尘，这样小小的身体，却背负着这么沉重的枷锁。

放在一般人家，这还只是一个孩子，一个被父母娇宠的孩子。

凤轻尘也不动，任凭她们将自己包成一个粽子，这个时候她不能病倒，她还要查当年的事情。

这一次，她绝不会听别人说什么就是什么……

“师父。”孙思行哽咽着叫了一声，烛火照在孙思行的身上，衬得他更加的瘦弱。

“思行来了。”凤轻尘牙关打颤，唇角轻动，想要扯出一个弧度，让孙思行不要担心她。

她虽然伤心过度，可没有忘记孙正道夫妇也失踪了，思行看到这一幕，肯定会多想，可是她的脸冻僵了，根本无法动弹。

“师父！”

孙思行眼睛一酸，眼泪就掉了下来。

师父自己还沉浸在悲伤里，却还想着安慰他，和师父心中的伤痛相比，他这点伤痛算得了什么。

孙思行只感觉有什么东西，狠狠地在心口撞，脑子一片空白，什么也想不了，只想给面前的人一丝温暖，让师父明白，无论何时她还有一个徒弟在。

孙思行上前一步，抱住凤轻尘，碰到凤轻尘冰块一样的身体，孙思行的心更痛了。

"师父，你别难过，也别伤心，一切都会好的，我们都会没事的，凤家只有您了，您一定要保重自己，凤将军和凤夫人在九泉之下，知道您为他们伤心成这个样子，一定会心疼的，只要您好好的，他们就会高兴。"

他坚信，不管他爹娘为什么离开，他都可以肯定，爹娘是为了他好，所以他不能悲伤，他要好好地活着，这样才对得起爹娘的牺牲。

佟珏和佟瑶几人被孙思行大胆的举动吓了一跳，却没有阻止，她们家小姐再坚强也只是一个女子，哪怕只能依靠一刻，对她们小姐来说也是好的。

凤轻尘也没有动，任孙思行抱着她，她现在就是想推开也没有那个力气，她想拍拍孙思行的背，却发现自己的手也僵硬了，凤轻尘只得颤颤地道："一切都会好的，所有的不好都会过去，思行你别担心我，经过这件事后，我想以后再也没有什么事能打倒我。"

凤轻尘动了动僵硬的脖子，对身侧的丫鬟道："佟珏，佟瑶，去……查一查夜叶是怎么找到我父母尸骨的，背后还有谁参与今天的事。另外，我要知道我爹娘出事时，发生了什么。"

她爹为什么会死得那么惨？她娘的尸骨上为什么会有野兽的牙印？夜叶到底是在哪里找到她爹娘的尸骨的？这些她都要知道，她不信夜叶的话。

她娘的尸骨还透着一股泥土味，说明尸骨是前不久从土里挖出来的，根本不是夜叶所说，在她娘落崖的地方找到的。

她要知道当年的真相，她绝不再懵懂地活着！

"小姐你放心，我们已经派人去查了，只要有一丝痕迹，我们就一定能查出来。"凤轻尘给了佟珏和佟瑶很大的自由和权力，而佟珏和佟瑶也不是笨蛋，发生这样的事情，怎么可能不查，凤府的人一走，她们就传令下去了。

查……挖地三尺也要查清楚。

佟珏和佟瑶说完后，就低着头等凤轻尘的命令，可等了半天也没见凤轻尘有反应，两个丫鬟发现事情不对，连忙上前查看，这一看可把两人吓坏了："孙少爷，小姐晕过去了。"

凤轻尘直接倒在孙思行的肩膀上，一动不动。

"快，扶师父回房。"孙思行本想给凤轻尘号脉，却发现她此时这样子根本号不出什么来，得先把人暖过来再说。

孙思行一个人根本抱不动凤轻尘，只得麻烦佟珏和佟瑶，一群人手忙脚乱地把凤轻尘扶回房。

孙思行和春绘、秋画、冬晴、夏挽留下来照顾凤轻尘，佟珏和佟瑶则赶回去，把凤父和凤母的尸骨收好。

崔浩亭住的院子和凤轻尘相差不远，这乒乒乓乓的声音传来，他就是想装作不知也不行，更何况他本就在等凤轻尘那边的消息。

“凤轻尘也是一个命苦的人啊。”崔浩亭将手中的白子落下，想起前两天凤轻尘和他下棋的画面，有些伤怀。

“如果无父无母就是命苦，那这天下命苦的人多了，你自己不也是其中之一。”元希先生手执黑子，稳稳地落下，“浩亭，与其关心凤轻尘的命苦不苦，不如担心你自己的病，凤轻尘这个样子，我不放心。”

两天后，就是凤轻尘和他们约定给崔浩亭动手术的日子，可凤轻尘这个样子，她能做得到吗？

元希先生很怀疑！

“不行便往后推，发生这样的事情，凤轻尘也不想的。”崔浩亭并不在意这一两天的时间，相比起来，他更在乎自己的命，他不会把自己的命，交给沉浸在悲伤中无法自拔的人。

“看来也只能如此了。”元希低头研究棋盘，突然发现，他好像没法落子了。

呃……

一刻钟后，崔浩亭落子起身：“小叔，你输了。”

元希先生盯着棋盘看了半天，不敢相信自己居然输给了崔浩亭，当下就跳了起来：“不可能，不可能，我怎么会输给你？！”

“事实摆在面前，你输了。”崔浩亭心情大好，被凤轻尘虐也是有好处的，这不，他赢了名满天下的元希先生。

“再来一局，再来一局，我就不信我会输给你，我刚刚没有认真下。”元希先生不干了，动手将棋盘的棋子捡回来，想再下一局。

崔浩亭才不搭理他呢：“不下，你不是我的对手。”

说完，就朝室内走去，留下元希先生一个人，对着棋盘咬牙切齿。

他明天还要安慰凤轻尘呢，他要早点睡。

结果，让所有人大跌眼镜，凤轻尘并没有如崔浩亭所想的那般，沉浸在悲伤中自哀自怜，无法自拔。

第二日，凤轻尘如同往常一般，脸上的表情也恰到好外，没有露出半分的悲伤，明亮的眸子，沉静得如同秋水，如果她不是一身素白，崔浩亭都怀疑，昨天的事情是不是一场梦。

凤轻尘的身体似乎特别好，昨天在外面冻了一天也不见她有什么不适。醒来后的第一件事，便是确定自己父母的尸骨是否收好了，得到肯定的答复后，凤轻尘的脸色好看了许多。

先去灵堂给父母上了三炷香，恭恭敬敬地磕了三个响头。接着凤轻尘用过早膳后，便来到崔浩亭和元希暂住的院子，向两人告罪，并向崔浩亭保证，明天的手术不会有问题，让他放心。

看到崔浩亭和元希先生眼中的震惊，凤轻尘的眼中闪过一抹嘲讽。

这些人以为，她凤轻尘会被打倒，会借机博取同情吗？

不，她凤轻尘从来不需要那些廉价的怜悯和同情，她凤轻尘也不会被打垮。跌倒后，她会爬起来继续战斗，直到她再也爬不起来为止！

凤轻尘和崔浩亭说定了明天手术的事，便让佟珏和佟瑶准备好礼物，她要去昨天来的那些大人的府上请罪。

太子府、肃亲王府、宁国公府，这三家她必须亲自去，另外那些人就看时间了，她今天能走几家便是几家。

她凤轻尘要告诉夜叶，告诉那些在背后等着看好戏的人，她凤轻尘不是纸糊的娃娃，想要击垮她，没那么容易。

“小姐，你的身体……”礼物早就准备好了，可她们担心凤轻尘吃不消，毕竟她昨天才刚遭了一场大罪。

“我的身体好得很，去准备就行了。”凤轻尘也不知道为什么，自己吹了一下午的寒风，又因悲伤过度晕了过去，按理说她应该病得爬不起来才是，可她一觉醒来，竟没有半分不适。

“是。”佟珏不敢多言，立马让人准备马车，并把送给各府的礼物搬上车。

凤轻尘的确恢复过来了，可仔细看就会发现，她比之前更加强势，也更加有威严，那双漆黑的眸子，明亮异常，深若寒潭，让人望而生畏。

也许是知道主子心情不好，凤府下人的办事效率极高，不到两盏茶时间就准备好了一切。

“佟珏、佟瑶你们留下，春绘、秋画，你们两个跟我出去。”凤轻尘不在，佟珏和佟瑶可以算是凤府的半个主人。

主仆三人皆是一身素白，朝府外走去，刚走到门口，就发现天空突然飘起鹅毛般的大雪。

“咦，好好的天气怎么下雪了，小姐你稍等一下，奴婢去取一把伞来。”这雪落在身上会很冷。

“去吧。”凤轻尘点了点头，她今天穿的衣服不是很厚，她不想把自己冻病，更何况顶着一身雪上门，可是极失礼的。

取来伞后，春绘与秋画一左一右给凤轻尘打伞，不让雪花飘落在她的身上，主仆三人上了马车，朝太子府赶去。

太子听到下人来报，凤轻尘亲自上门请罪，惊得把手中的茶杯都给摔了："凤轻尘这么快就能出门了？"

和崔浩亭一样，太子也被凤轻尘如常的样子惊到了，心中暗自佩服凤将军的女儿果然不一般。太子本想留凤轻尘用饭，但听凤轻尘说还要去肃亲王府，便不再勉强。

凤轻尘一家一家地走，丝毫不顾对方眼中的震惊与疑惑。会去凤府的人大部分都和九皇叔、王锦凌交好，这些人虽然很想表现一下自己的同情心，可看凤轻尘完全不接受，便都自觉地闭口不提昨天的事。

当然，这其中也不缺往凤轻尘伤口上撒盐的人。只不过，每当对方说起凤父凤母的事情，凤轻尘就笑着转移话题，实在不行就任对方说，既不接话也不反驳，双眼放空，摆明了不听。

马车上的礼物越来越少，天却没有黑的迹象。不是还早，而是雪太大，不过一天的时间，大雪就覆盖了皇城，照得黑夜如同白昼，刺眼得紧。

凤轻尘从一位姓钱大人的府上走出来，紧绷的身子终于放松了。

总算走完了，凤轻尘一上马车，就示意车夫赶紧回去。半靠在车厢上，揉了揉眉心，凤轻尘累得不想说话，一心想着明天手术的事情，至于其他的事情，只能暂时放在脑后。

明天的手术对她来说很重要，出不得半点差池，崔浩亭要是死了，她别说找夜叶报仇，凤府能不能保住都是个问题。

其实，为了保险起见她应该取消明天的手术，她虽然看上去和平时没什么两样，可她的状态并不好。但她知道不能取消手术，因为她没有时间了，如果明天不给崔浩亭动手术，她不知道自己什么时候才有空，因为她接下来会很忙。

首先，她要挑一个好日子安葬父母，让父母入土为安。其次，她要查当年发生的事情。最后，她还要去一趟玄霄宫，弄清母亲的身份。

是的，就在今天，凤轻尘决定去玄霄宫调查。属于自己的责任，她不应该逃避，不应该推给九皇叔，哪怕再不愿意，她也要面对，不然就会发生和昨天一样的事情。

想到九皇叔，凤轻尘的身子终于放松几许，同时也有着淡淡的遗憾，要是昨天九皇叔在就好了，他一定不会那么轻易放过夜叶。

不过没关系，夜叶是夜城的少主，跑得了和尚跑不了庙，夜叶既然把她的父母牵扯到他们之间的恩怨中来，那就别怪她把账算到整个夜城头上，夜城有一个这么不着调的少主，算夜城的百姓倒霉。

凤轻尘沉浸在自己的思绪里，直到马车停下才回神。一打开车帘，才发现雪还未停，且有越下越大的趋势，凤府都被大雪给包住了，凤府门口的两棵树，也被大雪压弯了。

“怎么这么大的雪，这都一天了，再这么下去，房子都得被雪压垮。”春绘抱怨道。

“瑞雪兆丰年，这是好兆头。”秋绘给凤轻尘披上披风，柔声道。

凤轻尘对此不感兴趣，一场大雪罢了，冬日哪有不下雪的……

雪不停地下，越积越厚，人们根本无法出行，官府一大早就派人出来扫雪，勉强才清出一条小路，方便百姓通行。

至于达官显贵则不用担心，他们自有家仆清路。只不过，没有特别的大事，一般人都不愿意出门，这天气实在糟糕，掉进雪堆里，说不定都爬不起来。

出现如此极端天气，皇城还好，因为是天子脚下，官府早早就做了准备，暂时还没有发现有人冻死，可其他地方就不好说了，远的不说，就说距离皇城比较近的几个城镇，第二天就有人冻死在路边。

之前发生的一场大山爆炸，虽说没有死人，却把百姓惊了个半死，这才没多久，又遇到了百年难得一见的大雪，当下百姓就惶恐了。在这大雪连下几天不停后，民间再次流传出天降灾难的流言。

当然，这些话只在百姓之间私下流传，除非灾情特别严重，或者背后有推手，否则短时间内成不了气候。

此次大雪是真正的天灾，没有人知道会下多久，是以九皇叔和王锦凌发现了流言的苗头，也没有想过从中推一把。

万一，流言一起大雪就停了，那岂不是白忙一场？

再说，君子有所为、有所不为，虽说处在皇权斗争下的人什么手段都会使，可也有一种人，他们愿意守住心中的最后一片净土，他们有着悲天怜人的心怀，他们不愿意把众多百姓的生命，作为政治斗争的砝码。

当然，这些都和凤轻尘没有关系，外面的雪再大也影响不到她此时的心情，而且她也没有那个远见，能预见这场大雪是雪灾的序幕。

凤轻尘在前一天晚上就为手术做好了准备，早上起来后，吃完分量不多却足够营养的早餐，便示意孙思行跟她走。

小木屋外站满了侍卫，元希先生和崔浩亭早就去了小木屋等待他们。

看崔浩亭准备的这么周全，凤轻尘也很高兴，这样她就不用担心会发生什么无法控制的意外，有容清秋和夜叶的闹场在先，凤轻尘相信这世间不缺找死的白痴。

一行人步入小木屋，在孙思行的帮助下，凤轻尘从元希先生的体内，抽取了需要的血液后便把他赶了出去。

凤轻尘在手术室忙得昏天暗地，佟珏和佟瑶也没有闲下来，不知怎么的，事情顺利得超出了她们的预计，消息一个接一个地传回来，不过短短两天时间，就把事情查得差不多了。

凤轻尘很重视这件事，她们也将全部的力量都用来查这件事，甚至还借助了王家的力量，可即使是这样，进展也未免太快了。

十几年前的事情，要真这么好查，凤轻尘也不至于什么都不知道，要说这事不古怪，打死佟珏和佟瑶都不信。

“还要查吗？”佟瑶问佟珏，她可以肯定手上的消息是真的，可到底是谁把这个消息给她们的？那个人又有什么目的？

是的，有人把她们要的消息准备好了，探子完全没有费力气，很顺利地就得到了他们想要的一切，甚至连人证都找到了。

事出反常必有妖，不查清楚令人寝食难安。

佟珏点了点头：“查，当然要查，小姐想知道当年的真相不假，可也不想被人利用，不管给我们消息的人是敌是友，都不能否认一点，那就是他绝对存了利用小姐的心思，虽说事情对我们有利，可想要利用咱们小姐，也要看小姐愿不愿意。”

在凤轻尘身边跟久了，佟珏别的没学会，凤轻尘身上的那股子傲气，她倒是学了七八成。

“你说得对，就算被人利用，也得我们心甘情愿才行。现在是午时，小姐没有这么快出来，趁小姐出来前，我们尽力去查，能查到多少是多少，要知道小姐对这件事很重视。”

外面大雪纷飞，佟瑶却毫不在乎，拢了拢身上的披风，踏进雪堆里，佟珏也同样，呵了口气，搓了搓手，朝另一头走去。

凤府的人，从来不是软柿子，不是谁想捏就能捏的！

雪太大了，皇上免了早朝，可太子并没有闲下来，他和往常一样起身，用完早膳后召幕僚议事。

这么大的雪，那些贫苦百姓的茅草房十有八九会被大雪压倒，许多平民有可能会被生生冻死，作为太子，他就算不为百姓着想，也要为自己着想，借这件事给自己添名声。

幕僚提了不少意见，有几条太子觉得可行。谈了许久，大家也累了，喝杯热茶休息片刻，顺便换另一件事情谈。

“殿下，算算时间，这个时候凤府的人应该拿到那些信息了，只是不知凤轻尘会怎么做。”一个高瘦的中年男子，双手捧着茶杯，一副很有谋算的样子，生怕别人不知道他的厉害。

“凤轻尘是个眼里容不得半粒沙子的人，看她那天看夜叶的眼神就明白，她很在乎父母，此事与她的父母有关，依本宫对她的了解，是宁可错杀也不会放过。”太子胸有成竹，要知道为了走这步棋，他准备了一年的时间。

“殿下英明，有凤轻尘冲在前面，我们什么都不用做，只需要坐收渔翁之利。只是属下担心凤轻尘会顺势查过来，要是让她知道我们在背后利用她，她会不会翻脸，转而对付我们？凤轻尘那女人可是一个刺头，不好对付。”高瘦幕僚对凤轻尘和九皇叔也算颇有研究，所以才会提出这个问题。

“先生多虑了，本宫给她的消息没有半点水分，就算是被利用她也会心甘情愿。再说了，本宫可没有逼她，本宫只是把消息给她，她要是觉得自己被人利用了，也可以什么都不做。”

太子并不觉得自己这么做有什么不对，他给凤轻尘提供了情报，凤轻尘出手消除他们共同的敌人，这是双赢的好事，不存在利用与否。

太子都这么说了，其他人也就不再反驳，一个个都说着“太子英明”“太子睿智”“这一招借刀杀人用得漂亮”。

同样是把情报露给凤轻尘，太子府一片赞美之声，肃亲王府却是大吼大叫，爷孙俩差点就吵了起来。

翟东明杀气腾腾地冲入书房，挥退所有人，并让亲兵守在院外，确定没有人会听到后，才问道：“爷爷，这是真的吗？”

“什么真的假的？”肃亲王正在写字，因翟东明这一闹，好好的一副字便被毁了，肃亲王一脸郁闷，把笔一丢，看着面前的孙子，发现怎么看怎么不顺眼。

翟东明不管不顾，梗着脖子，红着脸，继续问：“爷爷你就别和我装了，你告诉我那件事是不是真的？”

“真的如何？假的又如何？你能做什么？看看你这个样子，遇事大惊小怪的，哪里有半点世子的风范，你连凤轻尘一个女人都比不上，还想管她的事，你以为自己是谁？”

“这么说，你给凤轻尘的情报是真的了，当年她父亲真是因此而死？”翟东明才不在乎肃亲王的批评，这些话他听多了。

他就是他，爷爷就算再不满意，他也不会变成王锦凌那样的人，他学不来。

“是又如何？”肃亲王瞪着翟东明，历经沧桑的眸子闪过一抹悲痛。

凤战是死得很冤，可是那又如何，这世间比他死得更冤的人也有，有很多……

不管外面的风雪有多大，都吹不进手术室，手术室是医生的战场，一上战场就要对自己的病人负责，也要对自己负责。

手术室里，师徒二人配合默契，孙思行暗赞凤轻尘的手法精妙、下刀精准，医治的方法更是大胆创新、闻所未闻，把他认为只有理论上可行的医治方法，通通化为现实。

三个时辰后，凤轻尘摘下口罩，宣布："手术成功！"

从早站到晚，精神绷紧，的确很累，可在听到这句话后，你会发现一切都值得，你的辛苦换回了一条人命！

"太好了，师父，手术成功了！"孙思行差点欢呼出来，无论是从政治角度，还是从医学角度，这一场手术对他们来说都很重要。

凤轻尘自从救了王锦凌后，近乎沉寂了，虽医好了几个棘手的病人，可全都是皇子贵妇，不能宣传出去，而这个时候把医好崔浩亭的消息传出去，凤轻尘的名声就可以更上一层楼了。

"虽说手术成功了，但并不表示可以放松，崔浩亭的病情还需要再观察。"凤轻尘已从手术成功的喜悦中走出来，一边收拾器具，一边安排道，"思行，我知道你擅长术后调理，崔浩亭的后续恢复我就交给你了，我每天会去查看一次。"

手术已经完成，她不打算把太多的精力放在崔浩亭身上，她还有很多事情要做。

走出手术室，外面的风雨她就不能逃避。

只要术后没有不良反应，崔浩亭恢复起来是早晚的事情，借这个机会让孙思行和崔洁亭多多接触也是好事，结交世家中有权的公子，对孙思行日后行医有很大的帮助。而像崔浩亭这种心思复杂的人，也只有面对思行这个单纯的孩子，才会放下心中的戒备，如果思行能与崔浩亭交好，对思行来说有利无害。

孙思行根本没有多想，听到凤轻尘如此安排，便乖巧地应下："师父放心，我一定会照顾好崔公子，不会让你的心血白费。"

这场手术虽然进行得很顺利，可孙思行知道凤轻尘承受了很大的压力。

对于一个大夫来说，医死人是一件很大的事，崔浩亭要是死在手术台上，凤轻尘就会名声扫地，大夫生涯就将此结束，再也不会有人相信她的医术，更不会有人找她医病。

大夫是一个小心的行当，对于棘手的病症，很多大夫宁可不治也不冒险，因为一旦医死了人对名声有碍。

师徒二人花了点时间将手术室恢复原状后，才把崔浩亭推了出去，让下人将他抬走。

交待了孙思行好好照看崔浩亭，凤轻尘便离开了，刚踏出病房，就看到佟珏和佟瑶站在那里等她，凤轻尘加快了步子："怎么了？"

"小姐，查到了。"佟珏和佟瑶说这话时，脸上并没有多少喜色。

"这么快？"凤轻尘眉头打了个结，"走，回去再说。"

这里并不是说话的好地方，佟珏和佟瑶点了点头，乖乖地跟上。

外面不是说话的地方，回去后总该是说话的地方，佟珏和佟瑶本以为凤轻尘一回院子，就会问她们查到的情报，不想凤轻尘却一点不急，而是让人准备热水，她要沐浴、用膳。

她要养好精神，吃饱喝足才有力气面对接下来的事情，才能面对那些尘封的真相，已经查出来了，她再急也不急这一刻。

泡在热水里，凤轻尘尽量将身子放松，闭上眼睛，掩去眸子里的忧愁与不安。

这么快就查到她想要的东西可不是什么好现象，这说明这件事远比她想象中复杂，而插手的人也比她想象中的要多，要强大。

有人想利用这件事谋利，利用她父母的死谋利。

一想到这个可能，凤轻尘就满心酸涩，那些人连两个死人都不肯放过，难道他们就不能将心比心，想想为人子女的她会有多伤心吗？

她脑子里还有小时候，凤战将她抱在怀里的画面，温暖的大手拍着她的小脑袋说："我家轻尘小宝贝是九州大陆最漂亮的女孩，等轻尘小宝贝长大后，父亲就替你挑一个天下最好的男人，接替父亲，继续宠我的轻尘宝贝。"

两行清泪顺着凤轻尘的眼角滑入浴桶里。

有些事她可以嫌麻烦而避开，可有一些，明知是麻烦，她也要迎头面对。

每个人都有一些不能碰触的禁忌，而对于凤轻尘来说，亲人就是她的禁忌，谁敢伤害她的亲人，她就会向谁百倍讨回，夜叶污辱她爹娘的尸骨，无疑就是碰到了她的禁忌。

哗啦！凤轻尘从浴桶中站了起来，水珠顺着肌肤往下滑，凤轻尘赤着双足就往外走……

# 第五章　九皇叔夜探香闺

凤轻尘换上干净的衣服，擦干头发，一个人孤零零地坐到饭桌前，吃着她的一菜三汤，吃完后凤轻尘便去灵堂，给父母上了三炷香，在那里跪了一会儿才回到书房，让佟珏和佟瑶把收集到的情报给她看。

凤轻尘会速读，可这一次她却是一个字一个字地看，当她看完后，脸上已全是泪水。

她知道真相肯定很不堪，却没想到，真相竟是如此的难以让人接受。她紧紧地攥着手中发黄的纸张，眼泪怎么也止不住，却一点声音都没有发出来。

佟珏和佟瑶心疼得不行，无声落泪最是伤人，她们宁愿凤轻尘能像那天一样，趴在玉棺上放声大哭，哭出心中所有的伤痛。

佟珏和佟瑶想要安慰凤轻尘，却发现在这个时候无论说什么都没用，她们再怎么安慰也改变不了事实。

那一对高高在上的夫妻，毁了小姐的家，毁了小姐的一生，如果不是那两人，她们家小姐还是凤将军和凤夫人捧在手心的宝贝，可以平平顺顺过一生，根本不用承担这些重任。

“这些消息是从哪里来的？”凤轻尘闭上眼睛，微微抬头，把眼泪逼了回去。

她没有问消息准不准确，而是问从哪里来的，敢把这个消息透露给她，就表示这个消息经得起查。

“小姐，我们派人出去查了，目前只查到这个消息和太子府有关，具体有多少人在背后推动这件事情，暂时还没有查出来。”她们一个下午的时间便能查到这些，是因为太子没有顾忌，所以没有将所露痕迹清理干净，不然她们什么都查不到。

“太子？他还真是不死心，就他那个破身体，还想斗，就算我如了他的愿，把皇后毁了又如何？他没有母族帮扶能坐稳太子之位，东陵子洛没有母亲也一样可以得皇宠。”凤轻尘松手，任手心里的纸飘下去。

“去，把你们找到的那个老嬷嬷带来，我有话要问她。”不仅物证，连人证都找到了，凤轻尘不得不说，太子有心了！

只是，她的心已被东陵皇室给寒透了，太子再有心，她也不会放在心上。

世人皆知凤战死在战场上是为国捐躯，虽然战败，但对于一个将士来说，能死在战场上也是一种荣耀，可又有谁知道凤战死得有多冤？

当年，东陵与南陵开战，凤战是先锋大将军，因情报有误，凤战所带领的大军陷入南陵的包围，凤战察觉事情不对，怀疑东陵有人暗中勾结南陵，意图让东陵战败。

因为不知道背叛东陵的人是谁，凤战便不敢大张旗鼓地派人回来求援，怕所派之人被暗中杀害，或手中情报被劫取，所以他只秘密派亲信回皇城，向皇上禀报军情，请皇上派援兵前来。

凤战的顾虑是对的，当初的确有人与南陵勾结，想要他这个少年名将死在战场上，可凤战算到了所有人，独独没有算到皇上那边会出差池。

因为皇上的延误，凤战没有等到援军便战死了。

按理说，皇上接到军情后派援兵前往战场，这个时间足够了，不想凤战的紧急情报到了宫门口，却送不到皇上面前，凤战等的援军在他死后三天才到。

援军到时，连凤战的尸骨都找不到了。

在凤战的紧急军情送来之前，山东卢家送来一个姓胡的女姬，皇上一见万分心喜，当天便招胡姬侍寝，整整三天没有踏出宫殿一步，三天三夜不理国事、不理政务，只宠幸那胡姬。

三天之后，皇上从后宫出来，看到凤战的紧急军情，并没有在意，因为凤战是出了名的常胜将军，精通兵法，擅长以少胜多，乃九州大陆为数不多的少年名将。

凤战以前也曾请求过援军支援，有几次都是援军晚到，甚至根本就没到，凤战也支撑了下来，这一次不过是晚了三天，皇上一点也不觉得会有危险，甚至没有丝毫的愧疚感，只说了一句：“把消息压下，对外就说凤战的折子刚刚送到。”

在皇上的刻意遮丑下，知道这件事的人很少，皇上花了一天的时间讨论此事，然后打算派十万援兵前往，文武百官皆赞皇上英明。

处理完政事，皇上又回后宫与妃子嬉闹，整个是一沉迷酒色、不理政务的昏君，期间曾有不少大臣、御史上折子奏请皇上以国家大事为重，可皇上根本不理会，甚至肃亲王也曾劝说过，但同样没用。

至于凤战战死沙场的事情，皇上根本就没有放在心上，彼时他虽然荒唐无道，但知情者并不多，而他也早已把知情人都处理干净了，没有人知道凤战的折子是什么时候送上来的，也不会有人指责他沉迷女色，误了军国大事。

因援军晚到，凤战所率领的部队全军覆没，战死沙场，尸骨被战马踏成肉酱。

皇上大怒，先是斥责凤战用兵不利，后来又下旨降了援军将领的职务，说他耽误军情，所有人都有错，唯独皇上没有错。

将军百战死，凤战死在战场上没有人觉得不对，就算偶有几人发现异常，也因为凤战已死，皇上盛怒而懒得多管。当官的哪个不是老油条，事不关己，谁会较真？

肃亲王虽知道一些情况，可他不能为了一个死人，把君王失德之事闹出来，这件事他不仅不能说，还得替皇上隐瞒，再说了，他就算把真相曝出来又如何，皇上需要为臣子的死负责吗？

当然不用。

没有人会说皇上有错，人们只会说是胡姬魅惑君上，宫人阿谀奉承隐瞒圣听，皇上是不知情的，皇上只不过是被小人蒙蔽了。

所以肃亲王说凤战死得冤，一代名将，却因一个姬妾而惨死沙场，最主要的是无人知晓内情，所有人都说凤战指挥失利，害死了和他一起冲在前线的士兵，他死有余辜。

至于凤夫人的死？

凤轻尘只想说，皇后不愧为皇上的妻子，这翻脸无情的程度都一样，什么叫凤夫人为救皇后而死，事情根本就不是这样的……

凤夫人根本不是为救皇后而死，而是被皇后害死的。凤夫人并没有为皇后挡剑，是皇后拉她挡在自己的面前，用凤夫人的身体当盾牌。

凤夫人虽然为皇后挡了数剑，但并没有死，可是皇后怕这件事传出去，被君臣指责她失德，不配母仪天下，便命人将凤夫人推下悬崖，制造凤夫人为救皇后，跌入悬崖而死的假象，同时她还把所有的知情人都灭口了。

然而，皇后自以为做得谨慎，却不知她身边的一个大宫女，因惊吓过度失足，和凤夫人一起跌入了悬崖。

这个宫女很幸运，因为被树枝挡了一下，跌下去并没有死，可凤夫人就没有那么幸运了，身中数剑，掉下去已经没气了。

那个宫女找到凤夫人时，凤夫人的尸体已被野兽撕碎，那宫女心里害怕，又同情凤夫人的遭遇，便找了一个山洞，挖了一个坑，埋了夫人的尸骨。

那个宫女离开时，除了没有拿走凤夫人随身佩戴的一块玉佩，将夫人身上其他值钱的东西都拿走了。

所以，当凤轻尘看到那具尸骨时，完全可以肯定那就是她的母亲，她不能再心存侥幸，认为没有找到父母的尸骨，父母就可能没死……

“东陵皇室，你们欺人太甚。凭什么你们的命就是命，我爹娘的命就不是命呢？你们自己失德，凭什么要拿我父母的命来遮掩，凭什么呀？！”

九皇叔进来时，看到凤轻尘正趴在桌子上低泣，他心疼得要死，凤轻尘的警觉心一向极高，此时她却对他的到来浑然不觉，可想而知她现在有多伤心。

他怪自己来晚了！

他在大牢里听完皇上派人告诉他的消息，顾不得暴露自己的实力和宗人府里的眼线，直接解决了皇上派去的人，便直奔凤府。

他很清楚凤将军和凤夫人在凤轻尘心目中的地位，而夜叶把他们的尸骨抬回来，又一再出言污辱，凤轻尘绝对会愤怒地想杀人。

看着悲怆战栗的凤轻尘，九皇叔来不及拍打身上的雪，便大步走到她的身边，伸手将她搂在怀里：“轻尘，别哭！”

你还有我，有我在！

我会连同你父母的那份爱，一起爱你！

这话，九皇叔想说，可还没来得及说出口，凤轻尘发现有人抱住她，第一反应便是动手把人推开。

凤轻尘出手绝不是花拳绣腿，她的动作迅速而有力，在脑子还没有反应过来时，就已经先动手了。

咚！凤轻尘手一抬，手肘撞在九皇叔的胸口处，拉开两人之间的距离，脚一抬，又往九皇叔的小腿踢去，九皇叔吃痛，不过是刹那愣神，凤轻尘已经挣开了九皇叔的怀抱，一个旋身，往后退去。

“嘶……”九皇叔痛得直抽气，凤轻尘下手真重，可他怕自己出手，会伤到凤轻尘，既不敢还手，又不敢动，只能任她打。

九皇叔可以肯定，他的胸口肯定内伤了，至于小腿绝对淤青了。

“什么人？”凤轻尘后退三步，往脸上一抹，将泪水擦干净，眼中散发着冰冷的杀气，一抬头看到来人，凤轻尘眼中的杀意更甚，双眼跳动着愤怒的火焰，“东陵九，是你？”

连九皇叔都不叫了，可见凤轻尘有多怒！

“是本王。”九皇叔强压下伸手揉胸口的动作，一派潇洒，肃手而立。

他在等，等凤轻尘道歉。

连来人是谁都不清楚，就胡乱下手，这个习惯不好。

难不成，他以后每次靠近凤轻尘，都要先被她打一顿？那也太危险了。

凤轻尘这个习惯不好，得改！

九皇叔在心中默默地想着，幽深的眸子却盯着凤轻尘，等待凤轻尘主动上前，不想……

凤轻尘的确主动了，但和他想的完全不一样。

“东陵九，你来得正好，我正要找你算账。”凤轻尘捡起地上的纸，上前一步，啪的一下，往九皇叔的脸上砸去。

“东陵九，你好好看看，看看你们东陵皇室的人是多么的狼心狗肺，看看你们东陵皇室的人是多么的自私无耻。东陵九，你们东陵皇室没有一个好人，你们根本就没心，你也一样，你们都是混蛋。”

纸张打在脸上，刮得脸颊生痛，九皇叔怒了：“凤轻尘，你最好祈祷这两张破纸有本王看的价值，不然本王会跟你好好地算一算，你往本王脸上摔东西的账。”

“算就算，我怕你呀，你想找我算账，我还没找你算账呢。”凤轻尘张嘴就顶了回去。

她现在看到姓东陵的人就讨厌，看到姓东陵的人，就恨不得杀了他们。

凤轻尘周身杀气外泄，九皇叔看了一眼不再说话，打开手上的纸，一看，当场就愣住了：“原来，这才是真相。”他能明白凤轻尘的愤怒，只是，凤轻尘是不是找错人了？

“哼，别告诉我，你不知道。”凤轻尘冷讽道，她才不信九皇叔不知道这件事，九皇叔要查的事情，怎么可能查不到？

知道凤轻尘为什么生气后，九皇叔便没了与她斗气的立场，是他们东陵皇室对不起凤家夫妇。

九皇叔放低身段道：“这件事，本王真不知情。”

他曾派人查过，只不过当年的知情人都死了，委实不好查，再看凤轻尘并不怀疑凤将军和凤夫人的死，他也就停手了。

有时候，不知是福是祸，却不想夜叶抬来的两具尸体，将陈年往事都挖了出来。

“你当我是小孩子呢，你那好侄子都知道的事情，你会不知道？”凤轻尘一点也不相信，刻薄地讽刺道。

“太子？这个消息是太子给你送来的？”九皇叔心头微沉，他当然明白太子此举何意，太子太心急了！

“不然呢？你以为没有人刻意透露消息，我能在这么短的时间内查到这些？连你都不知道的事情，我又怎么可能在短时间内查到呢？当然，并不是太子一个人，除了太子，还有其他人。”凤轻尘话里话外都是讽刺的意味，却也将消息透露给了九皇叔。

她知道，她父母的死与九皇叔无关，可她就是忍不住生气，谁让九皇叔姓东陵，出自东陵皇室。

九皇叔微微叹气，皱了皱眉，他不喜欢，非常不喜欢凤轻尘这般刻薄的样子，这都不像凤轻尘了。

“轻尘，你冷静一点，既然你知道太子刻意把消息透露给你，你就应该明白太子没有好心。”九皇叔知道这件事情对凤轻尘的打击很大，但还是希望凤轻尘能恢复平日的冷静，仔细想想这件事。

这事，并不像表面那般简单。

“冷静？九皇叔，你觉得我还不够冷静吗？我要怎样才叫冷静？当作什么都不知道，当作什么都不曾发生过，继续忠于你们东陵皇室，等皇上把我推出去送死？”

“东陵九，我告诉你，我要不是足够冷静，你现在就看不到我了，我在知道真相的那一刻，就背着那些炸药进皇宫，把皇上和皇后都炸死，让他们给我爹娘陪葬。”

“东陵九，你知道的，我有那个能耐，只要我把炸药埋好，轻轻一动，就能让皇上和皇后尸骨无存，至于如何潜进皇宫，这个一点也不难，感谢你九皇叔，让我知道了皇宫的秘道。”

冷静，她还不够冷静吗？她什么都没有做，她要怎样才叫冷静？

九皇叔叹了口气，无奈地劝说道：“轻尘，你炸死了皇上和皇后又如何，你父母也无法复活，你也会被牵连，我们不能做这种亲者痛、仇者快的事情，你报仇也不应该用这种办法。”

他承认凤轻尘说得没错，凤轻尘现在还算冷静，她要是不顾一切地动用炸药，炸死皇上和皇后，那才叫麻烦。

那个时候，东陵定会大乱，其他三国也会趁机发兵，到时候倒霉的就是东陵百姓，还有凤轻尘自己。

九皇叔的痛心，九皇叔的失望，凤轻尘都看在眼里，可是她无法控制自己的脾气，她一看到九皇叔，就忍不住口出恶言。

她也讨厌这样的自己，明明没有资格任性，却以为自己有人宠着，可以无所顾忌，可以恣意妄为。

凤轻尘闭上眼睛，深深地吸了口气，告诉自己，这样不对，就算九皇叔再喜欢她，再宠她，也不可能一直包容她的任性和不讲理。

“你说得没错，炸死了皇上和皇后又如何，我爹娘也无法复活。”就算她把全天下人都炸死，也得不到她想要的父爱和母爱。

她凤轻尘，命中注定没有父母缘，在这一点上，她再不想认命都不行。

“你能想明白这一点最好，轻尘，这件事我们从长计议，急不得，你千万不要冲动。总之，本王向你保证，定不会让凤将军和凤夫人白死。”

九皇叔见凤轻尘的表情缓和下来，整个人都松了口气，上前，试探地碰了碰她的衣摆，凤轻尘没有拒绝，九皇叔脸上一喜，大着胆子将她拉入怀里。

凤轻尘挣扎了一下，没有挣开，便不再动作，依靠在九皇叔的肩膀上，任九皇叔的大手在她的背上轻抚。

“轻尘，我知道你心里不痛快，我知道你心里有恨，你要不痛快，你就骂我打我，千万，千万不要伤害自己，你这个样子让我很担心，你知道我现在并不自由。轻尘，别让我担心……”

凤轻尘双手握拳，在九皇叔心口上轻轻地捶了一下：“骂你，骂你有什么用，骂你我爹娘也不会活过来，骂你也改变不了你哥哥和嫂子害死我爹娘的事实。东陵九，我告诉你，我很讨厌你，你为什么要姓东陵，你为什么和那个混蛋是亲兄弟，为什么对我这么好，为什么……”

说到最后，凤轻尘手上已不是轻轻地打，而是重重地捶打九皇叔。

咚咚咚！凤轻尘根本不控制力道，每一拳都打得极重，脚也时不时往九皇叔身上踹。

“嘶……”九皇叔疼得轻抽了口气。

照凤轻尘这样打下去，估计他明天起床，全身都会酸痛，可偏偏话是他自己说出口的，他又不能劝阻凤轻尘，只能任她发泄。

等到凤轻尘打累了，停下手，九皇叔这才松了口气，也不去管自己身上的伤，只将凤轻尘抱紧：“轻尘，我知道你愤怒、你伤心、你难过，可这些都是没用的情绪，你再伤心难过也改变不了事实。现在你打也打了，骂也骂了，我们好好谈一谈这件事好不好？”

“嗯。”凤轻尘应了一声，往九皇叔怀里挤了挤，在他衣服上蹭了蹭，把眼泪、鼻涕全部擦在他的衣服上。

叫你姓东陵，叫你哥哥嫂子害死我父母，叫你冷静，叫你高傲，叫你……逃狱。

凤轻尘每蹭一次，就给九皇叔加一条罪名，至于九皇叔抱着她说了什么，她表示完全没有听清。

在九皇叔身上又打又骂地发泄一通后，凤轻尘已经冷静下来。

九皇叔絮絮叨叨地说了一大堆劝慰凤轻尘的话，打破了他一次性说话最多的记录，可说着说着，九皇叔发现凤轻尘走神了。

九皇叔怒了：“凤轻尘，你有没有听到本王的话？”

凤轻尘敢说没有，他立马把人抱起来打一顿。

“有。”凤轻尘一个激灵，连忙回答。

“是吗？那你告诉本王，本王刚刚说了什么？”听凤轻尘这声音，九皇叔就明白，凤轻尘冷静下来了。

很好，可以算账了！

说了什么？

凤轻尘满脑子问号，她根本没有听，哪里知道九皇叔说了什么，可这个时候承认自己走神没有听到，九皇叔估计会发飙。

凤轻尘脑子飞快地转起来，想着说什么才能逃过九皇叔的追问，突然灵光一闪，想到了。

“九皇叔，你知道前几天云家向我提亲的事吗？”这事，她就算不说，九皇叔早晚也会知道，云家的动作不小。

果然，九皇叔的注意力被转移了，搂紧凤轻尘，急切地问道：“云家？怎么，你想嫁入云家？”

凤轻尘本想摇头，可看九皇叔紧张的样子，不由得认真道：“云家很不错，云家如此有诚意，不顾我的名声前来求娶，我想做云家的当家主母应该不会太难。”

“你想做云家的当家主母？”九皇叔提高音量，加快语速。

“我不配吗？”凤轻尘笑着反问，眼中闪烁着危险的光芒。

九皇叔敢说不配，她立马就把九皇叔踹出去，九皇叔要说配，那她还要回答什么？

可惜，九皇叔并不是笨蛋，他怎么听不出凤轻尘话中的意思，九皇叔冷笑一声，威胁道：“凤轻尘，你想做云家当家主母？我告诉你，你那是做梦，本王不会允许。你敢答应云家的求亲，本王就敢发兵云城，把云家踏为平地，本王倒要看看，到时候你嫁谁去。”

看凤轻尘一脸平淡，九皇叔又补了一句：“凤轻尘，别以为本王只是说说而已，本王说得出就做得到，不信你就试试，如果你敢答应云家的求亲，本王就敢毁了云家，让云家恨你一辈子。”

如果说前一句只是威胁的话，那后一句就满是杀气，九皇叔再次加重手上的力道，好像要将凤轻尘揉碎一般。

凤轻尘有种快要窒息的感觉，九皇叔身上散发出来的杀气和狠厉，让她有一刹那的心慌，她没想到自己随意的一句话，居然能让九皇叔如此愤怒，甚至起了为她发兵云城的冲动。

她凤轻尘何德何能，当得起这个男人如此厚爱，当得起红颜祸水之名。

凤轻尘不敢呼痛，不敢挣扎，不仅如此，她还用力地反抱住九皇叔，万分肯定地道：“不会的，我不会嫁给任何人，我不会答应云家的求亲，云家再好，云家的当家主母再威风，也与我无关，我凤轻尘不要，都不要……”

凤轻尘紧紧地抱着九皇叔，无声地告诉他，此生，除了他，凤轻尘谁也不要，再好的家世，她凤轻尘也不要，她凤轻尘只要东陵九。

这还差不多！

九皇叔松了口气，只要凤轻尘不愿意嫁，他就没什么好担心的，云潇何足为惧，九皇叔稍稍松开凤轻尘，让她能够喘气，他可舍不得把凤轻尘勒死。

再找一个像凤轻尘这样的女人，几乎不可能！

他之前听说云家向凤轻尘提亲的事，并没有放在心上，他不认为凤轻尘会嫁给云潇，如果凤轻尘愿意嫁给云潇，当初就不会拒绝王锦凌。

和云潇比，九皇叔觉得王锦凌才是最大的威胁，凤轻尘对王锦凌没有任何防备，甚至连男女之防也没有。

为了杜绝此类事情再度发生，九皇叔觉得有必要告诉凤轻尘他的底线，九皇叔把凤轻尘的身子扳正，与自己面对面，四目相对："凤轻尘，你给本王听着，这辈子除了本王，你谁也别想嫁，你要敢答应别人的提亲，本王就敢把对方杀了，看你怎么嫁。"

"有必要这么狠吗？"凤轻尘听得全身发寒，怎么感觉她就是一个克夫的命？

"狠吗？本王要是狠的话，就会把所有打你主意的人全部杀了，王锦凌是第一个。"九皇叔眯着眼，眼中闪烁着危险的光芒，如同盯上了猎物的猛兽，凤轻尘甚至能看到他眼中的绿光。

"王锦凌是朋友，只是朋友，你别乱来。"凤轻尘真的吓到了，明明是九皇叔来安慰她，为什么说着说着，就变成了九皇叔威胁她？

这是哪里出了错？

"只是朋友吗？只是朋友的话，你需要这么紧张他，这么担心他？"九皇叔冷笑，烛火被风吹得忽明忽暗，衬得九皇叔的表情，也是一半阴郁，一半冰冷，如同恶魔一般。

凤轻尘打了个寒战，突然觉得自己这话题转移得太笨了，绕来绕去，最终还是把自己给绕死了。她真是个白痴，怎么就不会选一个安全的话题呢？

"怎么？说不出理由了？"九皇叔见凤轻尘不回答，满腔的怒火又跑了出来，他之前不说，是因为他不屑，他的骄傲不允许，可现在他人在宗人府大牢，许多事情都无法顾及，他有必要把话说明白一点，免得这个女人给他装糊涂。

他可没有忘记太鲁阁大峡谷发生的事情，他相信王锦凌也不会忘记，不然王锦凌不会如此迅速、狠厉地对王家长老出手，并且不惜动摇王家的根本，也要掌控王家的大权。

"这需要什么理由？我和锦凌之间本就是清清白白的，我们只是朋友，也只能是朋友。"虽说凤轻尘和王锦凌认识的时间不算长，可对她来说，王锦凌就像是她多年的老友一般，彼此默契、熟悉，她无论如何也不能对自己的老友下手。

太熟了，她下不了手。

要下手也早就下手了，哪里会给九皇叔机会，她可没有忘记，当初九皇叔有多可恶，把她当猴子耍。

“你把他当朋友，他未必和你一样。”九皇叔当然相信凤轻尘，可他不相信王锦凌，不过他亦明白，王锦凌的事情，自己没办法和凤轻尘沟通，凤轻尘是死脑筋。

“你多心了，锦凌不是那样的人。”凤轻尘张口就替王锦凌辩解。

“哼……”九皇叔冷笑一声，意味深长地看着凤轻尘，不再多说，即使说了凤轻尘也不会相信。

况且，现在也不是说这些的时候。

凤夫人的事九皇叔没有什么好说的，作为皇后，为了掩饰自己的失德，杀死一个将军夫人，并不算大事，只不过皇后做得不干净，让人查了出来。只能说皇后倒霉，惹上凤轻尘这个煞星，换作一般人，知道了也只能认了，为天家而死是荣幸的。

至于凤将军的死，他希望凤轻尘能看明白，这件事并不简单，表面看来是他皇兄沉迷美色，延误军情，可真相果真这么简单吗？

九皇叔不信！

那个美人出现得太是时候了，他皇兄并不是一个沉迷美色的荒唐帝王。还有山东卢家，好像自打凤将军死后，他们一家立马就从东陵官场消失了。

他不是为自己的皇兄辩解，他只是不希望凤轻尘找错仇人！

九皇叔连夜赶来，就是怕凤轻尘感情用事、鲁莽行事，着了别人的道。皇宫里出来的孩子，每个人的心思都是七绕八绕，看似对你好，实则在里面埋了一把刀。

不是他不相信凤轻尘的能力，而是这个时候的凤轻尘最脆弱，也最好利用，见凤轻尘冷静下来，九皇叔核算一下时间，便开口道：“凤轻尘，我们合计一下接下来要做的事情。”

凤轻尘不是笨蛋，九皇叔说出疑点后，她就明白了，当下表明自己会乖乖听话，绝不乱动，更不会傻傻地去找皇帝夫妇报仇。

待天晴，她会挑个风水宝地，选个好日子，把父母安葬了，然后去玄霄宫，她也想知道母亲到底是什么人，据说她母亲当初也是“贱民”。

知道凤轻尘都打算好了，九皇叔也不再多言，不过在离去前，他丢下一句话：“那些炸药，本王已经让人取走，你不用再操心了。”

凤轻尘的就是他的，九皇叔取得心安理得。

怎么可以这样！

凤轻尘一脸不忿，可不等她开口，九皇叔就一个冷眼扫了过来。

恃宠而骄要不得，凤轻尘不会以为，他没脾气了吧？

凤轻尘果真不敢再说什么，只默默地站在原地，目送九皇叔离去，看着九皇叔的身影消失在茫茫雪地里，久久不动……

这个男人，为她做到了极致，她若再不知足，就真的太贪心了。

凤轻尘轻轻地擦掉脸上的泪，关上书房的门，往回走，临走前将那几张黄纸烧掉。

九皇叔说得没错，真相，不是几张纸可以写出来的，有些东西自己心里明白就好，这纸不用再留下来，留下来也是一个祸害。

了却一桩心事，又因为九皇叔的到来，凤轻尘心中的压抑与愤怒也消散了不少，来到灵堂，对着父母的尸骨，默默地发呆，好半晌才说了一句："爹，你用命保卫这个国家，保卫这个国家的百姓，你肯定不希望我为了给你报仇，毁了这个国家，让这个国家的百姓流离失所。爹娘，你们放心，我一定不会让你们枉死，当年别人亏欠你们的，我一定会替你们讨回来，这是女儿我唯一能替你们做的事情。"

说完这话，凤轻尘便往自己的房间走去。

明天又是崭新的一天，而这一次，凤轻尘心中的阴郁真正地消散了。

# 第六章　赈灾夺民心

宗人府大牢里，一身明黄朝服的皇帝陛下，正坐在九皇叔平常坐的位置，看九皇叔平时看的书，喝九皇叔天天喝的茶，一派悠闲。

九皇叔则不疾不徐地从外面走进来，看到皇上也不惊讶，自顾自地往里走，除了换了一个人坐在牢里，宗人府大牢并没有什么不同，皇上身边连个护卫都没有，静悄悄的，和平日九皇叔待在这里一样。

这种奇景，也只有在宗人府大牢里才能见到，皇上不像皇上，犯人不像犯人，皇上坐在大牢里，犯人从牢外走进来。

“皇兄！”九皇叔不卑不亢，亦没有半分不安，静静地站在皇上面前，完全没有越狱被人抓回后的尴尬。

“回来了。”皇上举起茶杯，轻轻啜了一口，眼神柔和，那动作，那语气，怎么看怎么像和气的兄长，没有半丝火气。可是，两人都明白，这不过是暴风雨前的宁静罢了，皇上若真是没有火气，就不会在大雪天里出宫，在宗人府大牢，一等就是一个晚上。

皇上很生气，后果很严重。

九皇叔平静地站在那里，既不回话亦不低头，平静地与皇上对视，完全没有面对皇上该有的尊敬与谦卑。

皇上也不生气，九皇叔若真是诚惶诚恐地跪在他面前，他才要怀疑面前的人是不是假的，皇上指了指对面的位置：“坐！”

九皇叔也不客气，一撩衣袍就坐了下来，拿起茶壶，也不要皇上说，自己给自己倒上一杯，喝了起来。

他连夜奔波，在凤轻尘那里连口热茶都没喝上，可见凤轻尘真的不懂待客之道。

九皇叔的确渴了，可他喝茶的动作仍优雅至极，慢条斯理地轻啜，丝毫不认为让皇上等他有什么错。

皇上也不心急，待九皇叔将茶喝完，才道：“九弟，你还欠朕一个解释。”

是的，一个解释，一个连夜逃出大牢的解释，一个让他出宫的解释，一个能让他不治九皇叔罪的解释。

“那几个人还活着。”九皇叔放下茶杯，很给面子地说道。

“这就是你给朕的解释？”皇上很不满。

弄出这么大的阵仗，亲自出宫，皇上不信九皇叔没有底牌，要知道越狱可是大罪，他完全可以直接处死九皇叔，也没有人能说他半句不是。

“皇兄想听什么？臣弟定当知无不言，言无不尽。”多说多错，他向来不喜欢和皇上多说，一旦多说，那必是有用处的话。

“九弟，别给朕绕圈子，朕连夜出宫，可不是来宗人府大牢看你过得好不好，九弟，别惹怒了朕。”他是皇帝，如果他不顾一切，不惜动摇国本也要杀九皇叔，没有人能拦得住。

让东陵九活着，一是为了东陵，二是做给天下人看，免得那些文人卫道士，开口闭口说他残暴，杀尽皇族血脉。

这不，有东陵九在，谁敢说他把兄弟都杀了，都杀了就不会留下一个尊贵无双的九皇叔。

九皇叔不怕惹怒皇上，但他讨厌皇上找凤轻尘麻烦，他在大牢里，很多消息都无法及时传进来，就算及时收到消息，等他出去，黄花菜都凉了。

“皇兄，你还记得凤将军之死吗？”九皇叔直切正题。

皇上眉毛微动：“凤战？他怎么了？”他当年也许还有些愧疚，但现在过去这么多年了，再加上他的帝王之威越来越甚，皇上并不觉得自己当年有错。

凤战是他的臣子，为他而死那是死得其所。

“皇兄，你最清楚凤战当年是怎么死的，臣弟只想说，凤战当年的死有很多疑点。”九皇叔又倒了一杯茶，这一次却是不喝，而是捧在手心，明明年纪不大，却一副老僧入定的模样，就好像什么事都不能让他动怒一般。

“怎么？九弟你这是要拿凤战之死与朕交换，免你越狱之罪？”如果是的话，他只能说，他这个九弟也太俗了，被凤轻尘带俗了，凤战的死，他这个帝王没有错。

“皇兄，你太小看臣弟了，臣弟只是觉得当年凤战之死，疑点颇多，皇兄你就不觉得奇怪吗？”皇上因为自己沉迷于美色，误了国事，心里发虚，这件事也就没有往下查，现在听到九皇叔这么一说，确实觉得当年那件事太过巧合。

不说别的，那个胡姬的出现就足够让人生疑，皇上努力回想当年发生的事情，想一想自己有没有忽略什么细节。

九皇叔见皇上陷入沉思，便知皇上怀疑了，而只要皇上怀疑，这事就好办了。

“皇兄，你并不是沉迷于美色之人，那胡姬能让皇兄三天不出宫门，臣弟半点不信，皇兄自登基起，就勤于政务，数十年如一日，从不懈怠，怎么可能因为一个女子就不出宫门？”哪怕是九皇叔也不能否认，当今圣上的确是一个好皇上。

“朕无愧于天下百姓。”皇上骄傲道，作为一个帝王，九皇叔对他的评价，无疑是高的。

皇上这话是希望九皇叔继续夸他，可九皇叔是什么人，他不想夸时，你打死他，他也不会夸。九皇叔再次提起皇上忽视掉的重点：“皇兄，你不是一个沉迷于美色的人，臣弟怀疑，当年那个胡姬有问题。”

一个女人罢了，就算是天仙下凡，九皇叔也不相信，能把他的皇兄迷得不上早朝，不理政务，要知道皇上并不是一个昏君。

皇上一怔，说道：“山东卢家？”

“据臣弟所知，三皇兄有一个妃子是山东卢家人，不过那个女子只是家主的私生女，知道的人很少。”九皇叔口中的三皇兄，是指先帝的三儿子。

“你是说，那件事和老三有关？”皇上的眸子猛地放大，眼中尽是不可思议。

当年，他用铁血的手段，清洗了一批大臣，没想到还是有漏网之鱼，皇上眼中杀气尽显。

“臣弟彼时年幼，怎么可能知道这些？不过是无意中看到有关三皇兄的情报，记起一二罢了，卢家那个私生女是从苗疆来的，会一些奇怪的东西，也属正常。”九皇叔嘴里说不知，却又抛出一个更大的疑点。

“好，好一个卢家，朕就觉得奇怪，朕怎么可能会迷恋一个女子，以至于不理政务，原来是卢家用苗疆巫术来害朕。卢家，好大的胆子！”

啪！皇上怒拍桌子，白玉的杯子一震，落在地上，应声而碎。

九皇叔给皇上当年的失误找到一个这么完美的理由，就算不是真的，皇上也会相信，被人用巫术暗害，总比沉于美色好听。

九皇叔去了一趟凤府，就替皇上揪出一个有二心的臣子，皇上当然不会再怪罪九皇叔私自越狱一事。毕竟，九皇叔越狱也算是为他办事，替他找出了一个潜在的威胁，此时他若再责罚九皇叔，就太不近人情了。

九皇叔提起这事，当然也是为了给皇上一个交待，他相信这笔交易皇上赚了。

皇上绝口不提越狱之事，只玩味地看着九皇叔，看着这个和自己儿子年纪一样大，却无比沉稳的男子。

“九弟，你为什么要提醒朕？”按理说，九皇叔应该联络卢家，与之合作，拉下他才是。

这才符合政治斗争，符合他们彼此的立场。

九皇叔此举，让皇上有些不解，是为了凤轻尘吗？

不可能，他们东陵家的男人，就不可能会为了一个女人，做出有损自己利益的事情来。

九皇叔抬眸，与皇上视线相对："皇兄，臣弟始终叫你一声皇兄，你也始终是我的皇兄，我们东陵皇室中的人怎么斗，都是我们的家事，是我们兄弟之间的事情，卢家一个外人，胆敢算计我东陵皇室，罪该万死！"

九皇叔话中的维护之意如此明显，皇上怎么可能听不懂，这一刻，哪怕皇上心硬如刀也会忍不住动容。

没错，他们东陵家的人怎么斗都是他们的家事，外人休想动到他们头上来，胆敢把主意打到他这个天子头上，卢家罪该万死。

朕动不了根深枝茂的王家，还动不了你一个山东旺族嘛！

皇上已动了诛灭卢家九族的心思，九皇叔淡淡地看了皇上一眼，将手中冰冷的茶水喝掉。

一个卢家，足够让凤轻尘消火了，至于其他的，日后再谋划吧！

因为卢家的事，东陵这一对最尊贵的兄弟，难得相处融洽，皇上不再咄咄逼人，九皇叔亦没有针锋相对，可这样的画面总是短暂的，天一亮，一切便桥归桥、路归路。

皇上从宗人府大牢离去，赶回皇宫上早朝。九皇叔依旧待在宗人府大牢，暂时没有自由，昨天的一切，就好像不曾发生过一般。

冬日最好眠，凤轻尘累了一天，倒床就睡，日上三竿还不见起来，丫鬟们知道凤轻尘的习惯，不敢上前打扰，可元希先生不一样。

元希先生以病人家属的身份，直闯凤轻尘的院子，丫鬟们连忙上前拦住，可元希先生是什么人？

崔家金贵的爷，名满天下的大琴师，一个眼神扫过去，就把丫鬟逼退，再有丫鬟嚷着说这于礼不和，元希先生更是不耐烦，一句话就把丫鬟给噎死了："有什么于礼不合的，破坏了凤轻尘闺誉，我娶她就是，怎么，我还配不上你们家小姐？"

丫鬟无言以对，崔家的爷，娶公主都可以，怎么可能配不上她们家姑娘。

嘭！元希先生充分展示他豪迈的一面，一脚将凤轻尘的门踹开："凤轻尘，你给我起来！"

"啊——"屋内，凤轻尘暴躁地叫了一句，刚睡醒的脸上，还带着怒气，"哪个混蛋吵我睡觉？"

凤府的人都知道，在凤轻尘做手术和睡觉时，都不能打扰她，除非天塌地陷。

"姑娘，是元希先生。"夏挽和冬晴小跑着进去，"姑娘，我们没有拦住元希先生，还请姑娘责罚。”

“元希？”凤轻尘明白为什么，掀开被子，坐了起来，“算了，服侍我起床。”

“是。”两个丫鬟松了口气。

元希先生在外面等得万分焦急，无数次抱怨女人就是麻烦，起个床都要折腾人，慢腾腾的，急死人了。

好不容易等到凤轻尘出来，元希先生顾不得凤轻尘脸上的怒意，上前就问：“凤轻尘，浩亭是不是没问题了，他怎么还没有醒？他什么时候能醒？他醒了后是不是就好了，可以和常人一样，再也不会发病了？凤轻尘……”

一连串的问题，从元希先生的嘴里说出来，又快又急，完全不见半点大师的风度。

凤轻尘脚步一顿，上下打量了元希先生一眼：“你还是元希先生吗？”

元希被凤轻尘看得不好意思，察觉到自己失态，连忙正色道：“我当然是元希，凤轻尘你还没有回答我的问题。”

这一次，他的语速总算正常了。

“果然是元希先生。”凤轻尘一本正经道，元希先生听得脸都黑了，这凤轻尘跟谁学的，损人都不带脏字，还真是让人无话可说。

“元希先生你放心，手术很成功，时辰到了，崔公子就会醒来。至于你问的其他问题，对不起，我现在还不能回答你，要等崔公子醒来，我检查过后才能确定。”

只要不出现不良反应，崔浩亭就不会有问题，至于会不会复发，这不是她能回答的问题，她若能管得了别人生不生病，她就不是大夫，而是神了。

“那你快去看呀。”元希先生连忙催促道。

“崔公子这个时候还没有醒，我去看也没用，元希先生还没有用膳吧，我们用过午膳再去。”凤轻尘不用想也知道，元希肯定也没有用膳。

“这个时候，你还有心情用膳，凤轻尘你……”

元希先生后面的话还没有说完，就被急匆匆赶来的佟珏打断了：“小姐，宫里来人了……”

宫里来人了？

这大雪天的，宫里来人做什么？

“去看看。”凤轻尘朝元希先生歉意地点头，便大步朝前院走去，留下元希先生一个人，气了个半死。

“凤轻尘，你个冷血的女人！”

可惜他再骂也没有用，凤轻尘根本听不到，元希先生无奈，只得继续等，他总不能跟皇上抢人。

这个时候宫里来人，不是安抚凤轻尘就是警告凤轻尘，找到凤轻尘父母尸骨一事，皇上肯定知道了，三天过去，皇上的旨意也该到了，毕竟凤家夫妇可都是为国而死。

诚如元希先生所料，皇上确实是下旨说凤父凤母的事，不过是安抚和警告各自参半。

皇上先是夸了凤将军英勇善战，为国捐躯；又夸凤夫人有大义，算是给凤父凤母的事定了调子，接着又警告凤轻尘不要生事，最后赐下一些东西，算是安慰凤轻尘。

念及凤轻尘一个弱女子，没有办葬礼的经验，皇上特意让礼部协助凤轻尘办理凤将军和凤夫人的后事。末了说了一句，“夜叶找到凤将军和凤夫人尸骨有功，夜叶上折子，请求参加凤将军和凤夫人的葬礼，皇上允了，让凤轻尘配合。”

“臣女遵旨！”凤轻尘低头，咬牙说出这句话。

让夜叶参加她父母的葬礼，也亏得皇上想得出来，以为这样就能消除她和夜叶之间的仇恨吗？

做梦！

她可不认为夜叶会心甘情愿地来参加她父母的葬礼，在她父母面前磕头下跪。

凤轻尘猜得没错，这最后一条并不是夜叶求来的，而是夜城主。

夜城主比夜叶看得更透彻，夜叶污辱凤轻尘父母尸骨一事，让夜城在大义上落了下风，更是得罪了王家、崔家、东陵九皇叔和太子等人。

这个时候，夜城绝不能倔，必须低头向凤轻尘示好，绝不能让东陵有发兵夜城的理由，所以夜城主请求皇上，允许夜叶参加凤父凤母的葬礼，希望借此平息凤轻尘的怒火以及对夜城不利的舆论。

可惜，夜城主的想法是美好的，现实却很残酷。两个当事人半点也不配合，先不说凤轻尘愿不愿意，夜叶就不肯。夜叶说了，打死他也不会在凤轻尘面前低头，他丢不起这个人。

夜城主当天就怒了，抡起鞭子就打夜叶。

不低头，就等着夜城被灭，到时候你就是想低头，都找不到门路。夜城主恨铁不成钢，他聪明一世，怎么就生了一个这么拎不清的儿子？

都是苏绾，都是那个苏家女人，他儿子之前还好好的，自从遇到这苏绾后，就像是失了魂一般，做事完全不着调，被人利用了还沾沾自喜，以为赚了什么大便宜。

夜城主越想越气，越打越狠……

夜叶被打得多惨也与凤轻尘无关，她接了旨，站起来时，脸上已不见怒容，一副感恩的模样，给宣旨太监的打赏也比平时多：“大雪天的，麻烦公公跑一趟，请公公喝杯热茶。”

“凤姑娘客气了。”太监不客气地接了过来，掂了掂荷包，脸上的笑容越发灿烂，心想这凤姑娘果然是个出手大方的主，不枉他大雪天的跑一趟。

接了圣旨，凤轻尘便和元希先生去看崔浩亭。凤轻尘最终还是没有吃成午膳，不是有人不让她吃，而是她自己没有心情吃了。

她现在需要一个好消息，将不愉快的事情压下，而对于一个大夫来说，没什么比看到病人康复更好的了。凤轻尘决定，直接去看崔浩亭。

凤轻尘到的时候，崔浩亭刚刚醒过来，醒来的第一句话就是：“我没死！”

是的，没死！能睁开眼，就表明凤轻尘做的手术成功了。

“你怎么可能会死，我都说了，我有十成的把握，你就这么不相信我？”见到崔浩亭醒来，凤轻尘脸上的笑容，总算多了几分真诚。

她虽没有和阎王抢人的本事，可也不至于自砸招牌，现在看来，一切都好。

崔浩亭的运气不错！

“浩亭，你终于醒了？”元希先生推开凤轻尘，冲上前去，紧紧地握着崔浩亭的手，双眼湿润。

“小叔，我醒了，我没事了。”崔浩亭根本没有听到凤轻尘说了什么，这个时候他的脑子一片空白，他什么也想不了，他只知道自己活下来了，凤轻尘将笼罩在他头顶上的死亡阴影驱除了。

从此，他可以和正常人一样，想笑就笑，想哭就哭，再也不用担心下一秒就会死掉。

“我活下来了，真好！”崔浩亭眼中闪着泪花，以后，他再也不用承受病魔的折磨，再也不用忍受那些同情、嘲讽、怜悯的眼神。

他崔浩亭可以和正常人一样生活。

看到崔浩亭狂喜的样子，凤轻尘的心情也明朗起来，为了这一刻，在手术台上再辛苦都值得。

“能拥有健康，便是这世间最大的幸福。”凤轻尘脸上的笑容越发的平和。

“对，拥有健康便是这世间最大的幸福，凤轻尘，谢谢你，谢谢你把健康还给了我，让我不用再受病痛的折磨。”

除了这句话，崔浩亭不知道自己还能说什么。此时此刻，他觉得所有的言语都是苍白的，没有一个词，能表达他此时的心情。

“好了，我知道你现在很高兴，不过你还在恢复期，不要太激动，现在让我检查一下你的身体状况。”凤轻尘上前，按住激动不已的崔浩亭。

“哦，哦……”听到凤轻尘调侃的语气，崔浩亭脸色一红，略显尴尬，躺在床上，不敢乱动。

他刚刚实在是太失礼了，那一瞬间他忘了平时所受到的教育，用最原始、最直接的举动和言语，来表达自己心中的喜悦。

凤轻尘突然觉得，这样的崔浩亭很可爱，总算像个正常少年，她真不喜欢崔浩亭那副少年老成的模样，沉稳得像是被人虐待了一般。

凤轻尘接过思行记录的数据，翻阅一遍，又一一复查："崔公子，好好休息，你很快就可以下床行走了。"

"太谢谢你了，凤轻尘。"崔浩亭再次道谢，这是发自内心的感谢，没有一丝的勉强。

"不用谢，这是我应该做的，我是大夫，你是病人，你付诊费，我就要医治你。"所谓诊费，当然是指崔王两家合作的事情。

"不，不一样的，你对我有救命之恩，这不是利益和金钱能换来的。"凤轻尘给他的是健康，是生命的延续，没有凤轻尘，他很快就会是个死人，哪怕拥有滔天的财富和权势又有何用？

"可对我来说，没有什么区别，我用我的双手为自己换取金钱和利益，学医是为了救人，可救人之前先得果腹，崔公子，我医你的病也是收诊金的，你不欠我什么。"

救命之恩这种东西虽好，可凤轻尘不想要，她不希望今后与崔浩亭交往时，他把她当做救命恩人，这样他们的交情很快就会断。

见崔浩亭还是不认同，凤轻尘又道："崔公子，你别想太多了，我们的关系就是大夫和病人，你的病好后，我们就没有什么关系了，你别和我提什么救命之恩，我也不会到处嚷嚷说我救了你的命。在我眼中，你是崔家公子也好，你是平民百姓也好，上门求诊，我能治的都会治。"

说完后，凤轻尘拿起药单，添了几个药名："思行，这是崔公子明天要用的药，我换了两种新药，你跟我去取。"

"好。"孙思行连忙起身，随凤轻尘一同外出，把病房留给崔浩亭和元希。目送凤轻尘离开，元希一脸感慨道："凤轻尘是一个有大智慧的人，她很聪明，懂得取舍。"

"每个人都有自己的生存哲学，这是凤轻尘的生存哲学，如果她不是有这样的心胸，又怎么能与王家大公子成为至交好友？又怎么能得到西陵天宇的赏识？"

凤轻尘医好了王锦凌的眼睛，让西陵天宇能够正常行走，这对二人来说都是大恩情，凤轻尘开口向他们要什么，他们一定不会拒绝。

可凤轻尘从来不在外面多说一句，也从不在王锦凌和西陵天宇面前，以恩人的身份自居，让他们报恩。

凤轻尘这样的做法很聪明，这样看上去，她好像失去了不少，可久了你会发现，她得到的更多。

“历经一次生死，你也沉稳不少，我终于可以放心了。大哥大嫂在天有灵，看到你恢复了健康，看到你成长起来，也定会高兴。”元希先生拍了拍崔浩亭的肩膀，一脸欣慰。

把药交给孙思行后，凤轻尘没有再回病房，而是回到自己的院子，把佟珏和佟瑶唤来。

“佟珏，佟瑶，这几天大雪一直没停，是不是有很多百姓受到了大雪的影响？这段时间生病的人有没有增加？”

“小姐，有的，每一年大雪，都会有很多百姓生病、冻死，今年的雪特别大，这几天虽然小了一些，可雪一直没有停，好多地方的房屋被雪压垮了，死了不少人，官府的安置堂里也挤满了人，冻病的人数也直线上升。”

这事不用查，佟珏和佟瑶就能知道，因为大雪一事，有不少官员因失职而被革职。

每一次发生天灾，都会有不少官员因玩忽职守而下马，也有不少官员，抓住机会，表现突出，从此平步青云。

难道面对天灾时，就没有真心为民谋利的官员吗？

有，当然有，如果不为民请命、不为民谋利，如何有政绩？如何升官？

在你没当官前，你也许还有满腔热情，想要做一个清官、好官，可真正到了官场上，你就会发现，你要做的就是往上爬，你不往上爬，就会被人踩下去，那时候，无论你有什么抱负都无法实现。

想要为百姓做事，就得拥有足够大的权力，你的官做得越大，能为百姓做的事就越多，若想要做大官，就要抓住每一个机会往上爬。

而天灾，无疑就是一次极好的升职机会，抓住了，你不仅能得到为民请命的好名声，还能步步高升。凤轻尘知道自己并不想这样，可她还是想利用一下这一次的天灾。

“佟珏，佟瑶，你们说，我去城外义诊如何？”凤轻尘承认自己的动机不单纯，可……她也算是为百姓出了一分力。

如果她是官员的话，她也要做那种，做出政绩往上爬的官员，虽动机不纯，可最终得益的也是百姓。

“义诊？小姐，这个当然好，只是义诊很辛苦，而小姐这么忙，哪里有空闲？”佟珏和佟瑶当然为他们家小姐有此举而高兴，可问题来了，一旦开义诊，就不能半途而废。

"这么大的雪，我还能有什么事要做？我现在要做的就是好好安葬父母，可雪不停，这事就办不了。在雪没有停之前，义诊的时间还是有的，就当是我为父母祈福。"她现在被人盯着，一举一动都要小心，与其提心吊胆地谋划，不如把自己的一举一动放到阳光下，任人打量。

"小姐，如果是为老爷和夫人祈福，我们不仅要开义诊，还要施粥才行，只是现在的粮食这么贵，我们府上的粮食也只是刚好够用，根本拿不出多余的粮食行善。"行善是好事，前提是要量力而行。

自己都要饿死了，还去帮别人，那不是行善，那是犯傻，凤轻尘不认为自己有这么高尚。

"粮食不用担心，这个我去想办法，佟珏、佟瑶你们去打听一下外面的情况，这样我才能决定如何做。另外，你们派人去一趟苏府，请苏公子上门，我有事与他商量。"苏文清那里绝对不会缺粮，如果这个时候，苏文清出来和她一起行善，那么这件事将对九皇叔极其有利，别忘了她和苏文清都是九皇叔的人。

"是，小姐。"佟珏和佟瑶不知凤轻尘的打算，只知她想行善，便不再劝说，立马去打听皇城受灾的情况。

施不施粥，要看苏文清手上有多少粮食，不过义诊一定可以实行，凤轻尘来到小木屋，把可能用得上的药，全部取了出来，有多少取多少。

凤轻尘将摆了满满一屋子的药，一一贴上标签，方便取用，待做完这一切，已是一身大汗，本想回去沐浴，却听到春绘来报："姑娘，苏公子来了。"

"这么快？走吧。"凤轻尘还以为苏文清最快也要明天才到，却不知因为大雪封路，苏文清的生意也没法做了，他最近闲在家里，天天对着玄霄宫的情报，眼睛都快花了。听到凤轻尘请他，苏文清二话不说，把那些情报一丢，套上马车就往凤府跑。

他这不是偷懒，而是有正事要办！

凤轻尘和苏文清是什么交情？对她来说仅次于蓝九卿。凤轻尘半点也不客气，当下就把自己的计划说了一遍，当然她要做的并不仅仅是在皇城赈灾义诊，而是要在东陵所有受灾的地方，都进行施粥、义诊。

想收买民心，动作当然要做大一点，虽说这样会惹来皇上的不满，可此时也顾不得这些，要顾皇上满不满意，他们就别想救九皇叔了。

"这个想法很好，只是我们要怎么做，才能把这件事和九皇叔牵扯上呢？"打的是凤家和苏家的牌子，用的是为凤轻尘父母祈福的幌子，不知情的百姓，又怎么会把这事和九皇叔联系在一起呢？而不联系上九皇叔，他们收买民心还有意义吗？

"这个好办，你让人混在灾民中，让他们在灾民中宣扬，这施粥和义诊都是九皇叔的意思，只不过九皇叔惹怒了皇上，被皇上关进大牢，他不方便出面，只好让苏府和凤府出面，九皇叔这是做好事不留名。”

当然，在灾民中间宣传只是手段之一，完全依靠这个是不行的，太薄弱了，想要打造一个英雄式的传奇人物，就必须全方位把九皇叔的英雄悲悯宣扬出去，让更多的百姓知道，九皇叔在背后默默地为百姓做了多少好事而不留名。

“凤轻尘，你这个太绝了。”苏文清听凤轻尘说着各种造势和宣传的办法，眼睛直发亮。

凤轻尘这简直就是把九皇叔打造成一位面冷心热的英雄，他为了百姓，甘愿做任何事，受了委屈、被人错怪也不解释，只默默地用自己的行动，让天下的百姓好过一些。

这样一来，九皇叔身上所有的缺点都变成了优点，他所做的一切，也自然而然会被人解释成是为天下百姓谋利，让百姓过得更好。

“我这个叫造神计划，很不错吧？”

“是很不错，可会不会太过了？”苏文清担心此举过犹不及，把皇上的风头都遮过了，这得招皇上多少恨呀。

“你担心皇上吗？这也是，九皇叔太得民心，皇上定会不安，这样对九皇叔极其不利，皇上也肯定不会放任我们行动。可若不利用民声，要让皇上把九皇叔放出来很难，崔王两家连手给皇上施加压力，也只是让皇上暂时不动九皇叔，皇上这一次是认真了，他不会轻易放过九皇叔，现在只是碍于压力，没有杀九皇叔。”世事难两全，凤轻尘知道这么做既有好处，也有弊端，可他们真的没有办法了。

“这件事，让我再想一想，也许可行。”苏文清突然沉默下来。

凤轻尘的这个计划对于一般的亲王、皇子来说确实过了，可对九皇叔来说却是未必。

九皇叔不应该把志向只限制在东陵，九皇叔得民心是有百利而无一害的好事，苏文清就算再没脑子也明白，什么叫得民心者得天下，九皇叔出身皇室，如果再加上威望，那一切大事就好办了。

“真的可行？会不会给九皇叔添麻烦？”这一次换凤轻尘不安了，她对君权认识虽不够，可也明白此举令九皇叔威胁到了帝王的统治。

皇帝不会允许一个这么超然的皇族存在。

“这是一个机会。”苏文清委婉地道。

有些事，他不能说得太明白，只能隐晦地提示。不过，他想凤轻尘是不可能想到的，正常人都不会把这两者联系来。

毕竟，这事太大了。

“这确实是一个好机会，毕竟天灾这种东西，不是你想让它发生就会发生的。文清，我不知道你能不能和九皇叔联系，但我觉得这真是一个好时机，这件事最好问一下九皇叔，毕竟他才是当事人，我们胡乱做主总是不好。”

九皇叔比他们更有大局观，看问题也更精准，如果九皇叔认为可行，他们就可以做了，虽说利用天灾无耻了一点，可他们也算是做好事。

苏文清一脸严肃，重重地点头：“我明白，这件事你等我消息。”

“我会做好前期的准备，要是九皇叔认为不可行，我就去义诊，我这种小打小闹的事，皇上应该不会放在眼里。”她这也算是积德行善嘛。

“这事急不得，真要做起来可不是两三天的事，也出不得半点差子，不然九皇叔的名声会变臭，而且我们还得看老天爷的脸色，要是老天爷不帮忙，我们就是计划再多也无用。”灾情不严重，这行善的效果也就不大了，能给他们操作的时间也就少了。

苏文清承认这样想很不对，但这个时候，他真心希望这雪灾能严重一些，这样他们能施展的空间就更大了。

“动作要快，不然错过这个机会，就再也没有了。”凤轻尘也觉得自己的心黑了，居然希望这雪一直下。

不过，这种事不是她希望就行的，老天爷不会给任何人面子，他们顶多算是抓准了机会。

“我明白，这是天灾，人力无法控制，我们只能借机行事。”苏文清和凤轻尘又说了几句，便匆匆离去。

刚上马车，就拿着笔在那里写下凤轻尘所说的那些操作办法，顺便再细化一下，写了十几张纸后，苏文清放下笔墨，揉了揉酸痛的手。

“我还真是天生劳碌命呀，本想来凤府偷个闲，这下好了，反倒越来越忙。”

仔细检查一遍自己所写的东西，苏文清拿起一瓶药水，在纸上一抹，纸上的字就没有了。

将特制的小桌子收了起来，苏文清把纸卷成团，塞入细竹中。

凤轻尘和苏文清都是行动派，苏文清一边等九皇叔的命令，一边召集门人，好好核算一下如何操作。当然，最重要的事情就是，把需要的粮食数目算出来。

他前些日子曾听从凤轻尘的建议，把整个粮价市场都打乱了，现在又是大雪，粮食疯涨了数十倍，他手上虽然有粮，可他真心舍不得拿出去，要知道还有几十万大军还等着他养呢。

可是，凤轻尘说得有道理，舍得舍得，有舍才有得。再说前段时间凤轻尘所说的土豆、番薯都有了一季收成，而且亩产极高，有这些东西也能撑上一段时间。

土豆、番薯一年可以种两季，沙地、旱地都能种，明年也不用担心没有粮食。再加上瑞雪兆丰年，今年下了这么大的雪，地里的虫卵都被冻死了，明年定是一个丰收年，不缺粮。

这个机会一定要好好把握，就是勒紧裤腰带，也得把这事办好，一旦成功，日后九皇叔就是众望所归……

# 第七章　未婚夫找上门

去义诊并不是把摊子一摆就行了，前期要做很多准备工作，还要找人打下手，光靠凤轻尘一个人肯定不行，所以她把孙思行找来了。

孙思行一听凤轻尘要去义诊，立马就举双手表示赞成。知道凤轻尘不了解义诊的安排后，便自告奋勇打头阵，表示他会处理好一切杂务，到时候凤轻尘只要去义诊就行。

这些都好办，最难办的就是药材。要去义诊，当然不能光诊不治，你得给人准备药，而义诊所需要的药材可不是一点半点，他们手上可没有那么多的药材。

凤轻尘把孙思行带到木屋，孙思行看到那些药材的确很惊讶，可和灾民数量相比，这点药也是杯水车薪。再说也不是人人都会用到凤轻尘的药，他们还必须再准备一些中草药。

凤轻尘可没有忘记，她认识九州大陆第一药材商——云潇。

“云家，我们去找云潇，他的病我正要好好跟他谈一谈，大不了就让他拿药材抵诊费。”

凤轻尘说干就干，也不顾正是晚上，写了帖子就让人往云家送，只等云潇第二天到来。

可不想，次日凤轻尘没有等到云潇，反倒等到一个不可思议的人。

对方拿了一块玉佩上门求见，如果是早先，一个风尘仆仆、顶着寒霜而来的落魄男子，拿着一块她不认识的玉上门，凤轻尘连面都不会见。可是看到男子拿来的玉佩除了大些外，样子和她母亲的玉佩一模一样，这让凤轻尘无法不见。

“请进来。”凤轻尘把玩着手中的玉佩，看玉佩的光泽，还有磨损度，不难看出这玉定是时常被主人握在手中把玩，甚为爱惜。

凤轻尘不知来人是谁，但有一点可以肯定，那就是她不喜欢面前这个男子。

男子一身是雪，身上的衣服也看不出颜色，头发打成结，好不狼狈。凤轻尘倒不是以貌取人，实在是这个男子看她的眼神太过失礼。再说这男子看似落魄，但气度却不是一般人能有的，对方的出身想必不差。

男子进来后，一句话也不说，只盯着凤轻尘看，双眼如同野狼一般，无端地让人心慌，那样子就好像……

凤轻尘说不出来那是什么感觉，只觉得自己很不高兴，明明不认识却用一双眷恋的眼睛看着她，这让她全身发毛。

“公子，我不认识你。”初次见面，就用那么灼热的眼神看她，她会误会的，凤轻尘很不自在，出声提醒对方。

“凤姑娘，我失礼了。”宣少奇被凤轻尘这么一打断，立即回过神来，收回炽热的眼神。可他并没有就此收敛，而是时不时地用眼角偷看凤轻尘一眼，那样子就似怎么也看不够一般。

凤轻尘直觉得全身发麻，要不是碍于对方手上的玉佩，她真想把人丢出去。

好在，宣少奇虽然失神，并没有忘了自己的身份，看了半晌后，终于记起来作自我介绍：“凤姑娘，我姓宣，名少奇。”

“宣少奇？你和宣菲什么关系？”凤轻尘惊得险些将杯子给砸了。

宣这个姓氏极少见，她认识的也就只有玄霄宫那一家子。

“我和她没有关系。”提到宣菲，宣少奇的眼中闪过一抹厌恶，看样子他很不喜欢宣菲。

“没关系？那公子和玄霄宫有什么关系？你来找我所为何事？”凤轻尘保持着微笑，并不相信他与宣菲无关。

“我和宣菲没有关系。”宣少奇再次强调，他没有骗凤轻尘的意思，因为他从不认为宣菲和他有关系，不过他无法否认自己与玄霄宫的关系，“我是玄霄宫的少宫主。”

“原来是少宫主，轻尘失敬了。”话虽如此说，可凤轻尘连屁股都没有动一下，“既然公子是玄霄宫的少宫主，又怎么可能与宣菲没关系？如果我没有记错，宣菲是玄霄宫的大小姐，少宫主和宣菲小姐怎么可能没有关系呢？”

“宣菲是我父亲娶的继室所生，与我没有半点关系，她的死活也与我无关。”这是实话，宣少奇从不承认宣菲是他的妹妹，宣菲的生死与他无关，他根本不是为宣菲的事而来。

可惜凤轻尘不信，凤轻尘这是被人算计多了，见谁都不信，更不用提对方姓宣，她到现在都记得宣菲的二哥有多么地关爱他的宝贝妹妹。

可看宣少奇又不像撒谎，于是试探地问了一句：“这么说来，少宫主不是来找我为宣菲报仇的？”

“报仇？宣菲的死活与我何干？如果我要报仇，又怎么可能一人前来？凤姑娘你想太多了。”宣少奇深深地看了凤轻尘一眼，察觉到凤轻尘的不满，又默默地收回视线。

以后有的是机会，现在不能急，以免吓坏了她。

“宣公子为何而来？”不报仇，难不成是来找她叙旧？

“为你，我为你而来。”江湖人说话不喜欢绕弯子，如果不是怕吓到凤轻尘，宣少奇一早就说了。

“为我？我有什么值得少宫主你大雪天的，从玄霄宫赶来？”凤轻尘突然觉得手中的玉佩很硌手，这宣少奇绝对是个大麻烦，凤轻尘有种把人扫地出门的冲动。

她后悔见这人了。

“当然值得了，凤姑娘，你可认识这块玉佩？”宣少奇这才指着凤轻尘握在手中的玉佩问道。

“认识。”如果不认识，她就不会见对方，要知道对方刚刚连个名字都没有报，拿块玉就上门了。

“你手上也有一块一模一样的，对不对？”

“是有，不过那是我娘的。”凤轻尘微微后倾，这是她防备对方时才会出现的姿态，对方太危险了，拉开两人之间的距离比较好。

“这就没错，当初这块玉佩的确是给了沫姨。”宣少奇目光灼灼，提到“沫姨”时，凤轻尘看到了他眼中的激动，她隐约猜到了宣少奇口中的沫姨是谁，不过还是问了一句：“沫姨？”

“沫姨就是你的母亲，我小时候一直叫她沫姨。你手上的玉佩叫夫妻玉，由一大一小两块一模一样的玉组成。这玉拆开是两块，合在一起又会变成一块。你要是不信，可以拿你手上的那块玉试试。”

“不可能。”凤轻尘查看了下，她手上的玉根本没有缝隙，不可能与自己那块玉合起来。

“凤姑娘不信的话，大可以试试。”宣少奇半点也不担心，这两块玉他小时候经常拿在手上玩，他比任何人都清楚能不能合在一起。

凤轻尘一听，立马让人把她娘那块玉取来：“这两块玉都是完整的，怎么可能合在一起？”

凤轻尘仔细看了一遍，怎么也看不明白，两块独立的玉如何能合起来。

“凤姑娘，你把两块玉佩交叠在一起，握在手心就可以了。”宣少奇半点也不惊慌。

凤轻尘按宣少奇所说的去做，结果“咔”的一声，两块玉真的合到一起了。

“这怎么可能？”她只听过金镶玉，可没听过玉镶玉。

“没有什么不可能，这是夫妻玉，当然能合为一体。”宣少奇这话意有所指，他相信凤轻尘能明白。

凤轻尘确实明白了，可她一点也不想明白。一个云潇就让九皇叔放话，说要发兵云城踏平云家，这个拿着夫妻玉上门找他的男人，九皇叔若是知道，不得把他捏死。

“如此说来，少宫主是我母亲的朋友了，既然是家母的朋友，来人呀……”凤轻尘装傻，可宣少奇却容不得她含糊，宣少奇打断凤轻尘的话，急切地道：“凤姑娘，你是聪明人，应该明白这夫妻玉代表了什么，我是沫姨的晚辈，这块夫妻玉是我们的定婚信物，沫姨当年把你许配给了我，我是你的未婚夫。”

终于说出来了！

宣少奇看似平静，一张俊颜却微微泛红，双眼直愣愣地盯着凤轻尘，哪怕他强克制，凤轻尘也看出了他的紧张。

可是，她也紧张。

好好的，她怎么会有一个未婚夫？

“少宫主，你是不是记错了，我娘怎么可能把我许配给你？”凤轻尘差点就把手中的玉佩给丢出去。

“为什么不可能？沫姨亲口答应了我，要把女儿许配给我，这块玉就是我给沫姨的信物，沫姨收下这块玉，就表示她同意了你我之间的婚约，凤轻尘，难不成你想悔婚？”宣少奇想过凤轻尘会震惊、会娇羞，却没想过凤轻尘会不信。

凤轻尘相信宣少奇没有说谎，但她不能认。凤轻尘将手中的夫妻玉放在桌上，一脸平静地道：“少宫主，我不明白这块夫妻玉是怎么回事，但我可以肯定，你我之间没有婚约。如果我娘真的把我许配给你，那么当初就不会同意洛王的求婚，有道是一女不二嫁，我娘不可能在与你约定好后，又将我另许他人。”

“沫姨把你许配给了别人，怎么可能，沫姨明明答应了我，会把女儿嫁给我，难道沫姨以为我不会等吗？”宣少奇几乎不敢相信自己所听到的。

沫姨答应过，要把女儿许配给他，怎么可能会失约，到底发生了什么事，让沫姨不再回玄霄宫，让沫姨把凤轻尘另许他人？

看宣少奇一个大男人一脸神伤，凤轻尘心里也不好受，她基本上可以肯定，宣少奇没有说假话，可是：“少宫主，我并不知晓当年的事情，你现在和我说这些也没用，我只知道我娘从来没有告诉过我，我有什么未婚夫，更没有提过玄霄宫，在知道宣菲之前，我甚至不知道有玄霄宫的存在。”

宣少奇明白，凤轻尘不想履行他们之间的婚约，可这件事，容不得凤轻尘说不。

“凤轻尘，既然沫姨没有告诉你，那么我现在告诉你。凤轻尘你给我听着，你是我宣少奇的未婚妻，在你还没有出生时，就是我的人了，我等了你十八年，此生除了我，你谁也不能嫁。至于那个什么洛王你不用担心，我自会解决，你凤轻尘只能是我宣少奇的妻子。”

宣少奇目光微冷，看凤轻尘的眼神是志在必得。

玄霄宫的少宫主可不是什么软柿子，要是因为凤轻尘这么两句话就打消念头，那他也不会固执地等十八年。

凤轻尘是他等了十八年的妻子，在凤轻尘还没出生时，他就定下了她，谁也不能和他抢。

凤轻尘有种想要晕倒的冲动，什么叫等了她十八年，她有让对方等吗？

念在宣少奇与她娘有关系的份上，凤轻尘好声劝说道：“少宫主，婚姻大事，岂可儿戏，我根本就不认识你，我不可能嫁给你。”

“媒妁之言，父母之命，凤轻尘，我并没有儿戏，我们的婚约是沫姨亲口同意的，你只能是我的妻子。如果你觉得我们还不熟，那没有关系，我可以住在凤府，直到你熟悉后，我们再大婚。”宣少奇也想和和气气地和凤轻尘说这件事，可凤轻尘摆明了不肯承认是他的未婚妻，既然如此，他还客气什么，他宣少奇也是霸道的主，凤轻尘他娶定了。

凤轻尘也不是没有脾气的人，原本看在她娘的面子上，想要好好和宣少奇说话，可对方这么固执，她也就不客气了。

“少宫主，你这话说得会不会太大了，什么叫我只能是你的妻子，你不会以为光凭这两块玉，就可以让我嫁给你吧？很抱歉，我没打算嫁你，也不承认婚约的存在，我娘什么都没有告诉我，甚至从来没有说起过你这号人，在今天之前，我根本不知道你是谁，我绝不会嫁给你。”

“凤轻尘，我没有骗你的必要。”宣少奇被凤轻尘这么一说，也冷静了不少。

确实，他来得太过仓促了，拿一块玉上门，就说自己是凤轻尘的未婚夫，也难怪她接受不了。

他还是太心急了！

可他都等了十八年，他怎能不心急？

“少宫主，我不知道你有没有骗我，我只知道我娘从来没有说过这件事。”凤轻尘怀疑，她娘当初只是哄小孩子的，结果这孩子当真了，看这宣少奇的年纪，也就是二十多一点。

凤轻尘眼睛一亮，飞快地道：“少宫主，你几岁和我娘定下婚约的？”

“三岁！”宣少奇眉头一皱，他明白凤轻尘的意思，可他不接受那个理由，“不管我多少岁与沫姨定下婚约，你我有婚约是事实。这些年来，我一直在等，等沫姨带你回来和我成亲。”

三岁？

凤轻尘一脸惊恐地看着宣少奇。

凤轻尘越发地肯定，她娘当年就是哄小孩子的。

“呼——”凤轻尘松了口气，这事应该会很好办。

“凤轻尘，你这是什么意思？”宣少奇被凤轻尘看得心里不安起来，隐约觉得事情又有变化了。

“我没什么意思，我只想告诉少宫主，我们现在都不是两三岁的小孩子，当年还小，童言无忌，什么话都可以说，当不得真，可现在不一样，我们都长大了，要为自己所说的话负责。”凤轻尘摆明了不肯认下与宣少奇的婚约。

“凤……”宣少奇正要解释，凤轻尘却不给面子地打断他：“少宫主，你一路奔波，想必也累了，我让下人带你去休息一下，有什么事我们回头再聊。”

宣少奇自是不肯就此放弃，可是他固执，凤轻尘更固执。

看凤轻尘这个样子，宣少奇就明白多说无益，凤轻尘不承认就是不承认，除非他强娶。

听到凤轻尘开口留客，宣少奇暗暗松了口气，顺势在凤府住了下来。

暗卫这一次终于学聪明了，第一时间把这个消息送了出去，至于什么时候能传到九皇叔那里，那就与他们无关了。

宣少奇在凤府住了下来，每天逮到机会就要跟凤轻尘重提婚约一事，凤轻尘苦不堪言，今天宣少奇又堵到了凤轻尘，可不等他开口，春绘、秋画就过来说道：“小姐，大公子和云潇公子来了。”

“他们怎么一起来了？”凤轻尘愣了一下，看了一眼宣少奇，隐约明白了。

“少宫主，失陪了。”凤轻尘说了一句，就翩然离去，完全不管宣少奇一个人多么失落、多么受伤。

云潇和王锦凌都是芝兰玉树的清贵公子，此时一左一右坐在凤府大厅，整个大厅都因他们二人而变得明亮起来，凤轻尘站在门外，脸上竟有一刹那的恍惚。

她终于明白什么叫蓬荜生辉了，她这大厅不算奢华，可因为这两个不分轩轾的男子坐在这里，便生生将凤府大厅的档次拉高了。

“两位公子大驾光临，轻尘有失远迎，还请恕罪。”凤轻尘原本还想调笑一番，可看到云潇和王锦凌一本正经地分坐两边，便正儿八经地行了个礼。

云潇还算客气，起身还礼，王锦凌则动都不动，笑道：“轻尘这是怪我来早了？”

“这怎么可能，大公子你什么时候来，我都欢迎。”凤轻尘笑着走进去，总感觉王锦凌这话意有所指，果不其然，王锦凌不等凤轻尘坐下就道："我还以为轻尘怪我来早了，打扰了你和那个打小定亲的未婚夫相处。"

凤轻尘身子一晃，险些摔倒。

"什么打小定亲的未婚夫，你哪里听来的？"凤轻尘恶狠狠地瞪了一眼上茶的丫鬟。

这群混蛋越来越多事了。

"难道我听错了？那人不是你打小定下的未婚夫？对方手拿玉佩上门不是来求娶你的？"王锦凌这话充满了火药味，凤轻尘听得那叫一个心虚，随即又想，她心虚个什么劲，可一转身就对上了云潇那玩味的眼神。

看样子该知道的、不该知道的人都知道了。

"唉……"凤轻尘重重地叹了口气。

这都算什么事儿呀。

娃娃亲什么的害死人，凤轻尘叹了口气，将娘亲在她还没有出生时，把她当成哄小孩子的糖许配出去一事，细细地说了一遍，至于宣少奇的身份，凤轻尘也没有避讳，当着云潇的面就说了出来，毕竟这事瞒不了多久。

"这么说来，那少宫主说的不是假话，确有订婚一事。"这才是王锦凌最在意的，如果对方是骗婚，那直接把人打出去就好了，可偏偏对方不是。

"应该是，他想骗我也不至于用这样的办法，甚至他想杀我也并不难，玄霄宫应该不会用这样的方法报仇。"

如果宣少奇用婚约来骗她，那就落了下乘，宣少奇虽说不是什么高门贵子，但玄霄宫也是名门正派，宣少奇身为少宫主，根本不屑用这种手段骗她，这种事他们不会胡乱说，这可是名声尽毁的事情。

"那你承认这段婚约？"王锦凌微微皱眉，端起身侧的茶杯，握在手中也不喝，云潇也有些期待凤轻尘的答案。

凤轻尘之前拒绝了他的求婚，他不在意，他自认了解凤轻尘，可凤轻尘若是转头就答应嫁给什么玄霄宫的少宫主，这让他颜面何存？

这不摆明着说他云潇不如人嘛，高傲的云家公子哪里受得下这个气？

"承认什么呀，两三岁小孩子的话也信，我娘当初只是哄小孩子的，当不得真。"凤轻尘才不承认呢，一承认她就得嫁。

"父母之命，媒妁之言，即使对方只有三岁，你母亲开口了，这事也不好办。"王锦凌也不想承认，可若宣少奇所说不假，那他和凤轻尘的婚约就是存在的。

"唉……"凤轻尘叹了口气，一副烦恼的样子，不愿意再提此事，这件事还得她和宣少奇协商。

凤轻尘转头对云潇道："云公子，崔公子的病已经好了，昨儿个已经醒来，你要不要去看看他？"

这是要打发人了，云潇当然明白，只是让他震惊的是，凤轻尘居然医好了浩亭的病。

"浩亭的病你已经动手医治了？"不是云潇不关心崔浩亭，而是他根本没有想到，凤轻尘会在经历这么大的事后，还能如约为崔浩亭医治。

"我和崔公子约定好的事情，当然要如约履行，崔公子现在处在恢复状态中，一切都很顺利。"

凤轻尘耐心地解释着，看到云潇一脸震惊，又解释了一句："云公子，公事是公事，私事是私事，医治崔公子是我的公事，我会认真对待的。如果云公子不忙，你看完崔公子后，我想和你谈谈你自己的病情。"

饶是云潇的风度再佳，听到凤轻尘这话，脸色还是变了一下。

他明白自己的病情，自己活不了一年，可看凤轻尘这个样子，似乎有办法，他能期待吗？能期待和崔浩亭一样的奇迹吗？

云潇感觉自己的心跳加快，手指颤抖，他深深地吸了口气，压下心中的急切，朝凤轻尘点了点头。

云潇明白凤轻尘话中的意思，王锦凌当然也明白，云潇一走，王锦凌就担心地问道："轻尘，云潇的病你有几成把握？"

"他的病其实是我最擅长的，你放心，没有把握我不会治，我没忘记他不仅仅是病人，还是云家的大公子。"凤轻尘知道王锦凌是关心她，所以给出了最肯定的答复。

"那我就放心了。"王锦凌听凤轻尘这么说，就知道她心中已有腹案了。担心归担心，但他一向不喜欢插手凤轻尘的生活，更不会将自己的意念强加在凤轻尘身上。

"轻尘，宣少奇的事，你打算怎么办？"凤轻尘把云潇支开，想必就是要和他单独谈这件事。

"不怎么办，横竖我不可能嫁给他。"如果宣少奇逼得紧，她就直接告诉他，她早已非完璧之身，外界关于她婚前失贞的流传是真的，这样他还要娶吗？

"那你还留下他？"王锦凌可以肯定，凤轻尘留下此人定有深意。

"我不留，他也不会走。凭一块玉、一句戏言，连有没有我的存在都不知道，就能等我十八年，这种人不是三言两语就能打发走的。"宣少奇太固执了，固执到她不知该如何是好。

"那你打算怎么办？"如果需要王锦凌出面，他会很乐意。

"我不可能嫁给他，就算有婚约在又如何。再说了，我还要守孝呢，我爹娘的尸骨刚刚找到，待到雪停后，找个黄道吉日让他们入土为安，然后我就开始守孝，两重重孝加起来就是六年。”至亲死去，守孝三年，她的父母都离世了，那就守六年好了。

王锦凌很优雅地翻了个白眼，他真的不想做这样有损形象的事，可凤轻尘该懂的不懂，不该懂的偏偏都懂。

守孝？

“轻尘，你爹娘都去世十多年了，你的孝早就守完了，这个理由根本没用。算了，宣少奇的事你不用管了，回头我和他谈一谈，他第一次见到你，对你根本不存在什么感情，要他放弃应该不难。”

凤轻尘点了点头：“你去和他谈谈也好，从他的话中我可以听出，他似乎很讨厌宣菲。还有他和宣菲是同父异母的兄妹，我觉得我们可以利用好这一点，也许玄霄宫并不如我们想象中那样神秘。”

他们最大的难题就是不了解玄霄宫，如果能从宣少奇身上着手，倒是一个不错的选择。

“我再想想。”王锦凌没有直接答应，想要将思路理清。

昨天，他收到九皇叔的消息，九皇叔说他会说服南陵锦凡、西陵天磊出力，甚至把夜城拖进来，一定要让这三人损失惨重，要他们鸡飞蛋打。

他承认九皇叔这一招很好，借刀杀人就当如此，他正在调整攻打玄霄宫的方案。宣少奇的出现是一个好机会，如果真如凤轻尘所说，对这个机会加以利用，那西陵天磊、南陵锦凡和夜城，这一次不死也要脱层皮。

想捡他和九皇叔的便宜，做梦！

敢算计凤轻尘，甚至敢拿凤轻尘的爹娘说事，不坑死他们，他就不是王锦凌。

沉默半晌后，王锦凌便准备去找宣少奇，对凤轻尘说道：“轻尘，这件事你别管了。”

凤轻尘万分配合地点头，这种事她也管不着。

和聪明人说话就是容易，王锦凌找到宣少奇，说明自己的身份后，半句不提未婚夫的事情，直接切入主题，说明自己的来意。

“要我和你们合作，攻打玄霄宫？我脸上写了‘我很傻’三个字吗？”宣少奇没想到王锦凌一上来就和他说这样的话，着实吓了一跳。

“一个三岁的孩子，能在没有父母的庇护下活下来，并且习得一身武艺，没有人敢说你傻，所以我才笃定你一定会和我合作。”正因为知道宣少奇不傻，王锦凌才没有和他绕圈子。

和聪明人说话，当然得实话实说，这样才显得自己有诚意。

说起来，王锦凌也觉得他们的准备工作做得不好，要不是宣少奇的出现，他们都不知道玄霄宫还有宣少奇这号人物。

“知道我不傻，你还来找我合作，你觉得我真的会和你合作，把我自己的家给毁了吗？就算我答应和你合作，你又敢跟我合作吗？你就不怕我转身把你卖了？”宣少奇承认，他对宣菲没有好感，可并不表示他会出卖玄霄宫。

他是玄霄宫的少宫主，他有自己的责任！

每个人都有弱点，只要抓住那个弱点再进攻，一切都不是问题，就比如王锦凌的弱点是凤轻尘，而宣少奇的弱点则是凤夫人。

凤轻尘不会利用这一点对付宣少奇，但他王锦凌会。

王锦凌被宣少奇义正词严地拒绝后，并没有生气，甚至在宣少奇那杀人般的眼神下，他依旧笑得如春风拂面，让人有气发不出来。

如此修养，这世间也只有王锦凌了，谈判陷入僵局，王锦凌却不生气，而是话锋一转，说道：“对了，少宫主来了这么久，还没有去拜祭凤将军和凤夫人，轻尘这个时候正在忙，如果少宫主不介意，我带你去拜祭一下凤将军和凤夫人如何？”

“你和凤轻尘是什么关系？这里是凤府，还轮不到你做主。”王锦凌的提议让宣少奇心动，事实上他一直很想去拜祭沫姨，奈何凤轻尘不提，他想提却没有机会。

王锦凌并不在意宣少奇的敌意，笑着解释道：“我和轻尘是至交好友，这凤府我比你熟，你不用嫉妒我，因为你嫉妒也没用。你等了轻尘十八年没错，可轻尘前十五年的生命里根本没有你，你再怎么介意我，也无法改变这个事实。”

宣少奇在凤轻尘还不曾出生时就开始等，可凤轻尘根本不知道他的存在，别说痴等十八年，就是痴等八十年又如何？

“我不需要嫉妒你。以后，轻尘的生命里只有我。”宣少奇深深地看了王锦凌一眼，亦站起身来，道，“大公子，请……”

他看得出来王家这位大公子很喜欢凤轻尘，可是那又如何，凤轻尘是沫姨的女儿，天生就是他的妻子，这一点谁也无法否认。

在不了解对方之前，宣少奇不想和王锦凌做这种无意义的争锋，一切等他祭拜完沫姨之后再说。

可是谁来告诉他，面前的这两口棺材是怎么一回事？

“大公子，这是怎么回事？这里怎么会有两口棺材？棺材里面是谁？”宣少奇愣在门外，不敢踏入灵堂。

沫姨不是早就死了吗？尸骨怎么可能还在灵堂呢？

“怎么？少宫主你不知道，凤将军和凤夫人的尸骨前两天才被找到吗？”王锦凌淡淡地道，好像宣少奇不知道这件事很不应该一般。

“前两天才找到？沫姨的尸骨怎么会到现在才找到？”宣少奇整个人僵在原地，一动不动。

沫姨失踪后，到底发生了什么事情，尸骨怎么会在死后这么多年才找到？

王锦凌看了宣少奇一眼，没有理会他，径直走进灵堂，取了三炷香，恭敬地跪下，虔诚地叩首，这也是他第一次祭拜凤父凤母。

王锦凌的动作依旧很好看，却能看得出，他是真心实意地给凤将军和凤夫人磕头。

伯父，伯母，对不起，利用了你们。

伯父，伯母，你们放心，我一定会照顾好轻尘，尽我所能让她幸福。

伯父，伯母，以后有机会，锦凌再来看你们。

磕完三个头，王锦凌起身，将香插进香炉，看着依旧发呆的宣少奇，王锦凌出口提醒道：“少宫主，先进来给凤将军凤夫人上炷香，有什么事我们出去再说。”

他不想当着凤将军和凤夫人的面，说那些糟心的事。

宣少奇早已呆滞，王锦凌见他不动，推了他一把，他才呆呆地走进去，拿着香呆呆地跪下、磕头、上香。

等到宣少奇回过神来，才发现自己已经离开灵堂，来到他们之前谈话的地方，想到刚刚见到的场面，宣少奇目光一冷，闪过一抹杀意：“大公子，请你告诉我这是怎么一回事。”

看宣少奇这个样子，王锦凌就知道，想说服他很简单。

果然，待王锦凌把前几日夜城少主，将凤夫人的尸骨抬回来，又出言污辱凤夫人尸骨一事说完，宣少奇的手已经紧握成拳，一副要揍人的样子。

当王锦凌说，这件事西陵太子和南陵皇子也有份时，宣少奇抬手，一拳将王锦凌身侧的桌子砸碎了。

“他们敢，居然敢！”宣少奇双眼通红，青筋凸起，那样子就好像要吃人一般，可见凤夫人在他心中的地位很不一般。

王锦凌再次默默地向凤夫人道歉，脸上却不显露半分：“少宫主，想必你也知晓玄霄宫与我王家的恩怨，我不管玄霄宫宫主是否知道宣菲的所作所为，这笔账我都会算在玄霄宫头上，我王锦凌的护卫不能白死。”

“此次攻打玄霄宫的人并不只有我王家，即便没有少宫主的配合，依我、九皇叔、西陵太子、南陵皇子四人联合，攻下玄霄宫也不是难事，只不过那个时候少宫主看到的就会是一片废墟，而少宫主若与我合作，玄霄宫将依旧存在，只不过是宫主换人罢了。”

王锦凌并不在意玄霄宫毁不毁，他只要处治了罪魁祸首就行，用玄霄宫的存在，换南陵锦凡和西陵天磊栽跟头，他很乐意。

“你居然和西陵太子、南陵的皇子合作？”明显，宣少奇完全没有听到重点，他只听到王锦凌要和这两个欺负凤轻尘的人合作，这是他不能接受的事情。

这两个人，可是折辱沫姨尸骨的凶手。

“为什么不可以，有人愿意为我冲锋陷阵，我又何必客气？”报仇并不一定要你死我活的大打出手，报仇的方法有很多种。

“你真阴险。”宣少奇终于见识到了世家公子的狡诈，明知是陷阱、明知是阴谋，他也不得不跳。

王锦凌丝毫不在乎宣少奇的评价，只笑着问道：“少宫主，你这是同意还是不同意？”

同意，有什么不同意的，也是时候清一清玄霄宫那些人了，不然他们早晚会忘了，他才是玄霄宫真正的主人。

宣少奇站了起来，郑重地说道：“不就是一个玄霄宫，轻尘要，我双手奉上！”

凤轻尘没有想到，她还没有开始和云潇谈病情，王锦凌就把宣少奇说服了，这让凤轻尘很惊讶。

宣少奇有这么好骗吗？

“他这么容易就答应了？我们要攻打的可是玄霄宫呀。”就算宣少奇要和继室的儿子争夺继承权，可正常情况下，也不会这么容易就相信他们。

王锦凌点了点头，将宣少奇见到凤夫人尸骨后，态度转变的事情告诉了凤轻尘，当然还有那一句：“不就是一个玄霄宫，轻尘要，我双手奉上！”

最后，王锦凌感慨道：“轻尘，他是为了你。”

是的，为了凤轻尘，明知他们不安好心，宣少奇还是配合他们出卖自己的父亲，王锦凌虽然感慨，但也没有丝毫同情宣少奇。

因为，换作他，他也会。

凤轻尘脸上的笑僵住，深深地吸了口气，才道：“你们，别为难他。”至少，别毁了玄霄宫。

“你放心，我会调整计划，玄霄宫百年基业不是那么好动的，让玄霄宫宫主换人，对我们和他来说都是好事，毕竟我们也不想被玄霄宫余孽层出不穷地追杀，这件事宣少奇不会损失太重。”相反还能获得很大的利益。

野火烧不尽，春风吹又生。要么斩草除根，要么换上一棵新草，有宣少奇的加入，他们攻打玄霄宫会容易很多。

与玄霄宫大战时，他们还可以消耗南陵锦凡和西陵天磊手上的精英，顺便让玄霄宫中不服宣少奇的人战死。

王锦凌是聪明人，他不仅仅会用情打动对方，也会用利益。

听到王锦凌这么说，凤轻尘心中的压抑感才渐渐消失，从这个合作中可以看出王锦凌是一个宽厚的人，也是一个有大局观和远见的男人。

说定了玄霄宫的事情，凤轻尘又把她准备去义诊的事和王锦凌说了，王锦凌很赞同，并表示自己会给凤轻尘人力和物力的支持，不过凤轻尘拒绝了，她说用不上，王锦凌也不再勉强，只说有事就去找他。

王锦凌还想和凤轻尘多说几句，秋绘就前来禀报：“小姐，云公子来了。”

凤轻尘看了王锦凌一眼，摆明了是要送客，王锦凌虽然不舍，还是起身道：“轻尘，我先回去，大雪天，你没事别出去。”

他还要回去和其他人商量，他相信南陵锦凡和西陵天磊得知他和宣少奇的合作后，一定同意配合九皇叔的动作。

凤轻尘起身相送，却被王锦凌制止了：“别出去吹了风，小心冻着。”

云潇进来时，只看到凤轻尘一人，下人都被遣退，看这架势就知道凤轻尘有话要讲，云潇也不拐弯抹角，一进来就道：“凤姑娘有一双神奇的手，看到浩亭日渐恢复，云某感激万分。”

“崔公子的病已经没有大碍，现在咱们谈谈你的病，云潇公子。”凤轻尘起身，不知从哪里拿出一块板子，板子上面有一张纸。

凤轻尘拿起炭笔，在那张纸上写下一些东西，一边写一边说道：“云潇，你知道我这个人不擅长说多余的话，更不喜欢绕圈子，我们实话实说，这次给你做检查时，我发现你脑部有一块异物，我相信你自己也清楚这个。”

“是，我清楚。”云潇脸上的笑容渐渐被严肃取代，想了想，还是问了一句，“凤姑娘，你可能治？”

“不知道，我需要进一步检查，这上面是我写的注意事项，还有检查安排，如果你同意的话，麻烦在上面签上名字。”凤轻尘三两下就将同意书写好，递到云潇的面前。

当然这不是治疗同意书，而是检查同意书以及需要云潇配合的一些事情。云潇的身份特殊，她虽然需要云家提供的药材，可也不想让自己陷入麻烦中。

“要我的直系亲人签治疗同意书，你才肯为我医治？”云潇对于前面的事项都认可，唯独将这一点提了出来。

为什么？

“对，最好是你的父亲同意我为你治疗，一旦治疗失败，不得追究我的责任。云潇，我是大夫，我只有保障自己的安全，才能保证病人的安全。你应该明白，治愈的成功率不是百分百，尤其是你这种复杂的病症。”哪怕她是天才，也不敢对病人做下必然成功的许诺。

云潇点了点头，表示理解，他没有傻傻地去问，为什么崔浩亭不用直系亲人签同意书，因为他知道凤轻尘不是想从他身上得到什么，而是想从崔浩亭身上得到什么。

医治崔浩亭的病是凤轻尘的一场豪赌，而医治他却不是这样，凤轻尘可医可不医，一切决定权都在他手上。

云潇看完后，发现有一项重要的事情，凤轻尘没有写，于是问道："轻尘，你要的诊费呢？在治疗之前，我是不是应该问清楚这个，以免治疗结束后，我付不起诊金。"

"诊费不着急，毕竟你的病还需要进一步检查，等检查结果出来我们再商量。你放心，我就算对云家有所求，也不会拿你的病做要挟，我要的诊费只有银子。"凤轻尘绝对不会把话说死。

云潇笑了笑，没有接话，凤轻尘是个聪明人，他相信凤轻尘不会傻得拿他的病做要挟，不然她有命要，也不一定有命享受。

和聪明人打交道一切都容易，就算有利益往来，大家也知道彼此的底线所在，不会漫天要价，云潇从崔浩亭和王锦凌的事情中，就看出凤轻尘很聪明。

不然，王锦凌不会与她交好，浩亭在言谈中也不会偏向凤轻尘。一个女人，能让崔王两家公子同时说好，可见这个女人有多么的不简单。

云潇收起凤轻尘写下的东西，想到孙思行之前和他说的事，便问道："轻尘，我听说你明天要去义诊，凭你和思行两人肯定忙不过来，而思行还要照顾浩亭，你一个人更是分身乏术。这样吧，我从云家药铺派几个坐堂大夫给你，虽说他们的医术比不上你，但看看小风寒一类的还是可以的，另外你需要什么药材，把单子开出来，云家药铺的人会替你送来，药材费用咱们可以稍后再结。"

这就是云潇，闻弦歌而知雅意，不需要凤轻尘说出来，便会体贴地准备好一切。

凤轻尘不得不承认："云潇，你是一个让人很舒服的男人。"

和他交谈，只要你不存着什么坏心思，那么一切都会很顺利，因为他是云潇，一个天生的商人，吃小亏而占大便宜。

她义诊用云家的药，云家看似吃亏，可同时云家药材的名声也会水涨船高。

"得你美誉，我的荣幸。"云潇微微颔首，表示感谢。

云潇离去前，突然想起一事，便提醒凤轻尘一句："轻尘，有一件事，我觉得有必要告诉你，南陵苏家的丫鬟，最近偷偷摸摸从云家药铺购买安神补脑的药材，看她的样子，似乎不想让人知道。"

最重要的就是这一点，南陵苏家人是和南陵锦凡一起来的，苏柔需要什么药材，根本不需要去外面买，而苏柔这么做，就说明南陵锦凡不知道她的病情。

苏柔？

"她的病还没好？"凤轻尘一脸惊讶。

她比任何人都清楚苏柔的病是怎么回事，因为苏柔是因她而病，只是她没想到，苏柔这么不济。

可见，当初苏柔为了催眠她，费了多大的精力。

“你知道她病了？”云潇比凤轻尘还要惊讶，这件事恐怕连南陵锦凡都不知道，要不是因为他是药铺的少当家，他也不可能知晓。

苏柔这个女人，很谨慎。

“她是因为我而病的，我当然知晓。现在还在吃药，看样子她没有把在我这里吃亏的事告诉南陵锦凡，不然依南陵锦凡那占不占理都要争一争的个性，我肯定会倒霉，而他也就有理由继续拖延我和苏家的比试。”

凤轻尘原先还觉得苏柔是个聪明人，现在看来实在不怎么样，她都明白南陵锦凡的想法，苏柔却还没有弄懂，活该她自找苦头。

苏柔不是她的对手，现在她更是坚定了这个想法，并且她与苏柔之间只是一场比试，胜负对她来说一点也不重要。

琴：她赢了。

棋：胜负由她说了算，她想赢便能赢，想输也可以输。

书：她赢了。

画：她赢了。

礼仪：她输了。

医术：她放弃了，也是输了。

武术：因兽苑发生的意外，结果没有出来，不过可以肯定是她输了，因为她空手出来的，而苏绾多少有点收获。

现在就剩下骑射了，苏柔以为胜负就看这一局，却不知真正的胜负，由她凤轻尘说了算，棋局才是决定胜负的关键，她早就留了一手，只不过无人知晓罢了。

凤轻尘唇角微扬，笑得如同狐狸，云潇却感觉全身发寒，他可以肯定苏柔被凤轻尘算计了，只是凤轻尘是什么时候与苏柔见面的呢？

“你和苏柔交过手？”他怎么没听说过，他的消息得有多不灵通呀！

凤轻尘点了点头：“算是吧，她主动找上我，不过铩羽而归，还因此重伤。现在听你这么说，我想她并没有把这件事说出去，既然如此，雪一停我就去找太子，让他通知苏柔，早点把最后一场比试比完，我看南陵锦凡到时候，还有什么理由留在东陵。”

“你想冬日比试？依我看，南陵皇子不会答应。”南陵锦凡凭借比试一事，才能留在东陵，哪里肯轻易点头。

“会，他一定会同意，他要是不同意，我就给他一个不得不同意的理由。”凤轻尘高深莫测地笑了笑，眼中闪烁着算计的光芒……

# 第八章　九皇叔拈酸吃醋

宗人府大牢内，九皇叔依旧静静地坐在那里，双眼盯着书本，却半天都没有翻动一页。确切地说，九皇叔的双眼一直盯着一行字："宣少奇，玄霄宫宫主，凤轻尘母亲为她订下的未婚夫！"

未婚夫，好一个未婚夫。

九皇叔一动不动，整个人好像老僧入定，直到夜幕降临，牢头送来饭菜，他才有反应。

"咚咚咚！"九皇叔在桌面上有节奏地敲打了三下，那牢头脚步一怔，若无其事地放下食盒，退了出去。

九皇叔将食盒里的饭菜一一取出来，并没有动，而是将饭菜全部倒掉，然后"啪"的一声将盘子砸碎，抽出藏在里面的纸团。

纸团是王锦凌送进来的，正是宣少奇答应与他们里应外合，拿下玄霄宫的计划，如此一来，他们之前的计划就要调整。

如果说，之前是设计南陵锦凡和西陵天磊当探路石，那么这一次就是要南陵锦凡与西陵天磊全军覆没了。

这个计划比之前的更好，唯一不好的就是宣少奇的身份。

打小订下的未婚夫，他很介意宣少奇这个身份，他很清楚，未婚夫、未婚妻这种标签有多可怕，那是甩都甩不掉的大麻烦。

可偏偏，他和凤轻尘都有这个麻烦，还真是头痛。

把盘子砸碎一地，菜也洒了一地，九皇叔又把食盒捏碎，食盒里掉出一个小竹筒，九皇叔抽出里面的纸，放在火上烤了一下，字迹便显现出来.

看到上面的内容，九皇叔的眼中闪烁着灼热的光芒，冷硬的神情终于柔和了几许。

造神计划！

凤轻尘，你果然是本王的福星，有你在，本王还有何愁？

九皇叔将手中的纸紧紧地握在手心，双眼闪烁着炙热的光芒，待到他松开手时，手中的纸团已经变成粉末，飘散开来……

是夜，凤轻尘和孙思行清点好第二天要用的药，便各回各房，准备早点睡觉，好养足精神应对明天的义诊。

凤轻尘打了个哈欠，把佟珏和佟瑶打发下去后，便自己提着灯笼往院子里走。

有崔浩亭在，她的府上就很安全，可她忘了这样的安全保障却防不了原本就在凤府的人，没走两步，她就看到一道人影站在暗处。

“谁？”凤轻尘提着灯往前探了探，正考虑要不要呼叫护卫时，黑影走了出来：“是我。”

“是你？你怎么在这里？”凤轻尘看到来人，便放下了戒备，王锦凌说得没错，这个人是不会伤害她的。

“嗯。”宣少奇应了一声，神色有些不自在，说道，“我看你一直没有回去，就出来看看，夜深了，你一个女孩子不安全，我送你回去。”

怕凤轻尘不同意，宣少奇又飞快地补了一句：“你放心，在你不同意嫁给我之前，我不会勉强你。”

说完，宣少奇默默地退到一边，与凤轻尘保持三步以上的距离，借此证明自己只是想送她，没别的意思。

见凤轻尘还不走，宣少奇又出口提醒：“走吧，我只想送你回院子，别无他意，你要是介意，我可以再站远一点。”

话落，又后退三两步，将两人的距离拉得远远的，黑暗中，他的双眸亮晶晶的，期待地看着凤轻尘。

这个样子叫凤轻尘真不知该如何拒绝，再说她也不想浪费时间和宣少奇争辩，这孩子太固执了。

“多谢少宫主。”

凤轻尘提着灯笼往前走，刚开始还没注意，随即便发现，身后的宣少奇一直与她保持五步以上的距离，根本没有靠近她的打算，凤轻尘也就放心了。

宣少奇真的是只想送她回去。

凤轻尘叹了口气，步履如常地往前走，到了院门口停下脚步，朝宣少奇福了福身，把灯笼递给他：“我到了，多谢少宫主，这灯笼，少宫主你拿着。”

宣少奇愣了一下，随即接了过来：“快进去，天晚了，你明天还要忙。”

说完，就站在院门口，直到凤轻尘走进屋内，宣少奇才收回视线，默默地转头，朝自己的院子走去。

他让属下收集了凤轻尘的消息，看到那些情报，他无比痛恨自己，为什么不早一点出现。

薄薄的几张纸，写着凤轻尘如何在流言四起、四面楚歌的情况下求生，透过那张薄薄的纸，他似乎能看到凤轻尘当初活得有多么辛苦。

四周的人都叫她去死，只有死才能证明自己的清白，周围没有人看得起她，她却抬头挺胸，一路披荆斩棘，坚强地活了下来，而正是这份坚强让他心疼。

死很容易，活下来却很辛苦，因为活下来，要面对更多。

跪在城门口被人扔鸡蛋，进血衣卫大牢，凤府被烧……随便一件事都不是普通女子能够承受的，可她不仅全部经历了，还坚强地挺了过来。

看到这一年发生在凤轻尘身上的事情，宣少奇的双眼忍不住湿润起来。

他有多久没有流泪了？自从沫姨走后，他就再也没有流过泪，因为不会再有人，像娘和沫姨那样，会在他流泪的时候，把他抱在怀里轻哄。

凤轻尘，你是沫姨的宝贝，也是我宣少奇的宝贝，我会尽最大的力，让你幸福。

宣少奇提着凤轻尘给他的灯笼，深一脚、浅一脚地踩在雪地里，而他不知，他发誓要保护的宝贝，此时正在房内被人审问。

凤轻尘一推开门，就闻到房内有一股熟悉的暗香浮动，凤轻尘眼角带笑，转身关上门，朝屏风后面走去。

果然看到了那个熟悉的人，凤轻尘压下心中的喜悦，问道："九皇叔，真的是你？你怎么又出来了？"

凤轻尘这绝对是关心九皇叔，可九皇叔听在耳朵里，却完全不是那么一回事，脸上的表情顿时难看三分。

"怎么？本王来得太早了，打扰到你了？"别以为他没出门，就不知道宣少奇送她回来的事。

"啊？"凤轻尘一脸茫然，九皇叔这话是什么意思，她怎么没听懂？

"哼……"九皇叔也没那份闲心解释，高傲地抬头，一句话都不说。

九皇叔背对着光，沉着脸，整个人显得更加阴郁，凤轻尘更搞不明白这是怎么了，她已经听九皇叔的话乖乖不动了。

别说皇上、皇后，就是山东卢家，她都没有派人去查。

凤轻尘摇了摇头，谁说女人的心思难猜，依她看，男人的心思更难猜，而九皇叔的心思，你最好别猜，否则会把自己纠结死。

九皇叔不说，凤轻尘也就不问，本想解开身上的披风，可不知为何，发现室内的温度比室外还要低，而且越来越冷……

凤轻尘哆嗦一下，连忙把披风拉紧，悄悄地拉开自己与九皇叔的距离。

她不是怕，她是冷，为了不把自己冷死，她还是乖乖地问道："九皇叔，你没事吧？皇上为难你了？"

凤轻尘可没有忘记，前两天九皇叔才越了一次狱，她真的担心他出事。

毕竟，九皇叔是被皇上光明正大地关在大牢里，要是被皇上知道他越狱，那可是杀头的大罪。

"过来。"九皇叔没有回答凤轻尘的话，而是朝她招了招手。

凤轻尘犹豫了一下，看九皇叔一脸不悦，不敢再多想，连忙走到他身边，狗腿地看着九皇叔，希望九皇叔给她解惑，他到底在气什么。

不想九皇叔二话不说，一伸手就把人搂在怀里，头埋在凤轻尘的颈脖间，温热的气息，让凤轻尘有种眩晕的感觉，当她察觉到九皇叔想做什么时，连忙伸手推开九皇叔："不要！"

"不要！"

九皇叔的脸彻底黑了。

怎么，未婚夫来了，他现在连抱她一下都不可以？

"凤轻尘！"九皇叔怒吼道，他现在连抱她一下都不行了？不好言好语地解释那莫名其妙而来的未婚夫就算了，还敢瞪他。

凤轻尘不甘示弱地回吼："东陵九！"

下巴微抬，傲气十足，充分表现着自己的不满，九皇叔当她凤轻尘是什么人呀，就算她不用守孝，九皇叔也不能在她父母还没有下葬时，就对她动手动脚。

四目相对，谁也不让谁，明明两人还抱在一起，却没有一点暧昧的气氛，完全是一副要把对方吞进肚子里的架势。

两人僵持半天，凤轻尘都觉得自己这架子端得太久了，真累，正想算了，决定不和刚从牢里跑出来的男人计较，不想九皇叔却早她一步妥协了。

"轻尘……"九皇叔软下语调，轻轻地搂着凤轻尘，倒不是他心疼凤轻尘，而是他很忙，他没时间在这里跟凤轻尘耗下去。

他出来一趟谈何容易，他连王锦凌和苏文清都没有去找，第一时间就来到凤府，结果他看到了什么？

看到宣少奇护送凤轻尘回房，看到他们在院门口依依不舍，这样他还能不生气吗？

九皇叔都服软了，凤轻尘当然也不会再僵着，不过女人也有女人的骄傲，哪能你说吼就吼，说哄就哄。

"嗯。"凤轻尘不轻不重地应了一句，鼻孔依旧朝天，不看九皇叔，摆明的意思是：这事有得谈，不过，看你表现了。

“你……”九皇叔深深地吸了口气，又吐了口气，这一口气直接吐在凤轻尘的脖子上，凤轻尘只觉得一阵痒痒麻麻，不自觉地动了动身子，那冷硬的气势也软了三分。

看凤轻尘放下身段，九皇叔眸中的冰冷也因此消退三分，现在是非常时期，他绝不允许乱七八糟的人威胁到他的地位。

“凤轻尘，你和宣少奇到底是怎么一回事？”凤轻尘不肯说，他自己问总行吧，虽说这样有点丢面子，可非常时期就得用非常手段。

“我和宣少奇就是你知道的那样，他是我娘在我未出生时，给我订下的未婚夫，估计我娘当时也没当真，不然也不会有后来我和东陵子洛的婚事，但是宣少奇认真了。”凤轻尘一点也不吃惊九皇叔会知道宣少奇的事，他要是不知道那才叫奇怪。

“你承认他是你的未婚夫？”九皇叔有种想把凤轻尘捏死的冲动，一口一个未婚夫，叫得可真亲热。

“我承不承认他都是我娘给我定下的未婚夫，这一点无法改变，现在最重要的不是我而是他。我没有非要宣少奇娶我，是他非我不娶。”有那块夫妻玉佩在，还有宣少奇提到她母亲时的熟稔与怀念，她也实在没办法怀疑婚约这个说法的真实性。

“这么说来，只要他死咬着婚约不放，你就会嫁给他？你就不怕本王把他的婚礼变成葬礼？”长长的睫毛轻轻颤动，掩去眼中的阴郁与狠厉，只流露出淡淡的冰冷与不屑。

“你别动不动就喊打喊杀的，我没说要嫁给他。”凤轻尘没好气地白了九皇叔一眼，一提到她的婚事，就一副要杀人的样子，不知道的人还以为他堂堂九皇叔是变态杀人狂呢。

听到凤轻尘说不嫁，九皇叔眼中的厉色少了几分：“既然不嫁他，那你把他留下来做什么？”

九皇叔忘了，他回头还要跟王锦凌商谈攻打玄霄宫的新方案，没有宣少奇，哪来的新方案？

“我不留下他，他也不会走。他和我娘的交情不一般，看在我娘的面子上，看在他因为我娘一句话，就等了十八年的份上，我也不能……”凤轻尘原本还理直气壮，可看到九皇叔那越发冰冷的眸子，就越说越没有底气了，最后直接什么也不说了。

“凤轻尘，你确定你是看在你娘的面子上，而不是因为感动，感动他痴痴等你十八年？”不怪九皇叔心急，实在是宣少奇这个人太危险了。

凤轻尘不提他都忘了，宣少奇这个人有多么固执。就因为凤轻尘母亲的一句话，宣少奇就等了凤轻尘十八年，如果没有找到凤轻尘，估计他还会一直等下去。

这样的男人太容易让女人心动，就算不让人心动也会让人心生同情。

"当然不是啦，东陵九你到底把我当成什么人了，我如果因为感动就要嫁给对方，我早就嫁了。"哪里还会等到你，凤轻尘一脸失望地看着九皇叔。

到底要她说多少次，九皇叔才会相信，她没有嫁人的打算。

云潇的求亲，宣少奇的存在，都不是她能控制的，为什么每一次都咬着这一点不放。

一次两次她当是情趣，是九皇叔在乎她。可是接连几次，九皇叔都因为这样的事情和她吵架，这让她不得不怀疑九皇叔对她的信任。

她本就因为宣少奇的存在而头痛，可九皇叔不仅不替她想办法，还不相信她，凤轻尘突然感觉很委屈，看九皇叔半天不说话，气恼地将对方推开："放开我。"

九皇叔不说话，只用力地将凤轻尘抱紧，把头埋在凤轻尘的怀里，在她的胸前蹭了蹭，无声地告诉她：对不起！

他并不是不相信凤轻尘，只是现在的局势对他极为不利，容不得他出一点错，如果他不是一直待在大牢里，失去了与外界的联系，他也不会如此不安。

凤轻尘永远不会明白，在宗人府大牢里，他收到凤轻尘有一个未婚夫的消息时，有多么的惊恐。

一旦坐实了未婚夫和未婚妻这个名份，再想摆脱就会非常的麻烦，于凤轻尘的名声也会有损。

凤轻尘那么孝顺，对方又是凤轻尘的娘定下来的人，又能给凤轻尘最想要的婚姻和名份，他真担心凤轻尘一时心动，便答应了对方。

如果他没有暂时失去自由，他根本不会把什么宣少奇放在眼中，他会光明正大地来凤府，高傲地向宣少奇宣布：凤轻尘是本王的女人。

可惜他现在什么都不能做，无法掌控的感觉对他来说很糟糕，他厌恶这种不受控制的意外发生。

凤轻尘却不知九皇叔在不安什么，只用力地推开九皇叔，推不开就用打："东陵九，放开我，我让你放开我，你听到没有？"

"不放！"东陵九很干脆地拒绝，再抬头，他的眸子一片沉静，根本无人知道他刚刚想了什么。

他不会将自己的不安，显露在外人面前，哪怕是在凤轻尘面前也不行。

凤轻尘不知九皇叔闹什么脾气，没好气地道："九皇叔，你到底要怎样，才会相信我没有嫁人的打算！再说了我现在还能嫁人吗？有哪个男人会娶一个失了清白的女子为妻？"

"本王会，凤轻尘，如果那个女子是你，本王会！"别这么说自己，我会心疼，九皇叔轻拂着凤轻尘的长发，毫不掩饰眼中的宠溺与心疼。

他是被未婚夫、未婚妻这种标签给弄烦了，不然他也不会急着来问凤轻尘。

他忘了，宣少奇不是秦宝儿，不是那个一受打击，就要死要活的女人，凤轻尘不存在甩不掉他的可能。

“什么？九皇叔你说什么？”凤轻尘刚刚沉浸在愤怒中，可听到九皇叔说这话，她整个人都愣住了。

“你没听错，如果是你，不管发生什么事，本王都娶！”九皇叔郑重地回答着，而就是这么一句话，让两人无厘头的吵架结束了，凤轻尘扑进九皇叔的怀里，大哭……

吵过，哭过，两人都觉得心里甜甜的，有满肚子的话要跟对方说，可偏偏没时间了，九皇叔松开手，站起身，笨手笨脚地替凤轻尘拂平腰间的褶子。

他有很多话想要交待轻尘，可想来想去，只挑了最简单的一句：“明天的义诊，本王会让苏文清过去帮你，别累着自己。”

凤轻尘双眼一亮，直直地看着九皇叔，无声地询问道：你同意我说的那个计划？不觉得冒险吗？

九皇叔含笑点头，拍了拍凤轻尘的脑袋：“轻尘是本王的福星。”

“嗯……”凤轻尘不好意思地脸红，九皇叔也不逗她，在她的眉心轻轻地落下一个吻：“早点休息。”

好梦，梦里有我，只有我！

九皇叔不再留恋，大步离去，瞬间没入夜色之中，留下凤轻尘一人呆在原地，好半天才回过神，若无其事地笑了笑，翻身上床。

在她选择做九皇叔的女人时，她就明白自己将会承受什么，也需要承担起什么，想要与九皇叔天长地久，就不可能时时腻在一起，她必须承受分离与孤寂。

如九皇叔所言，凤轻尘一夜好眠，可惜梦里没有他。

九皇叔从凤府离开后，便来到苏府密室，苏文清收到九皇叔的通知，早早地就在密室里等他，见九皇叔进来，连忙起身：“九……”

苏文清刚开口，就被九皇叔打断了：“施粥所需的粮食可安排好了？大雪天的，你准备怎么把粮食运到各地？”

在凤轻尘那里花的时间太多，他没时间和苏文清啰唆。

“粮食我已经计算好了，也安排好了运输方案。这一次受灾的面积太广了，除了江南那一带，整个西北的城镇或多或少都受了雪灾，我粗略计算了一下，凭我们存储的粮食，可以支撑半个月，如果把那些土豆和番薯也拿出来，则可以支撑一个月左右”。

“我之前曾在每个城镇都存了一批粮食，我们可以先调用那批粮食赈灾，当地的粮食可以撑上三到四天，剩下的我再从江南那一带运过来，只不过雪太大了，河面都结了冰，无法走水路，陆路的话，估计会很慢。”

“土豆和番薯还不能暴露出来，先用存粮顶着，如果不够就把军粮拿出来用。今年这么大的雪，明年肯定是一个丰收年，我们明年不会缺粮，如果军中的粮食不够，告诉宇文元化，把土豆和番薯拿出来，让将士们撑一段时间。”

土豆和番薯一旦推广种植，九州大陆的百姓就再也不用担心吃不饱了，这两样农作物的亩产量极高，这一点九皇叔很清楚。

他会推广这两样农作物，但不是现在，他现在必须依靠这两样东西，让他手下的兵吃饱，让他能够养得起足够多的大军。

“好。”苏文清点了点头，铺开地图，指着离受灾地最近的几个城镇道：“我准备从徐州、青州军区调粮，九皇叔你看是否可行？”

“陆路的话，最快也要五六天，如果大雪封了路，根本无法行走，你存在当地的粮食撑不到五天，凤轻尘所说的计划，全部都要依赖这次的赈灾，如果赈灾没有达到理想的效果，一切都将是空谈。”九皇叔说的是事实。

凤轻尘所说的宣传，前提是要他做一件轰轰烈烈、让所有百姓都知道的大事，而赈灾就是这件大事，要是没有做好赈灾的事情，其他的说得再好听也没用。

这次赈灾，他们必须下血本，而最重要的一点就是粮食一定要够，要让所有的灾民都赞一声好，只有这样，他接下来无论做什么事，天下人才会往好的一面想，哪怕他要夺天下，大家也会认为那是为了百姓着想。

“粮食的事情，我再想办法，我一定不会搞砸这件事。”苏文清很明白，这件事对九皇叔的重要性。

做好了，九皇叔不仅能立马出狱，名声还能再上一层楼，到时候皇上再想动九皇叔，也要顾及民意。

可要是做砸了，那一切都是空谈，到时候他们可就是赔了夫人又折兵。

“明天凤轻尘就要开始义诊，你可以和她一起，顺便帮她把声势搞大一些，有我们施粥的点，就要有她义诊的点。至于粮食的运输问题，你要是解决不了就去问凤轻尘，她能想出利用赈灾造势的办法，定然也能解决粮食运输的问题。”

九皇叔在纸上点了几个地方，这几个地方是重灾区，也是军事要区：“这几个地方，一定要拿下，皇城这一块不要闹得太大，配合凤轻尘的义诊就行，重点拿下这几个地方。”

如若这一次计划成功，西北近半数的百姓都会听到他的名字，那里的百姓也会受到他的恩惠。

“我明白，我会安排好人手。”苏家商铺的小二、掌柜可以齐齐出动了。

九皇叔又细细地看了看苏文清的陈条，苏文清考虑得很周详，完全不用他再多说，九皇叔将陈条递还给苏文清："就按这上面说的办，你明天见了凤轻尘后，拿这件事去试探一下王锦凌。"

"你想和王家合作？"苏文清明白九皇叔的意思，也正因为明白才不解。

要知道，王家从不参与皇位之争。

九皇叔点了点头："以前王家不会，现在不好说，王家处在一个不进则退的地步，王锦凌看似温和，实则有狠劲，为了王家，他也许愿意一搏。"就算输了，王家的损失也不会大，依王锦凌的谨慎，绝不会让人抓到把柄。

"如果和世家合作的话，选择崔家不是更好吗？崔家一直忠于前朝，为了前朝，不顾四国皇帝的挽留，退隐避世。"

苏文清对世家没有半点好感，因为世家掌控了太多的资源，逼得寒门出身的人，没有一点机会。

"崔家？哼……崔家忠于前朝，并不表示会忠于我，崔家会支持前朝的血脉夺位，但那个人不是我。"九皇叔从来没有考虑过，把崔家纳入合作的范围。

比起崔家，他更看好王家和云家。

王家需要突破，云家则需要一个摆脱商贾之名的机会。

不得不说，凤轻尘是他的福星，要是没有凤轻尘，他也不可能这么容易就与王锦凌搭上线，得到西陵天宇的支持。

"你是说，蓝氏皇族还有其他人活下来，而崔家忠于那个人？"苏文清将双眸猛得睁大。

如果真是这样的话，他们的处境就大大不妙了，四面楚歌呀。

"我能活下来，当然也有其他人能活下来，四国皇帝想要屠尽蓝氏皇族是不可能的事情。"当然，这只是他的怀疑罢了。

不管蓝氏皇族有没有其他人活下来，这都与他无关，崔家想出世就出世吧，多一些势力搅乱这大陆的风云，他才好趁机做自己该做的事情。

"这倒是，如果还有其他的蓝氏皇族存在，崔家不仅不会帮我们，说不定还会反过来血洗我们。"这几年的权力斗争，让苏文清明白，为了那把椅子，别说与自己有血缘关系的人，就是对自己的亲生儿子，那些人也下得了手。

"不管有没有其他蓝氏族人活下来，崔家无论如何也不会为我所用。"他只是前朝公主的儿子，崔家人绝不会向着他，毕竟他不是蓝氏嫡系。

"我明白了，我绝不会在崔家人那里露半点风声。"苏文清一脸严肃，眼里透出前所未有的凝重。

九卿没有把话说透，可他却明白，崔家手上十有八九，有真正的蓝氏皇族人，不然崔家不会出世。

出世意味着什么？意味着要争夺这片大陆的控制权，而看崔家的姿态，一出世就与东陵皇上对着干，摆明了不想依附皇权。

不依附皇权就意味着他们得建立属于自己的势力，看样子他们的动作要加快了，不然到时候就是白忙活一场。

“崔家那边还是和往常一样就行，我们自己多防备，免得打草惊蛇。”九皇叔知道崔家在下一盘很大的棋，要不是凤轻尘意外医治了崔浩亭的病，并开出一个奇怪的条件，他都不知道自己什么时候，才会发现崔家的阴谋。

凤轻尘，那个笨女人，似乎天生就拥有政治手腕，她所做的看似不经意的一些事情，细想下来却会发现，都有意外的收获。

苏文清慎重地点头，九皇叔都提醒了，他当然不会笨得往崔家身上撞，他现在担心的是：“九皇叔，崔王两家合作，万一崔家借机会拉拢王家，让王家倒向他们，那可就麻烦了。”

“这一点你完全不需要担心，王家永远不可能支持崔家和崔家手上的人，顶级世家只能有一个，崔王两家都自诩是九州大陆第一世家，千百年来，这两家为了这个头衔，从来没有停止过暗斗。”

“如果王家倒向崔家那边，支持崔家手上的人，最后即便成功了，论功行赏，王家也要居于崔家之下，毕竟无论王家怎么做，也抵不上崔家的功劳。如果我是王锦凌，要么不涉足九州大陆的权力之争，一旦涉足，就绝不会选择与崔家合作，相反，我会支持与崔家对立的人，因为只有这样才有可能完全压下崔家，成为世家之首。”

“王锦凌是一个聪明、谨慎的人，拉拢王家的事情急不得，王锦凌也不会在这个时候站队。当这块大陆大乱时，王锦凌自然会做出选择。”皇权之争，没有人可以真正地置身事外，尤其是手上握有巨大资源和财富的世家，站队是必须的，这个时候就要考验眼力了，选对的人就可以平步青云，选错了则满盘皆输。

苏文清很少服人，但九皇叔说的话他却是完全服从，九皇叔说王家不会支持崔家，他绝对相信。

苏文清松了口气，将桌上关于赈灾的情报收了起来，又拿出一张绘了地图的纸，递到九皇叔面前：“这是进入玄霄宫的地图，惊云那边传了消息过来，他已经成功打入玄霄宫，正在寻找九州地图的下落。另外，玄医谷谷主把宣菲的脸医好了，现在的宣菲不说话时，看上去和凤轻尘一模一样。玄霄宫宫主夫人也和凤轻尘很像，步惊云曾听到宫主称呼他夫人为以沫。”

“以沫”这个名字搁以前，苏文清还真不知道是谁，可现在他能不知道嘛，凤轻尘的母亲就叫陆以沫。

苏文清可不认为，玄霄宫那个叫“以沫”的女人，是凤轻尘的母亲，要知道宣菲比凤轻尘还大半岁，陆以沫就是再厉害，也不可能一年内生两胎。

“以沫？”九皇叔冷笑一声，敲了敲桌面，“让步惊云派人查一查凤夫人的身份，查到后不用报回来，想办法透露给玄霄宫宫主知晓。”玄霄宫大乱，他才有机会。

“恐怕很难，当年凤夫人的来历就无人知晓，只知道她是贱民，被凤将军看上，娶为妻，然后陪着凤将军征战四方。”苏文清早就派人去查了，可惜没有结果。

“查不出来就让她自己说出来，让步惊云把凤将军和凤夫人的消息透露给玄霄宫宫主。”假的就是假的，哪怕装得再像，也会露出马脚。

玄霄宫的那个女人，肯定不是陆以沫，如果她是陆以沫，宣少奇就不会来找凤轻尘。

只可惜，当局者迷，玄霄宫宫主想必没往这上面想，毕竟没有哪个人，会随便怀疑自己的妻子。

没关系，玄霄宫宫主不往这上面想，他就推一把。

交待完苏文清后续的事情要如何操作后，九皇叔半刻也没停留，就赶往与王锦凌约定的地方。

王锦凌早早地等在那里，九皇叔到时，王锦凌已喝完第二壶茶了，见九皇叔来，王锦凌拿出一个没用过的杯子，倒了一杯水，递到九皇叔面前：“茶凉了，九皇叔不要嫌弃才好。”

明面上是倒茶给九皇叔喝，实则告诉九皇叔，他来晚了，而九皇叔来晚的原因，他或多或少能猜到一二。

这世间除了凤轻尘，还有谁能留得住九皇叔？

“好茶。”冰冷的茶水，入口苦涩异常，九皇叔却面不改色地喝了下去，违心地赞叹道。

这是在告诉王锦凌，他来得早与晚并不重要，重要的是事情一如既往的顺利，没有影响到他们合作。

“九皇叔喜欢，就多喝两杯。”王锦凌再次执壶，替九皇叔倒满，冷茶比冷水还要难喝。

既然早与晚不重要，那你就晚点回去，我倒要看看，宗人府大牢里那些人，能为你拖延多久。

王锦凌笑容满面，让人根本看不出他的坏心思，典型的阴死人不偿命。

九皇叔就算再急也不会表现出来，稳稳当当地坐在那里，端起茶杯，轻啜一口：“大雪过后，本王请大公子过府品茶。”

大雪过后，他定会从宗人府大牢里出来，玄霄宫他会亲自出手对付。

“锦凌会祈祷，这场雪快停。”这话就是同意等到九皇叔出狱，再对玄霄宫出手。

王锦凌虽然不喜欢九皇叔，但也不得不说，九皇叔的确能力不凡，有他指挥玄霄宫之战，他们的损失会更小。

协议达成，九皇叔开始说自己的计划：“玄霄宫有它存在的必要。”也就是说，他不打算毁了玄霄宫，王锦凌又有何看法呢？

“一个江湖门派，给点教训就好，宣少奇不错。”留着就留着，把玄霄宫毁了，凤轻尘会觉得愧对宣少奇，玄霄宫存在没关系，但宫主必须换人做，他不想把心思花在玄霄宫上面，没趣得很。

王锦凌说宣少奇不错，绝不是在夸他，而是说他这个人做宫主不错。

在这一点上，九皇叔和王锦凌再次达成共识，他们都不打算毁了玄霄宫，不仅如此，他们还要帮宣少奇清除异己。

在这场对付玄霄宫的战役中，明面上得利最多的人，将会是宣少奇，当然最忙的人也会是宣少奇。

九皇叔与王锦凌心照不宣地看了对方一眼，点了点头。

两只狐狸默契十足，他们达成一致，决定利用这次机会，逼宣少奇回玄霄宫。

到时候他们一定还宣少奇一个表面光鲜，实则乱成一团的玄霄宫，让他慢慢忙，看他还有没有时间窝在凤府。

接着，九皇叔拿赈灾一事试探王锦凌，王锦凌隐约猜到了九皇叔的意图，既没有同意也没有反对。

九皇叔不再多说，喝完杯子里的冷茶后，就此离去，留下王锦凌一个人，看着夜空深思。

他不得不深思。

就在刚刚，九皇叔将他的野心告诉了他，他就是想要装作不知道也不行。

东陵九，难怪你能容忍皇上坐在那个位置上，原来你想要的不是东陵，而是整个天下。

再创前朝盛世，东陵九，那个人会是你吗？

王锦凌明白，今晚他别想睡了，九皇叔留给他的这个炸弹，足够让他失眠好几天，因为前几天，崔家在言谈中也透露了拉拢王家的意思。

王、崔两家可以暂时合作，却绝对无法长久合作，王锦凌可不想自找死路，哪怕崔家步步退让，许出足以让人疯狂的条件，他亦不会点头。

前有崔家许诺，后有九皇叔开口，看样子王家逃不掉了。天下之势，分久必合，合久必分，四国建国不到百年，又要乱了，而这乱世之中，又有谁能真正逃开？

王锦凌发现自己身上的担子越来越重了，他是王家的掌权人，一个不慎，整个王家都将万劫不复，而他亦会成为王家的罪人。

“轰！”火光冲天，就在九皇叔离开不久，宗人府大牢方向突然燃起漫天的大火，火蛇冲向天空，将半个皇城都照亮了，大牢四周的百姓都被这火光惊醒了，纷纷往外跑，大哭大喊：“着火了，着火了……”

“救火，快救火。”

静寂的夜瞬间喧闹起来，宗人府大牢里的牢头们，纷纷提水灭火，唯有皇上派来的四个护卫，一看这架势，第一时间不是救火，而是冲入大牢去看九皇叔在不在。

九皇叔要是死在这场大火里，或者在这场大火中消失，那么背黑锅的人一定是皇上。

四人顾不得热浪灼人，冲入大牢，当他们看到九皇叔安然地坐在那里时，整个人都松了口气：“九皇叔，请……”

九皇叔抬头，冷冷地扫了一眼面前的人，露出一抹讥讽的笑，不慌不忙地起身往外走去。

即便九皇叔什么也没有说，四个护卫还是羞愧地低下了头，这场大火看上去，就像是针对九皇叔的阴谋，或者说，有人想把九皇叔活活烧死……

# 第九章　为什么不早点来

大雪天起火，要说不是人为的鬼都不信，至于是谁做的，就不是他们这几个小兵能管得的事情了，他们只要监视九皇叔的行踪，保护九皇叔的安全就行。

皇上派来的护卫，明面上是保护九皇叔，实则是监视，见九皇叔冲入火中，护卫连忙上前，紧跟在九皇叔的左右，将他护得紧紧的，以免被大火烧伤，同时亦避免九皇叔借火遁走。

九皇叔在这场火中哪怕是受一点伤，他们都不用活了，护卫战战兢兢地护着九皇叔，即使被火灼伤，也顾不得疼痛，依旧围绕在九皇叔的周围。

九皇叔缓步行走在火丛中，像是什么都没有看到一般，一身锦衣，从容高贵，完全没有逃命的狼狈相。

护卫不知是自己的错觉还是什么，总觉得九皇叔所到之处，火苗都自动散开为九皇叔让出一条道来，大火冲天，九皇叔却是毫发无伤。

他们还不知，在他们离开后，有数道黑影蹿入大牢，将这间牢房与外界相通的口子封死，随后又倾倒火油，将火势浇得更大。

这场大火将所有的痕迹都烧没了，哪怕是皇上也查不出，九皇叔是如何走出宗人府大牢的。

宗人府大牢失火，九皇叔险些葬身火海。发生这么大的事情，皇上就是想捂也捂不住，再说九皇叔也不会允许皇上这样做，捂住了他岂不是白白受苦了，那大火烧起来的烟，也是很呛人的。

第二天早朝，数位大人联名上书，指责宗人府失职，没有保护好牢中犯人的安全。

此次宗人府大牢被烧了近八成，尤其是九皇叔所在区域，近乎全毁，很明显这次纵火是针对九皇叔的。幸亏九皇叔福大命大才逃过此劫。

众位大人请求皇上彻查此案，皇上一脸铁青，当场下令，责令刑部半个月内查到纵火之人，并把宗人府上下官员全部撤了，换了自己的人上去。

联名上书的几位大人再次开口，说此次纵火是针对九皇叔，纵火之人还没有找到，九皇叔的安危堪忧，大牢太不安全了，请皇上看在先帝的面子上，让九皇叔这个皇上仅存的亲弟弟能回九王府。毕竟在罪名未定前，九皇叔虽是犯人可也是亲王，九皇叔的生命不能受到威胁，最好把九王府的人放出来，让他们保护九皇叔。

此时此刻，皇上再也无法保持风度，这些人虽然没有明说，可话里话外都透露出一个意思，那就是宗人府大牢突然起火定与皇上有关，而他这个皇上要把仅存的兄弟也杀了。

皇上气得差点把折子砸在那些大臣的脸上，他真是冤死了，虽说这件事看上去他是最大的受益者，可实际上他什么都没做。

他是要多蠢，才会用这么明显的杀招，可偏偏这群混蛋嘴上半句怪他的话都不说，只摆出一副心知肚明的样子，让他有口难言。

皇上一肚子的气，早朝一结束就朝九皇叔所在的宫殿走去。

昨夜起火，九皇叔从宗人府大牢出来后，就直接杀进了皇宫，似笑非笑地对皇上道："皇兄，在东陵恐怕只有皇宫，臣弟才敢睡。"

皇上气了个半死，可最终还是吩咐太监，把九皇叔以前住的宫殿收拾出来，让九皇叔入住。

让九皇叔住在宫里，总比让他回九王府的好。

"朕这个九弟莫非是成精了不成？"九皇叔走后，皇上才对身边的太监说道。

这场火起得太是时候了，就算今晚不起火，过几天宗人府大牢也会起一场火，可惜九皇叔抢了先机，这么明显的栽赃，居然让他成功了。

"皇上英明，九皇叔再精明还不是栽在您手上，这不……九皇叔不就乖乖地进宫了，在宫里，九皇叔就是再有本事，也动不了半分。"太监狗腿地上前，恰到好处地拍马屁。

作为皇上的心腹，太监当然知道皇上想用一场大火，把九皇叔埋在宗人府的势力肃清了，顺便栽赃给九皇叔，让人以为是九皇叔放的火，意图抹黑皇上，结果两兄弟想到一块了，只是九皇叔快了一步，占了先机。

宗人府莫名其妙的一场大火，让九皇叔顺利地出了大牢进了皇宫，而且皇上还要保护九皇叔的安全，保证九皇叔在罪名没有定下来前，不能再出事。

凤轻尘早上起来，听到佟珏绘声绘色地说起宗人府大牢起火的事，半点也不担心九皇叔的安危，九皇叔在宗人府大牢尚且来去自如，要说没有准备，那可真是有鬼了。

"这场火起得恰到好处。"凤轻尘就着帕子擦了擦脸，笑道。

“小姐？你是说……”佟珏呆呆地站在那里，嘴巴张得老大，机械地接过凤轻尘手上的帕子，一脸吃惊，以眼神询问道：小姐，是我想的那样吗？

火是九皇叔自己放的？

“把话给我吞回肚子里，天家的事你也敢乱猜。”凤轻尘警告地瞪了佟珏一眼。

佟珏回神，吐了吐舌头，俏皮地笑了笑，一副我不敢的样子。

凤轻尘这才收回视线，出言提醒佟珏：“知道得越少，对你越安全，有些事不是我们能掺和的，出了事我也没能力保护你。”

“奴婢明白，下次不敢了。”佟珏连连点头，见凤轻尘往外走，连忙上前一步，替她打起帘子。

凤轻尘勾唇一笑，不疾不徐地往外走……

今天她要去义诊，但愿天公作美，让她多做点好事，这样她的心里也不会那么愧疚。

一出门就遇到了宣少奇，宣少奇微笑着打了一声招呼，便主动接过凤轻尘手中的药箱，凤轻尘愣了一下，并没有拒绝，因为她知道拒绝也无用。

两人一前一后往外走，来到马车前，宣少奇十分有风度地上前，扶着凤轻尘上了马车，正准备跟上去，孙思行不知从哪里冒了出来，居然快一步插了过来：“师父。”生生地挤在两人中间，朝宣少奇歉意地笑了笑，敏捷地爬上马车，“师父，风寒的方子，你看……”

孙思行钻进马车，一副有重要问题请教凤轻尘的模样，宣少奇摸了摸鼻子，默默地坐在一旁。

马车上，孙思行坐在中间，霸住了凤轻尘，完全不给宣少奇说话的机会，整个背部都挡在凤轻尘前面，宣少奇连看过去一眼都难。

凤轻尘明白孙思行的想法，笑了笑，一脸纵容，见孙思行拿冬日常发的病症来和她说，她便很配合地说了起来，说着说着……两人真的投入其中，没了其他的心思，不过这些和宣少奇都没有关系。

宣少奇的风度很好，对孙思行摆明防人的动作没有表现出任何的不满，待到马车行至义诊的地方，宣少奇拎着药箱，跟在凤轻尘的身后下车，完全没有摆少宫主的姿态，佟珏看了一眼，张了张嘴，最终还是什么都没有说。

不知是有意还是无心，佟珏把义诊的地点选在了城门口，凤轻尘下马车后，整个人都愣住了。

皇城门口对她来说是一切屈辱的开始，此刻站在城门口，凤轻尘说不出心里是什么滋味，只知道她不喜欢用这种方法，来洗刷旁人加诸在她身上的痛苦。

佟珏一路上忐忑不安，就怕凤轻尘怪她自作主张，看到凤轻尘站在马车边不动，佟珏连忙上前解释："小姐，义诊的地方是苏公子挑的，苏公子施粥的铺子也在这里，小姐，你看那边已经有人在排队等候了。"

佟珏越说声音越小，到最后把头压得更低了，凤轻尘淡默地扫了佟珏一眼，她知道佟珏是为她好，可也不应该自作主张。

"我不希望有下一次。"给你权力并不是让你来摆布我的生活，有一个九皇叔就足够她头痛了，她可不想天天面对一群摆弄她人生的疯子。

"奴婢明白。"佟珏松了口气，小姐这么说就表示不生气了。

身后的宣少奇和孙思行都是明白人，两人什么话都没有说，只等待凤轻尘的决定，见凤轻尘没有发脾气，也暗暗松了口气。

他们都清楚凤轻尘在城门口经历过什么事，之前九皇叔一次又一次，高调地带着凤轻尘进出这座城门，无声地向世人宣告凤轻尘的尊贵，现在就让凤轻尘再添一笔，用实际的行动来洗刷这座城门，带给她的屈辱！

凤轻尘远远地就听到灾民在那里大喊："真是好人呀，菩萨心肠，这粥筷子立下去都不倒，可比官府发的清汤清水好多了。"

"有粥有馒头，我们不会饿死了，不会饿死了！"

"我呸，官府发的那是人吃的吗？一股馊味，那粥清得都能当镜子用。"

"不知哪位大老爷这么好心，居然拿出这么稠的粥，这下我们有救了，我们有救了。"

"不知道，我看到派粥的人是苏家铺子的人，不过他们说，他们家老爷也是受人之托。"

"好人呀，天大的好人，老天爷你看看，这天下还是有好人的，施了粥都不留名。"

……

灾民们纷纷叫好，议论声也越来越大，都在赞美施粥的那人好，好人会有好报，施粥的场面也非常热闹。

一切都很顺利，灾民们的脸上也扬起了幸福的笑容。

施粥的队伍很和谐，即使再饿，再渴望那一碗热粥也没有一个人插队。队伍中有十几岁的孩童，他们穿着露脚趾的破草鞋，冻得瑟瑟发抖，却仍旧努力地踮起脚，朝散发着热气的大锅望去……那里有他们渴盼的一切！

汉子、妇人，脸上露出浓烈的喜意，心里盘算着，这一碗粥和馒头拿回去，一家人能吃几口。

白发苍苍的老者，身上披着厚麻袋，露在外面的脸布满风霜，混浊的眸子，在看到施粥的摊子时，露出一抹淡淡的笑容，就如同孩子看到心仪的糖果。

这画面是动态的亦是静止的，看到他们因为一碗热粥而感到幸福，凤轻尘一行人呆在原地，一动不动。

他们别有用心地来做善举，可看到这一幕，心脏却被狠狠地撞击了一下，让人有种落泪的冲动。

最先回过神来的是凤轻尘，她见过太多惨烈的画面，她的心总比一般人冷硬一些。

转头看到一脸震惊的宣少奇和泪流满面的孙思行、佟珏，凤轻尘走到孙思行身边，在他的脑袋上敲了一记："你个呆瓜，哭什么哭。"

孙思行这个小呆瓜，天生就有一颗悲天悯人的医者心肠，看到这样的画面，他怎么能忍得住。可是，如果连这一点都忍不住，待看到义诊堂里面的情况，他要怎样才能冷静地医治病患？

医者，不能有太多的感情，感情会影响工作。

"师父……"

孙思行红着眼睛，眼中闪烁着仁爱的光芒，凤轻尘隐隐地从他身上看到了神圣的光环，好像有一层淡淡的光晕将孙思行包裹住。

他果然是天生的医者，拥有常人所没有的仁心，孙思行比她纯粹多了，可这样纯粹的人，要怎样才能活下来呢？

头痛呀！

她也曾这般纯粹过，可惜现实将她的纯粹击得粉碎。

"唉……"凤轻尘叹了口气，拍了拍孙思行的肩膀，"别难过，他们很幸运，遇到了愿意施粥的人，想想那些活活饿死的人，你会发现这世间没有最惨，只有更惨，所以收起眼泪，因为这个时候眼泪没有任何用处。"

曾经没有人保护她的纯粹，那么她就尽力去保护孙思行的纯粹，让更多的人喜欢上他的纯粹，直到她护不了孙思行的那一天为止。而等到那一天，孙思行要么和她一样成长，要么就此陨落。

孙思行不知凤轻尘在想什么，听她这么说后连连点头，一双黑眸干净得如同透明的水晶，能将这世间最肮脏的一切映衬出来，有那么一瞬间，凤轻尘在他眼中看到了黑着心肝的自己。

可不等凤轻尘多想，孙思行就反手拉住她，急切地往里走："师父，我们去义诊堂，那里应该有很多病人，这么冷的天，我们早点过去就能多救几个人。"

孙思行斗志高昂，完全没有被影响。

"好。"凤轻尘连忙收拾恍惚的心神，跟在孙思行身后。

一次施粥的善举把九皇叔推了出来，那么这一次义诊她就尽力把孙思行推出来，这样即使没有她，孙思行也能多一层保护。

凤轻尘如是谋划着，至于孙思行的意见嘛，小呆瓜要是知道她进行义诊别有目的，估计会厌恶她，所以还是少说为妙。

可惜，想法是美好的，现实却是残酷的，凤轻尘一行人还没走两步，施粥铺子那里就出事了。

一个身形高大的男子，不知从哪里冲了出来，横冲乱撞把领粥的队伍打乱了，灾民们吓了一跳，眼见就要乱起来……

苏家派来施粥的人反应极快，连忙出来把人群安抚好，让大家继续排队领粥，并且向众人许诺，他们准备的粮食足够多，保证人人都能喝上一碗热粥。

安抚好百姓后，施粥的人正准备质问那乱撞的汉子，却听到"咚"的一声，那人跪在粥摊前，而他身上背了一个老人。

"给我一碗热粥，我的命就是你的。"一老一少，两人身上都只穿着单薄的中衣，露在外面的肌肤，被冻得通红发紫，这两人比在场领粥的人还要狼狈。

施粥的人看了对方一眼，没有说话，继续给其他人发粥和馒头："你们去排队，别耽误其他人领粥。"

"求求你，给我一碗热粥，只要你们给我一碗热粥，我的命就是你的，求求你们了，求你们了。"跪在地上的汉子见状，不停地磕头，"咚咚咚……"那声音就像打雷一样，敲在众人的心头，疼得紧。

男儿膝下有黄金，这话是对人上人说的，对于这些普通人来说，为了一碗热粥、一个馒头，他们都会毫不犹豫地跪下来。

黄金没有命值钱，要为了可笑的骄傲牺牲自己的命可以理解，可若是为了可笑的骄傲牺牲家人的命，那实在不划算。

"求求你了，给我一碗热粥，救救我爹，求求你们，求求你们了。"大汉见没有人给他热粥，不停地磕头，地上很快就有了一摊血迹，而施粥的人却不为所动。

"师父。"孙思行拉了拉凤轻尘的衣摆，想请凤轻尘出面，凤轻尘摇了摇头，没有同意。

她还不知这一幕到底是真的，还是苏文清提前安排的，毕竟想要宣传九皇叔的义举，说得再好听也没有真实发生一些震撼人心的事情来得有冲击力。

"这位大爷，要不先给这人一碗粥吧。"

"是呀，是呀，怪可怜的，他背上那老人出气多，进气少呀。"

"再不喝点热的，这汉子受得了，那老人可受不了。"

凤轻尘一直都觉得百姓很可爱、很善良，虽然他们容易被人蛊惑，可他们的心却是善良的，看到别人比自己更惨，就忍不住心生同情，只是这样的同情要不得。

任何人都应该遵守游戏规则，这个汉子因情急乱冲乱撞，打乱了施粥的队伍，一个两个还好，可人人都像他这样，只因为自己可怜就破坏规则，那这粥还能继续按序领下去吗？

在这里领粥和馒头的人，哪一个不可怜，哪一个不是饿了几天，哪一个不惨？

果然，有一个管事模样的人走了出来："我们家主子施粥并不图大家什么，只希望大家能够安然度过这场雪灾，这位壮士抱着老父冲进粥铺，想要领粥不是不可以，可他必须和大家一样排队，不然人人都和这位壮士一样横冲直撞，那这粥摊我们也摆不下去了。"

"我爹，我爹，求求你们救救我爹，只要你们救活我爹，我的命就是你的。"大汉如同溺水的人抓住了浮木，不停地哀求。

美人流泪楚楚可怜，惹人心疼，可只有见过的人才会明白，真正让人心疼的是铁汉的泪水，那流出来的不是泪而是血……

这一刻，这个汉子就给人一种铁汉流血的冲击力。

"师父。"孙思行又扯了扯凤轻尘的衣袖，让凤轻尘上前帮忙，凤轻尘叹了口气。

有一个这么善良的徒弟是福气，凤轻尘看着气氛差不多了，便在孙思行耳边小声吩咐几句，孙思行先是疑惑，随即点了点头，在凤轻尘的鼓励下，提着药箱朝施粥铺子走去。

孙思行在那位施粥管事面前说了几句，那管事听后连连点头，神情中透着恭敬，孙思行说完后，便站在一边，双手自然下垂，一看就透着不凡的教养。

施粥的管事上前，对跪在地上的汉子说道："我家主子在这里施粥并不求回报，若我家主子想要你们的命，就不会来这里施粥，主子只希望天下百姓吃饱穿暖，只要百姓好，我家主子就高兴。你父亲的情况不太好，我们派人把他送到义诊堂，我家主子派了大夫过来，如果你们当中有不舒服的，可以去义诊堂看诊，无论是诊费还是药费都不需要出，我家主子说了，在他力所能及的范围内，要让更多的人吃饱、穿暖，让大家不会因为没钱看病而死。"

"好，好人呀，好人呀，我们只要吃饱穿暖，就不会被饿死，不会被冻死呀。"

不知是谁说了一句，整个施粥的气氛瞬间就被带动起来，在场的人一个个默默地垂泪，喃喃地道："我们只是不想饿死。"

"我们只是不想冻死。"

……

"大家安静，大家安静，你们放心，远的我们管不到，可在这里的每一个人，我可以代主子向你们保证，你们都不会被饿死，我家主子现在还没有能力帮助天下人，但依他的慈悲心肠，只要他看到的，就一定会帮，你们放心吧！”

最后一句，语调猛得拔高，令在场的人都振奋起来。

“我们放心，我们放心，有这么稠的粥，有这么大的馒头，我们饿不死。”

“还有大夫，有大夫，有大夫在，我们也不怕。”

“呜呜……大人，我家儿子前年跌伤了腿，可以来治吗？”

“大人，我男人一直卧病在床，可以来治吗？”

“大人，我女儿的脸烧伤了，可以来治吗？”

领了粥的、没领粥的一个个开口问了起来，这么冷的天、这么恶劣的环境，谁也不敢保证自己家里没有病人。

看一场病，可能把寻常百姓家几年的积蓄都花光，可能让他们卖儿卖女，现在有这么好的机会，他们当然要抓住。

“大家静一静，家里有病人的可以送到义诊堂来，我们主子请来的大夫是云家药铺坐堂大夫，还有太医院院首的亲传弟子，有他们在，你们不用怕。”

一句“你们不用怕”暖了在场的每个人的心：“青天大老爷呀，真是青天大老爷呀。”

“有救了，我们有救了。”

“我们有救了。”

“吾皇万岁万岁万万岁。”

领粥的人一个个跪了下来，朝皇宫的方向拜去，因为这里的人说，他们主子在那个方向。

皇宫的方向？皇上？

不……如果真是皇上，何必隐姓埋名，这一招真是高，让天下百姓以为，为他们着想的人是皇上，可结果呢？

九皇叔，你还真是时刻不忘阴皇上。

施粥现场的气氛一片火热，凤轻尘处在这个氛围中，也忍不住跟着暖了起来，看着一张张洋溢着幸福的脸，凤轻尘发现自己的眼角居然有一滴泪。

只要是帮助人，哪怕别有目的也没关系，至少他们的这种行为，能够挽救无数人的性命。

施粥现场的气氛完全被带动起来，不管是领到粥的人，还是没有领到粥的人，都被这一幕感染，一个个跪下，朝皇宫的方向磕头。

“皇上万岁万岁万万岁！”

每一个灾民都在感谢皇上，感谢东陵有一个好皇上，而当这一幕传到皇上的耳朵里时，皇上估计会觉得像是吃了苍蝇一样恶心。

凤轻尘唇角微扬，带着一抹玩味的笑。

要知道，现在皇宫里不仅仅住着皇上，还住着九皇叔。九皇叔果然早有预谋，这个男人还真是不放过任何一个可以利用的机会。

收起笑容，一转身就与宣少奇的黑眸对了个正着，看到宣少奇那抹明了的笑容，凤轻尘脸上的笑立马僵住了。

这个男人不简单，幸亏他们不是敌人。

“咳咳……我们进去吧，该义诊了。”凤轻尘尴尬地转移话题，宣少奇并不多说一句，笑着点头，提着药箱跟在凤轻尘的身后，尽职做好小跟班的活。

佟珏看着这一前一后往里走的两人，心里有种说不出来的味道。

和九皇叔走在一起，她家小姐按规矩要落后一步；和大公子走在一起，两人一般都是并肩而行；而和宣少奇走在一起，这个男人却一直落后她家小姐半步，站在她家小姐的左侧，就像一个尽责的护卫，将她家小姐保护得滴水不漏。

不管因为什么，这个男人对她家小姐都没有半点恶意，还真是让人讨厌不起来。

义诊堂里的情况和凤轻尘想的一样，非常不好。

一走进去，就是一股难闻的味道扑面而来，哪怕是大雪天也遮不住那酸臭的气味，地上只简单地铺了层稻草，病人一个挨一个躺在那里，情况稍好一点的则坐起来，把位置让给其他人。

有病人进来，不需要人说，他们便会自动地挤一挤，把位置空出来。

凤轻尘进来时，云家派来的坐堂大夫已经在诊治，药童也在后方煎药，一个药童要管几十个药罐，也亏得他们平时训练有素，不然弄错药方可就麻烦了。

孙思行去了里屋，那里病人的情况最严重，孙思行正在医诊刚刚抬进来的那个老者。

凤轻尘远远地看了一眼那老者的情况，基本上可以判断为：饿着了，冷着了，现在遇到他们，绝不会有生命危险。

义诊堂里的每一个大夫都很忙，连个喘息的机会都没有，如果是以往，凤轻尘肯定会放下药箱就动手，可是今天不行。

孙思行那个呆瓜，她都给他准备好了舞台，可他偏偏不懂得抓住机会，白白让云家的大夫出了风头，真是气死她了！

义诊也是有讲究的，一般情况下，大夫都会挑病情较轻的人医治，这样既可以多医治几个人，又不用承担风险。

至于病情严重的病人，别说义诊就是平时也是能不接就不接，大夫要学会自保，爱惜自己的名声。

病人要是死在你的手上，就算不是你误诊，你也脱不了干系，这种情况在义诊时更为严重。

不是她不相信孙思行的医术，而是孙思行刚刚行医，他的未来一片坦荡，他的名声不能有一点损伤，他的手上也不能有病死的人，出不得半点差池。

第一次，凤轻尘没有直接医治病人，而是冲入内堂，把孙思行抓了出来，拖着他的衣领就往外走。

“师，师，师父……”孙思行不敢反抗，只得一脸委屈地配合，生怕凤轻尘跌倒。

到了外堂，凤轻尘松开孙思行，脸上带着与年龄不相符的威严，指着一地的病人，怒斥道：“现在才知道叫师父，师父平时怎么教你的？师父告诉过你，要尽最大的努力救治最多的人，要用最少的药材，救治最多的病人，结果你做了什么？一进来就朝重症区跑？怎么？你医术高强，很了不起？你有本事医好重症病人，这些小病小伤你就不放在眼里了？你知不知道，在你医好一个重症病人时，就有十个普通病人的病情会加重，变成重症病人。到时候，不仅会造成医疗资源的浪费，也会给病人家属带来无法承受的重担，病情严重的病人所花费的诊费，是普通病人的三倍不止，你认为一个普通的人家，能负担得起这一大笔药费吗？”

“身为一个大夫，我们可以用医术赚取诊费，但一定要有良心，绝不能让病人把小病拖成大病，大病拖成重病，重病拖成绝症。”凤轻尘说得很快，但吐字清晰，孙思行听得呆呆的，似乎无法理解。

在他的思维里，救人当然是先救病重的人，他们拖不起，再耽误下去会致命，而病情较轻的人可以等等。然而，他却没有想过，这一等会让病情较轻的人变成重病。

小呆瓜眼睛一转，凤轻尘就知道他在想什么，可这个时候，她绝不会让孙思行去医治重症患者。

凤轻尘深深地吸了口气，尽量用轻松的语气说道：“思行，师父信得过你的医术，但你的速度跟不上，我可以同时给十个人包扎伤口，你能吗？”

孙思行双眼放光，一脸崇拜地看向凤轻尘，听到最后一句，又黯然地摇头：“不能。”

等的就是这一句。

“既然不能，那你就多练习，对于大夫来说速度很重要，有时候只要你快一秒，你就可以多救一个人。现在正好有一个机会可以提升你的速度，外面这些人大多是冻伤、风寒，他们就交给你了，至于里面那些病人，你放心，师父会去看。”

这是她第一次专挑病情严重的人下手，一般情况下去义诊，遇到重症病人大家都不会接手。

可现在，她宁可自己背上医死人的黑锅，也不能让孙思行的名声受损。

“好。”听到凤轻尘说要亲自去医治那些重症病人，孙思行松了口气，他真怕师父不肯治。

那些病人他看了，都是小病拖成了大病，医治起来既耗费药材，又耗费时间。

师父说得没错，他一天最多只能医治三到五个重症病人，可病情较轻的病人他却能医治上百个。

见孙思行什么都不问就应了，凤轻尘既高兴又担心，高兴孙思行的乖巧，担心孙思行这样会不会被人卖了，还帮人数钱。

就拿宣少奇的事来说，只一个晚上，孙思行对宣少奇的态度就发生了翻天覆地的变化，要说没有人提点他，她死都不信。

她这徒弟耳根子这么软，以后没个厉害的女人管着他，他估计会穷死。

凤轻尘指着佟珏道：“佟珏，你跟在我身边这么久，多少也懂一些，你照看好这里，协助思行医好这些病人。还有，不许任何大夫帮思行，这些病人全部交由思行负责。”

“是，小姐。”佟珏不是孙思行，她明白凤轻尘对孙思行的看重。

“师父放心，我不会让你失望的。”孙思行也连连保证，见凤轻尘欣慰地点头，孙思行摸了摸后脑勺，“师父，我去义诊了。”

“去吧，师父相信你，你可以的。”孙思行比凤轻尘个子高，凤轻尘本想拍拍他的脑袋，结果只能拍肩膀。

她凤轻尘学医不以医立世，但她相信，她的徒弟一定会成为以医立世的一代医圣。

看孙思行全心投入到医治的工作中，凤轻尘再次肯定自己的决定没有错，思行只需要专心医治病人就够了，其他的都交给她，她一定会给思行一片纯净的天空，让他潜心学医。

“我们也进去吧，里面的病人不能等。”凤轻尘示意宣少奇提着药箱跟她走，心中则默默地祈祷，但愿今天的义诊和施粥能顺利一些。

可这注定是奢望，在凤轻尘与孙思行忙着救治灾民时，一群官差从九门提督府里冲出来，他们的目标就是城门口施粥和义诊的摊子，看他们凶神恶煞的样子，绝没有好事……

凤轻尘和孙思行忙得昏天黑地，片刻也不曾停歇，一个接一个地医治病人，听着病人感谢的话，两人连说一句“不用客气”的时间都没有。

两人忙得腰都直不起，可不等他们寻机会休息，外面就传来一阵喧闹声，伴随着这喧闹声，还有乒乒乓乓的打砸声。

“不要，不要呀，差爷求求你们，不要砸呀，不要砸呀，这是我们的命呀，我们的命呀。”

“差爷，求求你，不要呀，给我们一条活路吧。”

“馒头呀，这可是真正的馒头，不要踩呀，不要踩呀。”

“啊……不要倒，不要倒呀，这是要我们的命呀！这是逼我们去死呀！”

打砸声和哭喊声一前一后传了过来，一听声音大家就知道出事了，凤轻尘连忙转身，将手中的药全部放到孙思行手上：“思行，里面的病人我都写好了诊断情况，还有需要开的药，你按我写的发药，如果搞不定，等我回来，我先出去看看。”

凤轻尘如同旋风一样，抬腿就往外跑。

“我也去。”宣少奇学着凤轻尘，把药放在孙思行手上，“拿好，别砸了。”说完，也跟着跑了出去。

“快，去看看，去看看发生什么事了。”

“好像给我们的粥和馒头让人给砸了，快去看看。”

屋里的人也知道出了事，一个个往外跑去。

“我也要去，我也要去呀。”孙思行抱着一大堆药，气得跳脚，可这个时候哪有人理他，孙思行没办法，只得抱着一堆药，进屋子安抚病人。

凤轻尘和宣少奇出来时，就看到官兵如同饿狼一般，抡起长枪朝粥摊砸去，地上全是白粥和被踩得稀巴烂的馒头，有百姓冲上前去阻拦，那些人不管不顾，一枪就砸过去，根本不管百姓的死活。

“啊……大爷，我求求你了，不要砸呀，不要砸呀，你要出气，就打我吧。”

“官爷，这是我们的救命粥呀，你给我们一条活路吧。”

“啊啊啊……我跟你们拼了，老子跟你们拼了，我们这么多人，就指望这些白粥和馒头活下去，你们凭什么砸了，你们凭什么砸了。”

“这是要我们的命，活不下去了，活不下去了……”

百姓哭着、喊着、求着，官兵却不为所动，一脸讥讽，动作也越发快：“一群刁民，敢在大爷面前问凭什么，凭什么？就凭大爷这身衣服，大爷今天就是砸了，你们又能如何？”

“吃吃吃，我吃死你们，官府少你们吃的，还是少你们喝的了，大人早就开仓赈灾了，你们这群吃里扒外的家伙，吃了官家的还敢吃这来路不明的白粥。”

“谋反，你们这是聚众谋反，听到没有。”

“砸，给老子砸了，谁让你们摆摊施粥的，你们经过官府允许了吗？假仁假义的东西，全部砸了，谁敢反抗，都给我抓进牢里去。”

官兵们蛮横得如同土匪，把手无寸铁的百姓当成敌军来打，根本不顾他们的生死。

“嘭！”血花四溅，染红了众人的眼，也染红了那洁白的雪。

“住手，给我住手，你们这是做什么？”佟珏冲出来后，看到这一幕，眼睛都红了，冲上前去，想和那些官兵拼了，却被凤轻尘拦住：“别去。”

“小姐？”佟珏不敢相信，这话是从凤轻尘的嘴里说出来的，她家小姐的嫉恶如仇呢？她家小姐的侠义心肠呢？她家小姐的果绝狠勇呢？

“你去也没用，没看到那些官兵是有备而来吗？我们上前能做什么？粥和馒头都被他们砸了，我们上前也只会加剧冲突。”宣少奇看凤轻尘不想解释，便替她开口。

他不希望这个小丫鬟误会凤轻尘，再说，民不与官斗，他们冲上前与官兵厮打，就算没有错也会变成有错。

“小姐，我……”佟珏一听，立马明白了，一脸歉意地看向凤轻尘。

什么都被砸了，他们再冲上前又能做什么，又能保住什么呢？

凤轻尘没有说话，只是拦住其他欲与官兵起冲突的人。灾民看到阻拦他们的人，是在义诊堂义诊的凤轻尘，便都停下了脚步，只是眼中的泪却怎么也控制不住。

“凤姑娘……”九尺汉子，看到地上浓稠的白粥和稀巴烂的馒头，流出了泪。

“别去，去了也没用，让他们砸，砸完了就会走。”凤轻尘没有安慰他们，只是冷静地开口说道。

“呜呜呜……”流泪的人越来越多，他们一个个凶狠地看着官兵，却没有一个人上前，更多的人则是盯着地上的粥与馒头。

这白粥又香又稠，他们都舍不得一口喝掉，都想着留一点回去给爹娘喝，那馒头又大又软，他们都好多年没吃到这么香的馒头了。

“老天爷呀，你这是不让我们活呀。”

“老天爷呀，我们做错了什么，我们做错了什么……”

你们没有错，错的是那些不愁吃喝的官老爷，他们不懂饥饿的味道，不懂被饿死的痛苦。

凤轻尘看到百姓没有冲上前与官兵起冲突，稍稍安下心来，这样就不会有人员伤亡了。

“去，把那些人带出来，别再伤上加伤。”转过身，凤轻尘不客气地吩咐宣少奇。

让他把那些与官兵起冲突的人拉回来，那些人被官兵打得头破血流，鲜血将地上的馒头与白粥都染红了，可他们都不觉得痛，仍旧麻木地与官兵拉扯。

白粥没了，馒头没了，他们活下去的希望也没了，既然不让他们活，他们还要这条命做什么，拼吧，拼吧，和这些官兵拼了……

宣少奇见过数千、数万人死亡的惨状，却都没有今天这一幕来得震撼。

这些为了白粥、馒头与官兵拼命的人没有死，可他们的样子却比死人更可怕，他们神情麻木，眼中除了浓浓的绝望，再无其他。

死并不可怕，可怕的是等死，这些人现在的情况就是这般，他们在等，等着被活活饿死。

这些官兵砸了施粥铺子，等于砸了他们活下去的希望，他们除了死没有别的选择。

大雪封了路、封了山、封了河，他们除了靠人施舍外，再也没有别的活路，可偏偏官府把他们唯一的路也给封了。

他们只是想活下去，哪怕像狗一样舔食地上的白粥，他们也要活下去。

他们只想活下去，这也有错吗？

“我们只想活着，活下去，这也有错吗？”一个白发老者，被宣少奇从混乱的人群中拉了出来。

老者瘦骨嶙峋，好像幽灵一般，整个人佝偻成一团，那眼中的悲戚，更是让凤轻尘的心狠狠抽痛。

这些人是想官逼民反吗？她偏偏不反，让他们找不到错。

凤轻尘深深地吸了口气，平息心中的怒火，从怀中取出一块令牌：“佟珏，拿着这块令牌去找翟世子，让他派兵过来处理这里的情况。另外，找到翟世子后立刻去肃亲王府，求见肃亲王，把这里的情况告诉他，天子脚下，这些官兵都目无法纪，那么其他的地方呢？其他地方的灾民呢？他们还要不要活？”这些人挑战了她的忍耐极限，她再冷情也看不下去了。

她明白这些官兵蛮横打砸的目的了，这些人砸了粥和馒头还不走，就是想引起百姓的愤怒，到时候百姓一闹事，他们就有理由把在场的每一个人都抓入大牢。

不管你有理没理，只要你与官兵发生冲突，有理也会变成没理。如果是以前，她也许会闹起来，可现在吃多了亏，她要是再栽跟头，就是猪了。

佟珏走后，凤轻尘又对身边几个看上去还算健壮的人说道：“你们几个，冲进去把受伤的人带出来，记住，千万不要和官兵动手，他们打你就躲，躲不过就忍。”

说出这样的话很窝囊，可是凤轻尘无可奈何。

“凤姑娘，我们听你的。”这些汉子早已愤怒得失了理智，要不是有凤轻尘在，他们肯定和这些官兵拼命了。

这样的信任，对凤轻尘来说也是一种压力，她不能对不起这些人的信任。

“去吧，告诉他们，他们不会饿死，老天爷不让他们活，那施粥的人一定会让他们活，那个人虽然没有与天斗的本事，可他心有百姓。”

这句话，在这个时候说出来，特别有分量。

“那个给我们粥喝的人是谁？不是凤姑娘吗？”身后有妇孺问道。

“不是，我还没有那个本事。好了，先别说这些了，你们快去帮忙救人，白粥和馒头还会有的。”凤轻尘指挥起身后的人，将受伤的人抬到一边，并给他们进行简单的止血和包扎。

“我们也可以帮忙吗？”衣衫褴褛的妇人和面黄肌瘦的孩子，看着凤轻尘，似乎不相信他们也能帮上忙。

官府的人说他们这种人只会乞讨而食，他们是废物，只会浪费官府的粮食，他们一无是处，官府还得花钱养活他们，他们早就该死了，有一口热粥喝就应该谢天谢地。

他们一直以为自己没用，原来他们还能帮忙。

“当然，天助自助者，我们一定可以挺过雪灾，雪灾过去后，一切都会好起来。”凤轻尘的声音似有一股魔力，让在场的人都相信，她的话就是真理。

只要挺过这场雪灾，他们就不怕了。

兵分两路，还有力气的人则冲到战场中，把受伤的人抬出来，当他们踏入战斗圈，脚下踩到白粥和馒头时，他们的心在滴血，一个个拳头紧握，极力克制自己想要杀人的冲动。

“别打了，别打了，各位官老爷，求求你们放过我们吧，我们不喝粥、我们不吃馒头了。”

“求你们不要再打了，不要再打了。”

一群汉子蜂拥而上，扑倒在官兵脚下，他们不与官兵打，只挡住官兵，好方便其他人把伤员救走。

妇人和孩子则在一旁接应，把人抬进去，在云家几个大夫和药童的帮助下，帮忙包扎伤口，安抚受伤的人。

众志成城，共渡难关。

混乱的局面渐渐得到控制，那些官差没想到都这样了，这些人居然还不闹事，一个个有点不知所措。

这下怎么办，上面可是交待了，要他们出手，逼这些灾民闹事，逼他们和官府的人动手，可现在这些灾民打不还手，他们怎么办？

冲进去打吗？

这是一个好办法。

官差们你看看我，我看看他，咬了咬牙，拿起兵器就往义诊堂里冲。

“宣少奇，拦住他们。”如果说之前只是猜测，那么现在凤轻尘就可以肯定，这些官兵摆明了就是来闹事的，就是要逼灾民动手。

越是如此，他们越是不能动，一旦动手就会坐实罪名。

“好。”宣少奇是个聪明人，官差如此反常的行为，他要是不明白那就是白痴了，只是在不杀死对方的前提下，他也挡不了多久。

对方人多势众，而他又不能下狠手。

“砸，用雪砸，你们得空的人，都给我去抓雪，用雪砸那些官兵，别让他们冲进来。”凤轻尘也很急，这里是城门口，按理说翟东明的兵应该很快就到，可就怕佟珏找不到翟东明，如果翟东明不在，其他人肯定不会参与这种事情。

“好，大家听凤姑娘的，用雪砸，砸死这些狗娘养的。”

不就是人多嘛，灾民的数量不会比官差少，这些官差毁了他们的希望，灾民们恨不得吃这些官差的肉、喝这些官差的血。

凤轻尘说用雪砸，他们就用雪砸死这些人，这大雪的天，吃的一点都找不到，可雪却是不缺，低头一抓就是一大把。

“哗啦啦……哗啦啦……”

雪花漫天飞舞，灾民们使出吃奶的力气，软绵绵的雪花硬是让他们砸出了石头的气势。

官差们被砸得晕头转向，一个个“哎哟，哎哟”的大喊，密集的雪花形成一道瀑布，将官兵阻拦在外，灾民们一个个接力，身后的人负责抓雪，前面的人就负责砸，他们一边砸一边骂，骂着骂着就哭了起来……

他们不想和官差起冲突，他们不想打官差，他们实在是被逼无奈，但凡有一点点的办法，他们也不敢与官差斗。

凤轻尘站在一侧，什么话也没有说，她心里难受，真的难受。

她亲眼看到了什么叫官逼民反，什么叫走投无路，什么叫逼到绝境。

这天下，到底还有多少人，活在这样的水深火热之中？

“别难过了，他们遇上你已是幸运。”宣少奇不知如何安慰凤轻尘，在这样的情况下，任何安慰的话都显得苍白无力。

“他们遇上我，才是不幸。”凤轻尘的眼中有泪水在打转，却没有流下来。

宣少奇不知道，赈灾的事情就是她想出来的，要不是有今天的赈灾，这些灾民也不会遇到这样的情况，更不会被官差逼到无路可走的地步。

宣少奇的眼中闪过一抹精光，随即又恢复平静：“没有遇到你，他们也活不了几天，是你救了他们。”

不管有什么目的，凤轻尘确实是在赈灾，让这些快要饿死的人有口饭吃，让他们不至于麻木地等死。

他看过官府给灾民的粥，所谓的粥还没有白米汤浓，有的还散发着臭味，根本无法下口，与其喝那样的东西，还不如抓两口雪吃来得舒服。

凤轻尘沉默不语，宣少奇说得没错，不管九皇叔做了什么，他确确实实是让灾民们吃饱了，在这个粮食紧缺的时候，九皇叔能做到这一步，实属不易。

即便是捞取政治资本，九皇叔也是下了血本，他是真的想帮这些灾民度过雪灾，不然他只要施粥便可，完全没必要再准备一个馒头。

是她想太多了，明明告诉自己要冷心冷情地面对天灾，面对受灾的百姓，可她一看到灾民悲惨的处境，就忘了自己是谁。

就算她可怜这些灾民又能怎样，她有多大的本事？她能救十人、百人，她能帮上万、数十万灾民吗？

她不能，所以她没有资格对九皇叔救灾的事指手画脚，也没有必要自责，她尽力了。

“是我想太多了。”想明白后，凤轻尘的心平静下来，转身加入救治伤员的行列中，替伤情较重的人处理伤口。

她只要做好自己分内之事就行了，天下大事就交给那些男人们，她相信日子会一天一天好起来的。

屋内是井然有序的医治病患，屋外却是另一片天地，当翟东明带兵赶来时，没有看到他预想的流血画面，而是看到提督府的士兵，被雪挡住了去路，一个个被雪砸得哭爹喊娘。

这事好玩了！

翟东明冷笑一声，朝身后的人打了个手势：“抓起来！”

翟东明的声音，在大雪乱飞、战斗激烈的气氛下显得非常弱小，至少提督府的那些官兵，根本没有注意到，当他们发现时，他们已经被翟东明手下的兵按住，跪在了地上。

提督府的官兵对付那些不敢还手的普通百姓还行，和翟东明手上这些上过战场的兵对上，那简直就是自寻死路。

“怎么回事？怎么回事？你们是什么人？我们是提督府的人，奉命办差，你们是不是抓错人了？大家都是兄弟，有话好说。”在皇城，向来只有他们拿人的份，他们何曾被人拿过？提督府的官差顿时嚷嚷起来。

虽说皇城的官多、兵多，可平日大家都各司其职，井水不犯河水，偶有摩擦，也不会在明面上表现出来。

这还是第一次，官差办差被另一波人给拿下，这算个什么事？

“提督府的人？奉谁的命？办什么差？”翟东明嚣张地抬腿，军用的大靴子正好踩在说话那人的背上，翟东明倾身向前，纨绔味十足。

“你……是谁？”那官差原本还有几分气性，可看到翟东明这毫不在乎的姿态，就知道这人不能得罪，语气顿时就变了。

“啪！”翟东明一巴掌打在那人脸上：“没回答我的问题就算了，还敢问我是谁？不想活了吗？可以，我成全你。”

翟东明从靴子处抽出一把短刀，这一招还是和凤轻尘学的，凤轻尘那个女人，好像全身上下都放着可以杀人的东西。

闪闪发亮的刀子，抵在那人的下巴处，翟东明并不直接动手，而是来回比划着，邪恶地威吓对方：“你说，从哪里下手比较好？”

那官差吓得脸色发白，整个人趴在地上，活像一条死鱼，接着一股尿骚味传来。

“真没用。”翟东明一脸鄙夷地看着对方，一脚踩在对方的背上，“说，奉谁的命，办什么差？”

“提，提督大人有令，让我们捉拿叛党。”那官差被翟东明踩得连话都说不清，哽着一口气，才把这话说清楚，只盼翟东明高抬贵脚。

“早说不就没事了，踩脏了本将军的鞋。”翟东明一脸嫌弃，拿出一块白巾，擦了擦鞋子，然后又将那白巾塞到那官差的嘴巴里，“拖下去，看好了，别让他死了。”

“唔……唔……”那官差拼命挣扎，用力往前蹬，如果他此时能说话，他一定会说，“大人，你至少告诉我，你是谁吧？”

可惜，翟东明哪里会理这种小虾米，这要是提督大人来还差不多。

“去，告诉里面的人，本世子来了，让他们住手。”翟东明依旧一副纨绔、流氓的样子，嚣张得不可一世，下巴抬得老高，时刻都用鼻孔看人。

不是他想傲慢，实在是他不知道该如何面对凤轻尘。

当初，他爷爷明明知道凤将军的死因，却瞒了下来，凤将军明明于国有功，最后却成了战败之将，这对凤将军来说太不公平了，凤将军没有得到他应有的荣誉。

翟东明知道这件事后，就觉得自己对不起凤轻尘。

他不会傻傻地要求他爷爷给凤将军报仇，把害死凤将军的人都处死，可至少要还凤将军一个公道，让他以英雄的名义死去，而不是像现在这样被人唾弃。

前去喊话的人是翟东明的亲兵，他自是知晓如何说才会让凤轻尘停手：“凤姑娘，世子爷到了，外面的人都已被拿下，你们可以停手了。”

翟东明来了？

凤轻尘手上的动作一滞，随即继续手里的包扎动作，只对正在砸雪的人道：“住手，我们的救兵来了。”

唰的一下，众人停止了动作。

明明是一群没受过训练的普通百姓，此时他们却表现出了军人才有的纪律，凤轻尘一声令下，他们哪怕再想砸出手中的雪，也乖乖地收了回来。

在这里，凤轻尘的命令比军令还要管用，凤轻尘拯救了这些处在绝望中的灾民，给了他们生的希望。

“呼啦啦！”半空中用雪砸出来的瀑布在没有后续的助力下，掉了下来，落在地上，积成一座小雪山。

“呸呸呸……”翟东明离得近，吃了一嘴的雪，恼得要死，也就忘了对凤轻尘的愧疚，大大咧咧地冲进去，连凤轻尘在哪里都还没看到，就大声骂道，“凤轻尘，你怎么回事，老子千辛万苦，顶着大雪冲来救你，你就这样迎接……”

最后一个“我”字，翟东明没有说出口，因为他发现，自己被人围观了。

数百双眼睛，或麻木、或防备、或绝望、或怨恨……齐刷刷地盯着翟东明，翟东明被看得毛骨悚然，身上的纨绔气息瞬间消散，心里各种忐忑，表面却佯装镇定，僵硬地站在原地，任这些灾民打量。

我的娘呀，我怎么感觉像到了狼窟，这些人的眼神怎么像是要吃了我一样？

翟东明泪流满面，一脸期盼地望向凤轻尘，希望凤轻尘快来解救他。可惜，凤轻尘没有发现翟东明求救的眼神，就算发现了她也不会管。

“凤轻尘，发生什么事了？”翟东明弱弱地主动询问。

“如你所见，提督府的人出动官差，对一群灾民动手，灾民们不敢反抗，退守在此，只能用雪抵挡那些官差。”凤轻尘简单地说明事情的来龙去脉，言词中自是偏向灾民。

而事实上，灾民们也的确没有动手，之前在外面和官差对打的人都是又饿又老的人，他们本就饿得没有力气，哪是官差的对手，在外面也都是被官差打。

翟东明刚刚也看到了那些官差的样子，和灾民们相比，那些官差根本就不叫受伤，灾民中有十几个人被打得头破血流，浑身是血。

“提督府的人怎么会对灾民大打出手？”翟东明扫了一眼义诊堂里的情况，他可以肯定这里不存在什么叛党，如果叛党落魄成这样，那皇上就高枕无忧了。

“哼……”凤轻尘冷笑，“因为我们在这里施粥义诊，我们给灾民准备的粥比官府的稠，我们为了让灾民吃饱，多加了一个馒头，结果提督府的人说我们假仁假义，聚众谋反。”

最后四个字，凤轻尘咬得特别重，嘲讽的意味十足。

只要聚众就是谋反，那天下人都不要活了。

“什么？提督府那群猪脑子，居然因为这个就打杀灾民？他们的脑袋被门挤了吗？”翟东明气怒，可又不怎么敢相信。

不能怪他多心，实在是这事有点扯，提督府的人怎么可能会因为这个白痴的原因，就对灾民下手，可凤轻尘又不像骗他的样子，翟东明一时间万分为难。

爷爷说得没错，他确实笨，事情都没有弄清楚，就瞎掺和进来，结果搞得自己进退两难。

翟东明一脸无辜，求救似的看向凤轻尘，似乎在说：轻尘，你可别害我呀，我可是跟着你走的。

“世子爷，我凤轻尘对天发誓，我刚刚所说的话没有一句是假的，提督府的官差一来就砸了粥铺子，把白粥和馒头撒了一地，那群人宁可把东西给毁了，也不给灾民吃。”

“你知不知道，那些白粥和馒头可是灾民救命的粮食，那些官差却不顾灾民的死活，动手就砸，灾民们上前，想要抢救那些吃的，官差却动手打人，把他们按在地上，逼他们舔地上的粥。”

“世子爷，你们这些官差是人，可灾民也是人，就算你们奉命办差，也不应该不顾别人的死活，糟蹋别人救命的粮食。世子爷，我不知道这件事谁对谁错，我只希望同样的事情不要再发生，老天爷已经不让他们活了，难道皇上也要逼死他们吗？他们也是东陵的百姓，也是皇上的子民，皇上就不保护他们吗？”

最后一句话已是诛心了，在场的人也只有凤轻尘敢说，而随着凤轻尘这一句话说完，刚刚还拼命拿雪砸人的灾民们，一个个都跌坐在地，哭了起来。

翟东明愣在原地，一时间不知如何是好，凤轻尘这话太有煽动性，别说灾民就是他听着心里也难受。

这个时候，翟东明身边的亲兵走了进来，附在他耳边说了几句，翟东明脸色一变，眼中闪过一抹凶狠的光芒，待到亲兵退下去后，翟东明朝所有的灾民，郑重地鞠了一躬：“对不起，我来晚了！”

“啊……”

这句话，就如同钥匙一般，灾民们原本还只是低声哭泣，听到这句话后，一个个放声大哭。

“你为什么不早点来，你早点来我们的馒头还在，我们的白粥还在，我们也不会饿死。”

“呜呜呜……你为什么不早点来，不早一点来。”

只要再早一点，他们就不用挨饿了！

# 第十章　天下最尊贵的兄弟

翟东明前一秒还嚣张地脚踢官差，后一秒却乖乖地站在那里，任灾民指责，任灾民控诉。

面对灾民的指责与控诉，翟东明一句话都说不出来，因为事实摆在眼前，是他们这些官差毁了灾民的生路，是他们这群人，不顾灾民的生死，任意妄为。

他此生的信念是保家卫国，做一个真正的战士，拿起武器，用生命去战斗，用生命去保卫自己的国家，可现在呢？

他连自己国家的百姓都保护不了，还有什么资格说去保家卫国？

翟东明默默地低头，一脸的愧疚。

见翟东明这般自责，凤轻尘不由得轻叹了口气，看翟东明把这事全部揽在自己身上，凤轻尘主动提议道："大家都别难过了，既然今天世子爷来晚了，就让他替我们把被官差砸了的白粥和馒头要回来。"

得让翟东明做点什么，既可以让他心里舒服，也能让灾民对他心存感恩。毕竟，没有翟东明，他们十有八九难逃一劫，翟东明可是他们的救命恩人。

翟东明果然不拒绝，爽快地应道："好，今天被那群混蛋砸掉的粮食，我翟东明一定加倍替你们讨回来，弟兄们……去，把护城军调来，他们敢出动官差，老子就敢出动官兵，不就是打一架嘛，看谁怕谁。等会儿都给我打，狠狠地打，打死了人，我肃亲王府负责收尸。"

翟东明豪气万丈，一副天不怕、地不怕的架势，却把凤轻尘给吓坏了："你说什么？提督府出动官差？"

这事情好像没法善后了。

"是的，我的手下刚刚来报，提督府出动官差千余人，说是捉拿叛党。"这也是翟东明刚刚愤怒的原因，原本他还不信提督府会用这种下三滥的手段，没想到果真如此。

“我们不是乱党，我们不是乱党。”离得较近的人听到翟东明这话，吓得全身发抖。

“大人，我们不是乱党，我们只是想吃一口饱饭，这也有错吗？”

“我们只是想要活下去，我们不是乱党……”

恐惧也是会传染的，整个义诊堂的人都吓得蜷缩成团，惊恐地看着外面，生怕外面的官兵冲进来，把他们都杀了。

乱党，那可是诛九族的大罪呀。

“你们放心，有我在，谁也不能动你们半分。”翟东明一拔腰间的长剑，一个转身，长剑指向屋外，“我就不信，这世间没有王法了，天子脚下他们也敢胡作非为。来人，把这里给我保护起来，擅闯者，杀！”

“是。”翟东明带来的人并不多，但胜在气势足，再加上他们亲眼看到了灾民的惨状，无法不动容。

翟东明这是要不顾后果，为了这些灾民执意与提督府对上了，可这样做的结果是两败俱伤，皇帝绝不会允许他手下的人窝里斗。

“世子爷，别冲动。”凤轻尘连忙追出去，站在翟东明身后，小声地提醒。

“轻尘，这哪里是我冲动，分明是提督府欺人太甚，他们想要捉拿叛党立功，我不管，可他们不能拿普通百姓开刀。”翟东明不爽快地看向凤轻尘，不是凤轻尘叫他来的嘛，这会儿怎么又劝他不要动手了。

不动手，他今天这口鸟气怎么出？

凤轻尘可谓见识到了翟东明的冲动，为避免发生意外，凤轻尘连忙拽住翟东明的胳膊：“世子爷，你静下来好好想想，提督府的人敢对灾民动手，肯定是有倚仗的，还有你别忘了，提督大人是皇上的心腹，你这么明目张胆地与皇上的心腹作对，皇上会怎么想？就算提督大人做错了，咱们也不能这么落他的面子，到时候他到皇上那里告你一状，倒霉的人还不是你？再说了，乱党这种东西，人云亦云，他随便从灾民中拉出一个人，说是乱党，你又能如何？”

“这世界真没有王法了吗？提督府说什么就是什么吗？没罪也能变成有罪？”听到凤轻尘的分析，翟东明也明白了，正面与提督府的人对上，他最后肯定要倒霉。

“欲加之罪，何患无辞，捏造证据冤枉两个灾民，那是轻而易举的事情。”这其中的黑暗，凤轻尘比翟东明知道得更多。

“那怎么办？眼睁睁地看着提督府的人进来抓人？我不干。”翟东明也是一个硬脾气，他刚刚都夸下海口，要保护这些灾民，岂能半途而废？

这人……

凤轻尘摇了摇头，发现翟东明真的不适合当官，更不适合带兵，要不是有肃亲王在，依翟东明这耿直的性子，不知要得罪多少人。

混官场的哪能不低头，就是皇上也有向大臣妥协的时候。

“东明，别忘了捉拿叛党是你的职责，提督府大张旗鼓地来捉拿叛党已是越界，他们与你对上，那是抢功。”有时候只要换一个概念，事情就完全不一样了。

翟东明只是不甘心低头，并不是笨蛋，听到凤轻尘这么一说，当下就明白了：“轻尘，你的意思是说，我现在不是来保护灾民，而是来捉拿叛党？”

凤轻尘点了点头：“没错，记住，你现在不是来保护灾民的，而是来捉拿叛党，让你的人改一个方向，把枪头对准义诊堂。”

“这个主意好，可我去哪里找叛党？真从灾民当中抓几个当叛党处理了？这事……”他不是没有做过，但他从来没有从普通百姓中捉过人，他都是捉一群异己，给他们安上叛党的罪名丢出去。

“说你笨，你还真笨。你为什么来拿叛党？当然是提督府透露出来的消息，你来了之后发现这里没有叛党，只有灾民，到时候只要说提督府的消息有误就行了。”消息失误也是提督府的错，总之提督大人，你就准备好背黑锅吧，虽说这也不算是黑锅。

“这办法好。”对与错并不重要，重要的是如何解决眼前的难题，凤轻尘这个法子，虽说追究不了提督府欺压灾民的错，却能保这些灾民一条命，不然真把官逼民反的事捅出去，皇上一定会不高兴，这些灾民也别想活了，这天下最爱面子的人就是皇上，谁也不能打皇上的脸。

见翟东明想明白后，凤轻尘又提醒了一句：“你到时候只要拖住提督府的人，别让他们动手就行，我已经让佟珏去肃亲王府了，肃亲王知道这件事情后，肯定知道如何处理才是最好的，你只要一口咬定，你是来抓叛党的，其他的事一概不知。”

凤轻尘基本上把提督府的退路给堵死了，提督府有皇上撑腰，翟东明有肃亲王撑腰，再说，这事谁对谁错一目了然，就算皇上再想保提督大人也很难。

翟东明那叫一个佩服呀，竖起大拇指：“凤轻尘，你真阴……咳咳，英明！”

“好好守着，守好了说不定是大功一件。”凤轻尘白了翟东明一眼后，便往义诊堂走去。

她还是不要参与官员之间的斗争为好，屋内还有病人，她做好大夫的事就行了。

“师父，不会有事吧？”凤轻尘一进去，孙思行就问道，而灾民们也是齐刷刷地看向她，既期待又忐忑。

这天下没有不怕官兵的百姓，要不是为了活命，这些灾民哪敢和官兵对上。

“放心吧，有世子爷在，不会有事。”凤轻尘不忘给翟东明说好话：“思行，里面的病人都安置好了吗？如果安置好了，就过来帮忙给这些伤员包扎。”

“好。”

师徒二人再次陷入忙碌的义诊中，至于外面的风风雨雨，孙思行说有师父在，不怕。

凤轻尘说，有九皇叔在，不怕！

宣少奇一直站在角落里没有出声，可他却没有错过凤轻尘的一举一动。

能屈能伸，有大局观，不愧为常胜将军的女儿。

如同凤轻尘所想的那般，肃亲王听到佟珏的汇报后，笑着将人扶了起来，满口应允，让凤轻尘不要担心，这件事他会处理，定会还灾民一个公道。

佟珏见多了官员表面一套，背地里一套的作风，听肃亲王这么说，当下一脸失望，这摆明了就是敷衍之词，不想肃亲王转身就是杀气凛然，让人不敢直视。

“拿朝服来，我要进宫。”

征战沙场的老将，他们豁出命地打仗，不就是希望百姓安居乐业，免于被战火波及、流离失所嘛，可那些昏庸之辈，居然敢在他的眼皮底下欺压百姓，这简直就是罪不可赦。

肃亲王当即进宫，佟珏站在门外目送肃亲王离去，直到连影子都看不到，佟珏才转身朝城外走去。

难怪小姐认识这么多大官，却独独找上不管俗事的肃亲王，原来肃亲王和东明世子一样，疾恶如仇。

小姐说得没错，她只要按实说话，把灾民当时的表现一一说给肃亲王听，肃亲王就会管这事，有肃亲王插手，他们还怕什么？

一个小小的九门提督，给肃亲王提鞋都不配。

肃亲王闯进皇宫，直接面圣，肃亲王可不是翟东明和凤轻尘，这里也不是城外，而是皇宫，肃亲王不需要给皇上遮丑，肃亲王面无表情，将九门提督府那些官差的作为，一一说了出来，同时还不忘提那些灾民，趴在地上舔白粥的事情。

肃亲王绝对是一个实在的人，他绝不会添油加醋，更不会偏袒谁，他只会如实反映当时的情况，可正因为知晓肃亲王的作风，皇上才愤怒。

丢脸，实在是太丢脸了。

九门提督虽不像禁卫军那样是天子亲兵，可也是天子心腹，在皇城做出这样的事情，还被人当场抓包，实在是丢脸丢到家了。

“肃亲王放心，这件事朕一定会严查，绝不放任他们欺压百姓，朕也一定会给那些灾民一个交待。”皇上怒气冲冲，当下保证道。

雪灾的事情已经弄得皇上头大，桌案上全是各地的受灾情况，因雪灾而死的人越来越多，皇上的脾气也越来越差。

现在，谁扯上雪灾，谁就倒大霉，九门提督跟着添乱，绝没有好果子吃！

“皇上英明，有皇上在，我们一定能挺过这场雪灾。”肃亲王比翟东明懂进退，他不会一味地跟皇上顶牛，得到皇上的许诺后，肃亲王立马称赞道。

犯错的是下面的小官，处决犯错官员的是皇上，皇上当然算是为民做主了。

“朕相信，朕的子民一定能挺过这场雪灾。”皇上的眼中闪烁着坚定的光芒，他绝不服输，哪怕面对老天爷，他也不认输。

这么大的雪灾百年难遇，偏偏他遇上了，再加上之前所谓的“冬雷”事件，百姓对他这个皇上指责颇多，如果雪灾处理不好，他定会失了民心。

一个失了民心的帝王，他还能有什么？

这次的雪灾对他来说是一个机会，他一定要压下雪灾的影响，减少因雪灾死亡的人数。

“臣愿意捐献家中所有的存粮，与灾民共渡难关。”肃亲王不仅知进退，还懂帝王心，皇上这话不就是准备大手笔赈灾嘛，既然如此，他就早早地把家中的粮食交上来，给百官做表率，好让皇上有理由去问其他大臣要粮。

“好好好，有肃亲王支持，朕还担心什么。”果然，皇上脸上的笑容越来越灿烂。

堂堂帝王，怎么能被一个无名小卒抢风头，对方都能给灾民白粥馒头，他一个皇帝又岂能做不到？

“皇上英明，这是天下百姓的福气。”肃亲王并不敢居功，只说皇上的好话，皇上也知道肃亲王的意思，当下就命禁卫军出动，把城门附近发生的事情压了下来。同时，派人去向文武百官、世家大户要粮，因为，赈灾所需要的粮食是一个天文数字，光凭官府那点存粮远远不够。

如凤轻尘预想的那般，城门口发生的事情很快就被压了下来，翟东明有功无过，提督大人被贬，换了一个新人上去，据说那人出自温家，看样子世家门阀大多已向皇上靠拢，只余王家还在苦苦挣扎。

当世家全部向皇上靠拢时，世家就不再超然了，他们只会变成皇上手中的棋子，由帝王拿捏他们的荣辱，可要是不向皇上靠拢，他们很快就会衰败下去。

当然了，这些事与凤轻尘无关，她现在要做的就是在凤府和义诊堂之间奔波，和孙思行轮流照顾崔浩亭。

不是凤轻尘要抢功，实在是孙思行这个死脑筋，把她的那一套浪费医疗资源的说辞搬了出来。

说什么崔浩亭的情况已完全控制住，让崔家的大夫照看就行了，他完全没有必要守着崔浩亭，有守着崔浩亭的时间，他可以医好几十个病人。

凤轻尘听到孙思行的话，差点就哭了出来，可又不能勉强孙思行，只能任由他了。

义诊和施粥都开展得异常顺利，不仅仅是皇城，其他城镇也都井然有序，只是让凤轻尘不解的是，都这么多天过去了，依旧没有半句关于九皇叔是施粥人的传言传出来，她不禁有些迷惑。

不过，凤轻尘明白九皇叔定有自己的打算，她不需要关心这些，她只要做好分内的事就好了，施粥进行的第三天，苏文清找上门来。

“轻尘，救命呀！”这才几天没见，苏文清整个人已经消瘦到一个离谱的程度，要不是被一身厚实的衣衫包着，凤轻尘都要怀疑自己看到了火柴人。

“你怎么了？”从义诊区回来后，凤轻尘要求所有人，必须消过毒泡了澡，才能进府，苏文清来时，她刚好把自己打理好，还来不及吃饭。

“粮食，粮食呀，施粥要用的粮食跟不上了。”苏文清真的要哭了，施粥所需要的粮食远远超出他的预计，他拼命地调粮，好不容易能撑上几天，可粮食却运不进来。

大雪将所有的路都封了，他派人运粮，勉强铲出一条路，但仍然缓慢异常，按这个运送速度，他根本没办法在指定的时间内，把粮食运到所需要的城镇。

“是跟不上还是没有粮食了？”凤轻尘一听，知道事情的严重性，顾不得饥肠辘辘，连忙问道。

“跟不上，粮食都在路上，大雪封了路，马车的速度太慢了，粮食再不进城，两天后我们就拿不出粮食了。”

赈灾一天所消耗的粮食，比五十万大军一天消耗的粮食还要多，要不是皇上以雷霆手段，下旨开仓赈灾，他们那点粮食肯定撑不过三天。

“马车？”凤轻尘一听就怒了，这大雪天，用马车运粮那不是笨死了，“这么大的雪，马车能走得动吗？车轮卡在雪地里，那速度估计比蜗牛只快一点，你用马车拉粮，要等到何年何月，才能把粮食运进城？”

“不用马车，那用什么？”苏文清一脸茫然，为了运这批粮，他把马场最好的战马调出来拉粮，一路上死了几十匹，他的心都在滴血。

“这种大雪天，马车根本无法在雪地行走，用马车只会误事，这个时候当然要用雪橇。”

“雪橇是什么？”苏文清不耻下问，同时亦后悔自己没有早听九皇叔的话，来问凤轻尘。

雪橇是能在雪地里快速前行的工具，凤轻尘真想掐死苏文清，不知道怎么不早来问。

凤轻尘耐心地将制作雪橇的方法告诉苏文清，同时告诉他，只要把马车改良一下，就能变成雪橇，这样就可以最大限度地节省时间。

苏文清得到解决办法，一脸高兴地回府，一回府就下令，让下面的人把马车改成雪橇，以方便拉粮。

这个大雪天，谁不缺粮，苏文清的难题解决了，可皇上的难题却没有解决，缺粮，皇上发现朝廷严重缺粮。

他没有想到，阀门大族能拿出来的粮食还不够支撑三天，就算加上官府的存粮最多也只能苦撑五天，而这还是尽量节省，再加上那神秘人还在施粥的结果。

五天，官府的赈济只能维持五天，接下来怎么办？

皇上急得头发都白了……

雪灾第十三天，赈灾第九天，皇上手中的粮食告罄，而从其他地方调的粮食，迟迟到不了灾区。

皇上再次下令，要求那些世家门阀将存粮拿出来，并许诺来年有了新粮，定如数归还。

用旧粮换新粮，这的确是天大的好事，可前提是你手上要有存粮。

最近，世家门阀九成以上的确都在向皇上靠拢，可他们哪家不是有几千甚至几万人要养，而且自己也要吃饭，就算要赈灾也不能把自己人给饿死呀。

被皇上压榨狠了，世家门阀、百官权贵实在没办法，每当皇上提起粮食的问题，他们就开始哭。哭啥？当然是哭穷。

他们自己都要饿死了，到哪里去给皇上弄粮食来赈灾？前段时间市场上突然多出许多粮，粮价大跌，害得他们不仅亏了一大笔钱，还把陈粮都拿出来卖空了，生怕留在手上贬值，这个时候他们自己手上真没有多少余粮，又到哪里去筹粮给皇上赈灾？

“皇上，我们实在没有粮了，这大雪一连下了数天，这是要人命呀，就是有再多的粮食也不够用。江南那边倒是筹到了一批粮，可是要等上一个月才能运上来。”

“皇上，民间不是有义人在施粥嘛，看他一连施了近十天的米粥都还有粮，不如我们先向那位义士借粮，等江南的粮食到了，我们再还给他。”

这个提议虽好，可前提是你要先找出那个神秘的赈灾人，现在连对方是谁都不知道，怎么借粮？

皇上不是没有派人去查，甚至把苏文清叫进宫来，再三逼问，可依旧没有半点收获，因为苏文清也不知道。

苏文清都快哭出来了：“皇上，草民冤枉呀，草民真不知道那神秘人是谁，草民不过是一个商人，借了几个人手，这也是那神秘人付了工钱的。皇上，您要是不允许，草民这就把人收回来。”

顺着苏文清这条线往下查，查了几天也查不出那些粮食是从哪里来的，那些粮食凭空出现在各个城镇，却没有留下一点痕迹。

原来，苏文清做出雪橇后，就开始白天休息，夜晚赶路，反正这大雪把夜晚衬得像是白昼一样，再加上雪橇在雪地上留下的痕迹极浅，三两下就被大雪给遮住了，皇上还真查不出那粮是从哪里来的。

皇上再逼苏文清，苏文清就以死明志，他不干了行不行，他就是一个小商人，赚点辛苦钱，还要把命给搭上。

不干当然不行，苏文清要是不干，没有人出来施粥赈灾，那些灾民不得闹翻天。以前没人施粥那是没办法，现在已经施了粥，赈了灾，一旦断了，天下百姓定会把皇上骂死。

皇上虽气，却也没有办法，他现在还要依靠那神秘人来赈灾，稳定民心。

民间百姓虽然感激那个神秘的赈灾人，可却没有一个人知晓那人是谁，这个时候官员提出向神秘人借粮，他去哪找人？

皇上气极，也不管这些官员有没有想法，直接下了死命令，要他们在明天早朝前，筹出五千石粮食，筹不到就以违抗军令处罚。

五千石粮食，要放在以前，那是分分钟的事情，可现在……

“于大人，我们去哪里筹五千石粮食啊？我们家上上下下都只能吃七成饱，再这样下去，我府上一家老小都得饿死。”

“皇上这一次是动真格的要赈灾，我们尽力去筹粮，家里的余粮，好好算算，够一家子吃一个月就行了，一个月后江南的粮食就到了，我们就不用再担心了。”于大人满头银发，却精神十足，看他的样子像是百官之首，众多官员都围在他身边，当然文官居多，武官都围在肃亲王的身边。

文官狡诈，武官直率，这话有点小道理，被皇上接二连三的压榨后，武官家里大多没有粮了，自己吃的都不够，可文官家里大多数还能再拿出一些粮食。

仗义每多屠狗辈，负心皆是读书人。这话再一次得到了验证，武官一个个哭丧着脸：“王爷，属下实在拿不出粮了，我府上明天吃的都没有了。”

“是呀，王爷，第一次皇上说捐粮时，末将就全捐了，只留下够一家人吃一个月的粮，后来又说捐粮，末将又捐了，末将已经好几天吃不饱饭了。”

“大家对得起自己的良心就好，拿不出粮食便是拿不出。”肃亲王当然知道这些人没有说假话，武官不比文官，没有战乱武官就没有捞钱的机会，武将大多都穷，他们手上能有多少粮食？

“有王爷这句话，我等就放心了。”

一群人一边商量，一边往宫外走去，文臣武将各自占据左右两边，立场鲜明。

皇上站在高塔上，看着文武百官满脸忧愁地出宫，脸上的表情又肃穆了几分，整个人看上去似老了数十岁："朕是不是太过分了？"

皇上叹息，他也知道自己把文武百官逼得差不多了，可他心底有气。

作为东陵的皇上，他手上都没有那么多的粮食，那神秘赈灾人哪来这么多的粮食，居然能不停地施粥，而且那白粥比官府的还要浓稠，这不是打他的脸嘛。

还有最重要的一点就是，在他的眼皮底下，居然有一个拥有这么多粮食的人，这让他怎能安心，他无论如何都要把那个神秘人挖出来。

那人要是没有异心还好，若有异心，上天下地他也要诛杀对方。

"皇上，您这是为天下百姓着想，大人们会理解的。这几天各地上来的奏报说，因雪灾而死的人越来越少了，百姓都得到了妥当安置，那些灾民哪个不感激皇上您？"太监努力拍马屁，可说到最后，声音却渐渐弱了下来。

赈灾的主力并不是朝廷，而是那个神秘人，一个拥有足够粮草的神秘人。

"哼……"皇上怎么不知这一点，要不是那个神秘人，今年这场雪灾至少要死三十万人，可因为那个神秘人出手，大大地减轻了灾情，到目前为止也只死了六万人而已。

大太监小心翼翼地观看皇上的脸色，发现很不好看，大太监眼睛一转，决定祸水东引："皇上，九皇叔在宫里住了这些天，您看是不是……"

有气，您老就对九皇叔发吧，我们这些小人物受不起呀。

九皇叔？

皇上的眼中闪过一抹精光。

是呀，他怎么忘了九皇叔，九皇叔是苏文清最大的支持者，那神秘人说不定就是九皇叔，只是皇上不信九皇叔能在他的眼皮底下存这么多粮，更不相信九皇叔会在此时拿出来。

毕竟，一个亲王要存粮可不是容易的事，九皇叔存粮肯定是为了造反，这个时候拿出来赈灾，这也太傻了。

不管如何，先去试探一二再说，皇上二话不说，便驱驾九皇叔暂住的宫殿。

皇上没有惊动任何人，以突击的方式走了进去，一进屋就看到九皇叔正坐在窗前看书，悠闲得让人嫉妒。

待皇上走近，九皇叔才发现皇上来了，放下书，不疾不徐地起身，微微欠身："皇上。"

"九弟好雅兴。"皇上摆了摆手，示意九皇叔免礼，不需要人招呼便直接坐了下来，九皇叔则站在原地，没有皇上的命令，他不能坐，只是……

九皇叔的姿态，完全不像一般大臣那样低眉顺眼，他静静地站在那里，如同松柏，没有半丝的谦卑之色。

皇上看得那叫一个气，可偏偏又说不出什么来，皇上指着一侧的棋盘道："九弟，陪朕下一局。"

"臣弟遵命。"九皇叔明白皇上为何而来，所以他半点不急，皇上说下棋，他便下棋，现在急的人不是他。

一局下来，九皇叔毫不留情，杀得皇上片甲不留，皇上的脸都青了，好久没有人敢这样跟他下棋了，他这个九弟的胆子果然不小，关了这么久也没有学乖，实在气人。

皇上找九皇叔下棋，并不是闲得无聊，而是想通过下棋给九皇叔施压，让九皇叔未战先怯，在接下来的对话中掌握主动权，却没有想到九皇叔的棋艺越发的精湛，皇上以前能和九皇叔下成平手，偶尔还能赢几个子，现在别说赢子，能少输几个子就算不错了。

皇上懒得去算自己输了几个子，将棋子一丢，不下了。

人家是皇上，说不下就不下，九皇叔也不能说什么，皇上使脾气丢棋子，九皇叔则表现得修养极好，赢输都没有任何表情，而是将棋子一颗一颗地捡了起来。

皇上又如何，九皇叔愿意输，对方就算是乞丐他也会让步；他要赢，就是天皇老子也得给他让步。

九皇叔的手指修长白皙，当他优雅地拾起棋子时，旁人的眼神也会跟着他的手动，皇上就发现自己不知不觉就被九皇叔牵着走了。

等到皇上发现时，九皇叔已捡完大半的棋子，皇上表面不动声色，心里却是波涛汹涌，堂堂帝王被人牵着鼻子走，说出去怕是没有人信，可偏偏这样的事情就发生了。

皇上暗暗吸了口气，捧起一侧的清茶，借此平复心中的激动，轻啜一口，温热清香的茶水入口，稍稍平复了皇上躁动的心。

"啪！"皇上特意加重力道，杯子在桌上一颤，有几滴水洒了出来，平时皇上做出这个举动，无论是文官武将还是皇后妃子，都会惊得下跪请罪，可偏偏九皇叔就像没事人一样，继续捡棋子，将棋子全部装好后，便坐在那里一动不动，不管皇上使出什么招，九皇叔都稳如泰山心不乱。

皇上明白，面对这个从小没有人管，却受帝王教育长大的弟弟，他这些帝王手段根本不管用，皇上只好直接开口道："九弟的棋艺是越来越精湛了，朕还以为九弟在宫中待久了，棋艺会退步。"

"臣弟不像皇兄日理万机，臣弟闲来无事，便整日研究这些上不了台面的小东西，棋艺自是有所进步。"九皇叔避重就轻道。

他并非不在意让天下人知道他就是神秘赈灾人，但不是现在，赈灾花费了巨大的代价和心力，他要做出最好的效果。

太早暴露出来，不够轰动，达不到他想要的民心所向，再说有皇上施粥打压，他这个时候把名声弄出去，效果会大打折扣。

皇上眼睑微动，似乎在盘算九皇叔这话的可信度，但在心中反复思索半天，也找不出破绽，便放弃了。

“九弟在宫里很无聊？宫里的人没有服侍好？”侍候九皇叔的人，全是皇上的耳目，就连九皇叔睡觉时都被人守着，九皇叔要是满意的话，那才叫有鬼。

“臣弟惶恐，皇宫很好，宫人也很尽职，只是皇宫再好也不是臣弟的家，臣弟还是想念九王府。”九皇叔这话是直截了当地问皇上，什么时候放他出去，同时亦是告诉皇上，他对皇宫没兴趣。

皇上心中一震，九皇叔这话就像是一块巨石砸在他的心湖，皇上抬头，凌厉的眸子射向九皇叔，九皇叔不闪不惧，与皇上四目相对，深邃的眸子平静无波，透着与世无争的安详。

东陵最为尊贵的兄弟二人，就这样看着对方，以眼神较量，一个凶猛进攻，一个平静守护，直到皇上满意地收回眼神，这场较量才算结束。

皇上收回视线，状似闲聊道：“今年遇上了这百年不遇的大雪灾，朕还担心会引起民怨，没想到民间亦有高义之人，在百姓受苦时仗义出手，摆摊施粥，让东陵百姓能挺过这场雪灾。”

皇上怎么可能找九皇叔闲聊，这是交易，只要九皇叔说出神秘赈灾人的线索，他便放九皇叔回府。

九皇叔当然明白话中之意，皇上这是逼他承认，那神秘赈灾人与他有关，既然皇上这么想，那就如皇上所愿好了。

该说的他会说，至于皇上怎么想，那就与他无关了，九皇叔眼睑轻轻地拉下来，将眼中的情绪掩去，平静地说道：“皇兄，凤轻尘是本王的女人，她前些日子医好了崔家最尊贵的十六公子。”

就这么两句话，便将皇上的思路引到崔家身上去了。

“崔家吗？”相比九皇叔来说，皇上更相信那个神秘赈灾人是崔家而不是九皇叔，凭九皇叔还没有那个本事。

崔家这是要出世了，想到前段时间崔王两家联手施压，逼他放了九皇叔的事，皇上更恼崔家了，在心中给崔家记上了一大笔。

崔家一出世就站在九皇叔那边，和他对着干，摆明了不把他这个皇上看在眼里，崔家将是自己的头号威胁，皇上周身散发着浓烈的肃杀之气……

九皇叔虽然眼睑半遮，却将皇上的表情尽收眼底，一点细微的变化都没有放过。皇上的表现让九皇叔很满意，皇上惦记崔家是好事，让皇上和崔家去斗，他也省事。

出了宫，他要将大部分的精力放在玄霄宫上，有崔家留在皇城，牵住皇上的主力和视线，对他来说是好事。

崔家，很抱歉了，本王要提前把你们推出来当挡箭牌了，希望你们会喜欢本王送的这份礼。

九皇叔伸手，端起面前的茶杯，并不喝，只是捧在手心，静静地坐在那里，等皇上的决定。

皇上要的他给了，接下来就看皇上会不会履行承诺。

没有让九皇叔失望，察觉到崔家这个大威胁，再加上九皇叔暗示自己对皇宫没兴趣，皇上的态度已经松动了。

把九皇叔关了这么久，他也没办法定罪，再关下去皇上要承受的压力会更大，不如借此多谈一点条件。

“九弟，那赈灾一事……”皇上抬头，眼神犀利得如同利箭，一副要将九皇叔看透的样子。

九皇叔不知是早有防备，还是丝毫不惧，依旧是波澜不惊：“皇兄放心，臣弟一出宫就会派人把消息传给凤轻尘。”

“今日已经晚了，九弟明早再回府。”皇上起身，居高临下地看着九皇叔，一副施恩的口吻。

他在等九皇叔谢恩，可惜九皇叔这人向来得寸进尺，只见九皇叔施然起身，并没有谢恩，而是再次提出条件：“皇兄，臣弟习惯九王府的人服侍。”

九皇叔提醒皇上，既然他没有罪，那他府上的人也就没有罪。

已经走了九十九步，皇上也不介意再走一步，就算他现在往九王府安插人手，过不了两天，那些人也会被九皇叔以各种理由给杀了，这种事又不是第一次发生，皇上大方地许诺，今天晚上九王府的下人会全部回去。

“多谢皇上，臣弟恭送皇上。”得了好处，九皇叔终于给足皇上面子，恭恭敬敬地把皇上送走了。

皇上解决了心事，又找出了神秘施粥人，心情大好，脚步轻盈，一扫之前的沉重。

宗人府大火，九皇叔差点被烧死，再加上朝中官员和世家的压力，他确实没有办法一直关着九皇叔，既然如此，他就把九皇叔放出来，借此换取最大的利益。

九弟，朕可没有逼你，是你心甘情愿让步的！

皇上走后，九皇叔挥退殿中的人，宫里的宫女太监都是人精，知道九皇叔明天就要回府，便知道皇上退步了，他们也不用再盯着九皇叔了。

宫女太监们鱼贯而出，偌大的殿内只剩九皇叔一人，所以，没有人看到他眼中那讥讽的笑。

皇兄，希望你明天还能笑出来，本王的便宜不是那么好占的！

当天晚上，皇上就下旨，让顺天府把九王府的下人全部都放了。

九王府下人出狱的消息，在一个时辰内传开，皇城中该知道的人都知道了，春绘、秋画、夏挽和冬晴兴奋地拥在凤轻尘身边："姑娘，王爷出来了，王爷出来了。"

"姑娘，太好了，太好了，王爷出来，你就不用这么辛苦了。"

四个丫鬟高兴得语无伦次，围着凤轻尘叽叽喳喳，凤轻尘心里也高兴，便没有计较她们的失礼。

佟珏与佟瑶站在门外，两人相视一眼，苦笑……

九皇叔出来，她们也高兴，可她们绝没有春绘、秋画、夏挽和冬晴她们那样兴奋，甚至隐隐为大公子抱不平。

九皇叔终于重获自由了，凤轻尘也很高兴，只是她到现在也没有想明白，为什么九皇叔还没有宣扬他是神秘赈灾人，皇上就把九皇叔给放了。

政治，果然是复杂的东西，她完全弄不懂。

直到很多天后，凤轻尘才知道，原来九皇叔和皇上联手了，或者说皇上单方面认为，他们兄弟二人齐心协力，共同对付崔家，捍卫东陵皇室。

当然，这是比较远的事情，现下九皇叔付出的代价是神秘人施粥的摊子在九皇叔从皇宫出来的那一天便消失了，再加上官府也没有粮了，于是灾民们两天没有粥喝，虽然没有出现饿死人的事件，却差点引起暴动。

皇上收到消息已是两天后，当皇上把九皇叔召进宫问罪时，九皇叔一点也不惊慌，不紧不慢道："皇兄，臣弟知错了，请皇兄恕罪。臣弟一出宫便派人把消息传出去，让他们停止施粥，把粮食送到官府，这中间也的确需要时间，据臣弟所知，官府今天已经开始施粥了。"

这解释没有错，可是谁来告诉他，为什么停止施粥的消息当天就执行了，而把粮食转移到官府却晚了两天，差一点就引起灾民暴动。

好，就算没有引起灾民暴动，可这一作为却让天下人指责他这个皇帝有错，让人怀疑官府赈灾粮食的来源。

神秘人和官府同一天停止施粥，两天后神秘人施粥的摊子依旧消失，官府却有粮食施粥，这说明了什么？

有脑子的人都明白，十有八九是皇上抢了神秘人的粮食，然后以官府的名义赈灾。

当然，这样的想法只流传于清流士林间，普通老百姓想不到这一点，但皇上最在意的就是这些文人的评价。

九皇叔这是打脸，狠狠地打了他一巴掌，让他丢尽了脸，皇上怎能不气，又怎能轻易接受九皇叔的解释？

九皇叔也不害怕，顶着皇上的怒火，再次说道："皇兄，粮食不在臣弟的手上，臣弟也无能为力。"

九皇叔这话明明没有别的意思，那些粮食就算是他的，也确实不在他手上，可皇上却听出了另一种深意，那就是崔家不配合，他能如何？

"啪！"皇上这一次是真的气极了，用力一拍桌子："崔家，好一个崔家，当朕奈何不了你们这些世家门阀吗？你们这是挑战朕的忍耐极限。九弟，开春后你亲自去一趟山东，朕要山东卢家从九州大陆上消失。"

皇上暂时不能动崔家，便想到同是世家大族的山东卢家，他要杀鸡儆猴，让那些嚣张的世家看清楚，他不动世家并不表示，他动不了世家。

"臣弟遵旨。"九皇叔没有想到，打皇上的脸，顺便陷害崔家的动作，还能有意外的收获，当下便不客气地领旨。

至于崔家，很抱歉，得让你们继续背黑锅了。

本王可是什么都没有说，一切都是皇兄的猜测，本王只是没有解释罢了。

九皇叔拍拍袖子，潇洒地出宫。

经过两天的整理，他手边的紧急事务已经处理得差不多了，人也养得精神十足，他现在可以去凤府了。

九皇叔前脚出宫，后脚便有一个他意想不到的人进了宫。

"草民参见皇上，万岁万岁万万岁。"男子身着青衣，一头黑发用青色发带竖起，虽是见礼，却没有跪下，而是微微欠身，隐隐透着一份孤傲与不羁。

皇上并没有生气，将面前的人审视一遍后才道："你就是符临？符氏后人？"

"是，草民就是符氏后人。"符临不卑不亢，周身隐约有几分缥缈的仙气，也不知他是故意弄出来唬人的，还是真有仙气。

"你可有证据？朕要如何相信，你是符氏后人。"符临的来历，皇上派人查了，确实如符临所言，他是从一个不知名的岛屿而来。

"皇上，符姓本就是一个证据，这天下除了符氏后人，没有人敢用符这个姓氏。"符氏从九州大陆上消失这么久，知道符氏的人很少，符临这话并没有说错。

就算要骗，也没有哪个骗子，会用符氏后人来骗一国皇上，想当符氏后人，得有点本事才行。

“光凭你这几句话，朕没有办法相信你。”皇上也希望面前之人是符氏后人，他也希望在自己屡屡受挫后，有神权的代表人辅佐他。

“皇上，草民绝不会拿自己的命来胡说，草民可以向皇上保证，明日巳时三刻大雪必停。”符临并没有因为皇上的怀疑而生气，而是仍旧站在原地，郑重地讲着自己的话。

这场大雪连续下了十五天，每天都有人祈祷它快点停，可偏偏这雪就是不停。现在符临出现，斩钉截铁地告诉皇上，这雪明天巳时三刻一定会停，这让皇上怎么不震惊？

如果符临的预言无误，那么……

皇上的眼中闪过一抹精光。

这是一个机会，一个顺利夺回民心的机会，就算符临的预言是错的，他也不会损失什么，只是白忙了一场。

“符临，你可知你这番保证代表了什么？”皇上收回心神，再次看向面前这个突然出现的符氏后人。

“草民知道，明日巳时三刻，雪未停，草民愿受五马分尸之刑。”符临毫不惧怕地许诺，那神情和举止，无不是告诉皇上，他对自己的预言有绝对的信心，这是符氏后人的骄傲。

“好，朕就等着，明日巳时三刻雪未停，朕就拿你的命祭天。”皇上并没有完全相信符临，但他愿意给符临一个机会。

如果他真的是符氏后人，对他来说有百利而无一害，有神权后人相助，何愁天下不统一。

“来人呀，带符公子下去休息。”皇上大手一挥，让人看牢符临。

符临走后，皇上召来钦天监，问他这大雪何时会停，钦天监的答案让皇上实在高兴不起来，钦天监说：“皇上万福，这场大雪近日必停。”

近日！

又是近日这个答案，从这大雪开始的第三天起，皇上就问钦天监雪什么时候停，钦天监给的答案都是近日。

近日？

真当朕好骗吗？

皇上气得想杀人，要不是看在钦天监这个臭老头，在他登基时说了“帝星降世，天命所归”这句话，他早就把这老东西给杀了。

皇上把钦天监的人打发走后，自己在殿中来回走动。

符临的话，他到底要不要信呢？

那个少年真的是符家的后人吗？

皇上心中满是各种忐忑，反复权衡利弊得失，最终……好处更多，皇上决定放手一搏。

“来人呀，命钦天监准备，朕明日巳时祭天，祈祷上天停止降雪。”

最终，皇上决定放手一搏，否则他在百姓心中的地位将直线下滑，他必须做一点什么来挽救。

这雪下了这么多天，也该停了！

九皇叔带着亲王仪阵，浩浩荡荡朝凤府走去，丝毫不知，不过半天的时间，局势已发生翻天覆地的变化，皇上此举打了他们一个措手不及……

九皇叔驾临凤府，还摆出这么大的仪阵，摆明了是要凤府上下都出来迎接，而九皇叔最希望看到的人当然是宣少奇。

“王爷千岁千岁千千岁。”

如九皇叔所愿，凤府上下包括宣少奇在内，都出来接驾了，当然崔家人除外。

崔浩亭还躺在床上没法起来，而元希先生除非必要，否则绝不会出席这样正式的场合，因为在这种场合下，他也不得不跪下，以示对皇权的尊重。

宣少奇跪在凤轻尘的左侧，两人不仅气质与众不同，就是位置也特别的显眼，九皇叔坐在行轿里，一眼就看到了他们二人。

形影不离！

“哼……”九皇叔从轿子里踏出来，黑色的锦靴“咚”的一声踩在地上，佟珏和佟瑶只感觉自己的心被这个声响狠狠地震了一下，惊得冷汗淋漓。

凤轻尘微微挑眉，眼中闪过一抹不安与忐忑。

九皇叔好像不高兴！

难道是在怪她？今天特意跑来兴师问罪？

九皇叔下轿后，笔直往前，停在凤轻尘的身前：“起来吧！”

“谢王爷，千岁千岁千千岁。”众人再次叩头道谢，凤轻尘也跟着点头，不过九皇叔离得近，明显看到了凤轻尘敷衍的姿态，九皇叔的眼中闪过一抹笑意。

他的轻尘，一点也没变，虽然傲气，但不会让自己特立独行，她在从大流的同时，又保有自己的特色。

至于宣少奇……

九皇叔扫了宣少奇一眼，两人四目相对，没有预想中的火药味，二人神色平静，视线相撞，看清对方后，又平静地移开。

年少有为的江湖少侠，引得无数侠女倾心的玉面公子，怎么可能会差，可是那又如何？

要不是宣少奇有一个与凤轻尘打小订下的未婚夫身份，九皇叔连多看他一眼都不屑，区区一名江湖侠客罢了，再名声斐然也与九皇叔无关。

凤轻尘起身后，还来不及说话，九皇叔就握住她的手：“进去吧。”

当着宣少奇和凤府上下的面，九皇叔大大方方、神情磊落地牵着凤轻尘的手往里走，而凤轻尘没有拒绝，甚至不觉得意外。

宣少奇站在原地，看着那一对璧人迤逦而行，心里隐隐泛酸，却又带着丝丝欣慰。

宣少奇被自己这种矛盾的心思吓到了，连忙收敛心神，跟了上去。

宣少奇进去时，九皇叔与凤轻尘已按主次坐下，宣少奇也不需要凤轻尘招呼，直接在她的下首坐好。

宣少奇坐下后，大厅内的气氛就发生了微妙的变化，不是剑拔弩张，也不是火药味十足，而是说不出来的沉闷。

凤轻尘心中莫名的不安，小心地询问一句：“不知九皇叔大驾光临，所为何事？”

九皇叔淡淡地扫了她一眼，一脸肃穆地道：“本王今天是来拜祭凤将军和凤夫人的。”

“你，你要祭拜我父母？”凤轻尘吓了一跳，呆呆地站起来，指着九皇叔，不敢相信自己所听到的。

“不可以吗？”九皇叔这话是反问，却带着不容拒绝的威严。

把人家女儿拐跑了，他总要来拜见一下未来的岳父岳母。

“当然可以，九皇叔请……”凤轻尘眼眶一红，重重地点头。

九皇叔没有说话，只是轻轻地拍了拍她的头，无声地安慰，宣少奇站在一旁，原本想要起身随行，可看到两人之间好似已容不下第二人，只得默默地顿住，留在原地。

来到灵堂，九皇叔没有迟疑，一撩衣袍，便在凤将军与凤夫人的棺前跪下，郑重地磕了三个头。

“你不必如此的。”凤轻尘站在九皇叔身旁，语气哽咽。

她比任何人都清楚九皇叔有多么骄傲，这个男人连君王都不跪，此刻却跪在她的父母面前。

“有必要。”叩拜完，九皇叔点了香，又再次叩首，随后亲手将三炷香插在香炉里，当着凤轻尘的面道：“凤将军，凤夫人，你们安息吧，本王一定会保护好轻尘，不让她受一点委屈。”

眼泪唰的一下就流了出来，凤轻尘死死地捂住自己的嘴，这才没有哭出声来……

从灵堂出来后，凤轻尘的情绪就很不好，九皇叔安慰许久凤轻尘才恢复如常，而安抚好凤轻尘后，九皇叔并没有急着离开，而是去见了一下崔浩亭。

要攻打玄霄宫，多一个盟友多一份助力，崔家是一个不错的合作伙伴，而他也相信玄霄宫有能让崔家心动的东西。

果不其然，听到九皇叔的话，崔浩亭确实心动了，不过他并没有直接应下，九皇叔也没有再多劝说，给足了崔浩亭思索的时间。

九皇叔并没有在凤府待太久，与崔浩亭谈完后，九皇叔便打道回府，不过在离去前，他特意对宣少奇说了一句话："千年雪莲是本王的，用了本王的东西，就得付出代价。"

"什么意思？"宣少奇站在原地，一头雾水，完全不明白九皇叔这话到底有何深意，而除了他之外，旁人并没有听到这话，也无法替他解答。

第二日一早，九皇叔收到宫里的消息，说是皇上要祭天，要九皇叔去皇庙参加祭祀。

"祭天？皇上想要做什么？"在祭祀前一个时辰才告诉他，皇上这是怕他搞破坏吗？

九皇叔冷冷一笑，没有多问，随同宣旨的太监一同前往皇庙。

皇上要祭祀，皇庙早已布置妥当，一派庄严肃穆，步入皇庙，九皇叔的神情也变得严肃了几许。

"皇叔。"一步入皇庙，就遇到了太子，两人刚走没有多久，肃亲王也过来了，三人便一同前往。

太子走了两步，便忍不住问道："皇叔，你可知父皇好好的，为什么要祭天？"

"皇上做事，本王怎么可能知晓。"皇上这个决定十分突然，即便是他也没有得到消息。

九皇叔的话冰冷得没有一丝温度，太子却不介意，好脾气地说道："我听说皇上见了一个姓符的人，便下令祭天，不知是不是那人说了什么？"

"符？"听到这个姓氏，九皇叔冷哼一声，但并没有多问，让太子十分失望……

祭天是一件庄严繁琐的事情，如果按规则来至少要准备大半个月，而此次皇上下令匆忙，所以一切只能从简。

可再怎么简单，也折腾了众位大臣一个半时辰，直到巳时，众大臣才在皇上的带领下站了起来，听皇上在祭祀台上宣读罪己诏。

所谓的罪己诏看似是向老天请罪，实则是告诉在场的大臣，今天这事朕都自己怪自己了，你们就不要再上折子说朕不守礼法了。

皇上将所有的错都揽在自己身上，最后皇上更是悲壮地仰天呐喊："苍天呀，你若不满，要责罚就责罚朕吧，不要责罚朕的子民！朕愿一力承担上天的怒火，只求你放过朕的子民！”

最后一个字落下，正好是巳时三刻！

如果不是亲眼所见，恐怕没有人会相信这是真的，而只有亲眼所见，才知道这一刻是多么的伟大，多么的神奇。

就如同预先安排好的一般，当皇上跪倒在地，悲壮地为万民请求上天的宽恕时，雪突然就停了！

就在皇上的最后一个字落下时，没有任何预兆，那飘在天空中的雪花突然就消失了，天色也渐渐地明朗起来。

神了！

全场的人都僵在那里，呆呆地看着这一幕，就好像做梦一般，眼前的画面瞬间跳转，从动态转到静态，雪停了，在皇上祭祀结束时，飘飘洒洒的雪花突然就停了下来。

天啊，这是真的吗？

文武百官加上禁军上千人，此时却鸦雀无声，静到连呼吸声都清晰可闻，就如同中了魔咒一般，所有的人都好像变成了石像，这个时候没有一个人能说话、能动弹，他们都呆在原地，消化着刚刚所看到的情景。

当然，在这个时刻，没有人注意到九皇叔的异常，九皇叔只在雪停的那一刻闪了一下眼神，很快就恢复过来了。

原来，这就是皇上的底气。

长长的睫毛轻眨，如同蜻蜓落在荷叶上，震得露珠轻颤，九皇叔缓缓地睁开眼，看着突然没了雪花、逐渐明朗的天空，唇角露出一丝若有似无的笑。

符氏后人，本王低估了你！

“雪停了，雪停了，雪停了，皇上的诚心感动上苍，雪停了！”

“天佑东陵，天佑吾皇，雪停了，雪停了……”

不知是谁带头喊了一句，魔咒终于被打破，众人从呆滞中回过神来。

“扑通！”

文武百官、禁卫宫人通通跪下，九皇叔和肃亲王也不能例外，这个时候谁例外，谁就会成会箭靶，成为公敌。

“吾皇万岁万岁万万岁。”这个时候，除了这一句，再也找不到别的词来歌颂皇上的伟大，这一刻，上天有力地给了皇上最大的支持。

雪停了，最高兴的莫过于皇上，那一瞬间他心中的狂喜如同波涛汹涌，将他整个人都淹没了。雪停了，在他祭祀完成时，雪停了，一切都朝着最好的方向发展，他是九州大陆第一个祈求上苍，得到上苍回应的皇帝。

高兴，狂喜。

皇上此时的心情，就好比当初听到消息说，他那些兄弟都死绝了；他父皇驾崩了；整个东陵皇室除了他之外再无成年的皇子；他是东陵唯一有资格坐上皇位的人，他是东陵的皇帝。

皇上这一刻真是高兴得找不到北，好在他理智尚存，多年的帝王生涯，让他的心志比当初更坚定，所以他并没有做出什么失态之举。

皇上站在高高的神台上，以君临天下之姿，俯视跪在他脚下的臣子们。

这是他的臣子，这天下所有人都得臣服在他的脚下。

皇上双手张开，大声地说道："众卿平身。"

"吾皇圣明，天佑东陵，万岁万岁万万岁。"神台之下，众人并没有起身，而是再次表达来自灵魂深处的尊敬。

九皇叔知道，这一局皇上赢得不是一般的漂亮，他成功地收服了所有人的心，这一刻所有人都要避退，在神迹的光芒之下，他们任何的行动都会显得愚蠢无知。

这一局，他想到了开头，却没有想到结局。

巳时三刻！

居然就在皇上祭祀结束的那一刻雪停了，在这样的神迹面前，所有的言语都是苍白的，所有的攻击都是无力的，这一刻，他唯一所能做的就是退步。

九皇叔看着高兴、欢呼的众人，笑得如同清风拂过，皇兄，来日方长！

神迹是光环，亦是枷锁，自古昏君好做，明君难为，圣君则不可为。

九皇叔转头，准确无误地捕捉到隐藏在角落里的符临，符临依旧是一身青衣，依旧是一副平静的样子，好似神台上发生的一切都与他无关。

符临，符氏后人，他记住了！

# 第十一章　大公子的骄傲

雪停了！

连续下了十五天的大雪终于停了，百姓没有参加皇宫里的祭天，甚至还不知道祭天一事，但雪停了他们还是本能地欢呼、高兴、雀跃。

下了十五天的大雪停了，凤轻尘也高兴，可当她从苏文清口中得知，皇上今天在皇庙祭祀，而祭祀过后雪就停了，她就再也笑不出来了。

“这事还真是该死的巧，好在神秘赈灾人的身份没有暴露出来，不然我们就难堪了。”凤轻尘无奈地叹气，同时又万分庆幸，庆幸九皇叔把计划略做调整，没有第一时间把他的名字暴露出来，不然九皇叔就尴尬了。

“是呀，要是早早地宣传开，我们的行为就像小丑了。在皇上圣明的光环下，我们做再多都只是锦上添花。”苏文清低落的心情，因凤轻尘的话好转了不少。

赈灾一事虽没有达到理想的目的，但他们帮助了灾民，并且利用这件事让皇上放了九皇叔，这就足够了。

雪停了，先前因大雪停下来的事便提上了议程，凤轻尘特意找人挑了日子，日子说不上好与坏，但天气实在称不上好。

今日虽未下雪，天却阴沉压抑，凤轻尘只觉得心口闷得难受，可就是再难受，她也要坚定地走完全程。

凤将军和凤夫人的葬礼，皇上下令着礼部协办，太子也说过会亲自送凤将军和凤夫人一程，可凤轻尘都拒绝了。

她没有要礼部的人帮忙，也没有告诉太子她父母今天下葬，她不希望这些人来打扰她的父母。

她固然希望能给父母风光大葬，可也不需要那些冰冷的礼数和虚伪的规格，在她父亲得不到应有的待遇时，她只想安安静静地送父母一程，让父母能够入土为安。

葬礼很简单，却很隆重，至少来送葬的人都是真心的。大公子、王七、谢三、翟东明、孙思行、苏文清，还有刚刚从南陵赶回来的南陵锦行，也就是周行。

南陵锦行是两天前到的，此时，他的身份虽是南陵的大皇子，但在凤轻尘面前他仍旧是那个少年周行，仍旧是那个叫凤轻尘姐姐的周行，他对凤轻尘没有一丝生疏与怠慢，令凤轻尘心里安慰了不少。

今日的葬礼，凤轻尘本没有通知任何人，可他们却来了，可见他们一直都在注意凤府的举动。至于九皇叔，他没有来，凤轻尘也不在意，这个场合他不来也好。

“开正门！”凤轻尘的声音有些嘶哑，虽然没见她哭，可光听这声音就知道，她这几天不好受。

吱嘎……吱嘎……木轴转动，发出沉闷的声响，凤轻尘双眼也渐渐地红了，只强忍着不让泪水流出来。

“走。”凤轻尘迈开沉重的脚步往外走，而她刚踏出门口就怔住了。

“你们……”

门外是黑压压的人群，凤轻尘站在台阶上，一眼看不到尽头，这些人身上都披着孝衣。

“凤姑娘，我们来送凤将军和凤夫人。”人群分成三路，一路是穿着军装的士兵，另两路则是普通老百姓，他们静静地站在凤府外，面露哀色。

“凤姑娘，我们来送凤将军和凤夫人。”

她根本没有对外说父母什么时候下葬，这些人却在她扶灵出城这一天出现，说明这些人也一直在关注凤府，说明他们早就准备好了，只待她扶灵出现，便会在凤府外，送她爹娘一程。

很容易做到的事情，被这么多人做出来，便会让人特别窝心。

“谢谢，谢谢你们，谢谢你们。”凤轻尘再也忍不住，眼中的泪水滑落，凤轻尘不停地朝众人鞠躬。

“谢谢，真心的谢谢你们，谢谢你们能来。”凤轻尘不知道她做了什么，居然能让这么多人自发地来到凤府，送她父母一程。

可不管如何，面对这些单纯的，只为送她父母而来的人，她都表示感谢。

她父亲为国而死，这个国家没有给她父亲应有的荣誉，而这些百姓给了。

她的父亲是英雄，她的父亲值得，值得给予这世间最隆重的葬礼。

这样的场面，别说凤轻尘了，就是王锦凌他们也怔住了。

国葬也不过如此。

凤将军和凤夫人的葬礼虽然简单，却无比隆重，这一天足以载入史册。

这是百姓自发的行为，没有任何人组织，也没有任何人安排，他们自发来到凤府外，和凤轻尘一起，送凤将军和凤夫人一程。

他们用最简单，却最感人的方式，向凤轻尘表示感谢，向凤将军和凤夫人表示敬意，感谢凤将军和凤夫人生了一个好女儿，在雪灾降临时，用自己所学救他们的命。

凤轻尘救了他们的命，他们便用最简单的办法回报。

王锦凌想，如果凤将军和凤夫人在天有灵，看到这一幕，他们定会为他们的女儿骄傲！

数千人齐齐地出现在凤府外，将几条街都堵住了，可当灵柩往前行时，人群却自动地退开，不耽误灵柩出城的时间。

没有人出来指挥，也没有人出来安排，前来送葬的人便纷纷后退，将路让出来，让灵柩前行。

整条大街除了车轮滚动的声音，再也没有别的，众人静悄悄地站在两侧，这个时候没有人说话，他们无声地目送灵柩离去，而这样的情况一直维持到两条街外。

走出送葬的队伍，凤轻尘转身，再次朝众人致敬，此时此刻，凤轻尘已经说不出话来，再多的感谢也表达不出她的感激之情，凤轻尘默默地转身，灵柩继续前行，而送葬的人也默默地跟在后面。

人群缓慢地移动，没有人往前冲，也没人拥挤，大家默默地跟在灵车后面，一直行至城门口，这些人才停了下来。

他们只能送到这里了。

而城门口，翟东明早就假公济私地安排好了，不准人在这个时辰进出城门，全部要给凤将军、凤夫人的灵车让道。

送葬的队伍安安静静地出城，数千百姓在城内目送，凤轻尘的心里又酸又涩。今天的葬礼很盛大，很肃穆，每一处都尽善尽美，唯一遗憾的就是九皇叔不在。

凤轻尘虽然知道九皇叔不能来的原因，可心里难免会有一丝失落。

要是九皇叔也在，那该多好？

灵柩距离墓地越来越近，凤轻尘发现她越来越不舍了，灵柩入土后，她想再见父母就只能来墓地祭拜。

眼睛涩涩的，心里酸酸的，抬头看着不远处的墓地，入眼的画面让凤轻尘怔住了，伤感的情绪也被打断："墓地有人？"

远远看去像一个人影。

这个时候，会是谁？

"有人？有人比我们先到？"王锦凌策马上前，抬头一看，果然看到墓地前有一个黑色的身影，寒风吹得那人的衣袍飘起，黑色的发丝随风飞舞，只一个背影便给人萧条孤傲之感，让人不敢亲近。

"去看看是什么人。"南陵锦行对翟东明道。

他们这一群人当中，只有翟东明武功不错，不指挥他指挥谁，南陵锦行当了皇子后，也习惯指挥人办事了。

“不用去了。”苏文清策马上前，叫住翟东明，“那个人应该是九皇叔，他不方便从皇城出发，便在这里等了。”

“九皇叔？怎么可能是他，他什么时候到的？”别说凤轻尘了，大家都愣住了，他们还以为九皇叔不会来，却没想到他比所有人都早到。

“我也不知道，去问问不就知道了。”苏文清并不知道九皇叔会来，苏文清是猜的，因为这片墓地一般人进不来。

为防意外，九皇叔昨天就把神机营的人调了出来，守在城外和墓地这边，将一路上的障碍扫除，所以凤轻尘出城后才会这样的顺畅。

“走吧。”凤轻尘压下心中的感动，强自淡然道。只是她这个样子骗得过别人，却骗不过一直关注她的王锦凌。

不得不说，九皇叔是一个玩弄人心的高手，他们这些人都成了九皇叔的陪衬，他们一路相陪都比不上九皇叔早早地在这里等候。

对方棋高一筹，王锦凌无话可说。

灵柩停在墓前，王锦凌、南陵锦行与凤轻尘并肩而行，准备向九皇叔行礼，还未开口，九皇叔便出声打断：“不必，时辰到了，凤将军和凤夫人的后事要紧。”

九皇叔面无表情，要不是他一身黑衣，众人都怀疑他是不是来送葬的。

凡事以凤轻尘父母的后事为重，九皇叔又赢了一局，九皇叔都这么说了，众人也不好反驳，一切按规矩办，灵柩入土，众人上前致敬。

凤轻尘一直站在墓地前，不哭不笑，只在灵柩被土完全掩埋的那一刻，才跪倒在地上。

她没有哭，也没有发疯似的冲上前扒开土，不让灵柩入土，她只是跪在墓碑前，肩膀抖动，手指在墓碑上摩挲。

墓碑很简单，没有什么忠义侯一类的官称，只写了“父凤战母陆以沫之墓，女儿轻尘”

凤轻尘的手指是她身上最脆弱的部位，只是顺着墓碑上的字摩挲就出了血，鲜红的血沁入字迹内，很快就被吸干，只余一抹褐色的印迹。

熟知凤轻尘的人都知道，她最宝贝她那双手，平时连碰都不让人碰，她宁可毁了脸也不肯伤了自己的手，可这一刻食指已经摩擦出血，她却仍旧没有收手的打算，像是不知道痛一般，仍在每一个字的凹槽处划过。

九皇叔和王锦凌一左一右，站在凤轻尘身后，想要上前劝说，却又不知如何开口。

让凤轻尘发泄一下也好，总比一直闷在心里的好。

只是，他们能看下去，孙思行和南陵锦行却看不下去了，两人不约而同地上前，跪在凤轻尘的身侧："师父，你别这样，你说握刀的大夫最重要的就是要有一双灵巧的手，头可断，血可流，双手不能伤，你怎么能毁了自己的手？"

"姐姐，你别这样了，凤将军和凤夫人入土为安，你应该高兴才是。"找到了尸骨，总比只能给他们建衣冠冢要好。

"师父，你这样，师公和师母在天之灵，也会不安的。"孙思行眼睛红红的，抬头看着天。师父的爹娘已经入土为安，他的爹娘呢？他们到底在哪里？为什么要丢下他一个人？

"我会好好的，我会好好地活着，让凤这个姓氏永远传承下去。"一滴泪珠从凤轻尘的眼角滑落，凤轻尘收回手来，不再自虐，而就在她起身的刹那，雨落了下来……

"啪嗒……啪嗒……"这是雪灾后的第一场雨，虽小却密，不过顷刻间就将众人的衣服打湿了。

葬礼结束，凤府的白幡并没有拆下，凤轻尘宣布在家为父母守孝三个月。

众人都以为凤轻尘在家里守孝，无人敢上门打扰，却不知她和九皇叔、王锦凌在一个夜黑风高的晚上，悄悄地出了城。而第二天就传出九皇叔病重，王家大公子外出访友的消息。

信不信并不重要，重要的是皇上在一些非正式场合，表明了对三人的信任，杜绝了风言风语的传播。

虽说这三个人都是皇城的风云人物，但他们的离去并没有引起多大的轰动，也没有引起多少人的重视。

皇城依旧繁华热闹，并没有因为他们三人的离去而冷清萧条，皇子大臣们仍旧是夜夜笙歌，忙着拉拢亲信，收买人心，过着奢侈的生活。

西陵天磊和南陵锦凡得知这个消息后，眼露寒光。终于开始了，他们等很久了，终于等到这两人对玄霄宫出手了，他们并没有完全地相信蓝九卿，但同样也没有放过趁机捞一把的打算。

玄霄宫是一块肥肉，无数的屠夫举起刀子对准它，它绝对逃不过被分割的命运，虽说举刀的人太多，他们不一定能分到最大的一块，但却可以保证有便宜可捡。

皇上对九皇叔的动作睁一只眼闭一只眼，这段时间，九皇叔收起了在皇城的所有势力，任皇上在东陵一人独大，任皇上将皇城的势力尽收于手，任皇上实施自己的抱负与计划。

虽说权力斗争从来都不是平等的，但只要大家默契地保持一个平衡，不会吃独食，九皇叔又收起了在东陵的势力，皇上便心照不宣地任他灭了玄霄宫出气。

是的，出气！

九皇叔和玄霄宫有仇吗？

有，因为一个宣菲、一朵千年雪莲花，九皇叔就这样和玄霄宫杠上了，再加上凤轻尘突然出现的未婚夫——玄霄宫少主宣少奇，九皇叔和玄霄宫的梁子越结越大。

九皇叔毫不掩饰他的怒火，充分表现出他的高傲与狂妄，他高调地向玄霄宫宣战，逼得玄霄宫的少宫主，无法参加凤将军和凤夫人的葬礼，只得提早回宫。

皇上知道这些，也默认了，甚至隐约还有支持的意思。

玄霄宫的存在对皇上来说亦是一个隐患，如果九皇叔和王家大公子联手，把玄霄宫连根拔起，或者让玄霄宫元气大伤，从江湖玄字辈的势力中退出，皇上也一定会高兴。

两虎相争，必有一伤，但无论谁输谁赢，皇上都是最后的赢家，别以为只有南陵锦凡和西陵天磊想在后面捡便宜，皇上也想。

在九皇叔和王锦凌出发的当天，皇上的密令便传了出去，皇上下令调集三万人马，秘密驻扎在玄霄宫山下。

皇上秘密行事，知情的人并不多，但不妨碍大家都想在这次行动中捡便宜，他们一个个睁大眼睛在等，等九皇叔、王锦凌和玄霄宫斗个你死我活。

当大家知道这两大势力为何而斗时，众人齐刷刷地崇拜玄霄宫宫主。宫主生了个好女儿，没有嫁出去祸害别人，却先把自己一家人给祸害了。

能同时开罪大公子和九皇叔，让他们不惜自损八百也要和玄霄宫杠上，这也算是本事了，一般人可做不到。

现在江湖上最大的事，就是玄霄宫与九皇叔、大公子的战事，就算无法在这件事中捞到好处，但看一看也是好的，而江湖中从来不缺爱看热闹的人。

无数人都睁大眼睛在看，到底是玄霄宫这个老牌势力陨落，还是九皇叔和王锦凌这两个天之骄子铩羽而归……

所谓入乡随俗，既然是秘密出城，混入江湖，当然就要拿出江湖人的姿态，融入到江湖中。

九皇叔、王锦凌一改在皇城的高调与奢华，两人换上了常服，收敛起那一身的尊贵之气，换成江湖侠客的打扮。

可惜贵公子就是贵公子，莽汉就是莽汉，吃山珍海味、穿绫罗绸缎长大的贵公子，怎么扮都扮不出江湖莽汉的气息，两人换上粗布劲装，还是大家公子的气质，不过手上那一柄长剑，倒是让两人少了一分文雅，多了一分凌厉，看上去就像是出门游历的名门正派的大弟子。

至于凤轻尘嘛！

女扮男装什么的就算了，女人再怎么装也不像男人，身高气势都不够格，凤轻尘从来就没想过女扮男装，她只想把自己打扮成名门正派的大小姐，和两位师兄一同出来，结果……

不知是对方气场太强，还是她的气场太弱，怎么看都觉得她像是小丫头，走在九皇叔和王锦凌中间，生生破坏了两个公子的气势，拉低了二人的档次。

凤轻尘也想改变，奈何九皇叔和王锦凌气场太强，直接将她的光芒掩住，无奈，气势没人强，只能安分守己地做小丫头。

凤轻尘之所以会从大小姐变成跟班小丫头，就在于她的装扮，为了不提早暴露自己，凤轻尘直接把自己的脸抹黑，然后在脸上画了一条疤，不明显，却能让人不想再看第二眼。

她那张脸是优势也是祸害，她相信玄霄宫宫主应该还不知道她的存在，而宫主夫人肯定是知道的。

她和宣菲长得很像，宫主夫人不管是出于杀人灭口，还是给宣菲出气的原因，都不会让她活着到玄霄宫。

在皇城，宫主夫人想杀她很难，可出了城，入了江湖，入了玄霄宫的势力范围，宫主夫人想杀她就容易多了，为了避免不必要的麻烦，凤轻尘一出城就在自己的脸上做了掩饰。

九皇叔和王锦凌两人看到她那副尊容时，都吓了一跳，九皇叔直接说："你这是不相信本王能护得了你？"

"这样有什么不好的，我脸上抹的东西不会伤脸，还能防冻。这天寒地冻的出门，要是把我的脸给冻坏了，那可真是得不偿失。而且，我稍稍伪装一下，不仅可以避开不必要的麻烦，还不用担心因容貌招来登徒子。你们两个要不要也抹一层？你们可别忘了，锦凌和玄霄宫结怨的原因，就是他那张脸。"凤轻尘指了指王锦凌的脸，笑得不怀好意。

王锦凌摇了摇头，半是无奈半是宠溺地说道："多谢轻尘，不过我用不上，宣菲这样的女子只有一个。"他有他的骄傲，只要他顶着王锦凌这个身份，哪怕为了避免麻烦，也不会在自己的脸上做伪装。

九皇叔从上到下扫了眼凤轻尘，最后别过脸，道："你自己喜欢就好了。"

估计是凤轻尘最后一句话起了作用，九皇叔便同意让她伪装，至于他自己……

他既然用东陵九皇叔的身份去玄霄宫，就不会做伪装，没有必要。

凤轻尘的装扮通过后，便可以出发了，出发前王锦凌策马来到凤轻尘身侧，取出一双毛茸茸的手套："轻尘，带上，别把手冻伤了。"

凤轻尘伸手，正准备接过来，却感觉一股寒气袭来，她顺着寒气望去，正好迎上九皇叔那冰冷的眸光，吓得凤轻尘差点把手缩回来。

“怎么了？不喜欢？”凤轻尘迟迟不接，王锦凌知道是怎么一回事，却装作不知，反而出言提醒，温润的眸子闪过一抹期待，让人不忍拒绝。

“没有，很好，很漂亮。”没有办法，在王锦凌温柔的攻势下，凤轻尘只得硬着头皮接过来，“谢谢锦凌，我很喜欢，现在还不冷，等天冷一点我再戴。”

顶着巨大的压力，凤轻尘接过王锦凌的手套，却不敢戴出来，只能放在随身的行囊里，好在九皇叔也没有太计较，大家便继续上路。

因为不赶时间，再加上这天寒地冻的，就算再赶，也走不快，一路上三人都颇为悠闲，不知道的人还以为他们是出来玩的。

王锦凌博学多才、见多识广，天文地理无所不精，沿途就给凤轻尘介绍起路上的风光和风土人情。

九皇叔一个人走在前面，背挺得直直的，一副淡漠冷傲的样子，可看他那竖起来的耳朵，就知道他一直在注意身后的两人，可身后的两人自顾自地交谈，完全无视他的存在。

大半天过去了，两人谈兴依旧很高，九皇叔气得快呕血了，凤轻尘到底有没有注意他的存在？

结果，九皇叔悲催地发现，凤轻尘根本没有注意到他的不悦。于是，九皇叔一怒之下，加速前行……

凤轻尘对王锦凌讲的内容也挺感兴趣的，时不时还能问几个比较到点的问题，于是二人越聊越起劲，直接把九皇叔给忘了，任九皇叔一个人走在前面，等到他们发现时，已不见九皇叔的身影。

两人默契得不再说话，连忙打马赶上去，结果发现九皇叔的马停在茶寮外，两人对望一眼，默契地加速赶到茶寮，马在这里，九皇叔也应该在附近。

两人翻身下马，将马交给小二，让他给马喂点水和料，刚踏入茶寮，二人就听到有一群大汉正在高声谈论玄霄宫的事情。

“你们说一个皇族、一个世家和一个江湖门派怎么斗？比权还是比武？我就不明白了，这江湖门派怎么就和皇家、世家扯上恩怨了？”

山棚里，几个汉子围在一起喝着热茶，他们身上穿着鼠皮大衣，桌上放了几把生锈的刀，看他们的装扮，应该是混得比较差的江湖人。

凤轻尘没理会他们，当下便在茶寮里寻找九皇叔的身影……

“人呢？怎么一眨眼的工夫，人就不见了？”凤轻尘和王锦凌在茶寮内找了半天也没有找到九皇叔的影子，询问无果只得出去继续找，可刚一出茶寮，就被坐在外间的几个大汉挡住了去路："哪来的混账东西，没看到爷在这里喝茶吗？进进出出的，一点规矩也不懂，找死吗？"

王锦凌的眼中闪过一抹厌恶，却依旧保持优雅的风度："很抱歉，我们找人。"

"找人？找人就可以随意进出吗？小子，你当这是青楼呢？"叫嚣的大汉一看王锦凌这样子，就知道他既好欺负又是肥羊。

"你们想怎么样？"王锦凌还没有养尊处优到十指不沾阳春水的地步，他外出游历时，没少遇到这样的事情。

"想怎么样，你们两个进进出出把寒气放了进来，让我们着凉了，怎么？你们不打算给点药钱，给咱们哥几个压压惊嘛！"变相的抢劫，凤轻尘噗嗤一声就笑了出来，她这举动深深地打击到几个大汉子。

"唰！"刀抽了出来，指着凤轻尘："丑女人，你笑什么？我告诉你，今天不拿个百八十两出来给兄弟们压惊，你们就别想走。"

话落，大汉便抽刀砍向凤轻尘，王锦凌眼中闪过一抹愠怒，没有迟疑，吐出一个无情的字眼："杀！"

空气中隐约有一丝杀气浮动，暗卫动手了，可有一个人比暗卫更快。

"嘭……嘭……"

凤轻尘出手了！

一直被王锦凌护在身后的凤轻尘，一个错身上前，双手握着暗器，对准面前的大汉，直接命中对方的手背。

"当当当……"五个大汉手中的刀也掉了一地，有一把差点弹到王锦凌面前，幸亏凤轻尘发现得快，先一步把王锦凌拉开。

"啊，我的手，我的手。"大汉们握着自己血淋淋的手，一脸惊恐地看着凤轻尘，没想到这个又黑又丑的丫头下手这么重，准备动手的暗卫也吓了一跳，生生顿住了身形。

难怪九皇叔和凤轻尘都没有带暗卫出门，原来他们不需要。

火药味与血腥味在茶寮内弥漫开，其他人却像是什么都没听到一般，除了愣一下外，依旧自顾自聊天喝茶。

角落里，有一个衣着破旧的男人，看到凤轻尘手中的暗器，眼中闪过一抹狂热与惊讶，在凤轻尘还没有发现前，他便收回了自己的目光。

凤轻尘从容自若地收回了暗器，王锦凌心中虽震撼却没有多问，两人默契得好像这样的场景曾出现过千百次一样。

"打劫吗？"凤轻尘收起暗器后，从小腿处取出一把匕首，贴在大汉的脸上。

"你，你想干什么？"大汉中看似领头的人大着胆子问道。

“不想干什么，问你一个问题罢了。”凤轻尘漫不经心地扬头，幽深的眸子散发着森冷的寒光，凌厉的眼神就如同与敌人对战的狼一般，让人生生地忽视掉她脸上的伤。

“你想问什么？”大汉后悔得快要哭了，早知道这一男一女不简单，他们就不该主动送上门。

“看到那匹马了吗？那骑马的蓝衣男子呢？”凤轻尘指着外面的马，那匹马是九皇叔的坐骑，马停在外面就说明九皇叔肯定在这里停留了。

“那个男人，我有印象，他气势很强，进来时没人敢惹他，他也没有说话，进来后点了一壶茶，接着又追着一群江湖人走了。哦对了，那群人抓了一个小姑娘，那小姑娘穿得很怪异，那群人走后，那蓝衣男子就跟着追了出去，具体怎么回事我们就不知道了。”

大汉简单地把事情说了一遍，凤轻尘也算是听明白了，只是不怎么相信，九皇叔会为了一个姑娘追出去，这也太诡异了。

“怎么可能？”凤轻尘怀疑的话刚刚说出来，就听到一个跳脱的女声传来：“喂，我说大酷哥你等等我行不行，你出手救我是不是看上我了？你不说话，我就当你看上我了哦。”

凤轻尘抬头望去，就见九皇叔和一个穿着紫色棉服的女子朝茶寮走来。九皇叔黑着一张脸走在前面，紫服女子则小跑着跟在他身后，脸颊冻得通红，双眼滴溜溜地转来转去，很是机灵，让人不由自主地想起某种生物。

女子上身穿着一件紫色短袄，下身则是一条黑色棉裤，在这个女子穿裙子、男子穿长袍的时代，这种不男不女的装扮确实有几分怪异，有点不伦不类。

凤轻尘的眼睛落在紫衣女子的裤子上，眼中闪过一抹戒备，挥了挥手中的匕首，对五个大汉道：“你们可以走了。”

“我们可以走了？多谢女侠，多谢女侠。”五个大汉一听，连滚带爬就往外跑……

大汉出门时差点撞上九皇叔，连忙哈腰道歉，九皇叔看了一眼他们的伤口，眼睛微眯，继续往茶寮走，身后的紫衣女子走过来时，只瞥了一眼最后那个大汉的伤口，自言自语道：“咦，怎么好像是被特制的暗器所伤？我看错了吗？”

九皇叔身形一顿，随即继续往前，九皇叔走进来后，朝凤轻尘和王锦凌点了点头，算是打了招呼，完全没有介绍他身后那个姑娘的意思。

凤轻尘打量了对方一眼，笑了笑，也没有多说，让小二收拾一下，给他们上壶茶，三人分坐三方，那紫衣少女自来熟地坐在九皇叔身边：“大酷哥，这两位是谁？他长得比你还好看耶。”

这个他，明显是指王锦凌，自从宣菲的事情过后，王锦凌特别讨厌女子盯着他的脸看，而这个紫衣女子明显犯了他的忌讳，不过王锦凌并没有表现出来，只是淡淡一笑，别开脸，不理会紫衣女子。

紫衣女子也不在意，王锦凌不理她，她就去骚扰九皇叔："大酷哥，你说句话嘛，要不是你之前说过一句话，我都怀疑你是哑巴了。"

凤轻尘被忽视得很彻底却没有生气，脸上仍带着笑，心中却在猜测这紫衣女子的来历，要知道九皇叔可不是一个路见不平、拔刀相助的人，这紫衣女子是谁？

九皇叔还是没有理会紫衣女子，紫衣女子不满地嘟了嘟唇，娇嗔地看了一眼九皇叔，伸手去拉九皇叔的衣摆，九皇叔僵了一下，却没有动……

女子长相清纯，一举一动都透着纯真，一双大眼像是会说话一般，一眼便给人无限委屈的感觉，让人不由自主地想顺从她。

紫衣女子似乎没有发现九皇叔的异样，使劲地晃动九皇叔的衣摆，撒娇的意味格外明显："大酷哥，你告诉我，他们是谁呀？还有，你是谁？"

凤轻尘依旧静静地喝茶，并不说话，当王锦凌担心地看过来时，她只是回以一个浅笑，表示自己不在意，可只有她自己才明白，此刻，她心里有多么惊讶……

九皇叔对这个女子似乎特别纵容，可依九皇叔的脾气，别说有女子碰他了，就是有女子敢纠缠他，他都不会给对方面子。

他心情好时，也许会用冷言把对方骂走，或者用一个冷傲的眼神扫过来，让你自惭形秽，然后羞愧地离开。而心情不好时，九皇叔一般直接动手把人打飞。

九皇叔可不是王锦凌，他从来没有不对女人动手的原则，他行事只凭喜好，从不在意正邪，而这么纵容一个女人……凤轻尘想，自己与九皇叔初见时，九皇叔也不曾如此纵容她，果然……人比人气死人，凤轻尘捧着茶杯的手一紧，不知怎么的，明明知道九皇叔对自己的心意，可心里还是有点不舒服。

本以为自己对九皇叔来说是特别的，原来不是……

有洁癖的九皇叔，居然会容许一个初见的女子拉他的衣摆。

"呵呵……"凤轻尘苦笑一声，这算是九皇叔的警告吗？警告她离王锦凌远一点，不然她随时会被取代？如果是这样……那九皇叔你也太无聊了，凤轻尘抬头，狠狠地瞪了九皇叔一眼，警告的意味十足。

她相信九皇叔，前提是九皇叔告诉她这个女人的身份，还有他如何看待这个女子。

"九爷，这位姑娘是？"凤轻尘放下茶杯，笑着问道。

"不知道。"九皇叔冷冷地说道，语气似乎有些急切，看样子，他等凤轻尘问这句话很久了。

“不知道，九爷还出手相救，可真是怜香惜玉。”凤轻尘狠狠地剜了九皇叔一眼。

“你叫九爷？你这么年轻，不应该叫九少吗？”紫衣女子双眼发亮，凤轻尘怀疑自己眼花了，她似乎看到那姑娘的眼中正在泛出爱慕的“桃心”。

九皇叔放下茶杯，垂下眸，不再说话，也无视紫衣小姑娘拉他衣摆的行为，紫衣女子见状也不生气，转而问向凤轻尘：“姑娘你叫什么名字？我姓蓝，叫依琳，刚刚被这个大冰块给救了，你呢？”

蓝？

凤轻尘瞳孔一紧，想到九皇叔曾有意无意地在她面前提前朝的事，还有九皇叔和蓝九卿暗中的交情，心中闪过一抹了然。

难怪九皇叔对她特别纵容，想来九皇叔和前朝蓝氏关系不一般，不然也不会与蓝九卿有交情。

知道对方是谁后，凤轻尘心中的不快消散了不少，她就说嘛，九皇叔怎么会无缘无故地救一个姑娘，凤轻尘朝对方露出一个友好的笑容：“原来是蓝姑娘，我姓陈，名轻。”

就是把“轻尘”二字反过来念，就变成陈轻了。

“陈轻，真是好名字，我叫你轻轻好不好，你也可以叫我依琳或者琳琳。”蓝依琳一副自来熟的模样，上前挽住凤轻尘的胳膊，一副闺中密友的模样，凤轻尘满头雾水，这姑娘的心也太大了，就看不出她不乐意吗？

凤轻尘突然理解九皇叔了，一脸同情地看向他，不是九皇叔对这个姑娘特别，而是这姑娘自我感觉太好，认为所有人都喜欢她，而她愿意亲近你，是你的荣幸。

“轻轻，这名字很好。”王锦凌露齿一笑，“我以后也叫你轻轻可好？”

“不好。”凤轻尘想也不想就拒绝道，“凌少，你叫我陈轻就好了，还有依琳姑娘，你也一样，叫我陈轻。”

“为什么？”说话的不是王锦凌，而是蓝依琳，“我叫你轻轻不好吗？这表示我喜欢你，把你当好朋友。”蓝依琳说这话时，不自觉地流露出一丝小骄傲，一副我看得起你，是你运气好的样子。

这姑娘，真不讨人喜欢，主角意识太强。凤轻尘皱眉，不自觉地拉开两人的距离：“轻轻这个名字太亲昵了，这是爱人之间的称呼，别人不可以叫。”

王锦凌一怔，淡然一笑没有说话，蓝依琳却不同，她恼怒地看着凤轻尘：“不就是一个名字，值得这么在意吗？我叫你轻轻也是喜欢你，再说了你这个样子会有人喜欢你吗？长得黑不说，脸上还有一道疤。你这样子可不行，男人都是视觉动物，想吸引他们，首先要把自己打扮漂亮才行。所谓一白遮三丑，你这么黑可不行，你得想办法让自己变漂亮，还有你身上这是什么衣服呀？灰不溜秋的，男人会看上你才怪呢，你不仅要让皮肤变白，以后也不要再穿灰色了，太难看了。你要相信我的话，把你自己交给我，我保证让你变白，然后我再亲手给你设计一套衣服，保证你走在大街上，回头率超高……”

蓝依琳一脸嘚瑟，越说底气越足，看凤轻尘的眼神也是分外诡异，凤轻尘心中的怀疑也越来越深，看蓝依琳的眼神充满了打量的意味。

凤轻尘拒绝了蓝依琳的好意，打死也不要蓝依琳帮她做美白，更不接受蓝依琳帮她设计衣服的提议。

受到凤轻尘的拒绝，蓝依琳并没有生气，而是双眼放光，开始自说自话地为她杜撰了一个故事。

大意是凤轻尘因为丑而被男人抛弃，受过情伤，于是一天到晚就穿灰色的衣服，把自己打扮得老气横秋，也不在意自己的容貌，从此对男人绝望了。

蓝依琳完全不给凤轻尘说话的机会，自顾自说，说完还不忘拍拍她的肩膀，安慰道：“陈轻姑娘别难过，那个男人抛弃你，是他不懂你的好，你放心，下一个男人会更好，我一定帮你找一个更好的。”

发表一通安慰的话后，蓝依琳总算记得征求凤轻尘这个当事人的意见：“陈轻姑娘，我是不是都猜对了？”

对方都说到这个份上了，凤轻尘还能说什么，她要说不是，这姑娘估计会认为她在掩饰，凤轻尘只能勉强一笑。

而凤轻尘的不否认，在蓝依琳眼中就是默认，蓝依琳更得意了，然后一个劲儿地给凤轻尘灌输“男女平等，女子当自强，女人也能顶起半边天”的理论，甚至说道：“男女平等，男人是人，女人也是人，男人能三妻四妾，女人当然也能三夫四侍，我蓝依琳就要做这九州大陆最伟大的女人，如果我爱的男人不能许我一生一世一双人，我就一脚把他踹了，他若敢纳妾，我就敢纳侍，哼……”

这一翻彪悍的言论，可把九皇叔和王锦凌两人给惊呆了，两人就像是看怪胎一样看着蓝依琳。

两个男人同时在心中问道，这姑娘真的是蓝氏后人吗？她脖子上的那块玉是真的吗？蓝氏的女子会这么彪悍？

两人随即想到，史上好像真有一位蓝氏公主，纳了十几个夫。

王锦凌与九皇叔同时抹汗，九皇叔不禁自问，他是不是救了一个祸害？王锦凌也在责怪九皇叔这是弄来一个什么祸害。

轻尘已经够独立了，如果再把这位蓝姑娘的话听进去，想追轻尘不是更难了？

三夫四侍？

一想到凤轻尘三夫四侍，被一群打扮得花枝招展的男人围在中间，王锦凌和九皇叔的全身就一阵恶寒。

他们实在接受不了这么彪悍的言论，两人同时看向凤轻尘，看她脸上的笑越来越勉强，便明白凤轻尘也无法接受，这样就太好了！

蓝依琳这样的女人实在太可怕了，九皇叔已经后悔了，不应该因为她那一句："武功再高又怎样，我若有特制暗器在手，对着你们嘭嘭两声，你们就完蛋了。"而跟出去，更不应该看到那块玉佩便出手相救，更不应该为了通过她打听蓝氏皇族血脉的下落而让她跟着自己。

看看，他救了一个什么祸害，要是蓝依琳把凤轻尘给带坏了，他可真是会后悔死，"三夫四侍"，他一想到这句话就想杀人。

可是千金难买早知道，万金难买后悔药，蓝依琳不仅自我感觉特别好，脸皮还特别厚，无论凤轻尘如何明示、暗示，九皇叔如何冷脸，王锦凌如何温和中带着疏离，她就是赖定了这三人，说是要跟着他们闯江湖，去体会"杀一人，千里不留名"的生活。

三人行因为蓝依琳的加入而变成四人行，然后问题来了，他们四人只有三匹马，势必有两人得共乘一骑，谁和谁共乘是一个问题，凤轻尘还没想出来，蓝依琳就自己决定了。

蓝依琳居然半点不在意九皇叔的冷脸，一出茶寮就跟在九皇叔身边，九皇叔翻身上马后，她很自觉地把手一伸，等九皇叔拉她上马。

蓝依琳自信满满，下巴微扬，一副得意的样子。

可结果……

"驾！"

九皇叔一甩马鞭，一骑绝尘，把王锦凌和凤轻尘两人丢下，一马当先冲了出去，至于蓝依琳，对不起，他没看到。

"呸呸呸……"骏马飞奔，吓得蓝依琳连忙后退，马蹄飞扬，让蓝依琳吃了一嘴的灰尘，蓝依琳气极，冲上前去，双手叉腰，朝九皇叔离去的方向大喊，"那什么的九爷，你混蛋，居然无视我的存在，哼……我告诉你，以后你就是后悔死，做再多的弥补，我也不要你了。"

凤轻尘默默地擦汗，偷偷瞄了王锦凌一眼，决定把蓝依琳这个祸害丢给王锦凌，哪知王锦凌比她还快一步。

"驾！"

"轻……陈轻，蓝姑娘就交给你了，我先走了。"

"驾驾驾……"

王锦凌的马，从蓝依琳身边飞过，完全没有减速的意思，可见他有多么讨厌蓝依琳。

“啊……”蓝依琳被这股冲击力带倒，一个旋身，华丽地摔倒在地上，直接面朝黄土背朝天，扑在地上一动不动。

凤轻尘没有下马帮忙的意思，只坐在马背上等蓝依琳起来，可等了半天，蓝依琳还是没有动。

“不会死了吧？”凤轻尘一怔，连忙下马，准备上前查看。

就在凤轻尘下马的瞬间，那窝在茶寮角落的男人也动了，那双好像不曾睡醒的眸子，突然间变得锋芒毕露，此人一扫之前的落魄之姿，如同一阵风，从茶寮中飘了出来。

“蓝姑娘？”凤轻尘下马，走到蓝依琳身侧，正准备蹲下去看看她怎么了，就在此时，身后传来一股冰冷的杀气，凤轻尘身子一僵，“什么人？”

冰冷的杀气已接近脊背，凤轻尘知道转身已来不及了，对方已经逼近，整颗心都提到嗓子眼了，如果躲不开这一击，她就死定了。

该死！

到底是什么人，居然这么巧，选在九皇叔和王锦凌同时离去的时候对她动手。

凤轻尘可以肯定，对方应该跟了他们很久了，不然绝对寻不到这么好的机会，来人太厉害了，居然能隐藏自己的气息，一路上都没有被他们发现。

剑已碰到肌肤，凤轻尘知道这个时候不能再犹豫了，看了一眼地上的蓝依琳，凤轻尘不再多想，直接往前栽倒，趴在蓝依琳的身上，借此避开这一剑。

“啊……”

凤轻尘笔直地趴在蓝依琳身上，蓝依琳惨叫一声，四肢往上一弹，又倒了下去。

这姑娘还没死？

没给凤轻尘多想的时间，对方一击未中，又是一击，凤轻尘也没空管蓝依琳的死活了，双手撑地，在蓝依琳身上滚了一圈，避开对方的剑。

她是避开了，蓝依琳却惨了，在凤轻尘滚开的刹那，那把原本刺向她的剑，刺入了蓝依琳的体内。

“噗嗤！”

温热的血飙了出来，洒在凤轻尘的衣服上，熟悉的血腥味让凤轻尘全身紧绷，她想站起来，可对方完全不给她机会，一剑一剑地刺过来，凤轻尘只能继续滚开，蓝依琳这个肉垫被她一压，又为她挡了一剑，再挡下去估计小命都得玩完。

刺客明显是为杀她而来，她已经拿蓝依琳挡了两次，不能太过了。凤轻尘三两下就滚远，那杀手果然丢下蓝依琳追了过来，凤轻尘找不到爬起来的机会，却找到了掏出暗器的机会。

感谢老天，她刚刚在茶寮用完后，随手就往怀里一塞，不然这个时候还真拿不出来。

咳咳……要是凤轻尘知道，杀手就是因为她用这个暗器才发现她的身份，不知还会不会感谢老天。

“嘭……嘭……”慌忙间，凤轻尘也没时间瞄准，只能胡乱发射。

“这就是你护身的法宝？雕虫小技！”杀手似乎很了解暗器的射程，在凤轻尘启动暗器时，他只走了一步，就避开了射程，不仅如此，他居然伸手接住了暗器发射出的致命弹丸。

趁杀手没有再进攻，凤轻尘连忙滚远，同时从地上爬起来，此时她全身是泥，身上还沾了血，发丝早已乱了。可见凤轻尘此时有多狼狈，被那个刺客逼到了怎样的境地。

凤轻尘好不容易才从地上爬起来，举着暗器对准对方，却看到那个杀手用大拇指和食指捏着一枚弹丸。仔细观察，就会发现杀手那冰冷的眸子闪着一抹诡异的光芒，苍白的脸上浮出了淡淡的红晕。

这个男人，很可怕，明明没有动，却让凤轻尘有种被杀气包围的感觉，凤轻尘双手握着暗器，对准对方，不敢有半分松懈。

两人就这么对视着，凤轻尘看样子很冷静，实际上她的手心却在冒汗，心里在不停地呐喊着：“九皇叔，王锦凌，你们两个随便哪个回来救我呀，你们没发现我还没跟上吗？”

混蛋，就算我有自保的武器，也不能这么放心我呀。

随着时间的流逝，凤轻尘越发的不安，面前这个杀手真的很不简单，她甚至想不起，路上是否遇到过这人，而这个人明知她身边还有同伴，却不急着动手杀她，而是站在那里欣赏弹丸，可见这个人不是自信就是狂妄，总之他认为即使九皇叔和王锦凌来了，也没办法在他手上救人。

“啪嗒，啪嗒……”汗珠顺着鬓角的发丝往下滑落。

凤轻尘的心跳越来越快，可那个男人还是不动。

“呼……”凤轻尘暗自吐了口浊气，提醒自己要冷静，时间拖得越长，对她的好处越多，她只要等到九皇叔他们回来就好了。

想到这里，凤轻尘稍稍放松，可她刚一松懈，对方就“唰”的一下举起剑，对准凤轻尘，把她吓了一跳，她立刻准备启动暗器，可那杀手却没有进一步的动作，而是开口道：“你的暗器很漂亮，是我见过的最漂亮的暗器。”

这话，是百分百的夸奖，凤轻尘能听出对方话中的真诚，便扯出一抹僵硬的笑，高傲地点头："谢谢夸奖。"

杀手显然没想到凤轻尘会这样回答，疑惑地看了她一眼，随即提出自己的要求："把你的暗器给我，我就放了你。"

"什么？你想要我手上的暗器？你刚刚出手杀我，不会就是因为我手上的暗器吧？"如果是的话，凤轻尘真想撞墙。

为了一个暗器就要杀人？

这样的理由也只有凤轻尘能想到，杀手一脸鄙夷，答非所问："据说凤轻尘聪慧、机智，原本看你这一身伪装，我还当你是个人物，现在看来也不过尔尔。"

最后两个"尔尔"还不忘来个华丽的转音，充分表明他看不起凤轻尘。

凤轻尘握着暗器的手一抖："那你为什么杀我？我跟你无冤无仇，你杀我有什么好处？为钱吗？对方出多少，我付双倍买你不杀我。"

在凤轻尘的认知里，杀手应该是拿人钱财，替人消灾。

"你出双倍？你付得起吗？你知道你的命有多值钱吗？"杀手将手中的弹丸往上一抛，弹丸飞速弹起，又飞速落下，稳稳地落在杀手的手心，杀手将手握紧，做出一个杀人的姿势，凤轻尘看得全身一寒。

"值多少钱？"凤轻尘狐疑地问道，她不认为自己的命有多值钱，她得罪的人都是有权有势的，完全不需要买杀手杀她。

这完全是浪费钱。

"你都不知道自己的命有多值钱，你就敢说付我双倍，你还真是狂妄。凤轻尘，你的画像已传遍杀手界，买你命的价码也是杀手界百年来最高的。"

"百年来最高的价码？谁这么看得起我？"凤轻尘双眼睁大，她确实想不到，谁会这么大手笔，花这么多钱买她的命，不嫌浪费吗？

"没错，对方的确很看得起你，只要出手的人，无论有没有成功，都可以领一千两，这笔银子都不用还，而带着你的尸体回去便能领二十万两。"杀手说这话时，不停地审视凤轻尘，似乎想从她身上看出她值二十万两的地方。

可惜杀手很失望，他怎么也看不出凤轻尘值那么多钱，就她这样子，只要他愿意，他一天可以杀她十次还有余。

"二十万两，不算很多，看样子杀手也不好混。"凤轻尘眼神轻蔑，似乎在嘲讽杀手这一身落魄的装扮。

凤轻尘其实想问，谁吃饱了撑得没事干，拿二十万两买她的命，二十万两虽然不多，但也不少了，可她知道现在不是问这话的时机。

"不好混吗？我忘了说了，是二十万两黄金，不是白银。"杀手倨傲地扬头，一副看不起凤轻尘的样子。

杀手是不好混，可顶尖杀手向来不愁生意和银子，如果不是这个天文数字的赏金，又怎么能引得杀手界疯狂。

“黄金？”凤轻尘的声音猛地提高，“哪个疯子吃饱了没事干，拿二十万两黄金买我的命？而且只要有人接这个生意，不管成不成功都能拿一千两黄金，这也太有钱了，我好像也心动了。”

“你确实应该心动，你的价码之高、身份之普通，让人几乎不敢相信。你知道那个女人值多少钱吗？”杀手的剑终于从凤轻尘面前移开，指向躺在地上半死不活的蓝依琳，“蓝氏皇族后人，也只值一千两，而且还是白银，现在你明白自己有多值钱了吧？”

“她是蓝氏皇族后人？姓蓝就一定是前朝蓝氏后人吗？”杀手的剑从自己的面门撤走，凤轻尘也没有那么紧张了，悄悄移动双腿，再这么站下去，她的双腿都要站麻了，到时候更跑不动了。

“姓蓝的不一定是蓝氏皇族，但她胸前那块玉佩却是蓝氏皇族的标志，只不过这姑娘似乎笨得出奇，居然将象征身份的玉佩露出来，她不知道这会招来杀身之祸吗？”杀手似乎不明白蓝依琳的神逻辑，看他歪着脑袋思考的模样，凤轻尘也不说话，而是伺机准备逃离。

凤轻尘暗暗往后移动，杀手似乎发现了她的动作，唰的一下，剑尖又指向她，杀手特有的冰冷杀气，也直扑凤轻尘的面门而来，凤轻尘全身一僵，不敢再动。

倒霉，被人识破了，凤轻尘佯装镇定。

“凤轻尘，别妄想逃，我左岸要杀的人，还没有一个能逃得掉。”能逃掉的都是他不想杀的人。

“可你并不想杀我，不是吗？”凤轻尘大胆猜测，这个叫左岸的杀手如果真想杀她，现在就不会和她废话，杀手出手都讲究干脆利落，就如同当初崔家派出来的杀手，什么话都不说，只出招。

“没错，我的确不想杀你，现在我就给你一个机会，用你手上的暗器和她的命，换你的命。”左岸再次指向蓝依琳，看样子他不打算空手而归，杀不了凤轻尘，就杀一个蓝依琳，同样可以领赏金。

别的东西，她可以换，唯有暗器不行，凤轻尘摇了摇头：“对不起，我手上的东西不能给你，她的命也不能给你，诚如你所说的，想杀我的人并不只有你一个，这是我保命的家伙，怎么可以随意给人？”

左岸点了点头：“既然你不同意交换，那么我就先杀了你，再取你手上的暗器。”

作为一个兵器狂人，就算没有二十万两黄金的诱惑，他也会杀了凤轻尘，那把暗器令他惊艳，他迫切地想要收藏它。

风起，人动……

# 第十二章　不该有的试探

左岸如同神话传说中的大鹏鸟一般，凌空跃起，朝凤轻尘扑去，手中的长剑还沾着血，在空中划过时，掠起一道暗红色的光影，凤轻尘知道，对方这是在扰乱她的视线。

很精明的杀手，可她凤轻尘也不是吃素的，凤轻尘连睫毛都不曾动一下，在左岸掠起的刹那，凤轻尘启动了暗器，“嘭……”

左岸的反应很快，在弹丸射出来的刹那便避开了，可他避开了第一次，却避不开第二次。

凤轻尘启动暗器后，直直地扑倒在地，而在她倒下的瞬间又启动了第二次，启动暗器的声音被摔倒的声响挡住，左岸没有听到暗器的声音，但等他发现时已来不及了……

“噗！”暗器射中左岸的小腿，而凤轻尘也不恋战，击中后，立马翻身，一滚便离开了左岸的攻击范围，几乎是本能的反应，一抵达安全的地方，凤轻尘就跳了起来，拔腿就朝自己的马跑去。

“好灵敏的身手，好简洁的动作，好强大的爆发力。”左岸缓过痛劲时，凤轻尘已跳上了马。

“驾……”

一骑绝尘，飞奔而去，留给左岸的只有飞扬的尘土。

左岸看着绝尘而去的凤轻尘，并没有追，苍白的脸上浮出一抹诡异的笑容：“凤轻尘，作为整个杀手界的肥肉，你能逃得了一次，逃不了两次，我很期待你和整个杀手界对上，看谁胜谁负。”

左岸低头，看了一眼还在流血的小腿，从小腿处取出一把匕首，蹲下去将匕首插入伤口，手腕一动，沾血的弹丸飞了出来，落在灰尘里，已看不出它原本的颜色。

伤口越来越大，血越流越急，左岸却像是不知道痛一样，从怀里取出一瓶药，直接往伤口上倒，直到血不再流，左岸才停下手上的动作，又拿出一块看不出原本颜色的帕子将伤口绑好。

做好这一切后，左岸站了起来，朝蓝依琳走去，从他走路的姿势，丝毫看不出他的腿受伤了，可见此人心性之坚韧远在凤轻尘之上。

左岸看都不看蓝依琳，举起刀就准备切下蓝依琳的脑袋，可就在此时，刚刚离去的马蹄声再次响起，左岸知道来人是谁，刀在半空中一顿，随即继续自己的动作。

这个距离，足够他取下这颗人头，并且离开。

可惜左岸低估了凤轻尘，就在他手中的刀落下的瞬间，啪的一声，暗器发射的弹丸打在左岸的脚下。杀手的本能让他往后避开，也让他错过了取蓝依琳脑袋的最佳时机，再次往前，弹丸密密麻麻地扫射过来，他根本无法靠近蓝依琳。

在凤轻尘发射暗器的同时，王家的暗卫也冲了过来，将左岸团团包围，局面瞬间逆转，而凤轻尘身后，王锦凌与九皇叔一左一右也赶了过来。

“杀手左岸，不杀妇孺、老人和孩子，没想到你居然接了刺杀凤轻尘的任务，还准备对一个女子下杀手。”王锦凌显然知道此人，话语中隐含嘲讽之意。

“二十万两黄金，是人都会心动，我左岸也是人。”左岸并不将王锦凌的讽刺放在心上，他是杀手，在双手染血的那一刻，就注定了此生要为银子奔走。

“二十万两黄金是不少，九州大陆能拿出这笔钱的人不多。”王锦凌居高临下地看着左岸，优势自显，他这话是在问左岸，想杀凤轻尘的人是谁。

“不错，正因为如此才让人疯狂，凤姑娘你可要小心，并不是每个杀手都像我这样，会放着二十万两黄金不要，而对你手上的那把暗器感兴趣。”左岸这话也是在告诉王锦凌，他不知道想杀凤轻尘的人是谁，同时他亦放过了凤轻尘一次，要不是因为这个原因，凤轻尘早死了。

“江湖传闻，杀手左岸是个兵器狂人，果然不假。”王锦凌并不怀疑左岸的话，刚刚那么长时间，只有凤轻尘一个人在，如果左岸下狠手，凤轻尘早就死了。

左岸拧眉，最终什么都没有说，因为这是事实，他无从辩驳，他杀人所赚的银子，都花在兵器的制作与研究上了，这本就不是什么大秘密，天下人都知道。

杀手左岸会出来接任务，就表示他的银子又花光了！

“左岸，看在你透露消息的份上，放弃这个任务，本王饶你一命。”九皇叔挥手，示意暗卫退开，让左岸走。

这是决定，而不是征求左岸的意见。

“就算我放弃，其他人也不会放弃，整个杀手界都在为凤轻尘的命而疯狂。”左岸收起剑，将自己的决定告诉给九皇叔。

他是聪明人，当然不会自寻死路。

“本王自会处置。”九皇叔狂妄地说道。

“也是，谁敢虎口抢食呢？”左岸说这话时，有意无意地看了王锦凌一眼，就在王锦凌不满地皱眉时，左岸潇洒地离去。

杀手左岸刺杀凤轻尘失败，并放弃刺杀任务的消息，第一时间传遍杀手界，让不少打算开始刺杀动作的杀手，打消了狙杀凤轻尘的念头。

连左岸都吃了亏，他们又怎么能行？当然这也激起了另一部分人的好胜心，完成这一次的任务不仅能得到二十万两黄金，还能打破杀手左岸从不失手的神话！

左岸的出现对九皇叔三人来说无疑是当头一棒，他们准备充分，可对手也不弱。

三人再不复之前的悠闲，路上的气氛也变得凝重起来，九皇叔和王锦凌没有继续赶路，而是找了一处农庄暂时落脚。

他们首先要调查清楚以二十万天价买凶杀凤轻尘一事。

这件事在杀手界掀起了这么大的风波，为何他们一点消息都没收到？

九州大陆有多少人拿得出这笔银子，又有谁与凤轻尘有这么大的仇恨？

如果是玄霄宫的动作，那宣少奇为何不知？

如果不是玄霄宫，又会是谁？

一连串的疑问，让王锦凌和九皇叔不得不谨慎行事，将自己的行踪隐藏得更彻底。

蓝依琳伤势不轻，安定下来后，凤轻尘第一时间替她处理了伤口，之后才想到自己的伤。

凤轻尘伤得并不严重，最严重的也不过是摔倒时的擦伤罢了，可即便如此，等凤轻尘清理好两人的伤后，也到了深夜。

凤轻尘端起脏水正准备倒出去，一开门就看到九皇叔站在门口，俊颜隐在阴暗中，让人看不出他的神情。

凤轻尘站在门内，诧异地问道：“九皇叔，你找我有事？”

九皇叔没有说话，接过凤轻尘手中的木盆，像是端着什么贵重的玉器一般，一脸郑重地走了出去，机械地将水倒掉，又拿了回来，在这个过程中九皇叔端木盆的姿势一直没有变，而他似乎不曾做过这样的事情。

凤轻尘脸上浮出一抹淡笑，接过木盆，随意一放，抬起头，笑盈盈地看着九皇叔，似乎在等九皇叔说话。

“咳咳……”九皇叔不自在地咳了一声，“出去走走。”

农家小院，一到晚上便极其安静，整个村子也都静悄悄的，能让人不由自主地放松心神，凤轻尘点了点头，转身关上门。

两人并肩离去，王锦凌站在梁柱后，握了握手中的药瓶，叹了一声，转身离去，手中的药瓶顺势滑落，在地上滚了几圈，也不知落到哪里去了，又会便宜了谁。

九皇叔和凤轻尘沿着村里的小河一直往前走，走了大半天，凤轻尘都觉得冷了，九皇叔才开口："今天的事，很抱歉。"

"没什么，你别放在心上，今天这件事只是一个意外，谁也没有想到，我都变成这副样子，还能被人认出来。"凤轻尘不以为然地摆摆手，今天这事错的又不是九皇叔，也不是王锦凌。

"再说了，遇到他也是好事，不然我们都不知道，有人这么大手笔地要我的命。"凤轻尘一边走一边踢着河边的石头，看样子她是真不将今天的事放在心上了，这让九皇叔暗暗地松了口气。

被整个杀手界惦记，还能谈笑自如，凤轻尘这样很好，哪怕身上有天大的秘密也没关系。

"我会尽快把蓝依琳送走，不会让她跟着我们。"

"送走？送去哪里？她应该也是被杀手组织惦记的人。"凤轻尘对蓝依琳没有好感，也没有恶感，要是他们丢下蓝依琳，蓝依琳很快就会死。

在这个残酷的世界，一个小女孩很难独自活下来，像蓝依琳那样的人，就算没有蓝这个姓氏，也活不了多久。

"下午拷问了绑走她的人，已经可以肯定她是从崔家跑出来的。"不知何时，九皇叔发现，他居然会和凤轻尘讨论了。

"崔家？崔家居然把蓝氏皇族的人藏起来了，他们想干什么？"凤轻尘再次顿住脚步，问道。

不会是她想的那样吧？如果是的话，那崔家的野心未免太大，也太可怕了。

"希望不是那样，等蓝依琳醒来，你再问问她，尽量从她嘴里套一些有用的话，我已通知了崔家人，没有意外的话，崔家会在两天后接她回去。"崔家很重视蓝依琳，至于原因，九皇叔隐约可以明白。

崔家当然不会为姓蓝的人付出一切，但如果那个姓蓝的孩子，有崔家一半的血脉，那就另当别论了。

凤轻尘点了点头，表示她愿意接下这个任务。

蓝依琳太天真了，不知道什么话该说，什么话不该说，由她去问也好，只是凤轻尘没有想到的是……

蓝依琳醒来后，变得聪明谨慎了许多，凤轻尘试着用聊天的方式诱导蓝依琳说出一些自己的事，她却很聪明，不肯多说，一旦发现异样，就立马转移话题。

她说自己失忆了，一醒来就住在一个大院子里，不得外出，她是偷跑出来的。再问蓝依琳为什么要跑出来，她就喊疼，怎么也不肯多说，半句不提崔家的事情，看样子她对崔家很抵触。

凤轻尘知道这个孩子经此一事成熟了不少，也明白了这个世界很现实，你脑子再灵活，也抵不过对手的一把刀。

问了半天问不出结果，凤轻尘索性直接告诉蓝依琳，让她好好养伤，崔家人很快就会来接她。

果然，这话命中蓝依琳的弱点，凤轻尘一提崔家，蓝依琳就不装疼了，睁大眼睛看着她："你们知道我从哪里来？"

凤轻尘点了点头："是，崔家人快到了，明天就会把你接走。"

这话一出，蓝依琳再也受不了，整个人都崩溃了，抱着凤轻尘大哭大叫起来："不要，不要，我不要回去，不要回去，你们不要让崔家人把我接走，那不是我的家，他们不是我的家人。我不要回崔家，不要嫁给那个短命鬼，更不要生孩子。陈轻，陈轻你帮我，不要把我送走，你相信我，我很厉害的，我可以帮你赚很多很多钱，只要你们别把我送回崔家，我保证会乖乖听话，我不要回崔家，不要嫁给那个人……"

凤轻尘知道她的话有效了，故意诱导她说道："别怕，别怕，只是回家，他们不会拿你怎么样的，那里是你的家，你的家人在那里，不是吗？"

凤轻尘耐心地哄着她，蓝依琳却怎么也听不进去，挥开凤轻尘的手，不顾伤口再次裂开，大声哭道："不是，不是，那里才不是我的家，我才不要回去，他们把我当宠物一样养着，天天不许我做这个，不许我做那个，做错了就不给饭吃，还要把我嫁给那个短命鬼，要我生一个儿子，然后杀掉我。

"呜呜呜……他们好可怕，我还有一个弟弟，可是呆呆傻傻的，十多岁了还不会说话，每天睁着一双大眼睛看人，别人喂他什么他就吃什么。我听他们说，我原本还有别的兄长和弟弟，可都死了，只有那个傻弟弟活了下来，还有我，可他们要逼我嫁人，我才不要呢。之前那个人就是被活活吓死的，然后我来了，我说了不嫁，他们还是不肯放过我，非要逼我嫁。陈轻，那里不是我的家，你们别把我送回去行不行？我不要回去，他们太可怕了，太可怕了……"

说到这里，蓝依琳更是大哭起来，抱着凤轻尘不放："爹，娘，你们在哪里，你们在哪里啊，你们快来救救我呀，我再也不贪玩了，这里好吓人……我刚刚差一点就死掉了，我好怕，我不要回崔家，不要嫁人，不要生孩子，不要……"

后面的话，凤轻尘没让蓝依琳说，她直接把蓝依琳打晕了。

凤轻尘放下蓝依琳，拉过被子给她盖好，轻轻地摸了摸她的额头，叹了口气："傻孩子，你不是说女子当自强嘛，一切会好的。"

虽然，她知道蓝依琳回去后，只会成为崔家的提线玩偶，只能按崔家的要求办，但她别无选择。崔家的野心，崔家对待蓝氏皇族的方式，太可怕了！

崔家把蓝氏皇族后代当猪一样养，男孩杀了，只留女孩和崔家的公子成婚，生出一个流着崔家血脉的蓝氏人。

这一次，崔家突然决定参与对付玄霄宫的计划，恐怕就是为了寻找蓝依琳，结果却没想到，蓝依琳落到了他们手上，让他们发现了端倪。

这样的崔家太可怕了，凤轻尘可以肯定，崔家将会是他们最大的敌人！

凤轻尘打开门，就看到站在门外的九皇叔，刚刚听到蓝依琳的事情，令凤轻尘的情绪有些低落，低声问道："你都听到了？"

"嗯。"九皇叔轻轻点头，表示听到了，就算没有听到他也能猜个八九不离十。

换作是他，他也会这么做，这世间愚忠的人很少。

"还是决定把她送回崔家吗？回到崔家她只是一个木偶。"凤轻尘觉得自己有些心软，那个叫蓝依琳的女孩，让她看到了当初的自己，一样的无助与惶恐，一样不愿意向命运低头。

"木偶？我们哪一个人不是木偶，你是，我也是，想要决定自己的命运，就要拥有足够的力量。她会落得如此下场，怪不得别人，要怪就怪她姓蓝，她不回崔家，依她的本事只有死路一条，不想她死就把她交给崔家，崔家不会杀她。"

崔家是蓝依琳最好的保护者，九皇叔相信凤轻尘也明白这一点。

是的，凤轻尘明白，所以她也只是那么一说，他们自己都处在被人追杀的状态，哪有本事保护蓝依琳。

"我知道了。"凤轻尘闭上眼睛，将心中难得的柔软掩去。

她没有资格同情蓝依琳，她没有能力保护那个天真的少女。

"看好她，在崔家到来之前，别让她醒过来，我不想出什么意外。"九皇叔近乎无情地命令道，而他知道凤轻尘做得到。

"好。"她原本也打算给蓝依琳喂一些有助睡眠的药，她能跑一次就能跑第二次，这一次幸运地遇到他们，下一次她极有可能就被人杀了或者卖了。

凤轻尘转身回房，给蓝依琳喂药，九皇叔则朝左走去，在拐角处停顿片刻，接着与站在那里的大公子一同往外走。

两人来到一处空旷的地方，并肩而站，眺望远方，夜风吹来，二人的衣摆和发丝齐齐飞舞，一个霸气尊贵，一个温润内敛，只是背影就能让人无限向往，想要走上前，看一看能拥有这样背影的男子会是怎样的人。

可偏偏没有人敢上前，因为这两人往那儿一站，便给人一种帝王和他最能干、最信任的臣子站在一起的感觉，一般人根本不敢靠近。

"你都听到了？"半晌过后，九皇叔才开口。

“听到了，曾经最尊贵的皇室，和曾经与皇室最亲密的崔家。”王锦凌双眼放空看着前方。

蓝氏的下场触动了他心底的那根弦，这世间最牢靠的只有权力！

曾经高高在上的蓝氏一族被屠杀得所剩无几，而侥幸活下来的人，也被人当成猪羊一样养着，所生的孩子只有傻的才能活下来。

多么可悲，又多么现实。成王败寇，如果有一天王家倒了，王家的后代恐怕会比蓝家后人更惨，蓝家后人还有利用价值，而王家后人没有。

“那么你的决定呢？”九皇叔看着王锦凌，不容他拒绝，也不容他再逃避。

这一场战役已经拉开了序幕，他们都是这场战役中的一员，谁也逃不掉，而他不能让王家倒向崔家。

看崔家对待蓝氏后人的态度，王锦凌就应该明白，崔家人的心中只有至高无上的利益。

王家与崔家合作，无异于与虎谋皮，王家最终的下场不是被崔家牺牲掉，就是被崔家吞并。

王锦凌苦笑一声，没有回答九皇叔的话，而是转头与九皇叔对视，请容许他再逃避一刻，这个决策太重要了，他一时之间无法决定。

“你早就知道了是吗？”知道那个姓蓝的女人和崔家有关系。

“猜的。”九皇叔也不隐瞒王锦凌。

“所以，你在茶寮是故意留她和凤轻尘在一起，让她们有独处的时间和说话的机会？”王锦凌继续问道。

九皇叔也没有隐瞒的意思，点头称是。

“你疯了，你就不怕轻尘出事，崔家的人刚刚丢了蓝依琳，难保其他人不会追上来。”王锦凌想要怒吼，却发现他没有资格，所以这话说出来时，有些底气不足。

“你不也一样，你也怀疑了，不是吗？”如果王锦凌不怀疑，又怎会配合他的举动？

“是，我也怀疑，所以我没有资格说你。”王锦凌苦笑一声，“你不后悔吗？”

当九皇叔看到凤轻尘身上沾着血，朝他奔来时，他就后悔了，他不该怀疑凤轻尘的天赋异禀，医术高超。

“为什么要后悔？凤轻尘不是没事嘛。”看王锦凌不解的样子，九皇叔难得好心地解释了一句，“我不可能真的让凤轻尘一个人冒险，这里不是皇城，这里不是我们的势力范围。”

也就是说，即使左岸不手下留情，凤轻尘也不会有事。

“你，果然老……奸诈。”王锦凌本想说老奸巨猾，但想到此人和自己的年纪差不多，最后只好改口了。

“彼此彼此，你也不遑多让。”九皇叔不轻不重地反讽回去。

两人都有后手，所以谁也别说谁。

王锦凌无奈地叹了口气，想在九皇叔手上占便宜，难！

算了，事情都发生了，再追究谁对谁错又有什么意思，王锦凌再次提起崔家的事情：“你就这么把蓝依琳送回去，让崔家实现他们的野心吗？”

王锦凌问出这个问题，就已经摆明了他的立场，他在崔家和九皇叔之间做出了选择，在九皇叔的势力还不够强大时，他毅然选择站在九皇叔这边，与九皇叔合作。

选择与九皇叔合作，不一定是最好的选择，但一定是最聪明的选择，崔王两家联手，绝对有一国之力，可那样的话，王家便将永远地屈居崔家之下。

九皇叔眼中闪过一丝浅浅的笑意，看王锦凌也顺眼了几分，王家有王锦凌这样的家主是王家的福气。

既然已经合作，有些事情就不需要再隐瞒，九皇叔毫不吝啬地将自己的打算说了出来：“蓝依琳并不重要，她回不回崔家都改变不了什么，不是蓝依琳也会是别人，崔家手上不缺棋子，何必为了一个蓝依琳，这么早与崔家为敌。崔家隐世近百年，他们现在露出的势力只是冰山一角，你我都不知道崔家到底有多大的实力，与其现在和崔家对上，不如等崔家将势力一一展现出来再动手，不明白对手有多强大就往上撞，这是愚蠢的行为。”

这就是九皇叔，当他认同你时，就会信任你。同时也会让你明白，为了他这份信任，你甘愿为他出生入死，一如苏文清，一如步惊云。

九皇叔有帝王的胸襟与气魄，也有帝王的手腕与能力。

就冲九皇叔的这份信任，王锦凌就觉得，选择这个不被人看好的东陵九，也许会是很明智的选择。

既然选择合作，王锦凌也不会隐瞒自己的想法：“你说得没错，为了一个蓝依琳和崔家对上没意思，不如交出蓝依琳，让崔家在玄霄宫的事情上多出一点力。”

“不会，崔家会在玄霄宫的事情上抽身。”九皇叔笃定地说道，王锦凌的眼中闪过一抹不解，随即又释然地点头：“也是，人都找到了，何必动用自己不为人知的力量呢？”

“是的，崔家最大的倚仗就是没有人知道他们到底有多强大的力量，有多深的底蕴，手上又拥有蓝家多少力量。正因为没有人知道，所以才会让人忌惮，崔家定会保持这份神秘。”九皇叔露出一抹淡淡的笑，和聪明人说话就是容易，不需要说得太明白，对方也能想到。

两人有了合作的前提，说事谈话也就更加的自然，王锦凌也不藏着掖着，直接问出自己的心中所想："那你打算用蓝依琳换什么？"

王锦凌可不认为，九皇叔会直接把蓝依琳送给崔家，崔家不出一点血，他怎么可能放过崔家？

"你不好奇是什么人开出天价，要凤轻尘的命吗？"九皇叔承认，他绝不会浪费蓝依琳的利用价值。

她可怜是一回事，她有没有利用价值又是另一回事，这世上没有无用之人，只看你如何去用。

王锦凌略一思索，将心中可能的人都盘算一遍后，说道："西陵、南陵、北陵拿不出这笔钱，东陵就更不用说了，除了你之外，恐怕没有人能拿出这笔钱，就算拿得出来，那些人也不会花银子买杀手，他们手底下的人不比专业杀手差。能出得起这笔钱，又指明只杀凤轻尘，我想应该是玄霄宫宫主夫人。"

这一点，想必九皇叔也猜到了，只是唯一让他不明白的是："钱是哪里来的！玄霄宫不可能有这么多的钱。"

"不，玄霄宫也许就有这么多钱，但宫主夫人绝不可能拿得出来，还能避开宣少奇，可见这笔钱不是玄霄宫出的，而是从别的地方来的。"九皇叔大胆地推测道。

王锦凌略一思索，继续说道："所以，这笔钱的来历，极有可能和玄霄宫宫主夫人，还有凤轻尘的母亲有关。崔家对此应该知道一些，不然他们即使要找蓝依琳，也不会参与玄霄宫之战，而现在放弃则是因为这笔钱已经出了，崔家不愿意做无用功。"

王锦凌绝对是通透之人，一点就通，再加上九皇叔毫不隐瞒，所以两人三言两语，便将崔家的想法，和买凶杀凤轻尘的人推断出来了。

"大概就是这样，不过这只是我们的一个猜测罢了。"九皇叔并没有把话说得太满，他的推测虽然符合逻辑，但未必就对，毕竟他对崔家和玄霄宫的了解都不够多。

"是不是这样，回头崔家人来了就知道了。"王锦凌已经认定了九皇叔的推测，因为……他和九皇叔的想法一样。

他们两个都这样认为，那么基本上就是事实了，要知道，他们都不是胡乱断言的人。

"是，看崔家人的态度，就可以知道我们猜得对不对，说不定我们还能知道凤轻尘母亲的来历。"在去玄霄宫之前，能弄清这一点，绝对是好事。

王锦凌点了点头，表示认同，准备得越充分，他们越能杀玄霄宫宫主夫人一个措手不及。

事情都谈定了，九皇叔没兴趣与王锦凌继续待在外面，转身往回走："回去吧，出来得太久了，轻尘会担心。"

九皇叔和王锦凌回来时，正好遇到双手环抱，倚门而立的凤轻尘，迎上凤轻尘那双似笑非笑的眸子，九皇叔面无表情，没有任何言语，站在凤轻尘的面前，与之对视。

没办法，凤轻尘堵住门口了，他们进不去。

王锦凌心虚了，见凤轻尘久久不让开，只好开口："轻尘，你这是准备出去散步呢，还是散步回来了呢？"

这话的意思是请凤轻尘让个道，凤轻尘现在挡着道，又这么看他们，实在让他们害怕。

凤轻尘好似没有听懂王锦凌的话，一动不动，反问道："大公子这是刚散步回来？"

王锦凌犹豫了一下，还是点头："是。"

"和九皇叔一道？"凤轻尘眸子里的笑意渐渐淡去，神情中透着丝丝淡漠。

王锦凌隐有几分不安，被凤轻尘的黑眸盯着更是心虚，只得硬着头皮答道："算是吧。"

"什么时候九皇叔和大公子的关系这么好了，连散步都一道了？"凤轻尘眼眸一扫，看向九皇叔。

别以为不说话就可以置身事外，她凤轻尘没那么好糊弄。

"你想问什么就直接问。"九皇叔俊眉微拧，凤轻尘这样很不正常。

"哼……"凤轻尘冷笑一声，"这话正是我要说的，大公子，九皇叔，你们想知道什么就直接问我，下次别再这样设计我。这一次我可以当做什么都没有发生，如果再有一下次，我们的交情到此为止！"

最后四个字，凤轻尘咬得极重，而这句话说完，她脸上也罩上了一层寒霜，眼中则是一片死寂。

这两人是很聪明，可她也不笨，静下心来，想一想茶寮发生的事情，想想九皇叔对蓝依琳的纵容，还有这两个男人一前一后地离去，还真是默契。

她都不知道，这两人的关系居然这么好，好到联手设计她，真让她心寒。

"凤轻尘，你知道你在说什么吗？"九皇叔的脸色瞬间就冷了下来，他知道凤轻尘不是胡说的，她是认真的，可正因为如此，他才害怕。

交情到此为止，他和凤轻尘可不仅仅是朋友的交情，难道要所有的交情都到此为止吗？

"轻尘……"王锦凌心口一闷，轻呼出声，"别说这样的话。"

凤轻尘不为所动，黑亮的眸子染上冰霜，淡漠得吓人："我知道自己在说什么，九皇叔，大公子，你们想知道什么就问，我一定会如实回答你们，绝不隐瞒。"

"轻尘，对不起。"王锦凌知道凤轻尘这是来真的了，连忙道歉，"我保证不会再有下次，绝不会有。”

凤轻尘点了点头，一次就判死刑不是她的原则，她提了自己的想法，如果对方再犯，那就决不原谅。

“九皇叔你呢？想知道什么直接问吧，我保证知无不言，言无不尽，你是想知道我为什么会有这么大的变化？还是想知道我为什么懂医术？又或者是我的暗器？只要你开口，我一定如实告诉你，绝不隐瞒。”但她也不会主动说出来。

想知道什么就直接问，她能说的、愿意说的，就一定会说出来，这两个人连问都不问，为了探查她，就直接设计她，真让她难受。

凤轻尘的眼中蓄着泪，却固执得不让泪水流下来，泪水在眼眶中打转，凤轻尘却笑着看向二人，等待两人的答案。

王锦凌心疼地看着凤轻尘，如果知道他们的试探，会让凤轻尘如此受伤，他一定不会做。

“轻尘，真的对不起，我们不是故意伤害你的。”王锦凌自责万分，亦后悔万分，想要取出怀中的帕子，手却在颤抖，好不容易拿了出来，帕子却掉在了地上。

真的很抱歉，轻尘，我只是担心你。

“我知道，所以我说，这一次我可以当做什么都没有发生，问吧……问出你们想知道的问题，我会如实回答你们。”凤轻尘闭上眼睛，不去看王锦凌，也不去看九皇叔。

“你是谁？”与王锦凌不同，九皇叔并没有道歉，而是问了出来。

“凤轻尘。”这一点永远不会变，虽然在她醒来后，她突然会了许多东西，但是她仍旧是凤轻尘。

“你永远都是凤轻尘？”九皇叔问出第二个问题，凤轻尘虽然不明白九皇叔的用意，但还是点了点头：“我永远都是凤轻尘。”

“好了，我问完了，你可以让开了。”九皇叔充分发挥他强盗的行为，见凤轻尘不让开，就直接往前走，把凤轻尘撞到一边。

他不想去看凤轻尘那双眸子，那会让他觉得，他在犯罪，他承认试探的行为伤了凤轻尘，可他不肯承认自己有错。

凤轻尘毫无防备，被九皇叔这么一撞，直接往另一侧摔去，幸亏王锦凌反应快，伸手将人拉住。

凤轻尘跌在王锦凌的怀里，站稳后，第一时间将人推开：“谢谢。”

这一句谢谢落到王锦凌的耳朵里却是三分疏离，王锦凌的眸中闪过一丝受伤，正想说什么，九皇叔却突然转身：“凤轻尘，我保证不会再有下一次，只要你是凤轻尘，就没什么比这个更重要的了。”

“呵呵……”凤轻尘听到这句话，并没有感动，而是笑了出来，然而听上去却比哭还难听。

凤轻尘吸了吸鼻子，抬头将眼眶中的泪水眨了回去：“东陵九，你口是心非，你明明在意，明明有关系。如果没有关系，你又何必费这么多心思算计我，如果没有关系，你又何必不问清楚？”

她知道九皇叔是在意她的变化，她也在意，可这是她的错吗？

她只想活下去，和普通人一样地活下去，嫁人生子，安分守己地过一辈子，可是这些人不放过她，他们都不放过她，逼得她不得不反击，逼得她不得不出手。

她是双手染血，她是杀人不眨眼，可她从来没有主动去杀一个无辜的人。

她只想活下去，这也有错吗？

头抬得再高，也止不住泪水的滑落，凤轻尘抬起袖子，擦掉脸上的泪。

“东陵九，王锦凌，你们两个不是想知道我到底是什么样的人吗？好，我现在就告诉你们，我……”

“不……”

“不要……”王锦凌离凤轻尘最近，在凤轻尘张口要说时，连忙上前堵住她的嘴巴，“不要说，轻尘，求你不要说。”

“轻尘，只要你是你，这样就够了。你是凤轻尘，是那个凭借一双手让我双眼复明的凤轻尘；是那个凭借一双手救了东陵数千灾民的轻尘。轻尘……这样的你，无可取代。”

王锦凌抱紧凤轻尘，他怕，怕一松手就再也找不到凤轻尘。

“轻尘，不要说，求你不要说。”他可以肯定，只要凤轻尘说出来，他就会永远失去她。

九皇叔站在原地，一动没动，看着一脸泪水的凤轻尘，他的心亦在痛。

轻尘，对不起！我并不想伤害你，我只是害怕会失去你。

静……死寂般的静，就连隐在暗中的暗卫们也受不了，一个个悄悄擦着汗，大冷的天，寒风刺骨，他们一动不动居然还能满身大汗，可见这一幕带给他们的压力有多大。

灰暗的天空，单调的色彩，三人站在简陋的农家小院外，就好像一副静态的画，这画面很美，可沉重的氛围让在场的所有人都受不了。

终于，画面动了，可却不是大家心中所想的那样和好如初，凤轻尘木然地擦干脸上的泪，推开王锦凌，头也不回地朝自己的房间走去，整个过程中，她没有看一眼九皇叔。

九皇叔就这么看着，看着凤轻尘越走越远，有那么一瞬间，他觉得凤轻尘会走出他的生命。

手伸了出去，可是他们之间的距离太远了，远到他即使伸手，也碰不到凤轻尘的发丝。

九皇叔想追上去，凤轻尘却不给他机会，嘭的一声，门关上，两个男人被关在屋外。

关上门的刹那，凤轻尘靠在门背上，一点一点向下滑落，双手抱着腿，将头埋在膝盖里，无声地落泪。

随着那关门声，九皇叔的心亦跟着一痛，伸出去的手收了回来，捂在自己的心口，俊美的脸庞苍白如纸，幽深的眸子闪过一抹泪花。

原来，即使不曾受伤，不曾流血，心也能痛到这个地步。

可惜，没有太多的时间给九皇叔和王锦凌收拾心情，一个时辰后，崔浩亭就带着崔家的护卫，如约出现在小院里了。

九皇叔和王锦凌很快就收拾好心情，至少崔浩亭没有看出他们两人有什么不对劲，一阵寒暄过后，崔浩亭直奔主题，说要带走蓝依琳。

谁也不是笨蛋，崔浩亭并没有隐瞒蓝依琳的身份，但也不会多说，能查到多少就看九皇叔和王锦凌的本事了。

“花二十万两黄金买杀手刺杀凤轻尘的人是谁？”九皇叔也不拖泥带水，直接问了出来。

他今天的心情，不适合与崔浩亭斗智斗勇。

“玄霄宫宫主夫人。”崔浩亭明显也是有备而来，甚至崔家已经猜测出，九皇叔和王锦凌会用蓝依琳交换什么。

这两个人，最在乎的就是凤轻尘，现在有一件事情威胁到了凤轻尘的安危，这两人怎么可能不重视？

果然是她。

王锦凌的脸上露出一抹了然，崔浩亭并不惊讶，要是这两人猜不到什么他才奇怪，不过双方都明白，这并不是交易的内容，只是一个友好的开始。

崔浩亭捧起桌上的茶轻啜一口，等九皇叔问下一个问题。

乡野粗茶，入口苦涩异常，崔浩亭眉头也不皱一下，茶水入口，略一顿，任茶味在唇齿间蔓延开来，就好像在品尝名茶一样。

九皇叔急，但绝不会在这一刻表现出来，等到崔浩亭放下茶杯，九皇叔才问道：“她的身份是什么？”

“你想知道玄霄宫宫主夫人的身份，还是凤轻尘母亲的身份？”崔浩亭温润的眸子带着戏谑的笑。

双方都急，可偏偏谁也不愿意将自己的急切表现出来，九皇叔微微后靠，无形中将自己的气势减弱，又透着一分闲适。

“有区别吗？”

“当然有，玄霄宫宫主夫人现在用的就是凤轻尘母亲的身份。所以，你想知道谁的身份？”也就是说，蓝依琳在崔家人眼中的价值并不高，想用她换两个人的身份，不可能，九皇叔必须做出选择。

“随便，崔公子愿意说谁的，便说谁的，崔公子可以慢慢想，本王不急。”九皇叔从容不迫地将皮球踢了回去，让崔浩亭来决定。

王锦凌从头到尾都只做一个听众，虽然表面上他没有任何破绽，可只有他自己明白，他此时没有心情陪崔浩亭过招。

他在想，经过这件事，凤轻尘还能和以前一样，心无芥蒂、完全地信任他们吗？

也许不能了吧，那他要如何才能弥补这一次的失误呢？

一个面上带笑心神却不知飘到哪里去了，一个闭上眼索性不管他，崔浩亭明白不能用正常的方式和这两个人交谈，否则他会气死。

崔浩亭没有和九皇叔讨价还价，直接说道：“玄霄宫宫主夫人叫陆以然，与凤轻尘的母亲是双生姊妹，她们来自海上，陆家是四十年前威震海域的海盗头头，在海域称霸一时，盛极时就是军船从海上路过，都要给陆家好处。可惜海盗中出了叛徒，勾结西陵，联合西陵大军，里应外合，洗劫了整个海盗窝，据说那一天，那一片海域都是红色的。

“陆家的财富全部被西陵抢入国库，西陵也就是凭借这笔财富，国力大增，玄霄宫宫主夫人手上的那笔银子，应该是陆家人当初留下的最后一笔银子。当年这件事，各国应该都知道一些，不过明面上都只是捉拿海盗，至于其他的就没有人关心了，西陵的善后工作做得极好，再加上事情发生在海上，其他三国都没把这事当回事。”

原来是海盗的后人，难怪他查不到，这个时候崔家的好处就体现出来了，崔家在暗处将手伸得再长也没有人知道。

九皇叔睁开眸子，转头看向崔浩亭：“那个叛徒是谁？”

这个问题不仅是九皇叔，就是王锦凌也想知道，可惜正因为两个人都想知道，崔浩亭才不会说，“九皇叔，大公子，这不是我们崔家的责任。”

虽说他们三个人从头到尾都没有提交易，可三个人的心里都明白，当崔浩亭说出玄霄宫宫主夫人的来历时，他就可以将蓝依琳带走。

“你可以把人带走了。”不想说，九皇叔也不会勉强，虽说四十年前发生在海上的事情不好查，可是崔浩亭都说得这么清楚了，他要是再查不到，那他手下那群人也没有存在的必要了。

“九皇叔果然干脆。”本以为九皇叔会付出一点小代价，来换取这个消息，却没想到他完全不提。

九皇叔淡漠地抬眉：“崔家还是一如既往的小气。”这话中的意思，绝不是指这一次的交易，具体指什么，就要崔家人自己去想了。

崔浩亭笑了笑，没有回答九皇叔的话，在带蓝依琳离开时，崔浩亭终于见到了凤轻尘：“我还以为你出事了。”

看到凤轻尘完好无损，崔浩亭有点小惊讶，他收到的情报上写的是，凤轻尘受伤了。

现在看来，情报不太准，看样子回去得对手下多加训练。

“多谢关心，我很好。她……要嫁的人是你吗？”凤轻尘知道了崔家的野心，也适当地与崔浩亭保持距离。

如果没有意外，他们日后也许会成为敌人。

“你是说蓝姑娘吗？”崔浩亭诧异地挑眉，凤轻尘什么时候会关心一个陌生人了？

“是。”她心疼蓝依琳的处境，蓝依琳只是一个普通的小女孩，她太小也太单纯了，根本无法在复杂的崔家生存。

崔浩亭摇了摇头：“不，她要嫁的人不是我，崔家未来的家主不会娶蓝氏后人。”

崔浩亭这话既告诉了凤轻尘崔家的做法，亦告诉了她自己未来的身份，这话他也只会对凤轻尘说，换作别人，他绝不会说这么多。

“哦……”凤轻尘应了一下，露出一抹苦笑。

想来也是，崔家怎么会让未来的家主娶蓝氏后人，万一那未来的家主动了心，岂不是赔了夫人又折兵。

“你认识她？”崔浩亭的眼中闪过一抹凝重，按理说就算凤轻尘知道蓝依琳的身份，也不应该认识她，更不可能会担心她。

这是蓝依琳第一次离开崔家，在此之前，她一直都生活在那个小院子里，没有见过外人。

“不认识，只觉得她很可怜罢了。”是的，很可怜。

“可怜吗？也许吧。”崔浩亭不置可否，和蓝家其他人相比，蓝依琳是幸运的，不管如何，她至少活下来了。

“既然你可怜她，我会告知下人，照顾好她。”崔浩亭无意和凤轻尘说太多，但凤轻尘开口了，他不介意给她一个面子。

“多谢。”

“举手之劳罢了，没别的事，我先走了。”崔浩亭拱了拱手，风度翩翩地离去。

凤轻尘一直站在原地目送崔浩亭与蓝依琳离去，心里默默地祝福蓝依琳，祝她好运。

直到看不到人时，凤轻尘才回头，一转身就看到如同幽灵一样，站在她身后的九皇叔，凤轻尘愣了一下，回过神，后退一步，微微欠身："九皇叔。"

这一个行礼，一句九皇叔，看似和以前没什么区别，可无形中已将两人的距离拉开了，退一步他们只能是朋友。

"陪我出去走走。"九皇叔指了指院外，怕凤轻尘不肯，又提了一句，"关于你母亲的事情。"

凤轻尘确实不想去，可九皇叔后面的话让她改变了主意，凤轻尘点了点头，示意九皇叔先走，然后落后九皇叔一步，不紧不慢地跟着。

九皇叔几次放缓速度，凤轻尘同样放缓速度，摆明了不愿意与九皇叔并肩而行。

凤轻尘这是用她的方式告诉九皇叔，她收回之前的张狂，收回之前的与众不同，她会乖乖地退到属于自己的位置，安分守己。

九皇叔无奈，只得开口："轻尘，事情已经过去了。"

"嗯。"凤轻尘应了一句。

"你说过这一次不计较。"也就是说，你要履行自己的承诺，不要再和他冷战。

"是。"

"轻尘……"

"嗯。"

"没有下一次了。"九皇叔停下脚步，转身看向凤轻尘，凤轻尘似乎早就知道一般，同一时刻停了下来，和九皇叔保持一步的距离："我知道了。"

"那么，我们是不是该和好了。"九皇叔略带请求道。

"呵呵……"凤轻尘嘲讽地笑了一声，停下脚步看着九皇叔，黑眸中一片冰冷，"九皇叔，如果我捅你一刀，再帮你医好，是不是表示我不曾捅过你一刀？"

"如果捅我一刀，能让你放下，那么你动手吧。"不知何时，九皇叔手上已出现一把匕首，并递到了凤轻尘的面前。

凤轻尘扫了一眼，匕首很锋利，只要轻轻一碰，就能出血，可这与她有什么关系？

凤轻尘没有接匕首，而是用嘲讽的语气说道："九皇叔，苦肉计对我没用，别对我用这招，现在把我母亲的事情告诉我，如果你不想说那就算了，我累了，我要回去了。"

凤轻尘说完就往回走，把九皇叔一个人晾在原地。

有些人不给他点教训，就真以为自己是神，就算是神又如何，她要不信神，那即便是神，在她眼中也一样什么都不是……

# 第十三章　风起云涌玄霄宫

王锦凌看到凤轻尘一个人回来，就知道二人没有和好，凤轻尘还在生他们的气。而凤轻尘连九皇叔都不肯原谅，看样子也不会那么容易原谅他了。

王锦凌怔忡片刻，还是走上前说道："轻尘……"

"锦凌？有事吗？"从语气和神态上完全看不出凤轻尘有什么异常，好像什么都不曾发生过一般，害得王锦凌一肚子想解释的话怎么也说不出口，只能闷闷地说一句："没事。"

"哦，那我先回房了。"凤轻尘后退一步，从王锦凌身边绕了过去。

就是这样，凤轻尘既不生气也不亲近，在彼此间筑起一道无形的城墙，既不出来也不让他们进去，将她自己保护在城墙之内。

王锦凌叹了口气，没有追上去，转身时正好碰上刚进院子的九皇叔，王锦凌上前，同情地拍了拍九皇叔的肩膀："任重而道远。"

九皇叔身子一僵，随即又放松下来，冰冷的脸上露出一抹不安。

他宁愿凤轻尘对她大喊大叫，或者直接给他一刀，也不愿意她这样和他冷战，这让他无从下手。

九皇叔真想朝凤轻尘吼一句："凤轻尘，你想怎样你说出来，我照做！"

可他知道不行，他即使问了也得不到答案，凤轻尘一定会说："我不需要你做什么，我们这样就很好。"

九皇叔脚步沉重地往回走，当天晚上，三人各自在自己的房间吃饭，很默契地不去打扰彼此。

凤轻尘吃完饭，出去溜了一圈，回来时发现桌上有一张纸，凤轻尘打开一看，熟悉的字迹让她的脸色稍稍好转。

秋风清，秋月明，

落叶聚还散，寒鸦栖复惊。

相思相见知何日？此时此夜难为情！

入我相思门，知我相思苦，

长相思兮长相忆，短相思兮无穷极，

早知如此绊人心，何如当初莫相识。

“早知如此绊人心，何如当初莫相识？”凤轻尘的食指，从这一句上划过，眼角微微上挑，露出一抹自己也不易察觉的笑容，可隐在暗处的九皇叔却看到了。

九皇叔松了口气，凤轻尘笑了就应该会原谅他了吧？

可下一秒九皇叔就知道，事情没有那么简单，凤轻尘没有如往常一样给他回信，而是将信烧了，当火苗将信纸吞噬的那一刻，九皇叔发现自己的手心居然出汗了。

凤轻尘，你狠！

而更狠的是，凤轻尘将信纸烧了后，连灰都吹出了窗外，九皇叔气恼地站在窗外，看了一夜……

九皇叔和王锦凌并没有急着赶路，而是在农家小院住了下来，凤轻尘虽然不知道这是为什么却也没有多问。

九皇叔和王锦陵默契地不提她母亲的事情，不就是等着她主动去问嘛，她偏偏不问，看谁拗得过谁。

九皇叔等了好几天也没有等到凤轻尘主动来问他，在旁敲侧击下，得知凤轻尘也没有去问王锦凌，九皇叔稍微平衡了一点。

看样子凤轻尘这一次是真的生气了，他一连三天写给她的东西，都被她烧了，但好在她是看了之后再烧的。

九皇叔无奈，只得再接再厉，他相信凤轻尘没有翻脸就走，就表示事情还没有严重到不可挽回的地步，毕竟他们的试探也是人之常情，这世间像凤轻尘那种几乎没有好奇心的人太少了。

当然，九皇叔和王锦凌并不是因为这个原因才留下的，他们留在这个小村庄里，是因为他们已经出招，他们现在要等，等玄霄宫的矛盾爆发出来，他们相信……快了！

玄霄宫宫主最近的日子很难过，先是爱女受伤差点毁了容，好不容易爱女的容貌恢复了，甚至比以前更好看了，他的心情也随之大好，但正准备给那个九皇叔和王锦凌一点教训的时候，对方却声势浩大地说要找上门，大有把他玄霄宫给灭了的架势。

面对来势汹汹的九皇叔与王锦凌，宫主虽然生气但并没有把对方的挑衅放在眼中，江湖可不是拼权势的地方，江湖上拼的是实力，依他在江湖中的地位，无人能敌，等王锦凌和九皇叔攻上玄霄宫，他只要振臂一呼，就会有无数小门小派站出来帮忙，可就在此时……

他那个毫无存在感的儿子突然出现，说玄霄宫危在旦夕，让他早做应对。

他先前还不信，可当他试着去联络一些平时有往来的门派，请他们前来助阵时才发现，对方含糊其词，就是不肯正面给个答复。

这个时候他才明白事情的严重性，连忙把玄霄宫的弟子们召回来，将玄霄宫的力量集中起来，准备应对九皇叔和王锦凌的攻击，可就在此时江湖上突然传出一个流言，说他的夫人，花费近二十万两黄金，要买一个女子的命。

那个女子叫凤轻尘，宣菲没少提，他能理解自家夫人为爱女出气的行为，可二十万两黄金是哪里来的？整个玄霄宫也拿不出这么多钱！

玄霄宫宫主来回踱步，等他的夫人过来解释……

宫主夫人一走进来，就看到自己的夫君，一脸凝重，走来走去，当下收起脸上的笑容，加快脚步："夫君，出什么事了？"

"以沫……"

"夫君怎么了？出了什么事？"玄霄宫宫主沉浸在自己的思虑中，完全没有看到宫主夫人嘴角的笑僵硬了。

"以沫，江湖传闻，你买凶杀人，这是怎么回事？"好在玄霄宫宫主还没有忘记正事。

"买凶杀人？我？我买凶杀什么人？"宫主夫人一脸错愕，脸上的表情恰到好处，好像听到了什么奇怪的事情一般，可内心却无比的震惊与不安。

"不是你吗？那为何杀手界流传出，你花了近二十万两黄金，买凶杀一个叫凤轻尘的女人呢？"玄霄宫宫主眉头紧皱，这事确实诡异，先不说以沫有没有这多么钱，就算真是以沫做的，这消息也不该暴露出来才是。

杀手自有杀手的规矩，他们绝不会暴露雇主的身份。

宫主夫人心跳加速，眼中闪过一抹惶恐，随即镇定地解释道："这怎么可能，我好端端的买什么杀手？玄霄宫高手如云，我又哪里需要买什么杀手，再说了那个叫凤轻尘的女子她害小菲受了伤，夫君你自然会找她报仇，哪里需要我动手？更何况我也拿不出来二十万两黄金呀。"

话说完，还不忘抬头看向宫主，眼中隐有一丝委屈，却强自掩饰，不想让人看到，给人一种倔犟的感觉。

之所以会做出这个表情，是因为她知道，面前这个男人就吃这一套。

陆以沫，一个受了委屈也不会说出来的女人，一个宁可将自己的唇咬破，也不肯让眼泪掉出来的女人。

她现在就是陆以沫，明明受了委屈，也不想让对方知道。

"以沫，对不起，我不是怀疑你，只是听到这个消息，我很震惊，才想找你来问问，我知道不是你……”玄霄宫宫主连忙将夫人搂在怀里，好生安慰。

“夫君，我没事，我知道你不会怀疑我，我们夫妻这么多年，我还不了解你嘛。只是这件事一定要查清楚，可不能让人随意造谣，污蔑我们玄霄宫，不知道的人还以为我们玄霄宫欺负一个小姑娘呢。”

宫主夫人反过来安慰宫主，这亦是陆以沫那个笨女人会做的事情，明明自己受了委屈，还会替人着想，宽慰对方。

二十年了，陆以沫的这些习惯，宫主夫人记得比陆以沫自己还清楚，用得比陆以沫自己还要纯熟，她有时候都不清楚自己到底哪一刻是在演戏，哪一刻是真实的。

“以沫，你放心，我一定会给你出这口气，绝不会让那几个人好过，我已经和东陵的皇上达成协议，此战我替他解决九皇叔，他负责把其他人拦下。”只要有利可图，这世间从不缺少盟友。

“夫君，我就知道，有你在，我和小菲、小杰都不会有事，我们一家人在一起，什么难关都能克服。”宫主夫人温柔地抱着玄霄宫宫主，两人依偎在一起，说不出来的温馨。

宣少奇在门外听到宫主夫人那句话，差点吐出来，走进来恰好看到这一幕，更是忍不住开口讽刺：“一家人？宫主夫人你还真够不要脸的。”

这一声，把相拥的两人吓了一跳，宫主和宫主夫人惊慌失措，连忙分开，宫主恼羞成怒，一抬头就看到自己不待见的儿子出现，阴沉着脸说道：“少奇，你越来越没有礼貌了，进来怎么一点声音都没有？”

“父亲，我有出声提醒你，是你们抱得太投入了，没有发现我的存在。”宣少奇平静地解释，他父亲可以不在乎他，但他必须尊重他父亲，不然天下人都会唾弃他。

玄霄宫宫主老脸一红，再次呵斥道：“少奇，你怎么说话的？！”

“我一直都是这么说话的，父亲你不知道吗？”其实他比轻尘还可怜，他有父亲比没有父亲还要惨。

“少奇，你的教养呢？”宣少奇那不在乎的样子，令宫主怒了，这是为人子对待父亲的态度吗？

“教养？这就要问父亲了，您教过我什么？又养了我多久呢？”宣少奇平静的语气，却把宫主气得半天缓不过气，指着宣少奇的鼻子却说不出话来。

“夫君别生气，少奇还小，好好教就行。”宫主夫人适时地说好话，却无疑是在火上浇油，宫主更愤怒了：“小？小杰比他还小两岁，小杰比他懂事。”

“小杰懂事都是因为你教得好，你抽空也多教教少奇，少奇会懂事的。”宫主夫人再次贴心地建议。

“小杰乖全是你的功劳，小杰和小菲都是好孩子。”宫主一提到爱子，语气也缓和了不少，只是看宣少奇的眼神，变得更加厌恶了。

宣少奇面无表情地站在那里，任这对夫妇上演温馨的戏码。

从小到大就是这样，他们一家四口才是一家人，他永远都是局外人，永远都是被人漠视的那一个。

他不在意，真的不在意，宣少奇实在不愿意在这里多待，冷漠地转身……

他倒要看看陆以然还能嚣张多久。

“你去哪里？”宫主显然还没有教训够，看宣少奇招呼也不打，转身就走，脾气又上来了。

这一对父子，上辈子肯定是仇人。

“我带了几个朋友进来，他们想拜见父亲，还有宫主夫人。”宣少奇丢下这句话就走了。

同样的一张脸，长在沫姨身上，他怎么看都舒服，可长在这个女人身上，却让他想吐。

“你看他，你看看他……哪里有半点少主的气度。”宫主心里其实很高兴，少奇愿意带朋友给他和以沫看，是不是说明这个孩子，能放下心中的心结呢？

“夫君别生气，少奇这不是懂事了嘛，他有朋友来访，都先带来给你过目，这是好事。”宫主夫人笑得贤良，心里却盘算着，等会儿趁着宣少奇的朋友在，她一定要拿出慈母的样子，让宣少奇的朋友看看他对自己的继母多么无礼，而一个对父母不孝的人，不值得结交。

有宫主夫人的安慰，宫主的气也顺了许多，当宣少奇带着两个气度不凡的男子，还有一个蒙着面纱的女子走进来时，宫主和宫主夫人都拿出了威严又不失和气的态度。

果然长得很像。

凤轻尘、九皇叔和王锦凌一走进来，视线就落在宫主夫人身上，那张脸和凤轻尘真的很像。只是他们真不希望凤轻尘老了以后会变成这个模样，太虚伪了，好像在脸上挂了一张皮一样。

只一眼，三人就不再多看，转而看向玄霄宫宫主，看到对方拿出威严的长辈架势后，三人对看一眼，心里暗自发笑。

玄霄宫宫主这是不认识他们吗？

这事好玩了！

宣少奇冷哼一声，他的父亲还真不是一般的自大，到现在都不知道九皇叔和王锦凌的长相，难怪玄霄宫要没落。

宣少奇站在那里一动不动，宫主等了半天也没有等到宣少奇的介绍，不得不开口："少奇，不给父亲介绍一下你的朋友吗？"

"父亲，你确定你想知道他们是谁吗？"宣少奇笑得邪恶，宫主和宫主夫人却颇为不解："少奇，不是你说要带朋友给我们看的吗？"

"是，只是我以为父亲应该认识他们才是，毕竟他们的名声不小。"宣少奇恶劣地想着，当他父亲知道面前这两人的身份时，会有多震惊？

"确实是少年才俊，老夫久不出宫，不知两位是？"宫主一脸疑惑，一时也拿不准少奇是什么意思，便直接问道。

王锦凌是君子，所以他是个尊老爱幼的好孩子，见宫主这个老人家问起来，王锦凌主动上前："宫主，我是王锦凌，他是东陵九皇叔，我想宫主对这两个名字应该不陌生才是……"

当王锦凌说到"东陵"二字时，宫主和宫主夫人瞬间就石化了，可王锦凌还是坏心地加上一句："宫主，想必你对东陵九皇叔和王锦凌这两个名字不会陌生吧。"

"你们……"宫主自认见过大场面，可得知这两个和自己儿子差不多年纪的男子，极有可能就是他的对手时，当场就愣住了。

东陵九？王锦凌？

少奇的朋友？

这两个人居然敢大大咧咧地来他的玄霄宫，太过分了，这些人有没有把他放在眼里？

"少奇，你居然勾结外人，把这两个家伙带到玄霄宫来，你这是要造反吗？"玄霄宫宫主回过神后，第一句话就是指责宣少奇，那愤怒的语气、责怪的眼神，就是一旁的凤轻尘都为宣少奇心疼。

这样的父亲，有比没有更痛苦。

宣少奇习以为常，略带嘲讽地问了一句："难道在父亲眼中，我就是这样的人吗？"看到宫主夫人一副责怪又不知如何开口的样子，宣少奇又补了一句，"还是宫主夫人认为，我会勾结外人？"

宫主夫人一脸为难，却强撑笑意，说道："少奇，我知道你是好孩子，你怎么会做出勾结外人的事情，你把他们带来是有原因的吧？有什么事我们坐下来再说，夫君你也别和少奇生气，少奇这孩子你又不是不知道，姐姐去世后他虽孤僻了很多，但还是一个好孩子。"

"你呀，什么事都向着他，也不看看他现在变成了什么样，敌我不分，把对手都大大咧咧地带回来，把我们玄霄宫当成什么地方了？少奇，你心里要是还有玄霄宫，还有我这个父亲，就把你这三个朋友给我拿下，过去的事我既往不咎，你还是玄霄宫的少主。"初知来人是九皇叔和王锦凌，玄霄宫宫主还是很震惊的，不过他很快就冷静下来了。

少奇把人带上来，就表示他们的手下没有跟上来，这两个年轻人居然敢孤身闯玄霄宫，好胆识。

“夫君你放心，少奇是个懂事的孩子，他知道该怎么做，少奇你说是不是？”宫主夫人朝宣少奇使了个眼色，示意他赶紧动手，好让他父亲消气。

凤轻尘同情地看向宣少奇，他和父亲的关系不好，这个女人也功不可没吧？毕竟这女人真是个心机高手。

宣少奇却不在意地一笑，他每次见他父亲都是这样的情景，次数多了就习惯了，也就麻木了。

“少奇，你还愣着做什么，动手。”宣少奇的不作为让宫主很生气，再次怒喝道。

王锦凌自认修养和气度都不错，可看到玄霄宫宫主如此对待自己的儿子，还是忍不住开口：“宫主，你不会认为我和九皇叔是送上门来给你抓的吧？”

难怪宣少奇听到他们要对付玄霄宫后没有半点反应，这样的家根本没有待的必要。

“是不是很重要吗？你们此时在我玄霄宫的地盘，如何处置你们由我说了算，我现在杀了你们，你觉得你们手下的人会为你们拼命吗？”宫主推开宫主夫人，站直身子，倒有几分气度。

“是不会，不过你确定你能杀得了我们？”王锦凌很认真地点头，他和九皇叔要是死在这里，很多人都会拍手叫好，哪里还会让人给他们报仇？

“你以为你们有三头六臂吗？我玄霄宫高手如云，别说杀你们两个，再多一个亦无妨。”这个再多一个，当然是指站在角落，面戴黑纱的凤轻尘。

凤轻尘没想到她这么低调，还是被人惦记上了，默默地后退一步，站到九皇叔身后。现在还不是她出场的时候，她可是此行的秘密武器，太早出来不够震撼。

宣少奇亦站到了凤轻尘身侧，双方泾渭分明，视线相交，火药味十足，战火一触即发。

玄霄宫宫主已经起了杀意，抬手就准备召出玄霄宫暗处的人，宫主夫人却拉了拉他的衣袖：“夫君，小菲喜欢大公子。”

宫主皱了皱眉，将到口的命令收了回去，让凤轻尘有些小失望，忍不住暗暗瞪了王锦凌一眼：都是你那张脸惹的祸。

王锦凌摸了摸自己的脸，一脸无奈，正想解释一二，宫主却不给他机会，以施恩的口吻道：“王公子，你也听到我夫人的话了，我家小菲喜欢你是你的福气，只要你答应娶我家小菲，好好对她，之前的事情我可以当做没有发生，你依旧是我玄霄宫的乘龙快婿。”

“娶你女儿？然后和你一样，被一个女人牵着鼻子走？宫主，你愿意当傻子，我王锦凌不愿意。”王锦凌也不想说出这种有违风度的话，实在是面前这对夫妻太自以是了。

朝廷不愿意对江湖门派出手，那是因为朝廷觉得不值得，玄霄宫宫主真以为自己很了不起吗？

简直是井底之蛙，愚不可及。

“你这是拒绝？王锦凌，我女儿哪里不好了？还配不上你吗？什么名满天下的大公子，不过是那些酸儒吹捧出来的罢了，我女儿可不比你差，且，只要你娶了我的女儿，就可以得到玄霄宫一半的财力。”宫主气得青筋都凸了出来，那眼神像是要吃了王锦凌一样。

“别说玄霄宫一半的财力，就是你拿整个玄霄宫给我，我也不娶，我王锦凌要么不娶，要娶就绝不娶一个赝品。”最后两个字，特意加重了语调，让宫主颇为不解：“你什么意思？我女儿怎么可能是赝品？”

“宫主不明白可以问你的夫人陆以然，她很清楚什么叫赝品。”王锦凌说得真诚，完全不像是在煽风点火，使得玄霄宫宫主为之一怔，忍不住看向身旁的夫人。

“以沫？他这话什么意思？陆以然是谁？”宫主的面色越发阴沉，终于抵不住心中的诱惑，侧身看向陪在自己身边二十年的女人，问出了心中的疑问。

“陆以然？夫君我怎么知道这个人是谁。”宫主夫人全身冰冷，可笑容却没有一丝破绽，“夫君，你别忘了大公子和九皇叔是我们的敌人，他的话能信吗？说不定他就是故意说一些似是而非的话，来扰乱我们的视线。”

面前这四个人，已经知道了她的秘密，不能留。

宫主夫人的话锋一转，收起脸上的笑容，眼神亦变得凌厉：“夫君，让人把这三个人拿下，拿下他们后我们玄霄宫的危机也就解除了，大公子如此欺辱小菲，我也不愿意把小菲嫁给她，夫君，动手吧！”

“以沫，我信你。”宫主眼神微暗，却坚定地点头，宫主夫人莞尔一笑：“夫君，我们在一起二十年了。”

“是，我们在一起二十年了。”这话，将宫主心中最后的一丝疑虑也打消了，宫主转身，杀气腾腾地拍起巴掌。

巴掌声响起，无数人影从屋外涌进来，将所有的出路都堵住了。

“宫主。”足足十八人，将九皇叔等四人团团围住。

“玄霄宫十八君子，宫主真是看得起我们。”九皇叔扫了一眼这阵势，就明白这是玄霄宫最厉害的一个剑阵。

步惊云这段日子可不是白混的。

“怕了？晚了！无知小儿，居然敢挑战我玄霄宫，不知天高地厚地孤身前来，简直是送死。”玄霄宫宫主倨傲道，说完便对十八君子下令，“这三人擅闯玄霄宫，意图盗窃我玄霄宫秘宝，杀无赦！少主要是违抗，按同犯论处。”

“是。”涌进来的人，提剑就往上冲，而就在此时，凤轻尘和宣少奇走了出来。

“慢着！”宣少奇的身份摆在那里，他这一呵，十八君子果断地停了下来：“少主？”

“各位叔伯请稍候，我只想让父亲见一个人，如果见完后他还是要杀我，我无话可说。”宣少奇往那一站，便是大将之风，瞬间镇住了场子。

“谁让你们停下来的，给我动手，杀了他们。”宫主见宣少奇喧宾夺主，完全不把他这个父亲看在眼里，顿时怒了。

十八君子脸色一动，宣少奇就开口了：“请各位叔伯看在我娘的份上，给我一炷香的时间。他们三人中，有两个人不会武功，一炷香的时间，绝不会给叔伯们添麻烦。”

宣少奇态度诚恳，语气真挚，又拿出死去的宫主夫人说话，十八君子一时间也不知如何是好，只好看向宫主，让他发句话。

宫主气得全身都在颤抖，宫主夫人却死死地盯着凤轻尘，她知道这个戴着面纱的女子就是他们的底牌，而这个女子十有八九就是凤轻尘。

凤轻尘，没想到整个杀手界都在追杀你时，你还敢出来，果真嚣张，那么多杀手也堵不住你的路，果然和你那个早死的娘一样。

宫主夫人手握成拳，指甲嵌入手心，都不觉得痛，双眼死死地瞪着凤轻尘，就像是看杀父仇人一般。

事实上，凤轻尘就是那个即将毁掉她幸福的人，可偏偏她却阻止不了。

宫主夫人没有意识到，她的另一只手正死死地握着宫主的手，宫主以为他的夫人被宣少奇气到了，沉着脸骂道：“你这逆子，你是要造反不成？”

“父亲，我对玄霄宫没兴趣，我只是不想有一个识人不清的父亲。父亲你还记得你娶这个女人时，我说的话吗？”宣少奇指着宫主夫人，他现在连夫人都不叫了，直接说这个女人，可见他今天的决心。

宫主眉头微皱，却没有说话，只是点了点头，他当然记得，为此他差点把宣少奇活活地打死。

“看父亲的样子应该是还记得，我说这个女人不是沫姨，我不要她做我的母亲，可是父亲不信，您从来都不相信我，即便我是您的儿子。”

宣少奇是怪他父亲的，要不是他识人不清，他会有一个完整的家，凤轻尘也有可能是他的妹妹，他如珠如宝的妹妹，可这个男人毁了他的幸福。

“今天，我就是来证明的。”宣少奇不顾宫主夫人那越来越白的脸，和越来越狠厉的眼神，将凤轻尘的面纱取下……

“小菲！”

宫主夫人不愧为宫主夫人，凤轻尘的脸一露出来，她瞬间便收起了眼中的恨意，吃惊地叫道：“小菲你怎么和少奇在一起？是不是那个男人骗你？哄你和他们在一起，欺骗爹和娘。”

那个男人不用想也知道是指王锦凌，王锦凌脸上的笑容一僵，这个女人真是不死心，都到这个地步了，还不肯认错，真当自己是陆以沫了。

“小菲？”宫主亦怀疑地叫了一句，眼中却是不敢相信，虽然面前这个少女和小菲长得一样，可又有些不同。

“小菲，你是小菲？”宫主心中的某一处坍塌了，心中的某一个信念坍塌了，眼中闪过一抹惶恐与不安。

他知道，他的幸福，没了！

凤轻尘唇角一扬，一脸戏谑地朝宣少奇道：“果然不是一家人，不进一家门，你父亲认错自己喜欢的人，这位宫主夫人更奇怪，居然连自己的女儿都认错，他们是没带眼睛出门，还是没带脑子？”

“你，你不是小菲，你是谁？快，动手杀了她，还不快动手杀了她，你把我的小菲藏哪里去了？”陆以然充分表现出一个母亲的惊惶，只是十八君子不是什么人都可以叫得动的，他们看到凤轻尘的刹那，似乎明白了什么。

“你们还愣着干什么，夫君，让他们动手，杀了这几个人，他们会伤害小菲。”宫主夫人命令不了十八君子，转而就对自己的丈夫说道，可惜宫主这个时候已经彻底石化了。

他知道小菲遇到了一个长得和她很像的人，可是他没想到这个人却这么像以沫，不仅仅是长相，就是气质与姿态都一样。

以沫……以然。

他自欺欺人，可是为什么要拆穿他？为什么要拆穿他的幸福？

宫主的双眼变得混浊而悲伤，可惜没有人同情他，凤轻尘扫了一眼，便收回眼神，说道：“宫主夫人，不，我应该叫你一声小姨，麻烦你别再演戏了，你这个样子真虚伪，别摆出一副不认识我的样子，不认识我，你会花二十万两黄金买凶杀我？

“小姨，算了，还是叫你宫主夫人好了，这一句小姨我实在叫不出口，你顶着我娘的身份就算了，居然还用我娘的名义买凶杀我，你还能再无耻一点吗？”

凤轻尘的话越说越刻薄，似乎要把在九皇叔和王锦凌身上受的闷气都发泄出来。

"闭嘴，闭嘴，我没有，我没有买凶杀你，我也不是你什么小姨，别胡乱喊人。"凤轻尘的话，将陆以然的本性激发出来了，她顾不得装沉稳、装气度，愤怒地朝凤轻尘大吼大叫，可是没人理会她。

没有玄霄宫宫主撑腰，陆以然什么都不是。

"你娘？你娘是谁？"宫主终于找回了自己的声音，颤抖地问道。

"我娘叫陆以沫，我爹叫凤战，宫主、宫主夫人，我凤轻尘以凤战女儿的名义正式告知你们，陆以沫是我爹凤战的妻子，麻烦你们两个以后别再叫出以沫这个名字。同名我可以接受，可长相还相同，我真的无法接受，你们这样让我觉得很恶心。"她娘是她爹一个人的，谁也不能抢。

"你娘叫陆以沫，你娘叫陆以沫……"宫主伸手指着凤轻尘，颤抖地问道，像是突然想到什么一般，转身问身边的宫主夫人，"那你呢？你是谁？你是谁？"

"大公子不是说了吗？她叫陆以然，我娘的妹妹，我名义上的小姨。"宫主夫人不答，凤轻尘便帮她回答。

宫主夫人在见到凤轻尘的那刻就慌了神，可一句陆以沫、凤战却让她清醒过来了。

她可以肯定陆以沫已经死了，不然来找她的人不会是陆以沫的女儿。

宫主夫人收拾好情绪，上前抱住宫主："夫君，你冷静一点，别上了他们的当，别忘了她可是东陵九皇叔和王家大公子带来的，这个女人很有可能是易容了，她是故意的，故意来挑拨我们的关系。

"夫君，你想想，如果我不是以沫，那我是谁？这天底下有长得这么像的两个人吗？以然？以然是谁？夫君，我没有姐妹，二十年了，你还不信我吗？我们还有两个孩子，夫君你想想小菲，想想小杰……"

"以沫，我信，我信你，可你告诉我，她是谁？"宫主告诉自己，信，他要再信眼前这个女人一次，不然他的坚持，他的爱情，他的家庭，全都没有意义了。

二十年了，他以为自己得到了幸福，原来全是镜中月、水中花。

"她是凤轻尘，夫君你忘了伤我们家小菲的人吗？东陵九皇叔就是因为这个女人，毁了我们家小菲的脸。"

宣少奇并不着急，任宫主夫人说一大堆的话，直至看到他那没用的老爹又被这个女人给哄过去了，宣少奇才开口："父亲，你还记得我曾给过沫姨一块玉，说是要定沫姨的女儿给我做妻子吗？后来你问过这个女人，她说玉丢了，还说她的女儿是我妹妹，不可以做我的妻子，那个约定不能当真，对不对？"

"对。"宫主点头回应，宫主夫人一听就知道怎么回事，不等宣少奇开口，便抢先解释道："少奇，我知道那块玉丢了是我不好，可你也不能因此就不相信我呀，随便一个人把玉捡走了，回头找上门来说她就是我，你都信吗？”

宣少奇冷笑一声，指着宫主夫人说道：“陆以然，我承认我说不过你，你连自己的身份都肯抛弃，一辈子都把自己当成沫姨，你狠，可我仍要告诉你，无论你怎么装都没有用，你永远都不可能是沫姨，沫姨也不会将玉佩弄丢。”

宣少奇取出那块夫妻玉，当着众人的面，将玉拆开，变成两块独立的玉，大的那一块明显光滑透亮，看得出来时常被主人握在手中，小的那块颜色则暗淡许多。

“这块玉是沫姨的，一直陪着沫姨，前不久才随沫姨的尸骨一同挖出来。”宣少奇将玉递给十八君子，让他们查看。

以沫的尸骨？宫主再次呆了，任宫主夫人怎么说，都没了反应。

“是我们玄霄宫的夫妻玉。”

“少主，确实是夫妻玉，不会有假。”

夫妻玉，即是宣少奇当日定下凤轻尘的信物，也是玄霄宫的信物，凭这块玉佩可以调动玄霄宫的一切力量。

这块玉的作用类似虎符，也正因为找到了完整的夫妻玉，宣少奇才大着胆子把九皇叔一行人带了上来。

有这块玉在手，他才是玄霄宫真正的主人！

宣少奇将玉递到宫主面前：“父亲看清楚了，这块玉就是当年我给沫姨的玉，沫姨一直随身带着，哪怕是死都没有丢掉，这才是沫姨，别说一块玉，就算我给她一块铁片，她也不会弄丢了。”

从两人的行事以及一些小细节，就能看出陆以沫和陆以然的不同，只要宫主仔细一些，对陆以沫的爱少一些，他就会发现身边的人不是陆以沫。

可惜，他太爱陆以沫了，即使发现了不同，也会很快地自我说服，只是在这一刻，他不得不面对现实，苍老的脸，无神的眼，看向凤轻尘：“她真的是以沫的女儿？以沫真的死了？”

玄霄宫宫主好像瞬间被抽空一样，他告诉自己，不要相信这几个年轻人，应该相信自己的妻子，可是以沫死了，他的以沫死了。

宫主精神恍惚，好像随时要崩溃一般……

“你是谁？少奇说以沫死了，那你是谁？你是谁？”宫主一把将宫主夫人推开，看着面前这张熟悉而又陌生的脸，竟然感到有一种说不出来的厌恶。

“夫君，你怎么能，你怎么能不相信我？他们是骗你的，这世间哪有那么多陆以沫，夫君你忘了以沫是孤儿，是没有兄弟姐妹的吗？如果我不是以沫，那我是谁？”宫主夫人跌倒在地，马上又爬了起来，紧紧地抱住宫主，宫主却再次将她推开。

“到底谁说的才是真的，我不信，我不信，以沫没有死，没有死。”这句话足以证明宫主信了凤轻尘的话，可他恨，恨这些人毁了他的幸福。

宫主闭上眼睛，掩去眼中的疯狂与残暴，冷酷地下令："来人呀，动手，除了凤轻尘以外，所有人格杀勿论。"

他的妻子，他的儿子都该死，唯一可以活下来的人，只有以沫的女儿。

"宫主！"十八君子一听，立马懵了。

"怎么，你们想要违令？"宫主猛地睁开眼睛，眼中再无之前的混乱，只有杀气，森冷的杀气。

"夫君，夫君……"宫主夫人连忙上前，想要抱大腿，却被宫主一脚踢开："别叫我夫君，只有以沫才能叫，你没有资格。"

说完，又冷冷地扫向十八君子："还不动手！"

"是。"十八君子知道，他们只能按宫主的话办，可刚往前一步，九皇叔突然站了出来，肃杀之气扑面而来，十八君子脚步一顿。

"宫主，玄霄宫，本王征用了，没有本王的命令，谁都不许擅动。"

"征用我的玄霄宫？你凭什么？"近似癫狂的宫主，听到这话突然冷静下来，嘲讽地看着九皇叔。

九皇叔没有说话，淡淡地扫了宣少奇一眼，宣少奇没有迟疑，上前一步，站在九皇叔的身旁，与自己的父亲对视："凭我！九皇叔征用玄霄宫是我同意的，父亲。"

声音不大，却掷地有声，这话明显是告诉在场的众人，现在玄霄宫由他宣少奇说了算。

"你？你这个逆子，你要造反吗？"宫主身形一晃，不敢相信自己所听到的。

"父亲说是便是吧，反正你也不会听我的解释。在父亲眼中，我从来没有做过一件对的事，当年不让你娶这个女人，你说我自私，现在你就当我继续自私吧。"宣少奇并没有辩解，但这一句话却将他所有的责任都推干净了。

玄霄宫宫主气得青筋凸起："你想怎么样？"

"父亲年纪大了，该好好休养了，父亲与夫人的感情向来极好，从今天起，你们二人就在院子里安享晚年好了。父亲请放心，我一定会好好孝顺你，我知道你最喜欢的人除了夫人外，还有宣菲和少杰，我会把他们一起送进去，让他们陪你到……死！"宣少奇向来不温不火，可他真正狠起来，却比所有人都狠。

"啪啪！"宣少奇一拍巴掌，屋外就响起整齐划一的脚步声："把大小姐和二少爷带进来。"

这是宫变！

宫主死死地瞪着宣少奇，突然发现他对这个儿子一点也不了解，他儿子居然在他的眼皮底下把持了玄霄宫大权，这是何等的本事？

宣菲和宣少杰两人早就被宣少奇派人拿下，两人被绑成了粽子，嘴里还塞了布，根本发不出声音。

两人一进来就朝自己的父母发出求救的信号，并没有注意到九皇叔和大公子看到宣菲那张脸时，眼里都闪过一抹厌恶。

玄医谷那个臭老头，正经事不干，尽做一些乱七八糟的事情，居然把宣菲的脸弄得和凤轻尘一模一样，他是故意的吧？

“哈啾，哈啾。”玄医谷谷主揉了揉鼻子，抬头看了看外面的天，饱经沧桑的双眼，闪过狡黠的笑意，就好像恶作剧得逞的孩子。

他就是故意的又怎么样！

“少奇，你想做什么？他们是你的弟弟和妹妹。”宫主虽然恨夫人骗他，可面前的两个孩子终归流着他的血。

“弟弟？妹妹？没想到这个赝品生的孩子，在父亲的心中如此重要。”宣少奇再一次骂起陆以然。

陆以然知道她的机会来了，又从地上爬了起来，跌跌撞撞，却傲气地想要站直，一双美目中全是控诉与责怪：“夫君，你就因为这些人的几句话就怀疑我吗？我们在一起二十年了，你看小杰和小菲，你看看他们，你这样怀疑我，你知道我有多伤心吗？

“夫君，你到现在还不明白吗？这就是一个局，是少奇给你设下的一个局，他利用一个长得和我像的女人，设计让你失去理智，好拿下十八君子。少奇早就暗中控制住了玄霄宫，只要拿下这十八君子，玄霄宫就是他的。夫君，阿沫求求你，求你清醒一点，别再被这几个孩子给骗了，别让玄霄宫落到少奇手上。

“夫君，我不怕死，可是小菲和小杰呢？他们还年轻，他们不能有事，夫君就当阿沫求你，最后一次求你，你救救小菲和小杰。如果你怀疑我，没关系，等这件事情解决后，我就撞死在你面前，用我的鲜血来洗刷我的冤屈。”

陆以然说得义正词严，刚烈不二，就是凤轻尘都想为她鼓掌叫好。

这个女人真不是一般的厉害，可惜她太惜命了，如果她现在撞死，死无对证，她的胜算会更大。

这个时候，宣菲和宣少杰也吐掉嘴里的布，宣菲只知道哭：“爹，娘，救救我，救救我，我不要死，不要死……”

“爹，你把娘怎么了，娘都哭了，这到底怎么了？你和娘吵架，大哥把我和小菲绑起来，还带这三个伤了小菲的人来玄霄宫，我们玄霄宫这是要换主了吗？”宣少杰很像他的母亲，精明得很，一句话就把所有的错都推到宣少奇的身上。

可这个时候的宣少奇会在乎吗？他还会在乎自己的父亲如何评价他吗？

“少杰真是聪明，不愧是父亲最喜欢的儿子，玄霄宫是要换主了。”宣少奇大大咧咧地说出自己的野心，才不管在场的人如何想。

他就是夺权又能怎样，有本事杀了他。

“夫君，你听到没有，这都是少奇的计划，少奇他骗你，他设局陷害你，只为了夺玄霄宫的大权，夫君你一定要振作起来，别让少奇的阴谋得逞。”

陆以然不管宣少奇是不是想夺玄霄宫，她只知道自己不能失去宫主的信任，只要有宫主的信任，她就还是陆以沫，而只要她是陆以沫，一切都不会变。

宫主却没有理会陆以然，当他愿意面对现实时，就不会再沉浸在陆以然的谎言中，宫主推开陆以然，步履蹒跚，走上前来：“少奇，你想要玄霄宫是吗？好，我可以给你，放过小菲和小杰，把你知道的事情告诉我。”

他输了，他若到这一步还看不清现实，就白活这么多年了，玄霄宫已经不受他的控制了。

宣少奇嘲讽地大笑：“把玄霄宫给我？父亲你这话真的很好笑，从小到大，你给过我什么？玄霄宫？你以为我在乎玄霄宫吗？如果你们能让沫姨活过来，你要十个玄霄宫，我都可以给你。”

宣少奇的双眸盛满悲伤，从陆以然身上扫过，最后落在宫主身上：“父亲，沫姨这辈子最大的错，就是有一个蛇蝎心肠的妹妹，还有认识了我。如果不是因为我，父亲就不会知道沫姨，不会喜欢沫姨，也不会娶这个女人进门，沫姨便不会被这个女人逼到东陵。都是你们，是你们害死了我的沫姨。”

“宣少奇你闭嘴，你休要胡说八道，你还要污蔑我吗？你忘了小时候我是如何待你的，宣少奇，你忘恩负义。”到这一刻，陆以然依旧不死心，依旧在垂死挣扎。

“爹，娘，这到底是怎么一回事，你们放开我，放开我。”宣菲和宣少杰也知道事情不对劲了，疯狂地踢打身边的人，大吼大叫。

“堵起来。”宣少奇不耐烦地命令道。

“唔唔唔……”宣少杰和宣菲的嘴瞬间被堵得严严实实，大殿也安静了下来，宫主并没有说话，而是在等，等宣少奇说起当年的事。

陆以然死死地瞪着宣少奇，眸中溢满冰冷的恨意，还有不肯死心的疯狂，陆以然扑上前去，想要厮打宣少奇。

“宣少奇，你不是人，你为了一个玄霄宫不择手段，连亲生父亲和异母弟妹都不放过，你这个畜……”

后面的话，陆以然没有说出来，宣少奇毫不客气地将她踹倒在地，为了防止她站起来，宣少奇一脚踩在她的心口上：“陆以然，你太小看我了，我再怎么不择手段，也不会拿沫姨说事。事情是真是假，你我心知肚明，别以为没有人知道你的存在，你就可以将一切都隐瞒得干干净净。陆以然，赝品就是赝品，不管怎么装，装多久你都不会成为沫姨，你现在所拥有的这一切，全都是泡沫，一碰就碎。”

“不是，不是，我是陆以沫，我不是什么陆以然，你们凭什么说我是陆以然？”只要不承认，她还有机会，而一旦承认，她就再无翻身的机会。

陆以然一脸泪水，可宣少奇却半分也不同情她：“陆以然，别以为知情人都死光了，就没有人知道你是谁。当年，海盗陆家一夜之间被血洗，只有你和沫姨被人救了下来，二十一年前沫姨出现在西陵，就是为了调查陆家被灭这一惨案。

“沫姨为了保住陆家血脉，把你藏了起来，所以哪怕当年沫姨名动西陵，也没有人知道沫姨还有一个同胞妹妹，而你正是利用了这一点，设计陷害沫姨，把沫姨卖到东陵，让她变成一个贱民，此生都没有自由，再也不可能来西陵和你抢人。可惜人算不如天算，沫姨并没有如你所愿成为贱民，籍籍无名地死去，而是被凤将军看中，成了凤将军的妻子。”

说到这里，宣少奇略一停顿，抬头看向宫主：“哦，对了……父亲，你不是好奇，为什么西陵皇上当年那么喜欢沫姨，听到你娶了这个女人，却一点表示也没有吗？我告诉你，那是因为西陵皇上早就知道你娶的是一个假货。”

“这些年来，你为了一个假货，把自己关在玄霄宫，不踏出宫门半步，就怕西陵皇上惦记，杀上玄霄宫跟你抢人，却没想到西陵皇上每天都在嘲笑你，笑话你娶了个假货却如珠如宝地宠着，被一个女人骗得团团转。西陵皇上这些年来故意封锁沫姨的消息，就是不想让你知道，就是要让你一辈子都活在谎言中，然后等到哪一天再揭穿，让你从天堂掉到地狱。”

“这是真的吗？是真的吗？西陵皇上早就知道了，却不告诉我？”玄霄宫宫主已经处在崩溃的边缘了。

原来全世界的人都知道真相，只有他不知，亏他还以为自己打败了西陵皇上，却没有想到他从头到尾都是一个笑话，一个可悲的笑话。

“我手上有西陵皇上的亲笔信，我想父亲应该不会陌生才是。”宣少奇取出一封信，递给宫主。

他从不打没有准备的仗，既然要夺权，就要把所有的可能都想到，让陆以然再无翻身的可能。

这些年来，他看到了陆以然的手段，看到她如何把他的父亲耍得团团转。

宫主迫不及待地展开信，越看脸色越难看：“哈哈哈……我是笑话，我是笑话。”

宫主的一张老脸，全是泪痕。

“陆以然，你现在还有什么要说的吗？”宣少奇居高临下地看着陆以然。

终于把这个女人的面具撕下来了，真是大快人心。

“宣少奇，你给我闭嘴，我不是，我不是赝品，我是陆以沫，我是陆以沫，是玄霄宫的宫主夫人，你不可以这样对我，不可以……夫君，夫君，你信我，你信我。”陆以然疯了似的，大喊大叫，也不知她是真疯还是假疯，但眼中的疯狂，凤轻尘却看得一清二楚。

十八君子从头到尾目睹了这场闹剧，一时间竟不知如何是好，你看看我，我看看你……

他们的职责是守护宫主，守护玄霄宫，可现在这个情况，他们的宫主还能肩负起宫主的责任吗？

他们很怀疑。

宣少奇没有让十八君子太为难，他的父亲现在虽然处在崩溃的状态，可保不准下一秒就会清醒过来，不趁他崩溃时夺权，难不成还等他清醒后父子俩打一场，然后两败俱伤，让九皇叔和王锦凌占便宜吗？

不，他宣少奇不做亏本的买卖，他既然要接手玄霄宫，就不希望自己接手一个烂摊子，之后再花数十年来整顿。

宫主暂时失了心智，宣少奇趁机果断地拿下大权，对十八君子说道：“几位叔伯看着少奇长大，想必也明白少奇的为人，要不是玄霄宫正面临灭宫之危，少奇定不会出此下策，还望各位叔伯原谅少奇的大胆与孟浪。为人子不说父亲的不是，但此时此刻哪怕是为人子，我也不得不说父亲不适合再主持玄霄宫的大局。为了玄霄宫，为了祖辈数代的基业，我只能做那个大不孝之人，从父亲手中夺权了！”

十八君子面面相觑，一时间竟是不知道该说什么，最后见宫主不说话，他们便一一退出了战斗圈，表示不会插手宣少奇与宫主之间的斗争，谁赢了，他们就奉谁为宫主。

反正都是宣家人，宣少奇是少主，接位是早晚的事情，现在不过是提前了。

十八君子的袖手旁观，再加上有九皇叔和王锦凌的相助，宣少奇夺得宫主之位并不难。

玄霄宫从今天起，变天了，不服者，杀！

不到十天的时间，宣少奇就坐稳了宫主的位置，他的父亲退位让贤，成为老宫主，至于老宫主现在的处境，只有少数几个人知道。

宣少奇不能弑父，凤轻尘也没兴趣杀陆以然，怎么说那个人也是她娘的妹妹，何必杀了她，这世间多得是比死更痛苦的法子，至于宣菲和宣少杰……

王锦凌不说杀了宣菲，他们也没有必要动手，只不过宣少奇说，他不想看到宣菲那张脸，不能接受另一个赝品活在他的眼皮底下。

宣少杰听到后二话不说就划花了宣菲的脸，只求宣少奇留宣菲一命，却不想宣少杰刚划花宣菲的脸，宣少奇就说："少杰，你太鲁莽了，我说不喜欢宣菲那张脸，并不表示要毁掉她的容貌，宣菲怎么说也是我的妹妹，我怎么可能伤害她，我顶多把她养起来，不让她出现在我面前，你这么一划，倒显得我这个做哥哥的小气了。"

这话一出，宣菲不干了，对着宣少杰又是咬又是打，怪他划花了自己的脸，宣少杰有苦说不出，只能任宣菲发泄，只在无人时，才露出那如狼一般凶狠的眸子。

可惜再凶狠的狼被养久了，也会变乖，宣少奇丝毫不把宣少杰放在眼中，当初有宫主的偏帮，宣少杰都斗不过他，更别说现在。

宣少奇好心地把这一家四口养在同一个院子，美其名曰互相照顾，实际上却是让他们互相厮杀……

后来，老宫主冷静下来了，托看守的人传话，说是想见凤轻尘一面。

宣少奇表示要问凤轻尘的意见，可惜凤轻尘根本不想见老宫主，不过她还是让宣少奇转了一句话，那就是："如果他能让陆以然取消那笔杀手买卖，我就见他一面。"

陆以然拿陆家的钱，买陆家外孙女的命，二十万两黄金已经送到了杀手界，只要有人完成这个任务，就可以去领银子。

这并不是杀手与雇主两人之间的交易，而是一笔类似悬赏的交易，要取消这笔交易，就得拿出陆以然与杀手界交易的契约，可是陆以然却把那张契约给吞了，现在哪怕是陆以然本人，也取消不了那笔交易，而那个交易取消不掉，就会一直挂在那里，凤轻尘就随时面临被杀手追杀的危险。

那里只认契约不认人，除非凤轻尘死，不然那笔交易会一直存在，凤轻尘提出这个条件，不过是为难老宫主罢了。

不过，凤轻尘这招倒也让老宫主有事做了，他每天要做的事情，就是用各种办法，威胁、利诱陆以然去取消那笔交易，甚至不惜配合陆以然演戏，假装她是陆以沫。

这一家四口的悲剧，凤轻尘懒得去管，陆以然为她的所作所为付出了代价，宣菲也为她的刁蛮与任性付出了代价，至于老宫主和宣少杰不过是权力斗争下的牺牲品罢了，宣少奇要上位，这两个人就不能再挡路。

不过半个月的时间，宣少奇就控制住了玄霄宫，整个玄霄宫上下都被宣少奇清洗得干干净净，要不是步惊云提早收到消息，恐怕也躲不过这一劫。

看着固若金汤的玄霄宫，就是九皇叔和王锦凌也得说，宣少奇这个人就是一个怪胎，平时一副与世无争的样子，真正下起手来却又狠又准。

当然，宣少奇收拾玄霄宫时，他们不仅没有添乱还帮了不少忙，毕竟他们现在可是合作伙伴。

他们本就没打算毁掉玄霄宫，这个代价太大了，他们不想损兵折将，而在见到玄霄宫那段天险之地后，九皇叔和王锦凌更不想牺牲自己的人。

难怪玄霄宫宫主那么目中无人，原来这玄霄宫还真是典型的易守难攻之地，真要攻上玄霄宫，损失将不是一般的惨重。

玄霄宫建在山上，除了正面外，其他三面全是悬崖，崖底烟雾萦绕，根本看不出有多深，只知道不管是死人还是活人，抛下去都没有声响。

对了，宣少奇这次血洗玄霄宫，那些人的尸体就被丢下了悬崖，据说这是玄霄宫的规矩，叛徒都会被丢到崖底。

想要攻打玄霄宫只能从正面上来，而玄霄宫的人一早就在那里挖下了无数的陷阱，无论是军队，还是高手，如果没有内应，想不中招实在很难。

这条路，被玄霄宫的人称为死亡之路。

“幸亏我们没想过灭了玄霄宫，不然我们这一次真的会血本无归。”王锦凌看着那鬼斧神工的陷阱，不得不说，玄霄宫的老祖宗是个人物，这数千米的路简直就是通向黄泉的路。

“本王从来没有想过攻打玄霄宫。”步惊云早就把这些陷阱图绘了回去，只是终没有九皇叔自己亲眼所见来得震撼。

“九皇叔英明。”王锦凌没有半点诚意地说道，反讽的意味十足。

英明？真要英明的话，怎么会一个多月过去了，还没有得到凤轻尘的原谅？

凤轻尘现在对九皇叔还是不冷不热，恭敬有余、亲近不足，你要说她有错，可从礼仪中你又挑不出半点错，再加上这里是玄霄宫，九皇叔也不想让宣少奇知道他和凤轻尘在冷战，所以，一直与凤轻尘维持着表面的和平，这让王锦凌忍不住摇头。

不过，王锦凌可以肯定，九皇叔输定了，因为凤轻尘最近迷上了研究玄霄宫的那些机关和陷阱。

宣少奇得知后，不仅没有防备，还大大方方地让人带着凤轻尘去看，凤轻尘想拆哪个就拆哪个，这种完全信任的态度，可让凤轻尘感动死了。

要知道，她可是站在九皇叔和王锦凌那边的，万一她把玄霄宫的机关陷阱都毁了，或者把机关陷阱图告诉给九皇叔，让九皇叔和王锦凌的人马攻上来怎么办？

听到凤轻尘这话，宣少奇笑了笑，什么也没说，继续纵容凤轻尘，直到被凤轻尘再三逼问，宣少奇才说道：“我知道你不会。”

是的，不会！

凤轻尘绝不是那样的人，她不会卑劣到利用他的感情和信任，去帮另外两个男人，更何况那两个男人也不会接受。

“我绝不会辜负你的信任。”凤轻尘郑重地承诺。

和宣少奇对比，九皇叔对她的算计简直无法忍受，凤轻尘忍不住当着九皇叔的面骂了一句：“九皇叔，你就是一个大混蛋。”

九皇叔沉默地看着凤轻尘，没有回话。

只要凤轻尘高兴，别说混蛋，就算骂他禽兽他也认了，可是凤轻尘骂完这话就走人，把九皇叔一人丢在原地，任他被寒风吹得冻僵。

接下来的日子，凤轻尘直接丢下九皇叔、王锦凌和宣少奇三人，除了吃饭和睡觉，就和那些负责机关、陷阱改进的人泡在一起，三个男人刚开始还担心她吃不消，不想她每天都精神十足、神采飞扬，那样子就好像鱼入大海一般自由自在。

刚开始，那些研究机关的人还不愿意搭理凤轻尘，可相处下来却发现凤轻尘不仅见解独到，还极有天赋，反倒天天缠着凤轻尘一起研究图纸，一群人围在一起对着图纸争吵，凤轻尘却乐在其中。

凤轻尘和别的女人不一样，她喜欢的不是琴棋书画、女红这些，她喜欢的是战场，和一切与战场有关的东西。

而很快，玄霄宫就要迎来一场大战……

# 第十四章 轻尘，我们私奔吧

玄霄宫很快就要迎来一场大战，一场九皇叔和王锦凌派人攻打玄霄宫，并且取得胜利的大战；一场能以假乱真，能吸引西陵天磊、南陵锦凡和东陵的人，前来坐收渔翁之利的大战。

为了这场大战整个玄霄宫都忙碌起来了，凤轻尘也没有闲下来，天天跟着玄霄宫的人一起研究机关，设置陷阱，让通向玄霄宫的死亡之路，真正变成收割尸首的死亡之路。

而在玄霄宫上下正忙着为接下来的大战做准备时，九皇叔也与数月前就潜在玄霄宫的步惊云联系上了，并在他的掩护下，悄悄地潜入了玄霄宫的藏宝阁，寻找九州地图的下落。

只是，九皇叔几经寻找，也没有找到九州地图的下落，不过他倒是没有空手而归，他拿走了玄霄宫珍藏的陆以沫的画像。

凤府的一切被一把火烧得干干净净，凤轻尘父母的一切都被烧没了，他相信凤轻尘会喜欢这幅画。

就在九皇叔拿到画像的第二天，宣少奇向他展示了死亡之路的威力。

在今天之前，他和王锦凌只知道玄霄宫的死亡之路杀伤力很强，要攻上玄霄宫只能用强的，必须用将士们的尸首，填平那条死亡之路。

九皇叔和王锦凌预估，十万大军冲上来，至少有两到三万人会被埋葬在那条死亡之路上，可今天一看才发现他们的估计太保守了。

如果他们事先不知玄霄宫的死亡之路，十万大军能有三五万人冲上来已经很不容易了，而经过凤轻尘的改造后，十万大军能有两三万冲上来，已是不容易了。

九皇叔和王锦凌赶到时，宣少奇已经安排好了一切，只等凤轻尘一到，便可开战。

是的，开战！

虽说此战只是试验机关改造后的效果，但为求逼真，宣少奇听从了凤轻尘的建议，以模拟对战的方式进行检验。

当然了，模拟对战不会拿活生生的人去试那条死亡之路，而是用牲口来代替。

三天的时间，在九皇叔和王锦凌大手笔的支持下，他们弄来三万头羊，这些羊就要代替士兵，来检验死亡之路的杀伤力。

虽说羊没有人那么通透，但在面对死亡之路时，凤轻尘可以肯定，哪怕是人也只能用最原始的兽性求生存。

凤轻尘不认为，在走上死亡之路时，还有哪个将领能冷静下来指挥战斗。

“可以开始了。轻尘，玄霄宫这边交给你来指挥。”宣少奇将一面红色军旗交到凤轻尘手上，自己则执起蓝色军旗。

红色军旗代表玄霄宫，蓝色军旗代表进攻的一方。

“我？”凤轻尘指了指自己，又指了指玄霄宫的几位大佬，玄霄宫有这么多高手在，哪里轮得到她。

可是，那几个大佬却是高傲地哼了一句，既不发表意见也不反对，当然不反对就算是默认了。

“对，就是你，你执红色军旗防守，我执蓝色军旗进攻。轻尘，这是我们之间的第一场战役。”宣少奇说这话时，双眼发亮。

每一个男人心中都有一个征战沙场的梦，他也有，只是他的身份限制了他，但今天却是一个好机会。

“这是玄霄宫的战役，应该由你们玄霄宫自己指挥，就算你想和我对战，那也是我进攻。”宣少奇这是不希望她输，还是怕她输不起？

宣少奇摇头：“不，你最熟悉那些机关，由你来进攻你就知道如何避开，如何让它们提前失去效果。我相信你能用最小的损失，走完这一条死亡之道，但这不是我想要的。”

他也不想让九皇叔和王锦凌看到，如何用最小的代价通过玄霄宫的死亡之路，他要让九皇叔与王锦凌看到进攻他的玄霄宫，需要付出惨痛的代价。

“好，我指挥防守，放心，我一定不会让你们失望。”凤轻尘见玄霄宫的几位大佬没有反对，便爽快地应了下来。

她也很想知道，经过她的改造后，这些机关有多强。

接过红色军旗，凤轻尘不再犹豫，全身心地投入到接下来的对战中……

九皇叔看着凤轻尘一板一眼地与玄霄宫的人沟通，听她用最简单的话，传达自己的命令，同时将手中的人分成队，把手中的令旗一一发下去，九皇叔便毫不怀疑凤轻尘是凤战亲生的女儿，她和凤战一样拥有卓越的指挥能力，天生就是带兵打仗的料。

军人的职责是服从，将领的职责，则是下达让军人服从的命令。在战场上，简洁才能高效，果断才能把握先机，一个优秀的将领，比十万大军还可怕。

九皇叔坐在观战台上，看看凤轻尘指挥的样子，又看看宣少奇。

凤轻尘杀伐果断，雷厉风行，是一员猛将，也是一员智将，在指挥战斗时，她的身上完全没有女子的娇媚，也没有女子的心软仁善。

和凤轻尘相比，宣少奇就差了许多，他毕竟没有接触过这种大范围的战争场面，宣少奇虽然沉稳，但行军上更多的是小心谨慎，更像是军师型的人物。

宣少奇很有气度，他把王锦凌和九皇叔安排在两军中间，让他们可以清楚地看到双方的布局，也能听到他和凤轻尘的安排。

他将一切都展露在九皇叔和王锦凌的面前，让他们不必再花心思推敲。

大家都是聪明人，就算宣少奇不这么做，大战一开始，九皇叔和王锦凌也能看明白，与其如此遮遮掩掩，不如大大方方地坦诚一切。

而且，凤轻尘下令开启机关与调整机关，用的是只有他们才懂的密语，这些密语别说九皇叔和王锦凌学不会，就算学会了也没用，因为密语每隔一段时间就会换新的。

两军已布置妥当，大战一触即发，九皇叔和王锦凌的神色也认真了许多。

虽说没有用士兵来进行演习，但这确实是一场真正的大战，一场能让人热血沸腾的大战。

“激动了？”王锦凌发现九皇叔敲打椅子扶手的动作越来越快，笑着问道。

九皇叔侧头看了王锦凌一眼，王锦凌面色潮红，不用想也明白，他也很期待：“大公子想不想下手试一试？”

“试？如何试？”王锦凌当然也激动，活了二十多年，他交游广泛，见多识广，但从未参加过如此气势恢弘的大战，不得不说，他很心动。

这般高度紧张的氛围，让他热血沸腾。

果然，在战场上，人都会变成杀戮的机器，因为在这样的氛围下，你会忍不住将心中的那只猛兽放出来，让他把敌人咬死。

“很容易。”

“啪啪！”九皇叔一拍巴掌，玄霄宫的下人立马上前。

“去，把凤轻尘那个沙盘取过来，就说本王要用。”九皇叔曾看过凤轻尘用沙盘推演战争，他看了一次后就学会了，然后征用了。

很快，下人就把沙盘拿来了，九皇叔简单地讲了一遍沙盘使用的方法，待王锦凌明白后，便取出一盘小旗子。

九皇叔直接拿过蓝色军旗，那意思很明白，他进攻，王锦凌则负责守城，也就是凤轻尘那个角色。

拿到红旗，王锦凌朝九皇叔露出一个心照不宣的笑容。

这是一场推演，也是九皇叔与宣少奇之间的斗争，两个人都选择了进攻，那就看谁能用最小的代价，走过经凤轻尘改造的死亡之路。

在这个方面，九皇叔并没有占便宜，毕竟他也从未上过战场，这对他们双方来说都是第一次。

这一场大战，完全由四个不懂战争的年轻人对阵，说来还真有那么一点趣味，同时也不得不说，这四个年轻人的胆子不是一般的大。

除了这次演习外，他们第一次指挥大战，就要直接对上三个国家的联军，虽说只是一小部分的军队，但三国联军的威力，足够让一般人喝一壶，可是他们丝毫不惧！

“出征！”

随着宣少奇的一声令下，蓝色军旗在半空中飞舞，插着蓝旗的战车从两旁涌了出来，吱吱嘎嘎，上千架战车出现在众人的视线中，远远望去，竟是看不到尾。

即使是演习这也是一场大手笔的演习，只不过战车上的不是人，而是由牧羊人看管的羊。

当然，这些羊并不是用来冲锋陷阵的，而是代替士兵，去检验陷阱的威力，战车后面则是真的三万大军，这三万人一出来，就喊打喊杀，战意冲天，吼声震天。

“杀！”

“杀！”

只有一个字，可那声势却能冲破苍穹，让人不由自主地紧张，身子也绷紧起来。

这是战场，是生死之战的序幕，不用交手，战争已经开始。

这阵势一出，就给人带来强烈的视觉冲击，在这个时代，打仗就是靠气势、靠兵多。以少胜多的例子不是没有，但那需要天时地利，有些条件太苛刻了，并不是那么容易达到的。

在凤轻尘眼中，这是真正的肉搏之战。

狂热！

是的，出乎所有人的意料，面对宣少奇的叫阵，凤轻尘不仅没有露出怯意，反倒是一脸狂热，双眼闪烁着炙热的光芒。

“这个女娃娃不错，要是老宫主夫人有这个气势，我管她是陆以沫还是陆以然，我都接受。”白胡子大佬，抚着自己的美须，颇为赞赏地点了点头。

这样的战斗，别说凤轻尘了，就是他们这些个见过大风大浪的老人家都露了怯意。

宣少奇的气势太强了！

事实上，凤轻尘不是没有受到影响，只是这些影响不仅没有让她露怯，反倒让她充满了战意。

“全军注意，准备应战。”凤轻尘用冰冷的声音传达自己的命令，让略有些不安的人冷静了下来。

与宣少奇的气势磅礴不同，凤轻尘则是冷静高效的。

凤轻尘在后方指挥作战，精准地抓住每一个时机，将机关开启，利用各个机关的特性，尽可能多的拖住宣少奇的兵马。

宣少奇则不断地变化阵势，尽可能以最小的代价，冲破更多的陷阱，走得更远，让更多的人活着踏上玄霄宫。

玄霄宫的死亡之路一共有七道陷阱，在宣少奇不断成熟、变化的指挥下，宣少奇带领的三万兵马冲到了第七道陷阱，可也全部折在了第七道陷阱上，宣少奇输了，他没有带着一个活着的士兵，踏上玄霄宫。

虽然，输了，但宣少奇没有一丝不满，他只有欢喜，欢喜凤轻尘的能干，欢喜这条死亡之路名副其实。

有这条路在，不管东陵、南陵还是西陵的联军有多么可怕，他都不惧。

战场上，凤轻尘与宣少奇的交锋结束了，沙盘上，九皇叔与大公子之间的较量，也接近了尾声。

在九皇叔的强力进攻下，王锦凌确实有些手忙脚乱，看着九皇叔的兵马一道一道突破他的防线，王锦凌脸色微白。

虽说，这不是他和凤轻尘的较量，但他也不想差凤轻尘太多，让九皇叔赢太多。

如果凤轻尘最后把宣少奇的三万人马全部灭了，而他却让九皇叔带人冲了上来，那他岂不是丢大脸了。

然而现实并不因人的意志而改变，在九皇叔的猛烈攻击下，王锦凌虽然及时应对，但还是让他带人冲了上来。

看着九皇叔最后带了六千人，杀上玄霄宫，王锦凌无力，只得调玄霄宫的护卫和弟子应战，依玄霄宫的力量，要对付这六千人，还是不成问题的。

片刻后，九皇叔的军队，宣告全军覆灭。

最后一枚令旗被王锦凌拿下，九皇叔说了一句：“我输了！”

我输了！

看似简单的三个字，可从九皇叔嘴里说出来，却意义非凡，要知道九皇叔从来不会说“输”这个字。一局失利，他会迅速找出有利的一面反击，迅速从原来的局中抽身而出。

想占九皇叔的大便宜，很难。

“我也没有赢。”王锦凌将沙盘一推，俊美的脸庞透出些许疲态。

这一场大战，虽是演习，但也足够逼真，探子没办法靠近玄霄宫，只能凭声音和战场上留下的血腥味来断定这场战斗的惨烈情况，当听到九皇叔与王锦凌的人马，已经冲上玄霄宫时，有些人按捺不住了。

“将军，有东陵的人马在前面开道，我们趁机跟上去，可以减少伤亡。”西陵的一个副将，听到前方的战讯，全身都沸腾了，恨不得马上下去打一场。

“是呀，将军，拖久了，等到对方把那些陷阱修好了，就来不及了。”又一个副将上前劝言。

他们的想法是对的，但是坐在中间的将军并不为所动，任身边的人怎么劝，都没有出兵的打算，直到传令兵来报：“报……禀将军，东陵和南陵已整军出发。”

将军一听，立马站了起来：“下令，出发！”

“是。”劝说的副将们一听，立马精神抖擞，同时脸上露出崇拜的光芒。

原来，将军是要等东陵和南陵人一起，也是，三方联手总比单打独斗的强。

三国联军，声势浩大，玄霄宫第一时间就收到了消息，有了先前一战的经验，宣少奇半点不畏惧：“既然人家都欺上门了，那就打吧。”

开战之前，九皇叔将三万人马交到了宣少奇手里，任他调用，至于他们则不会在三国联军面前出现，这一战由宣少奇自己面对。

宣少奇在战事上确实有天赋，只凭数日前与凤轻尘的演习，便轻车熟路地排局布阵，甚至提前想好数个对策，以应对对方的攻击。

因为演习时他就是发起攻击的那一方，所以他很了解对方将领的心理，可能会用的计策和进攻的方式，所以在对方还未行动前，宣少奇已经做好万全的布局。

三国联军加起来有十万人，虽人数众多，却不是听同一个将领的指挥，尽管在行动前，彼此沟通过，要共进退，但是在庞大的死亡数字面前，联军还是开始退缩了。

只是闯到第三道防线，十万人马就剩下了八万，看着那一地的断肢残臂，三位将领的眼睛都红了。

“九皇叔的三万人马，真的冲到了玄霄宫吗？”西陵的将领不怎么相信地说道。

他们在第三道防线就折损了两万多人，九皇叔那三万人，能顶得住？

“我们来得太晚了，如果紧跟着九皇叔和大公子，不让玄霄宫有重新安装陷阱的机会，我们的损失就会大大地减少。”东陵的将领懊恼自己的失策，心里正琢磨着回去如何跟皇上交待。

“现在想那些没用，不如实际一点，我们三个坐下来好好商讨一下接下来的路怎么走。”南陵的将领最实际，他们不求领土、不求对方臣服，只求钱财。

“也行，天色也不早了，传令下去，原地休整。”不吃饱哪有力气打仗？

于是，三国联军原地扎营，开始做饭，宣少奇一干人在玄霄宫看得目瞪口呆。

这都什么跟什么呀，哪有打仗打到一半，就开饭的，不继续了吗？这不是给他们时间，加固陷阱嘛。

还是白胡子机关大佬有见识："将士也是人，对方是领兵沙场的将领，把这当战场了，这个时候休整对双方都有好处。"

天都黑了，对方再打也只有吃亏的份。

"那我们要不要偷袭？"

"不能，因为我们的人也需要休整，也需要吃饭，再说你们没看到他们特意后退到一个空旷的地带，还挖了战壕，已经做好了准备吗？即使偷袭也不会有太明显的效果。"宣少奇想也不想就拒绝了。

"传令下去，原地休整。"宣少奇下令，虽然有些人不能理解，但没有一个人敢质问。

即使他们不是兵，也明白什么叫军令如山。

战斗期间，虽说是休整，但没有一个人会浪费时间，一盏茶的时间后大家便吃好了，一个个提高戒备，盯着前方。

火把照亮了整个玄霄宫，今晚没有一个人能入睡，即使三国联军没有进攻的迹象，玄霄宫的人也不敢怠慢，一个个死死地盯着前方，只要对方有一点风吹草动，他们就会立刻行动，颇有一点草木皆兵的味道。

宣少奇也被这种气氛给搅得紧张起来，他相信对方要是聪明，一定不会选择夜袭，毕竟他们不熟路，夜袭的话，死伤会更惨重，可万一对方发神经就是夜袭呢？

所以，不管对方动不动，他们都要做好应战的准备，这一夜玄霄宫上下都无法入睡，他们都在等，等今晚的大战，或者明日破晓时的血战。

而在玄霄宫上下都将注意力放在大战上时，夜探玄霄宫是个不错的主意，黑衣银面的九皇叔再次从黑夜中走了出来，直接朝老宫主和陆以然所住的院落走去。

由于在玄霄宫没有找到九州地图，所以在离去前，他总得去会会那个老宫主，不然自己怎么能甘心？

至于步惊云，他早就混到那三万大军中去了，不会在玄霄宫出现，宣少奇也不会知道他的存在。

九皇叔悄悄潜入关押老宫主的院子，把陆以然母子三人放走后，凭借手中陆以沫的画像，成功地从老宫主的嘴里，套出了九州地图的下落。

原来，九州地图就藏在他手中的画轴里！

成功地拿到九州地图后，九皇叔不顾老宫主哭着喊着："把我的以沫还给我"，从容地离去了。

内院一出乱子，宣少奇就收到了消息，只是他带人过来时，正好遇到了试图逃跑的陆以然母子三人，花了一点时间解决了这三人，待他再去调查乱子时，九皇叔早已消失了，此时任凭宣少奇挖地三尺，也找不出夜潜玄霄宫的高手。

成功拿到了九州地图，九皇叔就不打算在玄霄宫多待了，第二天便提议离开。

“现在就走？怎么走？”九皇叔的提议太突然了，王锦凌一脸错愕。

“对，现在就走，杀出去。”下山的路只有一条，他们此时下山必会与三国联军对上，而他们退了，打着帮他们旗号的三国联军，是不是也要撤退？

“我真不懂，你来玄霄宫是为了什么？这么一退，这场战斗就失去意义了。”王锦凌摸着杯沿，黑珍珠一般明亮的眸子，露出一抹不解。

下山的路并不只有这一条，可九皇叔偏偏选了这一条，他难道不知，这一退，其他三国会把错记在他的身上。

“你就当本王无聊好了。”九皇叔起身，摆明了不想解释。

他退了，三国联军自然没有理由杀上山，但这与他何干，他没打算让那十万大军回去。

死人，是无法告状的。

“无聊？你这一无聊，可是兴师动众，劳民伤财。”王锦凌知道事情的真相绝不是如此，九皇叔说走，那就说明他此行的目的已经达到了。

“王家没有损伤便行。”九皇叔与王锦凌对视，告诉王锦凌有些事情，不要问得太清。

“可也没有得到应得的报酬。”王锦凌寸步不让，他们既然选择合作，那么最基本的信任就该有，至少要告诉他，来玄霄宫的目的。

九皇叔如此神秘，是摆明了不信他。

“你想知道什么？”九皇叔对待王锦凌，可没有像对凤轻尘那么宽容，眼神一扫，杀气十足，也亏得王锦凌稳得住，要换作一般的文弱书生，怕是会吓破胆，而王锦凌只是瞳孔一紧，问道：“你此行的目的是什么？王家可以得不到报酬，但王锦凌不想做傻子。”

利用他，至少也要让他知道原因，不然他岂不是被九皇叔卖了，还要帮九皇叔数银子吗？

“玄霄宫有本王想要的东西。”九皇叔知道不透露一点，王锦凌绝不会就此罢手，他不希望两人窝里斗，让宣少奇捡便宜。

“我知道。”王锦凌识趣地不再多问。

三人隐隐以九皇叔为首，九皇叔提出要走，王锦凌没有异议，凤轻尘当然也不会反对。

三人在玄霄宫弟子的带领下，向宣少奇辞行，宣少奇知道他们今天要走，也知道自己拦不住，便问：“你们是要我派人送你们下山，还是自己走？”

前者的意思是走玄霄宫下山的秘道，后者的意思则是自己杀下去。

“我们自己走。”九皇叔伸手，宣少奇没有半分拖沓，将三万大军的指挥令牌还给九皇叔：“死了一千人，有三百受伤，受伤的将士，在玄霄宫养着，养好了我会把人送回去。”

“对方还有多少人？”这样，他才知道自己要如何做，才能把那十万人永远地留在这里。

“五万左右。”这个数字，基本没有错。

“玄霄宫的战斗力很强。”九皇叔夸了一句后，话锋一转，问道，“玄霄宫还有多少弟子可以出战？”

宣少奇一脸震惊地看向九皇叔：“你这是想让对方全军覆没？”

“怎么？不可以吗？”

宣少奇承认自己因为九皇叔这话而心跳加速，可现实却是：“有难度。”

九皇叔嗤笑一声，不以为意道：“宣宫主，凤轻尘能把你的人马斩于山下，你当然也能把三国联军斩于山下。”

九皇叔没有说“我们”，而是只提宣少奇一人，也就是说此战所有的功劳，都归宣少奇所有。

可是别忘了，得到功劳的同时，也要树敌，虽说玄霄宫和东陵、西陵、南陵变成敌人不可避免，可并不是没有转圜的余地，如果以玄霄宫的名义，把对方全部灭了，那么双方之间，就再无转圜的余地。

九皇叔这是把每一个人都利用到极致，这话很热血，很容易让人答应，好在宣少奇并没有被预想的胜利冲昏头脑，听到九皇叔这话，整个人都冷静下来，思考着此战的得失。

王锦凌笑而不语，凤轻尘面露难色，心中挣扎了半晌，忍不住开口道：“这样好吗？让对方十万大军全军覆没，万一对方恼羞成怒呢？十万大军就算玄霄宫能挡得住，那三十万呢？五十万呢？”

“不是十万，是三万。对玄霄宫来说是十万大军，可对西陵来说，只是三万人马，西陵天磊和南陵锦凡会心疼这三万人马，可他们没有能力调再多的兵马过来，至于东陵，本王保证，有本王在东陵的一天，东陵的人马就不会冲上玄霄宫。”九皇叔是下定决心，要让那十万人马有来无回了。

此战，真正得罪人的并不是宣少奇，而是蓝九卿，要知道西陵天磊与南陵锦凡可是受蓝九卿的挑唆，才发兵玄霄宫的，可结果不仅一无所获，还损兵折将，依那两人的脾气，一定会把这笔账算到蓝九卿头上。

“还是太冒险了，别忘了西陵天磊是西陵太子，没有太大的意外，他登基是早晚的事情，就算他这个时候报不了仇，可等到他坐稳西陵皇帝的位置，想起玄霄宫一战的耻辱，发兵玄霄宫，怎么办？”宣少奇不担心，凤轻尘却提出一堆需要担心的事情。

打仗有时候不是光凭一腔热血就行，还要考虑后果，灭了这十万大军，对玄霄宫来说后果太严重了，玄霄宫不一定承受得起。

可九皇叔不肯轻易放过这十万人马，他看向凤轻尘，问道：“那么，你有什么更好的意见？让他们就此退兵？他们肯吗？”

打不打都是一个问题，这个时候就算玄霄宫想退也没得退。

“不，打是肯定要打的，但不能让玄霄宫背负所有的责任。”凤轻尘目光澄明，毫不退缩地看着九皇叔，无声地说着自己的坚持，告诉九皇叔，别妄想把黑锅丢给宣少奇一个人背。

“哦？那要怎么打？”这表示，九皇叔愿意退一步。

“就按九皇叔说的打，但此战的功劳不是玄霄宫，而是我们所有人，九皇叔你在最后关头与玄霄宫联手。”要承受三国的怒火，怎么能只是宣少奇一个人，九皇叔把水搅浑了，却想干干净净地抽身而退，未免太过了。

“给本王一个理由。”他和王锦凌气势汹汹地要打玄霄宫，最后却与玄霄宫联手，打东陵、西陵和南陵，这算个什么事，说出去也没有人相信。

“玄霄宫宫主夫人是我小姨，这个原因够吗？”凤轻尘微微一笑，露出一抹风情万种的笑容。

她凤轻尘不介意再背上一个妖媚惑主的骂名，九皇叔与王锦凌就是为了她，才临阵倒戈。

横竖，她和西陵天磊、南陵锦凡之间的梁子是结下了，再多一桩也不怕。

“有点牵强。”九皇叔咳了一声，看到凤轻尘眼中的警告，忙接了一句，“也不是不可行。”

只是，他更倒霉了，蓝九卿要承担西陵天磊和南陵锦凡的报复，而他还要面对三国的指责，原因就是他因为一个女人，罔顾国家利益。

九皇叔头大，可偏偏这苦果，他还得自己吞。

“既然可行，那就这么办吧，时间不早了，我们也该动身了。”凤轻尘暗暗松了口气，她还真怕九皇叔不同意，他要是死不同意，她又能如何？

九皇叔无可奈何地点了点头，转头问道：“宣宫主你呢？可有异议？”

虽说这么做，他要承担的风险最多，可要是放了那五万人，事情会更麻烦。

“就按九皇叔说的办，我没有意见。”他还能有什么异议，凤轻尘已经为他争取了最大的利益，他根本不用再担心。

“既然宣宫主没有异议，那我们分头行动。”既然同意将合作显露出来，九皇叔也就没啥好犹豫的，这世间万事变化多端，谁知此时的损失，不会是彼时的得利？

“行，我带玄霄宫三万弟子下山，从后面截杀他们，其他的就交给九皇叔了。”宣少奇点出自己的兵，同时亦表露出自己的信任。

玄霄宫虽然号称有十万弟子，不过那是在巅峰时期，现在的玄霄宫能有五万弟子就算不错了，他今天又带走三万人，玄霄宫几乎半空。

宣少奇这是把玄霄宫交到九皇叔手上了，玄霄宫在九皇叔面前，就是一览无余，任九皇叔指挥。

九皇叔要是率领他那三万人马，反身冲上玄霄宫，玄霄宫绝对会易主。

“本王说过，本王对玄霄宫不感兴趣。”九皇叔再次重申自己的立场。宣少奇也就不再多言，只是他很好奇，九皇叔不为玄霄宫而来，那么他这么辛苦地来玄霄宫，到底是为了什么呢？

当然，宣少奇知道，九皇叔不会告诉他，他只能好奇死。

双方谈妥，九皇叔坐镇玄霄宫，宣少奇则带领三万弟子，从秘道下山，准备配合九皇叔的进攻。

玄霄宫上下听到这个命令，纷纷表示反对，就连一直隐在暗处的玄霄宫十八君子也跳出来反对。

把玄霄宫交到九皇叔手上，那不等于把羊交给老虎保管，到时候他们还能要回来吗？

宣少奇没有多说，只是看向九皇叔，九皇叔冷冷地扫了众人一眼，轻描淡写地说道：“本王再说一遍，本王对玄霄宫没兴趣，本王就算是猛虎，对送到嘴边的食物也没兴趣，本王只喜欢猎狩，本王想要玄霄宫，自会光明正大地杀上来。”

九皇叔这话，差点没把玄霄宫上下气死，可此言一出，不管信不信，玄霄宫的人都没有再提反对意见，只管默默地守好自己的位置。

王锦凌看九皇叔已稳定大局，便把凤轻尘拉了出来。

“放心吧，这场大战我们必胜。”这是宣少奇与九皇叔之间的战争，凤轻尘不宜再插手。

“我相信他们一定会赢。”三国联军，十万人马，一天就折损一半，此时定是士气大减，再遇到九皇叔与宣少奇前后夹击，定然无路可走。

“没错，他们一定会赢，所以我们不用担心。轻尘，趁九皇叔和宣少奇忙于正事，我们找点好玩的事做吧。”王锦凌看着不远处的战马，眼睛一亮，突然想要放纵一次。

“你想做什么？”凤轻尘难得看到王锦凌如此活泼，再加上留在这里，确实也没有什么事可做，便任由王锦凌决定。

王锦凌指着前面的战马，再次拉着凤轻尘的手往前走，凤轻尘没有拒绝，小跑着跟上前。

当着玄霄宫弟子的面，王锦凌解下一匹马，翻身而上，朝凤轻尘伸手：“轻尘，我们私奔吧！”

玩笑般的话，却是王锦凌的心声，他真想不顾一切，拉着凤轻尘跟他私奔。

九皇叔说错了，他并不在意王家家主的身份，只要凤轻尘点头，他会毫不犹豫地放下这个身份，与凤轻尘去一个世人都找不到的地方。

私奔？

凤轻尘先是一怔，看到王锦凌那灿烂的笑容，便伸出手，握住王锦凌的手心。

王锦凌是闹着玩的，她没有必要当真。

“好，给你一次机会，带我私奔。”借王锦凌的力，凤轻尘翻身上马，坐在王锦凌的前面。

“那我就真把你带走了。”王锦凌一手搂着凤轻尘，一手握着缰绳，双腿一夹马腹，策马向前，爽朗的笑声响起，凤轻尘知道，他此时心情很好。

王锦凌回头，眼神落在九皇叔所在的方位，露出一抹狡黠的笑意。

不是只有你东陵九会使阴招，他王锦凌也会，只是以前不愿意用在凤轻尘身上罢了，东陵九，我等着看你气急败坏的样子。

“驾，驾……”王锦凌加快速度，享受美人在怀，纵马飞驰的快感。

王锦凌的骑术相当好，即使一路下山也依旧稳稳当当，凤轻尘知道不会有危险，索性不再多想，只管享受策马狂奔的乐趣，一路上笑声不断。

两人一骑，很快就消失在玄霄宫弟子的视线外，当宣少奇整顿好人马，准备去找凤轻尘时，却听到弟子说：“大公子和凤姑娘下山了，大公子说他要带凤姑娘私奔。”

王锦凌与凤轻尘下山的路，是宣少奇带他们上山的路，不会与大军碰面，而宣少奇也早有命令，凤轻尘在玄霄宫可以做任何事，去任何地方，任何人不得阻拦。

所以当王锦凌带着凤轻尘离去时，他们并没有阻拦，也没有通报，下山的路上，到处都是他们的人，要拦只是一句话的事，他们没必要做恶人，让宫主和凤姑娘不满。

“私奔？”宣少奇哭笑不得，王锦凌这个时候把凤轻尘带走，还真不是一般的高明，这是逼他不得不信任九皇叔了。

毕竟，他的话已经说出口了。

“是的，大公子亲口说私奔，凤姑娘也答应了。”某个呆弟子，老老实实地将王锦凌与凤轻尘的对话，一字不落地重复了一遍。

“我知道了，你去告诉九皇叔一声，就说王锦凌带着凤轻尘下山了，他们说要私奔。”独乐乐不如众乐乐，王锦凌这人就是帮九皇叔也不忘给九皇叔添堵，他当然要配合。

“是。”某个呆弟子咧嘴一笑，飞快地跑到指挥室，将宣少奇的话，一字不落地说给九皇叔听。

本以为九皇叔会震怒，不想九皇叔听到后，只平静地点了点头，一个字都没说，甚至脸上的表情都没有变动，呆弟子挠了挠后脑勺，不解地退了出去。

九皇叔这反应也太奇怪了，他那天晚上明明看到，凤姑娘与九皇叔才是一对呀。

大人物的事情，果然不是他能想明白的，呆弟子乖乖地退了出去，而他不知，在他走后没多久，九皇叔那张冰山脸龟裂了。

“私奔？王锦凌，本王小看你了，王家家主怎么可能是善良的白兔，这一招以退为进，你倒是用得漂亮，王锦凌你最好跑远一点，不然本王定会让你明白，私奔的代价。”

对于九皇叔的反应，宣少奇一点也不好奇，他只要尽职尽责，把话带到就行，虽然对于凤轻尘的提前离去，宣少奇也很伤感，但他明白玄霄宫留不住凤轻尘。

宣少奇叹了口气，他不仅没有阻拦王锦凌与凤轻尘，还让人一路放行，给予他们最大的便利，让他们能走远一点，最好让九皇叔这一辈子都追不上。

敌人的敌人就是朋友，在某种意义上，他和王锦凌是朋友，他们两人联手，九皇叔也讨不到多少好处。

做好这个安排后，宣少奇便率领玄霄宫的弟子，从秘道下山，准备围攻三国联军，这个通道是玄霄宫的秘密，知道的人少之又少。

而同一时刻，江湖上另一个神秘的玄字辈门派，玄月宫的大小姐，也率领玄月宫三千弟子，快马加鞭地朝玄霄宫赶来。

当然，玄月宫的大小姐，不是来趁乱捡便宜的，而是准备在玄霄宫陷于危难时，上演佳人冲锋陷阵，勇救英雄少宫主的戏码，至于会不会成功，那就要看他们的速度够不够快，九皇叔和步惊云的安排到不到位。

全心应付战事的宣少奇不知，在这场大战结束后，会有一个粉红陷阱等着他。

王锦凌与凤轻尘一路狂奔，两人都将那场即将发生的战争抛到脑后，不去想那些烦心事。

这场战争势在必行，绝不会因为他们的意志而改变，他们再担心也没用。

一下山，王锦凌便放缓速度，虽说有暗卫保护，可王锦凌还是不敢离玄霄宫太远，要知道凤轻尘可是被整个杀手界追杀的对象，不小心一些不行。

可是，不怕贼偷，就怕贼惦记，只有千日做贼，没有千日防贼的道理，他们能防得了一时，却防不了一辈子。

凤轻尘对于杀手们来说就是金光闪闪的金子，她的行踪早就是杀手们最惦记的事，而在杀手左岸任务失败后，有心拿悬赏的杀手们便默契地抱成数个小团体，准备合作，联手拿下这个杀手界最高的悬赏。

凤轻尘在玄霄宫的消息早就传了出去，玄霄宫下山的路，每一个地方都有杀手埋伏，而且很多杀手一伏就是数天。

王锦凌和凤轻尘还没有走出玄霄宫的势力范围，潜伏在四周的杀手们就知道了，他们用特有的渠道联系同伴，准备伏击。

人为财死，鸟为食亡，这些杀手虽然不敢轻易惹上玄霄宫，可在二十万两黄金的诱惑下，这些都可以忽略不计。

见王锦凌与凤轻尘没有继续前行的打算，杀手们也顾不得会不会得罪玄霄宫，朝暗处的同伴打了个手势，便准备动手。

虽然杀手们的动静很细微，可训练有素的暗卫们也不是吃素的，他们一出玄霄宫就打起了十二万分精神，杀手们一动，暗卫就发现了，便暗中给王锦凌递了个消息。

王锦凌不着痕迹地点了点头，对于伏杀一事，他并不惊惶，这是早就能预料到的事情。

王锦凌低头，对怀中的凤轻尘说道："轻尘，我们遇到了一点小麻烦，不过不用担心，很快就会解决。"

他敢带凤轻尘"私奔"，当然就有本事护得了凤轻尘，他总不能因为自己一时的放纵，就陷凤轻尘于险境。

"我惹的麻烦吧！"四周不同寻常的紧张气氛，早就引起了凤轻尘的注意，她的手已悄悄地握住了暗器，只等对方动手，却没想到王锦凌的人已先一步发现了危机。

"算是吧。"王锦凌见凤轻尘不担心，也安心了，横竖不会有危险。

"被这些人缠上，真不是一般的烦。"听到远处传来的打斗声，凤轻尘知道王锦凌的护卫已经动手了。

"确实，被杀手缠上很头痛，这件事必须尽快解决，不然你这一辈子都无法安宁。"王锦凌眼睛微眯，透着精光，在心中盘算可用的力量与方法。

凤轻尘一直竖耳聆听暗处的打斗声，听王锦凌这么说，便随口问了一句："怎么解决？"除非她死，不然这事就无法解决。

王锦凌略一思索便说道："有两个办法，一个是你一直待在皇城，不出皇城半步；另一个则是将杀手联盟收为己用，成为杀手联盟背后的老大，让整个杀手界都听命于你。”

第一个可行性更高，但只是把危险往后拖，相比之下，王锦凌更倾向于第二个办法，一劳永逸地解决悬赏的事。

“待在皇城就安全吗？”凤轻尘收回心思，认真思索王锦凌话中的可行性。

“安全，四国与杀手界有约定，这些杀手不得在四国皇城行凶。当然，四国皇城也不能包容他们要追杀的人，收纳非皇城的人。你本身就是皇城人，所以这个约定约束不了你，这也就是为什么，直到你出城才被杀手们追杀的原因。”王锦凌将这个只有少数人才知晓的约定，告诉凤轻尘。

“还有这么一回事？”凤轻尘一脸惊讶，可随即连忙摇头，否定了这个提议，“一辈子待在皇城太冒险了，生死都不由我自己掌控，说说第二个办法，你口中的杀手联盟是一个什么组织？”

收服整个杀手界的杀手才能保住自己的命，凤轻尘真心觉得自己命苦……

# 第十五章　大公子该娶妻了

杀手联盟是一个什么组织呢？

确切地说，杀手联盟并不算一个正式的组织，它最早是江湖六大杀手组织的头头，玩笑下的产物，之后便一直存在，并且在杀手界拥有超然的地位。

当然，杀手联盟之所以超然，是因为它看似权力很大，实则完全没有权力。

杀手联盟并不会管杀手的生死，但它的存在却能约束各大杀手组织，不让他们自相残杀，不让他们因为接不到任务，没银子生活而去抢劫。

现在的杀手联盟，依旧由江湖六大杀手组织牵头，里面囊括了江湖上最厉害的杀手，他们都是杀手界的巅峰人物。

作为高手，他们很寂寞，作为杀手，他们老了。他们不想、也没办法再过那种刀口舔血、万里追踪的生活。他们在黑暗的世界待久了，适应不了阳光，所以便一直窝在杀手联盟，也因此使得杀手联盟一直存在。

除此之外，杀手联盟还对外承接任务，对于非杀手行业的人来说，杀手是神秘的，一般人即使有钱也找不到杀手组织。

杀手联盟的存在，就解决了这个问题，一般人只要有银子，就可以到杀手联盟找杀手，而当事人一般不会与杀手见面，这也保证了当事人的安全。

无论是单独行动的杀手，还是杀手组织都会从杀手联盟接任务，而悬赏的任务是杀手联盟独有的，也是其最大的特色。

只要你出得起银子，就可以去杀手联盟挂悬赏，当然悬赏挂出来后，并不表示一定会有人完成，这得看你出钱的力度，还有杀手们对任务感不感兴趣。

悬赏作为杀手联盟的一个特色，有许多好玩的例子，比如花二十万两黄金的天价买凤轻尘一个孤女的命；也有花一万两银子买一只老鼠的命；最有趣的还是天下第一庄的庄主，悬赏一文钱买蓝九卿的命。

当然，步惊云的那个悬赏已经挂出来好多年了也没有人接，杀手界的悬赏按价钱从高到低排序，步惊云的那个悬赏早就埋到土堆里去了，看都没人看一眼，而陆以然的悬赏则高高地挂在第一位。

只要凤轻尘没死，只要没有人出更高的价挂出悬赏，暗杀凤轻尘的悬赏，就会一直独占鳌头，而凤轻尘也会一直是整个杀手界最想杀的人。

凤轻尘听到王锦凌的介绍，只得默默地望天，欲哭无泪："我怎么这么倒霉，好不容易找到一个有血缘关系的亲戚，却是一个疯子。"

凤轻尘这强装忧愁的样子，让王锦凌忍不住笑了出来："轻尘，你不适合忧愁。"

"可我现在真的很愁。"凤轻尘也想宠辱不惊，也想安之若素，淡然如菊，可自己的大名被那些潜在暗中的杀手们惦记一辈子，换作任何一个人都不可能再淡定。

毕竟，她还没有那么牛气，敢说自己半点不惧杀手界的追杀。

"你再愁也解决不了问题，既然担心杀手界的追杀，那就按我所说的那样，把整个杀手界都收为己用，到时候就算你的名字高高地挂在悬赏榜上，也没有人敢动你半分。"王锦凌松开马缰绳，翻身下马，为凤轻尘牵马。

这世间能让大公子牵马的人，可是一个也没有，凤轻尘吓了一跳，不顾王锦凌的阻拦，亦下了马，与王锦凌并肩而行。

王锦凌无奈，只能随她。

"你说得容易，可这根本做不到，杀手联盟若那么好控制，四国皇帝早就动手了，哪里会给我机会？"将整个杀手界掌控在手，别说四国皇帝了，就是前朝蓝氏皇族和手握重兵的凤离王也没有做到。

杀手是一群不见光的影子，但也是最好的利器，暗杀这种方法虽然不光彩，但绝对实用。

"正因为难，才有拥有的价值，有整个杀手界做靠山，你未来的路会更好走。四国九城的权力格局已经定了，你想从中获得权力，得看皇帝的意愿。你已经得罪了西陵、南陵，还有夜城，如果没有意外，那个想嫁给九皇叔的楚城大小姐，也不会放过你，在四面皆敌的情况下，你需要拥有自保的力量。"王锦凌没有半点私心，纯粹是希望凤轻尘拥有属于自己的力量，这世间没有什么比这更可靠。

别人给予的始终是别人的，只要那个人想要，随时可以拿回去，唯有自己的才会永远属于自己。

"原来我在不知不觉中得罪了这么多人，我好像也没有做什么啊。"得罪西陵是因为东陵子洛，得罪南陵应该是因为周行，而得罪夜城则是因为苏绾，得罪楚城则是因为九皇叔。

她得罪的人，都不是因为自己。

“如果没有意外，安平公主嫁到北陵后，北陵也会拿我当敌人，我看北陵的凤谦似乎挺喜欢安平。”凤轻尘突然想到，她还有这么一个潜在的敌人。

“是的，如果安平公主手腕高一点，北陵对你不满也很正常，我忘了说，东陵皇上也不喜欢你，你等于得罪了九州大陆一半以上的势力，真正是四国皆敌。”说到这里，王锦凌很不厚道地笑了。

被四国两城视为公敌的女人，放眼九州大陆，凤轻尘还是第一人；而在得罪这么多人后，还能活得好好的，凤轻尘也是第一人。

“你别说了，你这么一说，我都有想死的冲动，不知道我自杀能不能拿到那笔悬赏。”凤轻尘痛苦地抚额，恨不得自杀。

放眼九州大陆，全是她的敌人，她都不知道自己有这么惹人厌。

“不能，当然你要是自杀，我不介意拿你的尸首，去领那二十万两黄金，据说这笔赏金让北陵皇室都心动了，所以你不用担心安平公主，即使她不嫁到北陵，北陵也会把你当对手。”王锦凌笑道，他很清楚凤轻尘只是说说而已，她绝不会自杀。

“什么？皇室也掺和？”凤轻尘猛得转头，瞪大眼睛看着王锦凌。

王锦凌眨了眨眼，一脸纯良地说道：“你不知道北陵一直很穷嘛，有这二十万两黄金，北陵的实力可以提升一个档次，为了这笔银子，北陵不介意出动高手杀你。”

人为财死，鸟为食亡，争权夺势，争来争去不就是争这天下的财富嘛，这么一大笔银子，只要有机会拿的人都会心动。

凤轻尘叹了口气，不知道说什么好，她现在除了掌控杀手联盟已无路可走，可掌控杀手联盟，其难度不亚于颠覆一个国家。

遇到杀手左岸，得知悬赏暗杀一事，她还以为这个悬赏的威胁不大，现在才明白，她把事情想得太简单了。

天价悬赏不仅仅吸引了杀手，还吸引了无数想要得到那笔银子的人，就如同当年的陆家，只因为银子就被西陵一锅端了。

对于那些人来说，杀她是一件很容易的事情，至少比血洗陆家容易。

王锦凌也知道凤轻尘此时所承受的压力，但为了凤轻尘的安全，他不得不再次提醒：“轻尘，你必须掌控杀手界，不然的话，你这辈子都得活在担惊受怕中，一辈子都要处在被暗杀的阴影中。”

他今天带凤轻尘下山，就是想让她明白，她现在的处境有多么的危险，她若不重视随时都有可能丢命。

在玄霄宫的一个月，凤轻尘自由无拘，却不知道外面因为她早已翻天覆地，各路人马早已在暗处等候，只等凤轻尘出现。

每走一步，都要防着被人暗杀，每去一个地方，都要派人事先检查，这样的生活绝对不是凤轻尘想要的。王锦凌话中的意思她明白，可是王锦凌说得容易，但真的要按照他说的去做会很难很难。

凤轻尘叹了口气，不想再继续这个话题，太沉重了。

“我们去前面看看。”前方的打斗声已经停止，此时没有杀手冲过来，说明王锦凌的暗卫取得了胜利。

知道凤轻尘不想继续谈，王锦凌也不好再惹人嫌，点了点头，跟了过去。

离得越近，血腥味越浓，凤轻尘脸上的表情也越发的凝重，她知道因为自己，九州大陆将要死很多人，但那些人死得是否无辜，凤轻尘不愿意去想。与其自己死，不如让别人死，哪怕是无辜的人。

凤轻尘走近后，看到地上横七竖八地躺着十几具尸体，全是黑衣，她也不知道哪些是王锦凌的暗卫，哪些是杀手。

“你的暗卫有没有伤亡？”分不清，只好问正主。

“有，死了三个。”王锦凌扫了一眼，便认出了那三具尸体。

“哪三具尸体是他们的？”凤轻尘在尸体中寻找为了保护她而死的人。

“领口处绣着暗红色标记的，便是王家暗卫。”暗红色的标记绣在领口处，不仔细察看根本看不出来，不过凤轻尘一走到尸堆里，便找到了王锦凌所说的那三个死去的暗卫。

地上总共有十七具尸体，其中十四具尸体脖子上都被补了一刀，想必是怕有人装死，脖子上有伤的是杀手，没有的则是暗卫。

凤轻尘站在那三具尸体面前，一脸沉默，好半晌才转过头，对王锦凌说道：“如果我现在说，我想为他们收尸，好好安葬他们，会不会显得很虚伪？”

“不会。”王锦凌也曾有过这样的想法，只不过他在这个位置上待久了，已经习惯属下为他而死，要知道能为主子而死，对奴仆来说无尚光荣。

“那就把他们埋了吧，总不能让他们暴尸荒野。”凤轻尘从杀手的尸体边捡起一把刀。

刀上还沾着血与肉沫，凤轻尘却不在意，拎起刀就朝不远处的平地走去，一刀一刀地挖土，王锦凌没有阻止，也没有上前帮忙，只站在凤轻尘的身后，静静地看着她。

冷酷而又慈悲，如此极端的两面在凤轻尘身上却不显得矛盾，好像她天生就是这样。

这样的轻尘没有什么不好，乱世将显，一味的慈悲只会把她身边的人累死，这天下没有无辜的人。

用一把杀人的刀在平地上挖坑，这绝对是愚蠢的事情，先不说挖了半天，才挖出一个只能埋书的坑，就说握刀的手……

在这么冷的天里，用力挖坑，凤轻尘的手心很快就被刀柄磨红。

凤轻尘看着自己红通通的双手，郁闷坏了，她刚刚是不是做了一个很蠢的决定，她居然想凭自己的力气，挖一个大坑，埋三个大男人，光凭她手中的这把破刀，那得挖几天？

她果然还是太感性，想到那三个人是为她而死，一时冲动，握起刀就挖土，却没有想过，这个工程有多么的浩大。

王锦凌一看就知道凤轻尘已从伤感中走了出来，便朝暗卫打了一个手势，三条黑影从王锦凌的身侧蹿了出来，他们手上没有握杀人的兵器，而是拿着挖土的铲子。

三人一句话都没有说，朝王锦凌行了个礼，便走到凤轻尘身边，在凤轻尘挖坑的地方，继续挖……

凤轻尘被挤到一边，默默地让出位置，丢掉了手上的刀，拍了拍手上的土。

王锦凌递了一块帕子上前，准备替凤轻尘擦手，凤轻尘却直接接过帕子，擦了擦手，并随手将帕子收了起来。

“谢谢。”

这一句谢，不知是说帕子的事，还是说王锦凌出动三个暗卫，帮她挖坑的事。

“小事，他们是我的人。”王锦凌自动略过帕子的事情。

凤轻尘笑了笑，没有说话，看着玄霄宫的方向若有所思，身上似有化不开的愁绪。

其实，她真的觉得自己活得很累，每天从睁眼醒来，就没有一刻轻松过。

待到三个暗卫将坑挖好，把死去的暗卫就地掩埋后，时间已经不早了，王锦凌想了想，问道：“回去还是继续走？”

“哪都不去，就在这里。”这么浓烈的血腥味，稍微有点脑子的人都不会靠近，这里暂时会很安全，而且这里距离九皇叔很近，九皇叔能很快找到她。

“在这里，不怕九皇叔来抓我们？”王锦凌笑道，这是完全发自内心的笑，他觉得让九皇叔那张冰山脸露出别的表情，比让凤轻尘接受他，更有意思。

“怕？有什么好怕的。”凤轻尘不在乎地扬了扬头：“想逃出九皇叔的手心很难，哪怕我远在天之涯、海之角，只要九皇叔想，他就能抓到我。”

说到九皇叔的霸道，凤轻尘的眉眼间满是掩不住的柔情。

那个男人虽然有千般坏，可在千千万万人中，她一眼就看到了他、认准了他。

“你就这么肯定，他一定会来找你？”许是换了一种心情，看到凤轻尘幸福的笑容，王锦凌突然觉得，这也是一种享受。

即使，凤轻尘的幸福不是他给的。

“会，如果我没有留下一句话就走了，九皇叔一定会去找我。”凤轻尘毫不犹豫地点头，依九皇叔的骄傲，怎么会容许她不告而别？

“就算你和我私奔，他也会找你？”这可不算不告而别。

凤轻尘莞尔一笑，将身上的愁绪冲淡：“什么私奔不私奔的，不过是玩闹罢了，九皇叔知道我不会，一如我相信他会来找我一样。我选择了他，就不会移情别恋，我和九皇叔一样，我们的心很小，只能容下一个人。”

“哪怕他放弃你，你也不会变心？”王锦凌不知道，自己该用什么心态问出这句话。

是“放弃”而不是“抛弃”，哪怕王锦凌再讨厌九皇叔，他也会承认：九皇叔在这一点上的确和凤轻尘一样，心小得只能容下一个人。

可凤轻尘又知不知道，他的心也很小也只能容下一个人。也许，凤轻尘一辈子都不会知道，或许就算她知道也不会在意。

王锦凌惆怅地望着远方，有些失神。

凤轻尘沉浸在自己的世界里，没有发现王锦凌的伤怀，她轻叹了口气，说道：“爱过那样的男人后，我想，我这一辈子都无法再爱另一个人了，不能爱他，我就会失去爱人的能力。”

不是“不爱”而是“不能爱”，一字之差意思却是天壤之别，王锦凌懂得凤轻尘的意思，可正因为懂才会受伤。

然而，王锦凌没有太多时间伤怀，因为九皇叔来了。

没有隐藏身份，没有隐匿踪迹，九皇叔大大方方地从山上走了下来，明明是在荒郊野外，却走出了皇宫大殿的气势，他如同一束光一样，出现在凤轻尘面前。

“九皇叔？你这么快就来了？战斗结束了？”凤轻尘远远地看到九皇叔的身影，提起裙摆便跑了过去，她没想到九皇叔会来得这么快。

王锦凌也大步朝九皇叔走去，一走近就听到九皇叔说：“没有，还在打。”也就是说，玄霄宫的战斗还没有结束，他就溜了。

“啊……”凤轻尘应了一声，自责地低下头。不用想也知道，九皇叔临阵离开是因为她。

让凤轻尘意外的是，九皇叔不仅没有生气，反倒安慰她：“不用担心，有步惊云在。”他不是不负责任的人。

“嗯。”凤轻尘松了口气，没有因她影响大局就好。

“仗还没打完，九皇叔你这个主帅就跑了？不怕他们说你不爱江山爱美人？”王锦凌调侃道。

“胜败已定，本王在与不在有什么关系？一场小战事都打不赢，本王养他们何用？”让王锦凌意外的是，九皇叔并没有生气。

九皇叔说完这话，便不再理会王锦凌，将凤轻尘拉到身边，看到她的衣袖沾了泥土，有严重洁癖的九皇叔，居然直接用手替她擦拭干净了。

凤轻尘挑眉，不明白九皇叔这是抽了哪门子的风，可看九皇叔万分认真的样子，凤轻尘又不敢多话，只得像个孩子一般，乖乖地站在九皇叔的面前，任九皇叔摆布。

王锦凌看着这两人，旁若无人地沉浸在自己的世界里，知道这是九皇叔对他的警告，不以为意地笑了笑。

他才没有九皇叔那么小心眼呢，在九皇叔和凤轻尘还在一起时，他不会逾越，不会给凤轻尘添一丝麻烦。

感情这种东西，谁先爱谁输，谁爱得深，谁就输得惨，他很不幸，两者都占了。

在九皇叔耐心细致的清理下，凤轻尘的衣袖干净了，九皇叔的手指却脏了，凤轻尘看九皇叔盯着自己的手指，一脸纠结扭曲的样子，很不给面子地笑了出来。

九皇叔恼怒地瞪了凤轻尘一眼，吓得凤轻尘连忙收起笑容，狗腿地取出帕子，给九皇叔擦手。

你给我清理袖子上的泥，我给你擦手指上的土，这两人无聊不无聊？

王锦凌没好气地白了九皇叔一眼，正好迎上九皇叔戏谑的笑容，王锦凌隐约看到，九皇叔的眼中闪烁着危险的光芒。

不好！王锦凌突然有种不好的预感，整个人愣在那里，想着哪里出了问题，可他还没想明白，他的预感就成真了。

九皇叔擦拭干净手指后，吹了个口哨，一匹黑色的骏马从前方跑了出来，停在九皇叔的身边。

“天快黑了，我们该走了。”九皇叔不给凤轻尘说不的机会，将人抱上马，自己亦跟着上马。

九皇叔没给王锦凌多想的机会，一上马便扬起马鞭，带着凤轻尘纵马离去，离去前还特意留下一句话：“大公子，本王和凤轻尘要去一趟西陵，大公子要是不忙就一起去，要是赶着年前回家那就算了。”

这话明着是告诉王锦凌，让王锦凌知道如何去找他与凤轻尘，实则是在告诉凤轻尘，如果王锦凌没有和他们一道，那就是回了东陵，因为王锦凌要在年前赶回王家。

而这个时候，王锦凌终于明白自己那不好的预感是什么了。

九皇叔这是利用完了，就把他甩下，不想让他一道跟着去西陵，所以才会突然把凤轻尘带走，而不是等他一起走。

“无耻，利用完了，就让我自生自灭，东陵九，这天下哪有这么好的事情，不让我去，我偏要去。”向来从容睿智的大公子没有发现，他居然和九皇叔起了义气之争。

他原本是准备从玄霄宫下来后，就先行回东陵，年关将至，本家有一大堆的事等着他去做，这是他当上家主的第一个新年，他务必要做好。

可被九皇叔这么一气，他决定先把王家的事情放一边，九皇叔不希望他出现，他就偏要出现，九皇叔有本事就把凤轻尘娶回家！

可王锦凌很快就发现……

现实比他想象中的残酷多了，他等了半天也没有等到马，王锦凌终于明白哪里不对劲了。

他的马不见了，他的暗卫也找不到了！

“东陵九，你个混蛋！”温和的大公子，这个时候终于忍不住破口大骂起来，可惜九皇叔早就走远了，根本听不到他的骂声。

九皇叔就算听到了也不会在意。

这世间骂他的、恨不得他死的人一抓一大把，他要是在意的话，一定会愁死。

待王锦凌回到王家，知道父亲逼他娶妻后，估计会更恨九皇叔，不过九皇叔一点也不在意，他说过会让王锦凌明白“私奔”的代价！

天色渐黑，寒风乍起，气温骤降，野外没有避风之处，站在这用不了多久，就会被冻成冰棍。

王锦凌只觉得全身上下无一处不冷，他长这么大还是第一次知道冷得透骨是什么滋味。他冻得双唇发紫，脸上没有一丝血色，手指也有些僵硬，再加上周围那浓重的血腥味，王锦凌几欲作呕，多少次想要离去，可偏偏不敢走太远。

王锦凌很清楚，一定是九皇叔的人制住了他的暗卫，没有意外的话，他的暗卫就在附近，他若真走远了那才叫危险，他身上虽有保命的东西，可玄霄宫正有一场混战，他万一被人掳走，那可真是丢脸了。

王锦凌实在冷得受不住，气得再次骂道：“东陵九，你个混蛋，别让我找到你，否则不把你折腾死，我就不是王锦凌。”

为了让自己暖和起来，王锦凌在原地来回走动，同时寻找暗卫的下落。

他知道九皇叔行事有分寸，教训归教训，绝不会拿他的生命开玩笑。而九皇叔也明白，王锦凌要是因为九皇叔而死在这里，凤轻尘会怨死他。

王锦凌来回走了数十趟，总算暖和了一些，而天也彻底黑了，王锦凌摸了摸瘪瘪的肚子，默默地看着前方。

“九皇叔，你也太狠了，这么晚还不让我的人出来，你这是冷不死我，也要饿死我吗？”

王锦凌故意说得很大声，就是想让暗处的人听到，结果他没有等到暗卫的回应，却等到一阵马蹄声传来。

光凭马蹄声，王锦凌就可以肯定，来人不少，为了不被马撞死，王锦凌站到一边，等这群人过去。

他丝毫不担心这群人是敌是友，是敌就更好了，暗处的人看到他有危险，定会出来保护他，他就不用在这个鬼地方吹冷风了。

“哒哒哒……”马蹄声越来越近，空气中也浮动着尘土的味道，王锦凌嫌恶地皱了皱眉，静等这一票人马过去，哪知这一票人却在他的身边停了下来。

“大小姐，这里有很浓的血腥味，刚刚应该有过一场大战。”一名黑壮男子策马上前，同时点燃手中的火把。

王锦凌借着微弱的火光，看到最前方是一个穿着黑色披风的女子，女子眉目如画，却透着一股刚毅，绝不是贵族名门的女子。

“查看一下四处的情况，没有意外就继续赶路。”女子的声音透着一股急切，而这个方向除了去玄霄宫，没有别的地方。

是敌还是友？会给这场战争带来变数吗？

没让王锦凌想太久，他就被人发现了：“大小姐，有人。”

说话的人很有眼力，见王锦凌衣着不凡，也不敢上前推搡，举着火把站在王锦凌的面前，挡住了他的去路。

王家的暗卫见到这一幕，当下顾不得自己的死活，无视脖子上的钢刀，强行冲破穴道，准备上前保护王锦凌。

当然，九皇叔的暗卫也不是笨蛋，早就先一步松开对王家暗卫的钳制，快他们一步，从暗中冲了出来，站在了王锦凌的身后。

暗卫的出现，让整个局面都变了，黑衣女子一行人如临大敌，一个个下马，站到王锦凌的对面，暗卫亦是悄悄地将手放在把柄上，准备随时拔剑而出。

明明是陌路相逢，却有剑拔弩张的气氛，黑衣女子眉头一皱，上前问道：“你是什么人？”

身后的气息，让王锦凌有些陌生，随即便明白了是怎么回事，脸上挂着温雅的笑容，直接说出自己的名字：“王锦凌。”

“王锦凌是谁？不认识。”黑衣女子顿了一下，随即高傲地说道。

王锦凌不在意地笑了笑：“敢问姑娘是谁？”

不认识他就说明这位姑娘与四国九城无关，在九州大陆，只要和权力中心沾边的人，没有人不知道王家家主王锦凌。

“李玄月。”黑衣女子倨傲地看着王锦凌，她在等王锦凌说不认识她，不想王锦凌根本不是这么小气的人。

“李玄月？玄月宫的大小姐？”王锦凌在准备插手玄霄宫的事时，就查了下江湖上四个玄字辈门派。

四大门派分别是：玄医谷、玄霄宫、玄月宫、玄情阁。玄霄宫自是不用多说，玄医谷谷主和他也有过数面之缘，虽有本事，但确实是一个亦正亦邪的主，行事诡异多端，聪明知趣，从不与哪个人正面结仇。

至于玄月宫，它在北陵，当年北陵皇上能登基，玄月宫宫主出了不小的力，玄月宫与北陵皇室的关系颇好，而李玄月则是玄月宫宫主最宠爱的孙女。

玄情阁，是一个很奇怪的地方，只知道它在南陵，非常的神秘，阁中弟子全是女子，而且是被男人所伤的女子。玄情阁的武功也只适合带着满腔恨意的女子修炼，对男人恨得越深，修为越高。

据说玄情阁的创始人，本是名门正派的女子，她爱慕自己的师兄，但她那师兄却死心塌地爱上了一个官家千金，并为那个官家千金而退隐江湖，于是那姑娘因爱生恨，走火入魔，却开辟了新的功法，随后一手创立了玄情阁。

面前这个李玄月，据王锦凌所知，她好像对宣少奇很有好感，这个时候她带着这么多人出现，让王锦凌不得不多想。

李玄月的出现，绝不是巧合，而九皇叔选择在今天发难，又半途离去，似乎很有深意。

想到这里，王锦凌看李玄月的眼神和善了许多，也明白九皇叔的打算了。

够阴险，他喜欢！

“你认识我？”李玄月感到有些奇怪。

面前这个男子是谁？李玄月暗暗将手放在腰间，那里有能瞬间杀人的暗器。

王锦凌虽然没有武功，但对危险的预知能力很强，悄悄地往后移步，将自己隐入暗卫的保护圈。开玩笑，他对外可是宣少奇的敌人，他才不要自找死路。

王锦凌温言道：“姑娘不必动怒，我不过是猜测罢了，江湖四大玄字门派人人知晓，敢取名玄月，必是玄月宫的人，至于为何猜姑娘是玄月宫大小姐，不过是听到了你身边的人对你的称呼。”

临时找出这个近乎无懈可击的理由，还真是为难王锦凌了，好在李玄月并没有一颗玲珑心，当下便信了王锦凌的说辞，将手放下。

“既然知道我是玄月宫的人，还不让开，我们要赶路。”李玄月审视了王锦凌一眼，确定他没有什么危害，便懒得与之纠缠。

“姑娘请。”面对为宣少奇而来的粉红佳人，王锦凌不仅客气，还很热情，连忙退开，让李玄月一行人上山。

王锦凌站在原地目送李玄月一行人离去，直到看不到人影，才满意地转身，吩咐暗卫寻找代步的车马，他要去西陵。

王家暗卫见主子不提他们失职一事，擦了擦冷汗，半句也不敢多问，乖乖地把王锦凌的马牵来，同时给王锦凌找来熟食。

一切准备就绪，王锦凌打算连夜赶路去追九皇叔和凤轻尘，哪知他才上马，一直站在旁边，如同幽灵的九皇叔暗卫，就突然上前挡在马前，恭敬地说道："大公子，我家王爷说，如果大公子不回东陵，就把你父亲正在为你择妻的消息告诉你。"

王锦凌心中一惊，差点从马上摔下来："你说什么？"

娶妻？他才离京一个月，王家那群人就胆大到打他的主意？

"大公子，你没有听错，您父亲正在为您择妻，如果您在年前赶回东陵，也许还来得及拒绝。"暗卫低着头，一板一眼地解释，没有人能看到他此时的表情。

王锦凌听到事情还没有定下来，瞬间冷静下来："我知道了，替我多谢你们家王爷。"

语气真诚得让人无法相信，其实王锦凌此时气得想杀人，联想到李玄月的出现，王锦凌可以肯定，他父亲要他娶妻一事，与九皇叔脱不了干系。

东陵九，果真够无耻，居然用这种办法解决潜在的威胁，也不想想他和宣少奇是那么好说话的人吗？

"大公子不必客气，我家王爷说大丈夫齐家、治国、平天下，大公子也该娶妻生子了。"暗卫好像听不出王锦凌的怒气，一本正经地回道。

王锦凌自不会和一个暗卫生气，转念间就有了对策，唇角微扬，勾起一抹浅笑，道："替我转告你们家王爷，你们家王爷也该娶妻了，我回到东陵后，会以王家的名义上书，请皇上邀请楚城的楚长华前来东陵，我想皇上应该很乐意促成这段亲事。"

王锦凌说完便打马离去，留下目瞪口呆的九皇叔暗卫。

暗卫们面面相觑，他们是不是要告诉九皇叔，九皇叔在算计王锦凌成亲的同时，也是在给自己找麻烦，因为他的年纪也不小了……

# 第十六章　天下第一杀手

甩开了王锦凌，只余九皇叔与凤轻尘二人，两人一路共乘一骑，纵马飞驰，说不出的潇洒恣意，路途中偶有不长眼的杀手想要动手，也被九皇叔的人提前处理干净了。

天黑后，两人走了半个时辰的夜路，找到一家还算干净的客栈，出门在外，九皇叔也没法要求太高。

“一间房。”九皇叔抢在凤轻尘之前，很无耻、很淡定地要了一间房。

“一间够吗？万一锦凌晚点过来，没房间怎么办？”凤轻尘并不排斥与九皇叔同睡一间，有九皇叔在，她完全不用担心安全问题，只管睡觉就可以了。

九皇叔听到前一句脸色微沉，直到凤轻尘说出，另一间是给王锦凌的，九皇叔的面色才稍霁，淡然地说道：“一间就够了，王锦凌回东陵了。”

“回东陵？你怎么肯定他一定会回东陵？”凤轻尘与九皇叔往二楼的客房走去，领路的小二低头哈腰，大气都不敢喘一下。

“他赶着回去成亲。”九皇叔面不改色地撒谎。

“啥？成亲？”凤轻尘一脚踏空，差点摔倒，幸亏九皇叔眼疾手快，将人抱住：“这么大的人，走路也不知道看着点。”

说完，就理直气壮地拉起凤轻尘的手，以免她再次摔倒，凤轻尘挣扎了一下，没挣开，便任九皇叔拉着。

“我这不是被你的话吓到了嘛。”凤轻尘霸道地将错误推到九皇叔身上，女人有赌气的权利。

而这时，小二已将两人引至客房，九皇叔挑眉，没有说话，待到走进房间，小二离去，才问道：“怎么？你认为王锦凌不该娶妻？”

“当然不是。”凤轻尘很坚定地摇头，“王锦凌已经正式接手王家，他的确应该成亲了，成亲后才能让人信服。”

“你说得没错，王锦凌早该成亲了，王锦凌的父亲已经替他选好了妻子，他一回去就可以成婚。”九皇叔眼都不眨一下，说得那叫一个自然，凤轻尘想怀疑都不行。

“哪家的小姐？”凤轻尘好奇地问了一句。

“你很关心这个？”

“我就是好奇这天下有哪个女人，嫁给大公子而不自卑。”天天对着一张比自己还美的脸，那得多郁闷，长得不好的女人绝没有嫁英俊丈夫的勇气。

“有什么好奇的，你回到东陵就知道了。”实际上，九皇叔也不知道王锦凌的妻子会是谁，而且他认为王锦凌不会乖乖娶妻，他只是想用这个办法把王锦凌弄回东陵罢了。

“那就等着回东陵吧。”九皇叔不说，凤轻尘也不多问，赶了一天的路，她也累了，便转过身去铺床。

她虽没有洁癖，却也不喜欢用别人睡过的被子、床单，凤轻尘把床单和被子都抱了下来，换上自己带来的物品。

九皇叔虽然很欣赏凤轻尘干活时的身影，但一个男人一直看着自己的女人干活而不动手，他实在不好意思。

九皇叔起身，扫了一眼屋内的铜盆和灰色的毛巾，犹豫了一下，还是决定不插手了，他实在受不了那脏兮兮的毛巾。

娇气！

凤轻尘铺好床后，转身就看到九皇叔嫌弃的表情，没好气地嘟囔了一声，转头拿出自己一早就准备好的白毛巾。

毛巾用袋子封着，没用前还是湿的：“过来，我帮你擦。”

凤轻尘朝九皇叔招了招手，示意他坐下，九皇叔挑眉，眼中闪过一抹笑意，乖乖地坐下，任由凤轻尘替他擦脸、擦手。

说实话，凤轻尘根本不懂得服侍人，她的力道很大，动作很粗鲁，九皇叔感觉自己的脸火辣辣的痛，只能忍了。

这种氛围，让他想到普通人家的夫妻，有那么一刹那，九皇叔觉得自己的心里温温的，眼睛酸酸的。

凤轻尘，他选的女人上得了战场，下得了厨房；斗得过权臣，打得过纨绔，左手能救人，右手亦能杀人。

在他眼中，凤轻尘没有缺点，偶有小别扭、小任性，他也看得欢喜。

九皇叔伸手，将凤轻尘抱了个满怀，让她坐在自己的腿上，伸手捏住凤轻尘的脸颊，用力一拉，凤轻尘好好的一张脸，就被他拉得变形了。

凤轻尘翻了个白眼，没好气地拍掉九皇叔的手：“我一脸的灰，别乱碰。”

这个男人越来越小气，她不就是把他当孩子哄了一下嘛，至于孩子气地捏她的脸嘛。

“嗯。”九皇叔高抬贵手，放过了凤轻尘，转而拿起桌上未用的毛巾，动作优雅地展开，在凤轻尘的注视下，淡定自若地拿起毛巾，细细地给凤轻尘擦了起来。

动作轻柔，眼神专注，好似在擦什么绝世珍宝，让凤轻尘忍不住闭上眼睛，倒在九皇叔的怀里。

套王锦凌那句话，这两人无聊不无聊呀，用得着你帮我擦，我帮你擦嘛，各自动手收拾自己，效率更高。

可这两个人就这样才高兴，你有什么办法，人家乐意你侬我侬。

虽是赶路，但因为有彼此的陪伴，枯燥的旅途也就充满了乐趣，即使是啃着冷硬的馒头，两人也能相视而笑，比吃山珍海味还要满足。

不知是因为那一晚普通夫妻相处的方式刺激到了九皇叔，还是他离开皇城，不用再高高在上、冷冷冰冰地防备外人，接下来的路上，九皇叔毫不在意在凤轻尘的面前表现出自己温柔体贴的一面。

虽然九皇叔做得不够明显、不够好，但对凤轻尘来说足够了，这样的生活是她做梦都想要的。

没有权力斗争，没有阴谋算计，没有无穷无尽的暗杀，如果可以，凤轻尘希望他们的一辈子都能像普通夫妻一样生活。

夜宿郊外，九皇叔会亲手烤野味给凤轻尘吃，即使那肉被九皇叔烤得焦黑发苦，凤轻尘也会全部吃完，然后顶着一张油嘴，在九皇叔的脸上蹭，直到把九皇叔蹭得发脾气为止。

路过崖边，看到高处盛开的梅花，九皇叔会停下来，飞身到崖边，为凤轻尘摘那朵开得最美的梅花。

虽然被风一吹，就只剩下光秃秃的树枝和几朵没有盛开的花苞，凤轻尘还是笑眯眯地拿在手上，让九皇叔帮她别在发髻上，即使枯了也不愿摘下来，直到九皇叔摘到下一朵花为止。

晚上夜宿时，九皇叔会给凤轻尘打热水，让她泡泡脚，驱走一天的寒气。

虽然等到九皇叔端来，那热水只剩下一点余温，凤轻尘还是会傻呵呵地把脚放在木盆里，水变凉了也不动，除非九皇叔过来抱她，而九皇叔每次都会屈服，生怕她寒气入体。

睡觉时，凤轻尘的手脚冷冰冰的，要好半天才能暖和，九皇叔知道后，便解开自己的衣服，把凤轻尘的双手和双脚抱在怀里给她取暖。

虽然九皇叔第二天一起来，就要把衣服换掉，并且要凤轻尘洗干净，凤轻尘还是很高兴，并且乐此不疲。

王锦凌说得没错，男人都是要调教的，从玄霄宫到西陵皇城要走十天，而就是这十天的时间，九皇叔便习惯了替凤轻尘摘新鲜的梅花。

到了晚上，九皇叔会自动给凤轻尘暖手脚，也不管天气是不是已经变暖，反正他决定要做的事情，就不需要征求凤轻尘的意见，凤轻尘乖乖听话就行。

九皇叔起初做得很别扭，也有些不情愿，可现在呢？动作麻利得让凤轻尘都怀疑，这还是九皇叔吗？

不管是与不是，凤轻尘都很享受现在的生活，享受九皇叔的宠爱，而之前因九皇叔的试探而引发的不满也消散了。

到了上京，也就是西陵皇城，九皇叔还会替她做那些有失面子的琐事吗？

“应该不会吧！”凤轻尘自嘲地笑道，她估计自己需要花数十倍的时间，来适应没有九皇叔体贴相伴的日子。

两人和西陵的普通百姓一样，排队进城，官差再三检查，核对无误后，便放二人进去了，凤轻尘这个时候却在发呆，九皇叔不便拉着凤轻尘，只得轻轻地推她一下：“愣着干吗，走。”

这里可是西陵，不是发呆的地方，要是被人发现他们的身份，就是死在西陵，也没有人为他们出头，因为他们这是潜入敌国。

“哦，来了。”凤轻尘踉跄一步，连忙跟在九皇叔身后。

为了不被人发现，九皇叔和凤轻尘提前做了乔装，事先也准备好了一系列的身份证明。

凤轻尘叫陈轻，九皇叔叫林九，是西陵南边某小城的一对普通夫妻，来上京探亲。

踏入西陵都城，九皇叔熟门熟路地领着凤轻尘，朝上京最大的客栈走去，就在这个时候，人潮突然朝东边涌去。

“快，快去看，那个疯子又来跳塔了。”

“什么？你说那个跳塔的疯子又来了，你等等我，我收了摊也去，不知道那个疯子这次会不会把腿摔断。”

“这都第几次了，每隔一段时间就来跳塔，又死不了，如果真想寻死的话找把刀抹脖子就是了。”

……

这些人一边说，一边朝东方赶去，摆明了是去凑热闹的。

不管在哪里，不管时代如何变迁，普通百姓都改不了爱看热闹的性子，听到有人跳塔，就一窝蜂似的涌去。

挤来挤去，差点把九皇叔和凤轻尘给挤散了，幸亏九皇叔眼疾手快，抱着凤轻尘避到了角落。

凤轻尘不爱凑热闹，拉着九皇叔就往反方向走，可九皇叔却停下了步，指着人潮涌动的地方：“我们也去。”

“你什么时候爱凑热闹了？”凤轻尘不解地问道。

“那个人，就是我们要找的人。”九皇叔指着东边那座高高的尖塔。

西陵的文峰塔乃是九州大陆最高的塔，它是一座八角塔，共十三层，高二十五丈六尺五寸，站在塔顶，可一览群山。

只是文峰塔并不对外开放，平日也无人能登上塔顶。是以，上京的百姓对那个隔三差五就从塔顶往下跳，还不被官差抓到的人表示万分好奇，每当这人来跳塔，看热闹的人就极多。

凤轻尘自认视力不错，可她站在塔底却什么都看不到，只隐约看到一个小黑点，也不知自己看到的是人，还是塔角。

“那人是谁？”凤轻尘站了半天，也不见对方跳，戳了戳九皇叔的胸膛问道。

“等他跳下来就知道了。”九皇叔这几天相当不合作，凤轻尘问什么，他都不答，总让她自己看，气得凤轻尘想咬人。

看凤轻尘气鼓鼓地磨牙，九皇叔表示很高兴。

让你淡定，让你诸事不管，让你没有好奇心，本王憋死你！

“哼……”凤轻尘傲气地别过头，誓死不向恶势力低头，横竖人跳下来她就知道了，她偏偏就是不急，气死你！

凤轻尘不急，可围观的百姓急呀，见那人半天都没有跳下来，一些急性子的人开始叫道：“跳呀，跳呀，你快跳呀。”

“到底跳不跳？不跳我们走了。”

“就是呀，要跳就快点，都耽误我赶集了。”

“快跳，快跳，跳下来！”

……

半天没看到人跳下来，围观的百姓一个个大叫起来，声音之大，让凤轻尘不得不抓起九皇叔的手给她堵耳朵，她可不想被震破耳膜。

塔顶上的人似乎半点也不受众人的影响，下面的人催得再凶，他也不跳，凤轻尘实在不明白九皇叔在等这个人做什么。

哪里没有疯子？难道这个人特别到能让九皇叔一改性子，跑来凑热闹？

凤轻尘抬头，以眼神询问九皇叔。

毕竟疯子和天才就在一线间，这样的疯子若能被驯服，想必是个人才。

可惜，两人的脑电波似乎不太一样，九皇叔没弄明白凤轻尘的意思，见她看着自己，便松开手，附在她耳边道：“那人在等风。”

风起，他才会往下跳。

“等风？他想乘风而去？”周围太吵，实在不适合说话，凤轻尘只得贴在九皇叔身旁。

九皇叔反手将人搂得更紧，指着塔顶道：“轻尘，他跳了。”

凤轻尘抬眼望去，只看到一个黑点，从高处跃下，黑点渐渐放大，凤轻尘也看明白了……

什么跳塔疯子，人家分明是个狂人，没看到人家身后背了一个大风筝嘛，人家根本就不是寻死，而是借这个高塔和风力，来测试他身后的那架大风筝的力道，看看自己能不能借风飞起来，只是这个人怎么这么眼熟呢？

“我是不是见过他？”从高空落下的速度极快，凤轻尘只看到那张脸一闪而过。

“杀手左岸，你说见没见过？”九皇叔拉着凤轻尘就往前走，凭借暗劲，将挡路的人一一推开，九皇叔顺利地挤到人群前面。

“嘭！”正好赶上左岸摔下来，身后的风筝也应声而碎，将左岸给埋在底下了。

那声响之大，让凤轻尘听着都为他叫疼，身子忍不住瑟缩了一下。

“死了没？死了没？”

“这下应该死了吧，都好多次了，也没见他死成，这次不死，他下次还跳不？”

……

这一摔，哪怕是武林高手，也伤得不轻吧，凤轻尘犹豫着自己要不要上前救人，毕竟当初左岸对她也算手下留情，还给她透露了一个大消息。

“别去了，他不会有事。”凤轻尘眉毛一动，九皇叔就知道她要做什么，连忙把人拉了回来。

凤轻尘要是出手，他们的身份就快曝光了，虽然他们的身份早晚会曝光，但不能曝光得毫无价值。

九皇叔的话刚说完，就看到一队官兵走了过来，凤轻尘暗暗为左岸捏了把汗，毕竟杀手都是见不得光的，不想这些官差却单膝跪在左岸面前：“少爷，您还好吗？”

“滚。”换来的却是左岸冰冷的厉喝。

很好，中气十足，左岸这一摔想必没有大碍。

只是凤轻尘更疑惑了，左岸不是杀手嘛，怎么变成西陵的少爷了，看他的身份似乎很不一般。

“走，回去再说。”九皇叔见热闹看得差不多了，加上官差也来了，此时不适合与左岸套交情，便拉着凤轻尘退了出去。

两人入住到上京最好的客栈，掌柜和小二极为殷勤，凤轻尘甚是不解，直到九皇叔说：“这客栈幕后的主人是本王。”她才恍然大悟。

“你这客栈不是为了赚钱吧。”九皇叔这手也伸得太远了，凤轻尘佩服。

客栈、酒楼人蛇混杂，各种消息最是灵通，把客栈建得这么富丽堂皇，一般人也住不起，显然是用来收集消息的。

“一半一半。”开客栈虽然不是为了赚钱，但亏钱的生意，他也没办法一直经营。

天下第一庄的生意遍布九州大陆，在所有人认为商人低贱时，九皇叔却选择从行商开始，积攒自己的力量。

不是他眼光好，而是他当年只能从这些不入流、不起眼的行当做起。

“你可真是老谋深算。”凤轻尘竖起大拇指。

这个男人真可怕，别人还在玩泥巴的年龄，他却开始玩弄权谋了，西陵皇上要是知道上京最好的客栈的幕后老板是九皇叔，估计会吐血。

“本王这叫深谋远虑。”九皇叔很严谨地纠正，他不比凤轻尘大几岁，绝不允许她往自己的身上贴老字。

“都一个意思。”凤轻尘提起茶壶倒了两杯，递了一杯给九皇叔，“说说吧，左岸是怎么一回事，他不是杀手吗？西陵官兵怎么会叫他少爷？还有，你带我来西陵就是为了找左岸吗？怎么，你想收服此人？”

“来西陵的确是为了左岸，但不是本王要收服他，而是你。”只有天下最熟悉杀手行当的左岸，才能保证凤轻尘的安危。

“什么？要我收服左岸？”凤轻尘愣了一下，随即明白了，“你是想让左岸来保护我？”

最厉害的保镖不一定是最好的杀手，但最好的杀手绝对是最厉害的保镖，因为他很清楚杀手所有的杀人手法。

“没错，有左岸的保护，你短时间内会很安全，左岸是杀手界的第一人。”

“他会愿意给我当保镖？”凤轻尘当然明白，左岸是目前为止最合适的人选，虽然她也想找那些早已退隐的老怪物来当保镖，可她根本找不到对方。

“这就要看你的手段了，收服左岸并不是难事，本王之所以选择他，就是因为他与一般的杀手不同，他有弱点。”热爱机械就是左岸最大的弱点，左岸虽然从小就被杀手组织培养，但并不是没有自由，左岸并不是被逼无奈才当杀手的，他纯粹是因为缺钱，才会去接任务杀人。

“你是指他喜欢收集兵器，还是他的身份？”左岸的身份不一般，这个凤轻尘已经看出来了。

“都有，左岸的身份让一般人轻易不敢动他，再加上他并不是一个没有良知的杀手，一般人也不会与他为敌。他杀人的原因很简单，就是赚银子好支持他的研究，如果你能给他一些指导，那么让左岸甘心保护你并不难，他若缺银子，本王可以让苏文清无条件地提供。”凭这两点，左岸一定会心甘情愿地留在凤轻尘身边。

这一点，凤轻尘已经看到了，一个拿命来做试验的狂人，只要有吸引他的东西，他绝对会不计后果地冲上去。

只是……

“左岸的身份呢？”

她和西陵的仇恨是结下了，不管是因为瑶华还是因为陆家，她和西陵的仇恨都是不可调和的，如果左岸是西陵的贵族，把这样一个人放在身边实在太危险了。

“左岸是西陵宰相的私生子，不过这一点你不用担心，左岸并不稀罕自己的身份，他来西陵纯粹是因为九州大陆最高的文峰塔在西陵，再加上文峰塔的看管人员看在宰相的面子上，不会为难他。”

“私生子？西陵宰相始乱终弃？”

“啪！”九皇叔没好气地拍了凤轻尘一记：“西陵宰相才是被抛弃的那一个，据传左岸的母亲是皇室长公主，也就是西陵当今皇上的妹妹，西陵宰相还只是一介书生时，长公主爱慕于他，与其春风一度，有了左岸。可是，那位长公主不想耽误宰相的前程，便暗中生下左岸，将左岸托付给忠厚的仆人，然后下嫁给一个权贵子弟。

“那个权贵子弟当初也是惊才绝艳之人，甚至有人断言此子日后必居高位，成为国之栋梁，结果却因为长公主只能做一个富贵闲人，这辈子都无缘官场。左岸一直被仆人抚养，在他三岁那年，意外被杀手组织的头领看中，收其为徒，直到五年前，西陵宰相才得知杀手左岸是他的儿子，他想要补偿左岸，可惜左岸完全不领情。”

九皇叔说故事的水平实在不怎么样，多么情深义重的故事，愣是被他说得干巴巴的，毫无情趣。

凤轻尘没好气地瞥了九皇叔一眼，问道：“这么说来，左岸就是西陵皇室中人，这样一个人在我身边，日后我万一被反咬一口怎么办？”

收服左岸不是容易的事，她不想把命交给不确定的人。

“在西陵天磊没有当皇上前，西陵皇室不会要你的命。”因为不值得，西陵当今皇上不会把一个凤轻尘看在眼里。

当年，陆家和西陵皇室的恩怨并没有被揭露出来，西陵皇上根本不知道陆以沫是当年海盗陆家的后人，自然也就不会防备凤轻尘。

“也是，我这么一个小人物，西陵皇室怎么会看在眼里，我和瑶华公主那点事就是小女孩之间的斗争，西陵皇上要是看在眼里，那就显得此人太无能了。”西陵天磊要当皇帝，怎么也是几年甚至十几年后的事情，她还担心什么呢？

“你说得没错，就算西陵皇室要为瑶华公主出气，也不会使阴招，因为对付你完全没有必要。再说，有西陵天宇和皇后在，你就不用担心西陵皇上会杀你，你医好了西陵天宇的腿，让他能够正常行走，他们感激你都来不及，绝不会因为瑶华那点小事而杀你。”西陵皇室并不是铁桶，各方势力倾轧，别说西陵天磊只是太子，就算是皇上也无法一手遮天。

“你不说我都忘了，还有西陵天宇呢，这下我就不用担心西陵皇上了，不错不错，我还没有走到四国皆敌的地步。”凤轻尘苦中作乐。

没办法，王锦凌的话在她的心里留下了极重的阴影，让她有种只要走出凤府，外面全是敌人的感觉。

你很快就会和本王一样，四国皆敌。

九皇叔很好心地没有说出这句话，还是让凤轻尘多高兴一段时间吧……

是夜，九皇叔留下凤轻尘一人在客栈，独自外出。

他来一趟西陵不容易，自然不可能只为左岸一个人，他当然要见一见他们当年安插在西陵的人，同时也要做一些布局。

客栈掌柜早就做好了准备，九皇叔出了客栈后，低调地登上一辆青帘马车，马车朝西陵最大的花街驶去。

途经袖子街，马车减速，与街角另一辆青帘马车并排而行，在转角处停了一下，另一辆马车上的人立马下来，钻入九皇叔的马车。

“见过主子。”来人一钻入马车，就跪了下来，也不知这么小的位置，他是怎么做到的。

“免礼。”九皇叔打量着这个十五年前被放入西陵的探子。

欧阳成安，十五年前只是一个普通的书生，穷困潦倒，险些被饿死，谁能想到十五年后，这个普通的书生，居然成了西陵最大的情报机构锦衣卫的副指挥使。

西陵的锦衣卫和东陵的血衣卫一样，是皇上手中的王牌力量，明面上它是一个暴力刑讯机关，实际上却是最大的情报部门，一个隐藏在暗处，专门为皇上收集信息、执行秘密任务的机构，和九皇叔手上的神机营性质相同。

“谢主子。”

欧阳成安抬起头，看到九皇叔的刹那，整个人都惊呆了。

他知道自己的主子很优秀，可没想到竟是一个如此出色的人物，虽说早就听闻东陵九皇叔风华无双、冠盖京华，却没有亲眼所见来得震撼。

欧阳成安看痴了，直到九皇叔面露不满，轻敲车厢，欧阳成安才反应过来，连忙低下头，也不敢起身：“属下该死，请主子责罚。”

“自己去刑罚处领刑。”九皇叔并没有心慈手软地说算了，作为一个情报人员，居然这么容易就失神，太不合格了。

“是。”欧阳成安冷汗淋漓，连忙应道，这才发现自家主子虽然风华绝代，但绝不是一个好相处的主，被主子的气势一压，他差点不知道该如何说话。

要知道，就算面对皇上，他也不会如此胆战心惊。

看到欧阳成安老实了，九皇叔的眼中闪过一抹寒光，这个人是很忠心，可他毕竟年轻，如果第一次见面压不住此人，难保此人不会生二心。

九皇叔没有叫欧阳成安起来的意思，任他跪在自己面前，开始询问西陵的情况，还有自己这方人员的发展情况。

收集情报需要各式各样的人，光靠一个欧阳成安不行。事实上，欧阳成安这些年在西陵，并没有做出任何出卖西陵利益的事情，他的任务是获得权力，然后安插钉子。

单凭欧阳成安个人，即使他再有本事，也不可能在短短十五年内，从一个小小的落魄书生爬到如今的位置，这一切都是九皇叔的功劳，九皇叔在背后替欧阳成安铺平了上位的路，而现在就是欧阳成安回报他的时刻。

九皇叔了解了各种情况后，对欧阳成安所做的工作给予了肯定，同时要求他加快安插人手的步子。

听到欧阳成安的保证后，九皇叔便结束训话，转而交待道：“告诉红袖在除夕宴会上动手，这段时间多多与皇后走动。”

“是。”九皇叔并没有点明，但足以让欧阳成安听明白。

红袖是他们安在西陵后宫的棋子，也就是前不久怀上西陵龙种的妃子，让红袖在除夕宴上动手，就是要她在那天，把腹中的孩子打掉。

在此之前与皇后多多走动，并不是还要栽赃给皇后，而是说皇后会帮她，既然皇后会帮她，那要陷害的对象就是虞贵妃。

皇后是西陵天宇的母亲，虞贵妃则是西陵天磊与瑶华公主的母亲。

按立嫡立长的说法，西陵天宇作为正宫所出的嫡皇子，应是西陵太子的不二人选，可偏偏他在小时候就被人掳走，而被救回来时他的双腿已经残了，以致其与西陵皇位无缘。

虽说至今依旧没有找到证据，但种种迹象表明，当初谋害西陵天宇的人就是西陵天磊和瑶华公主的生母虞贵妃，因为西陵天宇身残后，得利最多的就是虞贵妃。

虞贵妃出身贫寒，是一个文静柔弱的病美人，时刻都是一副被人迫害，受尽委屈的样子。

在西陵天宇腿残之后的几年，西陵皇室都没有皇子、皇女出生，即使偶有厉害的妃子怀上龙种，也极难生下来，生下来也会早夭。

西陵天磊便成了西陵皇室唯一健康的皇子，于是在没有竞争对手的情况下，他便被立为太子，而虞美人也母凭子贵，被封为贵妃，一跃成为后宫第二人。

西陵皇室这些年都没有皇子出生，要说和虞贵妃没有关系，九皇叔打死都不信，他这一招也不算栽赃陷害，只是给皇后一个机会，让她找出虞贵妃祸乱后宫的证据，毕竟没有哪个皇上，能容忍自己的女人，害死自己的儿女。

只要皇后找到证据，虞贵妃的下场不难预料，到时候即便西陵天磊是太子，有一个如此歹毒的母亲，也定会被西陵皇上厌弃，他那个太子之位能不能坐稳就是个问题了。

至于为什么现在才动手，原因很简单，时机成熟了。

之前，西陵天宇一直坐在轮椅上，即使揭露了虞贵妃的真面目，西陵皇上为了朝局稳定，也不会对虞贵妃怎样，更不会对西陵天磊这个当朝太子下手，可现在不同了。

西陵天宇能行走了，他和正常人没什么两样，凤轻尘给他装上的假肢，和正常的肌肤无异，如果不特别说明，没有人知道西陵天宇的腿是假肢。

这样的西陵天宇有资格继承皇位，再加上皇后在朝中的力量，废了西陵天磊另立西陵天宇并不是不可能。

虞贵妃就算手腕再强，也仅限于在后宫之中，西陵天磊再聪明，这么几年的时间，他也不可能掌控太多的力量，至少皇后娘家的力量，就绝不可能为西陵天磊所用。

之前朝中的大臣倒向西陵天磊，是因为西陵皇室没有其他的竞争者，可现在不同了，有西陵天宇在，他们不得不多考虑一二，至少不会把宝全押在西陵天磊的身上。

再加上，西陵天磊自以为是，认为西陵已是他的囊中之物，完全不需要担心什么，便把自己的重心渐渐放到周游各国选妃的事上了，放松了对西陵朝政的掌控。

虽然他现在想极力返回西陵，重揽西陵的大权，可西陵天宇却借瑶华的婚事拖住了他，让他无法返回西陵，这也是西陵天磊急着让瑶华尽快完婚的原因之一。

在多方力量的作用下，西陵天磊这个太子之位已是岌岌可危，所以西陵天磊明知玄霄宫这一战不寻常，还是冒险出战。

他现在急需用一个大功来巩固自己的太子之位，而将玄霄宫收纳到西陵的版图之内，绝对是大功一件，可偏偏他遇到了九皇叔和凤轻尘，他的计划必将失败，太子之位也将难保。

九皇叔利用红袖揭露虞贵妃这个病美人的真面目，就是要这件事成为压死骆驼的最后一根稻草，到时候西陵天磊恐怕会更加焦头烂额。

即使九皇叔不说破这个计划，欧阳成安也能想明白其中的关键，并且知道如何利用这件事为己方谋取最大的利益，可当九皇叔说“把本王在西陵的消息露出去”时，欧阳成安彻底懵了。

“主子？”欧阳成安想破脑袋，也想不明白泄露九皇叔的行踪，有什么好处。

九皇叔冷笑一声，挑眉反问：“怎么？你想一辈子都做个副指挥使？”

欧阳成安瞬间就明白了，九皇叔这是在用自己的安危给他铺路。

欧阳成安想也不想，便匍匐在地，重重地叩首，他欧阳成安何德何能，值得尊贵的主子如此牺牲，可是没想到头没有磕到木板上，而是磕在了一只黑色的靴子上。

知道九皇叔不喜欢与人接触，欧阳成安颤抖地抬头，好在九皇叔并没有生气，只是说了一句：“仔细些。”

伤了额头，回头如何解释？难不成说家里的葡萄架倒了？

“是，是，属下遵命，请主子放心，属下定不会辜负主子的期望。”欧阳成安双手握拳，坚定地说道。

“做漂亮一点，本王会借这次机会，把锦衣卫总指挥使除了，到时候能不能坐上那个位置，就全靠你自己了，本王只能帮你到这。”花了十年才养出来的一颗棋子，只要有机会，九皇叔会不遗余力地扶他上位，毕竟欧阳成安爬得越高，对九皇叔越有利。

“主子放心。只是主子您的安危呢？要不属下晚两天再报上去？”这里毕竟是西陵，欧阳成安还是担心九皇叔会出事，九皇叔要是出了事，他就是无根的浮萍，爬得越高摔得越狠。

“不用，越早，你的功劳越大。”有欧阳成安在，他在西陵做任何事，都不需要亲自出手，他并不介意被西陵的锦衣卫盯上，只要他们有那个本事。

“是，属下遵命。”知道九皇叔有计划，欧阳成安不敢再多劝。

“下去吧。”交待完毕，也给了欧阳成安一个下马威，九皇叔不再逗留，他今晚还要见一个人，一个很重要的人。

“是。”

欧阳成安回到自己的马车上，车夫一甩鞭子，欧阳成安的马车便快一步朝花舫驶去，而九皇叔的马车则以平缓的速度前行，目的地也是花舫。

在上京谈事，花舫是个不错的选择，即使九皇叔不喜欢，也不得不承认飘在河中央的花舫，对于初次接触的双方来讲是很安全的地方。

马车在一艘不起眼的花舫旁停下，和别的花舫一样，还未踏上去就能闻到浓浓的花香味，还有那断断续续的丝竹声和调笑声。

九皇叔鼻子微动，不自觉地皱了皱眉，将袖子里的一个暗扣打开，清雅的竹香迅速萦绕在九皇叔身边，将那浓郁刺鼻的香味压下。

自从上一次被苏绾用花香算计后，九皇叔每次出门，都会多留一手，毕竟在这种小事上栽跟头实在憋屈。

没有了异香的困扰，九皇叔独自上了花舫，朝船底走去。与外面见到的不同，花舫最底层很清静，一个人影都没有，里面的布置也是典雅大方，处处都透着一股贵气。

传言果然与事实不相符，九皇叔的眼中闪过一抹极淡的笑意，走到这里，他已经看到了对方的诚意。

九皇叔在门口略一停顿，提醒屋内的人他来了。

绕过屏风，九皇叔看到一位中年男子跪坐在地毯上，他身侧摆着一个棋盘，中年男子左手执白子，右手执黑子，棋盘上黑白子交错，显然他是在与自己下棋。

中年男子身着宽大的长袍，领口大开，露出青铜色的肌肤，从他露在外面的胸膛来看，此人绝对是个练家子。

可他的举手投足间又充满名士的风流与洒脱，再加上他那成熟、儒雅的相貌，让人毫不怀疑，他是一代文豪大师。

这个男人，不愧为二十年前轰动九州大陆的人物，九皇叔暗暗赞道，同时又为他惋惜。

当年，此人有着不亚于王锦凌的名声，和不逊于王锦凌的才学，可他的命却远远没有王锦凌好。

王锦凌是手握大权的王家家主，而这个男人却因尚了公主，被皇室猜忌，从此绝了仕途、隐了名声，泯然众人。

本以为他受了那般大的侮辱，会怨恨于世，浑浑噩噩地度日，却没想到这个男人依旧光彩夺目、气质斐然，他并没有被现实击垮，而是隐藏锋芒，独自逍遥。

如此气度、如此心胸、如此才华，真正是可惜了。

九皇叔静静地站在原地，没有打扰男人下棋，也不觉得对方失礼，毕竟是他不忍打扰对方，而不是对方怠慢他。

男人似没有注意到九皇叔的存在，仍旧独自下棋，直到半个时辰后，棋局胜负已出，男人才收手，将手中的棋子随意往桌上一丢。

“传闻东陵九皇叔狂妄自大、目中无人，今日一见，才知传闻不可信。”男人站了起来，以示对九皇叔的尊重。

人与人之间有时候真的很奇怪，九皇叔会为了这个男人而苦等半个时辰，而这个桀骜不驯的男人，亦会为了九皇叔而起身相迎。

面对这个男子的温和调侃，九皇叔说道：“隐篱先生错了，本王确实如传闻所言高傲无礼。”

九皇叔微微点头以示回礼，同时在另一侧坐下：“倒是隐篱先生与传闻不同，今日一见，本王终于知道，当年名动九州的天下第一美男子是何等风采。”

“往事不可提，如今这九州大陆知道老夫的人已寥寥无几。”隐篱先生目光微怔，似在怀念当初那段恣意放纵的生活。

英雄末路，美人迟暮。对于隐篱先生来说，当年的风光已经离他很久远了，他已经不敢去想了，即使想似乎也想不起来了。

“老骥伏枥，志在千里，隐篱先生何必妄自菲薄？”沉寂二十多年，对一个才华横溢的人来说实在是太久了。

“不是老夫妄自菲薄，而是老夫老了，现在是你们年轻人的天下。”苍老的容颜，鬓角的白发，死寂的心境，无不提醒他，他已经不再年轻，而他这一生虽不至于浑浑噩噩，却也是庸庸碌碌，毫无建树。

他这一生算是白活了，白白浪费了老天赋予他的才华。

不过四十多岁，却已生出华发，可见这位隐篱先生并不如表面那般洒脱。

九皇叔欣赏面前的人，所以愿意与对方接洽：“隐篱先生您这是韬光养晦，厚积薄发，十年寒窗磨一剑只待今朝问鼎时。”

苦难是磨刀石，面前的男人正是因为历经了风雨，才有今日的沉稳与隐忍，不然少年得志，他早就轻狂了，也不见得会有今日的气度。

九皇叔欣赏的是现在的隐篱先生，他平静地与隐篱先生对视，等待隐篱先生的回答，却不想隐篱怔忡半晌后，仍旧没有下决定，而是指着棋盘道：“九皇叔，陪老夫下一局如何？”

九皇叔没有犹豫，回道：“请。”

善弈者善谋，九皇叔知道隐篱先生这是要看自己下棋的水平。

九皇叔拈起黑子，示意隐篱先生执白棋先走。

“有胆识。”明知他此时的状况，还敢让他先行，不得不说他很欣赏九皇叔。

“胜败乃兵家常事，输给先生并不丢人。”九皇叔虽是如此说，下棋时却分外用心，每走一步都思索再三，完全不像和皇上下棋那样，信手拈来、不假思索。

要知道，当年让隐篱先生一举成名的便是棋道，隐篱先生曾在十五岁那年，与西陵国手下了一天一夜，连胜对方十局，每局皆赢对方一子，自此名动西陵，至今仍无败绩。

而经过这些年的淬炼与精研，想必他更加精于此道了，九皇叔要赢他很难，所以对于九皇叔执黑棋，迎难而上的举动，隐篱先生很赞赏。

这些年来，他已经找不到敢和他下棋的人，所以他才无聊地用左手跟右手下棋。

隐篱先生虽然对自己的棋艺很自信，但他是一个有棋品的人，不管对方是什么人、擅不擅长下棋，只要坐在他对面，与他对弈，他就会竭尽全力，既尊重对手亦尊重棋道。

按隐篱先生的估计，他百子内定能赢九皇叔，可已经走了一百二十六个子，他还是没有赢的迹象，甚至从局面上看，他竟渐显败势。

“有意思。”隐篱先生的一生，恐怕就和孤独求败一样，只求在棋局上一败，看到九皇叔有如此棋艺，当下就热血沸腾，似乎找到了当年的感觉。

隐篱先生越下越起劲，而九皇叔则越下越轻松，一百五十子后，九皇叔几乎不假思索就落子，看他的样子似乎胜券在握，而事实也是如此。

当九皇叔将最后一枚棋子放上棋盘时，胜负已定：“隐篱先生，你输了！”

七个字，却是隐篱先生平生第一次听到。

“哈哈哈，好好好，老夫输了，输得高兴，你这棋路变化莫测、诡异多端、出奇制胜，老夫佩服。不过你要再跟老夫下一局，老夫定能赢你。”隐篱先生豪迈地大笑，似乎比赢了棋局还要高兴。

九皇叔但笑不语，隐篱先生说得没错，再下一局他定然无法赢对方，可这也无法改变，他赢了隐篱先生的事实，他今天赢了这个男人，也就等于把西陵天磊的后路堵死了！

隐篱先生毫不掩饰自己对九皇叔的欣赏，如果说要施展自己的才华，他愿意与这个人合作，隐篱先生不再拐弯抹角，直接问道：“九皇叔，你想让老夫做什么？”

这般的干脆在九皇叔的意料之中，毕竟给他们穿线搭桥的人，可是西陵天宇。

九皇叔没有说话，而是以食指沾水在桌上写下“宰相”二字。

“你要老夫对付左安辅？”左安辅，西陵宰相，是西陵长公主爱慕的男子，也是让隐篱这个大才子带了半生绿帽子的男人。

“不。本王希望先生取而代之。”对付左安辅不需要隐篱先生出手，他能从一介书生做到宰相之位，有太多不干净的地方。

只要皇后和西陵天宇肯出手，即使是皇上不愿意换宰相也不行，再说了，左安辅做了这么多年的宰相，西陵皇上对他已越来越不满，只要给皇上一个理由，他会很乐意换宰相。

隐篱先生心中一动，平静的眸子闪过一抹精光。

没有哪个男人能拒绝权力的诱惑，可想到自己现在的处境，别说当宰相，就是要得到一个有实权的职位都很难。

隐篱先生压下心中的不甘，自嘲道：“王爷这是在说笑，王爷难道不知，皇上对我林家有多不满，皇上怎么可能让我一跃成为文官之首？”

九皇叔知道隐篱先生已经动心，语气平和地劝说道："此一时彼一时，林家被冷落这么多年，依旧安分守己，如果隐篱先生能够让皇上看到林家的忠诚，再加上有宫中贵人相助，林家崛起并不是难事。"

三十年河东，三十年河西，帝王心是这世间最不靠谱的东西，二十年来，西陵皇上只是冷落林家，并没有将林家除尽，甚至还将自己的妹妹下嫁给林家，虽有羞辱隐篱的意思，可又何尝不是给林家留了一条生路。

"不难吗？如果不难，为何我林家日渐衰败，为何老夫郁郁不得志？王爷，老夫这把年纪，一跃成为宰相并不是什么容易的事情。"隐篱先生不像九皇叔那般乐观，当年的事情可谓是给了他致命的打击，他希望九皇叔多帮他一把。

九皇叔冷笑一声："先生要是认为自己做不到，本王不介意助先生一臂之力。"

林家和隐篱先生连这点本事都没有，也就不值得他亲自来见，他不介意帮隐篱，只是到那个时候，隐篱就只是一个木偶，完全要听他的掌控。

隐篱顿时倒抽了一口气，原本只是试探一二，想让九皇叔多出一点力，没想到九皇叔直接应下所有的事，什么都由九皇叔做好，这显得他和林家有多无能。他以后在九皇叔面前还有话语权吗？

隐篱连忙道："王爷的好意老夫心领了，是老夫想多了，有王爷与娘娘的筹划，林家倾全族之力扶老夫上位并不是不可能。"

"隐篱先生能这样想就好了。"想不出力就得高位，未免太天真了。

不过，九皇叔能理解隐篱的想法，这世间哪个人不想不劳而获？

合作的意向基本达成，至于具体如何操作，那就是各自的事情了，并不需要详谈，隐篱先生擦了擦额头的汗珠，调整情绪，再次恢复了名士的洒脱。

看着眼前年纪不大，却沉稳从容，举止有度的年轻人，隐篱忍不住问道："老夫有一事不明白，王爷为何要助我？"

这世间落魄之人不止他一个，九皇叔有很多选择，而他除了九皇叔外，没有别的选择，皇上对他和林家不满，那就没有任何一个人敢用他，他有再多的才华亦无用。

"本王欣赏先生的才华，先生如此人才，不应该被埋没。"这个理由说出来，就连九皇叔自己都不信，可他现在能说的只有这个理由。

林家是因为前朝之事才被西陵皇室猜忌，林家是九州大陆为数不多，还惦记着前朝的人，这样的人九皇叔愿意冒险一试。

当然，就算失败了他也没有什么大损失，西陵的朝局有西陵天宇掌控，他不需要多担心。

一个宰相罢了，权势再大也是皇上给的，只要皇上一句话，瞬间就能将他撸个干净。

“王爷看得起老夫是老夫的荣幸，老夫混沌半生，也是时候清醒了。”隐篱先生眼中绽放着精光，斗志高昂。

隐篱先生似乎找到了当年的热血与斗志，而这一切都是面前这个年轻男子给他的。

想到自己的未来居然由一个年轻男子决定，隐篱先生有种说不出来的怪异感觉，可他一想到九皇叔那过人的手腕与计谋，便又觉得理所当然。

贤臣亦要遇明君，也许面前这个年轻人，就是他的明君，想到这里，隐篱在面对九皇叔时，不自觉地多了一份恭敬，而九皇叔也理所当然地受了，并不认为有什么不妥。

夜半时分，即使在花舫游乐也该结束了，九皇叔想到正在客栈等他的凤轻尘，亦不愿意多待，对隐篱先生告罪一声，便提前离去。

和来时一般，九皇叔独自从花舫底层走了上去……

# 第十七章　对战西陵第一高手

九皇叔半夜回来，简单地交待了自己的行踪，便拥着凤轻尘睡了。第二日，两人一起外出，可一出客栈凤轻尘就感觉不对劲，他们好像被人跟踪了。

凤轻尘状似在打量街边的摊子，实则是在关注身后跟踪他们的人，再三确定不是自己的疑心作祟，凤轻尘在一个卖珠钗的摊子前停了下来，挑挑拣拣，待九皇叔走到她身后时，随手拿起一支珠钗，转身对九皇叔说道："好看吗？"

笑容羞涩，隐含一丝期待，凤轻尘觉得自己这演技真不错，将初嫁人的小媳妇扮演得入木三分。

"好看。"九皇叔说的是人。

"那你帮我插上好不好？"凤轻尘举起钗子，递到九皇叔的面前，凝神相对，温柔深情，就连卖钗子的小贩，都能看出这是一对新婚夫妇，感情很好，小贩连忙推荐起来："这位夫人好眼光，这只梅花珠钗和夫人很配。"

"确实好看。"九皇叔接过发钗，倾身上前，细心地将发钗插好，两人靠得很近，足够让凤轻尘与九皇叔咬耳朵："我们被人跟踪了。"

美人投怀送抱，九皇叔又怎么会拒绝，慢条斯理地摆弄着发钗，平静地说道："西陵的探子不错。"

"我们被发现了？"凤轻尘诧异地问道。

"嗯。"

"那计划是不是要变？"

"为什么要变？发现了就发现了。"九皇叔将发钗插好，收回手。

凤轻尘也不再多问，让小贩拿来铜镜，随便看了两下，小贩虽然被九皇叔的冷眼吓了一跳，可做生意的人哪个没点见识，见凤轻尘拿起铜镜，便夸了半天好看。

凤轻尘本就打算买下来，横竖不用几个钱，结果她还没开口，九皇叔就说道："买了。"

“好嘞，客官你这眼光真好，这梅花钗子就这么一支，这可是上好的雕功……”

小贩不停地介绍这钗子有多好，九皇叔却不耐烦地打断道：“多少银子。”

银子？

小贩闻言，双眼一亮，遇到呆头的肥羊了，开口就是银子。

小贩看了看凤轻尘，又看看九皇叔，咽了咽口水，大着胆子道：“二两银子。”

这木钗最多就值十文钱，二两银子能把他摊子上所有的东西都买下来，他还找不开。

结果九皇叔还是认为很便宜，连价也不还，就准备掏银子，结果发现：“我没带银子。”

换了身衣服，九皇叔又没有带银子出门的习惯，于是很尴尬地站在摊子前。

这好像还是他第一次给凤轻尘买东西，九皇叔看着凤轻尘头上的发簪，心里想着这是他亲手给凤轻尘戴上去的，就算要取下来，也不能让别人买去。

可是他身上没有银子，直接抢了吗？

九皇叔略一思索，觉得这个办法可行，正准备拉起凤轻尘直接走人，凤轻尘却突然笑了起来，抽出自己的手，取出荷包。

“我有。”明知这钗子不值这么多钱，可九皇叔想为她买下来，凤轻尘便爽快地付了二两银子。

二两银子能看到九皇叔的囧样，她表示很值得。

九皇叔是权谋高手，但在很多事情上面，却是小白。

小贩眉开眼笑地接过银子，一张脸都笑成了菊花，不停地夸他们有眼光，心里却暗骂九皇叔和凤轻尘是两个败家子，两个笨蛋。

结果，凤轻尘，走之前戳破了小贩的心思：“想骂我们傻就直接说，你这人不仅做生意不诚实，为人也很虚伪，这支钗子只值十文钱，你却要我二两银子，还真开得了口。”

丢下这话，凤轻尘拉着九皇叔转身就走，只留下小贩目瞪口呆地站在摊子前，一张脸青红交错。

本以为碰到个傻子，结果人家精着呢，小贩突然发现自己手里的二两银子很烫手。

九皇叔也发现自己的耳根很烫，走出那条街后，终于忍不住问道：“既然知道只值十文钱，为何还要买？”

“我高兴。”凤轻尘松开九皇叔的手，回眸一笑。

九皇叔突然发现女人真是一个可怕的生物，说不高兴就不高兴，说高兴就高兴，之前一点预兆也没有。

好吧，只要凤轻尘高兴就好，横竖就二两银子。

不对，是他送给凤轻尘的，结果怎么是凤轻尘自己付钱呢？

九皇叔郁闷了，决定回去让苏文清通知他手下的匠人，打一批梅花簪子出来。

两人没有高兴多久，就发现跟踪他们的人突然比刚才多出十倍以上，两人对视一眼、点了点头，默契地朝城外走去。

刚出城没多久，两人就被西陵锦衣卫的人盯上了，且人数不少。

“锦衣卫还真是给我面子，居然出动了你们师徒二人。”西陵锦衣卫领头的人，是锦衣卫一号打手卫华和他的师父黑影，这两人的实力在西陵都是数一数二的。

“九皇叔亲临西陵，我们怎敢怠慢。”卫华与黑影二人只说了这么一句，便提剑刺向九皇叔。

很明显，他们的目标是九皇叔，至于凤轻尘，自有他们带来的人解决。

双方一交手，便是火药味十足，九皇叔被卫华与黑影缠着，无暇去管凤轻尘，好在凤轻尘随身带着暗器，面对西陵的锦衣卫，凤轻尘暂时游刃有余。

九皇叔见状，也就放下心来，专心对付卫华与黑影，作为西陵数一数二的高手，卫华与黑影并非浪得虚名，两人连手，九皇叔也只能勉强与他们打个平手，同样这两个人想要取九皇叔的命也不是那么容易的事。

可就在双方以为战斗会一直胶着下去时，凤轻尘解决了锦衣卫的打手，对九皇叔这边的人出手了。

“嘭！”暗器射向黑影，几乎是同一时刻，又有一枚暗器飞了出来，射向卫华。

“该死的！”黑影反应迅速，第一时间避开了，卫华就没有那么好运了，他被九皇叔拖住，根本无法躲闪，只能硬生生地看着暗器射入肩胛。

“啊……”卫华惨叫一声，手上的动作一滞，便让九皇叔钻了个空子。

“噗！”九皇叔的剑，在第一时间插入了卫华的胸膛，卫华瞪大眼睛看了看九皇叔，又低头看了看插入他胸膛的剑，到死也没有明白这到底是怎么一回事？

黑影见卫华惨死，脸色大变，知晓凭自己一个人不是九皇叔的对手，索性放弃九皇叔，改朝凤轻尘出手。

黑影突然转身，扑向凤轻尘，凤轻尘发现后，也在第一时间举起暗器对准黑影，凤轻尘的动作极快，可是黑影的动作更快，凤轻尘刚刚射出暗器，黑影的手也已经伸到她的面前。

“嘭！”

“啊……”

在利器射入黑影体内的那一刻，凤轻尘的惨叫声同时响起，凤轻尘如断线的风筝一般飞了出去。

“凤轻尘！”九皇叔脸色大变，举剑刺向黑影，之后也不管他是死是活，便飞快地跑到凤轻尘身旁，将人抱了起来。

一探鼻息，确定凤轻尘还有气，九皇叔长长地松了口气，没有耽搁，九皇叔抱着凤轻尘就朝城外一偏僻的小院走去。

那里，对他们来说是最安全的地方。

左岸虽是杀手，却不像一般的杀手那样活在阴暗里，他的住处很偏僻，却是在阳光下，左岸从不隐瞒自己的住处，也不在意仇家找上门来，可他从来没有想过，有一天九皇叔会抱着凤轻尘的“尸首”来找他。

扫了一眼被九皇叔抱在怀里的凤轻尘，左岸挑了挑眉：“九皇叔这是给我送二十万两黄金来了？”

在杀手界，没有人叫凤轻尘的名字，他们都称凤轻尘为二十万两黄金，这样比较刺激，相熟的杀手遇上，还会问一句：“那二十万两黄金死了没”或者“那二十万两黄金在哪里”。

“你要得起吗？”九皇叔周身散发着浓烈的寒气，让人不敢靠近，左岸虽不惧与九皇叔一战，却也不是愚蠢的人，九皇叔明显心情不好，他这会挑衅九皇叔就等于是送死。

左岸收回打量凤轻尘的眼神，问道：“不是给我送黄金，那是为了什么？”

“我和凤轻尘要在你这里暂住几天。”九皇叔知道左岸的为人，这个人一辈子只为兵器发疯，九皇叔投其所好，将手中的暗器抛向左岸。

“没问题，生死我不管。”左岸拿到心仪已久的暗器，立刻让出路，好让九皇叔与凤轻尘进去。

九皇叔与凤轻尘顺利地入住左岸的院子，锦衣卫的人找了几天，也没有找到他们的下落。

毕竟稍微有一点能力的人，都知道凤轻尘是杀手界的头号悬赏任务，所以，打死他们也想不到，九皇叔竟会带着身受重伤的凤轻尘，住到左岸那里，这不是羊入虎口吗？

可偏偏这年头，行事诡异的人特别多，九皇叔敢住，左岸也真不对凤轻尘下杀手，任她在他的府上养伤，也不心疼自己辛苦收集来的好药被凤轻尘当零食吃。

当然，并不是左岸对九皇叔和凤轻尘有多好，而是机械狂人左岸从得到凤轻尘的暗器的那一刻起，就关起门来搞研究，一直没有出门。锦衣卫终于得知九皇叔的藏身之处，正准备动手时，刚好碰到黑眼圈、红眼睛，身形消瘦，却亢奋十足的左岸，正捧着被他拆得七零八落的暗器，从房间里走出来。

左岸这会儿正亢奋着，想和凤轻尘谈一谈，结果发现自己家被锦衣卫给包围了，当下就冷着一张脸，朝锦衣卫释放杀气。

杀手左岸的杀气还是很吓人的，见惯了血腥与阴暗的副指挥使，面对左岸的杀气，还是忍不住哆嗦了一下，硬着头皮上前："左少，属下奉命办差，捉拿逃犯，还请左少行个方便。"

对方这般客气，左岸却半点面子不给："别叫我左少，想要方便自己去找茅房，别弄臭我的地方。"

"左，左公子，东陵的九皇叔潜入我国，意图不轨，圣上有令，要锦衣卫将其拿下，左公子，属下也是奉命办差，还请左公子不要为难属下。"副指挥使苦苦哀求。

别人不知，他们锦衣卫却是知道，这左少可是长公主与左相的儿子。长公主就这么一个儿子，虽然还没有承认其身份，但对他却是真正的疼到骨子里，至于左相，不管是给公主面子，还是真心疼爱儿子，都不会亏待左岸。

可惜，左岸自从拜了个杀手为师后，基本上就脱离了西陵，与西陵没啥关系，他不需要仰仗西陵，相反西陵还会不时请他帮忙杀杀人什么的。

左岸对皇权家国没什么概念，副指挥使的话更是让他不耐烦，沉着脸说道："关我什么事，要么滚出我的地方，要么杀进去。"

"左公子，属下，属下……"副指挥使都要哭了，先不说他打不过左岸，就算打得过，他也不敢出手呀，要是伤了左岸，不管是长公主还是左相，都不会放过他。他只是锦衣卫四个副指挥使之一，还没本事与长公主和宰相对上。

"哼……"左岸并不将对方的可怜样放在眼中，别以为他不管国事，就不知道这是怎么一回事。

锦衣卫总指挥使想拿下九皇叔邀功，皇上明面上没有同意却是默许了，只是左岸比皇上和锦衣卫更了解九皇叔与凤轻尘。

如果不是这两个人故意的，锦衣卫根本发现不了他们的行踪，要知道当时九皇叔、凤轻尘与王锦凌从东陵皇城出来时，一路上都没有被人发现，可见他们三人隐藏踪迹的本事有多么高。

也只有这群自大的锦衣卫，会认为九皇叔到了西陵就是虎落平阳，可以被他们这群犬任意宰割。

左岸知道对方暂时不会动，当下便不再管锦衣卫这些人，而是直接去找九皇叔与凤轻尘。

锦衣卫副指挥苦着一张脸，不知如何是好，只好先将左岸的住处监视起来，再派人回去请命。

九皇叔和凤轻尘当然知道外面发生的事情，看到左岸三言两语就将人打发了，凤轻尘没啥诚意地说道："看不出来，左岸在西陵还挺有地位的嘛。"

“与地位无关，没有人愿意得罪左岸，被一个顶尖杀手盯上，是一件很可怕的事情。”左岸的武功不一定有多好，但他暗杀的手法绝非一般人可比，被左岸盯上就等于被阎王盯上。

“嘭！”左岸踢门进来，对凤轻尘和九皇叔的对话充耳不闻，他又不是笨蛋，怎会不知锦衣卫不敢惹他，才不是因为他那个公主娘呢。

那个公主娘要是真心疼他，当初就不会把他丢给一个下人，见他被杀手组织领走，也不闻不问，要不是他这几年混出了名声，他那个公主娘根本不会承认他。

“你们什么时候走？”左岸磨牙，这两个人真拿自己不当外人，过得比他这个主人还惬意呢！

“你什么时候把暗器还我，我们就什么时候走。”九皇叔好整以暇道。

“还你？你别做梦，这东西是我的了，这是你们住在我这里的代价。”左岸这才发现，他们之间好像存在认知上的障碍，九皇叔从头到尾，都没有说过把枪给他。

阴险！左岸原本就显病态的脸，现在更加难看，青白的脸就好像死尸一般，周身散发着浓烈的阴郁之气，更是骇人。

九皇叔完全不将左岸放在眼里，用银钗插了块果脯送到凤轻尘嘴里，挑眉道：“左岸，你是不是弄错了一件事，本王从始至终都没有说过把暗器送给你，只是让你暂时保管它罢了，现在是不是该物归原主了？”

九皇叔手心朝上，伸到左岸的面前，直接强要。

左岸知道自己与九皇叔做口舌之争必败无疑，直接放狠话：“九皇叔，别以为我不敢杀你们。”

九皇叔继续给凤轻尘喂食，同时对左岸说道：“左岸你可知震天雷的威力？”

“震天雷？你想做什么？”左岸心中一凛，突然间明白九皇叔扼住了他的命脉，东陵九皇叔居然和他这个杀手一样威胁人，太卑鄙了。

“就是你想的那样，你确实很厉害，本王拿你没办法，可你那专门研究兵器的地方，能经得起震天雷的轰炸吗？”

这是威胁，赤裸裸的威胁，九皇叔拿左岸平生最在乎的东西威胁他，左岸顿时气炸了，唰的一下抽剑，指向九皇叔：“你敢！”

室内的气温瞬间降了下去，九皇叔和凤轻尘相信，如果他们再激左岸，左岸一定会痛下杀手。

不过，他们不会再给左岸机会，凤轻尘无视左岸身上的肃杀之气，拿起一旁的毛巾擦了擦嘴。

九皇叔唱了黑脸，现在就让她来唱红脸吧！

左岸不是一个容易屈服的人，也不是一个头脑简单的笨蛋，凤轻尘就算想要唱红脸，也要瞅准时机，不然左岸定会宁折不弯。

凤轻尘任两位美男子对视，直到左岸额头冒出冷汗，才柔柔地开口劝说九皇叔："别和左岸计较了，看他那天跳塔的英姿，就可以看出，他这些年根本没有鼓捣出什么好东西，你何必浪费震天雷，去炸他那存放垃圾的地方。"

垃圾？

凤轻尘此言一出，左岸差点吐血，什么叫垃圾，那可是他耗费无数的精力和银子才建出来的密室，怎么可能是垃圾？

左岸正要对凤轻尘咆哮两句，让她长点见识，九皇叔却认真地点头："言之有理。"

左岸彻底怒了，指着九皇叔破口大骂："有理？有什么理了，谁说我做出来的是垃圾？我那个跳塔的风筝已经修好了，明天，我明天跳给你看，这一次一定会成功。"

左岸说得肯定，可那闪烁的眼神，却泄露了他心中的不确定。

"成功？依你的能力跳下来不死，也能叫成功吗？"凤轻尘调侃道。

"当然不是，我的目的是让普通人跳下来也不会死。"说到理想，左岸的双眼散发出来的光芒，能晃瞎常人的眼。

凤轻尘知道，左岸和玄医谷谷主那个医学疯子一样，都是怪人，想要说服这种人，就得拿出让他们信服的东西。

"左岸，你那个风筝不管怎么改善，都没办法让普通人跳下来不摔死。"凤轻尘淡然的说道。

"现在不可能，不代表将来不可能，总有一天，我能做到。"这就是研究狂人的执着，他们坚信自己的理念，并且肯为之努力奋斗。

"将来？将来是多少年？等你白发苍苍走不动的时候吗？"

"当然不是，我相信这一天不会太久。"左岸信心十足，凤轻尘本来不想打击他，可现在为了自己的计划，还是不得不说道："的确不会太久，你的理想我现在就可以做到，我现在能让普通人从高处跳下来而不会被摔死。"

凤轻尘一脸笑意地看着左岸，等待他的反应。

诚如凤轻尘所料，左岸闻言，嘴巴张得老大，随即连连摇头："不可能，不可能，我不相信，我都没有想到办法，你能想出什么办法？"

"信不信，试过就知道，我们赌一把如何？"凤轻尘笑得明媚，却掩不住她眼中算计得逞的精光。

"赌？赌什么？怎么赌？"左岸果然上钩了。

"赌我从文峰塔上跳下来不会有事，我若赢了，你就把我的暗器还我，我若输了，暗器就归你。”凤轻尘指着左岸藏在身后，被他拆散的暗器。

左岸心虚地移了移步子，将身后的暗器藏得更严实：“不行，这个赌约不公平，这个暗器是你们住在这里所付出的代价，本来就应该是我的。”

凤轻尘也不和他计较，横竖左岸输定了：“那这样好了，要是我赢了，把暗器还我；要是我输了，我帮你把暗器装好。”

别以为藏在身后，她就不知道左岸把暗器给拆了。

左岸犹豫片刻，点了点头：“行。”

“那就这么说定了，等我伤好后，我们就去文峰塔。”凤轻尘干脆地说道。

有这句话，在凤轻尘伤好之前，九皇叔和凤轻尘就可以安心地待在左岸的住处，由左岸保护他们的安全。

外面的锦衣卫们急得快跳脚了，怎么十多天也没见人出来，要不是每天看到九皇叔和凤轻尘出来，他们都要怀疑这两个人早走了。

明知敌人就在眼前，九皇叔与凤轻尘却完全不把对方当一回事，不知他们太看得起左岸，还是太看不起锦衣卫。

锦衣卫的人估计九皇叔与凤轻尘是有意借左岸避难，在左岸的宅子外面包围了十多天后，锦衣卫的人终于出招了。

第一天，一大早，相府就派人来请左岸，说是左相大人想左岸了，可是，左岸很不给面子，话都没听完，直接就把人丢了出去。

第二天，长公主府的人又来请左岸，这一次左岸犹豫了片刻，便随对方去了长公主府，因为来找他的不是别人，而是小时候照顾左岸的老嬷嬷。

左岸走后，锦衣卫当然没啥顾忌了，一个手势打下去，数百名锦衣卫蜂拥而上，将左岸的小院子挤得满满的，可是……

“报告大人，没人。”

“报告大人，没人。”

……

进去搜查的人，一个个无功而返，锦衣卫摆出这么大的阵仗，结果连只蚊子都没找到。负责此次围攻的副指挥使的脸色比吃了大便还难看。

而被锦衣卫紧盯的凤轻尘和九皇叔，此时正在文峰塔上等待左岸的到来，两人闲得无聊，站在文峰塔顶，欣赏着西陵的风光。

塔顶风大，九皇叔担心凤轻尘受寒，便将她抱在怀里，凤轻尘也没有拒绝，小鸟依人般靠在九皇叔的怀里，欣赏着西陵的美景，将整个西陵皇宫尽收眼底。

两个人等到左岸来时已是黑夜，左岸一上来，就看到九皇叔与凤轻尘相依相偎地坐在塔顶边缘处，只要轻轻一推，就能将两人推下去。

这两个人胆子真大。

他们就不怕锦衣卫的人找上来？这个位置一点也不适合反击。

“咳咳……”左岸见那两人半天也不搭理他，便咳了一声。

凤轻尘和九皇叔相视一笑，他们早就知道来人是左岸，不出声只是为了试探左岸，看左岸能忍多久，结果左岸还真不辜负他研究狂人的名号，一刻也等不得。

时间紧迫，凤轻尘与九皇叔不再逗左岸了，两人起身，朝左岸走去，凤轻尘将一个小包袱递到左岸手上：“为了避免你说我使诈，我们一起跳。”

凤轻尘将包袱的使用方法，详细地和左岸说了一遍，再三叮嘱他需要注意的事项，并让左岸重复一遍，确定他全部记住了，才喊跳的口令。

九皇叔与左岸颇为担心，毕竟他们并不清楚凤轻尘口中所说的跳塔工具有没有用。

凤轻尘却半点也不在意：“放心，摔不死，如果真摔死了，正好可以拿我的尸体去领赏。”

听到这话，九皇叔的脸都黑了，左岸却是双眼一亮，连连点头，表示这笔交易划算，甚至催促凤轻尘快跳，并且叮嘱她跳的时候注意点，万一失败一定要用双手护好头。

凤轻尘听到这里，还挺感激左岸的，觉得这段时间没白相处，大家也算有感情了，可左岸下面的一句话，却把凤轻尘和九皇叔气得不轻。

左岸说：“万一你把脑袋摔烂了，很难证明你的身份，赏金不好领。”

这要是玩笑话也就算了，偏偏左岸一脸认真，绝对不是在说笑，凤轻尘那叫一个郁闷呀。

“你放心，你死了，我都死不了，我现在就跳给你看。”凤轻尘气得直磨牙，话落，纵身往下跃去。

“凤轻尘。”凤轻尘跳得太突然了，九皇叔吓了一跳，连忙跟着往下跳，试图抓住凤轻尘的胳膊。

“凤轻尘，伸手。”九皇叔笔直地坠落下去，风在耳边呜呜作响，却执意伸手，试图拉住凤轻尘。

“我没事，你记住我和你说的话，快拉绳子。”九皇叔这举动，也把凤轻尘吓得不轻，可现在身在半空中，两人也没办法多说，只能各顾各的。

“啪！”凤轻尘拉开背上的包袱，包袱张开了，就像一朵蘑菇一样飘在空中，使得凤轻尘减缓了下降的速度。

九皇叔见凤轻尘无事，这才冷静下来，啪的一声，拉开自己的包袱，和凤轻尘一样，九皇叔也飘在了半空，缓缓下落。

“咦，真有用。”虽是黑夜，可凭左岸的本事，还是看得清清楚楚，见九皇叔与凤轻尘悠悠然飘在半空，左岸心中一动，纵身一跃，到半空时拉开包袱，与凤轻尘、九皇叔相继落地。

“啪！”左岸平稳地着陆，身后拖着打开的包袱，一脸激动地爬了起来：“凤轻尘，你没事？你真的没事？”

“我没事，你很高兴吗？”凤轻尘收好包袱，递给九皇叔，又上前拆掉左岸身上的，结果左岸死活不同意：“凤轻尘，这是我的，这是我的，你不能抢。”

“什么时候这包袱也变成你的了？左岸，我可没有说过把这个给你，只是让你试跳一下罢了，现在跳完了，我也赢了，东西都该还我了吧。”凤轻尘很配合，不再动手，只是伸手向左岸讨要暗器，同时示意左岸自己动手，把包袱脱下来还给她。

“你……”事实摆在面前，容不得左岸狡辩，可他真的舍不得，左岸死死地盯着包袱，摆明了不肯还给凤轻尘。

“我什么？左岸，我们可是有君子协议的，现在把东西还我，我要走了。”凤轻尘似笑非笑道，可左岸怎么看怎么觉得凤轻尘这笑容欠扁。

“凤轻尘，你故意诈我的是不是。”左岸找不到理由，气急败坏道。

“我诈你什么了，我们打赌前你是同意了的，怎么？输不起？如果你输不起，那就算了，不就是一个暗器，一个破包袱嘛，比这更好的东西我都有，送你也无妨。九皇叔，我们走。”凤轻尘很干脆地走人。

九皇叔长长的睫毛轻眨，掩去眼中的笑意，他相信左岸一定会追上来。

九皇叔拉着凤轻尘朝城外走去，留下左岸一人站在原地，纠结着是不是要跟上去呢？

而就在左岸纠结时，西陵的锦衣卫已火速跟上了九皇叔与凤轻尘，他们没有在城内动手，而是准备等二人出城后再动手。

身后的尾巴虽然专业，可九皇叔与凤轻尘也不是吃素的，身后的尾巴一动两人就发现了，二人视线相对，一切尽在不言中。

九皇叔与凤轻尘在城门口略一停顿，明知城外有埋伏，两人也没有折回去的打算。

到了城外，可就由不得西陵人说了算。

“嗖！”九皇叔在左手臂上轻按，一道银光从他的手腕飞出啪的一声钉在城墙上，九皇叔用力一拉，确定卡住之后，拦腰抱起凤轻尘，只听见嗖的一声，九皇叔与凤轻尘如同仙人一般飞上了城墙。

同一时刻，一枚烟花飞向天空，啪的一声，如同流星，在天空中划出一道亮光，九皇叔知道，这是西陵锦衣卫的信号弹，在通知城外的人动手。

“这又是什么东西？”

锦衣卫的人以为凤轻尘和九皇叔是借轻功登城，可左岸却明白，九皇叔与凤轻尘是借助了外力。

左岸承认他感兴趣了，他天生就对这些奇怪的东西感兴趣，如果凤轻尘手上真的有很多好东西，他不介意把包袱和暗器还给凤轻尘。

在锦衣卫的注视下，左岸轻轻一跃踏上城墙，追着九皇叔与凤轻尘的身影而去，本以为他会看到两人被锦衣卫包围，陷入困境，等待他这个大杀手去救，结果事实却和左岸想的完全不一样，九皇叔和凤轻尘并没有被锦衣卫包围，相反锦衣卫陷入了苦战。

为了捉拿九皇叔，顺便杀凤轻尘领赏，锦衣卫付出了极大的代价，这一次更是出动三百多人，意图一举成功，却不想九皇叔早有对策。

锦衣卫一动手，九皇叔的暗卫还有暗中调来的人手就立马出动了，这会儿锦衣卫别说拿下九皇叔了，自己能脱身就算不错了。

“奸诈。”左岸一看就明白，九皇叔能做出这一手安排，完全得感谢他，要不是他给九皇叔和凤轻尘争取了大半个月的时间，这两个人别说安排人手对付锦衣卫，能好好睡一觉就算不错了。

自己帮了他们这么大的忙，对方居然小气得要把暗器和跳塔包袱拿回去，真没见过这么抠门的人。

左岸无视对战的双方，如同幽灵一般，穿过战斗圈，朝出城的方向走去，很幸运，官道上居然有两匹马，左岸想也不想，上马离去。

事后左岸才知道，这是九皇叔特意留给他的，之所以会有两匹马，是为了降低他的防备之心。因为，乍一看到两匹马，第一反应就会认为这是九皇叔为自己和凤轻尘准备的。

“哒哒哒！”左岸纵马狂奔，顺着马蹄的足迹前行，丝毫没想过自己已经落入了九皇叔与凤轻尘的圈套。

而此时，算计左岸的凤轻尘与九皇叔也没有想象中那么高兴，因为他们遇到对手了，而这个人显然是早早地就在这里等他们了，距离对方百步远时，九皇叔与凤轻尘就勒住了马。

“东陵九。”来人身着铠甲，手持大刀，如果忽略掉他身上那阴冷的气息，看上去他和一名大将军无二。

“庄韩，锦衣卫总指挥使，没想到你居然会亲自出手。”九皇叔一听到对方的声音，就知来者何人。

“咚！”庄韩将手中的大刀，往地上重重地一震：“你连黑影都能斩杀，老夫又怎敢小视？东陵的九皇叔可不是普通人，老夫出手也不算坠了名声。”

凤轻尘无趣地撇了撇嘴，表示对庄韩没有半分好感，锦衣卫的头头果然不一般，脸皮比常人厚出百倍。

九皇叔显然也不喜欢此人，听到这话，更是对庄韩没有半分好感，缓缓地抽出腰间的软剑，指向庄韩：“庄大人既然来了，那就出手吧。”

“好大的口气，好狂妄的小子。”庄韩全身都包裹在铠甲里，虽看不到他的表情，只从他的声音可以听出，他很不爽。

想来也是，庄韩成名极早，乃西陵数一数二的高手，为人骄纵，横行西陵，但没想到九皇叔一个小辈，居然敢不把他放在眼里。

庄韩也不顾江湖道义，事实上他们都是官场上的人，不存在什么江湖道义，庄韩脚一踢，将身侧的大刀踢起，握刀就朝九皇叔冲来。

九皇叔早就知道庄韩此人的阴险，也早有防备，在庄韩动手的刹那，便策马上前，提剑与庄韩对打。

“咔咔！”细长的软剑与庄韩的大刀相撞，迸发出一连串的火花，九皇叔手腕一动，软剑从庄韩手上的大刀滑下，直刺其心口。

庄韩脸色不变，缩手一挡，正好挡住九皇叔的剑尖，用力一推，将九皇叔连人带马推出去一步。

庄韩不给九皇叔喘息的机会，弯腰横扫，手中的大刀就朝马腿扫去。

九皇叔见状，不仅没有后退，反倒一拍马屁股，纵马上前。

“咔！”庄韩砍断了马的前蹄，马儿往前栽去，直直地扑向庄韩，庄韩急忙后退，可九皇叔却不给他机会，在纵马上前时，九皇叔便旋身离开马背，借力跃到了庄韩的身后，在马往前栽时，九皇叔反身一踢，便踢到了庄韩的背上，令其与断腿的马撞了个正着。

一声巨响，即使庄韩身着铠甲，这一撞也不轻，庄韩甚至能感觉到心口发痛。

“混蛋。”

庄韩怒极，没想到自己与九皇叔初次交手，就吃了一个这么大的亏，心下大怒，手中的大刀猛地一挥，将眼前的马砍成两半，马血瞬间就喷了出来，凤轻尘看得头皮发麻。

她这一皱眉，引起了庄韩的注意，庄韩看到面前的凤轻尘，眼中闪过一抹亮光，庄韩不再管身后的九皇叔，快得如同一阵风，朝凤轻尘扑去。

通过这几天的调查，庄韩很清楚凤轻尘在九皇叔心中的地位，只要拿住凤轻尘，九皇叔就不是问题。

“柿子挑软的捏，你就知道我很差劲吗？”森寒的杀气扑面而来，胯下的马十分不安，躁动起来，风轻尘没时间安抚马，一拉马缰绳掉头就跑。

打不过，她跑行不行。

“想跑，做梦。”庄韩脚尖一点，凌空跃起，如同大鹏展翅，朝风轻尘扑去。

庄韩事先知道风轻尘擅长暗器，特意穿了这一身出现，现在看风轻尘不出手，只顾着逃跑，心中更加肯定自己这步棋走对了，可是他忘了，他身后还有一个九皇叔。

庄韩凌空跃起的刹那，九皇叔也出手了。

庄韩不就是一身铠甲嘛，还真以为自己刀枪不入了，就是那能刺穿墙壁的飞虎爪，庄韩这身衣服都防不了。

九皇叔当即按动手腕的飞虎爪，只听见嗖的一声，利爪直接射入庄韩的肩胛处，九皇叔用力一拉，庄韩往后一仰，整个人从半空跌了下来，咚的一声摔倒在地。

九皇叔没有同情他，迅速收回了飞虎爪，将庄韩拖到自己身边，同时自己也朝前扑去，软剑朝庄韩的颈脖挑去，将庄韩脸上的头盔挑飞。

庄韩有着极为丰富的战斗经验，头盔飞出去的刹那，庄韩一个转身，从地上跳了起来，大刀反手就往自己身后砍去，试图砍断九皇叔与他之间的连线。

却不想一刀砍下去，大刀弹了回来，身后的线纹丝未动，庄韩面色一变，在九皇叔的长剑再次挥过来时，反手握住那根线，用力一扯，只听见噗嗤一声，庄韩生生地将自己背后的利爪扯了出来。

细线从他的手中飞速划过，在他的手心留下一道血淋淋的伤口。

“咔！”倒三角爪卡在庄韩的手里，他的手直接被刺烂，庄韩吃痛，连忙松手，利爪唰的一声，飞进九皇叔的衣袖。

“东陵人果然狡诈，尽弄一些见不得人的东西。”庄韩吃了这么大的亏，语气当然好不到哪里去。

“管用就好，本王只求结果，只要能杀你，用些见不得人的手段又如何？”九皇叔不以为然道，抬起左手对准庄韩，做出一个进攻的姿势，庄韩刚刚吃了那东西的大亏，条件反射地往旁边躲去，哪知……

“本王逗你玩罢了，庄大人实在不禁逗，无趣得紧。”九皇叔冷冰冰地道，庄韩怒极，一张老脸涨得通红。

身为锦衣卫的总指挥使，从来没有人敢这么和他说话，这是挑衅。

庄韩怒了，不顾身后的伤还在流血，提起大刀，再次朝九皇叔冲去，这一次庄韩直接使出杀招，看他的样子是不打算活捉九皇叔了。

九皇叔轻蔑地看了庄韩一眼，出剑迎上，心中却暗自盘算，庄韩这么一怒，那药效是不是能更快地发挥？

是的，风轻尘很无耻地在飞虎爪上涂了药，她本来不喜欢用药害人，可暗器被左岸拿走后，凤轻尘不得不打药剂的主意。

她不想死，所以那些想杀她的人都去死吧！

凤轻尘后退数丈，确定不会再被庄韩盯上才停下，刚一停下，就听到身后有马蹄声，虽看不清来者的面容，但看那身形也知道来者何人。

左岸加速前行，来到凤轻尘身边，一脸急切道："凤轻尘！"

凤轻尘指着前方正在打斗的九皇叔与庄韩，凤轻尘轻描淡写地说道："杀了庄韩，我不仅告诉你怎么装上暗器，还教你怎么制作跳塔伞。"

杀了庄韩？

左岸的眼睛都瞪直了："庄韩的死活与我有什么关系？"

凭什么要他去杀庄韩那个老怪物，左岸不干。

"是与你没关系，可是与我有关系，你只要杀了他，就能得到你想要的一切。"凤轻尘现在就是诱人坠入地狱的恶魔。

这个诱惑确实很大，左岸犹豫了一下，看了一眼与九皇叔酣战的庄韩，考虑着自己要不要出手。

九皇叔与庄韩的实力不相上下，即使庄韩之前吃了一个大亏，九皇叔也奈何不了庄韩，当然庄韩也奈何不了九皇叔。

两人短时间内都要不了对方的命，但左岸要是出手，庄韩就死定了，左岸拥有不亚于九皇叔的实力。

出手不是什么难事，只是凤轻尘给的酬劳太少了，左岸眨了眨眼，很诚恳地说道："我是九州大陆最好的杀手。"

也就是说，凤轻尘给的价码太低了，他要加价。

要价也要得这么闷骚，真不愧是第一杀手。

凤轻尘强忍着笑意，道："我知道你是最好的，所以除了上述酬劳外，我再加一条，今后你要研究兵器什么的，缺什么材料找我要。"

"不管我需要什么材料，你都帮我找？"左岸的眼睛一亮，在心中盘算着这笔交易是否划算。

"当然，不过有一个条件，那就是我可以用你做出来的东西，如果你同意的话，我还可以给你提供一些建议，比如跳塔伞这样的东西。"凤轻尘继续诱惑着左岸。

左岸挣扎片刻，最后还是屈从了自己心中的渴望，点了点头："可以，我帮你杀庄韩，不过，你要是敢骗我，哪怕有东陵九皇叔和王家大公子保你，我也会杀了你。"

"放心，我还不至于这么小气，不就是钱嘛，对我来说并不是什么难事，你应该明白我的医术，你杀我能拿到二十万两黄金，而我救一个人也有可能拿到十万两黄金。”这话并不是说笑，在决定养左岸这个烧钱的祖宗时，凤轻尘就已经想好了对策。

云潇的病情不是还没有解决嘛，云家那么有钱，如果她能医好云潇，就算拿不到二十万两黄金，十万两总能拿到吧？

“我信你。”左岸拔出腰中的剑，凌空一跃，直朝庄韩扑去。

庄韩与九皇叔打得正激烈，可左岸和凤轻尘的谈话他也听到了七七八八，他也知道左岸的名声和身份，看左岸被凤轻尘三言两语就说动了，心中那叫一个气呀。

察觉到身后的杀气，庄韩心中一寒，身子一滞，差点被九皇叔的剑刺中，庄韩连忙收敛心神，险险躲过这一剑，脚下一个旋转，又避开了左岸的第一击。

左岸再次扑上来，庄韩一急，吼道：“左岸，别忘了你是西陵人，你怎么能帮着外人对付自己人？”

左岸却不理庄韩，剑招简单，却直指要害，庄韩气急，挥刀就朝左岸身上招呼，心中暗骂大公主这个儿子不是东西，吃里爬外，却没有想过西陵就算养过左岸，这些年来，左岸也回报的差不多了。

“我是杀手，谁付钱，我就为谁杀人。”左岸丝毫不受庄韩的话影响，在他眼中，庄韩就是他的目标，杀了庄韩他就能完成自己的任务，下辈子都不用愁了。

杀手虽然冷血，但有时候也是很简单的，他们的世界只有两件事，那就是接受任务和完成任务。

“左岸你别忘了，你即使是杀手，也是左相之子，你难道不知，你今日所做的一切，会给左相带来怎样的麻烦吗？”庄韩恨不得吃了左岸，可也知道左岸的本事，一对一他还有把握，而眼下左岸和九皇叔联手，他真心没有把握。

“左相之子？谁承认了？我左岸行事从不借什么左相之名，当然也与左相无关。”左岸冷讽道。

他极不喜欢这些人拿他的身份说事，他的身份没有给他带来任何好处，凭什么要他因此受束缚呢？

他是左岸，一个为自己而活的人，一个为银子而杀人的杀手。

“左岸，你太令我失望了，既然如此，那就别怪我不给左相面子。”庄韩说服不了左岸，只好放出狠话，可惜左岸根本没有当回事。

左岸的冷酷与无情让庄韩不知所措，家国在左岸面前一点用处都没有，庄韩在九皇叔和左岸的联手下，完全没有了招架之力，不过弹指之间，他的身上已被划出好几道血口。

庄韩狼狈不堪，身上的铠甲再厚也挡不住九皇叔和左岸手中的利器，在两人的联手下，庄韩节节败退，眼中多了一丝慌乱，他知道这样下去自己就死定了。

而九皇叔与左岸也没有让他失望，在九皇叔的配合下，左岸只用了十招，就将长剑送入了庄韩的咽喉，那一刻，不仅左岸自己不相信，就连庄韩也不相信，他居然会以这么狼狈的姿态，死在一个年轻的杀手手里。

“不可能。”庄韩手中的刀，还保持着往下砍的冲势，可此时的他再也砍不下去了。

庄韩低头，眼神落在贯穿自己咽喉的剑上，他到现在还不敢相信，自己就这么死了。

“我也觉得不可能，可事实如此。”左岸从震惊中回过神来，冷漠地转动手腕，确保庄韩死透，这才抽剑。

“咚！”

寒剑抽出来的那一刻，庄韩手中的大刀重重地立在地上，他亦稳稳地站在那里，如果不是他的咽喉在一直往外冒血，九皇叔和左岸都要怀疑庄韩是否死了。

西陵最大的情报头子，掌管西陵最阴暗部门的庄韩就此身亡，虽说庄韩的死在计划之中，可庄韩真的死了，九皇叔反倒觉得有点可惜。

这可是一个在西陵官场，活跃了二十几年的大人物，手上不知有多少阴私，脑子里不知有多少秘密，结果什么都没有吐出来就死了。

西陵皇上要是知道了，也许会高兴，至少庄韩到死都没有透露西陵的秘密。

庄韩死了，九皇叔和凤轻尘离开西陵最大的障碍也除了，两人都松了口气，知道短时间内，不用再担心西陵这边的追杀。

庄韩死后，不管是锦衣卫还是西陵官场，都会乱上一段时间，西陵的人近期没有精力对付九皇叔和凤轻尘，他们离开的路上也会平静许多。

“走吧。”九皇叔与凤轻尘共乘一骑，左岸有自己的马，三人上马后，很默契地不再说话，策马沿着官道赶路……

# 第十八章　血雨腥风满京华

庄韩死了，西陵自是不会放过九皇叔，西陵皇上八百里加急，把消息传给驻守西陵与东陵边境的将军，要他严加防守，绝不能让九皇叔顺利离开西陵。

西陵皇帝没想到的是，九皇叔压根就没有想过从东陵与西陵的边境离开，他取道西陵与南陵的边境，借道南陵回东陵了。如此一来，虽说费了一些时间，但胜在安全。

无论九皇叔与左岸有多厉害，两人都不想正面与军队对上，以一人之力闯百万雄师，虽然勇猛，但也愚蠢，就算能赢也会赢得很辛苦。九皇叔和左岸明显都是懒人，他们不想多生事端，再说借南陵的道也不用绕多远，他们在南陵有接应者。

三人光明正大地走过西陵边境来到南陵，谨慎起见，三人没有从繁华的城镇走，而是沿着边关小道，一路快马加鞭，日夜兼程，终于在年前赶到了东陵皇城。

看着巍峨壮观的城门，九皇叔与凤轻尘都松了口气，离京的这段时间可谓是凶险万分，好在他们都活着回来了，看到这不怎么让人喜欢的城门，九皇叔与凤轻尘也觉得它比平时顺眼了。

“进城吧。”九皇叔策马上前，示意左岸跟上。

对于九皇叔能在半夜叫开城门，左岸一点也不惊奇，这一路上，他已经见识到了九皇叔的厉害。

九皇叔的手伸得很长，从西陵到南陵的这一路上，沿路都有人接应他们，一路为他们提供所需物品和马匹。

饶是左岸见识多广，也为九皇叔的思维缜密和强大势力所震惊，这得筹划多久，才能挑出一条这么好的逃跑路线，并在沿路做好准备。

不久，只要三年。

三年前，九皇叔就决定秘密潜入西陵为欧阳成安铺路，而这三年他也一直在做准备，也不止安排了一条逃跑路线。

左岸看到的只是一部分罢了，而这一部分用过一次后就会废掉，不会再用，所以左岸即使知道了也没用。

半夜进城，九皇叔并未表露自己的身份，而是拿出了神机营的令牌，守城的小兵一看，连忙开侧门，放九皇叔三人进城。

进城后，九皇叔本想把凤轻尘送回府，可刚一入城皇上的人就等着他，说是皇上急诏，请九皇叔即刻进宫。

显然皇上很了解九皇叔的行踪，不然也不会在他刚一进城时，就逮到了人。

对此，九皇叔并没有多震惊，到了东陵，皇上若还不知道他的行踪，那他这个皇帝也就白当了。

九皇叔朝凤轻尘点了点头，表示不会有事，让她安心回府。

九皇叔当日在玄霄宫害得东陵折损了三万人马，这笔账皇上肯定会找他算，只是没想到皇上这么心急，九皇叔一进城就被拉进宫算账。

九皇叔进宫后，就好像消失了一般，整整七天没有一点消息传出来，就在凤轻尘犹豫着要不要让左岸进宫打探消息时，九皇叔却突然托人传来消息，让凤轻尘注意保暖，最近要变天了。

有了九皇叔的消息，凤轻尘终于安心了，可九皇叔提的“变天”二字，却让她不得不谨慎起来。

最近，她也敏锐地发现了京城的气氛不对，西陵天磊与南陵锦凡神神秘秘，不知道在做什么，血衣卫指挥使陆少霖，最近也频频与贵族、世家接触，更不知他在打什么主意。

种种迹象告诉凤轻尘要出事了，而就在这时，玄医谷谷主传来消息，说是遇到了难题，想借孙思行一用。

考虑到京城的局势晦暗不明，不知是凶是吉，在征求了孙思行的意见后，凤轻尘连夜把人送走了，为了保证孙思行的安全，凤轻尘甚至让左岸亲自去送人。

把孙思行送走的第三天，凤轻尘收到了一个重要消息，这个消息让她庆幸，她的小心是对的。

“陆少霖被捕了！”

这个消息一瞬间就传遍了皇城，半个时辰内皇城该知道的人都知道了。

陆少霖入狱是一个信号，无声地告知京城众人，陆少霖这个掌控东陵最大情报机构的头子，背叛了皇上。

陆少霖被捕后，众人还在想会由谁接手血衣卫，成为天子心腹，没想到这人居然是东陵子洛。

东陵子洛以亲王之尊进驻血衣卫，彻查血衣卫的弊端，处死一大批人后，东陵子洛接手了血衣卫，而血衣卫的职责也真正成了监察百官的机构，至于原来暗查与收集情报的职能，则隐到了暗处，具体由谁掌管，就不得而知了。

陆少霖手握东陵情报数十年，他身上不知有多少秘密，而他的被捕只是一个开端，皇城混乱的开端……

在东陵子洛的操作下，血衣卫不再是那个腐朽沉重的机构，连续几天的夜晚行动，抄了数十个官员的府邸。

血衣卫这一次动作之大，仅次于上次左相叛国事件，当然这只是明面上的动作，而暗地里血洗了多少人，则是普通百姓无法得知的事情。

凤轻尘从九皇叔那里，隐隐知道了一些消息。九皇叔不在京城的这段时间，京城出了许多事，在符临的帮助下，皇上发现了许多他先前没有发现的事。

经过一番详查，皇上发现京中遍布各国的探子，他最信任的血衣卫指挥使也是敌国的奸细。得知此事的一瞬间，皇上惊出了一身冷汗，要不是有符临在一旁劝说，让皇上别打草惊蛇，皇上怕是会按捺不住，不顾社稷动荡，直接动手杀了陆少霖。

在符临的劝说下，皇上按捺住了杀心，等到九皇叔回来，便拿玄霄宫的事与九皇叔交易，换取九皇叔与他联手查找潜伏在东陵的各国探子，九皇叔同意了。

这一次血洗，持续了很长时间，一直到年底，皇上才收手。

年关将至，皇上本来打算留西陵天磊与南陵锦凡几位皇子在东陵过年，可在皇上的铁血清洗下，两国探子损失惨重，西陵天磊与南陵锦凡已坐不住了，皇上做了初一，他们当然要做十五，两人纷纷找借口回国。

皇上也没有阻挠，只是意味深长地敲打几句，就派礼部的人按规矩将人送了出去，反正过完年后，这两人还要回来。

瑶华的婚礼排在年后，苏家和凤轻尘的比试一拖再拖，也拖不下去了，而这两件事也成了他们返回东陵的理由。

西陵天宇与南陵锦行没有回国，他们不想在这个当口回去。东陵皇上虽然想看他们这几位兄弟回去斗法，但想到这一次无论是西陵还是南陵，都要拿他埋在两国的奸细开刀，皇上便盛情挽留了两人。

少一个对手，东陵在两国的探子也就少一丝危险。

西陵天磊与南陵锦凡出发的那一天，天气很好，太子率百官在城门口相送，将人送走后，太子脸上的笑容也淡了下来，看着站在自己下首的皇弟、大臣们，太子捂住心口，微微垂眸，掩去眼中的无奈。

“回吧。”没有丝毫情绪起伏的话，显示了太子的无奈。

皇上对东陵子洛荣宠日盛，东陵子洛虽然不是太子，但在皇上的荣宠下，确有太子的实权，要不是九皇叔开口，今天来送西陵天磊与南陵锦凡的就是东陵子洛了。

南陵锦凡没什么好说的，可西陵天磊却是西陵的太子，东陵必须派身份与之匹配的人相送，而皇上本来的打算，就是想告诉众大臣，东陵子洛是隐形太子。

不管里面有多少绕绕弯弯，凤轻尘只知道那两尊瘟神终于走了，她的世界清净了。

年前这段时间，凤轻尘没什么事好做，便准备把山东卢家的情报拿来，她要提前想好，来年到了山东要如何行事，哪知情报刚刚到手，下人就来报："姑娘，云公子求见。"

"云潇？他终于来了。"凤轻尘连忙收起手中的情报，起身往外走去。

云潇这个人对她来说，是半个友人，也是半个病人，他此时前来，不用想也知道定与他的病情有关。

一身白衣、纤尘不染，身形隽逸、雅致如竹，这是凤轻尘对云潇的印象，可今日一见……

"云潇，你怎么了？"凤轻尘担忧地问道。

云潇一袭白衣不变，身形依旧如竹，却是瘦得如同竹竿，曾经温润如泉水的眸子，此时满是疲倦与惶惑，举手投足间依旧是贵公子的高雅，却没了当初如春风拂面般的清新。

这样的云潇，就像是被生活的重担压得喘不过气来的中年大叔。

云潇看到凤轻尘，没有继续摆出虚伪的笑，只是一脸疲累地说道："云家的事，你应该知道。"

云潇，从骨子里透出了浓浓的疲惫，他那黑瘦的脸颊告诉凤轻尘，云家不太好，他也很不好。

联想到云家先前发生的事，凤轻尘隐约明白了，锦上添花的人多，而落井下石的人更多。

之前东陵雪灾，灾民遍野，所有的药材都是由云家提供的。当然不是云家主动的，而是东陵逼迫云家不得不为东陵提供药材。

除去东陵外，西陵、南陵和北陵也没少从云家要好处，四国联手打压云城与云家，云家的确还扛得住，可是元气大伤的云城与云家，要如何面对其他的虎豹呢？

四国见好就收，会给云家恢复元气的机会，其他虎豹却不会，九州大陆的势力并不只有这四国，其他八城见云城遭此大劫，怎么可能放过这个机会？这一次云家不仅仅是元气大伤，而且是惨败。

"有什么我能帮你的吗？"凤轻尘一直都知道，云潇是带着目的接近她的，同样她亦知道云潇没有伤害她的意思，她虽然不喜欢心思颇多的云潇，但也不讨厌他。

性命攸关，谨慎一些又何妨，再说云潇从来没有掩饰过自己的目的，初次见面他就清楚地告诉她了："我云潇接近你有目的。"

"都过去了，不过我来找你，还真是想请你帮忙。"和凤轻尘打了这么久交道，云潇很清楚凤轻尘是个很仗义的人，有话直接说，大家都落得高兴。

"什么事，只要我能帮的，我一定帮。"见云潇终于不再说那些云里雾里的话，凤轻尘也松了口气，打太极什么的太费脑子。

"轻尘，我想请你做我们云家药铺的供奉大夫，云家会供奉你所需要的一切，只希望你在云家需要时，帮云家医治几个人，或者坐诊。当然，见到病人后，你愿不愿意医治都由你说了算，我们云家只负责帮人搭线，替病人引见。"云潇这么做确实存着私心，想借凤轻尘的医术重振云家，不过他并没有挖陷阱，凤轻尘有最大的自主权，她可以选择病人，云家不会为难她。

凤轻尘思索片刻后，道："我没那么大的价值。"

"轻尘，我是商人，我看中的是你的潜力，我不会做亏本的买卖，云家这个时候也只能选择你。"云潇也不隐瞒凤轻尘，如果是以前，云家确实不会供奉凤轻尘，可现在不一样了。

云家现在急需捧出一位特别的大夫，凤轻尘有本事，但名气不大，需要云家捧，同样云家手上也有一些病人，需要凤轻尘医治。

云家给凤轻尘造名造势，替凤轻尘介绍病人，他们不从中赚钱还要为凤轻尘提供日常的花费与药材，看上去是云家吃了亏，可凤轻尘和云潇都明白，这是一件双赢的事情。云家介绍给凤轻尘的病人，就是云家的人脉和资源，这些人被凤轻尘医好后，就会欠云家一个人情。

这样的交易对于双方来说都有好处，凤轻尘承认自己心动了。

医、药不分家，和九州大陆最大的药商合作，她不会亏，而在云家的帮助下，不难想象她的事业将再上一层楼，在云潇期待的眼神下，凤轻尘略做思考便点头道："云潇，我同意成为云家的供奉大夫，不过我有一个条件。"

"什么条件？"凤轻尘的答应在云潇的意料之中，毕竟云家给了凤轻尘最大的自由，应该说没有任何限制，这样的待遇，在杏林界也只有玄医谷谷主一人拥有。

据说，玄医谷谷主就是某个大势力的供奉大夫，所以他不用给人看病，没有任何收入，依旧能用昂贵、稀少的药材做各种研究。

"你们云家只能供奉我一个大夫。"只有这样才能保持自己超然的地位，凤轻尘相信，她值得。

这个条件很苛刻，可云潇连想都没有想就应了下来："你以为云家现在还能供奉得起别的大夫吗？"

在各方势力的啃食下，云家眼下只剩下一个空壳子，不然云潇提议让云家供奉凤轻尘这件事，也不会那么容易得到云家上下的认可。换句话说，除了云潇外，在云家其他人眼里，选择供奉凤轻尘只是无奈之举。

凤轻尘太年轻了，虽说医好了几个疑难杂症，但并不表示她就能得到杏林界的认可，大夫是一个讲究行医经验、论资排辈的职业，凤轻尘在这个行业里只是个新人。

“不是现在，以后云家也只能有我一个供奉大夫，除非我同意，不然云家不得再供奉其他的大夫。”凤轻尘不傻，和苏文清混久了，多少知道一些弯弯绕绕。

这下难倒云潇了，不过云潇确实很有魄力，犹豫片刻后便应承下来了：“在我有生之年，我可以做到，如果我死了，云家要供奉别的大夫，你就不能管了。”

“那就这么说定了，你回去后就可以公布这个消息，现在，让我给你检查一下，你看上去很糟糕，我担心你的病情加重。我上次就提醒过你了，你的病情很复杂，我希望你能尽快接受检查和医治。”她和云家的合作是建立在云潇活着的前提下，如果云潇死了，那么合作能不能达成都是一个问题。

是以，不需要云潇开口，凤轻尘就主动关心起他的病情，而这也是云潇一早就算计到了的，有这个合作在，凤轻尘定会尽力让他活下来。

人都是自私的，习惯了算计的人，没办法放下所有的城府，与人坦诚相见。云潇也许不是故意算计凤轻尘，但事情的结果都一样。

凤轻尘对云潇的病一直很上心，早就在小木屋里准备了检查的器材，这会儿云潇来了，便直接把人带了过去。

一个时辰后检查便结束了，凤轻尘让下人带云潇去吃饭，自己则在屋子里研究检查结果。

云潇到了膳厅才发现只有他一个人，本想等凤轻尘一道用膳，佟瑶却说不用：“云少，我家小姐忙起来，顾不得吃饭和睡觉，您还是别等她了，不知道她什么时候才会出来。”

“工作狂。”云潇摇了摇头，捧起饭碗就吃了起来，他这几个月都没有好好吃顿饭，看到凤府新鲜的蔬菜，云潇也不客气，将桌上的三个菜扫得干干净净。

饭后，云潇出去消了消食，顺便在凤府客房睡了个午觉，等到他养足精神时，凤轻尘也从小木屋出来了，语气凝重地说道：“云大少，你到底是怎么照顾自己的，明明知道自己有脑疾，居然还用脑过度，操劳过度，不要命了？”

云潇脑部异物还不算太棘手，治愈率是八成，只不过云潇现在的状况实在不适合接受治疗，他需要调养一段时间。

云潇看着凤轻尘递过来的检查结果，上面详细地记录着他的病情，说手术成功率在八成以上，云潇当下狂喜。

他记得崔浩亭曾说过，凤轻尘对崔浩亭的病只有七成的把握，他比崔浩亭还多了一成，那就说明他活下来的概率更高。

“轻尘，我的病是不是可以治好？”云潇握紧检查结果，手背青筋凸起，指关节僵硬。

凤轻尘摇头，不再提什么保重身体的话，只回答云潇感兴趣的问题：“是的，你的病可以治，不过在医治前，请你好好休息，放松自己，最好别用你的脑子想事，要知道慧极必伤。”

“可以治，可以治，太好了，太好了。”云潇激动得语无伦次，坐立不安，时而狂喜，时而大哭，反复念叨着，“可以治，可以治……”

凤轻尘也不安抚他，双手环抱，站在那里看贵公子失态的好戏码，许是凤轻尘戏谑的样子太惹人嫌了，云潇很快就冷静下来，歉意地说道：“轻尘，对不起，我失态了，请你放心，云家的危机已经解除，我可以休息一段时间，我决不会再操劳过度。”

云潇表面上冷静下来了，可紧张、急切的语气却不是贵公子该有的风范。要知道，就是在云家最危难的时刻，云潇也不曾如此激动。

凤轻尘没有笑话云潇，云潇这种反应她见多了：“没关系，不过现在高兴还太早，等成功之后再高兴吧。你们云家是医药世家，调整身体你们云家比我强，如果可以的话，我希望你能好好调理半个月，半个月后带个会医术的人住进凤府。”

凤轻尘一边说，一边写好注意事项，还有具体治疗时间等相关信息。

云潇在云家，想不操劳是不可能的事，最好的办法就是把人拐到凤府。

作为云家大少，除非他死了，否则只要他还有一口气在，他就要为云家出谋划策。要知道没了云家做靠山，云潇不可能活得这么潇洒，所以凤轻尘要求云潇调理好身体后，立即入住凤府。

“这个没有问题，可是半个月后正值新年，我来凤府会不会打扰到你？”半个月后正好是大年初一，云潇这番话也是为凤轻尘考虑。

可惜云潇忘了，凤家和别人家不一样。

“整个凤府就我一个主子，过不过年对我来说没区别。你不提我倒是忘了，大年初一出门确实不好，这样吧，初七过后，你尽快来凤府。”凤轻尘将治疗的时间改了。

把细节敲定好后，凤轻尘没有挽留云潇，再三叮嘱他一定要注意休息，保持心情舒畅。然后便让佟瑶把人送走了，至于为什么不自己去送，因为凤轻尘心情不好。

每个新年都是凤轻尘一个人过，年夜饭也只有她一个人吃，除夕那天也只有她自己给自己包压岁钱。

本以为今年会有孙思行陪她，却不想孙思行去了玄医谷，今年她又要一个人过年了。

云潇的话勾起了凤轻尘隐在心灵深处的孤独，凤轻尘来到小祠堂，把下人都打发出去，便跪坐在地，呆呆地看着凤父与凤母的灵牌，不说话也不动弹，就这么看着，双眼空洞无神。

晚膳的时间都快过了，佟珏和佟瑶见凤轻尘仍迟迟不出来，便冒着被斥责的风险，走进祠堂，二人看到凤轻尘单薄的身影，孤零零地跪在那里，好像被全世界遗弃了一般。

佟珏和佟瑶忍不住心头一酸，上前劝说道："小姐，您别伤心了，人死不能复生，老爷和夫人在天有灵，也舍不得你一个人孤孤单单的。"

"我没伤心，我只是来陪陪我爹娘。"出乎佟珏和佟瑶的意料，凤轻尘并没有伤心欲绝、泪流满面，听到佟瑶和佟瑶的声音，凤轻尘很平静地站起身来，身上也没有什么孤寂悲凉的气息。

她不需要同情。

"出去吧，我饿了。"

"是。"佟珏和佟瑶见凤轻尘没有伤心，便不再多言，只是她们不知，在踏出祠堂的刹那，凤轻尘回头看了一眼并排而放的牌位，眼中含泪："你们都不要我，我凤轻尘一个人也可以活得很好！"

凤轻尘将自己的情绪掩饰得很好，或者说这么多年以来，她已经习惯了，很快就能从失落中走出来。凤轻尘如常地用了晚膳，正准备沐浴休息，宫里却突然来人，而且非常地急切，几乎是破门而入……

"凤姑娘接旨……"

闯进来的公公大气都不喘一下，张嘴就飞快地念了起来。

大致意思是，谢皇贵妃血流不止，有小产的迹象，众太医束手无策，眼见龙种就要没了，谢家人向皇上提了凤轻尘。

皇上同意了，要求凤轻尘火速进宫，无论如何也要保住谢皇贵妃肚子里的孩子，否则拿凤轻尘的命来抵。

宣旨太监念完圣旨，见凤轻尘还跪在地上，太监那叫一个急呀，连忙上前将凤轻尘拽了起来："哎哟我的凤姑娘，您倒是快一点呀，还等着您去救人呢，一个不好可是抄家灭族的大事啊，您怎么就能这么淡定呢。"

抄家灭族？凤轻尘心里冷笑，整个凤氏一族就她一个人，拿家族威胁她不管用，可即便如此，她也没有拒绝的能力，朝宣旨太监欠了欠身："谢公公提醒，请容许轻尘准备一二。"

凤轻尘说完便转身朝内院走去，步履从容，不见半丝惊慌失措，这份冷静让在场的人看得目瞪口呆，凤轻尘这是有十足的把握，还是不把圣旨看在眼里？

应该是前者，皇上都下了这样的圣旨，凤轻尘要是救不回谢皇贵妃肚子里的孩子，就算有九皇叔出面也没用。

凤轻尘没有火急火燎的，并不表示她的速度很慢，半炷香不到的时间，凤轻尘就收拾好医药箱，换上一件干净简洁的外衣，和宣旨太监一同进宫。

一路上禁卫军开道，马车跑得飞快，可见谢皇贵妃真的很急。

凤轻尘前脚出府，各府后脚就收到了消息，如果不是有皇上的禁卫军开道，这些人说不定会出手给凤轻尘去皇宫的路上添一点堵，让她错失最佳的救人时机。

他们不是想害凤轻尘，而是不希望谢皇贵妃腹中的龙种平安落地。因凤轻尘的药，后宫今年有七八个贵人有了身子，可最金贵的要数谢皇贵妃肚子里的孩子，如果谢皇贵妃肚子里的孩子没了，他们这些人的女儿生的龙种就有机会了。

可惜，有心的人多，却没一个敢动手，毕竟谢家也不是吃素的，还有就是他们今日一旦对凤轻尘动手，要是凤轻尘没死，他们的麻烦就大了。

宁国公府，宁国公世子夫人刚刚安抚好双胞胎，便急忙来找国公夫人，将凤轻尘进宫救谢皇贵妃的事说明。

“天要下雨，娘要嫁人，这事我们又能如何？”宁国公夫人一副稳坐钓鱼台的模样，可实际上她也在担心。

谢皇贵妃肚中的龙种能成为现在这个样子，他们宁国公府也出了不少力，要是孩子被凤轻尘救回来，他们不仅白忙一场，还有被查出来的嫌疑。

世子夫人就没有这么冷静了，她一听到凤轻尘去救人的消息，就泄愤似的扯着帕子：“那个凤轻尘真是个拎不清的主，亏我们对她这么好，她居然把那助孕的药给别人，害得宫里多出那么多有身子的贵人，这会儿还帮谢家保皇贵妃的孩子，真是不知所谓。”

宁国公夫人瞥了世子夫人一眼，冷冷地道：“不知所谓？你说谁不知所谓。别忘了，你们母子三人的命还是凤轻尘救的，要不是凤轻尘，你坟上都长草了。凤轻尘不欠我们宁国公府，反倒是我们欠她，宁国公府对她好吗？好在哪里？给她银子就算好了吗？凤将军和凤夫人骸骨事件，宁国公府可有出力？你说凤轻尘拎不清，我看拎不清的人是你。”

“娘……”世子夫人被训斥了一顿，眼中有了泪花，却不敢多言。

国公夫人知道儿媳没有听进去，也不再多言，只警告道：“别怪娘没有提醒你，别去惹凤轻尘，凤轻尘不需要我们宁国公府帮她，但我们还需要她帮忙，有她在，你妹妹肚子里的龙种才能平安地生下来。”

有凤轻尘在，谢皇贵妃肚子里的龙种才能平安地生下来！这是谢家人心里的想法，而有这种想法的又何止谢家一个。

凤轻尘自医好谢夫人，救下宁国公世子夫人后，就成了皇城女眷最喜欢的大夫之一。虽然她们也不希望自己有机会让凤轻尘救，可有凤轻尘在，生孩子时总是多了一份保障。

谢家女眷此时正在昭燕殿前，引颈翘盼，等待凤轻尘来救命，救谢皇贵妃、救整个谢家。

特事特办，马车一路将凤轻尘送到昭燕殿，可见谢家在皇上心中的地位，谢皇贵妃那个孩子，在皇上心中的地位。

凤轻尘不管在府上如何从容，到了昭燕殿门口，当即收起淡然与冷静，一副匆忙、紧张的样子。

马车一停，凤轻尘拎着药箱就从车上跳了下来，那急切的样子就好像前面有重大事故发生，等着她去救援。

“凤姑娘你可来了，娘娘总算盼到你了。”谢氏上前，拉着凤轻尘，一双眼眶红得似血，看到凤轻尘就像溺水的人看到了救命稻草。

凤轻尘抽出手，一脸冷漠道：“请夫人让让，救人要紧，有什么事等娘娘平安后再说。”说完，半是挣扎半是推让，将谢夫人朝她身后的女眷推去。

要是平时，谢夫人就是拼个鱼死网破，也要治凤轻尘一个不敬之罪，可今天嘛，她只有高兴，高兴凤轻尘如此在意谢皇贵妃，连忙擦拭着泪水，把其他人隔开：“凤姑娘，快，快请，其他的俗礼就免了，救人要紧。”

谢夫人的声音很大，这话是刻意说给屋里的人听的，凤轻尘不置可否地冷笑一声，后院的女人哪个不是鬼精。

凤轻尘一入殿，就看到皇上、皇后还有四妃以及一些叫不上名号的妃子，皇上担心是真的，至于其他的女人，表面上为谢皇贵妃担心，实则恨不得她就此一尸两命。

女人呀，果然都是演戏高手，凤轻尘很是不耐烦，可还是乖乖地屈身行礼，行至一半，皇上就摆了摆手：“救人要紧。”

看样子，谢氏的话起了作用，凤轻尘也不多言，立马起身，旋风似的朝内殿走去，留下一殿的女人对她又爱又恨。

凤轻尘踏入内殿，一股热流扑面而来，空气中散发着浓郁的血腥味，饶是她早已习惯了这股气味，也觉得闷得难受。

微微皱了皱眉，凤轻尘加快脚步朝内室走去，房内的温度如同盛夏，闷热得让人喘不过气来。

凤轻尘一进去，便受到了最热烈的欢迎，无论是宫女还是医女，都停下手中的活，高兴地大喊着：“凤姑娘来了，凤姑娘来了，娘娘有救了。”

“是凤姑娘，是凤姑娘，这下好了，这下好了，我们都有救了。”

慌张不安的医女马上冷静下来，没有头绪的宫女也好像找到了主心骨，凤轻尘身上似乎有一种特别的魅力，她什么都不需要做，只往那里一站，便能让人安心。

“轻尘，轻尘，是你来了吗？”陷入昏迷的谢皇贵妃，听到声音后幽幽转醒，虚弱地问道，眼中闪烁着泪花，可惜无人能看到。

汗湿的长发缠在她的脸上，看上去分外的羸弱，凤轻尘扫了一眼，并没有过多的表情，很淡然地点头：“是的娘娘，轻尘来了，娘娘不要担心，一切都交给轻尘，娘娘只要保持体力，相信有轻尘在，您和小皇子一定会平安无事。”

凤轻尘一边说着安慰的话，一边将头发包起，提起药箱来到床边，围在谢皇贵妃床边的人纷纷避开，一脸期盼地看着凤轻尘。

此时此刻，凤轻尘不仅仅是救谢皇贵妃的命，也是救她们的命，谢皇贵妃要是没了，她们也不用活了。

“搬个凳子过来。”凤轻尘的话刚落下，小凳子就放好了，凤轻尘也不客气，示意众人后退，开始给谢皇贵妃做检查。

冰冷的器械惊醒了谢皇贵妃，迷茫的双眼有了焦距，侧头看到身边的人，露出一抹可怜兮兮的笑容：“轻尘……”总算等到你了，我就知道你会来。

凤轻尘打心里不喜欢谢皇贵妃，但作为一个大夫，现在没必要将自己的喜好带进来，凤轻尘露出安抚的笑：“娘娘别担心，轻尘定会竭尽全力，保住娘娘和腹中的龙种。”

凤轻尘掀开被子查看，谢皇贵妃身下垫了厚厚的垫子，味道十分难闻，下身的血还没有止住，暗红的鲜血染湿了厚厚的垫子，看得她心里也闷闷的。

凤轻尘深深地吸了口气，示意丫鬟上前：“把垫子通通拿掉，换两床干净的棉被，记住不要蚕丝被，只要普通的棉被。另外，殿内除了娘娘的贴身宫女，其他的人都出去，我不需要医女帮忙。”

“轻尘……”谢皇贵妃尚有一丝清醒，听到凤轻尘这话，立马就明白，这殿内怕是有不干净的东西。

凤轻尘说得如此直白，宫女当然也明白，白着一张脸，不需要谢皇贵妃下令便动起手来。

“娘娘别担心，轻尘做这样的安排并不是怀疑什么，只是棉被对你的身体好，殿内人太多，空气不流通，不利于您呼吸。”凤轻尘不懂后宫之斗，也不想卷入其中。

谢皇贵妃的龙种很稳，这一点凤轻尘可以肯定，而且这都快到临产期了，居然还会出现小产的迹象，足以说明这是人为的。

既然是人为，那就得万事小心，昭燕殿的宫女谢皇贵妃信，她也信，外面来的医女，她不知道来历，索性一个也不要。至于特意要求换棉被，那是因为宫里的贵人绝不会用普通的棉被，就算有人伸手，也想不到这上面来。

趁着宫女收拾的间隙，凤轻尘给谢皇贵妃用了保胎和止血的药并把谢夫人叫了进来旁观。

谢氏，这一次真的红了眼眶：“凤姑娘，真是谢谢你，我们谢家上下都记得凤姑娘的大恩大德，日后有用得上我谢氏的地方，凤姑娘尽管开口。”

“谢家的感谢？谢夫人言重了，轻尘救谢皇贵妃并不是因为谢家，要是因为谢家，轻尘不一定会来救娘娘，轻尘会救娘娘，只是因为娘娘这个人罢了，谢家要是感谢的话，事后记得奉上诊金就好。”至于诊金多少，凤轻尘就不说了，谢家给多少她都收。

谢氏被凤轻尘呛得半天说不出话，看凤轻尘的眼神也变得高深莫测，她不知道凤轻尘此时不对谢家挟恩图报，是想要得到更多，还是真的对谢家不满。

凤轻尘扫了谢氏一眼，没有多做解释，谢家当初落井下石、当众羞辱她的事，她一辈子都忘不掉，也许那件事对于谢家来说不值得记挂在心上，可对她凤轻尘而言，却是重重的一鞭子。

凤轻尘没闲情陪谢氏瞎扯，继续盯着谢皇贵妃身下，流血的速度减缓了，没有意外的话，谢皇贵妃应该不会出事，孩子也不用催产下来。在确定谢皇贵妃的情况稳定下来后，凤轻尘便让谢氏先出去了。

要知道谢皇贵妃肚子里的孩子虽然长全了，可要是提早催产下来，就算能活下来，也会先天不足。

凤轻尘无比庆幸之前的大夫很尽职，谢皇贵妃的身体也养得极好，所以在流了那么多的血后还能保住孩子。

凤轻尘在昭燕殿忙得脚不沾地，早就忘了今夕是何夕，等到她安顿好谢皇贵妃，确定谢皇贵妃不会有事时，才发现天都亮了。

凤轻尘强压下打哈欠的动作，拍了拍自己的脸，拉过一个小凳子，在谢皇贵妃的床边坐了下来，等人醒来。

殿内安安静静的，谢府的女眷在昨晚宫门落锁前便回府了，而皇上坐了半个时辰，听凤轻尘说谢皇贵妃的情况稳定后也去办公了。

来看谢皇贵妃的人很多，可真正在意她生死的却没有几个，皇上走后，皇后也不用再装贤惠，后脚便跟着离去，后妃也一个个找借口离去，昭燕殿瞬间就安静下来了，而这也是凤轻尘想要的。

凤轻尘拿出检查器械，再次给谢皇贵妃做了检查，又将她体内的脏血清了出来，这些动作做出来，可把一干宫女吓得脸色发白，好在这几个宫女都是谢皇贵妃亲自调教的，遇事冷静大胆，即使再害怕也能保持理智，按凤轻尘的要求，把一盆盆的血水端了出去。

凤轻尘无所觉，她只专心地做自己的事情，污血清除后，谢皇贵妃的出血也止住了，凤轻尘命宫女替谢皇贵妃清理，换上干净的衣裤。至于肚子里的孩子，通过检查得知，孩子没有受到影响，这也不枉费她之前给了谢皇贵妃几个月的安胎药。

事情就是这么凑巧，要不是那些安胎药的滋养，谢皇贵妃肚子里的孩子，说不定早就保不住了，凤轻尘歪着脑袋想了想，她是不是应该借机宣传一下自己呢？

她原本想和苏文清一道卖安胎药，只是因为苏文清那里缺一个药坊，大批量生产安胎药有点困难，所以，此事便一直拖着，没有进展。

现在她和云家合作，她完全可以用云家的铺子来卖安胎药，她提供配方、云家负责制药，利益三、七分，这对双方来说都有好处，云家说不定还能凭借安胎药脱离困境。

千万不要小看安胎药的利润，无论是男人还是女人，都舍得在孩子身上花钱，安胎药的利润绝不会低于百分百。

心里盘算好后，凤轻尘便打定主意借谢皇贵妃这个东风，于是，当谢皇贵妃醒来时，她的第一句话就是："娘娘，您和腹中的龙种都没有事，幸亏您之前一直有喝轻尘送来的安胎药，不然轻尘就是飞过来，也来不及救娘娘和小皇子。"

"安胎药？你的意思是说，你之前给本宫的安胎药，救了我和小皇子？"谢皇贵妃虽然还很虚弱，可听到自己脱离险境的消息，人立马就精神不少，颤抖地抬手，摸了摸小腹，确定小腹凸起，脸上才露出一抹慈爱的笑容。

她的孩子没事了。

而在同一时刻，谢皇贵妃托凤轻尘手中的安胎药，保住龙种一事也在宫里传开了，继多子药后，凤轻尘再次成为后宫女人争相巴结的对象。

谢皇贵妃脱离了危险，并不表示凤轻尘能走了，谢皇贵妃现在谁也不信，就相信凤轻尘，吃、穿、用的东西，全部都要凤轻尘看过后，她才敢动。

凤轻尘无奈，只得留下来照顾谢皇贵妃，只是凤轻尘待在宫里根本不得安生，每天都有后宫的妃子来找她。

面对接二连三，以探望谢皇贵妃为名，找她看病、找她打探生子秘方，让她帮着安胎的贵人们，凤轻尘的脸都黑了。

被皇帝的女人讨好、礼遇，这种事发生在别人身上，也许会很高兴很得意，可凤轻尘只觉得麻烦。

"轻尘，我和学士家的三小姐，在闺阁中就听闻你的名字，你好厉害哦，居然医好了大公子的眼疾，你帮我看看行吗？我最近老是没力气，又吃不下东西。"说完，就一脸期盼地看着凤轻尘，等着凤轻尘发话。

“轻尘，我父亲是两广总督，你有什么事就尽管去找我父亲，他一定会帮你，那个……你那个助孕的药还有吗？”最后一句话，声音极小极小。

“轻尘，我，我想，你帮我看看行吗？这两天我肚子一直疼，也不知是不是孩子不听话了，求求你了……”

这些个嫔妃也算聪明，在凤轻尘面前，一个个都将姿态摆得极低，即使凤轻尘拒绝也绝不为难她，只是会在第二天带更贵重的礼物过来。

通过谢家和谢皇贵妃的事情，她们总算是看明白了，一个好的女大夫是何等的重要。

君不见谢皇贵妃与谢家二夫人一直无孕，直到遇到凤轻尘后，才双双怀孕嘛；君不见谢皇贵妃孩子不保，直到凤轻尘出手后，才救了回来嘛；君不见后宫怀孕的女子，都是与凤轻尘交情颇好的人家嘛。

那什么宁国公府的小姐，不就是占了大便宜，不然她哪有机会早早的受孕，宁国公府还真是上辈子烧了高香，这辈子媳妇、女儿都得到了凤轻尘的相助。

如果说面对嫔妃的讨好，凤轻尘还能勉为其难地应付，当贤、德、淑三妃明里暗里想要凤轻尘给她们调理身体时，凤轻尘终于受不了了。

她是外科大夫不是妇科大夫，更不是治不孕不育的大夫，宫里这些女人，到底把她当成什么了，送子娘娘？

在宫里待了七天，谢皇贵妃的情况已经稳定下来，只需要卧床静养便可，凤轻尘早早地为谢皇贵妃做完检查后，便提起出宫的事。

本以为谢皇贵妃会拿腔拿调地摆姿态，却不想谢皇贵妃噗嗤一声，笑道：“我还在想，轻尘你能忍到什么时候，结果只忍了七天，你这样可不行，在后宫最主要的事就是学会一个忍字。”

“娘娘你……”凤轻尘被谢皇贵妃这般平易近人的语气吓到了，这个尊贵不逊于皇后，傲气不逊于皇后的女人，什么时候这么好说话了？

“怎么了？吓到了？难不成你喜欢看本宫摆出高高在上的姿态？”谢皇贵妃一头长发披散在肩，身上只穿着中衣，身子还有些虚弱，倨傲的神态没了，眉眼间只有平静与淡然。

凤轻尘笑了笑，真心地说道：“不，娘娘这样很好，对娘娘好，对小皇子也好。”

之前的谢皇贵妃美艳逼人，但少了一点人情味，这样才真实。

“你倒实在，你就不怕我治你的罪？”谢皇贵妃是欣赏凤轻尘的，从头到尾都欣赏她，不然也不会选择与她合作。

“娘娘不是那般小气的人。”谢皇贵妃是一个聪明的女人，无论是以前还是现在，看开一些对她和谢家都好。

谢皇贵妃噗嗤一笑：“你倒知我是什么人，轻尘，我谢言开不是一个大方的人，我有仇必报，同样我也有恩必报。你那天救的是我谢言开母子二人的命，不是什么皇贵妃与皇子的命，你这个情我谢言开记住了。”

凤轻尘笑了笑，并没有放在心上，而是赞美道：“娘娘的名字很美。”

谢皇贵妃知道凤轻尘是想岔开话题，也没有点破，反正她自己记得凤轻尘的恩情就好，谢皇贵妃莞尔一笑，说起了她名字的来历：“我的名字是我祖父取的，我那一辈的女孩中，只有我有幸得祖父取名，可再好听又如何，进了这深宫就没有谢言开了。”

“娘娘现在不就是你自己嘛。”凤轻尘承认，这样的谢皇贵妃可爱多了，可也仅仅如此罢了，她不会因为谢皇贵妃的改变，而做出什么不应该做的事情。

她凤轻尘就是凤轻尘，无论面前这个女人是谁，对她来说都不重要，她对待谢皇贵妃的态度都不会变，她不会因为这么两句话，就傻傻地和谢皇贵妃成为朋友。

凤轻尘的拒绝不明显，可谢皇贵妃是聪明人，她并没有为难凤轻尘，而是让凤轻尘去收拾东西，待她禀了皇上便派人送凤轻尘出宫。

凤轻尘道了声谢便退下，在离去时，听到谢皇贵妃幽幽地道：“轻尘，你和谢家的恩怨有化解之道吗？我不希望你针对谢家。你知道的，谢家并没有对你做出什么实质性的伤害，如果可以，我希望你能与谢家和解，你提出要求，谢家会尽量满足。”

凤轻尘身形一顿，什么都没有说，朝殿外走去，谢皇贵妃此举是什么意思，她明白。可是，谢家真的能在她面前放下世家骄傲，给她赔礼道歉吗？她不认为谢皇贵妃这句话有意义。

谢皇贵妃看着凤轻尘潇洒的背影，眼中闪过一抹苦涩与羡慕，她也想走，离开这冰冷吃人的后宫，可惜自从踏进后宫的第一天，就注定了她永远没有了自由，永远无法离开……

# 第十九章　最特别的他

凤轻尘回到她在宫里住的院子，收拾一下东西，才发现她只带着一个药箱而来，结果却要带一堆的东西出宫，两辆马车都装不下。

这些东西，都是后宫那些妃子美人们送的，虽然不是御赐之物，价值却也不低，有些东西甚至颇有年份，凤轻尘大呼赚了，赚了。

凤轻尘招呼小太监帮她一一装好，她在乎的不是礼物的价值，而是礼物背后的人脉，每一份礼物都代表着它们背后的家族。

目前让凤轻尘最感兴趣的是，山东布政吏女儿送的那份厚礼，在她的暗示下，对方很机敏地接话，说是只要她凤轻尘去山东，定会一路大开绿灯。至于凤轻尘想做什么，需要山东布政吏出什么力，则由凤轻尘和她爹去谈，这个她无法许诺。

这一点凤轻尘明白，但有这个机会就足够了，到了山东，凭借这个交情在，就算她拿不出让对方心动的筹码，对方也不会帮山东卢家。

当然，这些礼物也不是白收的，收了礼就要办事，就得回给她们想要的礼物。好在那些女人都是聪明人，只向她讨药，半句不提她的药是不是还给了别人，更不会说不要把药给谁、不要帮谁一类的话。

收拾好东西后，凤轻尘迫不及待地出宫了，除了禀告皇上一声，并向谢皇贵妃辞行外，凤轻尘没有惊动任何人，甚至都没有去皇后那里说一声。

不是她不把皇后看在眼里，实在是她惹不起皇后，她要是去皇后那里辞行，想走就不容易了，至于皇后事后会不会怪罪于她，她半点也不担心，有谢皇贵妃在呢。

凤轻尘一出宫门，就看到一身玄衣的王锦凌站在马车旁，看着宫门的方向，那样子似乎在等人。

“停车。”无论王锦凌在等谁，凤轻尘看到了都不会这样就走，车刚停稳，凤轻尘便跳了下来。

“轻尘……”王锦凌看到马车上跳下来的人，眼前一亮，大步朝凤轻尘走去。

终于等到了，他还以为自己来晚了呢。

好不容易养好身子，想去见凤轻尘，结果一到凤府，凤府的下人就告诉他，轻尘进宫了，一连几日没有消息。

轻尘在宫里待了七天，他也担心了七天，今天收到凤轻尘出宫的消息，王锦凌立马出府，在宫门外等她，一路快马加鞭，就怕错过了。

王锦凌贪婪地看着越走越近的凤轻尘，极力隐藏着自己的感情，站在原地等待凤轻尘走过来。

他喜欢看凤轻尘一步一步朝他走来的样子，这时的凤轻尘，眼里只有他。

“锦凌，你在这里等人？”凤轻尘好多天都没有看到王锦凌，现在看到他，心情当然是好的。

“等你。”人走近了，王锦凌眼中的情意也消失了，温润的眸子一片平静。

“等我？”凤轻尘指了指自己的鼻子，颇为不解，“有急事找我？”

“没有，我刚从宫里出来，听到你今天要出宫，就想着和你一道，走，我送你回府。”王锦凌不敢说，他是刻意等凤轻尘，只为能提早看她一眼。

骗子！

“公子明明是特意在此等候，为了不错过凤轻尘，不顾身体，执意站在马车外面等，还说什么刚从宫里出来。”王锦凌的车夫闷声嘟囔着，极度不满自家公子的虚伪。

“我就说嘛，原来是顺路，那正好，我们……”一起走。

最后三个字，被九皇叔的声音给截了下来：“多谢大公子，轻尘就不用你送了，本王在这里等她一上午了，就是为了送她回府，大公子刚从宫里出来，想必还有公事，就不耽误大公子了。”

九皇叔的马车从宫门驶出来，人未到，声先至，理所当然地截下王锦凌要的人。

骗子！

“什么叫等了凤轻尘一上午，九皇叔你明明一直在宫里，听到大公子在宫门口等凤轻尘，才急急忙忙地出来抢人。”

九皇叔的车夫嘟囔了一声，极度不满自家王爷的无耻。不过腹诽归腹诽，车夫却不敢坏自家王爷的好事，一扬马鞭，便将马车停在大路中央，这样九皇叔一下马车，就能走到凤轻尘身边。

马车停下，九皇叔下车，看向王锦凌。两个男人的视线在半空中交汇，火花四溅，眸子深处都是对对方的不满……

“我以朋友的身份来接轻尘也不行？小气的男人。”王锦凌以眼神鄙视九皇叔。

九皇叔同样以眼神还道：“行，但今天不行，有本王在，不需要劳烦你。”

两人视线相交，交换了一个信息后，很快就别了过去，两人都是聪明人，没有让战火外泄，旁人看去，二人一个温润端方、一个尊贵冷傲，两人互相点头打招呼，友好融洽得没有半点不妥。

在两个高手面前，凤轻尘那点道行完全不够用，她根本不知九皇叔与王锦凌之间的不对劲，见到九皇叔过来，凤轻尘脸上的笑容再度灿烂几分，看着从宫里驶出来的马车，狐疑道：“你在等我？你怎么知道我今天出宫？”

凤轻尘站在原地等九皇叔走过来，她知道，无论她在哪里，只要九皇叔想，就一定能走到她身边。

“谢皇贵妃派人给本王送信了。”九皇叔随便找了一个理由，眼带不善地看向王锦凌，“大公子，王家和凤府不顺路，反正你也是顺便在这里等轻尘，轻尘就不麻烦你了。”

明知道王锦凌是特意在此等候，九皇叔仍旧这么说，这是存心想气死王锦凌。

好在王锦凌脾气好，不以为意地笑道：“我与轻尘许久未见，九皇叔你应该不会这般小气，连轻尘与朋友相聚也反对吧？”

“轻尘与朋友相聚本王当然不会反对，大公子想找轻尘相聚的话过几天再说，她今日刚从宫里出来，累了。”当着本王的面，你也敢把凤轻尘截走，你当本王是死人呀？

截？到底是谁半路截人？东陵九你别太过分。

在凤轻尘看不到的地方，王锦凌与九皇叔再次用眼神厮杀，只是两人控制得很好，除了他们二人外，没有第三人知道他们之间的交锋。

“九皇叔真是体贴，轻尘有福了，作为轻尘的好友，看到她如此幸福，我也放心了。我也知道轻尘累了，所以才想借坐在马车上的时间，让轻尘替我诊断一下。”王锦凌笑得温雅，在外人看来，这是优雅知礼，可在九皇叔的眼里，王锦凌那微扬的唇角，怎么看怎么像阴谋得逞的狐狸。

凤轻尘也不傻，大公子和九皇叔之间的火药味，她当日在玄霄宫就看出来了，只是这事她没法掺和，此时听到王锦凌话中的意思，凤轻尘担心地问道：“锦凌，你身体不适？”

仔细看，王锦凌的精神确实不太好，她还以为他是政务所累，现在看来，倒像是身体的原因，是她疏忽了。

王锦凌轻轻地点头，脸上带着落寞的笑：“前段时间中了毒。”所以，轻尘回来这么久，他也不曾出现。

“中毒？我看看。”凤轻尘二话不说，上前就扣住王锦凌的脉搏，“身体有些虚，先上马车，我给你仔细查查，可别是余毒未清。”

“好。”王锦凌的眼中只有凤轻尘，至于失败的九皇叔，他压根不看在眼里。

这一局他赢了不是。

凤轻尘点了点头，侧过身，正准备和九皇叔说一声，九皇叔却快一步开口道：“大公子的身体要不要紧？轻尘，我们快上马车，你好好地给大公子诊一诊。”

最后三个字，九皇叔几乎是咬牙切齿地说出来的，边说边扶着凤轻尘上了王锦凌的马车，至于王锦凌这个主人，则直接被无视。

上马车前，九皇叔趁凤轻尘不注意，狠狠地瞪了王锦凌一眼：王锦凌你个卑鄙小人，你不是自诩正人君子嘛，怎么还用这等下三滥的手段？

王锦凌也不甘示弱，同样以眼神回瞪：东陵九，对付你这种腹黑的小人，本公子要君子的话，就会被你啃得骨头都不剩。

其实，他只想看看凤轻尘，与凤轻尘在一起坐一坐，算是劫后余生对自己的安慰，在中毒的那一刻，他最怕的不是死而是再也见不到凤轻尘。

毒解后，他最大的愿望也是见一见凤轻尘，只要看看凤轻尘，和她说说话，他就满足了。而为了不让凤轻尘担心，他一直等到身体恢复得差不多才去找她，结果却是等到了凤轻尘进宫的消息。

如果不是九皇叔故意针对他，和他抢人，他也不愿意说出自己中毒的事情。

他要的真的不多，可就是这么少，近乎可怜的一点点，九皇叔也不允许。

王锦凌苦涩地笑了笑，直到九皇叔和凤轻尘坐上马车后，他才慢条斯理地上车，车夫看得那叫一个心疼，在心中暗自决定，一定要尽力帮帮他家大公子，九皇叔太过分了。

宫门前都是大道，马车上有王家的标记，有点眼力的人都不会与王家争道，是以马车一路畅行无阻，平稳而飞快。

是的，飞一般的快，快到凤轻尘都握不住王锦凌的脉搏，快到九皇叔不得不抱着凤轻尘，免得她栽倒。

“怎么回事？”王锦凌皱眉问道，马车的速度太不正常了。

车夫闻言，吓了一跳，差点把马车赶歪了，幸好车夫的本事不错，听到王锦凌问话，车夫喘着粗气道：“回公子的话，马被惊了一下，现已安抚下来，公子不必担心。”

车夫瞬间减速，比平时慢了许多，这样的话即使出什么状况，也能及时补救。

“小心驾车。”王锦凌眸子微闪，车夫不知因他这一句话，王家又有多少人要倒霉了。

好好的马怎么会受惊，作为一个刚刚被亲人毒害的孩子，听到车夫说马匹有异，王锦凌瞬间就阴谋论了，心里盘算着，王家哪些人会知道他这个临时的举动，又有多少人能趁机给他下绊子。

不仅仅是王锦凌，就是九皇叔与凤轻尘也是这样想的，九皇叔甚至很是无耻地道："可需要本王出手？"

"多谢九皇叔，王家的家事，我还是能处理好的。"王锦凌对王家那些不省心的人又恨上了几分。"

一群不长眼的主，王家的家丑都丢到九皇叔面前了，看在你们是我亲人的份上，本公子一再宽恕你们，既然你们记吃不记打，那就别怪我手下无情。

王锦凌眼中的受伤和悲痛一闪而过，虽然很快，凤轻尘还是看到了，轻声安慰道："锦凌，一切都会好的。"

被自己的亲人算计、遗弃是最痛苦的事情，属下的背叛还能理解，可至亲的人呀，他们怎么就下得了手？

王锦凌笑道："轻尘说得也是，一切都会好的。马车里也不方便就诊，不如我改日再去找你。"

遇到这事，王锦凌也没心思和九皇叔瞎闹了，内部不稳，对他来说是大忌。

"尽快，身体不能等。"凤轻尘知道王锦凌是做大事的人，她看王锦凌的情况还算好，也就没有多言。

王锦凌把凤轻尘和九皇叔送到凤府后，就准备回府，只是凤轻尘知道马匹有问题后，说什么也不肯让王锦凌坐王家的马车回去，执意让凤府的人送他回府。

至于王家的马车，车夫赶回去也好，丢在凤府也行，反正王锦凌不能坐。

凤轻尘如此强硬，王锦凌也不好拒绝，便点头同意，车夫深知马车没有问题，可这个当口他可不敢开口，便选择把马车赶回去，王锦凌犹豫了一下，淡淡地扫了车夫一眼，同意了车夫的提议，却换来九皇叔戏谑的一笑。

凤轻尘犹豫了一下，点了点头，只叮嘱车夫路上当心些。

送走了王锦凌，凤轻尘便问九皇叔如何回府？要不要她派人送？

别以为她不知道，九皇叔根本就不是刻意在宫门口等她，要说王锦凌是刻意等她，她反倒相信。

"你很担心王锦凌？"九皇叔没有说自己回去的事，反问道。

凤轻尘也不避讳，点头道："是，我不希望他出事。"

"如果本王与他同时出事，你救谁？"九皇叔承认自己吃醋了，在宫门口，凤轻尘选择登上王家的马车，九皇叔就已极度不满。

那是他和王锦凌之间的较量，结果他输了。

"救王锦凌。"凤轻尘想也不想就答道，本以为九皇叔会变脸，结果九皇叔只是冷冷地道："他就那么好，好到你宁可救他也不救本王？"

手中的杯子握得死紧，杯子里的茶水微微溅出，滚烫的水落在手背上，九皇叔却不觉得痛，只是盯着凤轻尘，想从凤轻尘的嘴里得到一个自己想要的答案。

“不是好不好的问题，锦凌对我来说是不一样的，当初我被世人指责、鄙夷时，只有他不用有色的眼光看我，只有他平等地待我，只有他给我一个机会。你和王锦凌是不一样的，你是我喜欢的人，你们同时出事，我会先救锦凌，然后陪你一起死。”要不是王锦凌当初相信她，赌上整个王家的名声，也要让她医治双眼，她不会这么快在皇城站稳脚步。

王锦凌把她当恩人，认为她医好了他的双眼，给了他新生，可同样王锦凌对凤轻尘来说也是恩人，如果没有王锦凌的信任，她的医术再高也不会有人看到，不会有人相信。

世人都说是她凤轻尘成就了王锦凌，可有谁知道，没有王锦凌就不会有今日的凤轻尘，没有她施展才华的舞台，她就会被埋没。

“就因为这个原因？”九皇叔心中的愤怒少了几许，尤其是听到凤轻尘说愿意陪他死时，心里就觉得自己圆满了。

“当然不止这个原因，我对锦凌另眼相待，把他看得比亲人还要重要，是因为在所有人都不把我当人看时，他把我当人看，让我知道我还是一个人，一个活生生的人，我有尊严，有骄傲，我不是任人践踏的蝼蚁。”

那个时候的她处境有多艰难，只有她自己才知道，走错一步就是万劫不复，虽然一切都过去了，可每每想起还是会心痛。

九皇叔定定地看着凤轻尘，心中的最后一丝怒火也消失了，凤轻尘和王锦凌的过去是他无法参与的，那时候的情况换作任何一个人，都拒绝不了王锦凌的好。

“本王明白了。”明白凤轻尘为什么对王锦凌特别。

那时的凤轻尘真是被人逼到绝境，践踏到了谷底，才会将王锦凌的平等对待，看得如此重要。

那时候……

九皇叔闭了闭眼，凤轻尘说得没错，那时候没人把凤轻尘当人看，只有一个王锦凌，把她当人看。

只是，凤轻尘你可知道，王锦凌把你当人看，无关情爱，只是他的教养使然。那时候的王锦凌没有王家那一堆乱七八糟的事情，于王家其他人而言，他也不是竞争者，那时候的王锦凌干净得如同水晶，那样的人不会对一个弱女子露出嫌恶与不齿的神情，也不会去践踏一个与他无关的弱女子。

也许凤轻尘是知道的，所以才会拒绝王锦凌的求亲，但对于凤轻尘来说，时刻有人愿意用平等的态度对她，便是她最大的幸福。

九皇叔闭上眼睛，想着他那时对待凤轻尘的态度，轻轻地叹了口气，不再说话。

室内顿时安静下来，两人谁也没有开口说话，这个话题不宜再谈下去，而瞬间转换话题又太过生硬，沉默便是最好的武器。

王锦凌走到一半，突然想起他今天找凤轻尘还有事要商谈，结果被九皇叔一打岔，他气得给忘了。

王锦凌懊恼至极，暗叹自己的心志不够坚定，可眼下都快到王家了，再折回去也不是个事，只能将这件事记在心上，准备改天再去找凤轻尘说。

车夫驾着马车跟在王锦凌的身后，一直都好好的，可行至闹市时，拉车的马却突然发狂，撒腿就狂奔起来，在闹市中横冲直撞。

“快，快，马受惊了！”

“让开，让开，马受惊了！”

……

好在，车夫和护卫都早有防备，在马受惊的刹那，车夫和护卫同时出手，一个用匕首、一个用大刀，直接将马捅死。

“轰……”

马匹连带着马车倒地，好在处理得及时，没有造成人员伤亡，只撞翻了几个摊子，车夫从马车上跳下来，看到这一幕，惊魂未定，好半天才回过神来，一瘸一拐地走到王锦凌所坐的马车前，咚的一声跪下：“公子……”

这一声就让王锦凌明白，这马真的有问题，也许之前是车夫有意为之，但这一刻却不是。

王锦凌自嘲一笑，同时又暗叹自己命大，若是在没有防备的情况下，他这么一撞、一摔，就是不死也得伤，等到他回王家养伤，也不知道自己还能不能活下来掌权。

“回去。”王锦凌揉了揉眉心，一脸疲惫。

他的亲人呀……

王锦凌的马车在闹市翻倒的消息，很快就传开了，有人庆幸王锦凌命大，马车出事时他正好没坐在车上，也有人暗恨，好好的一个机会，怎么就毁了。

他们算得好好的，这一次只要王锦凌受伤，他们就可以名正言顺地把王锦凌软禁起来，结果功亏一篑，反而惹祸上身。

王锦凌回到王家后，如何的杀伐果断，外人不得而知，毕竟这是王家的家事，王锦凌就算出手，也不会闹得人尽皆知，丢王家的脸面。

而此时，凤府中……

凤轻尘悄悄地打量着九皇叔，看九皇叔一副冰山脸，有些后悔说出那些话，她不会和九皇叔计较过去的事情，当初把她当蝼蚁一般践踏的人多了去了，九皇叔并没有做什么过分的事情，甚至还在她最难堪的时候，给了她一件衣服，是第一个对她伸出援手的人。

九皇叔不知道，那时在凤轻尘的心中留下印记最深的人，并不是王锦凌，而是九皇叔。

见九皇叔抿着唇，凤轻尘知道有些事情不说明一些，只会互相猜忌，想了想，还是开口道："那时候的我很无助、很迷茫，也很不安，处在那样的境况中，我不知道明天会怎样，任何一个人对我的好，都能让我记在心上，任何一点关怀，我都会放大数十倍。

"同样一个馒头，你给快要饿死的人，那人会感激你救了他一命，一辈子记在心上；你给一个吃饱了的人，那人只会嫌你烦。而那时的我，就是那个快要饿死的人，一点点的好也能让我看到活下来的希望。

"我会喜欢你，不顾你的冷漠死缠烂打，也和此事有关。你在我狼狈不堪时，给了我一件可以遮身的衣服，遮住了我一身的污秽，遮住了刺骨的寒风，暖了我那颗冰冷绝望的心，就在那一刹那，我心动了。"虽然，我很快就知道，你给我那件衣服不过是出于施舍的心态，可我还是把你记住了，那种情况下，那件衣服于我而言就是救命的馒头。

后面这句话，凤轻尘没有说出来，可是九皇叔明白，九皇叔缓缓睁开双眼，看着凤轻尘黑亮的眸子，道："如果时间可以倒回去，本王依旧会那么做，依旧是那样的态度。"

给凤轻尘一件外衣，对他来说已经超出了自己的极限，他不可能把凤轻尘一个普通人放在心上，那时候的凤轻尘，无论表现得多么坚强，都改变不了她蝼蚁一般的命运。

"我明白，所以明知你没把我当回事，我还是动心了。"不过是一个路人，别说九皇叔，就是她凤轻尘看到了，也不一定会伸手去帮。

因为他们天生都是冷情的人，仁善这样的面孔不适合他们，这天下可怜的人太多了，他们能帮几个？

"本王是不是该感谢那件衣服，如果没有那件衣服……"如果没有那件衣服，他和凤轻尘也许同样会有可能，但不会这么顺利。

"如果没有那件衣服，我们永远不会有可能，你是高高在上的九皇叔，与我这个平民百姓不会有任何交集。最重要的一点就是，你是东陵子洛的小叔，你应该明白我当日所受的羞辱与东陵子洛脱不了干系，只要你姓东陵，我就讨厌你。"

说她迁怒也好，说她无理取闹也好，如果没有那件衣服，她绝对不可能对九皇叔动心，即使九皇叔的手腕再强硬也没用。因为东陵子洛，她对所有姓东陵的男人都没有好感。

九皇叔神色一怔，想到凤轻尘对蓝九卿的冷淡，瞬间就明白了，对凤轻尘来说心动就是那么一刹那的事，而刹那的心动便是永远，如果没有那一瞬间的心动，他和凤轻尘之间想要有什么，会无比艰难。

而他会对凤轻尘心动，是因为凤轻尘一次又一次地缠上来，是凤轻尘的不屈与坚强打动了他，是凤轻尘的才华与冷静让他心动，如果没有那件衣服，凤轻尘不会关注他，他也不一定会对凤轻尘动心。

原来，缘分竟这般巧妙。

九皇叔瞬间就释然了，他无比庆幸凤轻尘的过去有他，不然他现在就和王锦凌一样，离不开，爱不得，即使他用强的，也只能得到凤轻尘这个人，而得不到她的心。

“本王很幸运。”九皇叔抚着冰冷的茶杯，眼中终于泛起笑意。

他比王锦凌幸运那么一点点，早了王锦凌一步，在凤轻尘最需要温暖的时候，给了她一件可以遮风的衣服。

“时也，命也。与幸运无关，正因为是你，我才会心动。”如果给她那件衣服的人是东陵子洛，她只会将衣服甩到东陵子洛的脸上。

事情说开后，九皇叔虽然还是不喜欢王锦凌，但凤轻尘的态度让他心安，两人相视一笑，淡淡的温馨在两人之间萦绕，不管过去如何，他们已经在一起了。

当天，九皇叔留宿凤府，可在半夜却收到了西陵天宇的消息。无奈，九皇叔只得放下在怀的暖香，顶着寒风外出。

夜黑风高，孤塔之巅，狂风之中，九皇叔与西陵天宇各据一方，二人默默地瞭望远方，寒风吹起，衣袍呼呼作响，发丝顺着风往后飞去，如同刀子一样的寒风刮在脸上，让人生痛，也能让人清明起来。

西陵天宇看似老成稳重，可此时的他已经绷不住了，强忍下骂人的冲动，咬牙切齿地瞪着九皇叔。

他在东陵皇城挑了大半天，才挑到这么一个不受人关注的废塔，本想小小恶整一下九皇叔，结果人没整到，却把自己给搭了进去。

这座废塔年久失修，最主要的是这里极高，站在上面寒风一吹，冻得人直哆嗦，至少他就快撑不住了，牙关都在打颤，可偏偏他想算计的人却丝毫不受影响，如同松柏一般傲立在寒风之中，不弯不折。

哪个混蛋建议我选这座废塔的，现在没把九皇叔给惊住，却把自己冻得几近崩溃！

西陵天宇实在撑不住了，强压下牙齿打颤的动作，风度绝佳地看向九皇叔：“西陵一行，收获可丰？”

“尚可。”即使没有去看西陵天宇，九皇叔也知道他此时的样子，黑眸中闪过一丝笑意，唇角微微上扬。

想要整我，也不看看这里是谁的地盘，真当他是养尊处优什么都不会的皇子皇孙了，别说这点寒风，就是北陵的雪峰他穿一件单衣也能扛得住。

“那件事……”说到这里，西陵天宇略一停顿，吸了口气才继续问道，“查得如何？”

不是因为身体冷得说不出话，而是心冷得说不出话来。

“所有的证据都指向西陵天磊的母亲，与你的母亲没有一丝关系，当年为你医治的那个太医，在你出事后没多久就死了，查不出死因。”九皇叔不带任何感情色彩地将调查结果说出来。

“证据明显吗？”九皇叔的话，让西陵天宇心下稍安，不过隐约还是有一丝的不确定，只可惜十多年前的事情并不好查。

“不明显，光靠那些，指证虞妃是不可能的，实质的证据都被人小心地抹干净了，当年的人一个都找不到，这么多年过去了，查起来并不容易。”九皇叔知道，西陵天宇双腿残疾的事是他的心魔，西陵天宇怀疑的第一个人是他的母后，为此他还回去找自己的母后问过。

事情说开后，西陵天宇私下也曾查了一番，确定事情与他的母后没有关系，所有的证据都指向虞妃，西陵天宇选择了相信他的母亲，毕竟虎毒不食子。

只不过，西陵天宇的这份相信明显没有融入骨髓，他的心里还是有疙瘩。能在皇后的眼皮底下谋害皇子，那可不是一般的困难，他的母后怎么可能一直不知情?

西陵天宇带着这一丝疑惑来到东陵，得知九皇叔有去西陵的打算，便请九皇叔代为调查，这种事情旁观者清。

九皇叔调查的结果和西陵天宇所知的一模一样，按理说他应该放心了，可是……

也许是他有了先入为主的观念，当日凤轻尘说他的双腿是大夫所致时，他的第一个怀疑对象就是他的母后，即使所有的证据都指向另一个人，他还是无法释然。

“我总觉得这事透着古怪。”按理，事情和自己的亲生母亲没有关系，西陵天宇应该高兴，可他的心里就是高兴不起来。

当年，西陵天磊和他的母亲都不受宠，又没有什么外力相助，虞妃怎么可能不留一丝痕迹地弄残他的双腿？而最让人怀疑的是，他的母后当年什么都没有查到，反倒是他现在查到了一些蛛丝马迹。

“你到底在怀疑什么？”九皇叔眉头微皱，天宇不会像那八姑娘那样，入了心魔吧，为什么非要咬着自己的母后不放？虽然西陵天宇这么一说，九皇叔也觉得这件事有点不正常，可是在没有证据的情况下，九皇叔还是不希望西陵天宇怀疑他的母后。

西陵天宇和他的母亲闹翻，对他没有好处，须知道，一国之母可不是摆设。

西陵天宇也明白自己在瞎闹腾，无奈地笑道：“我也不知道自己在怀疑什么，只是我的心里很不安。”他怕，怕身边的人对他不利，让他再一次失去双腿，或者失去别的，也许他是疯了。

“眼睛看到的不一定是真的，你既然不信，那就防着点，面上别露了就行。当年的事情处理得太干净了，种种迹象表明，你父皇也曾派人查过，可惜最终什么也没有查到，和你父皇相比，我们在西陵的根基并不雄厚。”也就是说，你西陵天宇再怀疑也没用，他们现在什么都查不到，一如当年海盗陆家被灭的事情。

一是时间太久，二是出手之人太狠，当年的知情者基本上都被清理干净，他们根本找不到一丝有用的东西。

“你相信我的怀疑？”西陵天宇神色一怔，他本以为九皇叔会劝他放下心魔，没想到九皇叔却叫他戒备自己的母亲。

“为什么不信？你不会无缘无故的起疑，必是有原因的，能在宫里长存下来的女人，没有哪个是正常的。”九皇叔淡淡地说道。

西陵天宇开始还没有明白，等他想明白后，终于绷不住了，气呼呼地大骂道：“你说我母后是疯子？”

“如果她真的对你下手，不是疯子是什么？别忘了，你是她唯一的儿子，毁了你就等于毁了她的未来，毁了她家族的未来，虽然西陵天磊登基后一样会尊她为太后，但那和自己的亲生儿子登基完全没得比。”也就是说，说西陵皇后是疯子的人，是西陵天宇他自己。

西陵天宇无法反驳，闷哼道：“你嘴巴真毒。”

“比不上你心毒。”九皇叔凉凉地反讽回去，眼中闪过一抹不耐烦。

大冬天的，谁没事愿意待在这里吹寒风，早知道西陵天宇约他出来谈这些无聊的事，他就不来了。

他现在想在凤府留宿一晚多不容易，偏偏还被西陵天宇给搅和了，要不是知道西陵天宇与王锦凌没有交情，他都要怀疑西陵天宇约他见面是王锦凌教唆的。

九皇叔见西陵天宇半天不说话，冷着脸道：“西陵天宇，本王没心情陪你在这里吹寒风，下次这样的事情别来找本王，本王不擅长开导人。”说完，转身就欲离开。

与其在这里吹寒风，他宁可回凤府，哪怕不能做什么，抱着凤轻尘安安心心地睡一觉也是好的。

“急什么，我找你当然是有正事，这事不过是顺带的。”西陵天宇回神，表情也跟着严肃起来。

“西陵那边出了一点意外，我正要和你商量对策。”九皇叔在西陵布的布局，已渐渐收网，只不过再完美的布局，也有无法预估的意外，而现在就有意外发生。

“出了什么事？”九皇叔身形一滞，却没有回头。

西陵天宇呵呵一笑，心中暗道，这下你知道着急了吧，你越急我越不说，谁让你一点兄弟情义都不讲，西陵天宇指着废塔内部道：“这里挺冷的，我们进去说。”

该说的早晚都会说，九皇叔一点也不着急，朝塔内走去，此时塔内一片漆黑，但明显比外面好多了，至少刺骨的寒风吹不进来。

西陵天宇不说，九皇叔也不着急，静静地站在黑暗中等西陵天宇说话，西陵天宇等了半天也没有等到九皇叔主动开口询问，无奈之下，只得主动开口。

“我那姑姑，长公主殿下怀孕了。”

西陵长公主，左岸的母亲，与西陵左相勾勾缠缠，又嫁给西陵才子隐篱先生，成婚二十多年后怀孕，这个消息不是一般的劲爆。

本以为九皇叔怎么也会惊讶一下，没想到九皇叔只是很平淡地问道：“已经证实了？”

九皇叔这是担心对方假怀孕，借此拖住隐篱先生，让他无法入朝为官。

不得不说，隐篱先生遇到长公主就是倒了八辈子的大霉，当年他意气风发准备入朝为官时，尚了公主还未娶进门就先给他带了一顶绿帽子，这让他不仅与官场绝了缘，还成了西陵上京的笑话。

好不容易二十多年过去了，他有机会再次步入官场，施展自己的抱负，他的公主夫人又怀孕了，这个情况下，他复出又无望了。

“百分百确定，假怀孕很容易被拆穿。”半老徐娘居然有了身孕，这消息不是一般的震撼，关注的人也不是一般的多，所以西陵天宇可以肯定此事做不得假。

“你父皇的意思，还是她自己的意思？”不得不说计划赶不上变化，西陵长公主这一手，弄乱了九皇叔的一盘好局，好在她也只能拖住隐篱先生，不会牵连到西陵后宫与锦衣卫头上。

“她自己的意思，从情报来看我父皇默许了。”隐篱先生出不出山，皇上现在已经不在意了，但皇上在意这么一个人一出来就身居高位，还是被皇后娘家保上来的。

西陵天宇能够行走，皇后娘家保隐篱先生上位，不用想也知道是为了什么。西陵皇上和东陵皇上不一样，西陵皇上不喜欢自己的儿子们为了那个位置争斗，不然也不会早早地立太子。

知道这些后，九皇叔就明白该怎么做了，不过要他就这样放弃，那也不可能，九皇叔很阴险地问了一句：“谁的孩子？”

“噗嗤！”西陵天宇笑了出来，也只有九皇叔敢这样问，正常情况下，一个嫁了人的公主，她的孩子当然是她夫君的，可偏偏他们西陵长公主不是。

“不知道，表面上看是隐篱先生的，她怀孕期间隐篱先生曾在公主府住过一晚上，那晚隐篱先生喝得大醉，醒来后就在长公主的床上，但隐篱先生可以肯定，他和长公主什么都没有做，可不管他有没有做，他现在都只能认了。”这种事情，西陵天宇知道的比九皇叔多，九皇叔的人不管怎么查，也不会有他这么详细、这么快速。

九皇叔听完后，不怎么真心地说道：“真可怜。”事实上，九皇叔是想说真笨，隐篱先生在长公主手上吃了那么多的亏，居然还会栽在长公主手上。

“确实挺可怜的，到老了还要再戴一顶绿帽子，也就是隐篱先生豁达，要是我，早就跳护城河了。”西陵天宇苦笑道，隐篱先生这忍功，还真是比乌龟还强。

“他跳了也改变不了事实，他不是一个人，他身后还有一个家族，他的家族人才凋零，如果他死了，他的整个家族也就倒了。”这并不是夸大，隐篱先生那一家子后辈，在长公主有意无意地放纵下，一个个都不务正业，纨绔得很。

捧杀这招西陵皇上用得很好，用一个没有节操的公主，就把隐篱先生那个书香世家给毁得七七八八，真正是杀人不见血。

“这倒也是，而且要是就这样死了，也未免太窝囊了。”就好比，他不能行走的时候也没想过自杀一样。即使在所有人眼中，一个双腿残疾的皇子完全没有未来，可他还是不肯放弃自己，事实证明他的选择是对的，要不是有当初的坚持，他怎么可能有今天？

“这件事你打算怎么做？我姑姑有了身孕，明面上是隐篱先生的，现在让隐篱先生接手左相的职务是不可能的事情。”其他的计划没有变化，但这一点他们必须调整。

如果是今天之前收到这个消息，九皇叔也许会毫不犹豫地放弃隐篱先生，但现在他有更好的打算。

“左相的事情往后拖，拖到长公主把孩子生下来。”不过是九个月的事情，他等得起，他相信隐篱先生也等得起。

“好。”黑暗中，西陵天宇看不到九皇叔的表情，但却能感觉到九皇叔周身散发出来的杀气，西陵天宇顿时全身发寒，他知道他那姑姑快要翻船了。

“你想怎么做？你可别乱来，我父皇绝不允许皇室出丑闻。”西陵天宇隐约猜到了九皇叔要做什么，正因为猜到了，才担心。

不管他姑姑肚子里的孩子是谁的，明面上都只能是隐篱先生的，这一点不容置疑。

西陵天宇的警告，九皇叔并没有放在心上，他若把一个西陵的公主放在眼里，他就不是东陵九，他既然敢插手西陵的政局，还怕一个小小的公主不成？他做的那件事，是西陵皇上允许的。

黑暗中，九皇叔准确无误地捕捉到西陵天宇的眼神，冷冷地说道：“天宇，你父皇不允许的事情很多，可你我不是照样在做，若是要你父皇允许的话，你一辈子都只能坐在轮椅上。

“天宇，你只顾着怀疑你的母后，你可有想想你的父皇？当年你的父皇也查了你腿疾的事情，我们这么多年后都能查到一些蛛丝马迹，他当初没道理什么也查不到，要知道他手中握有的权力，我们远远不及。

“虽然很残忍，但天宇，我还是要告诉你，如果我的推断没有错，你父皇当年就知道你的腿疾是有人故意为之的，但你的父皇为了西陵的安定，选择了沉默。同时，他事后应该有出手，把证据和证人都抹除了，不然依后宫那些女人的本事，做不到这么干净。

“你在选择与我合作时，就应该明白，你和西陵皇室站在了对立面，如果你后悔了，现在还来得及。”九皇叔丢下这话就走了，至于西陵天宇信不信，都与他无关，他只是提醒他。

而事实上，九皇叔的话并不是无的放矢，也不是故意误导西陵天宇，而是有理有据的推断。

像他们这样的人，虽然会去找证据，但很多时候并不会全然地相信证据。他们就是做这种事情的人，很清楚依西陵皇上的手段，要抹掉证据嫁祸给别人，是非常容易的。

“为什么？为什么？”黑暗中，西陵天宇就如同一个迷失方向的孩子，死死地咬着唇，看着九皇叔离去的身影。

为什么要把他的伤口撕开，为什么一再地提醒他，当他的腿残疾时，他的母亲和父亲都放弃了他。

痛……噬骨一般的痛席卷着西陵天宇全身，他的双腿在打颤，骨头被生生折断的痛，似乎仍停留在脑海里，这一波高过一波的锐痛，让西陵天宇无法呼吸。

“东陵九，你混蛋！”西陵天宇忍不住骂道。有些事大家心知肚明便可，可东陵九偏偏要说出来，说出来让他痛。

如果不是知道自己被西陵皇室遗弃，他又怎么可能和九皇叔合作，又怎么会执着于此，非要查清楚他腿疾的事情是否与他母后有关。

他已经被父亲放弃了，他不想再被母亲放弃，所以他想查清楚，好证明自己没有被所有的亲人遗弃，可现在事情还没有弄清楚，九皇叔就再次把他快要愈合的伤口撕裂了。

真的好痛。

不知是站得太久了，还是太过寒冷，西陵天宇感觉自己全身上下无一处不痛，可偏偏他又动不了，尤其是双腿处装假肢的部位，更是让他痛到无法呼吸。

“我的腿……”咚的一声，西陵天宇终于支持不住，摔倒在地，而他这一倒，就再也站不起来了。

暗卫连忙上前，抱起像冰棍一样的西陵天宇，看到西陵天宇的双脚往外渗血，暗卫知道现在只有一个人能救他的主子。

抱着一个大男人，暗卫再怎么训练有素，也无法隐匿踪迹，当暗卫抱着西陵天宇出现在大街上时，就被暗处的人给盯上了。

暗卫虽然没有办法隐匿身形，但并不表示他不知道暗中有人跟踪他，跑了三条大街，依旧甩不开那些尾巴，看着出气多进气少的西陵天宇，暗卫知道他没得选择。

“凤姑娘，为了主子安全，我只能对不起你了！”

暗卫不再隐藏，抱着西陵天宇就朝凤府赶去，暗中跟踪的人也一路跟到凤府外面，看到暗卫拼命地拍门：“开门，开门，快开门。”

凤府外的护卫早就知道来人是谁，门没敲两下就打开了。

“怎么回事？”护院头头挡在门中央，一副你不说清楚就别想进去的架势。

“对不起，给凤姑娘添麻烦了，我家主子受伤了，请凤姑娘出手相救。”暗卫还算有眼色，不敢说西陵天宇的双腿受伤，可即便如此，暗中那些人也能猜到。

西陵天宇好好的怎么会受伤，还伤到需要暗卫抱着走，十有八九就是腿疾复发，联想到西陵天宇突然能够行走，暗中的探子已经可以肯定，西陵天宇的双腿能恢复正常，十有八九和凤轻尘有关。

一个能让残疾的人“长”出新肢，这样的人对于那些喋血江湖的人来说，有着无法抗拒的诱惑，也让各方权贵无法抗拒。

匹夫无罪，怀璧其罪，说的就是凤轻尘这一类人，这就是九皇叔竭力隐瞒凤轻尘医好西陵天宇的原因。

在没有足够的自保能力的情况下，你拥有至宝，只会死得更快，像凤轻尘这样的人，则会沦为被人圈禁起来的工具。

只可惜九皇叔处心积虑地保守秘密，却被西陵天宇这个意外给揭穿了，可以想象这件事情传出去后，凤轻尘将会面临怎样的危险。

可惜，凤轻尘此时毫无察觉，她听到下人来报，西陵天宇受伤，被属下送来凤府后，立马从床上跳了起来。

“把人安置到木屋，把木屋的炭火烧暖，准备好干净的水，我马上就到。”凤轻尘让上前服侍的人退下，“不用，我自己可以走，把灯点起来，我马上要出门。”

凤轻尘没有穿厚重的外套，只穿了简单的衣服，再穿上一旁的厚披风，提起医药箱就往小木屋赶去。

冰冷的寒风吹过来，凤轻尘冷得直哆嗦，侍女上前想帮忙拎药箱，却被凤轻尘拒绝，她再次加快脚步，朝小木屋走去。

# 第二十章　杀伐果断的大公子

当凤轻尘赶到时，凤府的下人已经安排好了一切，熟练得好像做过千百次一样，唯一的不足就是木屋内的温度还不够高，走进来冰冷冰冷的。

对于这一点，凤轻尘也没有办法，这小木屋也不知道什么时候会用上，凤轻尘无法奢侈到让这个小屋子十二个时辰保持恒温。

西陵天宇被抱进来时，整个人都冻僵了，下人只能拿厚重的棉被给西陵天宇取暖，不停地替他搓身子，活血。

西陵天宇的暗卫见凤轻尘过来，连忙上前："凤姑娘，对不起。"

今天晚上的事情，不仅仅是半夜把凤轻尘吵醒这么简单，他们给凤轻尘带来了许多无法预知的、隐藏在暗处的危险。

凤轻尘挥了挥手："没事，救人要紧，你家主子怎么了？"

"我家主子旧疾复发。"暗卫指了指西陵天宇的双腿，凤轻尘顺势望去，眉头紧皱，这才多久，西陵天宇的假肢怎么就出问题了。

"没有别的伤？"凤轻尘没有问细节问题，她没兴趣知道，也不想知道。

"没有。"暗卫肯定地道。

"我知道了，你可以出去了。"问到自己想要的答案，凤轻尘就把人打发走了，独自上前，检查西陵天宇的伤。

西陵天宇的情况说不上好与坏，他在室外低温处待得太久了，着凉发烧了，身上还有轻微的冻伤，这些都不太严重，最严重的是假肢安装处的伤口。

凤轻尘就不明白了，在没有外力的作用下，西陵天宇怎么就能让愈合好的接口裂开呢？

愈合的接口处再次裂开，可不是缝回去就行，若是情况不乐观，这两条腿都得锯断。

凤轻尘将冷毛巾放在西陵天宇的头上，为他降温，然后替他清理、包扎脚上的伤，也是最严重的伤。

伤口红肿，凤轻尘测量了一下，发现西陵天宇的假肢有一点轻微错位，要不是用专用工具测量，人眼根本察觉不到。

如果不是因为这次受伤，西陵天宇完全不会发现他的假肢错位了，若等到他发现时，后果将会很严重。

作为一个大夫，遇到西陵天宇这样的病人，绝对不会高兴，好在凤轻尘足够冷静与理智，这才没有撒手不管。

凤轻尘埋头给西陵天宇医治，而她这么一忙便到了天亮。好不容易才把西陵天宇的假肢修复好，还来不及休息，前院就传来一阵急切的叫喊声……

凤轻尘眉头紧锁，对府上人大呼小叫的行为很是不满，没出什么事，都会被他们的叫声吓死。

凤轻尘的头有些痛，揉了揉额头，让暗卫把西陵天宇送去厢房休息，便朝前院走去。

刚走没有两步，就看到春绘和秋画急匆匆地朝她跑来，并急切地大喊："小姐，不好了，大公子出事了。"

"凤姑娘，凤姑娘，快，快救命呀。"

"凤姑娘，求求你救救我家公子。"

王府的下人紧跟在春绘和秋画身后，哭着大喊。

"锦凌出事了？"凤轻尘急忙跑上前，刚走两步，就看到被下人抬过来的王锦凌。

凤轻尘连忙上前，同时示意下人把王锦凌抬到小木屋去。

西陵天宇刚被抬走，室内还有些凌乱，不过不影响救治王锦凌。

初步检查，王锦凌的情况很不好，凤轻尘皱皱眉头问道："你们公子怎么了？"

"不知道，小的也不知道怎么回事，公子今早起来，突然吐了口污血，紧接着人就昏了过去。在昏迷前，大公子让属下把他送到您这来，说凤姑娘可以救公子。"说话的是王锦凌的小厮，平时很沉稳的一个人，此时却慌乱得找不到北。

"我知道了，你可以出去了。"结合王锦凌在马车上所说的话，还有马车出意外的事情，凤轻尘猜测王锦凌应该是余毒未清，而这余毒又不知道被什么给引了出来。

"凤姑娘，我家公子他……"小厮不肯走，执意站在小木屋内。

凤轻尘还没有开口，春绘就沉稳地开口："你担心什么，有我们家姑娘在，大公子绝不会有事，你快出来，别耽误我家姑娘救人。"

有春绘出手，小厮很快就被带出去了，凤轻尘无心多言，一心扑在王锦凌身上。

王锦凌身上没有一丝外伤，凤轻尘还没有那个能力，只凭问脉就知道王锦凌的病情，她心中猜到王锦凌是毒发，不过在没有检查之前，凤轻尘不会乱下药。

凤轻尘对王锦凌进行仔细检查，却仍未看出端倪，她茫然了，第一次发现自己所学有限，遇到一个疑难杂症就不知从何下手，而现在这个情况，她也没时间去看医书。

“这可怎么办？”凤轻尘看着面色苍白的王锦凌，一向冷静、理智的头脑，也有些发昏。

王锦凌无病无伤，她不知要从哪里下手，也不知该下什么药。

可没问题又怎么会昏迷不醒，又怎么会气息变弱呢？

凤轻尘都快被王锦凌这病症给弄烦了，忙了一天一夜，就算凤轻尘的意志再坚强也扛不住，倒不是说她累倒了，而是她饿了，她已经一天一夜都没有进食了。

凤轻尘收拾了一下，准备出去吃点东西，她不能没把王锦凌医好，就先把自己给弄病了。临出去前，她把春绘和秋画叫了进来，叮嘱她们盯着王锦凌，他要是气息不稳或者醒了，要第一时间去找她。

“凤姑娘，我家公子怎么样了？”王锦凌的小厮一见凤轻尘出来，连忙上前问道，看似惊慌失措，但少了一点温情。

王锦凌身边居然连个亲人都没有，真不是一般的可悲，当然这并不需要凤轻尘担心，小厮不是病人的家人，凤轻尘也就不用说得那么详细，只说：“不是很好，一直昏迷不醒。”

最主要的是我查不出病因，不过凤轻尘没有说出这句话，只是叹息了一声。

小厮一听，脸都变了，站在寒风中不停地抖动：“怎么会这样，怎么会这样，公子好好的怎么就这样了，他昨天还和老爷一起用了晚膳，还陪夫人说了话，怎么突然就这样了？”

小厮也担心王锦凌，不是作为亲人的担心，只是一个下人的担心，因为王锦凌死了，他也没有好果子吃。

小厮此时已经后悔把大公子送到凤府，万一大公子死在这里，他也难逃一死。

是不是要通知本家的人，让本家的人去请御医，或者让他们来凤府，给凤轻尘施压？

小厮慌得六神无主，一晃一个念头，心中越发的坚定，得赶紧回本家，让王家的人过来，不然公子在这里出了事，他一家都难逃干系。

凤轻尘原本还想从他这里问一点有用的信息，现在看来怕是没什么收效，看小厮这般模样，凤轻尘不用想也知道他在想什么。

这个小厮虽然听话，但不够忠诚，凤轻尘不明白王锦凌怎么会让这样的人送他到凤府，依王锦凌现在的样子轻易就能被人弄死。

好在王锦凌已经在她府上，而不管发生什么事，她都会保全王锦凌。依王锦凌现在的状况回到王家绝对是九死一生，她可没忘记王锦凌在马车上所说的中毒一事，还有马车的事。

王家有人要王锦凌死，绝不能让这个小厮回去通风报信。

离去前，凤轻尘朝护卫使了一个眼色，让他们盯着这个小厮，必要的时候可以动手，在王锦凌醒来之前，绝不能让这个人出凤府。

护卫暗暗点头，阻挡王家的人进来他们不一定能做到，可要让这个小厮出不去却不是什么难事，凤府可不是什么客栈酒楼，想来就来，想走就走。

交待完后，凤轻尘便去吃饭，她现在正饿得胃疼。

厨房早就准备好了美食，凤轻尘前脚从木屋出来，她们后脚就把热食端了上来。

热食入了胃，凤轻尘觉得自己全身都暖和了，一碗鸡汤喝下去，疲劳也一扫而空，精力也完全恢复了。

王锦凌的病情不是她埋头检查就有用的，她得释放自己身上的压力，然后再慢慢地去想王锦凌的病因以及对策。

因为府上有病人，凤轻尘这一顿饭吃得极快，三两口就把两碗饭扫下肚了，丝毫不在意自己的胃是不是受得了。

吃饱喝足后也有力气了，凤轻尘灌了一杯水，先去看西陵天宇，西陵天宇也昏迷了六七个时辰，这会儿也该醒了，她还有话交待他。

事实上，西陵天宇早就醒了，并且还用了一点热食，只是西陵天宇想到自己因何而伤便觉得很丢脸，不允许下人去找凤轻尘。再加上因为他腿伤的事，彻底地把凤轻尘推了出来，他觉得对不起凤轻尘，要不是双腿无法行走，估计他早就遁走了。

心里想归想，西陵天宇面上却不显露，凤轻尘不知道西陵天宇的尴尬，看到西陵天宇已醒，便问了一句："咦，醒了怎么不派人告诉我一声。"

"又没什么大事，知道你在忙，就没有打扰你，王家大公子还好吗？"西陵天宇语气轻松地道。

看到一身白衣，双手插在口袋里的凤轻尘，西陵天宇只感觉眼前一亮，凤轻尘这身装扮，还真有那么一点味道，光看着就令人赏心悦目。

"不太好，一直昏迷不醒，我还在查找病因。"凤轻尘也不隐瞒，西陵天宇和王锦凌没有什么利益上的冲突，告诉他也无妨。

"查不出病因，会不会是中毒了？"久病成医，有一双残腿，西陵天宇也算了解一些。

"不太可能，没有中毒的迹象。"凤轻尘不愿意多说王锦凌的病。

"哦。"西陵天宇绝对聪明，也不再多问。简单的寒暄过后，室内就陷入寂静，凤轻尘便动手给西陵天宇检查伤口。

西陵天宇不知该说什么好，颇为不安地看着凤轻尘，犹豫再三，终于开口道："轻尘，昨晚的事情对不起，我知道会给你带来不小的麻烦，不过你放心，我已经派人去处理了，会尽量把这件事压住。"

凤轻尘好半晌才弄明白西陵天宇的话，愣了一下，毫不在意道："没事，早晚的事情，有第二个人知道的秘密就不是秘密。"

她以前害怕过、惶恐过，而经历了这么多的事情后，她已经明白，担心没有用，她现在并不是一点自保之力都没有，想要拿她当工具，也要看看对方有没有那个本事。

她连杀手联盟都得罪了，再多一个对手也不怕。

"不管怎么说，昨晚的事，都是我的人处理不当，我欠你一个人情。"凤轻尘的话让西陵天宇的心头稍安，要是因为昨晚的事情，把凤轻尘推到险境，九皇叔第一个不会放过他。

凤轻尘没有拒绝，西陵皇子的人情可不轻，上次给他装假肢，那人情被九皇叔给夺了，连医药费都没有给她，这次总算赚回来了。

凤轻尘检查完西陵天宇的伤口，很满意地点头，又伸手探了探他的额头，退烧了！

西陵天宇恢复得真不错，凤轻尘满意地点了点头，总算有一个恢复良好的病人，这让她倍受打击的自尊心，稍稍增强了一点。

再看西陵天宇眉眼间的郁结已经消失，凤轻尘便知道他应该赶走了心魔，既然如此，她就不用担心自己的话会刺激到西陵天宇了，反正这人的心理承受能力很强。

"宇皇子，你的身体恢复得不错，如果不是脚上的伤，你现在就可以回去了。"打击他人之前，先夸一夸对方，这也算是大夫常用的手段。

听到凤轻尘的话，西陵天宇面露喜色，可不想，凤轻尘突然变脸，话锋一转："宇皇子，你的身体是没有大碍，我们现在来说说你的脚伤。我不想知道你是怎么伤的，也不想知道你遇到了什么事，这是你的隐私，我无权过问，也没有兴趣知道。作为一个大夫，我只想告诉你，别以为装上了假肢，你就能和正常人一样行走、生活。

"你的双腿是被锯掉了的，现在安装上去的只是仿制出来的假肢，就算它的效果再好，与你的身体再契合，也改变不了它是假肢的事实。在安装假肢时，我就告诉过你，这不是从你身体里长出来的，而是后天安装上去的，它虽然是你身体的一部分，可它和你的身体有一个磨合期，并且不会和原肢体一样好用，一定要好好保护它。

"我记得，我当初有叮嘱你，不能长时间站立、行走，不能奔跑、跳跃，不能让它承受过重的压力，可你告诉我，你是怎么做的？"

凤轻尘说到第二句时，西陵天宇的脸就白了，凤轻尘的话戳破了他心中的奢望，自从双腿能走后，他就不肯承认自己是个没有双腿的人。

他刚开始还会顾忌，不敢疾行、奔跑，可第一次奔跑过后发现没有出事，他就渐渐忘了凤轻尘的忠告。

“我……”西陵天宇脸上的笑容瞬间冻结，眼中溢满沉重的悲伤与不甘。

他明明可以行走，他明明有了双腿，为什么不可以和正常人一样？

不需要西陵天宇开口，凤轻尘就知道他要说什么：“宇皇子，人的欲望是无穷的，但你要认清现实，我最后一次忠告你，请你好好爱惜你的双腿，如果你再这么不知节制，不出十年，你的双腿还会废，到时候别说我找不到一双这样的假肢，就算找到了也无法更换，那时候别说行走，你连站立都做不到。”

凤轻尘说完，也不管西陵天宇能不能接受，转身就走。

这也就是对待西陵天宇，要是换作普通人，凤轻尘绝不会说得这么直接，西陵天宇是聪明人，让他认清现实，他才能明白什么该做，什么不该做。

凤轻尘赶回王锦凌所在的木屋后，打发了春绘和秋画，看到平静祥和、一动不动的王锦凌，凤轻尘忍不住叹了口气，然后继续忙碌起来。

不出凤轻尘所料，送王锦凌来的那个小厮半夜趁护卫交班时，偷偷地往外溜，可惜凤府的护卫早有防备，他还没到门口就被人带了回来，未免麻烦，护卫直接把人敲晕，丢进了柴房。

第二天一大早，凤轻尘顶着血红的双眼从小木屋出来，脸色阴沉得吓人，下人一个个小心翼翼，生怕惹她不快。

凤轻尘也不是会迁怒的人，虽然困得要死，但还是坚持住，让管家拿着帖子前往云家，找云潇借两个大夫。

一人计短，二人计长，她真没办法了，虽然知道王锦凌这事要低调处理，不能引起王家的注意，可她眼下实在别无选择，她总不能眼睁睁地看着王锦凌睡死吧。

在云家的大夫到来之前，凤轻尘先把自己收拾干净，趴在床上小睡了一会儿，因为心里有事，凤轻尘也睡不安稳，不到半个时辰便惊醒了。

略一收拾，就听到下人来报，云潇带着云家的大夫来了。

“轻尘，出什么事了？好好地怎么要借大夫？”云潇关切地问道，要知道凤轻尘是最不可能缺大夫的人。

听到凤府来人向他借大夫，云潇吓了一大跳，生怕凤轻尘出事，他和凤轻尘可是盟友，凤轻尘要是出事，他的损失最严重，现在看到凤轻尘还活蹦乱跳的，云潇暗暗松了口气。

“我没事，只是遇到一个疑难杂症，解决不了。”人多，凤轻尘不敢说王锦凌的事。

“还有你解决不了的病症？”云潇狐疑道，同时也有些担心，凤轻尘都解决不了，他手上的大夫能行吗？

云家可不比当初，他们现在能拿得出手的大夫，放在外面也就和御医差不多一个水平，放在杏林界勉强能算一流，但绝不是顶尖的那种。

“我只懂皮毛。”面对两位年过半百的老大夫，凤轻尘很恭敬，半点不敢拿大。

先不说她有求于人，单说这两人无论是年纪，还是行医经验，都能当她的老师，尊敬一些是应该的。

两位大夫对凤轻尘的做派很满意，没有为难凤轻尘，捻了捻胡须，便在凤轻尘的引领下，朝小木屋走去。

凤轻尘早就清理好了小木屋，可即便如此，小木屋的设计还是让两位大夫惊得闭不上嘴。

小木屋的设计太贴心了，处处都为病人着想，空气流通、温度适宜，这地方确实很适合养病，不管凤轻尘医术如何，就冲她为病人着想这一点，就可以证明她有医者的仁心。

两个大夫更满意了，看凤轻尘的眼神也越发的和善，凤轻尘是云家的供奉大夫这件事，除了云家本家嫡系外，其他人都不知道，所以他们对凤轻尘也没有什么敌意。

这两位老大夫平时只爱钻研医术，也只为云家服务，很少接触外人，这两位老大夫根本不知道，躺在病床上的人是王家大公子。

两位大夫不知，云潇却知，他看到病人是王锦凌，脸色变得很微妙，最后悄悄地拉了拉凤轻尘，示意凤轻尘跟他出去。

凤轻尘在室内也帮不上忙，再加上很多大夫诊治病情都有其独门法子，不喜欢同行在场，凤轻尘便顺势出去了。

云潇很慎重，把凤轻尘拉到树下，确定四周没有人，这才压低声音道：“凤轻尘，王锦凌是什么时候到你府上的？”

“昨天早上，怎么了？”凤轻尘敏感地发现，好像出事了。

云潇嘴角猛抽：“今天早上，王家传出王锦凌失踪的消息，现在整个王家一团乱。”

“看样子锦凌昏迷的事和王家脱不了干系，昨天早上锦凌的小厮匆匆忙忙地将他送来，就算他再小心谨慎，也有迹可查，可两天过去了，却没有一个王家人找上门。”凤轻尘自嘲道，亏她还防着那小厮泄露消息，扣住那小厮，想为锦凌多争取一些时间，此时听到云潇的话，才知道完全没有必要。

“我也这么想，轻尘，你要有心理准备。”云潇一脸担心道，从王家的态度，可以肯定王锦凌活下来的可能性很小。

心头抽痛，凤轻尘身形一晃，狠狠地吸了口气，压下心中的悲伤：“尽人事，听天命，我是大夫，在他没有断气之前，我不会放弃。”

她最害怕自己身边的人就这样死去，那种自责与愧疚能将她身为大夫的自信击垮，可偏偏大夫也有无能为力的时候，就比如王锦凌的病情，她真的明白，什么叫无能为力。

“你能这么想就好了，事情还没有到那个地步，我想依大公子的谨慎，他不至于把自己逼到这个地步。”云潇也不忍心，他只是实话实说，提前给凤轻尘打个预防针，免得真出事了，凤轻尘撑不住。

王锦凌这样的人可以死，但不能窝囊地死在权力斗争下，死在亲人的阴谋算计下，不过云潇更相信，这一切应该在王锦凌的算计之中。

“他醒不过来，就算再怎么布局也没用。”凤轻尘轻咬着唇，眼中闪着泪花。

不管王锦凌要算计什么，前提都是他要活着，而王锦凌在昏迷之前，让人把他送到凤府，就说明她凤轻尘是关键，可偏偏她救不了王锦凌。

“你先别担心，先看看大夫怎么说，王家暂时不会来找王锦凌，不过我劝你提前做好安排，等王家内乱稳定下来后，他们不会放过你。”所谓的王家内乱稳定下来，是指王家下一任家主上位。

到时候，下一任家主为了服众，一定会把王锦凌的“尸骨”找回来，而接收王锦凌的凤轻尘就倒霉了，总要有人为王锦凌的死负责。

“我知道了，这件事我得和九皇叔商量一下。”凤轻尘已经习惯了生老病死，她只是一时无法接受，锦凌可能在这样美好的年华，出这样的事情。

九皇叔说得没错，对于他们这种人来说，老死是一种奢望，越是出身富贵，身边的危险越多，让人防不胜防。

她终于明白，宇文元化当初为什么宁可待在她的破院子里，也不愿意回自己的家，那个家对他来说，处处都是危险，连睡觉都睡不安稳。

王家对于王锦凌来说也是如此，如果锦凌就此去了，于他而言也许是另一种幸福，死亡并不是结束，而是另一种开始。

如此想着，凤轻尘便释然了，心中的伤痛也减少了几分。

见凤轻尘这么快就振作起来，云潇很佩服，也很欣慰，他就知道自己没有看错人，凤轻尘这个女人坚韧得不像女人，她可以在任何残酷的环境里活下来。

云家的大夫还在室内，没有一丝动静，凤轻尘知道一时半刻不会有结果，便派人前往九王府，请九皇叔过府一叙。

从九王府到凤府的路不短，可九皇叔人都到了，屋内的两个大夫还是没有诊断出结果，凤轻尘和云潇明白，那两个大夫恐怕遇到难题了。

凤轻尘没有悲悲戚戚，也没有红着眼睛，王锦凌还没有死呢，就算死了她也不能在九皇叔面前哭。

凤轻尘笑着给九皇叔问好，看到九皇叔她心中的不安也消失了，有九皇叔在，他们所有人都会没事的。

九皇叔很满意凤轻尘对他的依赖与信任，三人没有进去打扰两位老大夫，而是坐在隔壁的木屋里，商讨王家的事情。

九皇叔从昨天开始，就一直在处理西陵天宇惹出来的麻烦，不管如何，他都要尽力保住凤轻尘的秘密，尽量不让人知道给西陵天宇安装假肢的人是凤轻尘。

事情好不容易才压下来，凤府的人，就来请他了。

如果是平时，九皇叔一定很高兴凤轻尘主动找他，可听到王家的消息后，九皇叔就不高兴了。

不用想也知道，凤轻尘必是因为王锦凌的事找他。

“别担心，这是王锦凌的计划，他不会有事的。”九皇叔比凤轻尘看得明白，王家人算计王锦凌，王锦凌何尝不是在算计他们？

王锦凌温润儒雅，可并不表示他好欺负，清贵无双的公子，要么不弄脏自己的手，一旦决定出手，必会掐住对方七寸。

王锦凌这是在拿他的命博，用他的命引出王家那些不安分的人。

王锦凌相信凤轻尘，相信有凤轻尘在，他不会有事，所以将计就计，落入王家人的圈套，借机引出王家那些隐藏很深的人。

强敌不可怕，可怕的是你被强敌环绕，却不知道你身边的人是敌是友，王锦凌上次中毒就是被人暗算了，虽然查出了几个人，可王锦凌知道那些人并不是主谋。

王锦凌虽然严惩了那几人，但对方并没有安分下来，马车出事一事，彻底激怒了王锦凌，为了拔出王家的毒刺，王锦凌便弄了这一么出，他把所有的事都算到了，唯独没有算到，这世间也有凤轻尘找不到的病症，医不好的病……

凤轻尘不是笨蛋，九皇叔这么一点拨，她还有什么不明白的？可她越明白，就越愤怒。

“锦凌是不是疯了，他不要自己的命了？他就算再想清理王家有异心的人，也不用拿自己的命来玩，命只有一条，把小命玩完了，王家清得再干净也没用。”如果王锦凌站在她面前，凤轻尘绝对要狠狠地踹他一脚，以发泄心中的愤怒与担忧。

“他没有疯，如果他不想在做事时被家族扯后腿，出门在外时被家族出卖，就必须快刀斩乱麻，只有这个办法，才能在最短的时间内，将王家那些牛鬼蛇神全部引出来。在王家，王锦凌不知道哪些人是敌，哪些人是友，这个法子虽然风险很大，但绝对实用。经此一事，留下来的才是真正忠诚可用之人。”这也就是面对凤轻尘，要是别人问，九皇叔根本不会解释这么多。

虽说人心经不起考验，可经过考验后的人心才能让人完全相信。这对王锦凌来说是劫，但只要王锦凌闯过了这个劫，王氏家族就再也没有人能挡他的路，拖他的后腿。

九皇叔很明白，王锦凌之所以这么做是因为和他合作了，要不是与他合作，王锦凌完全不需要冒这么大的风险。

王锦凌与他合作是图谋这天下，一旦泄露，就是灭族大罪。为了整个王氏一族，王锦凌必须这么做，只有把身边的风险都清除，把王家上下守得如同铁桶一样，才能放开手脚做大事，这样一来，即使败了，王家也有一个回转的余地。

王锦凌的心中自有乾坤，他绝不是一个为了私情而枉顾家族利益的男人。

凤轻尘无话可说，九皇叔说得没错，与其束手束脚，不如放开手脚，大干一场，这件事一旦挺过去，王锦凌的身边再无危险。

“破而后立，大公子好谋算。”云潇琢磨着九皇叔的话，随即开怀大笑。

云家现在不也正是破而后立嘛，经此一事，云家子弟前所未有的团结，那些鸡鸣狗盗之辈，也因此事而自动浮现出来。

一个家族发展到一定的阶段，必然会有很多毒瘤，把这些毒瘤给清了，才能继续前进。

“拿自己的命来谋算，是下下之策。”凤轻尘承认九皇叔说得有道理，但并不赞同。

“不付出一点代价，如何取信于敌人？王家人不是笨蛋，不把潜藏的危险清除，王锦凌早晚逃不过一个死字。”悄无声息地死最是窝囊，死在自己人手上，更是窝囊至极，王锦凌哪怕是死，也要拖王家那些嫡系下水，把王家的毒瘤找出来。

凤轻尘越想越头大，索性摊手：“王家的事、王锦凌的事我不管，也管不了。我想他执意来凤府，应该不是要我救他，而是在等你。”

算来算去，她只是被王锦凌利用的一颗棋子，她没有能耐救王锦凌，有九皇叔在，王锦凌不会有事。

凤轻尘起身，拍了拍衣服上的褶皱：“我累了，要去休息，云公子请自便。”

九皇叔一到凤府，就有下人告诉他，凤轻尘两天一夜未曾合眼，现在听凤轻尘说要休息，哪里会拦，立马派人送凤轻尘回房。

云潇看着两人之间的互动，还有九皇叔在凤府的随意，越发肯定这两人的关系不一般，而外界的传言不及真相的十分之一。

云潇是个聪明人，即使心里猫抓似的痒痒，也乖乖地收回眼睛，没有乱瞄，更不会乱问。

两人就这么坐着，谁也没有开口说话的打算，两人都是静得下心、坐得住的主，倒也没有什么尴尬的，直到云家的大夫一脸沮丧地从小木屋里出来，才打破这份沉静。

“公子，老夫无能。”两位大夫也不矫情，上前就直言道，“老夫实在查不出那位公子的病情，在老夫看来，那位公子只是睡着了。”

云潇对这样的结果早有准备，依凤轻尘的医术都查不出来，这两人怕也不可能查出来。

云潇点了点头，转头对九皇叔道：“云某恐怕帮不了王爷了。”

“云公子有心便好，云公子要是不忙，今晚就与两位大夫在凤府歇一晚如何？”九皇叔这话说得客气，却不容拒绝。

云潇知道自己这也算是惹上麻烦了，摸了摸鼻子，自认倒霉：“云潇求之不得。”

看到王锦凌的刹那，他就知道自己倒霉了，一旦被牵进王家的事情，再想脱身怕是不容易了。

两位大夫虽然不解，可看云潇都没有反对，也只好安安分分地随下人去休息，他们忙了一天，也累了。

云潇见状也告辞而去，九皇叔点了点头，完全没有相送的打算，坐在椅子上，双眼看着前方，也不知道他在想什么。

九皇叔一直坐在屋内，待到天色全黑，才站起来，朝王锦凌所住的小木屋走去，看着王锦凌一脸安详，九皇叔唇角微扬，眼中闪过一道精光。

王锦凌的胆子还真不是一般的大，就不怕落到他手上求生不得、求死不能吗？

要知道，他可不是什么良善之人。

罢了，看在你连命都可以交给本王的份上，本王姑且信你一回。

九皇叔取出一粒丹药，塞到王锦凌的嘴里，招来暗卫：“送去苏府。”

“是。”暗卫二话不说，扛着人就消失在黑夜中。

九皇叔拿出帕子，擦了擦给王锦凌喂药的手，随即将帕子丢掉，对随侍的下人道：“本王要见宇皇子。”

他可没有忘记，他这两天的奔波是因为谁，不从西陵天宇身上刮下一块肉，他就不是东陵的九皇叔。

正在听属下汇报外面动静的西陵天宇，顿时全身一寒，心神不宁，听不进属下的汇报了，挥了挥手，把人打发下去，正准备早点休息，却听外面的人高声喊着向九皇叔请安的话……

# 神医凤轻尘

③ 不负江山不负卿

阿彩【著】

下

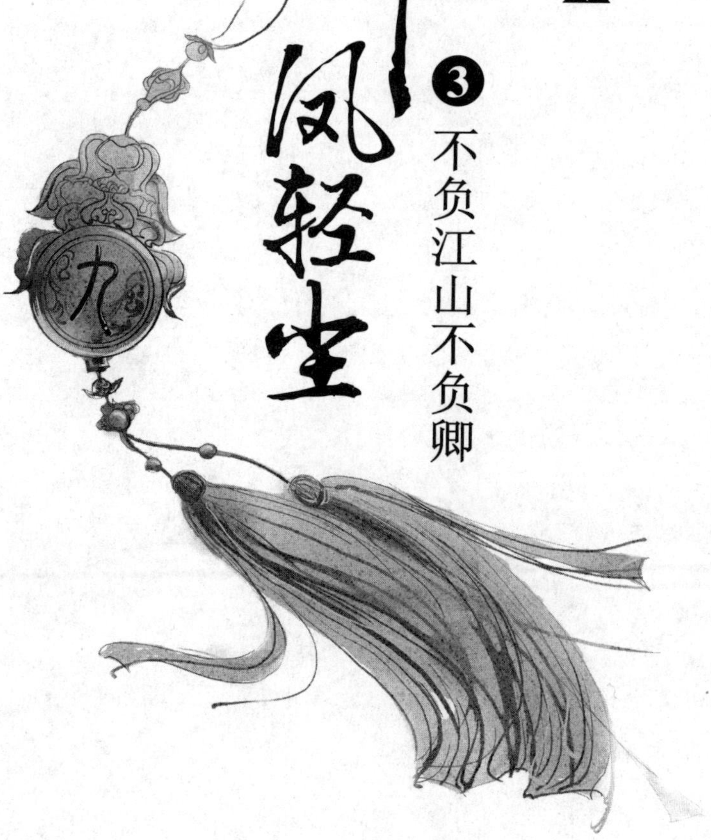

新世界出版社
NEW WORLD PRESS

# 第二十一章　相爱容易相处难

凤轻尘早上醒来时，发现自己居然被一个男人抱在怀里，差点被吓死，闻到熟悉的竹香后，知道是九皇叔，莞尔一笑，轻轻地移开腰间的手，哪知她一动九皇叔就醒了。

“别动，本王病了，需要休息。对了，王锦凌已经没事了，你可以安心了。”估计是刚睡醒的原因，九皇叔的声音带着一丝柔懦，和平时的清冷缓慢完全不同，仿佛在撒娇一般。

得知王锦凌无事，凤轻尘高悬的心顿时放下了，配合地道：“好，不动，你再睡会儿。”

“嗯。”九皇叔满意地道，把头埋在凤轻尘的颈脖间，不多时便气息平稳、绵长，竟是睡着了。

凤轻尘一愣，随即面露心疼之色：“这人是多久没有睡过好觉，才会这么快就睡着了。”

凤轻尘心疼九皇叔，有心让九皇叔多睡一会儿，便一动不动地任九皇叔抱着，不多久自己也迷糊过去了。

院外的丫鬟下人急得跳脚，可偏偏没有一个人敢吱声，也不敢进去打扰。

云潇和两位大夫早早地起来，本以为今天可以走了，结果等到中午也没见到凤轻尘和九皇叔的身影，只好继续在凤府待着了。

待到两人醒来时已是正午，凤轻尘为九皇叔整理衣服时，忍不住问了一句：“你今天怎么不早朝？”

九皇叔最近很惨，天天都要上早朝，先前在这里住，早上都会早早地走。

“本王病了。”九皇叔明明精神抖擞，不见半丝病态，可这句话他偏偏说得理直气壮。

“你就装吧。”凤轻尘自知说不过九皇叔，也不想搭理他，帮他打理好衣服后，便道，“我去看看宇皇子和锦凌。”

“本王没有告诉你吗？昨天晚上本王就把王锦凌送走了。”九皇叔很坏心地等到凤轻尘走到门口才说道。

“送走了？”凤轻尘身形一顿，连忙转身问道。

“怎么？担心本王会弄死他？要不要本王带你过去看着他？”这话绝对是讽刺，凤轻尘要敢说去，九皇叔肯定会折腾死王锦凌。

凤轻尘顿时一个激灵，看到九皇叔眼中那意味不明的笑，明白自己在这个时候可不能乱说话，连忙道：“有你看着，我还担心什么，没别的事，我先去看宇皇子了。”

说完，拔腿就跑，就好像有恶鬼在身后追她一样，路上遇见丫鬟、仆役，不等对方行礼，她就一溜烟地跑没影了。

“姑娘这是怎么了？”下人一脸不解。

他们家姑娘一向成熟稳重，小小年纪就有一家之主的风范，就是宇皇子和大公子同时来看病，也没有看到她慌成这样。

下人摇了摇头，表示不解，待到九皇叔眉眼带笑地从凤轻尘的房间走出来，下人这才明白，他们家姑娘这是害羞了。

西陵天宇昨天先是被凤轻尘恐吓一通，接着又被九皇叔剥削了一番，这会儿人正蔫蔫的，见到凤轻尘进来，有气无力地应了一声，除非凤轻尘问，不然绝不多说一句话。

凤轻尘以为自己昨天把话说得太重了，也不敢触西陵天宇的霉头，怎么说西陵天宇也是尊贵不凡的西陵嫡后之子，自己昨天那席话虽说是为他好，可终究是难听了一些。

可此时她若再对他说些安慰的话，又担心西陵天宇会以为事情不严重，索性她一句话都不说了，只提醒下人，小心服侍好西陵天宇，有事立马找她。

回到饭厅，九皇叔与云潇已经入座，只等她来就能开饭，九皇叔目不斜视、一脸严肃，云潇见凤轻尘进来，朝她眨了眨眼睛。

不知是心虚还是怎么了，凤轻尘怎么看都觉得云潇是在调侃她，耳根微红，连忙别开脸，不敢与云潇对视。

九皇叔自顾自地吃饭，完全不看别人，凤轻尘时不时地偷看他一下，却得不到回应，凤轻尘拿不准九皇叔是不是生气了，一顿饭吃得毫无味道。

好在吃完饭后，九皇叔没有继续留下来，而是去找西陵天宇了，凤轻尘暗暗松了口气，端起桌上的茶猛灌一口。

“你怎么了？”云潇明知故问，凤轻尘没好气地瞪了他一眼，为了转移云潇的注意力，凤轻尘道：“正好你来凤府了，我找你谈点正事。”

“什么正事？”云潇微微后退，一副防备的样子。

他怕凤轻尘问他王锦凌的事情，这种事别说他所知甚少，就算知道很多，他也不能说。

表现得这么明显，凤轻尘鄙视地瞪了云潇一眼：“你放心，我不问王锦凌的事，也不管王家的事，九皇叔既然出手，王锦凌就不会有事，王家也轮不到我来操心。”

云潇松了口气，这才坐正：“你知道就好，王氏家族很排外，他们家的事外人不好插手。只要不是和王家有关，有什么事你尽管说，用得上云家的，你只管开口。”

和云潇熟了就知道，他平时虽然爱说一些云里雾里、玄之又玄的话，可当他坦诚对待一个人时，绝对很直接，不会拐弯抹角。

“我找你就一定是要你帮忙吗？你把我当什么人了？”凤轻尘说话没好气，随即却发现自己好像真的很能惹麻烦。

“那倒不是，只是麻烦这种东西，并不是你想避就能避的，你不惹麻烦，自有麻烦找上你，活在这世间，谁也别想独善其身，谁也别想超然脱俗。”云潇这话不知是在安慰凤轻尘，还是在安慰他自己，反正他们两个都是麻烦缠身的主。

云潇的话引起了凤轻尘的共鸣，凤轻尘微微叹了口气：“你说得没错，这世间没有人能超然脱俗，浮华尘世，起起浮浮，牵牵绊绊，除了泥塑的神像外，哪怕是君临天下的帝王，也无法做到独善其身，更不用提我们这些凡人，红尘走一遭，自是要沾染那红尘的气息。”

“红尘的气息。”云潇咀嚼着这五个字，越想越是那么一回事，无论是挫折还是成功，无不是红尘中事，“你倒是看得明白。”

“看不明白也要看，人活一世，不就是图个活字，各人自有各人的活法，而不管为何而活，终究还是为自己而活。”无论是争名还是夺利，最终都是为了自己。

“你小小年纪，怎么就有这般沉重的心思？”云潇叹息道，要不是知道凤轻尘还不到十六岁，他都要怀疑，这个女人已经二十五六岁了。

“经历得多，自然成长得快。”凤轻尘很自然地解释道，云潇也不疑有他，毕竟凤轻尘的人生确实坎坷，她的经历与见识，那些娇养在闺阁中的女子是无法与其相比的。

凤轻尘无意继续这个话题，把身侧的丫鬟招了过来：“去书房，把我放在桌上的礼盒拿过来。”

云潇挑眉，一听凤轻尘这话就像是要给他送谢礼，可哪有人这样送谢礼的，不是应该登门拜访道谢的吗？

好在云潇知礼，即使觉得凤轻尘这样做欠了妥当，当下也没有开口，反正他和凤轻尘熟，这种小事他也不会计较。

趁丫鬟拿东西的间隙，凤轻尘便问云潇云家药铺成品药的种类，还有市面上成品药的种类，发现如今市面上的成品药都很单一，而且每一家都不一样，各家卖的药都是自家秘方。

比如云家独有的荣养丸，这是一种保健美容的药，深受贵族夫人们钟爱，效果也极好，各府的太太们，更是把荣养丸当作居家必备的药物来吃。

云家的荣养丸红火后也引来别家的注意，有好几家药铺都曾推出相似药效的药丸，名字也差不多，不外乎就是某某家荣养丸。

保健的成药种类单一，其他的成药也少，咳嗽、风寒、创伤药，都是只有单一的品种，虽说成品药赚钱，可品种少、销量也不大。药铺大多卖的是散药，按方子抓药，一般药铺也都会配一个大夫，看病抓药一起来。

听了云潇的话，凤轻尘一扫刚刚的低落情绪，双眼熠熠生辉，即使她不擅长经商，也明白一个空白的市场意味着什么，如果她能拿出商品填补这个空白，那她闭着眼睛也能赚钱了。

凤轻尘顿时热血沸腾，一想到赚钱，就忍不住两眼放光.

“轻尘你没事吧？”云潇被凤轻尘火辣辣的眼神给吓坏了，他可不想被九皇叔盯上。

凤轻尘连忙摇头，正准备提安胎药的事，丫鬟便把礼盒奉上来，凤轻尘接过礼盒，打开……

云潇这才知道，凤轻尘根本不是给他送礼，幸亏他没有多说，不然脸都丢尽了。

“云潇，你看这是什么？”凤轻尘将小瓶子递给云潇。

透明的瓶子里面装着棕色的液体，云潇双眼放光：“好漂亮的琉璃瓶，不比苏家商铺的镜子差。”

凤轻尘差点儿没吐血：“谁让你看瓶子了，我让你看瓶子里面的药。”

“药？里面是药？你拿有市无价的琉璃瓶装药？”云潇那叫一个惊讶。

难道这就是传说的贵族中的贵族，奢侈中的奢侈？这一小瓶能装多少药？直接拿个土罐装，不仅省钱，分量还多。

“让我撞墙吧。”凤轻尘无力地拍了拍脑门，然后很严肃地说道：“云潇，咱先不管瓶子的事，咱们先说里面的药，你知道里面装的是什么药吗？”

“什么药？”云潇也想知道，这得什么灵丹妙药，才用这么贵重的琉璃瓶装。

凤轻尘的嘴角抽了抽，强忍着咆哮的冲动，按捺住性子，道：“这就是谢皇贵妃怀孕时喝的安胎药。”

“什么？”云潇尖叫一声，直接从椅子上跳了起来，无比激动道，“你说，这就是宫中传闻的安胎药？保了谢皇贵妃母子平安的安胎药？”

云潇连忙将玻璃瓶握紧，手抑制不住地颤抖，他遍寻不到的安胎药，居然出自凤府。

“谢皇贵妃的药是你给的？”云潇激动了。

“是。”看云潇这表情，凤轻尘就猜到宫里的人传归传，却没有把她的名字传出去。想来是不想让太多人知道她，好独占优势。

“天啊，你怎么不早说，这药你还有吗？匀一份给我成不成，我娘正怀着身子，大夫说我娘年纪大了，有流产的征兆。”云潇一脸激动，直接把凤轻尘手上的盒子抢了过去。

“要是匀不出来，你把这份给我也行，我代我娘和未出世的弟弟妹妹感谢你。”云潇紧紧地抱着盒子，一脸防备地看着凤轻尘，生怕她来抢。

凤轻尘顿时囧了：“云潇，云大公子，拜托你别这么激动，这安胎药你要多少有多少，这又不是什么金贵的东西。”

“凤轻尘，你别站着说话不腰疼，这还叫不金贵，你去外面打听一下，这两天稍微有点能力的人，哪个不往谢府跑，拐着弯儿地打听安胎药的事。这皇城别的不多，有权有势的人家多，而且哪户人家没一两个孕妇的。谢家太可恶了，把消息捂得严严实实，那些知情的人，似乎也约定好了一般，一个个高深莫测地不肯说。”

你拥有别人没有的宝贝，你就占了先机，要是人人都有了，那就毫无优势可言了，什么叫一技之长？这就是，很多时候凭着这一技之长，你就能站稳脚跟。

各大世家都有一两样不外传的宝贝，这就是各家的优势，而对于谢家来说凤轻尘的安胎药就是他们家的优势，他们当然不愿意把这件事泄露出来。

这也就是宁国公世子夫人，对凤轻尘拿助孕药给其他嫔妃而心生不满的原因，你给了别人，大家就都公平了，她家哪里还有优势可言了？

云潇虽然不抱希望，但还是找人搭了线准备去谢家拜访一下，不为别的就为他那个年近四十还怀有身孕的母亲。

凤轻尘之前一直在宫里，出了宫便直接回府，还真不知这一茬，此时听到云潇的话，凤轻尘抹了一把汗：“幸亏谢府和后宫那些娘娘都封了消息，不然我就惨了。”

一想到后宫那些女人的殷勤，凤轻尘就一脸后怕，她真心没天赋应酬这些。

“你确实要感谢她们的自私自利，不然你就别想有清净的日子。”这皇城中有如此多的权贵，大家碍于九皇叔的面不会对凤轻尘用强，同样凤轻尘也要给人家面子，客气地应付。

得罪一个人没事，可要是得罪整个皇城的权贵，别说凤轻尘就是九皇叔也扛不住，这就是所谓的众怒难犯。

“你要替我保密。”凤轻尘连忙警告云潇。

云潇呵呵一笑：“要我保密可以，你拿什么贿赂我？”

“安胎药由云家来卖，怎么样？”凤轻尘一脸笑意道。本想等着云家大公子变脸，结果云潇坐在椅子上一动不动，眨巴着眼睛：“凤轻尘，你说什么？我是不是听错了？”

“你没听错，我找你来，本就是准备和你合作一起卖安胎药，只是不知道这东西有没有市场。”凤轻尘现在可以肯定，这药一定能卖得很好。

“有，有，有，太有市场了。”云潇这才回神，生怕凤轻尘反悔，连忙坐好，招呼下人拿纸笔来，“轻尘，我们这就拟定契约文书，利润三七分，你七我三，所有的安胎药由你提供，我负责售卖。”

作为云家的继承人，云潇很清楚这里面的利润，给凤轻尘让利也很痛快，见凤轻尘没有说话，云潇以为凤轻尘不满这个利益分配，连忙解释道：“轻尘，我云家承担所有的成本，人手、运输的成本通通算在我云家头上，所有的利润只扣除药材的成本，你要的药材也由我云家按原价提供，如果你觉得三七分成不满意，二八也行，你八我二。”

二八分，这是云家能接受的底线，再低下去他们云家就什么也赚不到了，当然如果凤轻尘执意要求一九分，他们咬咬牙也认了，就当不赚钱，借机打响云家药铺的名声。

云潇很明白，这个合作一旦谈成，即使他们云家一两银子也赚不到，也能借此机会打响名声，就此崛起，所以云潇让起利来也毫不含糊。

云潇的激动让凤轻尘冷静下来，见云潇一步步让利，凤轻尘神色不变，眉头却紧皱起来，一副忧心忡忡的样子。

“轻尘？你没事吧？”凤轻尘不会后悔了吧？云潇郁闷了。

凤轻尘神色严肃，摇头道：“云潇，那安胎药真的有这么大的市场与利润吗？”

看云潇把安胎药说得神乎其神，她担心会引人误会。

“当然有了。”云潇想都不想就应道，“我当你担心什么呢，原来是担心利润问题，你放心，我保你不会亏，亏了算我云家的，赚了我们再二八分。有谢皇贵妃的先例在前，只要家中有孕妇，胎儿又不是很稳，为了孩子再贵也有人买。”

“不是，我不是担心银子的问题，我担心的是药效。安胎药没有你所说的那样玄，它没有保胎的药效。”虽说她的安胎药药效极好，可并不表示安胎药就能保证母子均安。

凤轻尘很担心安胎药会不会引起什么纠纷，到时候云家就会名誉扫地。药品攸关人的生死，一旦出了差错、毁了名声，云家就再也无法在医药界立足，她凤轻尘也一样。

说到这个，云潇也收起了激动之色，很认真地给凤轻尘解释起来：“轻尘，这一点你大可放心，我们不卖假药，不卖害人的药，我们只要保证我们的药是好的，有安胎的药效，没有夸大胡说，就对得起病人和自己的良心。就如同我们云家卖的荣养丸一样，我云家的荣养丸是绝对没有问题的，不管是药材还是药效都是顶顶好的，但是我们云家也不敢保证，每一个吃了荣养丸的人都能无病无痛，青春永驻。

“诚如你所说，我们卖的是安胎的药，给孕妇和胎儿提供营养，只是为了让胎儿更健康，这不是保胎的药，也不是能救命的药，就算是保胎救命的药，也没有哪个大夫敢说，他的药一定能保住胎儿。所以你不用担心，你只要保证你的药是好的，对胎儿有用就行。”

做药就是做良心，他们云家的药卖得比别家的贵，可生意却比别家的好不是没有道理的，他们云家的药从不以次充好。

凤轻尘紧绷的神经终于松了下来，笑道：“你说得有道理，是我想多了，我只要保证每一瓶药的效果就好了，我虽然讨厌麻烦，但也不怕麻烦。”

外人夸大其说，那是外人的事，只要他们卖药的人不夸大就行了，想通了这一点后，凤轻尘不再纠结，专心和云潇谈合约的条款，还有利益的分配，云潇给她的利润很大，但她要的利润不是这样分配的。

交情归交情，生意归生意，要白纸黑字立契约才行，这点凤轻尘绝不含糊，凤轻尘直接将不得夸大药效等相关事项写在契约里，如有违约，云家要负全责。

关于利润分配，凤轻尘和云潇说明，她提供所有的成药，所有的药材和制造成本都由她负责，云家只要负责售卖就行，云家的利润是一成。

云潇从小接触药品生意，他能理解凤轻尘的做法，药方要是流露出来，凤轻尘就没有任何优势了。

虽说利润只有一成，但绝对比云潇所说的利润二八分要高，就算百分百的利润，也要扣掉一半的成本不是，云潇不是笨蛋，爽快地应下了，只提出在未来的三年中，凤轻尘手中的安胎药，全部由云家药铺独家售卖。

凤轻尘本就没打算自己弄或者与别人合作，如果云家敢耍她，大不了她不卖就是，反正银子这种东西能赚就赚，不能赚就算了。

两人又逐一将契约上的条款仔细斟酌一遍，确定没有文字上的陷阱后，凤轻尘爽快地按了手印，云潇也拿出云家家主的印章，当场盖上。

可见，云潇明面上是继承人，实际上云家已由他当家做主。

合约签好后，云潇也不客气，让凤轻尘先给他准备三个月的安胎药，他要先给他娘带去。凤轻尘笑着答应了，云潇说到要付给她银子时，二人才发现，他们都把合约立好了，却忘了定价。

“我们再签补充契约。”作为一个商人，却犯这种低级错误，云潇表示很羞愧。

凤轻尘很快就给自己找到了理由，她没有做过生意，不知道这个是理所当然。

“轻尘，你打算如何定价？还有你的药全部用这种琉璃瓶装吗？”一想到这个，云潇就一脸肉痛，到时候这瓶子的价格都比药价高。

“不是，有两种包装，一种是用琉璃瓶装，还有一种是用特制的袋子装，两种的定价也不一样，你等等，我去拿给你看。”其实就是一种精装，一种简装，药效是一样的，不过凤轻尘决定一个定高价，一个定低价。

她希望，普通人家的孕妇需要这种药时，也能买得起。

凤轻尘亲自去取安胎药。云潇虽然着急，但还是乖乖等着，然后不停地想着安胎药的前景，还有云家药铺的发展。

“凤轻尘真是我们云家的福星，不对，凤轻尘对很多人来说都是福星。”云潇咧嘴大笑，合不拢嘴。

九皇叔进来后，看到云潇一脸傻笑，颇为惊讶地咳了一声，把云潇吓了一跳，直接从椅子上跳了起来：“九皇叔。”

九皇叔没有笑话他，只是点了点头，反倒是云潇自己不好意思了，耳根红得发烫，不需要九皇叔问，就解释起自己失态的原因。

这种事是瞒不住的，就算要瞒也不能瞒九皇叔。

“凤轻尘和云家合作卖安胎药？”在外人眼中，九皇叔无论是生气还是高兴都是一副表情，那就是面无表情，所以云潇根本不知九皇叔是在生气，听他问起，便殷勤地指了指桌上的琉璃瓶，兴奋地道：“就是这个，轻尘之前送给谢皇贵妃喝过。”

“是吗？”九皇叔拿在手上把玩，冷笑道，“倒是好东西。”

“确实是好东西，最近打听这安胎药的人很多，如果普通百能也能买到，对有身孕的人来说，是一大善事。”在九皇叔面前，云潇绝口不提银子的事。

提银子多俗，他们所做的是为百姓造福。

九皇叔挑眉，应了一声，没再说话，云潇也识趣，乖乖地坐好，不再多言。

凤轻尘拎了一大袋子的药，都是送给云潇母亲的，她一进门第一眼就看到了九皇叔，发现九皇叔似乎不太高兴，凤轻尘也不敢多言，招呼了一声就飞快地与云潇定价，好把云潇打发出去。

价格很简单，琉璃瓶装的一盒有三十瓶，一百两银子一盒，这是一个月的量；袋装的一盒有两袋，也是一个月的量，凤轻尘本想定个几百文的低价，让普通百姓也买得起，可云潇说的也在理，价格太低了人家不敢买，会觉得药效不好。

这就是消费者心理，在不懂的情况下，便认定贵的就是好的。凤轻尘无奈，最终选择了一个她和云潇都能接受的价格，一两银子一盒，贫苦人家是绝对买不起的，普通人家勉强可以买得起。

至于一百两银子一盒的，有九十九两是那琉璃瓶的价格，日后市场上甚至对这琉璃瓶兴起一股收藏热潮，有不少人家就是冲着那琉璃瓶而去的。

价格拟定好后，凤轻尘又提了一条，那就是贫困人家的孕妇可以去云家药铺申请免费的份额，经大夫核实后确定孕妇有这个需要，由云家药铺免费提供，费用由凤轻尘承担。负责核定发放免费安胎药的人，由云家和凤轻尘共同派人负责，需要详细登记免费申请人的情况，以方便日后核实。

云潇对此没有任何异议，横竖他都能赚名声，还不影响他获得利益，只不过这里面有很大的油水可捞，云潇说他要回去商量一下，约定一个详细的章程。

一切谈妥后，云潇迫不及待地想回云家，给云家上下报告这个好消息，凤轻尘以眼神询问九皇叔，云潇可以走了吗？

九皇叔点了点头，即使他什么也没说，云潇也懂得保密，再加上现在云家还要依靠凤轻尘，云家更不会做损人不利己的事情。

云潇走后，下人也很知趣地离开，留下九皇叔与凤轻尘独处。

“你心情不好？”凤轻尘亲自倒了杯茶，递到九皇叔面前。

“哼。”九皇叔端起茶，轻啜了一口，总算消了一点气。

凤轻尘挑眉：“谁惹你了？西陵天宇还是我？我好像没做什么吧？”

凤轻尘不认为九皇叔会和她计较王锦凌的事情。

“你什么时候和云家走得这么近？”九皇叔知道，依凤轻尘的脑子，他不说明白，凤轻尘一辈子也不会知道。

估计凤轻尘现在早就忘了云家曾向她求亲的事。

“进宫前，云潇曾来找我，让我做云家的供奉大夫，我答应了。”凤轻尘不认为这有什么错，她不是九皇叔的所有物，她有权结交朋友，也没必要事事都向九皇叔报告。

“云家的供奉大夫？云家已大不如前，云家供奉你只是想从你身上谋利。”九皇叔虽然不满，但也没有强硬地要求凤轻尘解除与云家的供奉关系。

“如果云家没有利益可得，他们也不会做，这种事本就是互惠互利，没有利益的事情谁会做？云家想从我身上牟利，我又何尝不是在利用云家这个招牌？”医药不分家，只有互惠互利，才能走得更远。

“你从云家身上得到的，本王都可以帮你得到。你与其跟云家合作，不如跟苏文清合作，苏家的药铺也不差。”说来说去，九皇叔还是不高兴，因为凤轻尘有需要时没有想到他，有好事时没有想到他。

凤轻尘也曾考虑过和苏文清合作，但相比起来她还是觉得云家比较好：“云家只做药材，而苏文清的生意太杂了，和苏文清合作我除了得利外，什么都得不到。瘦死的骆驼比马大，我不认为云家有什么不好，云家对我来说最合适不过，再说要不是云家没落，云家也不会看上我。”

“所以，你就连一丝风声都不露，便与云家签订了合作契约，如果不是本王碰上，你是不是不打算告诉本王？”九皇叔心里那叫一个堵呀，凤轻尘的事，他居然是最后知道的。

凤轻尘确实没打算告诉九皇叔，她不认为这件事与九皇叔有什么关系，凤轻尘定定地看着九皇叔，一脸认真道：“九皇叔，是不是我做什么，都要先告诉你，征得你的同意才能做？”

“这样最好。”明知凤轻尘说的是反话，九皇叔还是应下，他希望凤轻尘能多依赖他一些，能与他再亲近一些。

“九皇叔，我事事都要征得你的同意，那么你呢？你做事前会不会征得我的同意？”她知道自己不应该要求平等对待，但她心里窝火。她从不干涉、过问九皇叔的生活与私事，可九皇叔却想插手她的生活，让她像菟丝花一样依附他，离开他就无法生活，这未免太过分了。

她凤轻尘不是东陵九的妻妾，九皇叔没资格要求她这么做。

“这不一样。”九皇叔固然欣赏凤轻尘的坚强独立，可男人根深蒂固的想法让他坚定地认为，就算凤轻尘不依附他，也该事事与他商量，至少让他知道她在做什么、与什么人交往。

凤轻尘没有争辩，也没有和九皇叔谈什么男女平等，凤轻尘只想表明自己的立场。

“九皇叔，上面所说的那些，我通通都做不到，我不仅仅是凤轻尘，我还是凤府的主人，我肩上是整个凤府，作为一家之主，我要有自己的判断，要有自己的眼界与立场，我不能事事都听从你的安排，哪怕你是为我好也不行。作为凤府的主人，我必须长大，哪怕碰得头破血流也没关系，这是作为一家之主必须承担的事情。”

九皇叔沉默不语，凤轻尘知道他还是不能理解，索性将话说明白：“九皇叔，不管将来会怎么样，在我还是凤府的主人时，能做我主的人就只有我自己，我有权决定自己要过怎样的生活，有权处理自己的私事。”

在家从父，出嫁从夫，夫死从子，凤轻尘无父、无夫、无子，就算拿礼教来说她也没用，她凤轻尘从不在礼教约束的范围内。

她爱九皇叔，可还不至于卑微到为了九皇叔而抛弃自己的本性，把自己变成九皇叔想要的人。

九皇叔承认凤轻尘说得有道理，只是……

“凤轻尘，本王不会害你，本王是为了你好。”

这一点，凤轻尘从不怀疑，但是：“九皇叔，你认为好的并不是我想要的，我有我的人生，我的生活。”

见九皇叔的脸都绿了，凤轻尘叹了口气，软言道：“九皇叔，如果我事事都要问你，事事都要向你汇报，你告诉我怎么做，我就怎么做，那我就不是凤轻尘，而是你手上的一个提线娃娃，那样的凤轻尘，还是你想要的吗？”

她也希望九皇叔更温柔、更体贴，能时时陪着她，天天对她说甜言蜜语，隔三差五地来个小惊喜，她使小性子也能哄着她，可如果九皇叔变成这样，还是她喜欢的那个九皇叔吗？

不是！所以即使她想要这些，也没有想过要九皇叔改变自己，同样，九皇叔也不能如此强求她。

凤轻尘看着九皇叔，等他回答，九皇叔语塞，只看着凤轻尘不说话。

凤轻尘说得没错，如果凤轻尘事事无主见，凡事依赖他，那她和秦宝儿有什么区别？他还会喜欢那样的凤轻尘吗？

九皇叔发现自己不经意间走入一个误区，他希望凤轻尘能更重视他，更依赖他，离不开他，可他忘了他喜欢的从来都是独立坚强的凤轻尘。

这件事他需要好好想一想，理一理。

九皇叔闭上眼睛，手指轻敲扶手，熟知他的人都知道，他这是在想事情，凤轻尘默不作声，坐在一边陪着九皇叔。

她相信九皇叔会想明白……

九皇叔有没有想明白凤轻尘不知道，因为九皇叔想了半天，结果什么都没有说就走了，留下凤轻尘自己琢磨半天，也琢磨不出九皇叔到底是什么意思。

得，想不明白就不想，反正九皇叔的心思一般人也猜不到，凤轻尘不想破坏自己的好心情，就当九皇叔想清楚了。

相爱容易相处难，再深厚的感情如果磨合不好，也会有磨尽的一天，所以，只有凤轻尘说出自己的立场，九皇叔也提出他的不满，然后再来磨合，尽量找到一个平衡点，这样他们两人才能一起走得更远。

王锦凌的事情有九皇叔接手，凤轻尘没什么好担心的，西陵天宇的伤也在恢复中，不过年前怕是走不了了。

西陵天宇听到这个消息，相当的开心，立马就说，自己就在凤府陪凤轻尘过年，当下就写了一封言辞恳切的书函，告诉东陵皇上他受伤了，需要在凤府休养，东陵的除夕宴他就不去了。

凤轻尘懒得管西陵天宇的事，临近年关她也忙了起来，虽说今年仍旧是一个人过年，可对凤轻尘来说意义非凡。这是她在东陵过的第一个年，也是凤将军与凤夫人去世后，凤府第一次开门过年。

所谓开门过年，就是今年凤府会去给别人家送年礼，同样那些人家也会给凤府送年礼，互通友好，彼此拉拉关系，处处交情，日后有什么事也好互相帮衬。

过去的几年，一到年关便是凤轻尘最难挨的日子，所有人都喜气洋洋地安排年礼，准备年夜饭，而凤轻尘和小丫鬟却只能躲在凤府，不敢出门，也不敢见人。

她们准备不起送年礼的东西，同样也没有人会给她们送年礼，就算她们捧着东西上门，也没有人会待见她们、允她们入府。

物以类聚，人以群分，过去的凤轻尘根本融不进贵族圈子，虽说凤轻尘现在也没有完全融入贵族圈，但架不住她身上有利可图，架不住她手腕强，和崔、王、谢三家交好，也与宁国公、几家侯府交好。

当云潇有意无意地泄露谢皇贵妃所服用的安胎药是凤轻尘提供的这个消息后，不知有多少人家会想方设法地结交凤轻尘。

是以，今年的凤府大不相同，这个时候各府各家都盼着凤轻尘上门送年礼，更有甚者不管与凤轻尘熟不熟，都早早地准备好厚重的年礼给凤轻尘送来，只希望她回几盒安胎药给他们当年礼。

安胎药这种东西哪家不需要？就算自家没有孕妇，拿出去送人也是倍儿有面子的事，所以凤轻尘今年不是一般的忙。

从小年开始，凤府门外的马车就没有断过，大盒大盒的年礼络绎不绝地往凤府搬，这热闹的场面充分说明凤府在各家心中终于有了一定的地位，再也不是过去那个被人彻底忽视，连提都没有人提的凤府。

当然，世家贵族就算再想交好凤轻尘也不会自降身份亲自登门送礼，再加上凤府女子当家，那些个大老爷们也不好上门，妇人又不方便出门，这些人家大多都是派有脸面的嬷嬷给凤府送礼，这也算让凤轻尘松了口气，不用天天对着一群贵妇赔笑脸。

可即便如此，凤轻尘也忙得脚不沾地，核对礼单、准备回礼，考虑什么人家送什么礼，还要将礼单登记造册，好给来年做参考。面对这一堆琐事，凤轻尘那叫一个头痛，凤府又没有什么可以参考的东西，这一年全得靠自己，管家虽然精通此道，可有些事却还是要凤轻尘拿主意。

比如，远在边疆的宇文元化就给凤轻尘送来一份不算厚重却很实在的年礼，凤轻尘当然要回一份同样不讲究价值，却要让宇文元化实用的年礼，这些礼物管家可以提意见，但最终拍板的人，只能是凤轻尘。

虽说年礼这种东西最后都是来来回回，可千万要注意，不能把李家送来的东西，回到李家的亲戚家中，真要出了这样的事可是极失礼的事情，别人会认为你对人家的年礼不满。

这几天，老管家一边请示凤轻尘，一边提点凤轻尘送礼、回礼的注意事项，凤轻尘虽然不耐烦，可她也知道这是自己必须要学的东西，她要撑起凤府，就必须学会与人交往，她不能孤傲地只活在自己的世界里，断绝与外人的来往。

夫人外交是一件不可小视的事情，枕边风的威力更是不容小视，虽然她不一定有机会帮九皇叔做夫人外交，可她必须先学好，所以即便她再不喜欢，也要耐着性子去听，笨手笨脚地拟定回礼的单子。

这几天，凤轻尘在库房一待就是一整天，就这样也只是核对了礼单，至于回礼，凤轻尘还是没有头绪，而就在凤轻尘头痛时，苏文清的到来解救了她……

# 第二十二章　权利斗争下的牺牲品

逢年过节，对身为东陵首富的苏文清来说，绝对是最忙的日子，尤其是年终不仅要对账，还要上下打点，好方便来年办事。

即使有九皇叔撑腰，苏文清也需要打点其他的官员，不然人家明面上卖你面子，背地里照样能不买你的账。

苏文清能在百忙之中抽空来凤府，绝不可能是只送年礼那么简单，凤轻尘本以为自己和云家药铺合作的事情，在九皇叔面前报备过就算过了，却不想完全是她自作多情，九皇叔根本就没有和苏文清说。

凤轻尘左脚刚踏入门槛，就被苏文清发现了，苏文清嗖的一下就从椅子上跳了起来，指着凤轻尘就骂道："凤轻尘，你太不厚道了，亏我还把你当朋友。"

"我哪里不厚道了？"凤轻尘吓了一跳，再加上这几天一直在核对礼单，她头昏脑涨的，差点就往前栽倒下去，幸亏佟珏反应快，拉了凤轻尘一把。

"哪里不厚道？"苏文清冷笑，双手环抱，欣赏着凤轻尘的狼狈，待到凤轻尘走到他面前，才道，"你说你哪里厚道了？有赚钱的生意居然不找我，要不是外界传得沸沸扬扬，我都不知道你和云家合作了。凤轻尘你行呀，有了新欢就不要旧爱是吧，云家能给你的，我苏文清给不起吗？怎么，还是担心我算计你？我有那么小人吗？"

凤轻尘心虚了下，连忙转移话题："我当是为了什么呢，就这种小事你气啥，好了好了，别生气。"

"我没法不生气，这也不是小事。"苏文清不接受凤轻尘的道歉，严肃地问道，"你为什么选择云家，我承认云家销售渠道是最好的，但你应该明白，为了你手中的药我不介意重铺销售渠道。"

至少凤轻尘应该多找几家合作，哪能直接就认准云家，害得他连个竞争的机会都没有。

见苏文清真的动怒了，凤轻尘只能认真地解释道："我当时曾想过找你，只不过我觉得云家更合适，他们有现成的渠道与人脉，做起来省事。还有就是云家需要一个崛起的机会，我找他们合作是雪中送炭，可你不同，你已是东陵首富，我找你合作只是锦上添花，一九的利润分成，你能想都不想就应下吗？一九的利润分成，你能从中获利吗？"

凤轻尘特意转换概念，解释一九分的是销售额而不是利润，就是为了告诉苏文清，云家和她合作，没从她手上占什么便宜。

她不懂经商，但她懂什么叫利益最大化，云家有现成的药铺，现成的人手，哪怕是一九的利润，云家也不会亏，可苏文清不一样，他需要重新铺店面，一九哪怕是销售额分成，在合作初期也会一文钱都赚不到。

"一九分成？你居然提这么苛刻的条件？"苏文清一张俊脸顿时就扭曲了，"云家居然还同意了，你确定你是雪中送炭，而不是趁机宰云家一笔？"

凤轻尘这算是寄卖，一般情况下，都是商家与持货人七三分，商家七，提供货的人三，良心一点就是六四分，像凤轻尘这种一九分的，在苏文清眼中和趁火打劫没什么两样。

凤轻尘白了苏文清一眼，没好气地道："这下你明白我为什么不找你合作了吧？一九分成你绝不会同意。再说了，这世间的利也不能一个人独占，你已是东陵第一富商，就算你不嫌多，也要顾忌一下上面人的想法。皇上知道你背后的人是九皇叔，你赚的银子是给九皇叔提供便利用的，如果再加上这一个赚钱的生意，难保皇上不会防备你，到时候找个罪名，光明正大地整你，你就惨了。"

凤轻尘只是随口一提，苏文清却是认真了，脸色当即凝重起来："你说的不无道理，我每年赚那么多的银子，以前皇上可能不眼红，可经过雪灾事件，我不敢说苏家不会出事。"他赚得越多，就表示九皇叔的可用财产越多，若是让皇上找到机会，定会狠下杀手。

"你明白就好，皇上现在正缺银子，一旦被皇上找到光明正大的理由，就是九皇叔也只能保你，而保不住苏家的产业。不管怎么说，坐在那个位置上的人是皇上，只要他名正言顺，就是官员百姓也会站在他那边。"位置决定高度，九皇叔再权倾朝野，也有顾不到的地方。

凤轻尘的这一番话，让苏文清再也高兴不起来，他和九皇叔以前也曾想过这个可能，只觉得短时间内不会有问题。

他们最赚钱的生意，都是暗中的走私产业，不太把明面上的产业放在眼里。毕竟正经经营的产业再赚钱也能看得见，可要是没有正经的产业做掩护，那些走私的生意就没法做。

之前不担心皇上下狠手，是没有这个先例，他们认为皇上还不至于小心眼到和百姓争利，可现在今非昔比，苏文清从九皇叔那里得到消息，皇上起了征战的念头，而国库空虚，根本支持不了皇上用兵打仗的开销。

想到之前云家的遭遇，苏文清明白了，皇上为了统一大业把主意打到他身上不无可能，蚊子的大腿也是肉，他苏文清再穷也比其他商人要好一些。

这事还真是让人头痛，苏文清虽然心里担忧，但这种事情也不是一两天就能完成的，他还是先把眼前的事情解决了再说。

苏文清很快就从震惊中回神，生生地把话题拉了回来："好了，看在你提醒我的份上，我就不和你计较安胎药的事情了，云家崛起对我来说也是好事。"有人替他分担风险了。

凤轻尘知道苏文清想明白了，莞尔一笑，论起亲疏，当然苏文清与她更亲近，但在安胎药这件事上面，她更愿意和云家合作。

"你不生气我就放心了，银子是赚不完的，这世间能赚钱的生意并不是只有药材。在商言商，你和云家不一样，你手下的生意太杂了，就算你再重视药铺的生意，也不会和云家一样一心只做药材，把安胎药交给你，我不放心。"

这才是大大的实话，云家会动用全部的力量去做这个生意，因为这关乎到他们家族的存亡，但苏文清不会，对于苏文清来说，这只是他生意中的一个分支罢了。

苏文清无话可说，凤轻尘说得没错，他不能光想着自己，苏文清摸了摸鼻子，提出今天过来的重点。

"安胎药的生意我不染指了，那个……你能不能给我匀个百十来盒的安胎药，最近打听这东西的人实在太多了，作为商人，我给人送礼当然得送到人家的心坎里。"

"送礼？你要拿安胎药送礼？"凤轻尘转念一想也明白了，现在这个的确算稀罕物品。

"这个不算药，对大家族来说是个稀罕物，你不知道现在有多少人在打听安胎药，要不是那些人自恃身份，再加上云家放话，说你正在准备销售的货源，那些人估计早就冲到你家来了。你手上若有存货的话，年前就出一点，别太多，我保证你不仅能赚银子，还能赚名声。"这就是所谓的饥饿营销，时刻营造出货源很紧张的氛围，以刺激消费者去买。

苏文清不愧是奸商，这样的销售手腕就是强，看事情更是精准，在门外他看到给凤府送年礼的人，就顺口提醒道："如果你要给人送礼，回礼，我建议你准备好礼物后，再搭上一份安胎药，那些人会很高兴。”

凤轻尘乖乖地点头：“我明白了，只是各家各府有那么多的孕妇吗？”

“早晚会有的，先备着总不会有错，再说了人家也没有说给自己家用，人家拿来送人不行嘛。你别担心，我可以预见你那安胎药，未来会有一个很恐怖的销售期，你就准备好充足的货源吧，然后就可以在家数银子了。”有没有孕妇不要紧，就算冲着那清澈的琉璃瓶就值得出手。

“真的会这么火吗？”凤轻尘有点头重脚轻，同时在心中暗赞，云家的宣传能力实在是太强大了。

苏文清连连保证：“当然了，我可以向你保证，你拿九成的利润，不出三年，你赚的钱绝对比我多。好了，好了，别让我羡慕了，你快给我拿几盒安胎药，我好拿去送人。”

“哦，你等着，我这就去取药。”凤轻尘飘飘然地走到门外，给苏文清准备了几百盒药。

凤轻尘的大手笔让苏文清颇为不好意思，急忙解释了一句：“轻尘，别把我今天的话放在心上，我就是牢骚一下，我要是真介意，就不会找你明说，也不会找你拿药了。”

他就是觉得，凤轻尘明知他们缺银子、缺粮食，遇上有钱的生意居然不优先考虑他们，让他心里不爽，可他也明白，综合各方面的因素，云家才是最合适的选择。

“得了，我知道你的意思。”生意人嘛，面对明显有利可图的生意，不心动那是不可能的，苏文清要是一点也不在意，她才觉得奇怪。

苏文清嘿嘿一笑，他之所以一来就说凤轻尘不厚道，就是想借此让凤轻尘觉得愧疚，这样他接下来开口索药就容易多了，只是没想到凤轻尘这么大方。

苏文清有心说给银子，可凤轻尘已经把销售权给了云家，她自己也无权销售，再说她现在守着一座金山，哪里还在乎这点银子？

凤轻尘既然诚心地给了，他也不好意思不收，苏文清满载而归，指挥着下人，一箱一箱地往马车上搬，看他准备的马车，就知道他是有备而来。

“这位公子，您这是搬什么呢？”一位正准备进去给凤轻尘送礼的老嬷嬷看到，连忙停下脚步，上前询问。

凤府外面的人看到这个场面，也悄悄地围了过来，一个个都伸长脖子，想要瞧清楚那一大箱一大箱的是什么。

不是他们没有见过世面，看到啥都有好奇心，实在是这个时候从凤府搬出来的东西，十有八九就是他们想要的。

苏文清没有让这些老妈妈失望，弹弹衣服，背手而立，神气十足道："这个时候从凤府搬出来的能有什么呢，不就是这几天传得沸沸扬扬的那东西嘛。"

苏文清这话怎么听怎么觉得是在炫耀，脸上那笑容怎么看怎么欠扁，几位嬷嬷强压下心中的嫉妒，一个个伸长脖子，看着这二十个大箱子，眼睛都红了。

这么大一箱子，得装多少他们想要的东西呀。

苏文清知道这些人的想法，更明白自己不能给凤轻尘树敌，连忙解释道："各位嬷嬷别想太多，我和凤家女主人、云家大公子都有交情，提前买到了，你们过几天也能买到。"

要是让人知道，这些都是凤轻尘送他的，京城那些大官们估计会气死，也会背地里说凤轻尘不知好歹。

听苏文清这么一说，围观的人们心里才稍稍平衡了些，要是凤府女主人回礼这么大手笔，到时候给他们的回礼，也不能比这个少，现在听说是买的，也就没什么好说的了，人家有人脉、有银子。

等到苏文清装完药走了之后，这几个老嬷嬷的动作也迅速起来，没送礼的赶紧去送，送完了的赶紧回去，这可是第一手消息。

云家的安胎药要出货了！

因为苏文清在凤府外闹这么一出，云潇不得不提前来找凤轻尘，他一直以为凤轻尘手上没有那么多货，还想着是不是得年后才能开始销售，却不想他才拿了三个月的量，苏文清却拖了一大车回去……

云潇当即带了几辆拖货的板车来到凤府，他今天无论如何也要拉几车回去，应付一下向他施压的官员和皇室贵族。

苏文清走了，云潇来了，这在凤轻尘的预料之中，不等云潇开口，凤轻尘就学着苏文清，先发制人，往云潇头上扣帽子，说云潇太不负责，再不来她都要派人去找他了。

云潇被说得那叫一个郁闷，张了张嘴，却不知如何解释，咬了咬牙，暗道自己不和小女人计较，正事要紧。

凤轻尘看云潇没有计较她先把药给苏文清的事，悄悄地松了口气，哪里还会为难云潇，除去自己留下准备送礼的份额，三房间的药都让云潇拖走了。

"省着点卖，下一批药估计得一年后才能准备好。"这些药，几乎把她这一年的存货全部耗空了。

不过云潇也明白，药材不比其他的商品，怎么也得新药物长出来才能制药，而一年的时间已经很短了。

“我明白，你放心。”云潇心中盘算着，这些药要如何平摊到各国和各城，怎么算都觉得这些药太少，他一个月就能将这些全卖掉。

云潇估计，凤轻尘定价一两银子的安胎药得提提价才好，这药的量太少，估计到最后也只有有钱人才买得到。

“轻尘，这药不多，能买到的人绝对非富即贵，我建议你把袋装的安胎药也定个高价，因为即便你将价格定得再低，普通老百姓也买不起。”云潇这是诚心的建议，毕竟定价越高，凤轻尘才能赚得越多。

凤轻尘想了想，咬咬牙拒绝了：“不要，就是一两，我不求什么公平，只求力所能及。”

心中存着善念总是好的，看凤轻尘如此坚决，云潇也不再多说，指挥着众人装货，并且做好记录。

这可是银子，银子啊。

一车车的安胎药拉出去，云家的下人一时间威风八面，天气虽寒冷，但他们一个个的却全身火热，脸上的笑也神气十足，把路上的人看得双眼都直了，要不是在皇城里，估计都有人想打劫了。

恨凤轻尘的女人很多，爱凤轻尘的女人更多，看到一车车的货送往云家药铺，家中有孕妇的、想要买来送人的都行动起来了，一早就守在云家药铺外，等着开门。

云潇也是个心急的人，那么多箱药他硬是让人在天黑之前就搬得差不多了，看着只余半间房间的量，云潇令下人停止搬运，对凤轻尘道：“你留着一点好送人。”

“我已经留了，这些你全部拖走，登记好数量，一样减掉一百件，留给你送人用。”这个标准和给苏文清的一样。

“不用，我送人哪能让你出银子？”云潇连忙拒绝，云家虽然缺银子，可这点银子还是有的。

“得了，做生意本就需要上下打点，我怎么可能要你一个人出，再说拿大头的人是我，我给苏文清的也是这个数，收下吧。”

凤轻尘这话透着一股亲近，这是把云潇当朋友看的意思，对他和苏文清一样，绝不厚此薄彼，云潇心情大好当下就应了下来。

重要的不是银子，而是凤轻尘的亲近之意，有时候双方交情好不好也得从银子上面来看。横竖，以后云家有了赚钱的生意，拉凤轻尘入个股，让她拿红利就行。

货全部搬空后，凤轻尘留云潇吃饭，云潇婉拒了，他回去还得准备明天开张销售的事，这是云家翻身的第一步，不能出丝毫差错。

凤轻尘没有强留，只提醒了一句：“别累着了，别忘了年后还要治病的事，银子是赚不完的，生命才是最重要的。”

很直白的劝慰，却最能暖人心窝，云潇点了点头：“放心吧，我有分寸。”

安胎药被拉空后，凤轻尘也安心了，她该做的、能做的已经做完了，剩下的事全部交给云潇去做，如果这些药全部卖掉了，她的收益不菲，短时间内不会缺银子，左岸再烧钱她也不怕了。

要引凤，先筑巢，想要把左岸长长久久地留在身边，就得让他有归属感。

凤轻尘在凤府转了一圈，最终选定了距离小木屋最远的一个角落，准备将那里改造一下，给左岸打造一个搞创作的专属房间。

凤轻尘本想找九皇叔帮忙，想想还是算了，前两天才说自己是独立的个体，一有事又去找九皇叔帮忙，那多没面子。

找苏文清也不行，因为找苏文清帮忙和找九皇叔帮忙没什么两样，得，凤轻尘当即决定，看明天谁来找她要安胎药，她就找谁帮忙。

打了个哈欠，凤轻尘揉了揉眼睛，打起精神朝正屋走去，刚用完晚膳就被老管家拉走了。按老管家的意思，他们今天晚上就得把要送的礼和要回的礼准备好，不然等到市面上都是安胎药了，他们再回礼，那价值就大打折扣了。

凤轻尘对此没有意见，反正是早晚都要做的事情，通宵熬夜什么的对她来说，也算是家常便饭，倒是苦了老管家，一大把年纪还要陪她做这些事。

老管家看凤轻尘不好意思，很不客气地提议道：“姑娘您要真心觉得不好意思，除夕夜就让小的早点回家，让小人能在家里多待几天。”

凤府的下人都签了死契，只有老管家不是，他的家人就在京城，除了逢年过节能一家人团聚，平时也是难得回一趟家。

“等年礼送完后，吴管家就早点回去和家人团聚，元宵过后再回来。其他的琐事交代给佟珏、佟瑶、春绘、秋画她们几个。”凤轻尘很大方地给了老管家近二十天的假。

“使不得，使不得，姑娘，小人初三就能回来。”老管家的一张老脸上满是不敢置信，他每年也就是年三十回去，初一下午就得回来，给人当下人的，即使没有卖身，也终是不自由的。

“没事，管家还是元宵后再来吧，凤府不比那些大家族，整个府上也就我一个主子，也没什么事，你还是多陪陪家人吧，一年到头也就这个时间能回个家。”

凤轻尘的语气格外真诚，老管家感动得老泪纵横，连忙要跪下叩谢，被凤轻尘拦住了。

“吴管家，你这一年甚是辛苦，凤府上上下下都要你看着，多休息几天也没有什么，我府上其他的人都是无家可归之人，不然我也会让她们轮流休息。”

咳咳，凤轻尘虽然大方，但还是有理智的，没有大手一挥说，全部放假，也不想想这么大一个凤府，要是没有下人和护卫，她一个人怎么活？

“姑娘宅心仁厚，定有大福报。”老管家那叫一个激动。

遇到一个好主子，对下人来说绝对是福气，老管家就像打了鸡血一样，精神抖擞，细致地指导凤轻尘如何与那些权贵人家来往，甚至各府上的隐私也没有瞒着凤轻尘。

“这永宁伯府家里有一个庶长子，颇得伯爷宠爱，送礼的时候给这个庶长子捎带上一份，那永宁伯定会高兴。

“永顺侯府不用太在意，这是前朝降臣，被皇上封为永顺侯，意思就是让他们一族记住要永远归顺，顺从，他们手上没有实权，也不得帝宠，这年礼对比其他同等的侯府，要减三成，以示对其他侯府的尊重。

“荣贵男爵与皇家沾着关亲，不能把他当一般的男爵看，这年礼记得要再加一成。

“林大人是太保的学生，平日颇得太保大人的青睐，姑娘和他们拉拉关系有好处。

“陆大人今年刚被革去血衣卫指挥使的职务，虽然留着一条命在，但皇上已经不信任他了，姑娘送礼可以，但绝不能在这个当口上，否则就是摆明了与皇上打对台。”

……

各种弯弯绕绕的琐事，能把人的耐心耗尽，好在凤轻尘的头脑还算清晰，虽然没有全记住，但七八成还是记住了，以后和这些人家相处，也就知道如何应对了。

即便管家精神好，配合得当，凤轻尘还是忙到子夜才忙完，打了个哈欠，在下人的簇拥下，朝自己的院子走去，正准备沐浴更衣，不想老天爷看不得她闲，暗卫来报，苏公子来了，人在小木屋。

得，今晚别想睡了。

这个时候来找凤轻尘，而且一来就去小木屋还能有什么事？

凤轻尘不敢耽搁，把下人都打发走后，让暗卫等她片刻，进去换了一套衣服，提着药箱便与暗卫朝小木屋走去。

凤府的小木屋算是一个特别的存在，到处都空荡荡的，苏文清也不担心有人发现，所以一进去便点好灯，凤轻尘直接朝有光亮的那间走就行。

推开门后，浓郁的血腥味扑面而来，凤轻尘皱了皱眉，她就知道这个时候来找她，绝对没好事，只是让她奇怪的是，苏文清怎么会受伤？

“轻尘，你终于来了，快，快。”苏文清听到外面的动静，立马迎了出来，见到凤轻尘，当下松了口气，焦急的样子和白天的意气风发完全不同。

凤轻尘看苏文清没事，就知道受伤的是谁。果然，一进去就看到左臂染血的蓝九卿挡在她的面前。

凤轻尘脚步一顿，没好气地白了蓝九卿一眼：“怎么我每次看到你，你都是受伤的样子，你就不能好好爱惜一下自己的身体吗？”

蓝九卿脸色一冷，侧身指了指身后的人，说道：“这一次来找你的不是我，是他，你快看看他，他估计要废了。”

蓝九卿身后的床上躺了一个血人，那人身上的衣服早已看不出本来的颜色，刺鼻的血腥味就是从他身上散发出来的。

不用走近，凤轻尘也知道那人伤得不轻，她没空与蓝九卿和苏文清多说，提起药箱就走了过去，看清眼前的人后，凤轻尘惊呼道：“王七，怎么是他？！”

王家七公子，王锦寒，王锦凌的嫡亲弟弟，那个清贵如兰的少年，此时却如同一摊烂泥，躺在那里一动不动，仔细看就会发现，他的四肢有些扭曲。

“我在王家暗牢里找到他的，情况很不好，四肢被人折断，琵琶骨也断了。”蓝九卿说到这里，语气异常沉重。

如果凤轻尘没办法医好王锦寒的四肢和琵琶骨，那王锦寒即使活下来，也是一个废人，一个永远躺在床上，终生无法动弹的废人。

这一点凤轻尘比蓝九卿更明白，可就是因为明白她才更加的愤怒。

那个卓尔不凡的少年，一眨眼即将沦为一个废人，即使凤轻尘见惯了生死、伤残，一时间也接受不了。

“是因为锦凌的计划，对不对？”

虽是疑问的语气，可凤轻尘的心中已经肯定了，要不是因为王锦凌的计划，王锦寒这个不管家族事务的少年，怎么会被人关入王家暗牢，还受了如此酷刑？

王锦凌自己以命相搏也就算了，反正命是他的，凤轻尘管不着，可他出手时就不能想一想身边的人吗？

要知道，权力斗争，牺牲的永远是身边的人。

“这件事是个意外，王锦凌早就派人保护王锦寒了，并找了个理由把他支得远远的，告诫他无论王家发生什么事都别信、别回来。结果王锦寒听到王锦凌出事的消息，在有心人士的唆使下还是回了王家，随后就被关入暗牢，逼问他王家家主令牌的下落。”不管喜不喜欢王锦凌，蓝九卿还是替他解释了。

他还没有那么小人，这个时候给王锦凌上眼药。

“哼，这样就可以改变王七受伤的事实吗？”凤轻尘愤愤不平地道，好在她虽然气得不轻，但理智尚存，手上的动作依旧利落连贯，将药箱放在一边，打开药箱拿出剪刀，开始剪王锦寒身上的衣服。

咔嚓咔嚓的声音在小木屋中响起，看着那把散发着森冷寒光的剪刀，苏文清缩了缩脖子。

蓝九卿有心解释几句，可惜王七身受重伤是事实，蓝九卿只能说道：“这件事情在王锦凌的意料之外，王锦凌知道了会更自责，没有人希望发生这样的事情，王锦凌也是受害者。”

如果不是他闯入王家偷令牌，意外得知王锦寒落入王家人手里，王锦寒的下场怕会更惨。

在权力面前，亲情会变得极为薄弱，王锦寒是王家人不错，可在那些人眼中也是他们的敌人，对待敌人，何须手软？

“家族斗争，只论成败，有斗争就会有牺牲，是我多事了。”凤轻尘也只是生气，并没有因此失去理智，王家的事她没有立场生气，她不过是一个大夫，而对于王家来说她只是一个外人，她的愤怒无足轻重。

凤轻尘将王锦寒的上衣全部剪掉，露出里面血肉模糊的肌肤，看着那些鞭伤、烙伤、还有铁梳刮过的伤痕，她的精神恍惚了一下。

这些伤和血衣卫的刑法真像，王家居然拿这么狠的刑具来对付自己的族人，真够狠的，王锦凌看到后，怕是会自责死。

轻叹了口气，凤轻尘停下手上的动作，对蓝九卿和苏文清道：“你们先出去，九卿身上有伤需要包扎，王七身上的伤一时半刻好不了，你们也不用在这里守着，该干什么就干什么去吧。”

“好，有事去苏府找我。”蓝九卿深深地看了凤轻尘一眼，黑眸中闪过一丝欣赏。

在权力斗争面前，所谓的仁慈、善良、正义、高贵通通都没有用，权力斗争没有对错，只有死活，凤轻尘这么快就能想明白，确实足够冷静、足够理智。

苏文清看凤轻尘面无表情，瞬间就将负面情绪收了起来，一时间不知该夸她有大将之风，还是鄙视她冷血无情。

前一秒还同情王锦寒，怎么下一秒就摆出公事公办的态度？这个女人也未免太善变了。

“九卿，遇到这么一个女人，我同情你。”苏文清拍了拍蓝九卿的肩膀，朝正厅走去。

蓝九卿可以走，他不能走，凤轻尘不知要忙到何时，他得帮忙坐镇凤府，王家一连消失两位公子，不可能没有动作。

蓝九卿没有理会苏文清，临走前深深地看了一眼小木屋，这才离去……

蓝九卿与苏文清二人走后，凤轻尘便开始给王锦寒做检查。

王锦寒全身多处骨折，琵琶骨洞穿，多处软组织受损，严重缺水，高烧不退，并且伤口多处发炎、腐烂。

最严重的是，他的肝脏被钝物所伤，肝脏破裂出血，情况十分危急。

王锦寒这种情况，能活下来真是个奇迹，既然王锦寒都没有放弃自己，那她凤轻尘也不会放弃他。

王锦寒身上的伤有多严重又有多难医治，凤轻尘最清楚不过，甚至苏文清这个外行也明白，所以他才会留下来坐镇凤府。

别说一个晚上，就是一天一夜的时间，凤轻尘也没把握医好王锦寒，虽然凤府上下都知道，凤轻尘只要人在小木屋就不能被打扰，但并不是每个人都会这么配合。

天一亮，一个自称是王锦凌十七叔的男人，带着几个与王锦凌同辈的公子和一大批家丁来到凤府。

王家人也是知礼的，虽然带来的人多，但却客客气气，依礼行事，递上名帖，说是要见凤轻尘，感谢凤轻尘对他家大公子的照顾，这几天给凤府添麻烦了，他们来接大公子回府。

言辞恳切，客气有礼，苏文清听到管家的禀报，眼中闪过一道寒光。王锦凌失踪那么多天都不来找，王锦寒刚被人救走，王家人就上门来找王锦凌，王家人恐怕是怀疑王锦凌没死，急着来确认。

苏文清坐在偏厅，摆足了大爷的款，食指无意识地敲打桌面，他正在思考如何应对王家，王家这么早就杀过来，怕是有备而来。

苏文清虽然不知道，凤轻尘要用什么办法医治王锦寒，但他知道绝不能让人打扰凤轻尘的医治，万一出了什么意外，他可承担不起这个责任。

管家立在下面，一言不发，苏文清不说话他也不催，把苏文清当主子对待。

没办法，凤府就一个主子，现在凤轻尘“闭关”了，凤府连个主事的人都没有，老管家只能寄望于苏文清拿主意。

好在，苏文清没让老管家失望，半炷香后，苏文清终于开口道：“人来了咱们就好生招待，王家人不是自恃世家，讲究君子之风和礼节嘛，咱可不能怠慢人家，把主子安排到正厅，下人则安排在院外。另外去请宇皇子，向他说明情况，请他出来招待一二，尽量拖延时间，我这就安排人去找九皇叔。”

王家若以世家派头压人，那苏文清就拿皇权压人，有西陵天宇这个西陵皇子在，别说是王锦凌的十七叔，就是王锦凌的十七爷爷也得乖乖地陪着应酬，拖上个把时辰完全不成问题。

至于个把时辰后，自有九皇叔接手，现在王家正内忧外患，王家这些不安分的人，都想学谢家，紧抱皇室大腿，这个时候他们哪里有胆公然得罪皇室。

管家一听这个安排，眼睛眯成一条缝，紧绷的身子终于放松下来。苏公子说得没错，王家人来了，咱们好生招待就行，王家还敢在凤府动手不成，他们还要不要世家的脸面了。

在凤轻尘与死神斗争，抢救王锦寒的性命时，西陵天宇无奈地坐上轮椅出来招待王锦凌的十七叔。

苏文清准备充分，可王家也不是吃素的，王家早就知道西陵天宇还在凤府，王家怎么可能一点准备也没有。双方交际应酬起来，王锦凌的十七叔丝毫不比西陵天宇差，不过几句话间，王锦凌的十七叔就不着痕迹地将话题转移到王锦凌身上，再三提出要见王锦凌，接王锦凌回府。

西陵天宇一说王锦凌不在凤府，王锦凌的十七叔就开始哭诉，明晚就是除夕夜，王家的年夜饭还等着家主去主持呢，没有家主在场，王家的颜面也就没了。

王锦凌的十七叔不停地摆低姿态，话里话外都是一副被人欺负了的样子，再三恳求西陵天宇高抬贵手，放王家一马，不要让王家在除夕夜出丑。

西陵天宇听得那叫一个气恼呀，他说王锦凌不在凤府，就是他不让王家人见王锦凌，就是他刁难王家，故意让王家出丑，这都什么事呀，不管说什么都是他的错？

世家果然讨厌，既狡猾又无耻，难怪东陵的皇上要灭了世家，实在是太英明了。

西陵天宇的一张俊脸越来越黑，别说一个时辰，这样下去他能坚持半个时辰就是奇迹了，而就在西陵天宇即将崩溃时，下人高亢的禀报声解救了他。

“咏王殿下到，舟王殿下到，洛王殿下到。”

也不知道今天是什么日子，二皇子、五皇子和七皇子居然联袂而来，不过这三人来的理由很充分，那就是奉旨前来探望西陵宇皇子。

西陵天宇在东陵皇城受伤，虽然是自找的，可东陵皇室于情于理都应该过来表示一下，皇上之前没派人来是不满西陵的动作，也不满西陵天宇的行事。

西陵天宇在东陵受了伤，不管怎么样也应该找他这个皇上帮他安排太医诊治，结果西陵天宇却自己找大夫，这不是打皇上的脸嘛。

今天东陵子洛提及此事，皇上思索片刻才准许三人前来探望，同时把九皇叔留在宫中，陪他用膳，至于原因大家都明白。

皇上阴人不需要太复杂的招数，谁让他是皇上呢，他只要开个口就能把凤轻尘的对手推出来，张个嘴就能把凤轻尘的助力留下来。

当然，皇上还不至于低级到对凤轻尘一个孤女出手，还是那句话，在皇上眼中凤轻尘一个小孤女，再有本事也翻不起风浪，他要是不高兴了，随便找个理由就能杀了她。实在不爽了，还能派宫里的高手，把凤轻尘的脑袋割下来，去换杀手联盟那二十万两黄金，不是皇上贪财，实在是二十万两黄金真的不算少。

三位皇子的到来，让整个凤府都紧张起来，凤府的下人都明白，这三人和他们家主子不对盘。

“怎么办？怎么办？”

凤府的人一个个急得团团转，眼巴巴地看着苏文清，让他拿主意。

九皇叔久久不来，苏文清也担心，面对凤府下人火辣辣的眼神，苏文清两手一摊：“你们问我，我问谁去，人家可是皇子皇孙，哪是我这个小商人能对付的，别忘了洛王殿下现在还担着血衣卫的差事，如果他要动手搜人，可是有光明正大的理由，我们谁也拦不住。”

果然，东陵子洛几人与西陵天宇寒暄过后，便问起王家十七叔为何在凤府。

不知是事先串通好的还是巧合，王家十七叔一听东陵子洛问起，连忙像竹筒倒豆子一样，把凤府关着王锦凌，不让王锦凌回家，不让王家人见王锦凌的事情，详详细细地说出来。

西陵天宇本想替凤轻尘解释，说王锦凌根本不在凤府，却被东陵子洛一句话给堵了回来。

“宇皇子，这是我东陵内政，还请宇皇子不要掺和，来人呀，送宇皇子回房休息。”

一句话就把西陵天宇的路给堵死了，西陵天宇再说话就是干预东陵内政，这个帽子扣下来，西陵天宇根本吃不消……

# 第二十三章 东风压倒西风

作为西陵的皇子，西陵天宇在东陵的地位很尴尬，皇上给他面子他就是客人，皇上不给他面子他就是质子。

而无论作为客人还是质子，西陵天宇都无权干涉东陵内政，否则一个不好就会引起两国交恶，甚至交战，这一点在场的人都明白，不然东陵子洛也不会拿这个来说事。

把西陵天宇打发掉后，整个凤府就没有一个能挡得住东陵子洛的人，苏文清身份不够，也名不正言不顺。

管家急得团团转，心里暗道凤将军和凤夫人死得太早了，只留下小姐一个孤女，没有一个能帮衬小姐的兄弟姐妹。

整个凤府就凤轻尘一个主子，凤轻尘一旦不在，凤府就连一个能当家做主的人都没有，东陵子洛说要搜府，下人，哪有说不的权力？

东陵子洛气势汹汹，九皇叔又迟迟不来，苏文清急得没有办法，当东陵子洛下令调血衣卫来搜凤府时，苏文清冲上前去，跪下道："洛王殿下，请您三思，大公子真的不在凤府，现在在凤府的只有王家七公子，王家小厮送进来的是王七公子，此时凤轻尘正在医治他。"

"放肆，本王面前，哪有你说话的份。"东陵子洛冷漠地瞥了一眼苏文清，一脸轻蔑。

在皇子王爷面前，苏文清一个小小的商人，实在算不得什么。

苏文清一直低着头，一副谦卑的样子，隐在袖子里的手却是紧握成拳，再次恳求道："洛王殿下，草民不敢欺骗殿下，大公子真的不在凤府，依大公子的气度与骄傲，他若在凤府绝不可能躲着不见人。大公子真的不在凤府，凤府只有身受重伤的七公子，恳请洛王殿下等凤姑娘救完人再搜。”

“你算个什么东西，本王要做什么还轮不到你来指手画脚，区区一个商人，谁给你在本王面前说话的权利了？来人呀，给本王拖出去打。”东陵子洛转了转小拇指上的尾戒，幽深的眸子闪烁着诡异的光芒，让人全身发寒。

苏文清的眼中精光一闪，在侍卫上前时，苏文清连忙道：“洛王殿下，九皇叔吩咐草民今天拿十盒药去九王府，恳请殿下施恩，待草民送完药后再打。”

“你在威胁本王？”东陵子洛挑眉问道，言语中没有生气的迹象，可就是这样才让人觉得害怕。

这个七皇子，越发地能隐藏自己的情绪了，看样子血衣卫那个地方，的确很能锻炼人。

“草民不敢，草民不敢，恳请殿下恕罪，待草民从九王府出来后，定去血衣卫认打。”

苏文清冷汗淋漓，心里暗暗叫苦，不停地祈祷九皇叔快点来，这厢却只能跪在东陵子洛的脚边一动不动。

“不敢？”东陵子洛的眼神冷冽得如同寒光，示意侍卫退下：“既然你与本王的皇叔有约，本王就饶你这一次。”

事后去血衣卫认打？东陵子洛可不认为苏文清会那么乖。

“谢王爷。”苏文清抹了把冷汗，心中暗叫好险，抬头起身，东陵子洛突然抬脚，一脚踢在苏文清的心窝。

“滚……”

苏文清察觉到了，可是想到对方的身份，知道这一脚他要是避开了，下场会更惨，只能硬生生地受着。

咚的一声，苏文清摔倒在地，左手捂着心口，痛得他冷汗直流、牙齿打颤，却还是要对东陵子洛说：“谢王爷。”

东陵子洛看也不看苏文清，带着人就朝厅外走去，打不了苏文清，他当然要从别的地方出气。

管家担心地看了苏文清一眼，示意春绘和秋画上前，扶苏文清起来。

“苏公子，你没事吧？”春绘和秋画吓得花容失色，她们两个是九王府调教出来的丫鬟，有气势、有见识，可此时也被东陵子洛的暴虐给吓坏了。

“我没事。”苏文清紧咬牙关，看着前呼后拥的东陵子洛，双眸越发的幽深。

这就是身份的差距，哪怕他富可敌国，在这些皇子、高官面前，他一样连一条狗都不如。

指甲掐入手心，苏文清却一点也不觉得痛，他告诉自己再忍忍，终有一日，他会拥有和这些人平等的身份，他的子孙后代，绝不会再受这种不平等的对待。

东陵子洛带着王家的人来到小木屋外，一眼就能看到凤轻尘所在的那间木屋，因为凤府的护卫有八成都围在这间木屋外面。

东陵子洛在距离木屋三丈远处停了下来，看着手持长矛对准他的凤府护卫，东陵子洛的脸上笼罩着一层寒霜。

“你们这是要造反吗？区区府中护卫居然手持军方的兵器，谁给了你们这个胆子？”东陵在铁器上的管制很严格，一般的护院都不允许持铁器，更不用说长矛、大刀等军方武器。

在东陵，能持军方武器的只有亲王侍卫，而这些人都是有定数的，凤府这些护卫明显违禁了。

凤府没有一个正经主子在，老管家实在无奈，只能颤颤抖抖地上前，跪在东陵子洛面前。

“回洛王殿下的话，这些护卫都是肃亲王的侍卫，算不得凤府的护卫。”一大把年纪了，跪在冰冷的地板上，老管家只感觉全身都在发冷，可他却不敢妄动。

他也算是有见识的人，可今天这排场，还是让他不知如何应付，在强权面前，他就是再有手腕也无用。

“肃亲王的侍卫？肃亲王的侍卫怎么会在凤府？”大家都知道凤府的这些护卫是什么人，东陵子洛今天是故意发难。

“回殿下的话，这些侍卫是翟世子派来的，翟世子受大公子所托，保护七公子。”老管家知道王锦凌与肃亲王世子翟东明交好，便把这事推到王锦凌头上。

与翟东明有关系，东陵子洛也不敢妄动，点了点头，不再追究护卫的事，指着木屋道：“你确定里面的人是七公子？”

“奴才敢以项上人头担保，里面的人确实是七公子。”老管家将头磕在地面上。

王锦凌的十七叔听到这话，一时间也拿不准主意，难道王锦凌真的不在凤府？那他会在哪里？

难道王锦凌真的没死？

不可能，王锦凌的十七叔连忙摇头，把这个可能给甩掉，他们下的毒无解，王锦凌必死无疑，他必须要死。

王锦凌绝对还在凤府，自从那天王锦凌进了凤府，他们就一直派人盯着凤府，别说人就是一只苍蝇从凤府飞出去他们也知道。

王家认定王锦凌就在凤府，同样东陵子洛也能肯定王锦凌就在凤府，凤府外也有他的人，他能断定王锦凌没有离开凤府。

既然木屋里的人是王七，那么王锦凌定在别的地方，东陵子洛勾唇一笑，挥了挥手让老管家起来。

老管家暗松了一口气，战战兢兢地从地上爬了起来，还没来得及谢恩，就听到一阵脚步声响起，老管家抬头望去，看到那血红的一片，两眼一翻咚的一声倒在地上。

血衣卫来了！

洛王殿下居然真的调血衣卫来凤府了。

完了，完了，这下凤府麻烦了……

即使经过血洗，血衣卫在东陵百姓的眼中依旧等同于恶虎，看到血衣卫就如同看到阎王来索命，而接管血衣卫的洛王殿下，无疑就是阎王。

东陵子洛很满意血衣卫带来的震慑效果，除了肃亲王府的侍卫外，其他人都或多或少地受了血衣卫的影响，一个个如同木桩子，呆呆地立在原地一动不动。

“大人。”一百名血衣卫齐刷刷地跪在东陵子洛面前，至于舟王与咏王则完全被忽视了。

舟王和咏王虽然不甘却不敢多言，只能乖乖地站在东陵子洛的身边当背景。

血衣卫是东陵一个独立的机构，只对皇上负责，其他人通通不被看在眼中，只有这样才能保证血衣卫的地位与权利。

以前陆少霖在时，血衣卫还会与其他人周旋一二，可东陵子洛接手后，血衣卫就完全不把除了皇上与东陵子洛以外的人看在眼里了。

在东陵子洛手中，血衣卫就是最凶残的猛兽，皇上指哪血衣卫就咬哪，这正是皇上想要的效果，也是东陵子洛最满意的地方。

血衣卫在执行任务时没有复杂的程序，所有的权力都掌握在东陵子洛的手中，他朝血衣卫一摆手：“传本大人令，搜查凤府，查找王家大公子的下落。”

“是。”

军令如山，血衣卫迅速行动起来，一百人分成十组，朝凤府各个院子涌去。

“嘭……嘭！”

打砸声响起，伴随着下人的哭喊声，还有各种瓷器、摆设摔碎的声音，整个凤府乱成了一团。

血衣卫根本没有执法的秩序，怎么能最大限度地破坏凤府，他们就怎么来，这哪里是搜查，这简直就是强盗过境，所到之处就连墙面也无法幸免。

“不要，不要砸，求求你们不要砸。”

“你们不是来找人的嘛，这盒子里哪能装人。”

“官爷，求求你了，不能砸呀。”

“你们不能进去，你们不能进去，这是我家姑娘的房间，你们不能闯。”佟珏和佟瑶哭着喊着，想要拦住横冲直撞的血衣卫，可她们哪里是血衣卫的对手。

“滚开。”血衣卫一个刀把打下去，丝毫不顾忌对方是一个弱女子，打得佟珏一头是血。

佟珏支撑不住，倒在佟瑶的身上，凤府的下人想要动手却被苏文清给制止了：“别动手，让他们砸，一旦动手就是拒搜，就是与朝廷作对，到时候没有错也是错。”

东陵子洛要借王家的事情出气，那就出吧，左右不过是一些银子的事，凤府有意义的东西，都被那一场大火给烧了，这些东西再贵重也就是银子的事。

他们没有权，但不缺银子。

苏文清也恨，可他很清楚，他们就是拿命拼，也阻挡不了血衣卫的脚步。

凤府的下人知道苏文清是为凤府好，为他们好，一个个默默地退下，眼睁睁地看着血衣卫如同蝗虫过境，把好好的凤府砸得满目疮痍，连柴房都没有放过。

暗卫敢怒不敢动，他们的职责是保护凤轻尘的安危，在凤轻尘没有生命危险时，他们不能随意暴露，一暴露就失去了价值。

血衣卫领命办事，砸得那叫一个痛快，不光是凤轻尘的房间，就连库房也没有幸免，老管家无比庆幸，他今天一大早就安排人把回礼都送了出去，不然今年凤府可就丢脸丢大了。

可饶是如此，也只是减少了一些损失，别府送来的年礼，还有剩下的安胎药，全部被血衣卫砸了个干净，褐色的液体流了一地，凤府的下人抱在一起，默默地流泪。

主荣仆贵，主辱仆死，如果不是有苏文清压制着众人，佟珏佟瑶她们几个，怕是要冲上前与血衣卫的人拼命了。

他们一直在忍，可血衣卫的人却得寸进尺。一通打砸后，血衣卫的人没有找到王锦凌，便把目标放在了凤府的祠堂上。

“不，不，你们不能进去，你们不能进去。”凤府下人的怒火与屈辱，在这一刻暴发了，凤府被砸他们认了，可凤府的祠堂不能被砸，凤府的先人不能受辱。

不需要任何人命令，凤府的下人便全部站在祠堂门口与血衣卫的人对峙，面对残暴的血衣卫，他们害怕、他们恐惧，可他们不能退。

“滚开。”血衣卫一脸蛮横，毫不掩饰他们的杀意与凶残。

凤府的下人吞了吞口水，将心中的恐惧压下，佟瑶、春绘、秋画、夏挽、冬晴，还有一脸是血的佟珏站在最前面，挡住了血衣卫的路。

“我们决不能看着凤府的祠堂被毁而无动于衷，除非踏着我们的尸体过去，不然你们别想进去，我们与凤府的祠堂共存亡，我们一步不退。”

“不退？找死，你们以为我们不敢吗?既然你们不肯退，那就通通去死。”血衣卫们眼一横，拔出了刀……

“殿下……”

祠堂那边的动静，西陵天宇这里也知道了，仆人忍不住提醒道。

东陵子洛确实狂妄，不把凤府任何人看在眼里，西陵天宇所住的院子也没有幸免，也被搜查了，只是没有被砸。

虽然那仆人什么都没有说，可西陵天宇明白这话中的意思，他也想动，可惜：“我是西陵的皇子，不能插手东陵的政务，这是东陵的血衣卫在办差。”西陵天宇坐在轮椅上，双手死死地握紧扶手。

仆人也知道西陵天宇的难处，只是他担心凤府出事后，九皇叔会迁怒西陵天宇，仆人小声道：“殿下，九皇叔那里？”

西陵天宇闭上眼睛，掩去眼中的无奈：“我只要保住凤轻尘就够了。”

仆人想了想，不再多言，一主一仆，一坐一站，看着祠堂的方向发呆，心中默默地祈祷，凤府的祠堂千万不要出事。

他们很清楚，凤将军和凤夫人在凤轻尘心目中的地位。

而此时，皇宫里。

皇上看上去心情很好，丝毫不在意室外的温度有多低，更不在意御花园此时根本无花可赏，拉着九皇叔在御花园赏景对弈。

早就知道皇上的意图，九皇叔面无表情地坐下，执起黑子就落子，那气定神闲的样子，就好像天大的事情发生，也与他无关。

皇上眼中闪过一道意味不明的光芒，他可不相信，九皇叔不知道他今天要做什么，又做了什么。

第十五个子落下，皇上终于开口道：“九弟今天很沉得住气。”

九皇叔抬眸，面无表情地看了皇上一眼，如果不是场合不对，九皇叔真想笑出来。皇上的猜疑实在太没道理了，他留在御花园不就是皇上的意思嘛。

他人在宫里，闹事的人在宫外，他就是再急也没用。

想看他的笑话？想看他慌乱无助，惊慌失措的样子？

皇上，你真是太看得起自己了。

九皇叔长长的睫毛轻轻颤动，眼睑微垂，掩去眼中的光芒，他怕自己一时控制不住，将眼中的不屑流露出来。

执子，九皇叔看了一眼棋盘，便将子落下：“皇上说笑了，臣弟什么时候不是这样？”

“没错，九弟从小到大都是一副小大人的样子，冷冰冰的，谁也不理，一副无欲无求的样子，也不知道你跟谁学的。”皇上端起茶杯，轻啜一口，却借着喝茶的动作打量九皇叔。

看九皇叔一身单衣，再看自己狐裘加身也挡不住寒意，心中闪过一抹思量。

他老了而九弟还年轻，即使他纵容他的儿子们去斗、去争、去抢，可他们也没有一个是九弟的对手，皇上耳边响起符临的建议，心中越发地肯定建议的可行性。

太子是个废人，连当箭靶的资格都不够，也许他不该纵容太子一直坐在那个位置上，应该换一个人上去，又或者把那个位置空出来让他的儿子们去抢。

只有强者才能坐稳那个位置，只有从众兄弟中杀出一条血路的人，才能坐长久。

心思一多，落子的速度就慢了，九皇叔也不催，极有耐心地等着。

他要不是摆出一副别无所求的样子，依皇上的手段，他能在宫里活下来吗？

皇上登基时，他还是一个什么都不懂的孩子，要不是宫里宫外有人护着，他早就死了一万次。

在宫里，要一个人合理地死去，有千百种办法。

皇上，你这是后悔当年没有趁我不知世事时，杀了我吗？

九皇叔手指轻动，目光流转，见皇上还在深思，提醒了一句：“皇上，该你落子了。”

皇上回神，一转头就与九皇叔的眼神对上，面对九皇叔那好似洞悉一切的眼神，皇上心里发虚。心中暗想，九皇叔是不是知道了什么，随即又连忙否认，如果九皇叔真的知道什么，现在坐在东陵皇位上的人就不是他了。

皇上不再想这件事，也不逼问九皇叔，落子后将话题转移到王家身上：“王家的事，九弟怎么看？”

“雷霆雨露，皆是君恩，王家也是我东陵的百姓。”九皇叔这话的意思是，王家的事当然由皇上决定，他无权干涉。

这话说得皇上心里很是熨帖，可要是仔细推敲的话，就会发现九皇叔这句话完全就是一句空话。

一旦王锦凌坐稳王家家主的位置，皇上再想控制王家就不容易了，不过现在听来这话却是最恰当不过。

两人你来我往，大多是皇上试探，九皇叔愿意回答的问题就回两句，不愿意回答的问题，就当作没有听到，两人之间是难得的和谐。

在凤府被血衣卫砸得稀巴烂时，御花园里却是一派和气，九皇叔与皇上看似在下棋，可他们真正的棋盘却不在御花园这块玉质的棋盘上，而是在王家那个棋盘上。

于皇上和九皇叔而言王家才是他们今天要下的棋，凤府是一颗关键的棋子，这一子可以定胜负，只是在没有落子前，谁也不知道谁胜谁负。

皇上胜券在握，九皇叔气定神闲，皇上认为他把九皇叔牵制住，把肃亲王牵制住，在凤府的较量中，他就必胜无疑，可他忘了这皇城中，还有一个人的身份比东陵子洛高，那个人就是……

“住手！”就在血衣卫提刀逼近凤府的下人时，身着杏黄宫服的太子殿下，带着侍卫来到凤府。

“太子殿下？”血衣卫的手一顿，大刀僵在半空，不敢砍下去。

太子怎么会在这个时候来凤府？

巧合？

不，这天下没有这么巧合的事情。

佟瑶几人连忙睁开眼睛，看到如同救世主一般，朝她们走来的太子殿下，众人双腿一软，咚的一声跪了下来，哽咽道：“太子殿下，千岁千岁千千岁。”

凤府的人从来没有一刻像现在这般，感谢太子殿下的到来，苏文清也是狠狠地松了口气，整个人瘫坐在地上，一脸庆幸。

他就知道九皇叔会有安排，九皇叔怎么可能放任凤轻尘不管，虽然太子来得有些晚，但总比没来好。

人很多，很杂，太子还是一眼就看到了苏文清，朝苏文清点了点头，便急步朝凤府祠堂走去，入眼所及，凤府的下人狼狈不堪，整个凤府也没有一个像样的地方。

太子眉头紧皱，再看血衣卫见到他后，居然没有行礼，心里更是不满。

血衣卫只对皇上负责没有错，但别忘了他是太子，是储君，即使他再不得皇上宠爱，只要他一天是太子，东陵上下就得把他当未来的皇帝看待。

“血衣卫好大的派头，见到本宫，还不行礼？”太子厉喝，血衣卫这才反应过来，他们虽然不满太子，也不把太子看在眼里，但表面上的礼仪却不能出错。

“见过太子殿下。”血衣卫单膝跪下，只行了个半礼。

太子虽然不满，但也没有多说，只是久久不说免礼，冷眼打量着血衣卫，任这百十来人跪着，血衣卫们心中的不满更甚，要不是怕御史弹劾，东陵子洛倒霉，他们早就不理太子了。

太子何尝不知血衣卫的想法，堂堂太子做到这个地步，不得不说他这个太子很悲哀，将心中的苦涩压下，太子维持着他仅有的骄傲，挥了挥手：“免礼。”

“谢太子殿下。”稀稀落落的声音，毫不掩饰血衣卫的不满，太子只能忍着，身为太子，他不屑也不能和这些小人物计较，太子直接命令道：“去请洛王殿下，本宫要见他。”

只要他还是太子，他明面上就是东陵第二尊贵的人，哪怕他再不得宠，也是东陵子洛来见他，而不是他去见东陵子洛。

这就是身份的差异，这也是东陵子洛处心积虑想废了他这个太子，坐上太子之位的原因。

身为皇后嫡子，即使东陵子洛不把太子推下去，太子登基后也不会放过他。嫡子有权继承家业，众兄弟中，除了太子，东陵子洛是最名正言顺的那一个，这样的情况下东陵子洛就是争也得争，不争也得争。

东陵子洛一出生就注定了与太子不对盘，所以当东陵子洛听到血衣卫来报，说太子来了并要见他时，眼中闪过一抹杀意，太子又一次挡了他的路！

只要太子没有被废，东陵子洛见到太子就要行礼，不管他愿不愿意，不管他手上握着多大的权力，都是如此。

咏王和舟王纯粹是来打酱油的，他们虽然与东陵子洛结盟，可也不介意看他与太子斗。

嫡子们都斗死了，他们才有机会，只要是皇上的儿子就有资格竞争那个位置。

兄弟四人你来我往，净说着虚伪的话，东陵子洛话里话外都是强硬的姿态，不知道的人还以为他是太子。

如若是在平时，太子为了保全自己的面子定会后退一步，可今天不知是怎么一回事，面对咄咄逼人的东陵子洛，太子虽然温和却半步不退。

一个拿权力压人，一个拿身份压人，谁也不差谁半分，咏王与舟王相视一笑，交换一个彼此都懂的眼神。

太子如此强势，肯定是得到了九皇叔的承诺，想来也是，要不是九皇叔向太子许诺了什么，太子怎么可能选择在今天来凤府，掺和王家的事情，这不是明摆着和皇上作对嘛。

眼神相交，火花四射，太子与东陵子洛半步不让，你来我往，杀意渐起。

东陵子洛强硬地要搜凤府，把王锦凌找出来，太子则不允许，要求东陵子洛等凤轻尘出来再说，并且指责东陵子洛纵容属下行凶，虐待忠良之后，寒了将士的心。

王家的事是皇上与九皇叔之间的较量，现在也是东陵子洛与太子之间的较量，说句不好听的，他们谁都输不起。

东陵子洛输了，便在皇上那里留下一个无能的印象，身为皇子，若被烙上无能的印记，还能争皇位吗？

而太子一旦输了，不仅狠狠地得罪了自己的父亲，还会失去九皇叔这个强大的助力，没有九皇叔相助，太子这个位置他又能坐几天？

这就是皇权之争，不进则退，咏王与舟王一脸挣扎，犹豫着要不要站出来助东陵子洛一臂之力。

两人犹豫再三，终于点了点头，东陵子洛要是输了，他们也脱不了干系。

于是，原本一对一的局面，就变成了三对一，太子本来仗着身份还有带来的高手，勉强能压东陵子洛一头，可咏王与舟王一加入进来，太子就势弱了，再加上太子的心脏本就不好，不能激动，很快就落了下风。

苏文清看在眼里急在心里，可皇子间的斗法哪是他一个小老百姓可以加入的，苏文清抓耳挠腮，终于让他想到一个人。

太子来了，西陵天宇出来相见绝对是合乎情理的事情，有西陵天宇这个外人在，这四位皇子总不能不顾东陵皇室的颜面，在外人面前吵。

苏文清连忙示意凤府的下人，悄悄地去请西陵天宇，并把这里发生的事情告诉他。

东陵子洛与血衣卫背对着苏文清，没看到苏文清的小动作，太子却看到了，眼中闪过一抹欣赏。

东陵子洛看太子一再拖延时间，咬着血衣卫的错不放，当下也发狠了："太子殿下，臣弟尊你是太子，可并不表示你就能仗着身份干涉臣弟办差，这是臣弟的差事，臣弟自会办好，是对是错自有父皇定论。血衣卫是臣弟的人，他们奉臣弟的命令来凤府搜人，即使太子殿下你贵为储君也无权阻止，血衣卫只听皇命，太子殿下你若再阻拦血衣卫办差，臣弟就不客气了。"

东陵子洛话里话外都摆明了不把太子放在眼中。

储君也是君，看不起太子没关系，可说得如此直白就过分了，太子再能忍也忍不下这一口气，忍了这口气他就算挂着太子的名头，往后也抬不起头来。

"不客气？七弟，本宫倒要看看你如何对本宫不客气，君君臣臣，本宫是储君，本宫倒要看看，谁敢动本宫。"

太子面色涨红，哪怕是苏文清也明白，太子撑不久，太子的身体是他能活到现在的助力，也是他登上皇位最大的障碍。

"太子殿下别生气，小心身子，要是气着了你，可就是臣弟的罪过。太子是君，臣弟是臣，臣弟怎么可能对太子动手，只不过，为了完成父皇交代的任务，臣弟在不得已的情况下，动用一些非常手段也是无奈之举，臣弟相信父皇一定能理解。"东陵子洛这是完全不把太子看在眼里，并且笃定即使他派人拿下太子，让太子在大庭广众之下颜面尽失，皇上也不会怪罪于他。

咏王与舟王同情地看了一眼太子，可同情归同情，他们该做的事还是得做。

“这一点，我和老五可以作证，七弟你放手去做，事后我和老五会帮你向父皇解释。”咏王拍胸脯保证，东陵子洛连忙道谢。

“哼……”看着兄友弟恭的三人，太子怒极反笑，同样是父皇的儿子，他真的不明白，父皇为何会厌恶他到这个地步。

从小到大，无论他做得多么好，父皇的眼中都没有他，而他的错误却会被放大，明明他才是太子，父皇却动不动就当着朝臣的面训斥他，把他这个太子的颜面踩在脚底，满朝大臣竟是没有一个敢站在他身边，做太子近臣。

真真是没意思，他努力了大半生，连父皇一个赞许的眼神都得不到，现在更是被自己的弟弟当众威胁。

父皇啊父皇，你对我失望，我对你也失望得很。

太子冷静下来，情绪平静后，脸上那抹不自然的红晕也消退了不少，面对东陵子洛的咄咄逼人，太子没有半丝怒意，轻蔑地看了东陵子洛一眼，后退一步，将自己隐入侍卫的保护中。

“洛王以下犯上，拿下他，违抗者杀无赦。”从现在起，他不在乎父皇的看法，不在乎太子之位，不在乎西陵天宇来看热闹，不在乎世人的评价，他什么都不在乎，他倒要看看这东陵上下还有谁敢踩他。

太子的命令来得太快、太突然，东陵子洛根本没有反应过来，他也不相信太子敢顶着抗旨的罪名对血衣卫出手。

等到东陵子洛反应过来时，血衣卫已被太子的侍卫逼得后退数步，这个时候东陵子洛也顾不得其他，连忙下令：“太子殿下违抗圣旨，你们还不快动手，将太子拿下。”

师出有名将士才有气势，才有胆识，毕竟对一国太子动手可是抄家灭族的大罪，而有了东陵子洛这句话，血衣卫也就不怕了，与太子的侍卫打了起来。

他们身后就是凤府的祠堂，不多时众人就打到了祠堂门口，凤府的下人目瞪口呆地看着大打出手的血衣卫与太子侍卫，呆愣在原地，不知如何是好。

怎么好好的，就动手了？

直到有两个血衣卫死在祠堂门口，凤府的下人才反应过来，连忙上前把人丢出去，同时将祠堂的门锁好，拿起木棍、菜刀挡在祠堂门口，以免有人再次闯入祠堂，打扰凤将军与凤夫人安息。

西陵天宇过来时，正好碰到这场乱战，西陵天宇连忙示意下人转个方向，将他推回去。

太子没有吃亏，东陵皇子在内斗，这对东陵来说算是丑闻，他这个外人还是不要知道的好，以免东陵皇上心里不舒服。

苏文清将西陵天宇的举动看在眼里，暗赞西陵天宇有眼识，悄悄地给暗卫打了个手势，让他们趁混乱时，暗中帮助太子的人。

太子带来的人是他手上仅有的精锐，个个都是高手，再加上有暗卫趁乱相助，百十来个血衣卫瞬间就被屠杀干净，东陵子洛身边的侍卫也一个不剩，太子的侍卫将东陵子洛、咏王和舟王团团包围。

苏文清一见情况不对，连忙给佟瑶他们打手势，趁乱时大家全部溜了。

这种皇室大丑闻，他们可没命看，到时候皇上为了皇室的颜面，一定会杀了目睹者灭口。

为了自己的小命着想，苏文清很不厚道地丢下太子跑了，横竖太子现在占了上风，只要太子一直这般无所畏惧，东陵子洛在凤府就占不到太子的便宜。

谁的拳头硬，谁就是老大，不管今天过后会如何，至少这一刻的胜利属于太子。

太子背手而立，风姿绰越，眼上带着恬淡的笑容，褪下平日的小心，不再隐忍，周身散发着一股无人敢直视的威严，隐有帝王气度。

“皇兄，你想干什么？”东陵子洛一脸阴沉，他发现自己突然看不透太子了，太子这是要谋反吗？没有一丝准备的谋反？如果不是谋反，他又怎会做出这种反常的事情？

太子难道不知道屠杀血衣卫的后果吗？

“皇兄？真是一个讽刺的称呼，你不是向来称呼本宫太子殿下的吗？这个时候才记得本宫是你的皇兄，七弟，你不觉得晚了吗？”太子淡然微笑，根本不将东陵子洛放在眼里。

东陵子洛强压下心头的怒火，说道：“皇兄，你这是谋反，你最好就此收手，臣弟看在兄弟一场的份上，定会向父皇求情，恳求父皇饶你一命。”

“收手？这才刚开始，本宫怎么舍得收手？今天这一幕多难得呀，以后要看这样的场景，可就难了。”他处处退让，时时隐忍，一个个都不把他放在眼里，现在他亮出爪子，这些人终于知道害怕了吗？

“皇兄，你疯了？你这可是在谋反，谋反是死罪，即便你是太子。”东陵子洛的眼睛猛地睁大，不可思议地看着太子。

“疯？你说本宫疯了？”太子指着自己的鼻子，故作吃惊，“七弟，本宫有没有疯，你很明白，本宫是不是要选择，你也很清楚。本宫要是疯了，就不会站在这里，本宫要是谋反也不会对你们动手，你们还不够格。”

能挡太子继位的人只有皇上，太子要谋反就应该把皇上杀了，太子这话倒是没错，舟王一听太子没有谋反的意思，连忙劝解：“皇兄，这件事只是一个误会，叫你的人退下，我保证会和父皇解释，这件事错不在你。”

无论如何，先脱离了眼前的险境再说，出了凤府，回到皇宫自有人收拾太子。

“五弟，本宫在你眼中就这么蠢？本宫的人退下后，本宫还有活路吗？你们回宫后不给本宫加罪名就谢天谢地了，还说什么帮本宫解释。”太子长得不差，只是身上的重担压得他喘不过气，他从不曾真正开心地笑过，这一笑倒是让人炫目。

舟王被太子说得一脸尴尬，不过作为皇子，他们哪个脸皮不厚，此时的形势没有人强，舟王哪敢翻脸，只能赔着笑脸：“皇兄，只是死了几个奴才，事情并不严重，就算父皇要罚你，也不是多大的事，皇兄何必把自己逼到绝路？”

“绝路？本宫已在绝路上，又哪里需要逼？”太子直视东陵子洛，黑亮的眸子深不见底。

今天的事情只是一个导火线，从东陵子洛接手血衣卫的那一刻起，太子就已经踏上绝路。

东陵子洛和舟王不一样，他在太子面前傲气惯了，他做不到向太子低头。东陵子洛抬头就与太子对视，冷傲地道：“太子殿下，你到底要怎样？”

“本宫想怎么样？”太子早就习惯了东陵子洛的目中无人，故作深沉地思索片刻，露出一个恶魔般的笑容，“七弟，你说本宫把你们都宰了如何？”

“你，你不能这么做。”舟王吓得后退一步，太子的侍卫毫不客气地推了他一把，舟王一个踉跄差点跌倒。

“皇兄，凡事三思而后行。”东陵子洛的话语中透着威胁，他虽然担心太子会真的动手，却不肯在太子面前低头。

“不能？三思？本宫是太子，这天下还有本宫不能做的事情吗？本宫想做什么便做什么，何须三思。”太子嚣张地说道，如果不是太子一脸的平静，双眼如同死水一般，东陵子洛真要怀疑太子疯了。

“太子又如何，你杀了我们，你和你身边的人也不会有好下场，你想过他们没有，他们可是有家有室的人，我们三个若死在这里，这些人通通要被诛九族，甚至凤轻尘也要为我们陪葬。”东陵子洛小心地遣词，希望能够说服太子身边的人，让太子明白个中的厉害。

“诛九族？七弟你是不是变傻了，本宫要杀你们又怎么会带有家累的人，这些人是本宫培养的死士，什么叫死士，七弟你不会不明白吧？”积压在心底多年的怨气，今天一口气全出了，这种感觉真是太好了。

他真笨，为了那个根本坐不稳的位置，小心谨慎了大半生，结果什么都没有得到，早知如此，他就该恣意妄为，就该狂妄嚣张。

他是太子，他怕谁。

“那么凤轻尘呢？你不为自己考虑，也该为凤轻尘考虑。”东陵子洛咽了咽口水，看太子的眼神多了一份忌惮。

凶的怕横的，横的怕不要命的！今日的太子就是一个不怕死的主。

“七弟，你真是越来越天真了，本宫连自己的命都不在乎，还会在乎凤轻尘？本宫真不明白父皇到底看中了你哪一点，居然花那么大的精力栽培你。一个愚蠢到被两个女人玩弄于股掌之间的皇子，你凭什么去想那个位置？一个对敌国的公主情深款款，非卿不娶的皇子，你对得起东陵的百姓吗？

“为了一个敌国公主，你害了那么多人，结果对方一失清白，你就一脚把人踹了，你这种连自己的女人都保护不了，毫无担当的皇子，你有什么资格与本宫争？本宫一想到这些年来与你这么个没用的东西争，就觉得恶心。”

太子的话一针见血，把东陵子洛贬得一文不值，东陵子洛恼羞成怒，却又无从辩驳，恨恨地瞪着太子，好像要把太子吞了一样。

太子浑不在意地冷笑：“恨本宫？那你就恨吧，本宫不在意，虽然本宫很讨厌你，可本宫还不至于冷血到残杀手足。来人呀，把三位殿下绑起来，本宫不希望有人打扰凤姑娘救人。”

说完，转身就朝小木屋走去，步履轻盈，潇洒如风，丝毫不见平日里的小心翼翼，也没有犯了大错后的惊慌。

无畏便无惧，他对皇上已无所求，他还怕什么……

# 第二十四章　美人不高兴

御花园里，一阵寒风陡然吹来，皇上全身一寒，倒吸了口气，连忙端起一侧的茶杯握在手心，温热的杯子握在手心，皇上才觉得舒服了一些。

九皇叔轻轻地眨了眨眼，修长的手指执起一枚黑子，稳稳地落在棋盘上："皇上，你输了！"

黑子落下，九皇叔微微后仰，一派闲适，心中却在盘算，太子应该把洛王他们几个牵制住了。

他不要太子做太多，只要太子坐镇凤府，把人牵制住就行，至于皇上，望他别着凉了，不然他就罪过了。

皇上放松略有些僵硬的身子，笑道："多日不见，九弟的棋艺又进步了。"

临近尾声，胜负也已分明，皇上并不惊讶九皇叔会赢，只不过，在东陵敢赢他棋的人只有东陵九，敢赢他这么多个子的，也只有东陵九。

"臣弟空闲，终日钻研棋艺，若是没有进步那就可笑了。"九皇叔意有所指道，皇上笑了笑，站起身来，掸了掸身上不存在的灰尘，道："时辰不早了，留下来陪朕用膳。"

"臣弟遵旨。"九皇叔亦起身，只不过他没有看着皇上，而是侧着脸盯着宫墙看。

皇上一整天都与九皇叔待在一起，说是牵制九皇叔，可同样也把自己牵制住了，皇上到现在还不知道太子在凤府发威的事情，更不知东陵子洛已被太子给捆了起来。

太子虽然张狂了一些，可还没有疯狂到不顾一切的地步，他把东陵子洛三人绑起来后，丢在了独立的院子里，派自己的人看着，以免到时候皇上迁怒凤府的人。

太子强硬，连东陵子洛都不放在眼里，又怎么会给王锦凌十七叔的面子，太子当即下令，把王家来的人全部绑起来丢在院外，做完这一切后，太子便悠闲地去找西陵天宇。

两人一番寒暄过后，便找了个还算干净的地方，品茗下棋，享受这难得的悠闲，西陵天宇看太子自信满满，完全不在意此事的后果，心中暗自佩服九皇叔，这一步棋走得真妙，这世间，也只有东陵子洛才能刺激太子，让太子丢下所有的后顾之忧，放手一搏。

凤府的下人知道事情已经被平定下来，也从角落里走了出来，在管家的指挥下，收拾好心情，默默地打扫凤府。

明天就是除夕，他们今天必须将凤府收拾好，不然这年就没法过了，除了受伤严重的佟珏，所有人都动了起来，翟东明派来的侍卫也有一半在帮忙搬东西。

凤府凡是能砸的东西全被血衣卫给砸了，他们要做的就是把这些碎片丢出去，然后重新去买新的物件摆进来。

清理容易，可在一天之内，买齐一个府邸所需要的东西就不容易了，因为凤府从开府至今都没有进项，此时根本没有那个购买能力，而为数不多的几张银票也被血衣卫撕毁了。

巧妇难为无米之炊，没有银子怎么办事？就在管家一筹莫展时，苏文清放话让管家不用担心银子的问题，凤府所需的物件他会让人送过来，银子什么的他会和凤轻尘算。

凤府不是没银子，只是银子尚未到手，云家的安胎药卖得极红火，每天拿出来的量都早早地被卖空，几乎是一个哄抢的局面。

一个月后，云家就会和凤轻尘结算，到时候凤轻尘就是想要重建凤府也没关系，老管家很清楚凤轻尘赚钱的能力，听到苏文清的话便也不客套。

众人拾柴火焰高，天黑之前，凤府的下人便把那些碎片清理干净了，只是破损的门窗和墙壁，一时半刻怕是无法修复。

空空荡荡的凤府，给人一种萧条的感觉，老管家边看边叹气，整个人好像苍老了数十岁。当苏家铺子的人把东西送过来时，老管家又强打起精神，安排人手把东西摆放好，让厨房的人早早地去做饭。

凤府虽需要收拾，可太子等人还在，他们不能饿着太子……

小木屋里，凤轻尘正在为王七做最后的包扎，黑黑的眼圈，泛着血丝的双眼，无不诉说着她的疲倦，凤轻尘抿了抿干裂的嘴唇，将心中的担忧压下，开始收拾小木屋。

外面发生的事情她听不真切，只知道东陵子洛带着血衣卫的人来了，有血衣卫的人在，凤府的人怕是讨不到好。

除了她，凤府没有一个正经的主子，要说不担心那是不可能的，可她实在无法放下手上的活，出去应付东陵子洛。

收拾好房内的一切，给王锦寒喂了一些药，这才往外走。

手术室外，一直有护卫守着，见凤轻尘出来，护卫连忙上前："小姐。"

"发生了什么事？"凤轻尘脚步一顿，只让一人上前，其他人仍旧留在原地保护王锦寒。

说话的护卫跟在凤轻尘身后，将王家来人，洛王带血衣卫发威，太子殿下屠杀血衣卫的事情言简意赅地说了一遍。

"我知道了，带我去见太子殿下。"凤轻尘深深地吸了口气，面无表情。

在护卫的引领下，凤轻尘朝西陵天宇所住的院子走去。入眼所见，凤府一片狼藉，精心设计的园林假山已被摧毁，从各地移植过来的名贵树木与花草也被碾落在泥土里。

一瞬间，凤府就回到了一年前的样子，处处都透着衰败与凋零的气息。

她的家，又一次被人毁了。

上一次毁了凤府的人是李想，那个人最后被她亲手炸死，而这一次……

凤轻尘闭了闭眼，强压下鼻间的酸涩，路上偶尔遇到几个下人也是面容哀泣，远远看到凤轻尘，便冲了上去，哽咽一声就跪倒在地。

"小姐，你终于出来了。"

凤轻尘出来了，他们就有了主心骨，他们就不怕了。

"起来，该干吗干吗去。"凤轻尘没有说安慰的话，只是步伐更加坚定，双眼更加明亮。

凤轻尘远远地看到与西陵天宇谈笑风生的太子殿下，眼中闪过一抹诧异，今天的太子给人的感觉很不一样，可再反常也与她无关，凤轻尘飞快地收拾好情绪，掩去眼中的惊讶，踏入屋内，跪下行礼："轻尘参见太子殿下，千岁千岁千千岁。"

太子扬了扬手："免礼！"

"多谢殿下。"凤轻尘也不客气，顺势站了起来，起身后又朝太子作了个揖，"太子殿下对凤府的大恩大德，轻尘铭记于心，日后太子殿下有用得上我的地方，我定不推辞。"

如若是平日，太子定会毫不客气地认了，可今天他没有争的心情，不想拉拢任何人，更不想利用凤轻尘讨好九皇叔，太子浑不在意地挥了挥手："不必谢本宫，本宫不过是受人之托，轻尘要谢就谢九皇叔。”

“九皇叔要谢，太子殿下也要谢，要是没有殿下相助，凤府今天怕是在劫难逃。”凤府的惨境大家都看在眼里，要不是太子来得及时，凤轻尘相信东陵子洛一定会拆了凤府。

作为皇子，东陵子洛有拆凤府的权力与能力。

“说到谢，本宫还要谢你，凤府的事于本宫而言不过是举手之劳。”太子说的是实话，如果不是被今天的事刺激到他，他到死都还是那个窝囊太子。

见凤轻尘还要说话，太子挥了挥手：“好了，我们别在这里谢来谢去，今天这事虽然发生在凤府，但你我心知肚明，凤府不过是受了无妄之灾。既然你出来了，凤府的事本宫就交给你了，洛王、咏王和舟王还有王家的人，本宫会带走，洛王是皇子，不管他做了什么，有皇家在他就没有错，至于其他的事情，你自己看着处理。”

太子起身，示意护卫把东陵子洛几人“请”出来，所谓的请就是把他们身上的束缚给除了，还他们皇子该有的体面。

堂堂皇子如同阶下囚一般，被人绑着拉来拉去太丢人了，依洛王几人的气度，肯定咽不下这口气，到时候倒霉的还是凤府，太子没打算争，当然也不会让凤府树洛王这个敌人。

“多谢太子。”凤轻尘也明白个中的意思，真诚地道谢。

太子笑了一声，没有接话，摆明不愿意多谈，只在离去前问凤轻尘：“对了，你有没有什么话，要本王转告给洛王？”

凤轻尘原本没什么好说的，但太子开了口，没有也有，凤轻尘一脸诚恳道：“请太子殿下帮轻尘向洛王殿下转达轻尘的谢意，轻尘感谢洛王殿下给凤府除旧，好让凤府顺利迎新，凤府上下铭记在心，感激不尽。”

如果不考虑东陵子洛所做的事，凤轻尘这话一点错也没有。

太子笑了笑，在亲卫的簇拥下离去，凤轻尘将人送到门口，也没有看到东陵子洛一行人，想必太子早一步把他们“请”上马车了。

凤轻尘没有多想，转身回府，管家见状，连忙上前：“姑娘，府中除了祠堂和那一片木屋外，所有的院子都被砸了，可用的物件、摆设一样不剩，姑娘剩下的那些药也碎了一地。银票全部被撕碎无法兑换，府上除了一些零碎的散银外，再也没有可用的银两，现在凤府的物件，都是苏公子派人送过来的，小人已一一登记在册。”

“我知道了，这些事情你看着办，需要银子就派人去苏家的钱庄借，拿凤府的地契做抵押。”凤轻尘边走边交代，“借了银子回来后，给府上的下人每人发一百两，侍卫每人两百两，算是我的一点心意。”

凤府的下人面对血衣卫依旧挺身而出，不畏死亡地捍卫凤府的祠堂，她当然要赏，而且要重重地赏，这样才不会寒了众人的心。

“小人明白。”管家哽咽一声。

他们知道，今天所做的一切都值得了。

多余的话凤轻尘也不再说，她知道管家自会处理好，踏入大厅后，半天没有看到苏文清的影子，问道：“苏公子呢？他回去了？有没有留下什么话？”

凤轻尘在大厅坐下，端起佟瑶奉上的茶，茶水不烫，凤轻尘一饮而尽。

“苏公子受了伤，见凤府安定下来便先一步回去了，苏公子说请姑娘少安毋躁，把今年熬过去就好了，今天的事无论是王家还是皇家，都会给姑娘一个交代。”老管家觉得苏文清这话纯属多余，他们家姑娘比他想象中的更理智，更坚强。

少安毋躁？

凤轻尘点了点头，表示自己听到了。

她很清楚，今天的事她忍也得忍，不忍也得忍，血衣卫办差合情合理，太子可以指着洛王的鼻子骂，她却不可以。

对于普通老百姓来说，皇子、大官是不会有错的，别说洛王只是让人砸了凤府，就是把凤府踩平了也不是东陵子洛的错，而是她凤轻尘的错。

凤轻尘苦笑一声，打起精神，继续处理府上的事：“府上还有多少下人受了伤？请个大夫过来给大家看看，我有点累了，怕顾不来那么多人。”

“回姑娘的话，府上受伤的下人不多，小人早就请了大夫，并一一安置好了，请小姐不用担心。”管家连忙开口，凤轻尘吐了口气，表示满意。

佟瑶一直站在凤轻尘的身侧，听着管家与凤轻尘说话，心里焦急，却不敢插嘴，听到这里，终是忍不住，咬了咬唇，咚的一声跪在凤轻尘脚边。

“小姐，佟珏她……奴婢求求您，求求您去看看佟珏，佟珏的额头被血衣卫打破，茶碗大的伤口，一直在流血，大夫说要是止不住血，佟珏，佟珏她就……”佟瑶一边说一边给凤轻尘磕头。

凤府的人都知道，凤轻尘擅长医治外伤，只要凤轻尘出手佟珏就有救。可先不提凤轻尘已经累成这个样子，光是主仆的尊卑摆在那里，就没有要凤轻尘为佟珏医治的理。

佟瑶自知自己的要求过分，这才不停地磕头，抱着一丝希望，恳求凤轻尘去看看佟珏。

“小姐，奴婢求求您，求求您救救佟珏。”

“佟珏伤得很重？去看看。”凤轻尘没有责怪佟瑶和管家为什么不早说，别说她是主子，单看她累成这样，管家和佟瑶也不敢求她去给佟珏看病。

佟瑶忍到此时才说出来，怕是大夫真的没办法了。

凤轻尘不敢耽搁，强压下身心的倦意，利落地起身，朝下人所住的院子走去，同时让佟瑶去小木屋拿她的药箱。

“多谢小姐，多谢小姐。”佟瑶一脸泪水，眼中既有惊喜也有愧疚，连忙擦干眼泪，朝外跑去。

她不会忘记，佟珏的命是小姐救的……

佟瑶并没有夸张，佟珏的确伤得很重，凤轻尘赶到时，佟珏已因失血过多而休克。

凤轻尘连忙给佟珏治疗，佟珏的伤口刚处理好，护卫就来报，王七那里需要小姐去一下。

凤轻尘点了点头，略作收拾，让佟瑶守着佟珏，有事再叫她，拿起药箱又匆匆朝小木屋赶去。

管家看着一刻也不得停歇的凤轻尘，双眼蓄满泪水，他们家小姐真的不容易，不容易呀，这么一大家子全部压在小姐一个人身上。

看着凤轻尘的身影消失在夜色中，管家转身打起精神，去处理好凤府的琐事，好让凤轻尘没有后顾之忧。

凤府虽然遭此大祸，但主仆齐心，当夜就收拾好了，祠堂前的血也被一桶一桶的清水冲洗干净了。

管家从凤轻尘手上拿到凤府的地契后，不顾夜色，在侍卫的保护下，急急忙忙去苏家钱庄借银子，当夜就把银票发到各个人的手里。

一百银对他们这些仆人来说是个天文数字，看着手中的银子，众人心里又是喜又是悲。

想到白天发生的事情，双腿还忍不住打颤，可他们知道，要是再遇到相同的事情，他们还是会和白天一样，哪怕是死也会守住凤府的祠堂。

想到今天发生的事情，想到主子的冷静、从容，凤府的下人一扫白天的担惊受怕，脸上洋溢着幸福的笑容。

对于他们来说，能从洛王的盛怒之下活下来，能在血衣卫的刀下活下来，那就是最大的恩典，有凤轻尘在，他们就不会有事。

在这样又喜又悲的氛围中，周身散发着低气压的凤轻尘显得格格不入，她悄悄地退了出去，来到西陵天宇的院子，给他检查脚上的伤。

伤口一切如常，凤轻尘给西陵天宇换了药，就准备走人，西陵天宇一直看着凤轻尘，见她神情冰冷，机械地换药、举手投足间透着落寞，忍不住开口道："要不要聊一聊？"

凤轻尘脚步一顿，转身看向西陵天宇："没什么好聊的，我还要去看七公子。"

"你确定，你这个样子能静下心来医治王七吗？"西陵天宇怀疑道。

凤轻尘看上去和平时没有两样，甚至比平时更加冷静、理智、雷厉风行，可正因为如此才显得不正常。

凤轻尘这是刻意表现得从容不迫，好让凤府上下安心，可这对于一个女孩子来说，压力真的是太大了，要知道在这个时候，可有人考虑过她的心情？

"我是大夫，我当然可以做到。"凤轻尘知道西陵天宇指的是什么，别过脸，不愿回答。

她又不是死人，怎么可能眼看着自己的家被砸成这个样子而无动于衷，她气、她恼，可这些有用吗？

有皇上在的一天，她就不能拿东陵子洛怎么样，她若疯狂地大喊大叫，不仅不能让东陵子洛受挫，反倒会让凤府上下不安，与其让亲者痛仇者快，还不如冷静下来想对策。

"是我多事了，不过你今天做得很好。"西陵天宇也不再劝慰凤轻尘。

有些怨，有些恨，不管在谁面前，都不能表露出来。

"多谢宇皇子的夸奖，今天的事还没有谢宇皇子，给宇皇子添麻烦了，轻尘万分抱歉。"凤轻尘淡淡地道谢，然后头也不回地离去。

她不喜欢西陵天宇那一种洞悉一切的眼神，更不喜欢他眼中的同情与怜悯，她凤轻尘不可怜。

凤轻尘没有直接去小木屋，而是返回了自己的院子，将身上的脏衣服换下，顺便略做安排，好给东陵子洛送一份厚礼。

她吃了这么大的亏，总不能一点反应都没有。

穿上刚刚买来的成衣，凤轻尘眼眸中闪过一丝冷笑："春绘，秋画，进来。"

"奴婢在。"

"去，把九王妃的正服拿过来。"那些真正贵重的、代表身份的东西，就算血衣卫看到了，也不敢将其毁了。

“是。”春绘秋画以为凤轻尘要穿正服出门，连忙去暗格处将衣服取了过来，可衣服取来后，凤轻尘并不穿，而是让她们去找一把血衣卫用过的刀，并且再三叮嘱，要把上面的血擦干净。

春绘秋画隐隐感到不安，却不敢违背凤轻尘的命令，乖乖地去找血衣卫用过的刀，擦干净后便拿过来。

“姑娘，您要的刀。”春绘把刀捧到凤轻尘的面前，一脸不安地看向凤轻尘，就怕她做出什么不该做的事情来。

凤轻尘的确是要做不该做的事情，要不是凤钗太过贵重，又是九皇叔母亲的遗物，凤轻尘会直接把凤钗折断了，嫁祸给东陵子洛，而不是拿九王妃正服了。

“姑娘，不要，不要呀，王爷要知道该多伤心。”春绘和秋画的双眼猛得睁大，死死地看着凤轻尘，在凤轻尘的怒视下，她们不敢上前，只能跪在那里。

“闭嘴。”凤轻尘冷冷地瞪了两人一眼，“我要做什么你们无权过问，记住，我才是你们的主子，如果你们心里只有九皇叔，就给我滚回九王府。”

“姑娘恕罪，奴婢不敢，奴婢不敢。”春绘和秋画一听，吓得脸色发白，拼命磕头求饶。

“好了，别往自己身上添伤，不知道的人还以为我虐待了你们。”凤轻尘把两人吓得差不多才动手。

凤轻尘不顾春绘和秋画的震惊与不解，用刀将九王妃正服划得破破烂烂，确定无法再修复后，凤轻尘才满意地收手，啪的一声，把手中的刀丢在地上。

“把衣服收好，明天一大早送到九王府，至于怎么和九王府的人说，你们明白吗？”不管九皇叔有什么计划，要怎么做，她都要逼九皇叔对东陵子洛出手。

皇室不是最爱面子嘛，她现在就给九皇叔一个出师的名头，让九皇叔可以名正言顺地对东陵子洛发难。

九王妃的正服被血衣卫毁了，东陵子洛和血衣卫要是不给九皇叔一个交代，皇上那里都说不过去。

“奴婢，奴婢明白。”春绘和秋画吓得花容失色，却不敢反驳凤轻尘的话。

“很好，要是今天的事传出去，你们就不用再回来了。”凤轻尘这是在警告春绘和秋画，哪怕是九皇叔问起，这衣服也是血衣卫的人弄坏的。

血衣卫的人全部被太子屠尽，死无对证，东陵子洛就是想找个人来问清楚都不行，毁九王妃正服的事只有她们三人知道，只要她们三人不说，这个黑锅血衣卫就背定了。

“奴婢不敢，奴婢不敢。”春绘和秋画已经没有退路，她们想要活命，就只能按凤轻尘说的办。

得到自己想要的结果后，凤轻尘也不为难人，挥了挥手：“出去。”

春绘和秋画战战兢兢地捧着衣服出门，心中虽然害怕，可同时又庆幸，经过此事她们也算是主子的心腹了。

出了门后，冷风一吹，春绘和秋画也冷静了几许，两人相视一笑，抱着碎衣，坚定地离去，她们一定会完成好姑娘交代的任务。

如果说毁了九王妃正服栽赃给东陵子洛，是逼九皇叔对东陵子洛发难，那么凤轻尘连夜命人让云潇停止销售安胎药，就是要断了东陵子洛的外援。

安胎药销售得有多火爆，整个东陵皇城的人都知道，云家药铺每天都挤满了人，云家天天都有华车贵人前去求药。

一时间，云家风头无双，那些贵族、官员见到云潇也会多一个笑脸，说两句好听的话，就是为了能在第一时间买到安胎药。

对于那些权贵大臣来说，他们不缺银子，可有些东西就是有银子也买不到，比如云家那琉璃瓶装的安胎药。

云家根本不把琉璃瓶装的安胎药拿出来卖，药铺里只摆放普通包装的安胎药，这些个金尊玉贵的主，哪里能接受自己和普通人一样，于是大家都找关系，直接从云家认购。

云潇曾和凤轻尘说过这个销售模式，凤轻尘当时还打趣说云潇太有头脑了，不仅赚了钱还能拉关系。

因安胎药带来的好处，云潇可以用凤轻尘当然也可以用，凤轻尘不需要借机求人，她只要云潇减少琉璃瓶安胎药的销售量。如果有人问起，就让云潇趁机说两句话，不需要说得太明白，只含糊一点地透露安胎药被砸了就行，至于被谁砸的，砸了多少，都不需要去说，聪明的人自会明白。

在东陵子洛带血衣卫砸凤府的第二天，凤府就运了三马车的琉璃碎片出城，埋在了城外的荒地里。

凤轻尘把这些日子，还有雪灾时所用过的琉璃瓶全部拿出来砸了，反正都是透明的瓶子，虽然有些差异，但不细看根本发现不了。

凤轻尘做得不多，但这两件事情加起来无疑是断了东陵子洛的手脚，可惜东陵子洛根本没有想过凤轻尘会反击，他压根不认为自己砸凤府有什么错，他现在放在心上的对手，只有太子殿下。

太子兄弟四人坐在马车上，一路无言，东陵子洛与咏王、舟王坐在一侧，与太子对峙，太子丝毫不把这三人放在眼中，一路上都笑盈盈的。

马车在宫门口停下，太子指了指车门："七弟，皇宫到了，本宫就不送你们进去了，父皇应该不愿意见到本宫。"

"太子殿下明白就好，太子殿下最好回去想清楚，明天如何跟父皇解释。"没有生命危险，又到了皇宫，东陵子洛恢复了他原有的傲气。

"解释？你以为本宫还在意父皇的态度吗？本宫敢做就敢当，七弟，下车吧，本宫可没有闲情陪你斗嘴。"太子丝毫不将东陵子洛的阴鸷放在眼中，要不是他修养好，他早就一脚把东陵子洛踹下去了。

哼，东陵子洛一甩衣袖，下了马车："太子殿下，你会后悔的。"

"后悔？"太子冷笑，"本宫的确后悔了，后悔没有早日想明白，七弟你多保重，至于本宫的事，就不劳七弟费心了，本宫既然嚣张起来，就一定会嚣张到最后。"

他连死都不怕了，还怕什么？

太子连多看东陵子洛一眼，都嫌他碍眼，东陵子洛三人一下马车，太子就让亲卫调转马头，回太子府。

马车急速转身，东陵子洛几人离马车只有几步远，差点就被马车带倒，三人狼狈地抱成一团，勉强稳定身形，才没有在宫门外出丑。

"太子太过分了，实在难担一国储君的重任。"咏王低骂了一声，东陵子洛站稳后，看了一眼太子离去的方向，一句话都没有说。

他知道，太子现在是不把任何人放在眼中，这个任何人也包括皇上，而他……东陵子洛闭了闭眼，掩去眼中的苦涩，他在太子面前说得张狂，心里却一直在打鼓，今天的事他办砸了，等待他的只有帝王的怒火。

没有马车，没有侍卫，东陵子洛三人只能步行回宫，恰好此时，九皇叔出宫，坐在马车上，看着步行的三人，九皇叔冷笑一声，放下车帘，示意车夫加速，从三人身边疾行而过。

看到迎面飞奔而来的马车，东陵子洛三人连忙退到一边，张嘴想要训斥，却吃了一嘴的灰，三人狼狈不堪，心中愤恨难平。

他们身为天之骄子，何曾吃过这么大的亏，出过这么大的丑，三人将这笔账全部记到太子头上了。回头，三人发现守门的侍卫正盯着他们看，眼中闪过一抹杀意，要不是考虑到身在皇宫，这三人定要拿侍卫出气。

好在，没有让三人丢太久的脸，小太监赶着马车，急急忙忙地过来了，马车刚一停下，小太监就机灵地跳了下来，正准备行礼，却被东陵子洛一脚踢飞："没用的奴才。"

“啊……”小太监惨叫一声，跌倒在冰冷的石板上，清亮的眸子盯着东陵子洛发愣，不知道自己犯了什么错。

东陵子洛哼了一声，率先上了马车，示意车夫赶紧进宫，至于小太监的死活，三位皇子又怎么会放在眼里。

九皇叔的马车朝九王府赶去，可本该坐在马车里的九皇叔，却出现在一条暗巷中。巷子里一名黑衣人跪在九皇叔的脚边，将凤府今天发生的事情一一禀报，当然九王妃正服被毁一事，他们并不知晓。

凤府被砸，只有经济上的损失，没有人员伤亡，凤轻尘没有受到丝毫的伤害，看凤轻尘的状态也很正常。

九皇叔知道凤轻尘的正常定是做给人看的，当初李想炸了凤府，凤轻尘敢不顾一切地进宫炸死李想，今天东陵子洛带人砸了凤府，凤轻尘又怎么可能当作什么事都没有发生，只是他今天真没时间去凤府，王家的事情明天就要解决，还有太子的事情也不能拖。

想到太子，九皇叔眼中闪过一抹赞许的笑，太子终于拿出了一国储君该有的气魄，虽然行事鲁莽了一点，但好歹还知道给自己留一条退路。

没有在盛怒之下杀了东陵子洛三人，太子就不会有生命危险，太子之位也能坐稳，毕竟太子是因为东陵子洛目无储君才出手的，合情合理。

今天发生的事情，除了东陵子洛小心眼地砸了凤府外，其他的事情都在九皇叔的预料之中，至于凤府被砸一事……九皇叔苦笑。

东陵子洛还真是会给他找事做，这事要是不给凤轻尘一个交代，凤轻尘一怒之下，说不定会去炸了他的九王府。

一想到张牙舞爪，咬牙切齿的凤轻尘，九皇叔就忍不住叹息，他也想去安慰凤轻尘，可他今天被皇上拖了一天，他还有许多事情要做。

深深地吸了口气，将儿女私情压下，九皇叔与黑衣人同时消失在夜色之中。

他可以向凤轻尘保证，明晚的除夕宴，一定会很热闹，绝对能让凤轻尘满意。

除夕宴到底会有多热闹，要等到晚上才知道，而除夕这一天有多少麻烦事，天还没有亮九皇叔就知道了。

九皇叔不得不连夜与王锦凌、苏文清敲定细节，又在宫里、宫外做了安排，离开苏府密室时已是凌晨，也就是本年度最后一天。

九皇叔本想直接回九王府，换衣服进宫，可看着时间还算充裕，便决定先去一趟凤府。

不管怎么说，凤轻尘昨天受委屈了，他于情于理都应该去看一眼，顺便把事情说明。

九皇叔绝不承认，他是担心凤轻尘生气，急匆匆地去找凤轻尘解释。

九皇叔面上不显，心里却暗暗着急，不停地想着要如何说，才能让凤轻尘消气，一路上，九皇叔准备了一肚子的话要说，却不想……

“主子，凤姑娘有令，任何人都不得在今天打扰她睡觉，包括主子您。”暗卫顶着巨大的压力，站在凤轻尘的房门前，挡住了九皇叔的去路。

没错，九皇叔就是被他的暗卫，拦在了凤轻尘的门外，九皇叔冷冷地看着暗卫，冷冷地问道：“你确定包括本王？”

九皇叔的声音低沉，听不出喜怒，却把暗卫吓得不敢动弹，暗卫顶着强大的压力，重重地点头：“回主子的话，小人确定。”

其实，凤轻尘的原话是：“任何人都不得在今天打扰我睡觉，尤其是九皇叔，要是有人闯进我的房间，你们也不用待在这里了。”

他们可以被主子召回去重新训练，但要是被凤轻尘退回去，他们就再也无法担当暗卫的职务了。

所以，主子，对不起，我只能站凤姑娘那边了。

暗卫低头，默默地承受九皇叔的威压与怒气，牙关紧咬，不敢发出一点声响。

与暗卫在门外对峙半晌，暗卫依旧一动不动，九皇叔便明白了，他今天怕是进不去了，当然他可以硬闯，不过硬闯的结果肯定会比不进去还要惨。

“本王明白了，你们很好，本王回去后，定会重赏训练你们的人。”一群吃里爬外的东西，九皇叔失了面子，气恼地拂袖离去。

暗卫如同木桩，立在原地一动不动，别以为他是淡定，实际上他是吓傻了，直到另一个暗卫出现，他才找到行动的能力，一脸无奈地看向同伴。

他们怎么这么苦呀，里外不是人。

另一个暗卫拍了拍他的肩膀，一切尽在不言中。

屋内，凤轻尘睁大眼睛躺在床上，听到九皇叔离去的脚步声后，无声一笑，翻了个身，闭上眼睛，沉沉地睡去。

九皇叔本以为自己在凤府吃了闭门羹就是今天最不顺心的事，可当他听到管家说，凤府来人求见时，九皇叔才知道，凤轻尘今天就是特意来找他麻烦的。

九皇叔还以为凤府来人，是凤轻尘为今天早上的事，主动示好，却不想……

“这是什么东西？”

九皇叔看着春绘和秋画手上的破布，冷声问道。

春绘、秋画虽是九王府训练出来的丫鬟，却并不表示她们能承受得住九皇叔的寒气，在九皇叔的威压下，春绘颤抖地回道：“回，回王爷的话，这是九王妃正服。”

“九王妃正服？怎么会变成这个样子。”九皇叔周边的温度，又降了几度。

他当然知道这是九王妃的正服，这衣服是他亲自选的，他怎么可能不知道。

“昨，昨天血衣卫来人，凤，凤府被……”春绘全身发寒，结结巴巴地说道，九皇叔不等她说完，接过话：“凤府被砸，这件衣服也被血衣卫毁了，是吗？”

“是，是。”春绘和秋画连连点头，心中暗自松了口气，九皇叔说出来，她们就不用再说了。

“哼……”九皇叔冷笑，“你们当本王是笨蛋？这样的话本王也会信？你们好大的胆子，居然敢在本王面前说谎。说，到底是怎么回事？”

给血衣卫一百个胆子，他们也不敢拿九王妃正服出气，这衣服十有八九是凤轻尘弄坏的，然后嫁祸给了东陵子洛。

她还真是舍得！

“奴婢不敢，不敢欺瞒王爷，奴婢也不知道是怎么回事，昨天血衣卫到了凤府，一阵打砸，除了祠堂和小木屋外，凤府无一处幸免，待奴婢收拾院落时，就看到九王妃的正服落在地上。”被九皇叔一吓，春绘和秋画反倒冷静下来了，谎话也说顺口了。

明知这两个丫鬟在睁眼说瞎话，九皇叔却无法对她们发脾气，谁让这两个人是奉凤轻尘的命令来的。

凤轻尘倒是越来越会调教人了，他派去的暗卫和丫鬟，一个个都向着她。

九皇叔也不知道自己是该高兴，还是该生气，他懒得和两个丫鬟计较，便让她们把衣服放下，然后有多远滚多远，别留在这里碍他的眼。

“奴婢告退。”春绘、秋画连滚带爬地跑了出去，两人出了偏厅才发现，就这么几句话的工夫，她们居然吓出了一身的冷汗。

“秋画，你说王爷信了吗？”春绘心有余悸，眼中满是浓浓的不安，白着一张小脸看向秋画。

要是把事情办砸了，她们就惨了，在凤府准备得再好，可一见到九皇叔就心虚，根本不敢抬头看九皇叔。

秋画想要笑一笑安慰自己，也安慰春绘，却发现自己的嘴角僵硬，怎么也笑不出来，只能呆板地摇了摇头：“王爷怎么可能相信我们的话，王爷信不信不关我们的事，我们只要按姑娘的命令办事就行了。”

“你说得对，我们没有违背姑娘的命令就对了。”春绘拍了拍心口，待到心跳平复后，才与秋画两人装作什么事都没有发生，仪态万千地走出了九王府。

她们代表着凤府，外面看热闹的人很多，她们不能让人嘲笑，她们要让所有人看到，九皇叔会为她们姑娘出气。

不管九王妃的正服是被谁弄坏的，凤轻尘派人光明正大地送到九王府，那么这件衣服就一定是血衣卫的人弄坏的，血衣卫必须为此事负责。

于是，本年度最后一天的早朝，九皇叔就带着这件破衣服进宫，将难题丢给了皇上。

九皇叔当然不会在早朝上将衣服拿出来丢人，他一进宫，就派小太监提前将东西呈到皇上面前，好让皇上提前做好准备。

一般情况下，只要不出什么谋逆的大事，大臣们都不会在今天上折子，哪怕是出了什么天灾人祸各地也会尽力压着，以免给皇上添堵，可今年明显不一样。

先不说早朝前，九皇叔派人呈到御前的九王妃正服，就说昨天发生的事情，就足够皇上气得想杀人。

今年最后一天早朝，皇上怕是无法和往年一样粉饰太平，也无法和往年一样，意气风发，拿出盛世帝王的派头了。

御花园那一局棋，似乎就是王家事情的定论，他堂堂帝王竟然输了，面子里子全输了。

昨天晚上，皇上见到狼狈归来的洛王三人，一怒之下将砚台砸向东陵子洛，砸得东陵子洛头破血流，都无法出席今晚的除夕宴。

今年的除夕宴，众大臣绝对看不到那个被皇上宠得堪比太子的洛王殿下，很长一段时间，洛王殿下都只能窝在府上“养伤”。

虽说皇上气得几乎失去理智，可作为帝王，在人前绝不会显露自己的心思，早晨起来时，皇上脸上带着自信的笑容，和往年一样准备去上早朝，接受朝臣的赞美，可九皇叔呈上的碎衣差点让皇上破功。

“成事不足，败事有余的东西。”东陵子洛身上，烙上了这个评价，而皇上的贴身大太监很清楚，皇上说出这句话，就是准备放弃洛王殿下了。

大太监知道皇上心情不好，便打起十二分的精神，站在皇帝的身后，不敢有一丝怠慢，心中暗自祈祷，今天的早朝最好能顺利一些，不然他们这些人都别活了。

皇上心里有气，却没有人知道，当他踏入大殿时，周身只有帝王的威严之气，略显老态的脸上除了威仪外，也没有多余的表情。

“吾皇万岁万岁万万岁。”龙座之下，除了九皇叔，所有的人都跪倒在地，高呼万岁，这样一来，就衬得站在前面的九皇叔越发的不凡，越发的尊贵。

和以往一样，皇上的眼神越过九皇叔，只看那些臣服在他脚下的文臣武将。

“众卿平身。”皇上的眼眸深邃得不见底，他眼中有所有人，唯独没有离他最近的九皇叔，眼角的余光偶尔扫过，也是杀气凛然。

对于一个皇上来说，九皇叔的存在就是在挑战帝王的权威，要不是没办法，没有哪个皇上，能够容忍九皇叔这样特别的存在。

九皇叔静静地站在那里，眼神平静，即便站得再低，他也没有兴趣仰头看人，对于皇上眼中隐藏的杀意，九皇叔从来都不放在眼里。而现在他和皇上之间的关系，即使得到了缓和，也不表示他们能和平相处。

每次大朝会时，皇上都要来这么一出，这么多年来，九皇叔已经习惯了。

皇上再怎么厌恶他，再怎么想弄死他，也无法得逞，只能看着他日复一日地站在这个位置上，提醒皇上他东陵九距离帝王之位只有一步之遥。

好在，这样的情景并没有维持太久，一阵窸窸窣窣的声音响起，众大臣站了起来，九皇叔也就没有那么特别了，皇上这时才肯正眼看九皇叔，将眼中隐藏的杀气也收了起来。

大太监压下心中的惊惧，悄悄地捏了捏手心，高声喊道：“有事启奏，无事退朝。”

话音刚落，御史温大夫就走了出来，如果大太监没有记错，这位温大夫应该是太子一系的人马，他第一个站出来，是不是代表着太子要反击了？

“臣，有事启奏。”诚如大太监所想的那般，太子确实是反击了，和以往的温和隐忍不同，太子这一次的反击，绝对是狂风暴雨，不留余地。

以温大夫为首，一连有六七个御史站了出来，弹劾东陵子洛目无国法，没有尊卑，不敬储君，不忠不孝。弹劾血衣卫在洛王的纵容下，目无法纪，烧杀抢掠，行事残暴，藐视储君权威，不忠不义。

几人言辞犀利，态度强硬，同时拿出一堆证据，证明洛王结交大臣、不敬储君，心怀不轨，恳请皇上为了东陵安定，严惩洛王，以示惩戒。

凤府到底发生了什么事，在场的大臣们不一定清楚，但凤府被血衣卫砸了，太子一怒之下屠杀百余名血衣卫是事实。

太子一系的人马不顾情面地弹劾东陵子洛，洛王一系的人马也不甘示弱，站了出来，与太子一系针锋相对。

洛王一系的人指责太子身有隐疾，难当大任，懦弱无能，没有一国储君的威严，藐视圣意，居心叵测，阻碍公务，不懂政务，蛮横纨绔不知所谓，行事张狂，为人乖戾，没有储君风范。

同样，洛王一系的人也拿出事先准备好的证据，证明他们所言不假，太子确实难当大任，恳请皇上为了东陵百年基业，废太子，另立储君。

朝堂之上，两方人马你来我往，唇枪舌剑，谁也不服谁，见皇上迟迟不发话，其他派系的人也纷纷跳出来添油加火，誓要将这把火越烧越旺，最好是太子和洛王齐齐被废。

文臣吵架，总是引经据典，三句不离圣贤书，道理一套接一套，武将们听得直打哈欠，就算想帮忙也不知从何处着手。

武将们私下也有自己偏向的皇子，这件事要是闹大了，可是会颠覆东陵格局的，所以武将们即使听不懂，也不得不强打精神，认真地听两方吵架。

除了少数中立派和保皇派以外，满殿文武都陷入这场混战中，也不知皇上是什么心思，看大臣们越吵越激烈，却没有阻止的意思。

这一吵，就从早朝吵到午时，皇上依旧不为所动，只专心翻阅大臣们递上来的证据，越看越是震惊。

原来，在他不知道的地方，他的儿子们做了这么多事，不过大多数事情，都在他能容忍的范围内，有九皇叔这么一个另类在，皇上的容忍尺度越来越大。

证据都是真的，只不过光凭这些证据，就想说服皇上废太子或者是废洛王，绝对是不可能的事情，不管是太子还是洛王，都轻易动不得。

“啪！”皇上将最后一页看完，合上册子，递给一旁的太监，下面的官员虽然一直在吵，可却时刻关注着皇上的动向，见皇上看完证据，眼尖的大臣，立马跪上前，高声喊道：“皇上，太子难当大任，恳请皇上废太子，另立储君。”

太子一系的人顿时大怒，如同约好一般，十几个大臣同时跪下，高声喊道：“皇上，洛王狼子野心，图谋不轨，恳请皇上废了洛王，将其圈养。”

面对吵吵闹闹的朝臣，皇上却没有愤怒，而是示意众位大臣都安静下来，最后皇上的眼神落在了九皇叔身上。

“九弟，你如何看？”皇上这是要把九皇叔推到风口浪尖。

九皇叔看似对此事漠不关心，却一直关注着事情的走向，他很清楚，无论是太子还是洛王，皇上都不会动，至少不会在今天动。

而他不想掺和这种无聊的事，九皇叔一动不动，说道：“皇上，昨天血衣卫毁了九王妃正服，为表公正，臣弟什么话都不方便说。”

嘴里称什么话都不方便说，却是在往东陵子洛身上抹黑，九皇叔这是摆明着说，他对东陵子洛很不满，既然皇上让他说，他绝对不会说东陵子洛的好话。

什么？还有这么一出，九王妃正服被毁了？

太子一系的人眼睛顿时就亮了，立马琢磨着如何利用这件事，大做文章，说不定这件事会成为压死洛王的最后一根稻草。

弹劾东陵子洛的官员，稍稍组织了一下语言，便开始新一波的指责，言语中尽是对东陵子洛的极度不屑，再加上有九皇叔的话，事情完全朝不利于东陵子洛的局面发展。这样下去，就算皇上不废了东陵子洛，他也和废人无异了。

东陵子洛一系的官员不停地擦汗，声音也越来越弱，皇上虽然不满东陵子洛，可见此情景还是开口替东陵子洛洗刷毁九王妃正服的罪名："洛王刚刚接手血衣卫，血衣卫中难免有心思不正之辈，毁九王妃正服的血衣卫已被太子下令斩杀，九弟可是不满？"

太子是九皇叔支持的人，东陵子洛则是皇上最宠的皇子，要是东陵子洛被废，太子却无事，那不是打皇上的脸嘛，不管皇帝愿不愿意，他在这件事情上都要维护东陵子洛。

九皇叔何尝不知皇上的心思，心平气和地说道："臣弟不敢，洛王要办自己的差事，还要兼管血衣卫，事务繁忙，难免有不周之处。"

九皇叔这话看似是给东陵子洛脱罪，实则指责东陵子洛不堪大用，不能担任血衣卫总指挥使的职务。

废洛王不是那么容易的事情，但要逼东陵子洛把血衣卫交出来，却不是多难的事情，没了帝王的宠爱，没了血衣卫，洛王不过是一只被拔了牙的猛虎，不足为惧。

洛王只是兼管血衣卫，并没有真正担任血衣卫总指挥使，现在血衣卫内乱已平，也是时候定下总指挥使的人选了。

洛王小心眼又爱记仇，就因为凤轻尘曾落了他的面子，便指使血衣卫砸毁凤府，要是血衣卫还在洛王手上，他们这些大臣也不要活了。

这年头，当官的有哪个干净，一旦被血衣卫盯上，不死也要脱一层皮。

经九皇叔这么一说，无论是其他派系的人还是保皇党都纷纷附和，恳请皇上另外派人接管血衣卫。

太子一系的人，本就没想过只凭这件事就把洛王给废了，提出废洛王不过是一种试探，试探帝王的心思。

显然，皇上虽然对洛王失望，但没有废洛王的意思，见九皇叔开口，太子一系的人暗喜，他们知道机会来了。

于是，太子一系的人绝口不提废洛王的事，只劝说皇上尽早决定人选接管血衣卫，洛王不能再兼管血衣卫。

这个提议正合皇帝的心思，经昨天一事，皇上对东陵子洛的能力越发地怀疑，血衣卫在洛王的手上虽然忠心，却不一定能发挥出他想要的威力。皇上思索片刻，便同意这个提议，让东陵子洛把所有的差事都交出来，在家好好反省。

皇上金口一开，没有人敢再多说，不管是洛王还是太子，他们的荣宠都系在皇帝的身上，帝王的态度决定了一切。

洛王一系的人知道大势已去，皇上卸了东陵子洛兼管血衣卫的职权，就等于认定昨天的事错不在太子，他们再攻击太子只会惹来帝王的厌恶，可要是就这么认了，他们也咽不下这口气。

太子杀了百余名血衣卫，总得为此事负责，不能废太子，那让太子禁足总可以吧，洛王一系的人继续轰炮太子，让皇上对太子发作。

皇上当然不可能放过太子，如果只对洛王发作，就会助长太子的气焰，让越来越多的人倒向太子，这不是皇上想要看到的结果，因此洛王一系的人一提，皇上就接话，罚太子禁足三个月，年后开始执行。

新年期间，三国九城都会来贺，一个洛王不能出席就算了，要是太子也不露面，难免会让人多想，众臣对皇上的这个决定没有异议。

太子与洛王互掐，最终结果却是两败俱伤，皇上得利。皇上既敲打了太子，又警告了洛王，让众大臣明白，他才是东陵最高的权力者，他剑之所指，才是众臣心之所向。

皇上这是在用自己的行动告诉众人，无论是洛王、太子还是九皇叔，他们之间的斗争最终都要由他这个皇帝来裁决，而他偏向谁，谁就能在权力斗争中获胜。

九皇叔连个正眼都没有给皇上，早朝结束后，便率先离去。

皇上虽在早朝上大发雄威，可心情并不好，他在担心王家的事情，可他的人把皇城都翻了一个遍，仍旧没有找到王锦凌的下落。

一下朝，皇上就问太监："符大人可进宫了？"

"回皇上的话，符大人已在御书房外等您。"太监机灵地上前，现在宫里谁不知道，皇上生气时，只有符临大人才能劝住皇上。

皇上点了点头，大步朝御书房走去，宣符临觐见。

"参见皇上。"符临虽然圣宠无边，却依旧和初进宫时一样，对皇上恭敬，对下人和气。

"爱卿快快起来，赐坐。"

能在御书房有个坐位，这可是天大的恩宠，东陵皇朝有此殊荣的，不超过五个人，可见符临在皇上心中的地位有多高。

“臣不敢，臣罪该万死，有负皇上厚爱。”大太监把椅子搬来，符临却不敢坐下，而是再次跪在皇上的面前。

皇上眉头一皱：“没有找到王锦凌的下落？”

“臣无能。”符临没有惶恐，没有不安，跪在那里，平静地答道。

皇上欣赏的就是符临遇事不慌的气度，虽然符临把差事办砸了，但皇上并没有发怒，只是叹了口气：“此事不能怪你，是朕失算了，起来吧。”

“谢皇上不罪之恩。”符临低头，站在下首，皇上陷入沉思，好半天才想到符临还在，挥了挥手：“爱卿跪安吧。”

“是。”

符临头也不回地离去，留下皇上一个人坐在御书房发呆，没人知道他在想什么，只能看到他的眉头，没有舒展过……

离宫里的除夕宴还有好几个时辰，九皇叔下了朝，便示意车夫朝凤府驶去。

“咦，那不是回九王府的方向，九皇叔这是要去哪？”户部尚书指着九皇叔的马车问道。

“那个方向是去凤府。”大理寺卿笑道。

“哦……”

众人了然地点了点头，露出一个意味深长、暧昧不明的笑。

美人受惊，九皇叔当然要前去安慰，两人你侬我侬一番，九皇叔今晚的心情应该会很好，

然而事情和众人所想的完全不一样，九皇叔到了凤府，根本没有见到想见的人。

“凤轻尘呢？”九皇叔一踏入凤府，便问道。

“回王爷的话，姑娘正在小木屋，吩咐任何人不得打扰。”面对九皇叔的威压，吴管家表示正常说话实在是一件不容易的事情。

“不让人打扰？”凤轻尘的胆子越来越肥了，他光明正大地前来，也敢不露面，九皇叔冷哼一声，道，“本王要见她，带路。”

“这，这，这个……”老管家不停地擦汗。

“怎么？本王的话，你也敢不听？”九皇叔扫了老管家一眼，吓得老管家咚的一声跪倒在地：“小人不敢，小人不敢，王爷恕罪。”

“既然不敢，那还不快带路。”九皇叔很清楚凤轻尘在哪里，之所以要管家带路，不过是因为生气了。

凤轻尘居然一而再，再而三地不见他，实在过分，今早他就忍了，现在他光明

正大地从凤府大门进来，凤轻尘居然还敢落他的面子，不见他，真是胆子肥了！

“是，是，是，王爷这边请。”吴管家飞快地爬了起来，动作超出他这个年龄该有的敏捷，引着九皇叔去找凤轻尘，心里则默默地向凤轻尘道歉：不是他背主，实在是九皇叔气势太强，他扛不住……

# 第二十五章　这锅我不背

王七的房间外侍卫最多，他们见到东陵子洛时敢不请安，可见到九皇叔时却没有那个胆子，护卫没有任何犹豫，纷纷跪下，高喊：“参见九皇叔，千岁千岁千千岁。”

木屋的隔音效果绝对称不上好，侍卫的声音也不小，凤轻尘不可能听不到。

“还真是心急。”凤轻尘眼含笑意，手上的活却没有停下来。

凤轻尘根本没把门外的事放在心上，她相信九皇叔知道她在做什么，不会进来打扰她。

她正在为王七臀部做治疗，突然听到嘭的一声巨响，凤轻尘吓了一跳，反射性地一抬头，正好对上九皇叔的怒容。

“凤轻尘，你在干什么？”九皇叔一进来就看到凤轻尘摸着王锦寒的臀部，再加上在门外被人阻拦一事，当下怒火中烧。

“我？”凤轻尘的心漏跳一拍。

“我在给王七治疗。”发现自己走神，凤轻尘连忙收回心神，给九皇叔一个歉意的眼神，示意他有事稍后再说。

九皇叔不敢相信，凤轻尘就这么当着他的面，脱掉另一个男人的衣服，而且还用手碰另一个男人的臀部，简直是胆大包天，可偏偏他又不能打断凤轻尘的动作，不然凤轻尘肯定会跟他翻脸。

待做完一切后，凤轻尘才走到九皇叔面前：“我们出去谈。”

九皇叔生气了，长眼睛的人都能看出来，凤轻尘虽不知道九皇叔气什么，但她知道这里不适合谈话。

“哼……”九皇叔冷傲地看了凤轻尘一眼，转身就往外走。

那一眼的冷漠、高傲，简直无视一切，不将任何人与事放在眼里，就如同他第一次看到狼狈不堪的凤轻尘一般，只一眼就让凤轻尘透骨生寒，凤轻尘呆呆地看着九皇叔的背影，一动不动。

九皇叔不会这么小气吧？她是在救人呀。

“跟上。”见凤轻尘迟迟没有出来，九皇叔催了一句，却没有等凤轻尘的意思。

“小姐。”管家被九皇叔和凤轻尘之间的低压吓得不敢说话，又害怕凤轻尘出事，担心地看着她。

凤轻尘勉强一笑：“我没事。”

深深地吸了口气，将心底的寒意压下，凤轻尘快步跟了上去，将最近发生的事情在脑子里过了一遍，除了毁九王妃正服这件事，凤轻尘不认为自己做错了什么。

书房周围的人全部被九皇叔挥退，就连暗卫也只能在远处守着，凤轻尘一走进书房，就看到九皇叔坐在书桌前，周身散发着冰冷的寒意。

“把门关上。”九皇叔冷冷地道，凤轻尘心虚，她虽然不喜欢九皇叔这命令人的语气，还是乖乖地配合，啪的一下关上门，人也靠在门背上，不敢上前。

“九皇叔，你没事吧？”凤轻尘小心翼翼地问道，身子紧贴在门上，一副防备的样子。

“本王没事，有事的人是你。”幽深的眸子深不见底，九皇叔看着凤轻尘，眼中没有一丝的温度。

九皇叔这一次真的很生气，一想到刚刚在小木屋看到的画面，九皇叔就有杀人的冲动，如果不是理智尚存，王锦寒现在就是一具尸体。

凤轻尘指了指自己的鼻子，一脸不解：“我？我有什么事？”

难不成皇上知道九王妃正服是她弄坏的？应该不会呀，这件事没有人能找到证据。

“需要本王一件件告诉你吗？”九皇叔冷笑。

凤轻尘蹙眉：“轻尘不解，还请九皇叔明示。”

“死鸭子嘴硬，本王提醒你，九王妃正服。”九皇叔绝对不会在凤轻尘面前承认，他是因为凤轻尘碰王锦寒的臀部而生气。

他都能不计较凤轻尘与王锦凌在野外同宿，又怎么会计较这种小事，可是同宿一事他并没有亲眼看到。

所谓眼不见为净，在野外同宿那也是无奈之举，两人都包得严严实实，不露半点肌肤，哪像刚刚看到的那般，凤轻尘直接去碰别的男子，而且还是碰那个部位，他真的无法忍受。

果然是为了衣服的事，凤轻尘悄悄地松了口气：“九皇叔，你已经把九王妃正服送给了我，就是我的东西，我有权处置它，我承认我的处置方法粗暴了一点，但在那时候我没有更好的办法。”

“凤轻尘，那件衣服就算你不喜欢，可也是本王送你的东西，你就一点也不在乎吗？说毁就毁？”就算是一件衣服，那也是他送的，凤轻尘为了对付东陵子洛，居然说毁就毁，她就不心疼吗？

“我没有不在乎，血衣卫办差，别说砸了凤府，就是烧了凤府也没有错，唯有那件衣服可以让东陵子洛吃闷亏，得到应有的惩罚。”凤轻尘吞了吞口水，眼中闪过一抹不安。

她没想到九皇叔会这么生气，在她看来，那只是一件衣服，一件于她而言完全没有用处的衣服。

有先皇后的凤钗在，那件衣服毫无用处，与其摆在那里生灰，不如拿来给她一用。

“想找东陵子洛的麻烦，以后有的是机会，非得用这种办法吗？本王不相信你当时没有其他的选择。”九皇叔不依不饶。

衣服不是重点，重点是凤轻尘的态度。

也许有其他机会，只是当时的她看着如同被战火洗礼过的凤府，气得都快要疯了，哪里会考虑九皇叔会不会生气，她只知道不出心中的那口恶气，她肯定会气炸。

可九皇叔都气成这样了，凤轻尘哪里敢说别的？

总之，这件事她确实做得过火，没有考虑九皇叔的感受，凤轻尘吸了口气，朝九皇叔走去，低头认错：“对不起，这件事情是我做得不好，我保证不会有下一次。”

“如若有下次呢？”凤轻尘都认错了，他还能如何，左右不过是一件衣服，真要扯上什么心意，确实有些牵强，只要凤轻尘记住这次的教训就好。

过关了！

凤轻尘全身一松，免费奉送九皇叔一个笑脸：“如果有下次，任你处置，绝不反抗。”

“记住你说的话，日后别反悔。”虽然不计较了，九皇叔的脸上依旧没有笑意。

“我向九皇叔保证，绝对不会忘。”凤轻尘下次宁可拿自己出气，也不拿九皇叔送的东西出气。

这个男人太小气了。

九皇叔点了点头，身上的寒意却不曾消退，凤轻尘发现事情不对劲，连忙收起笑脸：“还有什么事吗？”

“刚刚在小木屋里的事，你是不是也要给本王解释一下。”九皇叔没有心情与凤轻尘拐弯抹角，直接问道。

虽然不愿意承认，但他要是不说出来，凤轻尘一辈子都不会知道他在气什么，因为凤轻尘根本不认为自己做错了。

“小木屋？什么事？”凤轻尘不解地问道。

九皇叔知道凤轻尘不是装傻，而是真不知道，可就是这样才叫人生气，这说明凤轻尘根本没有认识到自己的错，她的心里根本没有男女之防。

无论是王锦凌，还是王锦寒，苏文清、西陵天宇、崔浩宇、云潇，凤轻尘对他们完全没有男女之防，行事没有丝毫的顾忌。

凤轻尘不在意别人的看法，难道也不在意他的想法吗？

九皇叔冷冷地抬头，道：“凤轻尘，刚刚在小木屋里发生的事情，需要本王再说一遍吗？”

“你是说给王锦寒治疗的事，然后呢？”凤轻尘的语气陡然一变，不肯退让，与九皇叔对峙。

她知道九皇叔说什么了，她之前没有注意到，现在回想，九皇叔冲进屋内时，不是在对她咆哮嘛。

“你不应该注意男女之防吗？你虽然是大夫，同时也是本王的女人。”九皇叔咬牙切齿道，凤轻尘这一刻绝对是装傻。

凤轻尘在有些方面可以退步，有些则不可以，面对九皇叔的怒火，她没有哄他的打算，而是坚定地说道：“九皇叔，你也说了，我是大夫，我没有挑病人的权力，更何况当时屋内并不只有我一人，还有两个丫鬟在。”

“有丫鬟在，你就可以毫不在乎世俗礼教，随便脱男人的裤子，碰男人的身体？”九皇叔冷声斥责道。

“我没有随便脱人衣服，我是在救人。”凤轻尘极力解释，见九皇叔还是冷哼一声不说话，凤轻尘也生气了，“难道在九皇叔眼中，我是一个随便的女人吗？”

未婚同床，无媒苟合，她确实够随便的，凤轻尘嗤笑地看着九皇叔，黑眸暗淡无光。

有些事她做了，她不后悔，可并不表示她就能理直气壮地说自己是对的，到处宣扬自己与礼教不相符的事迹。

九皇叔神色一滞，怒火渐消，是他对不起凤轻尘，不能给凤轻尘名分，却要凤轻尘紧守身为他的女人的责任。

九皇叔吸了口气，平静地道：“本王没有这么说过，本王只是提醒你，你不在意并不表示别人不在意。凤轻尘，你可以无视礼教，但也要有一个度，你不能让所有人都和你一样，视礼教为无物，王七现在是昏迷不醒，如果他清醒呢，他会愿意这么做吗？”

“我知道了，我以后会尽量注意。”吸了吸鼻子，凤轻尘低头，掩去眼中的苦涩。

九皇叔的指责她懂，也能理解，可是又有谁知道她心中的委屈，她的无奈。

作为大夫，不和病人产生肢体接触几乎是不可能的，她能做的就是尽量避免，不做出让人误会的举动。

凤轻尘用力地眨着眼睛，将眼中的泪水眨了回去，默默地看着自己的双手。

除了医术，她什么都不会，如果她要扛起凤府，担起凤府主人的责任，就不可能不做大夫，她这辈子都不可能和其他的官家千金一样，大门不出二门不迈，什么都不操心，只考虑相夫教子的问题。

“好了，本王也没有责怪你的意思，只是这件事是本王撞见了，要是让其他人看到，事情就严重了，你自己也要小心一些。”九皇叔见凤轻尘这样，别扭地安慰道。

“我知道了，多谢九皇叔。”凤轻尘低头，不愿意看九皇叔。

她一直以为，九皇叔能懂她，能理解她的难处，可是没有，九皇叔和普通人一样，不能接受她的“胆大妄为”，而她也不可能为九皇叔而改变……

看凤轻尘情绪低落，九皇叔暗叹了口气，转移话题道：“血衣卫总指挥使，年后会换人，洛王被禁足了。”

“哦。”事情在预料之中，凤轻尘没什么好高兴的，甚至都没有看九皇叔一眼。

太子那般行事，摆明了不会让东陵子洛痛快，再加上她的推波助澜，东陵子洛跌下来是早晚的事。

只不过皇子终究是皇子，要把东陵子洛彻底打败，除非东陵皇上换人，不然，为了皇室面子，皇上也不会放任东陵子洛出事。

“王锦凌已经醒了，他今天会回王家。”九皇叔神色淡淡的，可仔细看就会发现，他的眼中有一丝期待，期待凤轻尘有所回应。

可惜，对于东陵子洛的事情，凤轻尘不感兴趣，王家的事情，凤轻尘也不在意，她只是点了点头，表示自己听到了。

九皇叔压下心中的失望，继续说道：“太子也被罚禁足，年后开始执行，今晚的除夕宴，太子会出席，洛王因病无法参加。”

凤轻尘但闻不语，九皇叔看凤轻尘的情绪见好，从东陵说到西陵，再到南陵，从王家说到崔家再到宇文元化，九皇叔说的全是冷冰冰的政治，那语气就好像在向上级汇报一样，这也就是凤轻尘，要换成别的女人，恐怕会边听边瞌睡。

九皇叔这是有多不擅长找话题呀，凤轻尘自嘲一笑，她这是在折磨九皇叔，还是在虐待自己？明明知道九皇叔不是故意的，只是在事情发生时的自然反应，她还在意什么。

站累了，凤轻尘也不管九皇叔，直接走到一旁坐了下来，九皇叔一看凤轻尘动了，心里一阵激动，本以为凤轻尘会朝他走来，不想凤轻尘却在离他最远的位置上坐了下去。

九皇叔接着便是一阵失落，有一搭没一搭地继续说着，也不管凤轻尘有没有在听，说到最后，九皇叔都不知道自己说了些什么，唯一知道的就是，他今天所说的话，估计比他之前一个月说的还要多，接着他口渴了，凤轻尘却没有给他倒杯茶的打算。

都是傲气的主，九皇叔不认为他今天的话有什么错，虽然凤轻尘心情不好，他也主动开口打破僵局了，但是凤轻尘至于这样，一直摆脸色给他看嘛。

九皇叔也恼了，看着死气沉沉的凤轻尘，站了起来："时辰不早了，本王要进宫。"

"恭送九皇叔。"凤轻尘紧跟着起身，微微弯腰，完全没有开口挽留的意思，九皇叔那叫一个生气，一甩衣袖就朝外面走去，路上有下人碰到九皇叔，想也不想就后退数步跪下，以免遭受无妄之灾。

凤轻尘礼貌十足，一路将九皇叔送到门外，看到九皇叔上了马车才回府，一回府就看到府上的下人皆是松了口气的模样，凤轻尘忍不住笑了出来。

"没事了，大家该干吗干吗去，管家你早点回家。"她管九皇叔怎么想，她不能因为九皇叔不高兴，就把自己变得不像自己。

下人最懂得看主子的脸色行事，见凤轻尘是真心高兴，也一个个安下心来，打破了因九皇叔的到来，而带来的低气压。

凤府喜气洋洋，热闹非凡，下人来回穿梭，布置院落，准备酒席，吴管家则收拾收拾，准备回家过年。

一切都朝好的方向发展，凤轻尘和凤府的下人不受九皇叔的影响，可惜其他人却没有这般幸运，九皇叔以往都是踩着点儿去除夕宴，坐上片刻就走，可今年九皇叔却是第一个进宫。

提前进宫也就算了，能不能不要这么吓人？九皇叔知不知道他身上的寒气能把人冻死，宫里的太监和宫女吓得连大气都不敢喘。

然而，这些还不是重点，重点是宫外的大臣们一听九皇叔已经到了，他们哪里还敢耽搁，一个个急急忙忙地朝宫里赶去，生怕皇上和九皇叔责怪。

除夕宴进宫的时间和先后顺序也是有讲究的，官职越小，到得越早，像九皇叔往年都是和皇上差不多时间到，而今年九皇叔都进宫了，他们这些臣子哪里还敢在家待着。

于是，东陵今年的除夕宴因为九皇叔而提早了近半个时辰，皇后听到这个消息后，气得当场变脸，强压下心头的怒火，连忙吩咐内务府总管，让宫女太监都提前到岗，切不可乱了。

一时间，整个皇宫鸡飞狗跳，而罪魁祸首却安稳地坐在自己的位置上，一副诸事与他无关的样子。

东陵官员如何着急，如何匆匆赶进宫暂且不说，南陵的皇子南陵锦行也来凑热闹，带着苏柔硬是比规定的时间早到了。

南陵锦行都到了，瑶华公主又怎敢姗姗来迟，瑶华公主早就收拾好，打扮得明艳动人，收到南陵锦行出行的消息后，就直接进宫赴宴。

不知是巧合还是有意为之，瑶华公主入席时，正好与东陵子淳撞上。作为未婚夫妻，哪怕东陵子淳再不待见瑶华，在人前也要给足她面子。

东陵子淳淡漠地后退，努力扯出一抹平和的笑："瑶华公主，请……"

"淳王殿下。"瑶华公主朝东陵子淳露出一个明艳的笑容，漂亮的大眼睛流露着丝丝倾慕之意，可惜东陵子淳根本没有看她，只机械地把瑶华带到位置上，就朝九皇叔走去。

"九皇叔。"东陵子淳急急地叫道，而随着东陵子淳这一句话，宴会大厅也瞬间安静下来，众人的目光若有似无地扫向九皇叔与东陵子淳。

果然，只有淳王殿下才会神经粗到没有发现九皇叔周身的气息不对，也只有神经粗如东陵子淳才敢在这个时候，上前和九皇叔说话。

清王、南陵锦行之辈，都睁大眼睛看着东陵子淳，想看看九皇叔会如何收拾淳王。

大臣们没胆直愣愣地看，只敢用眼角悄悄地扫过，竖起耳朵来听，至于坐在末席处的官员，则伸长脖子往前探，准备探听第一手消息。

九皇叔无视众人的视线，缓缓抬头，扫了东陵子淳一眼，直把东陵子淳看得遍体生寒，心存退意，九皇叔才开口："有事？"

东陵子淳隐约觉得不对，可想到九皇叔一向如此，也就没有多想，开口问道："九皇叔，轻尘还好吗？"

东陵子淳被禁足，虽知晓凤府发生的事，却没法上门探望，这个时候见到九皇叔，就巴巴地上前了。

扇形的睫毛往上一翘，九皇叔审视着东陵子淳，很用力地道："很好。"确实很好，好到新年前一天，还要和他闹脾气。

"轻尘没事就好了。"东陵子淳拍了拍心口，笑得没心没肺。

"嗯。"九皇叔扫了东陵子淳一眼，懒得跟这个蠢货计较。

有了东陵子淳打头阵，南陵锦行也壮着胆子上前与九皇叔攀谈。那天他得知凤府的事后，虽然担心凤轻尘，但偏偏他的身份摆在那里，让他不能随便去凤府，想要知道凤轻尘的消息，也只能从九皇叔这里下手了。

南陵锦行是真的关心凤轻尘，他拉着九皇叔问了许多，直到太监高喊："皇上驾到，皇后驾到。"南陵锦行这才停下。

皇上一路走来，看着跪在地上的大臣，起身行礼的他国皇子、公主，威严的脸上，露出满意的笑容，眼中流露出淡淡的傲气之色。

这是朕的国家，这是朕的江山，朕所到之处，万众臣服，可当皇上看到，九皇叔慵懒地坐在案前时，他的得意瞬间破碎。

东陵九，你就是朕的克星。

皇上飞快地扫了九皇叔一眼，估计除了皇上本人和九皇叔外，没有第三人知道，包括站在皇上身边的皇后。

帝后相携而来，皇上对九皇叔不满，皇后对九皇叔则是恨，要不是九皇叔，她的儿子又怎么会被皇上厌弃，连除夕宴都不能出席。

要不是九皇叔，皇宫又怎么会鸡飞狗跳，差点就把除夕宴给搞砸了。

皇上还能隐藏自己的情绪，皇后却毫不掩饰，恶狠狠地瞪了九皇叔一眼，然后才与皇上一同登上最高位。

九皇叔从头到尾都没有表情，这是先皇给他的特权，他年年如此，皇上和皇后不习惯也得习惯。

帝后拾阶而上，转身面对众人，已是威仪高贵，对九皇叔的不满，也早已隐藏了起来。

皇上开口，让众人起身坐下，正准备宣布开席，皇后突然指向九皇叔对面的空位："皇上，太子呢？"

整个宴会上就那么一个空位，又在那么明显的位置上，可皇上硬是没有看到，可见在皇上心中，太子是多么没有存在感。

皇后的问话，让宴会的气氛一僵，九皇叔眼中闪过一抹嘲弄，今年的除夕宴，果然有趣。

“本宫在这里，多谢皇后娘娘惦记。”太子正好在此时出现，与平时的温和不同，太子的声音高亢张扬，一身太子的朝服，让他少了几许阴柔，多了几分阳刚之气。

除夕皇上赐宴，太子居然敢比皇上还要晚到，晚到也就算了，还不认错，太子的胆子越来越大了，洛王一系的人马当即摩拳擦掌，准备等年后参太子一本。

太子丝毫没有成为焦点的自觉，不疾不徐地走到殿前，无视皇上那阴沉的脸色，双手作揖：“儿臣来迟，请父皇责罚。”

责罚？

不仅满朝文武在，还有外人在，皇上如何责罚太子？

皇上虽然不满，却只能摆出一副不在意的样子：“入座。”

“谢父皇。”皇上没有惩罚，也没有说不惩罚太子，就表示要秋后算账，太子知道这点，却不放在心上，潇洒地入座，他一坐下，就端起酒杯，朝九皇叔的方向举了举。

太子只是单纯地表达自己的谢意，可惜落在有心人眼中，就是太子与九皇叔抱成一团，不把皇上放在眼里。

太子随后就发现了，只是笑了笑，算是默认，皇上不发表意见，大臣们则个个不安。

除夕宴，是皇上用来与群臣联络感情，展现盛世太平，表现皇上英明睿智用的，可被九皇叔和太子这么一闹，这除夕宴还有意义吗？

然而不管有没有意义，除夕宴都要继续，美食佳肴一一端了上来，可众人却食之无味，除了太子、清王与东陵子淳外，根本没人有心情吃东西。

咏王、舟王因为洛王被禁、太子的张狂而惴惴不安，皇后则因为东陵子洛没有出现而无法静下心来。整个除夕宴，表面上花团锦簇，实则人人心不在焉，就连那最是吸引人的宫中歌舞，众人也没有心思欣赏。

从来没有哪一年的除夕宴，像今年这般冷清，皇上那叫一个气呀。

察觉到帝王的怒火，太子挑眉，端着酒杯站了起来：“儿臣谨以此酒，恭祝父皇千秋万代，东陵百姓永享盛世。”说完，一饮而尽。

好听的话人人爱听，皇上虽然不满太子，但还是举起酒杯沾了沾唇：“好。”

这个举动，却是在告诉众位大臣，他对太子不满，要是对太子满意，皇上就会一饮而尽，如果是以往，太子一定会战战兢兢，想自己哪里没有做好，惹父皇厌恶，可他现在却像是没有看到一般。

太子放下酒杯，又道：“父皇，儿臣命人编了一曲《盛世东陵》的舞曲献给父皇，恳请父皇赏脸。”

得到皇上的同意后，太子一拍巴掌，乐声起，舞女纷纷出场。

这曲舞是太子很早就准备好的，虽然太子现在不屑于讨好皇上，可都准备了，哪能浪费，当然要物尽其用，做给其他人看。

一曲舞毕，虽不算绝顶出彩，但胜在寓意极佳，皇上龙颜大悦，大声叫好。

南陵锦行见状，连忙起身，说苏家贵女想给皇上献舞，恳请皇上准许。

名门贵女向来不在人前献舞，苏柔当众献舞，绝对是给皇上面子，皇上怎么能不喜，大手一挥：“准了。”

除夕宴，终于朝着正常的方向发展，皇上心中的郁结也终于消了一半，至于另一半，则要等符临回来，汇报王家的情况。

苏柔起身，朝皇上欠了欠身，便下去做准备，离去前给了瑶华公主一个意味深长的笑，瑶华公主心头一寒，心中升起一股不祥的预感，却只能强自镇定，不敢表露出异常，以免引人注目。

苏家女个个姿容出色，才貌双全，苏柔尤其擅舞，在舞台上的苏柔如同会发光一般，一举一动都吸引着众人的注意，从苏柔一上台，皇上的目光就没有从她的身上移开。

一舞完毕，苏柔跪在皇上面前，娇媚的姿态，能让男人不顾一切地将她拥入怀里。

“皇上……”苏柔轻唤，声音婉转缠绵，透着醉人的情意。

“苏柔姑娘请起。”皇上温柔地道，脸部的线条也柔和了几许，相反皇后则是一脸铁青。

原来，苏柔的目标是皇上，难怪她会甘心听南陵锦行的话，要是南陵锦凡知道，他从苏家挑出来的棋子，却投靠了南陵锦行，他会如何？

今年的除夕宴总算有点趣味了，九皇叔晃了晃酒杯，却没有喝的打算，而是静观事情的发展。

苏柔的目标是皇上，对皇上当然是极尽柔顺，她娇弱地站了起来，全身都汗湿了，舞衣紧贴在身上，露出玲珑的曲线，可偏偏这一幕只有皇上能看到。

苏柔背对众人，外面又罩了一件衣服，成功地将她的娇躯遮挡住了。

高，果然是高，不愧是出自靠女人发家的苏家，苏柔完全猜中了帝王的心思，诱惑皇上的同时，又保住了自己的名声。

皇帝的女人，怎么可以把身体露给别人看，皇上的独占欲可是这天下最强的，皇上喜欢女人向他邀宠，但绝不想看到自己的女人，在大庭广众之下露背露腿的。

苏柔微微喘气，完美的胸形随着她的娇喘起伏，当然这一幕也只有皇上和皇后能看到，不管皇后对皇上是什么感情，若有人当众勾引自己的丈夫，是个女人就高兴不起来。

皇后阴沉着一张脸，苏柔却摆出一副什么都不知道的样子，朝皇上盈盈一拜，极尽讨好之姿。

“皇上，柔儿刚刚所跳的舞曲，是南陵皇室不对外传，只有南陵公主才能学的铜鼓舞，因皇后娘娘厚爱，柔儿才有幸习得此舞，在此借花献佛，愿东陵与南陵永结秦晋之好。”

没错，刚刚苏柔就是在巨大的铜鼓上跳舞，随着她的舞蹈，鼓声阵阵，是视觉与听觉的双重盛宴。

舞美，人美，这份心意更是美，不仅皇上满意，文武大臣也满意，这是南陵对东陵示弱的信号。

“好，好，好，柔儿有心了。”皇上满面红光，看苏柔的眼神也多了些深意。

皇上一直都知道，南陵想和东陵联姻，之前苏绾心高气傲看中了九皇叔，却被九皇叔当场拒绝，事后她虽想进宫，可九皇叔不要的女人，皇上又怎么可能会收。

苏柔不同，苏柔是把所有的精力都放在皇上的身上，力求得到皇上的宠爱，甚至在大庭广众之下献舞，这大大地满足了皇上的虚荣心，苏柔被收进后宫绝对是早晚的事。

苏柔娇羞地低头，她知道自己已经成功了，她很快就可以从苏家那个火坑跳出来，虽然是跳进了另一个火坑，但对苏柔来说，这世间没什么地方比苏家更可怕。

苏柔吸了口气，压下心中的喜悦，微微抬头，露出雪白的玉颈：“皇上，柔儿听闻西陵皇室有袖剑舞，只有西陵最尊贵的公主才可以学，不知柔儿何时有幸，能看到西陵公主为东陵献舞。”

苏柔特别咬重“最尊贵”三个字，四国皆知，瑶华公主就是西陵这一代中最尊贵的公主，苏柔这是要逼西陵瑶华当众献舞。

瑶华公主终于明白，她那不祥的预感是什么了……

苏柔可以当众献舞，瑶华却不能，瑶华和苏柔的身份可是天差地别，瑶华是西陵皇室金尊玉贵的公主殿下，而苏柔呢？

先不说苏家只是一个靠女人起家的三流家族，单说苏柔自己，也不过是一个不受宠的庶女，身份低下，她当众献舞顶多被人说几句，而瑶华不同……

她要是当众献舞，还是给另一个国家的帝王献舞，那绝对是丢自己国家的脸，可她若是拒绝，就会将东陵得罪死。

怎么办，怎么办？

瑶华脸色惨白，双手紧握成拳，不停地告诉自己，要冷静，要冷静，要赶快想对策，可她越是如此，越无法冷静，身子都抑制不住地颤抖起来。

她知道，南陵锦行是故意针对她。

瑶华公主全身冰冷，突然发现这偌大的宴会厅，竟没有一个人可以帮她，抬头看向东陵子淳，却见东陵子淳和众人一样一脸期盼地看着她，希望她站出来献舞。

“呵呵……”瑶华苦涩一笑，突然发现自己的人生真悲哀。

皇上看瑶华半天没有动静，出声道：“瑶华公主，你可愿意为东陵、西陵两国友好而献舞？”

皇上比苏柔更狠，直接拿两国之间的和平来威胁瑶华。

而就在瑶华被南陵和东陵联手欺负时，西陵皇宫此刻也发生了一件大事。

与东陵除夕宴上的刀光剑影相比，西陵的除夕宴就要平静许多，除了长公主与隐篱先生那一家外，其他人不管心里多么的不高兴，面上都是喜气洋洋，完全按照皇上所说，吃饭喝酒，欣赏歌舞，赞美这太平盛世，可在欣赏歌舞这一步，却出了意外。

一名舞姬舞到西陵皇上面前时，向西陵皇上献酒，有美人献酒，皇上当然不会拒绝，正准备接过美人手上的酒杯时，西陵皇上那怀有身孕的宠妃突然痛叫一声，倒在地上。

“好痛，皇上，臣妾好痛。”宠妃抱着肚子痛叫，鲜血从她的双腿间流出。

“爱妃，爱妃，你没事吧。”西陵皇上一脚踢开舞姬，蹲在宠妃的面前，将人抱起：“来人呀，快，宣太医，快宣太医。”

“皇上，臣妾好痛，臣妾好痛呀，孩子，皇上，臣妾的孩子……”宠妃靠在皇上的怀里，痛苦地大叫，一双美目蓄满泪水，可宠妃娘娘痛成这样，哭成这样，仍旧是美不胜收。

“爱妃别担心，有朕在，不会有事的。”皇上紧紧地握着宠妃的手，不停地安慰。

仔细看，就会发现西陵皇上怀中的爱妃，隐约有三分像凤轻尘，或者说像凤轻尘的母亲。

传言，西陵皇上喜欢陆以沫，似乎不是做假。

血越流越多，太医却迟迟未到，稍微有一点经验的人都知道，这位宠妃的孩子没了。

终于，千呼万唤后，太医来了，皇上陪着他的宠妃回殿。

“皇后，这里就交给你了。”皇上不顾满殿大臣，丢下这句话后，匆匆离去，可见他有多重视那个孩子。

“臣妾遵旨。”皇后面无表情地屈膝，待到皇上走远才站了起来，凤眼微挑，尽显威严，扫了一眼身后不远处的虞贵妃，眼中闪过一抹寒意，但很快就消失不见。

皇后上前，宣布除夕宴到此结束，让大家都散了。

发生这样的事情，也没有人敢留下来，大臣一个个惶恐地离去，最后留下的皇室宗亲，在皇后的坚持下也一一出宫了。

西陵天磊一脸阴霾，担忧地看向后宫的方向，他总感觉今天的事情不太对劲，可后宫重地，即便他是太子也进不去，他只能带着浓浓的不安离去。

皇后一直站在那里，目送众人离去，或者说她在目送隐篱先生离去，待到隐篱先生走后，皇后眼中的最后一丝温情也没有了，冷漠地下令，把那献酒的舞姬，还有今晚宴会上所有的宫女太监都押下去，封锁后宫，严禁任何人进出。

皇后此举，是要严查皇上宠妃小产一事。虞贵妃看着皇后冷傲的背影，不知为何，心里闪过一丝不安。

西陵皇宫发生的事情，传到东陵还需要一些时间，可东陵皇宫发生的事情，当天就能传出来……

# 第二十六章　绝不让你独活

除夕宴上，九皇叔中途离场，没有惊动任何人，他悄悄地来到凤府。

吸取白天的教训，九皇叔没有直接闯进去，而是让下人先进去说一声，自己则站在外面等凤轻尘。

寒风吹来，黑发在风中飞舞，在烛光的映照下，九皇叔身上好似染上一层淡淡的光晕，他只往那里一站，周围的一切就都成了背景，凤轻尘一出来，就看到在黑夜中闪着光亮的九皇叔。

“九皇叔，你怎么来了？”这个时候宫里的除夕宴还没有结束。

“本王陪你守岁。”九皇叔朝凤轻尘走去，把她带入屋内，与凤轻尘面对面，低着头，看着凤轻尘的双眼，突然说道，“对不起！”

“啊？”凤轻尘抬头，简直不敢相信自己所听到的，“什么？”

九皇叔居然跟她说对不起？是她的耳朵出问题了吗？

“你没听错，本王说的就是对不起这三个字。”其实，说出这三个字也不太难，九皇叔心中暗道。

凤轻尘这下真是受惊不小，掏了掏自己的耳朵：“我是不是在做梦？”

九皇叔居然会为白天的事，特意跟她道歉，好神奇呀！

“啪！”九皇叔在凤轻尘的额头上弹了一记，凤轻尘痛得叫了一声。

“痛不痛？”九皇叔明知故问，凤轻尘磨牙：“痛死了。”

“痛就表示你不是在做梦。”九皇叔一脸严肃，凤轻尘只觉得一头雾水，不过想到九皇叔主动说出这三个字，她怎么也得说一句没关系。

“没关系啦，白天的事情我也有错，你说得没错，救人归救人，该注意的我还是要尽量注意，不过凡事要以救人为先。”凤轻尘小声嘀咕道。

九皇叔轻笑，对此不发表任何意见。

今天那一幕，对他来说很震撼，他完全没有心理准备，才会那般失态，不过他不打算告诉凤轻尘。

见凤轻尘傻笑，九皇叔很坏心地道："对不起这三个字，是南陵锦行拜托本王转告给你的，他说很抱歉没有在凤府出事的时候帮上忙，让本王见到你，一定要和你说声对不起。"

"什么？"

凤轻尘当场愣住，声音不自觉地提高，呆呆地抬头，一双美目瞪得又圆又亮："你刚刚是代锦行给我道歉？"

九皇叔点了点头，嘴角噙着一抹宠溺的笑意："虽说当时有很多人在场，但南陵锦行那些话确实是对本王说的，本王既然答应了，当然要言而有信。"

"你……"凤轻尘咬牙切齿，怎么看怎么觉得九皇叔那张笑脸很欠扁，凤轻尘的右手已经握成拳头，不过生生地忍住了挥出去的冲动。

不能打脸，若给九皇叔的脸上弄出一点伤，他明天就没法见人了，凤轻尘松开拳头，对着九皇叔吼道："把手伸出来。"

不能打脸，她打别的地方行不行。

"本王没骗你。"九皇叔无奈地叹了口气，看凤轻尘那气鼓鼓的小样，只好乖乖地把手伸到凤轻尘面前。

凤轻尘也不客气，抓住九皇叔的胳膊，张嘴就咬了起来。

让我心痛，让我生气，我咬死你。

凤轻尘可真是发狠了，这一口咬下去，直到闻到血腥味儿才松开，然后她才挑衅地看着九皇叔。

"不气了？"九皇叔擦掉凤轻尘嘴角的口水，手指按了按凤轻尘的红唇，来回摩挲，那动作，那语调，好似被咬的人不是他一样。

"气。"凤轻尘张嘴，咬住九皇叔作怪的手指。

"那再咬一口好了。"九皇叔极其无赖。

"不咬了，牙疼。"舌尖轻轻扫过九皇叔的手指，颇有几分调情的味道，九皇叔只感觉一股电流，从手指通向心口，酥酥麻麻，让人口干舌燥，声音不自觉地就低沉起来："你不咬，那换本王咬，本王也生气了。"

话落，就见九皇叔低头，附在凤轻尘的耳边，准备对凤轻尘的耳朵下口，气氛有些暧昧，凤轻尘一动不动，身子微微有些僵硬。

一切都是如此美好，眼见九皇叔就要得偿所愿，可就在此时，一阵骚乱声响起。

"刺客，有刺客，来人呀，保护小姐。"

"抓刺客，快，抓刺客。"

眼见就到新年了，凤府却迎来一批不速之客，这一群人如同猛兽一般，从黑夜中蹿出来，提刀冲进凤府，见人就砍……

发生这样的事情，九皇叔与凤轻尘也没办法继续说话了，暧昧的气氛瞬间消退，眼见肉就到嘴边，却没得吃，九皇叔的眼中闪过一抹狠厉。

这群刺客来得真不是时候。

"皇城怎么会有刺客，是杀手联盟不顾四国约定，冲进了皇城？还是我最近又做了什么天怒人怨的事，让皇上放任杀手进城？"听到喊声，凤轻尘第一个想到的就是那可恨的悬赏。

"应该不是，这些人好像不是冲着你来的。"九皇叔听到外面的打斗声，大致可以断定方向。

"王锦寒？那些人是王家派来的？"九皇叔一说，凤轻尘就明白了，侍卫都叫了半天，那群人都没有冲到她面前来，可见人家不是为她而来。

"除夕宴对于王家来说，是个很重要的日子，在王家，除夕宴家主一定要出现，如果无法出现，那么家主之位就要换人。"九皇叔眼神微闪，看了一眼王家的方向，笑得如同狐狸。

"王锦凌回了王家？"王家人真可怜，辛苦一场，鸡飞蛋打。

"应该是的，不然他们也不会狗急跳墙派出死士，估计王家那些人是想劫走王锦寒，好威胁王锦凌。"王家具体的事务，九皇叔并没有插手，不是不想，而是王锦凌不会同意。

"死士？王家真是大手笔。"凤轻尘皱眉，有些担心凤府的侍卫。

"鱼死网破罢了，王家那群人是走投无路。你放心，凤府不会有事。"九皇叔安慰道。

王家的死士固然厉害，可凤府的侍卫也不是吃素的，暗卫就是从翟东明那里借来的侍卫，个个都是好手，就算王家那些人拼死一搏，短时间内也攻不破凤府的防卫。

"派人去请翟东明，让他带兵来处理这件事。"九皇叔不需要凤府的侍卫解决王家的死士，只要他们能拖住对方就行。

凤轻尘一听就明白了："你想把这些人交给皇上？"

"这份新年贺礼，皇上应该会满意，毕竟是王家人，本王担心王锦凌会心慈手软。"九皇叔拉着凤轻尘的手，"走，我们也去看看，王家的死士到底有多厉害。"

"这种热闹还是别凑的好，刀剑无眼，万一被死士盯上，我们还要麻烦侍卫保护。”话虽如此说，凤轻尘还是乖乖地跟着九皇叔出去了。

九皇叔不悦道：“怎么？担心本王护不了你？”

“不，我只担心给侍卫添麻烦，像我这种没有自保本事的人，在这样的混战中当然要躲起来才好，免得变成人质。”凤轻尘这句话绝对是真心的。

“说得没错，你只要管好自己就行，不过有本王在，什么都别怕，跟着本王走便是。”九皇叔拉着凤轻尘朝打斗的中心走去。

诚如九皇叔猜测的那般，刺客的目标是王七，不过看到凤轻尘与九皇叔出现，刺客立马分了三分之一的人朝九皇叔与凤轻尘杀来。

若能把凤轻尘拿下，他们手中就多了一个筹码，至于九皇叔……

看死士攻击的重点方向，就可以看出，这些人根本不敢动九皇叔。

“原来，我是来给你当挡箭牌的。”凤轻尘默默地扭头，一脸委屈地看向九皇叔。

九皇叔忍不住笑了出来，伸手揉了揉凤轻尘的头：“乖，本王不会让你当挡箭牌，就算当挡箭牌，也是本王做你的挡箭牌。”

说话间，只见一名死士冲出了包围，杀到凤轻尘面前，九皇叔连忙上前，将凤轻尘护在身后，一个抬脚，又将那人踢回了战斗圈。

“勉强信你一次。”凤轻尘这才露出笑颜，看王家死士越战越勇，凤轻尘皱眉，后退一步，将自己隐在安全的位置。

“你要相信本王，有本王在你就不用担心，如果本王死了，你也别想独活，本王不会允许。”九皇叔走到凤轻尘身边，给凤轻尘当起贴身保镖，同时示意他身后的侍卫上前帮忙。

“不让我独活？那我死之前，是不是也要先把你杀了？”凤轻尘眸光流转，闪着灼灼光华，她可没把九皇叔的话当笑话，她很认真。

“你要有那个能耐，未尝不可！”死在凤轻尘的手上可以，但要他为凤轻尘自杀，请原谅他做不到。

“好，我记住你的话了，我若死，绝不让你独活。”凤轻尘扬起下巴，一脸认真。

“本王不会束手就擒，等你来杀。”这是告诉凤轻尘，想要杀他，得凭自己的本事，他不会坐以待毙。

凤轻尘握拳：“放心，我一定可以做到，总有一天，我会有杀你的能力。”

“本王不怎么期待。”九皇叔笑不出来，他们的谈话怎么越来越诡异了？

“好吧，其实我也不怎么期待，能活着我绝不寻死。”战斗很激烈，可此时凤轻尘还是忍不住笑了出来。

敌人就在眼前，他们却在商量杀死对方的事，真不是一般的奇葩。

关于“我若死，绝不让你独活”的话题，莫名其妙地开始，又莫名其妙地结束，虽说凤轻尘与九皇叔都是认真的，可谁也没有将这些话放在心上，两人静下心神，注意着王家死士的动向。

看凤轻尘一脸平静与淡然，足以证明，她不像自己所说的那样，担心自己陷入危险给侍卫添麻烦。

她只是不愿意轻易涉险，不愿意把自己暴露在危险之中，被杀手追杀的那段日子，她真是受够了。

“王家的死士真不简单。”在凤府的人与九皇叔的侍卫联手攻击下，王家的死士还能占上风，这让凤轻尘很是不爽。

她的人，还是太弱了。

“古老的世家总有一些不为人知的训练方法，而这还不是王家真正的暗部。王家真正的暗部只有家主才能调用，当然，一般情况下，王家不会轻易动用暗部力量，毕竟暗部一旦暴露出来，价值就会大打折扣。”这也就是他为什么这么重视崔王这些世家的原因。

两个世家历经上百年的积累，没有人知道他们暗中有多少势力，又有多少财富。

“世家果然是一个很麻烦的东西，你确定是要和王家合作，而不是要清除世家？”凤轻尘从九皇叔的话中，听出了他对世家的不满。

虽然她没想过插手九皇叔和王锦凌之间的合作，可是有些事情，不是她想放就能放得下。

“世家的存在，对于很多人来说不公平，可它现在有存在的必要。”九皇叔不否认，他对世家没有好感。

对于这种实力大到可以影响一国政治的家族，没有哪个掌权者，能容忍它一直存在。可没有世家，也会有其他的力量，所以世家还是留着吧。只要削弱世家、压制世家，让世家只有一个名声，到时候世家就没有这般威胁了。

凤轻尘点了点头：“世家用得好也是一个助力，不过是人都有野心，当世家的权力达到一定的高度时，他们就不会安于现状。”

比如崔家，达到了一定的高度，就想要更多，就想要成为主宰天下的那个人。

至于王家会不会变成这样，凤轻尘不知道，但她知道当权力达到一定高度时，不进则退。

如果王家取代了崔家，成为世家之首，到时候不管是为了保持自己超然的地位，还是避免被皇权打压，王家都会想办法再进一步，否则，王家定会成为皇权第一个打压的对象。

到时候，即使王锦凌没有这个野心，为了家族存亡，他也不得不这么做。

凤轻尘犹豫片刻，还是提醒了一句："与世家合作，你自己当心。"

说出这句话，真不容易。

"放心，就算是与虎谋皮，最终赢的也是本王。"这一点自信，九皇叔还是有的，不过他还是很高兴，凤轻尘愿意说这些事。

凤轻尘一直不愿意深入了解这些事情，今天晚上算是一个重大突破。

像是为了印证九皇叔的话，就在王家的死士占上风时，外面突然响起了整齐划一的脚步声，数百人步调一致，能做到这一步的只有受过专业训练的士兵，这说明翟东明带兵来了。

"这么快？"凤轻尘侧头看向九皇叔，以眼神询问，是你提前安排的？

"有备无患，维护皇城稳定是他的职责。"九皇叔爽快地承认，反正辛苦的人又不是他。

凤轻尘白了九皇叔一眼，大年夜还这么折腾人，接到公差的翟东明也气得跳脚，大年夜的还要出公差，这绝对不是一件开心的事情。

翟东明阴沉着一张脸，如同罗刹一般，带兵冲进来后，看也不看九皇叔和凤轻尘，指着正在打斗的死士和侍卫，冷血地命令道："刺客意图刺杀九皇叔，给本大人通通拿下，违抗者杀无赦。"

"是！"翟东明带来的兵，绝不是白天用来巡城的菜鸟兵，而是真正上过战场的老兵，面对王家的死士，这些老兵很懂得利用人多的优势，十人围成圈，与凤府的侍卫和九皇叔的侍卫联手，边打边围，慢慢地磨死对方。

这些老兵不懂什么花招，但每一刀都是实打实的杀招，就算短时间内无法制服死士，也能让对方失去优势。战斗圈越拉越小，死士被包围在中间，凤轻尘知道，死士被打败是早晚的事情。

凤轻尘高悬的心落下，这才有闲情去看翟东明，本想打个招呼，可翟世子此时正黑着一张脸，笔直地站在战斗圈外，英勇严肃的样子如同指挥千军万马的大将军，如果是别人看到他这个样子，定要赞一个勇猛，有乃父之风，可凤轻尘却直想笑。

你能想象跳脱的翟东明，突然变成九皇叔那副模样吗？那种感觉就好像小孩子穿了大人的衣服，特别有喜感。

凤轻尘指了指被翟东明踏凹的地面，强忍着笑意道："世子爷，你这是和我府上的地面有仇吗？"

“凤轻尘，本大人在执行公务，不要妨碍本大人。”翟东明严肃地说道，语气格外生硬，官威十足。

凤轻尘很给面子，立马掩住笑意，用力点头：“明白。”

“哼……”翟东明气呼呼地别过头，当然他绝对不会忘记瞪凤轻尘一眼。

明白什么呀，没看到他不高兴嘛，就不能多哄哄他。

大过年的也不让人安生，本来他还高兴，今年终于不用去宫里参加除夕宴，却不想突然接到九皇叔的紧急命令，要他带兵在凤府附近巡视，以应付突发状况。

九皇叔你追求美人，凭什么要本世子在大年夜的带人在街上巡视，你美人在怀，我却只能灌寒风，这世间还有天理吗？

想到这里，翟东明又转身，狠狠地瞪了一眼九皇叔，九皇叔了不起呀，九皇叔就能让他过个年都不得消停？

“噗嗤！”翟东明这别扭的样子实在太好笑了，凤轻尘实在忍不住，笑了出来，气得翟东明差点跳脚：“笑什么笑，再笑本大人把你一起捉起来，罪名是妨碍公务。”

“不笑了，不笑了，大人恕罪，大人你高抬贵手，大人有大量，别和民女计较。”凤轻尘笑道，本想上前哄哄翟东明，让他别生气，却被九皇叔拉住了：“别妨碍翟大人办公，这里太血腥了，不适合你一个女子，有翟大人在这里就够了。”

话落，完全不给翟东明反应的时间，拉着凤轻尘的手就往外走，等到翟东明回过神时，只能看到九皇叔和凤轻尘的背影，翟东明气得直跳脚：“九皇叔，凤轻尘，你们太过分了，这明明是凤府的事，你们凭什么都走了，留我一个人善后？”

翟东明欲哭无泪，他身侧的副官同情地看了他一眼，默默地低下头。

世子爷，你再跳也没用，遇到九皇叔，你还是乖乖地认命吧。

人都走了，翟东明就是不认命也没办法，翟东明有气没地方发，听到当当的打斗声，那火气更旺了，指着黑衣死士，暴怒地下令：“杀，全部给本大人杀了，不留活口。”

“是。”服从是军人的天职，虽然不能理解翟东明的命令，却没有一个人反驳。

诚如九皇叔所说，接下来的画面很血腥，不管是死士还是护卫与将士，都不再留情，这一战不是你死就是我亡。

九皇叔把凤轻尘带上马车，车夫不需要命令，一扬马鞭，马车就在夜色中平稳前行。九皇叔坐在马车里，双腿伸直，占了三分之二的位置，然后示意凤轻尘趴在他的腿上。

马车内已经没有多少可以坐的位置，凤轻尘也不想委屈自己，便柔顺地趴在九皇叔的腿上，反正双腿会被压麻的人又不是她。

“你要带我去哪里？”凤轻尘懒懒地问道，她今天忙了一天，确实有些累了，趴在九皇叔的腿上，再加上马车一颠一颠的，凤轻尘很快就一副昏昏欲睡的模样，为避免自己睡着，凤轻尘便说说话，转移注意力。

九皇叔如同哄小孩子一样，不轻不重地拍着凤轻尘的背：“这个时候才问，不觉得为时已晚？”

“晚了也要问，你想带我去哪里？”

“带你去看戏。”九皇叔也是临时决定的，省得凤轻尘待在血气冲天的凤府。

平时也就算了，过年见血光总是不好的。九皇叔此时就只想到了凤轻尘，至于别人，他完全不放在心上。

“看戏？看谁的戏？瑶华公主吗？听说瑶华今晚会出糗？”说到这里，凤轻尘颇为遗憾。

人生呀，真是寂寞如雪，好不容易有一件能让她高兴的事，偏偏她没法亲眼看到，实在是可惜。

“你想看瑶华的热闹？”九皇叔不怎么相信，要知道，凤轻尘可不是那么无聊的人，她要是想进宫，也就是说一声的事。

“闲得无聊，我不介意看看，瑶华倒霉我就高兴。”凤轻尘从不掩饰自己的小心眼，她就是一个睚眦必报的人，什么以德报怨，什么得饶人处且饶人的圣母行径，她做不来。

她只知道，你让我不痛快，我也不能让你太痛快。

“瑶华确实被落了面子，不过没什么好看的，女人之间的斗争，不就是面上给点难堪，不痛不痒的。”

“发生了什么事，说来听听。”凤轻尘侧过头，看着九皇叔，等九皇叔说书。

九皇叔无奈，只得开口道：“苏柔在御前献舞，皇上龙颜大悦，南陵锦行趁机开口，让瑶华也在御前献舞，皇上同意了。”

“让瑶华堂堂一个公主在众人眼前献舞，这不是打西陵皇室的脸嘛，皇上也太过分了，这是欺负瑶华的皇兄不在，没人撑腰嘛。”

凤轻尘不用亲眼所见，也能明白瑶华当时有多难堪，堂堂公主，竟被人当作舞姬对待，这可真是把面子和里子都丢干净了，不过凤轻尘真心不同情瑶华，反倒很坏心地笑道：“她跳了没？”

世人皆喜欢纯良、柔顺的女子，可九皇叔就是喜欢凤轻尘一肚子坏水的样子，善良、柔弱在他眼中，全是虚伪的代名词。

被人打了左脸，还要奉上右脸给人打吗？那简直就是不知所谓，蠢，他的轻尘坏又怎么了，坏也坏得可爱，坏也坏得理直气壮。

九皇叔不自觉地就露出宠溺的笑意，低头问道："你希望她跳还是不跳？"

"当然希望她跳了，公主舞姬，有生之年能见到，也算是开了眼界。"凤轻尘现在真心后悔了，早知道有这样的热闹凑，她就让九皇叔带她进宫。

昔日高高在上的公主，居然也会为博君王一笑，而换上舞衣，在人群前翩翩起舞，做出邀宠的姿态。

"可惜了，瑶华没跳。"九皇叔戳了戳凤轻尘的脸颊，软软的，手感很好。

"啊，瑶华居然没跳，她不怕皇上生气？"凤轻尘一脸失望。跳了多好呀，瑶华要是当众跳了，西陵皇室一定会以她为耻。

"她怕，可她更怕被西陵放弃，不过她自以为聪明的举动，最后不仅得罪了东陵，也让西陵对她不满。"九皇叔想到西陵瑶华拒绝的言辞，眼中闪过一抹嘲讽的笑。

太过聪明的女人，总会被聪明所误。

凤轻尘顿时来劲了，连忙坐了起来："说说，瑶华公主是怎么说的。"

真是一个小坏蛋，唯恐天下不乱，九皇叔看凤轻尘双眼亮晶晶的，也不卖关子，直接道："瑶华并没有拒绝，她只是提出请安平公主为两国友好，也当众舞一曲。"

"啊，瑶华公主是不是犯傻了，居然拿安平公主做挡箭牌。"凤轻尘吃惊道。

九皇叔拍了拍她的脸："嘴巴闭好，张这么大也不嫌累。瑶华公主不傻，她聪明得很，她知道皇上不会让安平出来跳舞，所以才这么说。"

"可这也让皇上皇后不高兴呀，要是她皇兄在还好，她皇兄不在，说这话就太没有底气了。"凤轻尘啧啧摇头。

瑶华确实聪明，想要两头讨好，殊不知这种事情想要两头讨好，最终的下场就是被双方都厌弃。

"你说得对，她确实没有说这话的底气，皇后当场就说安平公主是待嫁女儿，不宜当众献舞，这本是一句客套的托词，瑶华却觉得这也是一个好理由，也说道自己是待嫁女儿，不宜献舞。"九皇叔说到这里，发出一道极轻的笑声。

显然，瑶华这句话取悦了他。

"哈哈哈，瑶华公主还真是……她都与淳王有夫妻之实了，还摆待嫁女儿的姿态。人家安平公主是待嫁女儿，规规矩矩地窝在闺房不出门，她都跑去参加除夕宴了，还好意思说自己不宜献舞。"凤轻尘直乐呵。

瑶华公主自我感觉太好了，她总以为自己做什么都是对的，未出阁便与东陵子洛勾勾缠缠被人传为佳话，便认为自己那是追求真爱，没有做错。

现在嫁与东陵子淳，说是为国家牺牲，是大义，可惜她不知道，这些所谓的夸奖都是源于她公主的身份，没了这层身份，她早就被浸猪笼了。

“所以瑶华这话一出，众人当场就笑了，不过也让她因此避免了献舞的尴尬，后面发生了什么，本王也不知道，本王提前离席了。”女人间的算计，他真的没有兴趣看。

“估计也没有什么好事，瑶华此举既没有维护西陵的面子，也没有讨好东陵。”凤轻尘摇头叹息，真心觉得瑶华还没有她这个不懂皇权斗争的人看得明白。

西陵公主嫁到东陵，她再讨好东陵上下，也不可能得到皇上真心的喜爱，东陵皇上对她的喜爱，源于西陵的强盛。

只要西陵强盛，西陵皇上重视她这个女儿，哪怕她再怎么胡作非为、刁蛮任性，东陵皇上也会宠着她、娇着她。

权力决定地位，瑶华这种两面讨好的行为实在不智，就算想得到东陵的助力，也不能牺牲西陵的面子，对于女儿家来说娘家越强，她在夫家的地位就越牢固。

看凤轻尘那摇头晃脑的样子，九皇叔就知道她在想什么，很不客气地戳破她的幻想：“西陵皇室没空管她，你想看的戏不会上演。”

他虽然已经让人把瑶华今晚的表现传回西陵，可西陵现在正乱着，就算知道了也不会管这事。

凤轻尘娇嗔地瞪了九皇叔一眼：“我哪有那么坏。对了，你说苏柔当场献舞，是不是皇上要把她纳入后宫了？”

“苏柔有心，皇上有意，这事很快就会成了。”九皇叔这话算是默认，虽说这件事当时没有当场说破，可在场的人都明白。

“那我和苏家的比试呢？不比了吗？”这一场比试拖得真不是一般的久，想到那笔巨额赌资，凤轻尘就肉痛。

那么大一笔银子，要是能吃利息，那得吃多少呀。

“比，当然要比，南陵的内乱愈演愈烈，皇上不需要将南陵的皇子留下来，比试也该结束了。”

凤轻尘与苏家的比试，对苏家来说是名声的考验，可对皇上与南陵锦凡来说，不过是方便南陵锦凡光明正大地留在东陵而已。

皇上若想让南陵锦凡待在东陵，比试就要拖下去，皇上若不想让南陵锦凡待在皇城，比试就该结束，节奏控制在皇上手里。

“还是我和苏柔比吗？”凤轻尘一想到那条美人蛇，就觉得头痛。

苏柔比苏绾厉害多了，居然在这么短的时间内就达成所愿，入宫当了帝妃，只是不知没了苏家在背后，苏柔还会不会处处针对她。

饶是苏柔不针对她，她也不会忘记，苏柔对她施展迷魂术的事，这笔账终于有机会算了。

“是，比试完后，她才会进宫。”苏柔需要用这场比试为自己增加筹码，在东陵，苏家给不了苏柔任何帮助，她只能靠自己。

“那我是要赢，还是输呢？我若输了，皇上会不会觉得没面子？”苏柔只是苏家之女倒没关系，可一旦冠上帝妃的名号就麻烦了。

“赢，小赢一场，你若输了，南陵锦凡就要笑了，他押了大笔银子，赌苏家赢你一局。”南陵锦凡自以为胜券在握，可以控制比试的节奏，却没想到主控权，从来都不在他的手上。

不仅是皇上，就是九皇叔也不允许南陵锦凡得偿所愿，这一次，他要南陵锦凡输得吐血，输得没有东山再起的资本。

两人一路闲聊，时间过得很快，凤轻尘也忘了追问九皇叔，到底带她去哪里看戏，直到马车停下来，凤轻尘才想起此事。

“这是要带我去哪里？”

“现在才问，不觉得晚了吗？”九皇叔还是这句话，用手拍了拍凤轻尘的小脑袋，示意她下车。

凤轻尘耍赖，趴在九皇叔的腿上不肯动：“你不说，我就不起来。”

“你喜欢就趴着，我们就待在马车里，这里很安全，外面全是侍卫。”九皇叔双腿伸直，很配合，可眼中的笑，却出卖了他。

三更半夜，一男一女窝在马车里，即使什么都不做也足够让人浮想联翩的，凤轻尘一直都知道九皇叔的坏，可今天才知道九皇叔有多坏。

这个男人太邪恶了。

凤轻尘不承认自己不是九皇叔的对手，愤愤地起身：“不说就不说，反正到了。”

凤轻尘一个翻身，用力在九皇叔的小腿上捶了一记，飞快地跳下马车，恰巧迎上侍卫的眼神，却见侍卫耳根一红，连忙低头，不敢与凤轻尘对视。

怎么了？

凤轻尘一脸茫然，随后才想到自己的装扮，结果发现自己胸前的衣服皱巴巴的，那样子……

凤轻尘的脸瞬间变得通红，连忙转身，背对着众人整理衣服。

好丢人！

贵族千金的面子呀，全被九皇叔丢光了。

“本王本想提醒你，可惜你动作太快了。”九皇叔从马车里走出来，衣服上的褶子早被抚平，眼中带着淡淡的笑意。

他和凤轻尘在一起，即使是吵架也是高兴的，今年很有意思。

“马后炮。”凤轻尘瞥了九皇叔一眼。

要不是九皇叔一个人占了大半的位置，她也不至于因为没有地方坐，趴在九皇叔的身上，弄乱衣衫。

“你这性子太急了，要改改。”九皇叔下了马车，将凤轻尘拉到自己面前，伸手替她将衣服和发丝理顺，同时冷冷地扫了周围的侍卫一眼，直把众人吓得不敢抬头，这才满足。

九皇叔替凤轻尘整理好衣服，而后自然而然地拉起凤轻尘的手，示意侍卫不用跟着，熟门熟路地带着凤轻尘在黑夜中穿梭。

凤轻尘也懒得问，乖乖地跟在后面，反正九皇叔不会把她卖了。

“到了。”

九皇叔在黑漆漆的巷子里停了下来，凤轻尘左右也没有看到热闹，正想开口询问，突然感觉腰间一紧，下一秒人就飞了起来。

好在凤轻尘还算谨慎，知道这个时候不能发出声音，以免让人发现，连忙用手捂住自己的嘴巴，这可爱的举动让九皇叔心中一动，俯身在她的脸上亲了一口。

“别怕，有本王在，不会让你出事。”

“才怪，有你在才可怕，你是不会让我出事，可你出事了，你也不会放过我。”凤轻尘听到九皇叔说话，就知道事情没有那么严重，便小声地和九皇叔咬耳朵。

“那你就学聪明一点，一旦本王出事了，你就快点跑，本王还能追着你不放？”

“你放心，你若有事，我一定第一个跑。”

……

九皇叔带着凤轻尘在屋檐上蹿来蹿去，脚步极轻，没有发出一点声响。几个起落，两人在琉璃瓦的屋顶上停了下来，九皇叔示意凤轻尘噤声，和他一起趴下。

凤轻尘点了点头，如同战场上的士兵一样，单手撑在屋顶上，这样一旦出什么事，也能在第一时间行动起来。

九皇叔发现凤轻尘的这个姿势攻防兼备，趴在那里就如同蓄势待发的豹子，略微一动便摆出和凤轻尘一模一样的姿势。

这一系列动作，两人做得悄无声息，没办法，要知道他们正趴在王家大院的屋顶上，一旦被王家人发现，那也是麻烦事。

王家大院，王家宗氏正聚在这里吃除夕宴，往年的除夕宴都是由家主主持，嫡系掌权者，齐聚一堂，既是吃饭，也是对一年事务的总结，虽偶有火药味，可总的来说还是热闹得很，今年却不同……

直到此时，王家的除夕宴都没有开始，桌上摆满了菜，却没有人下筷子，齐聚在大厅里的王家嫡系，个个都满身的火药味，气氛紧张，斗争一触即发。

众人都不说话，王家上下都看向坐在首位上的几个老者，等他们发话。

仁、智、善——王家的三位长老，之前被王锦凌狠狠地打压，将他们手上的权力剥夺殆尽，要不是宗族老人求情，这三位长老早就被逐出王家了，可此时他们却占据了主位。

没办法，山中无老虎，猴子充大王，王锦凌失踪后，这三位长老就被有心人请了出来，三位长老此时出现在这里，就是提议废家主一事。

“大公子作为王家家主，却毫无责任心与家族荣誉感。先是为了个人私欲拒婚，丢尽我王家脸面，现在又为了私事，把王家上下丢在这里，对家族长辈毫无尊敬之意，让我们整个宗族的人，等着他，大公子如此放肆，说明他根本没有把王家放在心上。”

“善长老说得不错，一个连家族都忘记的人，实在当不起家主的重任。”智长老刚说完，仁长老就附和道：“大公子前段时间，因为个人私仇与玄霄宫结怨，结果弄得王家损兵折将，家族损失惨重，一个不将家族利益摆在第一位的家主，不是我们王家要的家主。”

三位长老此言一出，附和者众多，但这并不说明王家上下都想废了王锦凌，这当中还有一小部分人，他们忠于王锦凌，始终认为只有王锦凌，才有资格坐上家主之位，比如王锦凌的父亲。

“锦凌不是不懂事的孩子，锦凌的才华有目共睹，这半年来，王家在锦凌的手中，越发的平稳。我相信锦凌定是为了王家的事，才会在除夕宴前出去，锦凌是个尊重长辈，有责任心的孩子，他一定会在新年前赶到。”王锦凌的父亲说得异常肯定。

“没错，大公子的才华世人皆知，王家这几年一直被皇上和其他世家打压，直到大公子接手，王家的处境才有所好转。”支持王锦凌的，都是新生一辈的掌权者，也就是王锦凌叔伯那一辈，偶有几个白发苍苍的老者，也都是爷爷、太爷爷那一辈的人，他们也开口支持王锦凌。

“王善、王仁、王智，你们已不是王家大长老，你们有什么资格指责家主的不是，你们说家主不好，可你们呢？凭你们的所作所为，根本不配进入王家祖宅，家主没有将你们逐出王家，已是开恩，你们不知感恩，居然还诋毁家主，意欲何为？”王锦凌太爷爷辈的老者开口了。

“什么叫诋毁，要不是大公子自己做得不好，我们又能说他什么，大公子这段时间所做的事情，大家也都看在眼里，明明知道皇上一直在打压我们王家，大公子还和九皇叔走得那么近，大公子这是要置我们王家于死地，我绝不允许大公子这么一个拎不清的人当家主。”善长老恨死王锦凌了，哪里肯服软。

“什么叫拎不清，你们有没有脑子，皇上摆明了要踩我们王家，这个时候我们再巴结上去，就会成为第二个谢家，任皇上揉圆搓扁，到时候说不定祖产都保不住，大公子此举甚妙。”

“妙什么妙，那完全就是没有脑子的行为，大公子此举，会拖累整个王家，我绝不同意。”

经过一场血洗后，王锦凌在王家的支持者众多，三位长老被赶出去后，更是无人敢忤逆王锦凌，但随着王锦凌的失踪，有些人立场不够坚定，左右摇摆，再加上这一次想做家主的人是王锦凌的小叔，那个在朝中官职最高的王家人。

这么一来，除了那些死忠的人外，大部分人都倒向了王锦凌的小叔那边，在这场战斗中，王锦凌的人很快就处在了下风。

在王锦凌小叔的强势攻击下，以王锦凌父亲为首的死忠支持者很快就坚持不住了，当王锦凌的小叔，说出要将他们逐出王家时，这群人齐齐变脸，可气势却没对方强，他们已经被王家的家丁团团围住。

王锦凌的小叔意气风发，在众人的簇拥下，更显傲慢：“大哥，锦凌太年轻，他担不起家主的重担，小弟不才，为了王家，只好牺牲一把了，你们还愣着干什么，还不快把这群闹事的人丢出去。”

王锦凌的小叔，早就做了安排，这是要用暴力的手段，将王锦凌的父亲等人，丢出王家。

王锦凌的父亲怒了，他的儿子身为家主，一心为家族谋划，现在生死不明，家族却不想着如何去救，反倒借机想要铲除他的儿子，这算什么家族？换成谁也无法接受。

王锦凌的父亲气得全身颤抖，指着王小叔的鼻子骂道：“逐我们出王家，你是个什么东西，有什么资格说这样的话，能逐我们出王家的只有家主，别说你现在还不是家主，就算你是家主，拿不出家主令牌，也无权逐我们出王家。”

再怎么说，王锦凌的父亲也是上任王家家主，就算现在没什么实权，可威信还是有的，他这话一出，也让王锦凌的支持者安下心来。

“对，你算个什么东西，非嫡非长，有什么资格逐我们出王家，还有你们三个，已经被家主革了职务，家主也下令，不准你们踏入王家祖宅，你们居然敢忤逆家主的命令，擅闯祖宅，就算逐也是把你们逐出去。”

“没错，王善，你们几个才应该滚出王家，来人呀……”一个白胡子老头，也是王锦凌最大的支持者，王锦凌的八爷爷中气十足地喝道。

只是，平日一呼就应的王家家丁，此时却没有一丝动静，王家小叔更是哈哈大笑：“八叔，你省省吧，你以为这还是那个任你呼风唤雨的祖宅吗？我都安排好了，这里全是我的人，识相的就自己滚出王家，免得我丢你们出去，到时候丢脸的还是你们。”

王家小叔的话一落，周围的家丁再次朝王锦凌父亲一行人靠近，面露凶相，只等王家小叔一声令下，他们就会动手。

“不忠不孝，你居然引外人来王家祖宅，我王家怎么会有你这样的不肖子孙，就凭你也想做王家家主，你做梦吧，我就是死也不会让王家落在你的手上。”八爷爷全身颤抖，毕竟年纪大了，这么一气竟是有些上气不接下气。

“八叔，你别气，相信锦凌，锦凌会回来的，那个孩子把王家看得比什么都重要。”王锦凌的父亲连忙上前安慰。

“你说得对，锦凌那孩子不会丢下我们这群老棺材。”八爷爷一想到王锦凌，面色柔和下来，他身后的人也坚定地点头。

在这个时候，还坚守在王锦凌这边的人，就说明他们哪怕是死，也不会承认王家小叔的地位。

到这个时候，王锦凌在王家还有这么一批死忠支持者，真叫人嫉恨，王小叔一脸扭曲，双眼闪烁着恶毒的光芒，厉声对家丁下令：“还愣着做什么，把这些人都丢出王家，他们的家人也不放过，看在同是王家人的份上，不反抗者允许他们收拾细软，违抗者通通杀了。”

“畜生，畜生，居然对自己的族人下杀手，你还是不是人？”

王小叔此言一出，引爆全场，王锦凌父亲一行人纷纷指责王小叔，王小叔却不管不顾，再三下令，命令家丁出手。

这些家丁要是王家人还好，至少不会对王家人下狠手，毕竟大家亲戚一场，可偏偏这些家丁全是王小叔从皇上那里借来的人，他们可不会对王家人手下留情，按皇上的命令，王家的事情闹得越大越好，只有大乱，王家才会垮。

王家大厅很快就乱作一团，家丁暴力赶人，王家人不配合，厮打、拉扯，虽然没有兵器，但照样见血……

王锦凌的父亲和八爷爷被几个年轻人护在中间，倒是没有受伤，只是推搡间有些狼狈，毕竟是在王家，皇上派来的人也不敢真的杀了这些人，顶多是让王家这些人重伤。

“你不出手？”凤轻尘在九皇叔耳边，小声地低语。

“本王是带你来看戏的，不是来当英雄的。”两人的声音极小，也只有趁他们打斗时，才敢说话，只有这个时候，下面的人才不会注意到他们。

凤轻尘了然地点头，插手王家的事确实不太明智：“王锦凌呢，他怎么还不回来，难道他要看自己的父亲和母亲被赶出王家？”

“放心，只要王锦凌还活着，就算今天他们被赶出去，日后也会被风风光光地请进来，哪怕有皇上支持，王锦凌的小叔也坐不稳家主之位，名不正言不顺，王家的其他人不会服他。”

王家家主之争，不逊色于小国的皇位之争，王锦凌死了还好，只要王锦凌还活着，无论王家小叔怎么争都是徒劳。

“他们兵行险招，是肯定王锦陵已死？”凤轻尘看到王锦凌的父亲，都快被推出去了。

“他们给王锦凌下的药叫沉睡，中此毒者无解，中毒的人和睡着了一样，根本查不出病因，三日后就会在睡梦中死去，不会有一丝的痛苦。”这也就是王家小叔，为何越来越大胆的原因，王锦凌在中毒后的第四日没有出现，就说明他必死无疑。

“那王锦凌怎么会没事？”

“因为沉睡是谷主研究出来的毒药。”

“嘭！”九皇叔的话刚落下，王家祖宅的大门，突然发出一声巨响，随着这响声，院内的众人都停止了动作，齐齐地看向门外。

这世间，还有人敢砸王家的大门，活得不耐烦了。

“嘭嘭……”

这不是敲门声，这是砸门声，王锦凌父亲一行人，身上的衣服都被扯乱了，脸上或多或少都带着伤，此时神情戒备地看向大门方向，又看向大厅内的王家小叔。

白发的八爷爷，指着王家小叔，一脸沉重：“孽畜，你到底做了什么？你把什么人引到王家来了？”

王家没有一个人认识这些家丁，八爷爷很肯定，王小叔请了外援，王家内部的斗争，却让外人插手，到时候这些外人还会退出去吗？

请神容易送神难，王家小叔这就是引狼入室，皇上安插这些人进王家，就不打算让他们再出去。

“我没有，我不知道，我也不知道。”王家小叔也慌了，这不在他的计划内，外面撞门的不是他的人。

“不是你的人，那是什么人？”王锦凌的父亲和八爷爷相视一眼，都在对方的眼中看到了凝重与不安。

王小叔带来的那些家丁，一看到这样的情况，齐齐地结成队，摆出攻击的架势。

此时前来的，绝对是敌非友。

九皇叔与凤轻尘相视一笑：好戏终于上场了，不枉费他们在这里吹了半天的冷风。

# 第二十七章　唯愿岁岁长相见

“嘭嘭……”

王家祖宅的大门固然坚固，可也经不起重力猛撞，王锦凌的父亲与小叔等人，只能眼睁睁地看着王家祖宅的大门被撞破。

轰的一声巨响，王家那扇象征身份的朱红大门在连番的撞击下，应声而碎。

混蛋！

“拿撞城门的巨木来撞王家的大门，这是哪个混蛋，以为王家是什么小门小户，什么人都敢打上门来吗？”

王锦凌的小叔第一个回神，愤怒地指责：“哪个混蛋竟敢私自调用兵器，撞我王家大门。”

“好大的胆子，居然敢撞到我王家头上，不想活了？”王仁、王智与王善几位长老反应过来，一张老脸涨得紫红。

王锦凌的父亲与八爷爷，还有一些中立的长者没有说话，他们看着门外，等待门外的人进来。

在东陵，敢撞王家大门的只有一个人，那就是皇上，可皇上已经摆明了是要扶持王家小叔上位以控制王家，又怎么会派人来撞王家的大门？

王家人面面相觑，一脸凝重，在王家小叔的命令下，他借来的那些家丁也停手了。

当面临外敌时，王家人便一致对外，这是王家人刻在骨子里的信念。

王家的大门被打开，一辆朱红的马车，缓缓地驶了过来，在王家的大门口停下。

什么人这么嚣张，不仅撞了王家的门，还把马车停在王家大门口，要知道这可是王家家主才有的特权！

聪明的人已经猜到了，却又不敢相信，如果真的是他，又怎么会让人撞了王家的大门，这不是自己踩自己的脸吗？

马车停了下来，王家人眼也不眨，盯着马车，等待马车上的人下来。

车帘撩起，马车里的人没有让人久等，一双滚着金边的黑色长靴踩在地上，随即宝蓝色的锦袍露在众人的眼前，视线往上，就看到他们熟悉的那张脸。

“家主？”

“家主！”

前一声带着疑问的语气是王家小叔与王善那伙人，后一个惊喜的语气则是王锦凌父亲一行人。

王锦凌面带微笑，无视面前虎视眈眈的“家丁”，风度翩翩地踏入王家：“各位爷爷、叔伯们，锦凌来晚了，还请各位叔伯见谅。”

话虽如此说，可王锦凌完全没有行礼致歉，朝父亲与八爷爷点头后，便直接走到内堂，接着朝中间几个白发老头点了点头，算是打了招呼，至于其他人王锦凌一律当作没有看到。

王锦凌一出现，整个王家的气氛就变了，王小叔一行人，目瞪口呆地看着王锦凌，连话都不敢说，目光随着王锦凌的身形移动，直到王锦凌在主位上坐下，众人这才回神。

“家，家主，你怎么这个时候回来？”王小叔这话本是指责，可却因为底气不足，让人听着有几分委屈的意思。

无视奇怪的氛围，王锦凌笑容满面道：“锦凌来晚了，让小叔忧心了，你们还愣着做什么，没看到小叔还站着嘛，还不快请小叔入座。”

“是，是。”僵硬的下人连忙上前，把王家小叔带到外厅，依王家小叔的身份，他还不够格进入内厅。

王锦凌的突然到来，把王家小叔惊得几乎丢了三魂七魄，精神恍惚地被下人拉了出去，王善几人一见情况不对也想偷偷地溜出去，可他们之前站的位置太好了，这个时候别说溜出去，就是动一动，也会引人注意。

这不，王锦凌还没开口，护卫就上前，把三人拦住了。

“锦凌，你这是什么意思？”王善作为三人的主心骨，第一个开口质问。

王锦凌没有说话，而是捧起下人刚刚奉上来的热茶，轻啜一口，放下茶杯，这才看向王善三人，平静的眸子一如往昔，平淡清澈：“善爷爷，仁爷爷，智爷爷，你们三位这是要去哪里？”

语气平静，没有丝毫的怒火，王善几人心下稍安：“锦凌，仁爷爷几个老糊涂了，锦凌你就别和仁爷爷几人计较。”

“仁爷爷可不糊涂，糊涂的话还能走到祖宅来？锦凌可还记得，锦凌曾说过，三位爷爷及其嫡系后人，无家主之令，不得踏入王家祖宅，不知是谁让三位爷爷，还有你们的儿子们进来的，难道不知道违背家主命令的后果吗？”

王锦凌的话中没有一丝的火气，却让在场的大部分人冷汗淋漓，如果不是身为王家人的骄傲支撑着他们，此时怕是早已跪地求饶了。

违背家主命令，就会被逐出王家，剥夺王氏这个姓，子孙后代都不得以王家人自居，不能踏进王家半步。

王家家主的权力极大，以前还有长老能制衡一二，自从王锦凌对王善三人出手后，新的长老会形同虚设，根本不敢与王锦凌作对，就怕被王锦凌抓到小辫子，连累一大家子人丢脸。

这个时候，王锦凌要处置他们，绝对没有人敢反对，而一旦被逐出王家，没有王家做依靠，他们恐怕连普通百姓都不如，普通百姓还能种个田谋生，他们却连田地都没有。

怎么办？怎么办？

王善、王仁和王智三人顿时惊慌失措，以眼神询问对方，让对方想办法，可这个时候，他们还能想到什么办法，他们就没有想过，王锦凌能活着回来。

王锦凌也不急，悠闲地品着茶，时不时地看三人一眼，等待三人回答，主位上的几位白发老者，眼中闪过赞许的笑。

王家的大公子果然了得，这半年来的磨砺，身上的青涩已荡然无存，取而代之的是成熟稳重。凭锦凌现在的气度与手腕，王家在他手上只会越来越好，王家不需要一个莽撞往前冲的家主，王家需要一个能稳得住阵脚的家主，锦凌很好！

看王锦凌三言两语，就把王家众人震住，九皇叔与凤轻尘相视一笑，王锦凌家主的身份固然重要，可他进门时摆出来的气势才是重点。

撞破王家大门，王锦凌应该是第一人，果然有魄力！

王锦凌很沉得住气，王善三人不说是谁放他们进来的，王锦凌也不逼他们，捧着茶杯，看也不看三人一眼，朝大厅众人点了点头，算是打招呼，也算是警告。

王家家主活着回来了，在场的那些支持王家小叔的人就是王家的叛徒，而对待叛徒不用客气。

看到自己父亲还有亲信支持者一身是血，王锦凌既不发怒也不问他们因何受伤，只吩咐护卫护送他们去王家医馆包扎，充分表现出一家之主的公正与公平。

王锦凌的父亲和八爷爷一句话都没有说，事情发展到这一步，他们还有什么不明白的，除了王锦寒受伤的事，恐怕一切都在锦凌的算计之中。

王家有二心的人今天通通浮出水面，作为一家之主不能诛杀王氏族人，可要这些人生不如死，王锦凌有一千种办法。

王锦凌带来的人，如同幽灵一般涌入王家，将受伤的人带走，同时潜入王家各处，把王小叔安插的人一一找出来、控制住。

当然，王家小叔虽然被人看住了，可他的人不会束手就擒，可惜在王家，王锦凌就是王，想要和王锦凌争，就得等王锦凌不是家主或者死了再说。

阴谋算计已经结束，现在是拼实力的时候，而很明显，王锦凌带来的人手不仅多，实力也比王小叔的人强。

王锦凌平日不显山不露水，可下起手来却毫不迟疑，一冲入王家就把王家人给控制住了，趁王小叔还没缓过劲来，又把皇上安插进来的人，一一拿下。

“锦凌手上的人是哪里来的，王家暗部吗？”寒天腊月地趴在屋顶上，真不是一般的冷，凤轻尘都快冻僵了，声音也是颤抖的。

九皇叔伸手，将凤轻尘搂在怀里：“不是，王锦凌私底下训练的一批人，当然也有一部分是本王的人。”

“你们两个居然联手，好坑人呀。”有个温热的火源，凤轻尘终于缓过劲了，不过他们这动作，却引起了有心人的注意，有几个人已悄悄地往这边看。

王锦凌的护卫俯身在他的耳边低语几句，王锦凌神色不变，轻咳一声，将众人的注意力再次拉回到他身上。

“家主，您看是不是该宣布开宴了？”王锦凌这么一咳，立马就有人出来和稀泥，希望王锦凌能糊涂一下，略过此事，毕竟大家都是王家人，打断骨头还连着筋。

“开宴？都快子时了，是该开宴了，七少呢？去请七少一起来。”王锦凌充分展现着他好说话的一面，可这一开口，却让王家上下更加难堪。

王锦凌真阴险，明明什么都知道，却硬是什么都不说，让人心存侥幸，却又将人最后的一丝希望打破。

“这，这……”和稀泥者一脸尴尬。

“怎么了？我爹在除夕宴上受伤，我弟弟也在除夕宴上失踪了不成？还是我这一脉的嫡系不够资格参加除夕宴？”王锦凌将茶杯放在桌上，啪的一声，把众人吓得心惊肉跳。

“家主……”有人哭丧着脸叫道，王善几人更尴尬，一大把年纪了却像个犯错的孩子，站在那里向一个晚辈低头认错。

“家主？现在才叫家主会不会晚了，对我父亲他们动手时，怎么不记得我是家主？对我弟弟动刑时，怎么不记得我是家主？”王锦凌的眼神从众人身上扫过，很平静，可在场的众人却吓出了一身冷汗。

在王家大厅上的人，有保持中立的，但更多的是依附于王小叔，策划毒死王锦凌的人，碰到王锦凌的视线，这些人不自觉地低下头，根本不敢看王锦凌。

一瞬间，王锦凌便失了耐心，挥了挥手道：“拖出去，别脏了我的地方。”

“家主，家主，你不能，不能杀我们，家主你不能手足相残，太爷爷，救命呀，救命呀。”王锦凌的话一落，王善三位的后人便跪在地上，向几位白发苍苍的老者求情，鼻涕眼泪一大把。

“咚咚咚……”大厅里跪下的人更多了，王家小叔也跪了下来，哭着喊着认错。

白发老者面无表情，王锦凌没有说话，眼中带笑，却没有一丝温度，众人明白王锦凌既然下了决定，就没有人可以违抗。

从王锦凌的话中，王善他们几个人明白，他们在暗中谋划的一切，王锦凌都知道，可即便如此王锦凌依旧能谈笑自若，不得不说此子心境异于凡人，分外可怕。

王善几人极力克制自己颤抖的身子，他们很清楚，成王败寇，这个时候王锦凌想做什么，他们都无法反抗，可就在他们几人等死时，却发现：“咦，怎么不是抓我们？”

王锦凌带来的人，把王小叔安插在王家的人一一带了出来，全部拖到外面，这些人不是没有反抗，只是一反抗就被对方给制住了。

王小叔的人很快就被清理干净，王小叔面如死灰，不停地求饶，凤轻尘不屑地别过脸去，就这么点本事，还敢和王锦凌斗，真是不知死活。

倒向王小叔的人狂喜，他们以为王锦凌此举，意味着他只会处置主谋，不会追究他们的过错，可不想还来不及欢喜，就听到王锦凌下令：“登记一下，把这些人及他们的嫡系后人都逐出王家。明日祭祖，告知王家先祖和九州大陆所有的王姓人，这些人以下犯上被王家逐出，王氏众人不得再为难他们。”

说完，便起身朝外走去，留下目瞪口呆的众人，等到王锦凌走后，王善几人才反应过来，一个个大哭大闹。

“家主，家主，我们要见家主。”

“锦凌，锦凌，小叔错了，小叔错了，你饶过小叔吧。”

“家主饶命呀，饶命呀……”

逐出王家已经很惨了，王锦凌还要将此事公布出来，这是要断他们的后路，说是不得为难他们，却是在警告众人，谁敢帮他们就是与王家为敌。

没房、没田、没地、没银子，他们要怎么活？王锦凌这是要他们死，又不想背负残杀族人的名头。

几个白发老者面面相觑，最终无奈地叹了口气，他们不认为自己有把握说服王锦凌，王锦凌今天展示出来的实力与手腕，告诉王家上下，他王锦凌才是王家真正的掌权者……

“看完了，没劲。”凤轻尘很不高兴，对手太弱，完全没有可看性。

“这才刚开始，走，我们找王锦凌喝酒去。”九皇叔抱起凤轻尘，一个掠起，朝王锦凌消失的方向奔去。

如同约好一般，王锦凌早早地准备好酒菜，挥退下人，对于九皇叔和凤轻尘的不请自来，没有半点惊讶，院内只有他们三人。

多日不见，王锦凌消瘦了许多，离得远看不清，走近才发现，他穿的衣服几乎是挂在他身上，双眼被反衬得特别大。

这段时间，他过得一点也不轻松。

凤轻尘还在生王锦凌的气，进来后也不说话，只站在一侧，看王锦凌与九皇叔说着一些她听不懂的话。

王锦凌虽然一直在和九皇叔说话，眼神却一直落在凤轻尘的身上，看凤轻尘绷着一张脸，王锦凌不知道自己是该高兴还是该难受。

高兴凤轻尘在意他，难受凤轻尘又不是那么在意他。如果是九皇叔这么做，凤轻尘事后肯定会凶九皇叔一顿，可对他却不会。

这就是朋友与爱人之间的差别，也是他和凤轻尘无法跨越的鸿沟。王锦凌神色黯然，全然没有刚刚对付王家人时的从容，举止之间也少了一份洒脱。

王锦凌拿起酒壶，给凤轻尘倒上一杯，举杯道：“轻尘，王家的事情我很抱歉，连累了你，锦寒的事情，谢谢你。”

凤轻尘略一迟疑，张了张嘴，想想还是把到嘴边的话咽了下去，同样将杯中的酒一饮而尽：“连累谈不上，你没事就好，至于锦寒，他伤得很重，到现在还没有醒来，我已经尽力救治了，不过他的情况实在称不上好，如果你有空就去看看他。”

王锦寒就算不瘫痪，日后行动也会受影响，想要和以往一样怕是不可能，想要正常行走，也要经过锻炼才行。

“我会尽快去看他，锦寒的事情可能还要麻烦你一段时间，王家的情况你也看到了，今天处治的只是一些权力中心的人物，底下还有很多人要清理，而这一次我定要彻底地清理干净，绝不能让锦寒白白受伤。”他险些丧命，锦寒也身受重伤，他付出了这么大的代价，绝不会半途而废，更不会心慈手软。

看到王锦凌眼中的疲累与苦涩，凤轻尘的气也消了，这件事受伤最大的是王锦凌，要不是没办法，王锦凌也不会孤注一掷。

“别说什么麻不麻烦，我和锦寒相识一场，你这般生疏我倒是不习惯了。”这一次，换凤轻尘给王锦凌倒酒。

“过去的都过去了，新的一年即将来临，一切都会越来越好。”上一杯酒是王锦凌的歉意，这一杯酒则是凤轻尘的理解。

王家不是凤家，王家的权力斗争不亚于皇家，流血丧命那是正常的，王锦凌的处事方式是王家所需要的。

“轻尘说得没错，我们都会越来越好。”凤轻尘的理解，让王锦凌的脸上多了一丝笑容，虽然那丝笑容依旧很淡。

这个新年对于王锦凌来说，实在没有什么值得高兴的事情。

得到凤轻尘的理解，王锦凌才有心思理会九皇叔：“这次的事情多谢你的相助，我敬你一杯。”

王锦凌算到了王家人给他下毒，事先也准备好了解药，只是他没有想到，家人给他下的会是沉睡，而沉睡的解药只有九皇叔有。

这一次，九皇叔确实帮了他大忙，要是九皇叔一个狠心直接让他死了，那后面的一切就都没有意义了。

“互惠互利罢了，真要谢本王，拿出一些实质的东西。”九皇叔一饮而尽，说出了重点。

看戏是临时决定的，商谈好处却是早就想好了的。

王锦凌了然地点了点头：“你要科考的名额？”

王家有的，九皇叔又想要的，王锦凌想来想去，只有这个。

“十个。”开春后就是东陵第一届科考，除了各地县层层考上的学子外，还有世家特有的名额。世家子弟凭这个名额，可以直接参与科考，不需要经过层层选拔。

皇上想要重用寒门学子，可又不能一次性把世家子弟打入谷底，皇上便给了各个世家一些直接参与京城科考的名额，另外也给了清流名士一些推荐的名额，用以安抚世家，拉拢那些清流学者。

“十个？你知道王家总共有多少名额吗？”饶是王锦凌再怎么淡然从容，这个时候也被九皇叔的狮子大开口给吓住了。

王家上万人，数千名年轻学子，总共也只有三十个名额，这三十个名额还有十个是王锦凌从稷下学宫那些学者手上要来的，九皇叔一开口就要走三分之一，把他从稷下学宫要来的名额全部拿走，实在是够狠的。

“本王只知道王家的名额最多。”九皇叔这话摆明了说他这是吃大户。

崔家没赶上，皇上也不敢用崔家的人，崔家一个名额都没有，世家大族以王谢二家为首，谢家唯皇上马首是瞻，皇上给了谢家十个名额，谢家也不敢多争。

至于王家，皇上原本的打算是比谢家多出一两个即可，可王锦凌强势，再加上王锦凌的才名，王家硬是拿到了二十个名额。

王锦凌无奈苦笑："我得用这些名额来收买人心。"

"经此一事，王家实力受损，你把这十个名额让给有才华的寒门学子，他们会感激王家，皇上也会暂时放过王家，你应该很清楚，皇上不希望世家的学子中举。"王家一瞬间少了十几户嫡系，这些嫡系手中有上千个铺子，突然换人接手，肯定会大乱，王家需要喘息，就必须要讨好皇上，这是规矩。

"你早就算好了，我还能说什么，十个便十个。"九皇叔这摆明是趁火打劫，可偏偏还理直气壮，一副为他着想的样子，真真是气人。

凤轻尘闷笑一声，乖乖地剥花生，吃花生，做一个合格的看戏人。要知道，这才是九皇叔要她看的戏，看王锦凌吃瘪。

在科考名额上，王锦凌大方地松口，可不想九皇叔根本没有就此满足，继续道："王善、王仁、王智三家的势力换你那小叔入狱。"

王家其他人被逐出王家，王锦凌想收拾他们很容易，可有一个人王锦凌不好动，那就是背后有皇上做依靠的王小叔，还有王小叔带来的那些人。

皇上的人，可不是什么人都敢动的。

"他们手上的店铺，可是王家近一半的财富。"王锦凌半点也不吃惊，九皇叔今天摆明了就是来吃王家的，王家不狠狠出点血，怕是不行。

"破财消灾，我要他们手上的暗线，至于店铺，你要是喜欢，你收着。"作为一个族人遍布九州的大家族，最好做的生意当然是走私，王善三人手上走私的暗线，正好是东陵到北陵。

北陵是个不毛之地，可九皇叔却很看重那块地方，北陵人骁勇善战，守着冰天雪地，依然能与东陵、南陵和西陵并立，可见北陵这个地方真不错。

"他们手中的店铺，年年都亏损。"王锦凌这是在告诉九皇叔，便宜这种东西不能一个人独占。

"到了你手中，自然能扭亏为盈。"他要的不是王家的铺子，而是王家走私的暗线。

他不是没有想过，让步惊云重新弄一条线路出来，可惜步惊云去了一趟北陵，发现北陵人相当排外，也相当不信任其他三国的人，小打小闹还可以，想要搭上北陵高层，没有十几二十年的时间几乎不可能。

“王家落到你手中和落到皇上手中，有什么区别？”王锦凌当然明白九皇叔要这条线的目的，但这条线算是王家最赚钱的线路，少了这笔收入，王家损失极大。

“皇上会将王家踩入泥底，让王家永世不得翻身，而本王会将王家打散，也会允许王家重新站起来。”九皇叔毫不隐瞒自己对王家的态度。

“我需要考虑。”王锦凌也明白，王家的处境如烈火烹油，看似花团锦簇，实则步步危机，他每一步都必须小心谨慎，一个不好就会全军覆没。

“不急，新年将至，本王就不打扰大公子了，轻尘，我们走。”九皇叔的条件抛出来后，也不再和王锦凌啰嗦，拉起凤轻尘就走人。

“子时将至，你们就不能陪我守完岁再走吗？”王锦凌起身挽留，眼神却落在凤轻尘的身上。

凤轻尘正欲开口，九皇叔却先一步道：“外面有那么多王家人在，他们还等着大公子出去，本王和轻尘就不打扰大公子了。”

九皇叔完全不给凤轻尘说话的机会，抱起人，就跃上屋顶。

王锦凌站在院中，看着凤轻尘离去的方向摇了摇头，九皇叔真是越来越小气了。

当然，九皇叔的胃口也越来越大了，开口就要王家最赚钱的生意，还真不是一般的狠。

“公子，几位长老在大厅等公子许久，不知公子何时能前去？”王锦凌的贴身护卫在外面等了许久，实在没办法才大着胆子进来。

王锦凌整了整衣摆，脸上依旧带着温文尔雅的笑容：“通知几位长老，开宗祠，有什么事去祖宗面前说。”

在宗祠定下的事情，就不会有更改的可能，这一次他绝不手下留情。

从王家回来后，九皇叔并没有把凤轻尘送回凤府，而是将人带到了九王府。

凤轻尘一路窝在马车里和九皇叔说话，闲得无聊就玩着九皇叔的头发，根本没有发现方向不对，等到她下马车时才知道已经来不及了，因为车夫直接将马车驶入了府内。

“我要回凤府。”凤轻尘转身，与刚下马车的九皇叔对视。

九皇叔开口：“在这里陪本王过年，天亮就把你送回去，不会耽误你祭祖。”

“来来回回，你想折腾死我？”如果不是过年，凤轻尘真想狠狠地踹九皇叔一脚。

这个男人，当每个人都和他一样是铁打的吗？她虽然经常通宵不睡，可这是过年呀，作为一家之主，她忙得很。

“不会累着你，放心。”九皇叔半哄半骗，把凤轻尘哄到房间。

事实也如九皇叔所说的那般，九皇叔并没有拿凤轻尘怎样，只是希望两个人能一起过年，怎么说，这也是他们两个人在一起后的第一个新年。

第二天，等凤轻尘醒来时，发现自己已经回到了凤府，如果不是枕头边有一个大红包，凤轻尘都要怀疑，她昨天晚上根本没有去过九王府。

凤轻尘起身，打开红包，里面有一张纸，上面是她熟悉的字体。

再拜陈三愿：一愿夫人千岁，二愿本王常健，三愿如同梁上燕，岁岁长相见。

“岁岁长相见。”凤轻尘将纸条贴在心口，忍不住笑了起来，越笑越乐呵，最后忍不住，直接在床上打了两个滚。

她在想，九皇叔写这句话时的表情，会多么的可爱，要知道这首词可是以妇人口吻写的，九皇叔改了两个字，就变成这样了，真是有心了。

凤轻尘甜蜜够了，将小纸条小心收好，又拿出红包里面的其他东西，一张地契，是九皇叔在城外的别院，还有一条梅花脚链和一枝梅花发钗。

梅花脚链很别致，上面的小梅花全是用玉雕刻的，外面镶了一层金，做工精细，远远地看上去就像真的一般。

九皇叔应该是知道她平时不太爱戴首饰，尤其是双手，所以才会特意定制了这条脚链。

凤轻尘试了一下，大小刚刚好，贴在脚腕上，一点也不影响行动，凤轻尘已经舍不得摘下来了。

至于梅花钗，凤轻尘只想说，虽然很漂亮，用的材料也是上好的，可一看就知道是新手刻的，远看没有问题，近看就会发现，上面有些小划痕。

想到在西陵的路上，九皇叔经常替她摘花，凤轻尘便猜到，这梅花钗应该是九皇叔自己刻的。

“新年礼物，呵呵……”凤轻尘看着手上的东西傻笑，弯弯的眉角怎么也压不下去。

不管之前发生了什么事，大年初一，凤轻尘的确如九皇叔所想的那样，高高兴兴，合不拢嘴。

凤轻尘对着礼物看了半天，尤其是那梅花钗，更是放在手中来回地摩挲，直到春绘和秋画再三提醒，她再不起来就要迟了，凤轻尘才允许她们进来服侍。

新年的装扮不能太过简洁，九皇叔刚送的梅花钗也就派不上用场了，凤轻尘虽然觉得可惜，但还是将发钗收了起来，准备以后再用。

过年对华夏人来说是大事，一应细节马虎不得，管家虽然不在，但该准备的早就准备好了，该交代的也一一交代好了，凤轻尘只要按规矩办就好。

很忙碌，可凤轻尘却忙得很开心，在她看来，这才有过年的气氛。

虽然依旧是一个人，可处在热闹喜庆的凤府，凤轻尘一点也不觉得孤单，再说还有一个西陵天宇陪她呢。

用完饭后，凤轻尘闲了下来，她一个女孩子，再加上父母刚下葬没多久，完全不用出门给人拜年，待在家里便好。

凤轻尘也乐得清闲，去看过王锦寒后，留了一个侍女照顾他，便去找西陵天宇。

凤轻尘的这个年就在陪西陵天宇聊天，照顾王锦寒中度过了，而在凤轻尘的悉心照料下，王锦寒终于醒了，只是他伤得太重了，清醒的时间并不长，可就算如此凤轻尘也很高兴。

新年过后，云家药铺的安胎药逐渐减少了销售量，即使云潇从来不明说，但聪明的人也从最近发生的事情中看出了端倪，时不时就有人跑到凤府，打听情况。

凤轻尘也不解释，只说下一批药要三个月以后才有，先前囤的药材坏了，没有药材她也没有办法。

此言一出，众人还有什么不明白的，以至于原本打算在年后替东陵子洛求情的人，一个个都将话咽了下去。

没办法，众怒难犯。这年头能用得起一百两一盒安胎药的人家非富即贵，他们平日里虽然不敢得罪几位皇子，可同样几位皇子也不会得罪他们，以免把他们推到对方的阵营。

京中的权贵气东陵子洛做事不给人留余地，打算求情的官员一个个安静下来，这下可把皇后给急疯了，三天两头的召大臣夫人进宫，话里话外都暗示让她们府上的大人向皇上求情，早点解了东陵子洛的禁足。

朝中的大臣也不会因为这种小事，置自己的利益于不顾，拖了一段时间就开始行动了。元宵过后大臣们就开始一波一波的给皇上上折子，说东陵子洛的好话，恳请皇上从轻处置，可不想，皇上没有解除东陵子洛的禁闭，倒是把太子给关了禁闭。

凤轻尘听到朝局的走向，直乐呵："皇上这是要把洛王和太子都废了，让舟王他们几个来争吗？"

"洛王上次的差事办砸了，皇上对他很失望，最近舟王殿下频频接触我，并许我王家一个皇后之位。"除夕夜事件过后，王锦凌就没有停下来，这一忙就忙到了元宵节，来不及休息，稍做整理就赶到凤府，来看望王锦寒。

短短半个月的时间，王锦凌强硬地将王家十九户嫡系逐出宗族，各地的产业也全部换上自己的心腹之人。同时在九皇叔的帮助下，把王家小叔与王善几人也丢进了大牢，让他们永世都不得翻身，求死不能。

对于王锦凌最近的动作，凤轻尘大至知道一二，毕竟九皇叔得闲的时候没少往她这里跑，不过她每次都是听听，同时暗暗佩服王锦凌，不出手则已，一出手就是斩草除根。

现在得知舟王对王家的拉拢一事，凤轻尘忍不住笑道："一出手就是皇后之位，舟王还真是大手笔，问题是他不觉得自己太冲动了吗？要知道你们王家，从来没有表示过自己忠于皇上以外的人。"

就算是王家小叔，那也是皇帝手上的一条狗，也是听皇帝的话，皇帝能容忍王家这么久，就是因为王家从不参与皇权斗争，只忠于皇室。

"舟王的许诺，别说我就是他自己也不信，这不过是一种试探，皇上对王家的试探，皇上对舟王的试探。大家虽然没有明说上次的事情，可也都知道，皇室在王家的权力斗争中，扮演了很不光彩的角色。当然，这也不全是试探，皇上这也是在安抚王家，借舟王之口告诉我，只要王家安分，下一任皇后就有可能从王家选择。"王锦凌的声音淡淡的，微陷的眼窝带着浅浅的笑意，温柔得好似春风拂面。

不管发生了什么事，不管经历了多少事，王锦凌始终还是那个对生命充满热爱的王锦凌，看王锦凌完全不受家族事务的影响，凤轻尘也安心了。

"你们这些人绕弯子的事情，我不明白，也懒得弄明白，锦寒恢复得很不错，现在这个时辰他已经做完第一次的复健了，一起去看看他。"有些事情九皇叔也和凤轻尘分析过，她听过便忘了。

这些事，不是她能掺和的。

"好。"王锦凌淡然起身，要不是眼中的担忧与急切出卖了他，凤轻尘真要以为，王锦凌对什么都不在乎。

"别担心，锦寒恢复得很好，他很快就可以和以前一样策马游皇城。"王锦寒恢复的速度和效果都远超出了她的预计。

王锦凌难得空闲，本想多陪陪王锦寒，可不想刚一起身，暗卫就急急地呈上一份情报，王锦凌快速地看完，面色凝重，正欲跟凤轻尘说，凤府的下人就在外面嚷着："小姐，小姐，不好了，出事了……"

"出……"凤轻尘还来不及问，门外就响起震天的砸门声，凤轻尘顿时被吓了一跳："怎么回事？"

"小姐，夜少主带着一堆人马在外面，叫嚣着要你偿命。"佟珏三步并作两步跑了进来，小脸通红，不知是气得还是跑得。

"夜少主要我偿命？到底发生了什么事？走，出去看看。"凤轻尘只觉得莫名其妙，正准备带人去会一会夜叶，王锦凌一把拉住了她。

“轻尘，夜城主在城外被人暗杀了。”王锦凌将自己刚刚收到的消息告诉凤轻尘。

凤轻尘大吃一惊：“什么？夜城主死了？他不是今天回夜城嘛，好好的怎么会死？”

“夜城城主在城外十里处被人暗杀。”王锦凌神色凝重地说道。

“一出城就被人暗杀？夜城主身边有那么多护卫，他这是有多无能？”凤轻尘鄙夷道。

“不是夜城主无能，实在是对手太强，夜城主所带的护卫全部被一剑毙命，无一活口。”王锦凌脸色凝重。

夜城主的死对他们来说是好事，可牵扯上凤轻尘，就是麻烦。

“不留活口，下手的人真狠，不过做得很漂亮，既然没有活口，那夜叶凭什么要我偿命？夜城主死在东陵境内，那也是皇上的事，夜叶这是准备柿子挑软的捏吗？”凤轻尘冷冷地道。

她还没有找夜叶麻烦，夜叶就先找上她，真是找死，夜城的惨况就在眼前，夜叶还不知道自己得罪了什么人，还一味地逞凶斗狠，夜城有这样的少主，真是夜城百姓的悲哀。

“不是，夜叶来找你，是认为暗杀他父亲的人是你。”王锦凌将刚刚收到的消息告诉凤轻尘，“夜叶收到夜城主遇刺的消息，立刻带人赶过去，发现夜城主死前在地上写了一个凤字，额头上有一个指甲大小的伤口，从里面挖出了你常用的暗器，所以他便认定凶手是你。”

凤轻尘今天早上一直在凤府，王锦凌很清楚这件事不是凤轻尘做的，那么这就是有人栽赃嫁祸。

王锦凌在脑子里飞快地过滤，到底是什么人，杀了夜城主栽赃给凤轻尘呢？思来想去，也就那么几个人，可王锦凌不认为他们有本事在皇城外动手。

“我的姓氏，我常用的暗器？对方还真是处心积虑，什么事都想到了，这是要把暗杀夜城主的罪名安在我身上？”凤轻尘的眼中闪过一抹寒意，“只可惜，夜城今非昔比，想要我背上暗杀夜城主的罪名，也得看自己有没有那个本事，我倒要看看，没有夜城主撑腰的夜叶，能有多大的本事。”

凤轻尘冷着一张脸，傲然地朝外走去，王锦凌连忙起身跟上：“我陪你一起去。”

他怎么可能任凤轻尘一个人去面对这样的事情，别说他在凤府，就算他不在凤府，听到消息也会立刻赶过来。

凤轻尘没有拒绝，与王锦凌一同往外院走去。

“小姐。”护卫上前，将现场的情况告诉给凤轻尘。

夜叶不是王锦凌，夜叶做事更多的是凭一腔热血，也就是所谓的冲动。夜叶从城外回来后，让人把夜城主的尸体抬回去，自己则带着夜城主留下来的护卫，气势汹汹地杀到凤府，二话不说就命人砸门。

可朱红的大门哪是那么好砸的，砸了半天，除了在门上划出一条条凹槽外，没有任何效果。

凤轻尘见识到王锦凌带人砸门的狠劲后，夜叶这种小手段，她完全看不上，凤轻尘往中间一站，命令道：“把门打开，别让夜城的人以为我们怕了。”

“是。”见凤轻尘来了，凤府的护卫气势十足，丝毫不惧门外的人。

凤府上下都知道，凤轻尘护短，只要是凤府的人，凤轻尘都不会眼睁睁地看着他们出事，有凤轻尘在，就不用怕。

“吱呀呀……”木轴转动，发出刺耳的声响，只是这声音很快就被淹没在砸门声中，王锦凌看到凤轻尘眼中闪过一抹狡黠的笑意，嘴角也跟着微微上扬。

“咚咚咚……”如凤轻尘所预料的那般，门外拼命砸门的人没有防备，门突然打开，在惯性的作用下，一个个往里跌倒。

如同多米诺骨牌一样，凡是用力推门的人无一例外，全部朝凤府里面摔，一个叠一个，摔成一团，完全没有战斗力可言。

“哈哈哈……”凤府护卫在主子的纵容下，完全不知道什么叫礼貌，大声嘲笑着，离得近的几人更是毫不客气，抬脚就往他们身上踩，把夜城的侍卫踩得哇哇大叫。

“凤轻尘！”夜叶从护卫中走出来，双眼通红，一脸狠厉地瞪着凤轻尘，那眼神凶狠得如同野狼，好似下一秒就要扑过来，将凤轻尘撕碎。

凤轻尘毫不畏惧地与之对峙：“夜少主！”

“凤轻尘，你这个贱女人，还我父亲命来。”夜叶唰地一下抽出长剑，指向凤轻尘。

“小姐。”凤府的护卫上前，将凤轻尘团团护在中间，生怕夜叶一时冲动，在大庭广众之下出手伤人，到时候皇上念在他父亲刚死的份上，想必不会责怪他。

“没事，你们都退下，我倒要看看夜城的少主，在我东陵皇城有多嚣张。”凤轻尘挥了挥手，把护卫都呵退，上前一步，与夜叶对峙，面对夜叶冰冷的杀意，凤轻尘扬眉冷笑。

“夜少主，凤府不欢迎你，如果没有别的事情，请你转身往前走，五十步后左转，有多远滚多远，别在凤府门口碍我的眼。”

“凤轻尘你放心，杀了你之后，我就会走，我在你这里多待一刻，都觉得恶心。”

此时的夜叶完全没有理智可言，见凤轻尘距离自己只有三步之远，挽了一个剑花，就冲上前，剑尖直指凤轻尘的眉心。

夜叶的剑招很快很突然，可凤府的护卫也不是吃素的，他们一直防备着夜叶，见夜叶出手，当下毫不客气地反击。

主动攻击与被动防御，这是两个完全不一样的概念，前者杀了人要坐牢，后者杀了人，别说百姓就是官府也能理解。

夜叶带人擅闯凤府，又不管不顾地出手，局面完全朝有利于凤轻尘的那一面倾斜，凤轻尘目的达成，不再做箭靶，稳步后退，退出战斗圈。

只不过，看到敌我力量悬殊，凤轻尘的眼中闪过一抹担忧，夜叶带来的人是凤府的十几倍，也不知道凤府能不能撑到救兵到来。

“别担心，这里是皇城，巡城兵很快就会过来，不会有事的。”王锦凌扶了凤轻尘一把，又飞快地收回手。

手心还残留着丝丝的暖意，王锦凌悄悄地将手放在身后，握紧……

“我知道，不然我也不会故意挑衅夜叶。夜叶太冲动了，没有夜城主，我真好奇夜城在他手上会变成什么样。”凤轻尘知道九皇叔一直在打夜城的主意，这次的事情也不知道是不是和九皇叔有关。

“再怎么变也不会变成空城，一座荒城没有任何用处。”王锦凌知道打夜城主意的人很多，但每一个人都很清楚，夜城最值钱的不是那块地，而是夜城的铁骑与夜城百姓。

“这倒是，一座空城不值得那些人出手。只是夜城的铁骑只服从夜家人，夜城的百姓也只认夜家人为城主，所以不管那些人多想夺得夜城，都不会对夜家人赶尽杀绝，也不会毁了夜城。”凤轻尘点了点头，看着如同野兽一般盯着她不放的夜叶，凤轻尘有一刹那的害怕。

夜叶的眼神太可怕了，真的是把她当成杀父仇人，有那么一刹那，她甚至怀疑夜叶会不管不顾，直接调来夜城铁骑灭她了。

依夜叶疯狂的性子不是没有这种可能，凤轻尘眉头微蹙，问道：“锦凌，你说到底是什么人栽赃陷害我，看夜叶那样子，他是认定了我就是他的杀父仇人。”

栽赃陷害她的人，一定是想要她的命。

王锦凌眉头微皱，紧握的手心微微松开：“不是栽赃给你，而是栽赃给九皇叔。”

“你是说，有人想挑起夜城对九皇叔的恨意？可他为什么不直接栽赃给九皇叔，而是要加上我？”凤轻尘转头，一脸诧异。

“一箭双雕，把脏水泼在你身上，九皇叔也洗不干净。当然这只是我的猜测，当不得真，这事等见到九皇叔我们再商量，夜叶现在没有理智，等他冷静下来就会把这件事情联系到九皇叔身上去。”

凤轻尘与夜叶的恩怨只是明面上的，凤轻尘有杀夜城主的动机，在九皇叔的帮助下，也有杀夜城主的能力。

这局设得很粗糙，但用来对付夜叶足够了。夜叶本就对凤轻尘带有偏见，除非找到真正下黑手的人，否则夜叶就只会认定凤轻尘是杀父凶手。

“看来这黑锅我是背定了，事情真是没完没了，也不知道皇上那里怎么想。”凤轻尘揉了揉太阳穴，等翟东明带人过来，把眼前混乱的局面给平定下来。

至于其他的，凤轻尘倒不是那么担心，就算皇上愿意，九皇叔也不会同意把她推出去当替死鬼，来平息夜城的怒火。

“别担心，事情没你想的那么糟，你还有我们在。”王锦凌轻拍凤轻尘的肩膀，无声地安慰着。

凤轻尘微微一笑，心下稍安。

夜叶正处在疯狂中，完全没有理智可言，凡是接近他的人，不分敌我，全都被打退。

看到凤轻尘与王锦凌说话，夜叶怒火高涨，不顾阻拦在身边的护卫，提剑就朝凤轻尘冲去：“凤轻尘，我要杀了你，以祭我父亲在天之灵。”

不畏生死，毫无顾忌，此时的夜叶就如同杀神，在仇恨的支撑下，爆发出前所未有的力量，飞快地冲到凤轻尘面前。

凤府护卫上前，长剑往夜叶身上招呼，试图逼退他，可夜叶却像是不知道痛一般，任长剑刺在身上，只坚定地将手中的剑刺向凤轻尘。

“轻尘，小心。”王锦凌伸手，将凤轻尘往怀里拉，一个旋身，将凤轻尘护在怀里。

“锦凌……”凤轻尘脸色大变，连忙将人推开，可看上去文弱的王锦凌，却在此时爆发出强大的力量，将凤轻尘抱得更紧，不让她动，凤轻尘气得大骂，“王锦凌！”

千万不要有事，千万不要因为救她出事。

凤轻尘的眼睛都急红了，就在这千钧一发之际，一道黑影从上空飞身而下，当的一声，剑身与王锦凌的背部相贴，正好挡住了夜叶的剑。

夜叶一时失神，没有反应过来，那道黑影一个用力，便将夜叶挡了出去。

没有意外，这黑影自是先前送思行去玄医谷的左岸。

“啊……”夜叶大叫一声，在巨大的冲击下，跌入混战中。

“少主，小心。”夜城的护卫连忙停了下来，上前接住一身是血的夜叶。

“王锦凌，你吓死我了，你知不知道刚刚有多危险，夜叶就是一个疯子，你也陪他一起疯？”危险解除，凤轻尘气呼呼地推开王锦凌，一双美目瞪得滚圆。

“我知道很危险，所以我才挡在你面前”。这句话王锦凌没有说出口，他只是淡然道，“别担心，我这不是没事嘛。”

“要不是左岸及时出手，你现在就受伤了。”凤轻尘是真的生气了，刚刚夜叶出手时，她虽然不一定能避开，但依她的反应能力总能避开要害，不想王锦凌突然挡到了她面前。

她宁可自己受伤，也不希望王锦凌因为救她而出事。

“刚刚只是意外，不会有下次了。”王锦凌温言劝慰凤轻尘，丝毫没有死里逃生的惊惧，再三确定凤轻尘完好无损，王锦凌这才对一身黑衣，毫无存在感的左岸道，“多谢阁下相救，锦凌感激不尽。”

“不用感激，我不是救你。没本事就别当英雄，添乱。”左岸双手环抱，酷酷地说道。

这话还真是半点也不客气，凤轻尘担忧地看了王锦凌一眼，担心王锦凌生气或者不高兴，好在王锦凌修养极佳，完全不和左岸一般见识。

“阁下说得没错，我确实是添乱了，现在外面还乱着，不如阁下出手把这乱子给平了。”

王锦凌说得真诚，左岸定定地看着他，似乎不相信有人面对他的毒舌，还能如此淡定，还能不着痕迹地指使他做事，而且让他无法对其心生厌恶……

# 第二十八章　陪我去暖房吃一顿饭

左岸从来都不是一个好说话的人，可在王锦凌的坚持下，左岸居然二话不说，也不提任何条件就出手了，凤轻尘当即目瞪口呆。

“左岸有这么好说话吗？”凤轻尘可是很清楚左岸有多难缠，为了把左岸拐到身边，她可没少费力气。

“他不难说话，但也不好说话。”王锦凌指着左岸的背影，肯定地道，“他是一个简单的人，他的本质和你的徒弟很像。”

“左岸哪里简单了，精明得很，他也只是在你面前如此。”她和九皇叔要左岸出手，都得付真金白银。

“那是因为我没有把他当杀手，也没把他当成交易的对象，所以我在左岸眼中，不是雇主，只是一个普通人，我开口，左岸愿意便出手，不愿意便不出手，我亦不会再多言。”对简单的人来说，他们眼中的黑白对错、对每一个人的定位都更加明显。

左岸把九皇叔和凤轻尘当成交易的对象，所以二人要他出手时，就得付出相应的代价。

“那我不是亏大了？”早知道这么简单，她还费那些个心思干吗，直接开口让左岸保护她就好了。

王锦凌哭笑不得：“你当左岸是笨蛋呢，出手摆平外面的事，和保护你完全是不同的概念。对左岸来说，你这个被九州大陆所有杀手追杀的人，绝对是个大麻烦，他应该是很讨厌麻烦的人，所以没有足够的价值，他不会接手你这个麻烦，你应该感谢左岸愿意把你当成交易的对象，而不是要杀的对象。”

“好吧，你说得有道理，对于左岸来说，保护我的确是个大麻烦，他接下保护我的任务，就表示他站在了整个杀手联盟的对立面。”如此想来，反倒是她占了大便宜。

“你知道就好，有左岸这么一个贴身护卫，你就知足吧。”这一点，饶是王锦凌也不得不说，九皇叔做得很对。

有左岸在，他们就不用担心凤轻尘的安危了。

夜叶身上本就有伤，又因丧父，悲伤过度，被左岸震开后人就昏死过去了。夜城护卫群龙无首，再加上左岸的出手，夜城护卫渐渐不敌，一一往后退，没有再战的心思，凤府外的混战很快就被平定下来。

翟东明过来时，凤府与夜城的人已经停手，左岸悄悄地站在一旁，没有一点声息，不仔细看根本发现不了他，凤府的护卫与夜城的护卫则各站一边，互相敌视，却没有人再出手。

“本大人这是来早了吗？”翟东明翻身下马，气势十足，身后跟着一队步兵，他刚下马，身后的副官就上前，接过他手中的马鞭。

这官威让凤轻尘想到除夕那天，翟东明在凤府的表现，这孩子越来越爱装了，凤轻尘摇头，乖乖地走了出来：“见过世子爷。”

“免！”翟东明抬了抬手，官威十足，配上他那没有表情的脸，还真像那么一回事。

要不是走得近，看到翟东明朝她眨眼睛，凤轻尘都要怀疑跳脱的翟世子被肃亲王给训乖了，准备在官场上好好发展一下了。

“多谢大人。”凤轻尘盈盈起身，站在一侧，把路让出来给翟东明。

翟东明走到凤府护卫与夜城侍卫中间，冷冷地扫了眼左右两侧的人，看到站在一旁的王锦凌，眼睛都直了，抬腿就向王锦凌走去，可身后的副官像是能掐会算一般，先一步开口：“大人，有人报官，凤府外有人聚众斗殴。”

这是在提醒翟东明，公事要紧。

“咳咳……”翟东明生生地将迈出去的腿收了回来，板着一张脸道，“什么人这么大胆，敢在忠义侯府前打架斗殴？”

这话一出，摆明了是偏向凤轻尘，夜城的人一听就不干了，可他们的少主还没有清醒，只有一个小将领上前。

“夜城青南骑，燕一飞见过翟大人。”

翟东明原是用鼻孔看人，听到对方的自我介绍，这才认真打量起对方：“青南骑，夜城的神箭手？”

“是。”燕一飞中气十足，以自己所在的铁骑队为荣。

“不错，不错。”翟东明也满意地点了点头，“没想到夜少主身边还有这等人物，只是有你这等人物在身侧，夜少主怎么还会做出这等糊涂事？”

“请大人原谅，我家少主受丧父之痛打击，神智有些不清，行事冲动，还请大人看在我家城主刚刚死在城外的份上，不要计较我家少主的失礼。”这个燕一飞绝对是个人物，三言两语就把夜叶带人打上凤府的事情略过。

人家刚死了爹，还是死在你们东陵的地盘上，行事过激也是能理解的，你若不能理解，那就未免太不近人情了。

翟东明被这话堵得那叫一个郁闷，皮笑肉不笑道：“燕铁骑言重了，夜少主是性情中人，行事不经大脑，本大人也是知晓的，只不过国有国法，家有家规，如果人人都像夜少主这般，那东陵岂不是要大乱。”

“翟大人说得是，国有国法，家有家规，我家少主行事冲动，现在已被凤府的人打伤，昏迷不醒，改日我夜城定当上门道歉，给凤姑娘赔礼。”这话是说，我们虽然有错在先，可我们也付出了代价，虽是在东陵，可这也是夜家的家事，得按家规处置。

这口才真不是一般的强，翟东明嘴角微抽，副官暗暗拉了拉翟东明的衣摆，示意他冷静，最主要的是要保持表面上的公平公正，不然闹到皇上那里，他们会更吃亏。

翟东明强压下心中的怒火，以眼神询问凤轻尘，要不要把人拿下。

凤轻尘沉吟了下，摇了摇头。

苦主都说不拿人，翟东明还能如何，只能阴沉着一张脸，让燕一飞把夜叶及夜城人带走。

看夜城那一群人的嚣张样，翟东明气就不打一处来，夜城人一走，翟东明就毫不客气，指着凤轻尘的鼻子骂道：“凤轻尘，你个没出息的东西，我都过来给你撑腰了，我都不怕事，你却给我缩起来了，你这都被人欺负到家门口了，居然还忍。”

翟东明这是恨铁不成钢呀，有他这么强硬的后台在，凤轻尘怕啥，她就该把夜叶这群闹事的家伙通通拿下狱，看以后谁还敢有事没事就来砸凤府的门。

“我这不是忍。”凤轻尘就算怕，也不会怕夜叶，她只是觉得没必要，看翟东明气得不行，只得开口解释。

“世子爷你别生气，我不是怕夜叶，也不是被打了不还手，只是现在拿下夜叶，对我们来说一点用处都没有。”

“怎么没用处了，把他往大牢里一丢，挫挫他的锐气，免得他以为这里是夜城，处处横行，真把自己当回事。”翟东明早就看夜叶不顺眼了，这么好的机会，却没法对夜叶下黑手，翟东明只觉得万分可惜。

“世子爷，你把事情想得太简单了，夜城主死在东陵，不管谁对谁错，皇上都不会计较夜叶的失态，你前脚拿下夜叶，皇上后脚就会把人放了，回头还要责怪我们。”

夜叶刚死了爹，找她这个嫌犯的晦气，皇上绝不会责怪夜叶，世人也不会责怪夜叶，只会说夜叶乃是性情中人，至纯至孝。

“可也不能就这样放过他们，夜叶实在太嚣张了，就算他怀疑你是凶手，也应该报官，而不是带人闯到你家。”翟东明还是很不爽，夜叶把凤府当成什么了，想砸就砸，想闯就闯，真当这里是夜城，他还是那个不可一世的夜少主呢。

“不放过又能如何，人家爹刚死，你还能和他较真不成，如果真要较真，我们这边不死几个人，就没有叫嚷的底气。”凤轻尘可不想拿人命去做意气之争，不值得。

“好吧，你说得对。”丧父之痛，行事难免偏激，于情于理都能理解，翟东明气闷，却又无法反驳。

“我要是把夜叶关起来，事后皇上还得花更多的代价来安抚夜叶，我们不能让他占便宜。”

“就是这个理，所以我们不仅不能把夜叶关起来，还要对他的行为表示理解。夜叶占了情，咱们就得占理，不然光凭他父亲的死，就足够让我们头痛了。”凤轻尘示意下人将凤府外面收拾好。

“佟珏，把受伤的人数和我们府上的损失都登记好。”事情查清后，她要去找夜城算账。

佟珏和佟瑶跟凤轻尘最久，最是明白她的心思，当下应道：“小姐放心，我们一定会记好，绝不会让小姐失望。”

所谓的“记好”就是在原价值上加大十倍，反正时间久了谁也不知道夜叶弄坏了什么，她们现在记下的就是“证据”。

“聪明。”凤轻尘赞了一句，然后便招呼王锦凌、翟东明和左岸进府，凤轻尘看到左岸时，眼神在他的身上多停留了半刻，什么都没有说，只朝左岸露出一个意味深长的笑。

翟东明听到凤轻尘主仆二人的对话一脸不解，看向王锦凌，希望王锦凌能帮他解惑，王锦凌却是只笑不语，再看向左岸，左岸直接不搭理他，一进府就消失不见了。

“轻尘，接下来你打算怎么办？夜城主死在你常用的暗器之下，按律法你会被看押。”一进府，翟东明就迫不及待地问道。

“不怎么办，夜城主的死我是最大的嫌犯，我的一举一动都会有人盯着，我现在多做多错，再说我和苏柔的比试就在十天后，我现在只要准备比试的事就好，在比试之前皇上不会拿我怎么样。”凤轻尘只能说，她真是太不走运了，事情一波接一波。

前两天，皇上终于定下她和苏柔骑术比试的时间，就在十天后，容不得她说不。

“对哦，你不说我都忘了，你和苏柔的比试在即，可出了这样的事，或多或少都会影响你的状态，到时候比试输了可就不好了。”翟东明完全是个抓不到重点的家伙，凤轻尘这么一提，他就担心起比试的事。

“输就输呗，我又不是苏家人拿身家名誉来赌，不管输赢，我都是最大的赢家。现在比试不是重点，重点是我们有十天的时间，这十天我们也许就能找到真凶。”要不是有与苏家比试的事情，她现在就要入大狱了，不管怎么说，她现在都是唯一的嫌犯，皇上就是为了面子，也要把她关起来，给夜城一个交代。

“轻尘说得没错，我们还有十天的时间，这十天我们要尽力查找真凶，不然轻尘就洗脱不了嫌疑。”如果找不到其他凶手，那么凤轻尘就是凶手。

王锦凌想到突然出现的左岸，心里隐隐有一丝不安，却没有提出来。

“你们说，会不会是苏家派人做的，毕竟苏家和夜城可是姻亲，他们要杀夜城主，只要来个里应外合就行了。”翟东明大胆推测道，结果换来王锦凌与凤轻尘不解的打量。

“你们这是怎么了？我的猜测有错吗？苏家人杀了夜城主，栽赃给轻尘，一来可以让轻尘比试时失常，二来也能让苏家进一步掌控夜城。夜叶的母亲是苏家女，夜叶喜欢苏绾，这么一来，苏家就可以不费一兵一卒就把夜城占为己有。”翟东明被王锦凌和凤轻尘看得心慌，急忙解释。

不得不说，翟东明这个解释有些道理，但翟东明忘了，这是东陵的地盘，苏家还没有本事，在东陵的地盘下这么狠的手，所以翟东明的推断不合理。

王锦凌还好，微笑着收回眼神，凤轻尘就不客气了，直接推翻翟东明的话。

“世子爷，你的推断不无道理，苏家有杀人的动机，但没有杀人的条件，苏家根本没有那个能力，在东陵的地盘瞬间诛杀夜城主和他身边的铁骑，并且迅速逃走。”

“要知道，夜城主也不是吃素的，东陵的士兵也不是吃素的，苏家就算有把握杀掉夜城主，也没有把握在第一时间逃出东陵官兵的追杀，苏家暗杀夜城主的风险很大，除非万不得已，苏家绝不会冒险。因为事情一旦败露，苏家就要面临夜城铁骑的怒火，凭夜城铁骑的实力，踏平一个小小的苏家不是什么难事，苏家不会冒这么大的风险。”

“还有，苏家女是夜城的城主夫人不错，可夜城并不是一个苏家可以吃得下的，对于苏家来说，南陵皇室和夜家都是最大的依靠，苏家怎么可能断了夜城这个依靠。夜叶要是娶了苏绾还好，或者苏绾没有毁容也好，可现在这个情况下，夜叶和苏绾根本不可能，夜城主一死，夜叶为了夜城的稳定，就得另娶一个大族女子，来平定夜城的内乱，到时候苏家就会鸡飞蛋打。”

联姻是两家合作最好的桥梁，夜城和苏家已有姻亲在，苏家为了自身利益也会帮助夜叶，夜叶完全不需要依靠娶苏绾，来换取苏家的帮助。

夜叶为了保住夜城，就必须另娶大族女子，所以诛杀夜城主的凶手，绝对不可能是南陵苏家。

王锦凌也认同这一点，杀死夜城主对苏家来说代价太高，所获得的利益太低，这种吃力不讨好的事情，轻易没有人愿意做。

“不是苏家，那会是谁？在这个时候杀死夜城主，到底有什么目的？”翟东明看向王锦凌与凤轻尘，希望两人解惑。

“我怎么知道？”凤轻尘本不想答，可翟东明的眼神实在太炽热，让她不开口都不行。

她真的不知道凶手是谁，但目的很明显，就如同王锦凌所说的，陷害她和九皇叔，让他们俩面对夜城的怒火。

“你不知道，那凭什么否定苏家是凶手的可能？现在任何人皆有可能。”翟东明神气十足地说道，他还是认为凶手是苏家。

“苏家没有那个本事。”能在东陵皇城外杀人，还能逃脱官兵的追捕，难度非常大。

“那你说凶手是谁？难不成真的是你？”翟东明恼火了，问了半天，一点有用的消息也没有，绕来绕去，又绕到了凤轻尘头上。

“我要是有那个本事，就会直接去杀夜叶。”凤轻尘没好气道。

“这倒也是，不是你又不是苏家，那会是什么人对夜城主出手呢？还选择在东陵的地盘上，这简直就是打东陵的脸。”翟东明喃喃自语，王锦凌和凤轻尘都没有说话。

他们两个在看到左岸时，神色就有一些不对劲，只是没有提出来，有些怀疑只能放在心里，而不能说出来。

三人陷入沉默，好半天后，王锦凌才从沉思中回神：“轻尘，这件事情只是开始，你自己当心一些，我先回王家，让人查查最近有什么厉害的人物出现。”

能迅速杀死夜城主和夜城上千护卫，绝不可能是什么小势力，凤轻尘说得没错，南陵苏家还没有这个本事，而有这个本事的人也不多。九皇叔算一个，左岸算一个，还有皇上最近招揽的符临也算一个。

“好，有什么消息，我们再联系。”凤轻尘等的就是这句话。

坐在这里瞎想没用，派人去查才是正理，虽说现场已经被破坏，可要查一些有用的消息，还是可能的，对方在皇城外十里处动手，那么人定然还在皇城周围。

王锦凌点了点头，顺手把翟东明也拎走了，免得这孩子留在这里给凤轻尘添乱。

王锦凌一走，凤轻尘就把佟珏和佟瑶叫来，吩咐她们二人派探子去查夜叶最近都和什么人接触过，夜城主最近又做了什么。

幕后黑手的目标是嫁祸给她和九皇叔，算来算去值得怀疑的人也就那么几个。

佟珏和佟瑶知道事情的严重性，两人一脸凝重地退了下去，开始收集这段时间的情报。

凤轻尘下达命令后，便去找左岸。既然怀疑，那就去把怀疑消除，消除不了就把人隔离起来。

借着东陵子洛砸凤府一事，凤轻尘顺手让人给左岸建了一间工作室，凤轻尘就带左岸去参观他的工作室。

工作室里准备了一些画纸和量具，虽都是一些基础的东西，却能大大地方便左岸研究。

“左岸，你看看有什么不满意的地方，或者缺什么，就直说，我让人重新弄。”凤轻尘好心情地给左岸介绍工作室的安排，左岸一直跟在她身后，只看不说话。

待到凤轻尘介绍完，左岸才说了一句：“很好。”

“你满意就好，我还担心你不喜欢呢，毕竟我之前没看过你的工作室，我只能按我自己的习惯来布置。”凤轻尘走到门口，当着左岸的面将工作室锁好，把钥匙交到左岸手上，“这是钥匙，总共两把，全部给你了，平日里没有你的吩咐，凤府的人不会进去。”

左岸沉默地接过钥匙，看着凤轻尘，他在等，等凤轻尘开口询问，可凤轻尘却没有开口的打算，就在凤轻尘转身欲走时，左岸终于问了出来：“你不问吗？”

“问？问什么？”凤轻尘脚步一顿，声音透着一股清冷。

“我出现得很巧。”左岸很奇怪，凤轻尘怎么可能如此冷静，她应该是猜到了什么，不然不会特意带他来这里。

“是很巧，不过这有什么关系，没有多少人知道你去了哪里，他们都以为你在暗处保护我。”凤轻尘依旧没有转身，她将自己的怀疑，表现得这么明显，左岸要看不出来才怪。

“可你知道，你就不好奇，到底是什么人杀了夜城主吗？”左岸挑眉，想到他和那人的赌约，他就不信凤轻尘不会多想。

“好奇，但我知道不是你杀的。”凤轻尘转身，一脸平静地看向左岸。

“为什么？”左岸好奇，看样子这个赌约，他输定了。

“你不做亏本的买卖，没有人出钱请你杀夜城主。”杀人对于左岸来说不是什么难事，可杀夜城主却是一个大麻烦。

夜城主的背后是整个夜城，给自己弄一个这么麻烦的敌人，不符合左岸懒散的本性。

“你就这么肯定，他不会出银子？”这个“他”除了九皇叔，不做第二人想。

“栽赃的手法太过拙劣，不是他的风格，而且他要出手，也不需要选择在东陵皇城外。”凤轻尘不是没有想过幕后主使者是九皇叔的可能，不过她仔细一想就觉得不可能。

九皇叔要杀夜城主，不会选择在这个时候，更不会选择在东陵皇城外，在东陵皇城外动手无疑是打皇上的脸，而且九皇叔正在图谋科考一事，他不会在这个时候对夜城主出手。

“拙劣？那人要是知道你这话，估计会气死，你真不想知道出手的人是谁吗？我刚好看到了。”左岸想到今天在皇城外的那一幕，眼中闪过一抹炽热的光芒。

出手狠辣，心思缜密，这是他们第一次碰面，却让他有一种棋逢对手的感觉，要不是场合不对，他真想和对方大打一场。

“太贵了，我怕付不起。”凤轻尘承认她想知道，要是不想知道，她也不会来试探左岸。

人不是左岸杀的，但左岸肯定知道什么，可从左岸的嘴里套消息太难了，所以她才会先用工作室打动左岸，可目前看来，效果似乎不太好。

“我也希望这个消息能卖一笔钱，可惜我答应了对方，如果你怀疑九皇叔，我就把出手的人告诉你；如果你没有怀疑九皇叔，我就什么都不能说。”左岸觉得颇为可惜，心中也对那个人很是佩服。

他明明认定凤轻尘不会怀疑九皇叔，才会立下这么一个赌约，让他这个唯一的知情者闭上嘴。

凤轻尘磨牙：“既然不能说，那你还提什么，混蛋。”

“我不说，你也能猜到，来来回回就是那么几个人，你不是说了嘛，敢在东陵皇城外动手的人，不多。”左岸看到凤轻尘咬牙切齿的样子，心满意足地走人。

至于夜城主被刺身亡一事，左岸并不担心，九皇叔怎么可能会放任那些人算计凤轻尘而不出手。

诚如左岸所预料的那般，九皇叔接到夜城主死在城外的消息后，神色不变，当即让人搜索最近在皇城内活动的人，同时他亦在一一排除可能下手的人。

南陵不可能，南陵与夜城主的关系不错；西陵也不可能，西陵这会儿正内乱，北陵太远，他们的势力还没有渗透到东陵来。

楚城、云城、连城……其余八城都没有出手的动机，夜城主死后，他们也得不到好处，那么唯一的可能就是东陵。但从剑伤上来看，那应该是专业杀手所为，要不是左岸与步惊云一直待在一起，九皇叔都要怀疑，人是左岸杀的。

九皇叔双眼微闭，手指轻敲着桌面，好半天才睁开眼睛，嘴角噙着一抹冷笑，大步朝外走去……

事情如同凤轻尘所预料的那般，夜叶还未清醒，皇上便下达了处理的命令，作为嫌犯，凤轻尘本应该被关入大牢，可考虑到她与苏家的比试在即，特事特办，皇上派禁卫军围住凤府，除了正常的采买外，不许凤府的人进出，尤其是凤轻尘，不许踏出凤府半步。

暂时失去自由，凤轻尘并不在意，她在意的是云潇的治疗又要往后拖了，原本和云潇谈好，让云潇初八入住凤府，准备治疗的相关事宜，可偏偏因为安胎药的火爆销售，拖住了云潇，让凤轻尘不得不改时间。

改就改吧，凤轻尘又和云潇商量好，在与苏柔比试前给云潇治病。毕竟比试时，谁也不能保证会不会有意外发生，到时候要是凤轻尘受了伤，又得拖上十天半个月的，可现在偏偏又发生了夜城主遇害的事情。

“真不知道是云潇多灾多难，还是我多灾多难。”凤轻尘想着这一团团的烦心事，就觉得郁闷。

“不是你多灾多难，而是遇上你的人多灾多难，我同情夜叶。”西陵天宇的伤已经好了大半，只不过双脚还是不能用力。

西陵天宇本来打算再住几天，可发生了这样的事情，他也没办法在凤府住下去了。

凤府里外都是监视者，他想做点什么事极其不方便，他现在正与西陵天磊斗到了关键时刻，如果无法及时收集情报、下达命令，让西陵天磊抢占了先机，那可就悲剧了。

要知道，等一个宠妃流掉怀着的孩子，可不是什么容易的事情，错过了这个机会，下一次可不知道是什么时候了。

“是我比较倒霉好不好，夜城主的死与我何干？”凤轻尘万分鄙视西陵天宇独自落跑的行为。

“夜城主虽不是死于你之手，但也是间接因你而死，如果不是为了栽赃给你，也许对方就不会杀夜城主。”西陵天宇这种态度绝对是保持中立。

凤轻尘满头乱麻，气恼地道：“你不能因为我和夜叶有仇，就把账往我头上算。”

“为什么不能？莫非你不知道皇室最擅长的就是迁怒嘛，夜叶就算事后知道你不是凶手，也不会放过你。”西陵天宇这是在提醒凤轻尘，别以为证明了自己的清白，夜叶就会不计较此事。

“我懂了。”凤轻尘沉默片刻后点了点头，她也没有想过要与夜叶冰释前嫌，就算夜叶同意，她还不同意呢。

“多谢提醒，宇皇子出去后遇到九皇叔，替我转告他一声，这一次的事情我自己会处理。”对方明显是想把九皇叔扯进来，可她不希望九皇叔卷入其中。

西陵天宇深深地看了凤轻尘一眼，重重地点头：“行，除此之外，还有没有别的事，要不要我告诉九皇叔，你在凤府有多可怜。”

“宇皇子说笑了，我在凤府很好，反倒是宇皇子你自己好自为之，一路保重，小心脚别再受伤，我这凤府好进不好出。”凤轻尘很好心地提醒西陵天宇，要是他再到凤府来，想要出去可就没那么容易了。

“放心，本皇子不会那么倒霉，你也不用羡慕本皇子，本皇子和你不一样，不会被关在凤府。”西陵天宇也不甘示弱地反击。

凤轻尘白了西陵天宇一眼，懒得搭理她。她现在这个情况，除了条件好一点外，真和坐牢没什么两样，一点自由都没有。

当然，自由这种东西要看对什么人来说，对于凤轻尘来说，皇上派来的监视者对她起不了多大的影响，在西陵天宇离开的当晚，凤轻尘也从凤府来到了苏府密室。

全身包裹在黑色之中，凤轻尘几乎与黑夜融为一体，蓝九卿站在密室门口，没有打扰凤轻尘，只是看着凤轻尘的背影发呆。

一言不发的凤轻尘，就好像一幅静态的画，淡然祥和，丝毫没有因白日的事情生气或者担忧，好像除了她父母的事情外，就没有什么事能让她失去理智。

蓝九卿一言不发地看着凤轻尘，看了多久他自己也不知道，还是凤轻尘发现不对劲，转过身来，两人才打破了这一室的静寂。

“九卿，你什么时候来的，怎么不出声提醒我一下。”

蓝九卿回过神，大大方方地走到室内：“刚到没多久，看你在想事情，就没有打扰你。”

“什么想事情呀，我不过是在发呆。”她确实是在想事情，想左岸的话。

她总觉得左岸在暗示什么，可偏偏她又想不出来。

蓝九卿没有拆穿凤轻尘，指着对面的石椅，示意凤轻尘坐下：“文清说你有事找我，什么事？”

他和凤轻尘两个人，没事绝不会见面，这让蓝九卿有些气馁，偏偏又无话可说。

“我想请你帮我查夜城主的死。”凤轻尘也不客气，开门见山道。

“可以，陪我去暖房吃一顿饭。”蓝九卿没有任何犹豫，同时也提出了自己的条件。

“啊？”凤轻尘以为自己听错了，问道，“你刚刚说什么？”

“陪我去暖房吃一顿饭，我知道那个暖房是你的产业，陪我去吃一顿饭不为过吧？”蓝九卿酷酷地道，脸上戴着面具，谁也看不到他脸上的红晕。

怎么会提这么一个条件？

凤轻尘万分不解，直勾勾地看着蓝九卿，确定蓝九卿不是在说笑后，呆呆地点头：“吃饭当然没有问题，只是你能在大庭广众之下出现吗？”

“为什么不能，我又不是东陵通缉的要犯，再说你那个暖房很好，不会有人设埋伏。”蓝九卿一本正经地解释。

“有道理，你什么时候有空，提前告诉我一声，我让人在那天歇业，免得被人打扰。”凤轻尘也懒得去想为什么。

“好。”蓝九卿的声音柔和几许，“查到真凶后，你要怎么做？”

好处拿到了，蓝九卿也好说话了。

“啪！”凤轻尘取出暗器，递到蓝九卿的面前：“替我惩罚他，告诉他下次要栽赃陷害我的时候，做漂亮一点，他做得太拙劣了，那样的伤口让我连看的欲望都没有。”

用内力射入体内的弹丸，和用暗器射进体内的弹丸完全不一样，前者没有一丝爆发力，只如同普通的米粒一般笔直地没入体内。

可暗器射出去的情况则完全不同，在巨大的爆发力下，弹丸造成的伤口，会比弹丸本身大得多，形成的伤口就像是炸开一般。

即使没有看到夜城主的尸体，凤轻尘也能猜到夜城主身上的伤口是什么样的，要知道九州大陆，没有第二个神秘利器。

“好，我明白了，不过你要教我如何用。”蓝九卿接过暗器，摸着上面的余温，露出一抹浅笑。

# 第二十九章　做多了就是屠夫

有凤轻尘许下的暖房之约，蓝九卿干劲十足，不过五天的工夫，就查到了对夜城主动手的人。

拿到证据后，蓝九卿片刻也没有耽搁，通过特殊手法将其送到了皇上面前，可不想出宫时却遇上了符临。

符临从阴暗处走出来，一张棱角分明的脸绷得死紧，没有任何的表情，漆黑的眸子如同利刃："是你坏了我的事。"

"那又如何？"黑暗中，黑衣银面的蓝九卿与符临对峙，即使隔着面具，也能看到他眼中的嘲讽。

符临举剑，对准被侍卫包围的蓝九卿："杀了他。"

"是。"侍卫虽然惧怕蓝九卿的气势，可符临一声令下，他们还是硬着头皮冲上前去，只是……

侍卫与蓝九卿之间的差距实在太大，不过一刻钟，半数侍卫就失去了战斗力，符临示意侍卫后退，空出场地："蓝九卿，夜闯皇宫，你该死！"

"凭你也想杀我，天真！"啪嗒，啪嗒，蓝九卿的剑还在滴血，当他举起剑时，剑上的血滴在半空中飞舞，带起朵朵血花，令围攻他的人心里发寒，不自觉地后退。

"你很强。"打了一场，还有这样的气势，符临很是佩服。

"正好比你强。"蓝九卿毫不谦虚，直接认了。

"是与不是，打过才知道。"符临猛地冲上前，长剑在半空中挽了一个剑花，与蓝九卿的剑相撞，火花四溅。

符临并没有用力，而是一个翻身，越到蓝九卿的身后，不做任何停留，往后一仰，剑与身子齐平，朝蓝九卿刺去。

符临的剑招没有任何花招，只有一个快字，他跃到蓝九卿的身后，中途没有一丝的停滞，反手就是一剑，速度飞快，如同闪电一般，一般人根本避不开。

可是，符临快，蓝九卿比他更快，当符临的剑刺过来时，蓝九卿已原地跃起，双脚踏在符临的剑尖上。

符临脸色一变，一个旋转，剑尖朝上，借力站起，准备迎接蓝九卿的攻击，不想蓝九卿根本没有主动攻击的意思，而是借力跳跃，冲入侍卫之中，试图杀出一条血路。

“蓝九卿，坏了我的好事就想跑，你做梦！”符临如同利箭一样，朝蓝九卿刺去，又快又猛，完全不留一丝余地。

身后一阵寒风袭来，蓝九卿怎么可能发现不了，银质面具下，蓝九卿的眼中闪过一抹冷笑，在长剑离他只有一寸的距离时，突然转身。

“符临，给你一个教训，下次做假时，别那么粗劣。”

“砰！”不知何时，蓝九卿左手突然握上了神秘利器，在符临逼近时，蓝九卿启动了暗器。

“噗嗤！”弹丸没入符临的小腿，符临重心不稳，整个人往前栽去，蓝九卿身形一动，后退半步，符临正好趴在了他的脚边。

“神庙后人，不过如此。”蓝九卿居高临下，透着上位者的威仪，将符临压制得死死的。

“你卑鄙。”符临以极其耻辱的方式趴在蓝九卿的脚边，怒火中烧，举起剑就想刺向蓝九卿，蓝九卿早有对策，抬脚就踩在了符临的胳膊上。

“别乱动，一不小心射中了你的脑袋，那可就惨了。”蓝九卿举起暗器，对着符临的脑袋威胁道。

符临身后的侍卫投鼠忌器，不敢再动，蓝九卿叫他们后退，他们也不敢多言，都乖乖地退下，谁让符临在蓝九卿的脚下呢。

“不许退，谁准你们退了？给我杀，杀了这个人。”符临恼怒地叫嚣，他这辈子最不愿意的就是臣服在蓝氏后人的脚下，可偏偏……他此刻正被蓝九卿踩在脚底。

“想要杀我？凭你还没有那个本事。”蓝九卿把玩着手中的暗器，威胁的意味十分明显。

只要符临敢乱动，他就敢杀了对方。

符临无法忍受这样的羞辱，无视自己所处的险境，咆哮道：“弓箭手……”

后面的话被蓝九卿一脚给踩了回去。

“符氏后人，不过如此，想要我的命，也得看自己有没有命看到。你以为符氏还是当年的那个符氏吗？培养一个你想必耗费了符氏不少力气，如果你死了，你说符氏会如何？”

“混蛋。”符临左手用力地捶地，鲜血淋漓却不觉得痛。

蓝九卿说到了他的要害，为了符氏他不能死，他若死了，符氏不知道何时才能等到下一个机会。

“很聪明，这样的你才配称神庙后人。放心，我没兴趣收你的命，刚刚的教训是告诉你，下次栽赃做得漂亮一点，你的手法太拙劣了，我很不满。”蓝九卿收起暗器，扫了一眼虎视眈眈的护卫，还有做好准备的弓箭手，他知道只要符临不强下令，这些人就不会动。

皇上对符临还是很重视的，皇上不会希望这么一个得力干将死在他的手上。

“蓝九卿，你今天不杀我，来日你落到我手上，我定不会放过你。”符临虽然妥协了，可并不表示他服气。

“等到那一天再说，虽然我不认为，会有那么一天。”蓝九卿抬腿，一脚踢在符临的下巴上，将符临朝弓箭手的方向踢去。

“符大人。”侍卫手忙脚乱，连忙接住符临。

“给我追。”符临狰狞地道。

可是，来不及了，蓝九卿早已消失在黑暗中，他们连个影子都没有找到。

“符大人，人不见了。”侍卫硬着头皮，跪在符临面前。

“派人去凤府给我搜。”符临咬牙切齿，败在蓝九卿手上的愤怒比身上的伤更叫他难堪。

“是。”侍卫领命离去，符临身边的人，这才敢提醒符临，请他先回去疗伤。

可是符临并没有去医治，他知道自己此时很狼狈，在皇上面前定会落下一个无能的印象，可他要是做得好，那也有可能将无能的印象变成奋力追捕，死不退缩。

是非对错，不过在帝王的一念之间。

诚如符临所料，看到全身是血的符临，皇上并没有责怪他任务失败，反倒对他安抚了几句，在听到侍卫说，符临被暗器打中后不顾自己的生死，仍奋力追捕蓝九卿时，皇上更是满意，还责怪符临不顾自己的安危。

符临没有为自己辩解半句，只拖着受伤的腿跪在皇上面前：“皇上，卑职办事不力，坏了皇上的大事，请皇上责罚。”

“好了，没有抓到人就算了，蓝九卿要是那么容易被抓，他就不是江湖第一高手了，至于坏事……”皇上略一停顿，脸上没有表情，只是眸子闪亮。

“凶手是谁并不重要，既然蓝九卿洗清了凤轻尘的嫌疑，挖出了当日出手的人，那就把罪名放到西陵的头上，让夜城和西陵去打。”

“是。”符临不再多说。

当日，本就是他建议从西陵请杀手，这样进可攻退可守，查不出来就让凤轻尘与九皇叔背黑锅，查出来就让西陵背黑锅，不管是哪种结果，最终得利的都是皇上。

“让太医给你诊治，这段时间你就好好休息，日后夜城的事，朕还要你去办。”皇上对符临越发的满意，不仅不治他的罪，还出言安慰他。

“符临谢陛下隆恩，定不负陛下厚望。”

符临拖着血淋淋的腿走了出去，微微下垂的眸子掩去所有的光芒，没有人能知道他在想什么。

当夜，禁卫军以捉拿刺客为名，搜了包括凤府在内的十八户人家，整个皇城高度戒严，可惜忙活了一个晚上，却连一只鸟都没有找到。

禁卫军无功而返，回宫复命，本以为皇上顶多训斥他们一顿，不想禁卫军没有符临的命好，皇上对禁卫军的表现很是不满，直接免了数人的职，禁卫军统领换成了一位与王家有关的武将。

王锦凌知道这件事后，露出一个高深莫测的笑，他知道这是皇上对王家的安抚，也是对王家表现的满意。

这就是皇上，一个小恩小惠就想将之前对王家造成的伤害抹除，同时还要告诉王锦凌，王家也该做点什么回报皇恩。

禁卫军全城戒严捉拿刺客一事闹得极大，根本无法隐瞒，看皇上的做法也是无意隐瞒，第二天皇上就召夜叶进宫。

“表哥，皇上召见你，定是与姑父的死有关，你见到皇上千万不要发火，更不要对皇上说自己打算如何做，姑父死在东陵，即使我们什么都不做，皇上也要给我们一个交代。”苏绾替夜叶整理好衣装，细心地叮嘱道。

不过三日的工夫，夜叶看上去就像变了一个人，好像一夜之间苍老了数十岁一般，眉眼间的傲气被阴厉所取代，白皙俊美的脸也变得黑瘦黑瘦，不过看上去倒是显得成熟不少。

昔日意气风发不知天高地厚的夜城少主，终于长大了，只是这成长的代价未免太大了。

“我知道了，绾绾别担心。”夜叶变了，唯独对苏绾的喜欢没有变，隔着薄纱轻抚着苏绾受伤的脸颊，夜叶的眼中闪过一抹愧疚。

苏绾温柔一笑：“表哥快去吧，别让皇上久等。”

夜叶点了点头，快步离去，夜叶离去后，苏绾脸上的笑容也挂不住了，伸手摸着自己受伤的半边脸，两行清泪缓缓落下……

诚如凤轻尘所想的那般，夜城主的死对夜叶和苏绾来说，是沉重的打击，从此夜叶必须肩负夜城的兴衰。

现在的夜城今非昔比，没有夜城主的保护，夜叶要撑起夜城，就必须拉外援，而拉外援最好的办法就是联姻，而联姻的对象绝不可能是苏绾。

这一点不管是夜叶还是苏绾都无比清楚，就算不需要靠联姻来拉拢势力，现在的夜叶也必须娶一个母族强大的妻子，苏绾绝非好人选。

“夜叶见过皇上，万岁万岁万万岁。”夜叶对东陵的感情很复杂，他的父亲死在东陵，可现在他又要依靠东陵。

“免礼，赐坐。”皇上对夜叶还算和气，让夜叶的精神压力也小了许多，毕竟他之前在凤府闹的那出事，实在称不上漂亮。

“多谢皇上，不知皇上召见夜叶，所为何事？”夜叶坐下后，开门见山道。

皇上示意身边的太监，将一个盒子递到夜叶面前：“夜城主的死，朕甚是痛惜，贼人胆敢在东陵境内下毒手，朕愧对夜城主，好在朕已查到凶手，这也算是告慰夜城主在天之灵。”

“西陵？怎么会是西陵的人？”夜叶看着眼前的证据，目露疑惑。

夜叶又不是白痴，不可能皇上说什么他就信什么，再说凶手是西陵的人，这也太不可思议了。

夜叶自认夜城与西陵没什么仇恨，西陵怎么可能冒着得罪东陵和夜城的危险，在东陵境内对夜城主下毒手。

“说起来，这还是朕的不是。”皇上叹了口气，让太监把另一个木盒递给夜叶。

夜叶打开一看，直接从椅子上跳了起来：“什么？我父亲与东陵签订了臣服条约，向东陵称臣，东陵可派兵进驻夜城，这怎么可能？”

这完全是丧权辱城，这个条约要是生效夜家人就不再是夜城的王，而是东陵的臣子，东陵的军队可以进驻夜城，夜家人对夜城的掌控就被削弱了。

夜叶的反应在皇上的预料之中，皇上并没有生气，只是脸上的笑容消失了，一副公事公办的样子：“夜少主，这条款是不是你父亲签订的，你可以拿去验证，朕没有必要在这种事情上造假。”

“想必你还不知道夜城的情况，夜城即将沦为一座空城，你们夜家就算掌控整个夜城又如何，你们根本养不起夜家铁骑。当然，这条款是朕与夜城主签订的，现在夜城主已死，朕也不是那等蛮横之人，朕希望夜城是心甘情愿地臣服东陵，夜少主要是不愿意，这条款就当不存在。”

皇上的不在乎与强势让夜叶愣神，一时间不知该如何回答才好，只盯着这一国一城的条款发呆。

夜城允许东陵派五万兵马进驻夜城，允许东陵百姓在夜城经商，东陵每年为夜城提供三十万两军饷，并保证夜家人在夜城的主导地位。

这个条约确实是让夜家人丧失了对夜城的掌控，但从另一个方面来说，何尝不是救了夜城，也给了夜家人足够的面子，夜城向东陵臣服，还能保留自己的铁骑，保留夜家人城主的位置。

有兵马在手，日后就有翻身的可能，夜城主当日签下这条款并不是一味的臣服，夜城的经济遭受到重创，夜城已经养不起兵马，如果不依附东陵，夜城不知道还能撑多久，依附东陵，至少能为夜城争取几年的时间。

这份条款上所写的内容只是暂时的，政治斗争永远不是靠一张纸维系的，实力才是硬道理。最终的结果不是夜家借东陵的银子，让铁骑更强大，把东陵的兵马赶出夜城，就是东陵的渗透成功，一点一点控制了夜城，控制了夜城铁骑。

上善伐谋，只费一些军饷，不费一兵一卒就能拿下夜城和夜城铁骑，这对东陵来说绝对是一个划算的买卖。

当然，能不能拿下夜城还是两说，毕竟夜家人是夜城的土著，东陵想要渗透到夜城的管理层，并不是件容易的事情，到时候就要看谁棋高一筹。

这天下没有免费的午餐，东陵不可能无缘无故地援助夜城，这一点夜叶很明白，而就是因为明白，他才相信这条款确实有可能是他父亲和东陵签下来的。

东陵五万兵马入驻夜城，完全不是夜城铁骑的对手，影响不到夜城的主控权，夜城百姓流失很多，商业基本上失去了秩序，如果东陵的百姓与商人愿意进入夜城，对夜城经济的恢复也是有利的。

夜叶没有回答皇上的话，而是在心中盘算得失。这条款他该不该承认？该不该接受东陵的援助，就此臣服于东陵？

皇上也不着急，静等夜叶表态，皇上知道夜叶一定会答应，因为夜叶没有第二条路可走。

对于夜叶来说，夜城主死于西陵之手，夜叶不可能和西陵合作；南陵内乱严重，南陵锦凡自顾不暇，哪里有空管苏家、管夜城；至于北陵，他们还需要别国救援，又哪有能力帮夜城呢？

夜城的情况很糟糕，之前的一段时间物价飞涨，造成大量银钱流失，百姓争相囤积民生用品，粮食等储备物资所剩无几。

夜城内部购买物资成风，可偏偏商户纷纷从夜城退出，不再与夜城合作，夜城买不到外面的东西，本土的物资又无法对外销售，现在的夜城基本上没有了银钱来源。而凭夜家的底子，最多只能养夜城铁骑半年，这还是在东陵不打压的情况下，如果夜叶不依附东陵，那么皇上就不会手软。

皇上一直盯着夜城，当夜城的问题爆发出来时，皇上也曾暗中施压，哄抬夜城的物价。在皇上看来，夜城的臣服，只是时间早晚的问题，夜城主的死也在皇上的计划之内。

相比夜城主，皇上更愿意和夜叶这样的人合作，如果夜城主还在，东陵的胜算并不大，可要换成夜叶，东陵至少有七成的胜算。

皇上利用西陵的杀手，暗杀夜城主，又故布疑阵嫁祸给九皇叔与凤轻尘，事后查出凶手与西陵有关，在夜叶产生怀疑时，又丢出夜城臣服东陵的契约书。

皇上什么都不用说，夜叶看到这些东西后，自然就会想到是西陵不甘心夜城臣服于东陵，才在东陵的地盘暗杀了夜城主，嫁祸给东陵和九皇叔，从而让夜城与东陵的合作破灭。

一旦东陵与夜城的合作破灭，夜城在没有选择的情况下，只能依附西陵。在夜叶心中，西陵这是想要一箭多雕，不仅可以利用夜叶除了凤轻尘，破坏夜城与东陵的合作，还能收服夜城，让夜城为他所用。

此时的夜叶完全被皇上牵着鼻子走，诚如皇上所料，夜叶思索再三，跪在皇上面前："臣夜叶愿意臣服东陵，夜城百姓即为东陵子民。"

"好好好，爱卿请起。"得到想要的答案，皇上满意地起身，绕过书桌来到夜叶面前，将夜叶扶了起来。

"臣，谢主隆恩。"夜叶说到那个"臣"字时，还有些不自然，不过皇上并没有放在心上，夜叶的表现在皇上眼中，已经够好了。

如果他不是这般的作为，皇上反倒不放心他回夜城，接管夜城城主之位。

夜叶从来就不是一个以大局为重的人，怀疑凤轻尘是凶手时，便火急火燎地带人打到凤府，丝毫不知道利用自己的优势，白白浪费了打击九皇叔和凤轻尘的机会。

现在认为凶手是西陵，夜叶便不假思索地决定依附东陵，他除了想要借东陵的手稳定夜城，更多的应该是想借东陵之力，给夜城主报仇。

果然，皇上将夜叶扶起来后，夜叶就提出希望东陵能够帮他报仇，皇上满口都是讨伐西陵，却没有应诺什么时候出手，如何出手。

"西陵在我东陵残杀夜城主，意图破坏东陵与夜城的关系，此举可恶，其心可诛，叶爱卿你且放宽心，朕定不会放过西陵。"皇上就用这么一句话，便打发走了夜叶。

夜叶走后，大太监谄媚地上前："恭喜皇上，贺喜皇上。"

"现在恭喜还早了。"皇上矜持地道，但眉眼间的喜意却是怎么也掩不住。

"皇上英明，运筹帷幄，决算于千里之外，又有符大人为皇上冲锋在前，别说皇上您收服夜城了，就是收服楚城、云城和连城，那也是早晚的事情。"大太监将皇上的心意揣摩得七七八八，这一夸就夸到了点子上。

皇上脸上的笑容更甚："符临确实是朕的爱将，去朕的私库挑几样好的药材，给符大人送去。"

皇上看重一个人的表现就是赏！

当夜，符临就接到了来自宫里的大笔赏赐，看着这些赏赐，符临就明白皇上的目的达成了，他的牺牲也有价值了。

"夜叶，我真是高看你了，居然这么容易就被拿下，不过这样也好，过于精明对你来说并不是好事。"

符临送走宣旨太监后，正准备开口让管家把东西收起来，脚上的伤口却突然一痛，符临重心不稳，往一旁侧倒，幸亏下人反应及时，将符临扶住，才免得他摔倒在地。

"大人，你怎么了？"

"我的腿，快，大夫，请大夫。"被暗器射中的腿，剧痛过后，没了知觉，符临的瞳孔猛得放大，眼中闪过一抹惊恐，连忙撩起裤管。

被太医缝合好的伤口已经裂开了，脓血顺着小腿往下流，不过一天的时间，伤口就散发出一股恶臭味，饶是不懂医的人，看到这伤口，也知道符临的伤不好了。

皇上重视符临，直接派了两个擅长医治外伤的太医住在他的府上，符临一叫大夫，太医马上就到。

一整夜，符府的人都无法入睡，符临的伤口包扎好后，很快又会裂开，脓血也止不住，最主要的是符临一直高烧不退。

太医彻夜守候，却没有一丝效果，临近天亮，符临整个人都烧得没了神智，太医不敢耽搁，连忙进宫回禀，恳请皇上再派太医前来医治。

皇上给符临安排的两位太医，是太医院中医治外伤的好手，要是他们都没办法，旁人就更不行了，现在只有一个人能救符临，那就是——凤轻尘！

皇上虽怀疑符临的伤是凤轻尘的报复，但这个时候却顾不得那么多，现在他还要用符临，符临还不能死。

为了让凤轻尘尽心医治符临，皇上下旨把凤轻尘召进宫，敲打了一番，这才让她去符府，为符临医治。

凤轻尘从头到尾都极度配合，除了乖乖应是，没有第二句话。

马车与车夫早已在宫门外等候多时，凤轻尘一上马车，马车就飞奔起来，前面还有侍卫开道，这待遇堪比一品大臣进宫复命。

“符临的命还真值钱。”凤轻尘撇了撇嘴，表示对符临的不满。

自从符临来到东陵，投靠皇上以后，很多事情他们都处在被动的局面，尤其是雪灾的事情，凤轻尘前前后后忙了近一个月，到头来却被符临和皇上摘了桃子。

符临所住的地方是皇上前不久赐的，离皇宫不远，不多时就到了。

“凤姑娘请。”随侍在旁的小太监连忙上前，撩起车帘，扶着凤轻尘下马车，本以为凤轻尘会故意刁难或者拖延片刻，不想凤轻尘很干脆地扶着小太监的手跳下了马车。

小太监呆在原地，眨巴着眼睛看着凤轻尘，心中暗想：凤大夫还真是心胸宽广，他可是听宫里的老人说，这符大人是背叛了九皇叔，投靠了皇上才有今日风光的。

“还愣着做什么，走吧。”凤轻尘走了数步，发现小太监没有跟上来，连忙回头呵道。

小太监愣了一下，回过神后，立马就朝凤轻尘跑了过来：“凤姑娘，里面请。”

“嗯。”凤轻尘应了一声，并没有责备的意思，小太监悄悄地抹了把冷汗，心中暗道好险，要是凤轻尘多说几句，他就得背负拖延符大人病情的罪名。

符大人没事还好，一旦出事，他十条命也赔不起，想到这里小太监对凤轻尘也颇为感激，趁着无人注意时，悄悄拉近自己与凤轻尘的距离，小声道：“凤姑娘，符大人腿上的伤，昨天夜里突然恶化，伤口脓血不止，恶臭难闻，众太医束手无策，拖到今天早上便进宫禀报给皇上说，符大人那伤口恐有性命之忧。”

小太监这是在提醒凤轻尘，要是没有把握，宁可别医，也不能上前，一旦沾上就再也甩不掉。

凤轻尘脚步一顿，朝小太监笑了笑，算是领了对方的情，有小太监话中透露出来的消息，凤轻尘就知道要如何应对了。

符家并不大，凤轻尘很快就来到主院，主院中此时围满了下人、药童，往里一点儿就是一群年轻的太医，众人见到凤轻尘走进来，一个个自动让开，颇有退避三舍的感觉。

不知是谁叫了一句“凤轻尘来了”，室内的太医与药童也纷纷转身，看到凤轻尘后，双眼一亮，也不说话，连忙转身抓起一旁的药箱，往两边站去。

凤轻尘面无表情，冷眼扫了众人一眼，没有说话。这些人的心思她很明白，不就是想拿她当替死鬼嘛，要是符临出了事，到时候所有的责任都会往她身上推。

在凤轻尘看向众太医时，众太医也在打量她，符临的伤他们这些人都没有办法，正愁找不到替死鬼，凤轻尘的出现倒让众位太医松了口气。

凤轻尘站在中间，深深地吸了口气，扯了扯嘴皮，朝众人笑了笑："见过诸位太医。"

"凤姑娘好。"

"凤大夫好。"

"凤姑娘（大夫）不用客气，救人要紧，请，请，请……"

众太医立马笑容满面地与凤轻尘打招呼，却又默契十足地把诊断的位置让给凤轻尘，这是不容凤轻尘找理由不碰符临。

凤轻尘本就不愿意医治符临，此时被众太医这么一逼，心里更是恼火了。这些人不是要她来医治符临腿上的伤，而是找她来当替死鬼，给众位太医背黑锅。

凤轻尘皮笑肉不笑道："多谢众位前辈的厚爱，轻尘定不负众位前辈的厚望，不知哪位前辈可以和轻尘说一说符大人的情况。"

"我等不擅长外伤，符大人的情况还请凤姑娘自己亲自查看，以免有什么遗漏，影响凤姑娘医治。"不管太医们如何内斗，这会儿绝对是一致对外，面对凤轻尘的进攻，防御得滴水不漏，坚决地要把自己择出来。

"梁太医说得没错，我等就不打扰凤姑娘了，我等知道凤姑娘医病时，不喜有外人在场，我等这就出去。"一白发老者站了出来，客客气气地说了两句，便带头走了出去，那样子就好像有人在赶他一样。

"谭太医不说，我们都忘了，凤姑娘，我等就不打扰你了，我等在隔壁房间等候，有事你就派药童去叫一声。"梁太医笑得慈祥，不知道的人还以为他这是在提携晚辈。

凤轻尘不说话，只是点了点头，似乎不在意众人把她推出来的行为。

有两位太医带头，凤轻尘又没有撕破脸，其他人当然不会久留，屋内数十个太医瞬间走了三分之二，他们也不想这样，可和身家性命相比，他们自然是选择把凤轻尘留下来。

剩下三个没有走的，他们定定地看着凤轻尘，眼中有挣扎也有担忧，但仍坚定地站在原地，这三人站在角落里，要不是人都走干净了，凤轻尘还看不到他们。

"你们不出去吗？"凤轻尘将药箱放到符临的床边，拖了一把椅子过来，好方便放器具。

三人相视一眼，坚定地点头："我们不走，我们是大夫。"

"你们有救符大人的能力吗？"凤轻尘手上的动作一顿，抬头看向三人，眼中闪过一抹冷笑。

明显，她不欣赏这三个人，有时候光有勇气与正义，没有本事是不行的，正义又不能当饭吃。

“没有。”三人低头，盯着鞋尖看。

果然如此，凤轻尘啪的一声打开药箱，飞快地将要用的药具一一取了出来，等到她做好准备，才有心情对这三个人道：“既然你们没有救符大人的本事，那就出去，留在这里干吗，等死吗？”

“我们不能抛下凤姑娘一个人，要走一起走。”一身着灰衣，年约三十的男子握拳道，一副正义使者的模样。

凤轻尘嗤笑：“你们留下来又能如何？我若是能救符大人，你们留不留下来都没差别，功劳肯定是你们太医院的，至于能有几分落到你们头上，这就要看你们的本事。我要是救不了符大人，你们三个人不过是白白送命。”

“我们不是为了什么功劳，我们只是看不惯那些人，把姑娘推出来背黑锅的行为。眼睁睁地看着姑娘一个人面对杀头之事而无动于衷，我等实在做不出来。”左侧那人也义正词严地说道，眉眼间能看出几分书生意气。

凤轻尘宁可和外面那群老油条打交道，也不愿意和这些二愣子打交道，外面那些人，凤轻尘还能猜到他们在想什么，可面前这三个人嘛……

他们太直了，或者说读圣贤书读傻了，凤轻尘从来就不是这样的人，所以她无法理解这三个人的行为，也感受不到这三个人的满腔正义，她只知道和这种只会说不会做，不把自己的命当回事的人打交道很累，所以……

“你们出去吧，如果符大人有个什么三长两短，也与你们无关。”凤轻尘指了指门，毫不客气地逐人。

三位年轻的太医顿时面色涨红，坚定地摇了摇头：“这怎么行，我们不能丢下你一个人，符大人是我们几个太医一起诊治的人，出了事也应该一起负责，怎么能让你一个人承担责任？”

“可你们留在这里又能做什么？你们帮不了我，待在这里只会碍事，如果说要一起承担责任，那就更没有必要了，一个大夫对于病人来说，就是救命的稻草，能少死一个就少死一个，如果符大人真出事了，死我一个就够了，何必要拉其他人下水呢？”

不是她无私，她这是自私。

可就是这么自私的一番话，却让那三个年轻太医羞愧地低下了头：“凤姑娘，你说得没错，大夫对于病人来说很重要，我们不能轻言生死，凤姑娘，我们不如你。”

他们这群人在太医院待久了，总会想着如何推卸责任，如何拉更多的人下水，从来没有想过，如果一个人承担了责任，其他人就能活了。

明明只要死一个人的事，何必要死三五个呢？

“出去吧，符大人的伤不能再拖了。”凤轻尘挥了挥手，一脸的不耐烦。

三人视线相交，交换了一下眼神，无奈地点了点头，默默地退了出去。

陪人赴死不仅自己要有勇气，也要对方领情，一旦对方不领情，而自己的勇气又消失了，那么他们就无法坚持下去了，毕竟没有人不怕死。

门打开，三人出去，门又关上，凤轻尘看着那一开一合的门，无声地笑了出来。

没有哪个白痴会心甘情愿地陪一个陌生人赴死，这三个人也不例外，他们之所以留下来，只因为他们过不了自己心中的那道坎。

她给了他们一个极好的台阶，消除了他们心中的障碍，他们要是还留下来，那就是笨了。

当然，不是每一个人都如此，如果是孙思行，哪怕是死他也会留下来，但孙思行留下来绝不是站在那里等死，而是上前帮她。

一人计短，二人计长，孙思行会留下来陪她想办法，那个小医呆，可不是不知道转弯的老顽固，孙思行呆得可爱。

想到孙思行，凤轻尘的心情就好了许多，嘴角也挂着一丝浅浅的笑意，转身，突然对上符临睁开的双眸，凤轻尘吓了一跳，脸上的笑也僵住了。

待到情绪平复下来，凤轻尘若无其事道：“符大人，人吓人，会吓死人的。”

“你胆子这么大，也会被吓着？”符临开口，有气无力，漆黑的眸子也没有了往日的神采，看着凤轻尘，双眼暗淡无光。

看样子，他这次可真是遭了不小的罪。

“我胆子很小。”凤轻尘没有收回脸上的笑，镇定自若地走到床边，在符临的注视下，为他治疗。

符临眼也不眨地看着凤轻尘，将凤轻尘每一个动作都刻在脑海里：“你这是在做什么？”符临终于忍不住，开口问道。

“救你。”凤轻尘的声音没有那么清晰。

“我以为你想杀我。”符临微微垂眸，眼神落在受伤的腿上，意有所指。

凤轻尘却笑了：“大家相识一场，也算是朋友，我怎么可能想要你的命？”

凤轻尘确实没打算要符临的命，她在弹丸上涂的药绝对要不了符临的命，不然她也不会在皇上面前许诺。

不过，现在这话听在符临的耳朵里，意思却是，符临受伤的事与她无关。

符临并不确定凤轻尘知不知道这件事，再次试探道：“我的伤口不知道你看没看，和夜城主的伤口一样。”

符临边说边喘气，弯弯的睫毛一颤一颤，让人不由自主地为他心疼。

可惜，他遇到的是冷心冷肺的凤轻尘，凤轻尘一点感觉都没有，看向符临，轻声道：“夜城主的伤口我没有看到，至于你的伤口，恐怕就是我想看，现在也看不到了。你们是做大事的人，而我只想安居一隅，人不犯我，我不犯人，人若犯我，我必加倍奉还。”

符临抬头问道：“你真的是要救我？”

凤轻尘扫了符临一眼，没有回答他的话，而是低头处理伤口。

做好这一切，凤轻尘才冷声道：“符大人，我是不是救你，你自己不会用眼睛看嘛，如果不是为了救你，我来这里干吗？你应该知道，如果我不想来，我能找到无数个理由。”

“我知道了。”符临的眉头舒展开了，看着凤轻尘，露出一个高深莫测的笑。

“你知道了什么？”凤轻尘挑眉。

“知道你会救我。”符临笃定道。

凤轻尘点头：“我确实会救你的命，但也只是如此。你脚上的伤，你自己应该明白，伤口深度腐烂，想要医好很难。”

凤轻尘面无表情地拆掉符临腿上的绷带，时不时碰碰这里，翻翻那里，神色平静，不露半点异常，这让符临心中不安。

符临心中一急，问道：“我的腿得怎么治？需要什么东西，你尽管提，我一定会让人全力配合你。”

凤轻尘略微一顿，停下查看伤口的动作，抬头看向符临，冰冷地宣布：“我没说你的腿能治，我能保住你的命，至于你的腿，很抱歉，保不住了。”

“什么？”符临尖叫，瞳孔猛得放大，一副要杀人的样子。

凤轻尘后退一步，退到安全地带，无视符临狰狞的表情，再次道：“符大人，如你所听到的那般，你的腿已经烂了，我是大夫不是神，无法做到生白骨，我现在能做的就是保住你的命。”

“没了腿，我要这命有什么用？”符临生生地将唇咬出血来，双手紧握成拳，青筋凸起。

如果他身边有一把刀，他一定会毫不犹豫地握住它，架在凤轻尘的脖子上，逼她保住自己的腿，可惜他没有，所以他什么都不能做，只能看着凤轻尘，告诉凤轻尘他的坚持。

“那是你的事，与我无关，符大人，我只有能力保住你的命，你有两个时辰可以考虑，想要活命，就把你受伤的腿给截了。”

“不，我不接受，别说两个时辰，就是两天两夜我也不会同意你把我的腿截掉，凤轻尘你听到没有，我不同意，我不同意。”符临双手抓着被子，努力克制自己的杀意。

符临现在的情绪很不好，潜意识里抗拒她的医治，她要再这么冷血下去，估计符临会以为她是故意想弄残他。

凤轻尘深深地吸了口气，压下心中的不满，上前按住符临的肩膀：“符大人你别乱动，请尽量放轻松，我是大夫，不是屠夫，我不会下没有根据的结论。你可以不满这个结果，也可以无法接受，可就算你再不满，也不能拿自己的身体出气，你看看你现在的样子。”

凤轻尘从药箱里，拿出一面小镜子，放在符临的面前，镜子里映出符临双眼通红，狰狞扭曲的面容。

“我……”符临看着镜中那满是仇恨与不甘的面容，连忙别开眼。

神庙的后人，怎么可以如此不堪一击，这么一点小事就让他失去了理智，他日后如何能成大器？

符临扯了扯僵硬的嘴角：“很抱歉，我失态了。”

不过几个呼吸间，符临就平静下来了，绷紧的肌肉也放松了，凤轻尘暗暗松了口气。

“没关系，我能理解。”凤轻尘的声音依旧冷清，没有一丝情绪起伏，她从头到尾都是最冷静的那一个，即使面对符临的各种不满，也没有恶语相向。

看符临真的冷静下来，凤轻尘又道：“符大人，我们虽然各为其主，但此时我只是一个大夫，在医治病人这件事情上，我只会本着大夫的原则，从实际的病情出发，绝不会存心夸大或者刻意拖延，你的伤势严重恶化，我真的无能为力，如果你不相信我，可以另请高明。”

“不，我没有不相信你，我只是一时不能接受自己会变成残疾的事实，凤轻尘你让我想一想。”符临看着自己的腿伤，神色黯然，周身萦绕着浓烈的悲伤之情。

“你有两个时辰，慢慢想。”凤轻尘也不多言，拉了一把椅子，默默地坐在一边，拿出一叠纸，在那里写写画画。

不知道的人还以为她是在担心符临的伤势，走近才会发现，凤轻尘其实是在修改云潇的治疗方案。

# 第三十章　期待奇迹的降临

皇上是不相信凤轻尘的，凤轻尘在符府的一举一动、一言一行都有人盯着，时刻会将信息传到宫里。

在符临考虑是要截肢保命还是换大夫时，皇上也知道了凤轻尘要符临截肢的事情。

“九弟，凤轻尘是什么意思？”皇上第一时间，将怒气撒在九皇叔身上。

九皇叔坐在下首第一位，听到皇上的话，缓缓抬头，看向皇上：“臣弟既不是大夫，也不是凤轻尘，皇上问臣弟有什么用？”

“九弟，符临是我东陵的功臣，朕让凤轻尘医治他，是对凤轻尘的信任。”皇上的脸色微沉，对于要请一个大夫，还要看九皇叔的脸色，表示相当不满。

没错，皇上下旨宣凤轻尘为符临医治前，是和九皇叔商量过的。

“皇上，凤轻尘也没有辜负你的信任，凤轻尘是大夫不是神仙，你不是要凤轻尘保住符临的命嘛，现在凤轻尘不是已经提出保他命的办法了吗？”

九皇叔神色淡然，语速缓慢，嘲讽的意味十足，看皇上神色不快，九皇叔的眼中闪过一抹冷笑，又道：“皇上，即使你贵为帝王，也改变不了生老病死。”

“九弟……”皇上厉呵，一脸怒容，盯着九皇叔，双眼迸发出冰冷的杀意，即使没有外人在，九皇叔此举也是在挑衅帝王的权威。

“臣弟在。”九皇叔一动不动，丝毫不见担惊受怕，面对帝王的威仪，九皇叔始终淡然处之。

偌大的殿内，静得没有一点声响，皇上与九皇叔之间火药味十足，唇枪舌剑，好不可怕，好像年前在御花园下棋品茶畅谈的那一幕不曾发生过一般。

东陵最尊贵的一对兄弟，永远不可能和平相处，所谓的和平不过是假象。

沉默半晌后，最终还是皇上先开口："代朕去一趟符家，替朕看看符临的伤势。"

这是皇命，任何人都不能违抗，可是九皇叔例外，九皇叔起身，在原地转了半圈，与皇上正面对上："皇上，符临再得皇宠也只是一个臣子，凭他还不够资格让本王亲自上门探病，皇上要是放心不下，不如亲自去一趟，臣弟累了，先行告退。"

说完，也不等皇上开口，转身就往外走。

"老九！"皇上气得脸色发白，指着九皇叔的背影大喝。

九皇叔就好像没有听到一般，大步流星地往外走，吱呀一声打开门，嘭的一声关上门，宣泄心中的不满。

九皇叔走后，皇上气得跌坐在椅子上，大口大口地喘气，杀气凛然。

一次次的试探让皇上明白，九皇叔并没有像他表现的那般驯服，所谓的退让不过是做给他看的罢了。

上一次，以九皇叔母亲的坟墓为由，逼九皇叔做他不愿意做的事情，起初他虽然不满，但还是做了，这让皇上以为九皇叔真的驯服了，可今天九皇叔的举动，推翻了皇上之前的肯定。

皇上想着，他这位排行第九的弟弟绝不如表面那般好驯服，而经此一事，他们兄弟二人之间表面的和气也被打破了。

这个时候，符临的存在更有必要，神庙后人虽然不能神机妙算，但却有一些独特的才能，这些才能若为帝王所用，绝对是助力。

而符临现在也很好用，而且绝对忠心，皇上实在舍不得就此舍弃这颗棋子。

皇上思索再三，还是决定再努力一下，皇上深吸了口气，站了起来："来人，宣洛……清王殿下进宫。"

以往这种代表皇帝的好事，都是由东陵子洛来做，现在东陵子洛被关了禁闭，皇上只好选择其他人。

九皇叔说临符不够格让他亲自去看，皇上当然也不会亲自去看，如果皇上亲自去了，那岂不是显得皇上还不如九皇叔。

皇子的府邸都是皇上亲赐的，除了东陵子洛的府邸最好外，其他皇子的都差不多，不过半个时辰，清王就进宫了。

皇上看着跪在下首，英武能干的清王，眼中闪过一抹欣慰。

清王一向得皇上信任，不然也不会成为东陵唯一一个执掌兵权的皇子，当然这也和清王的出身有关。

清王的母亲出身一般，没有争夺大宝之位的实力，再加上清王从小就喜武不喜文，不仅是皇上，就是众位皇子对清王也极度放心。

皇上将符临的病情简单地说了一下，便下旨让清王代替皇上去探病，当然更重要的是警告凤轻尘，用心医治，皇帝在盯着呢。

清王虽是武将，可作为能活着长大，并且成为东陵唯一一个握有兵权的皇子，他当然有一颗玲珑心，听到皇上隐晦的暗示，清王知道这一趟差事不好办，可再不好办他也只能认了，谁叫他没有九皇叔强势，不满就可以甩袖子走人。

“儿臣遵旨。”清王叩头谢恩，将眼中的烦躁压下，在皇上的期许下，带着大批赏赐，浩浩荡荡地赶往符府。

“王爷。”皇宫内的一座高塔上，九皇叔带着贴身太监，站在那里，目送着清王离去。

九皇叔闭上眼睛，面露疲惫之色，薄唇轻启：“调黑骑去。”

“小的明白了。”太监面色一凝，重重地点头，快步离去，脚步轻盈，气息绵长，一看就知是习武之人，而且段数不低。

黑骑虽然只有一千人，可这一千人却是从数万人中精挑细选出来的，一千人的杀伤力，不亚于一支强大的军队。

黑骑作为九皇叔手中最厉害，也最保密的一支队伍，这是第一次出现在九州大陆的舞台上，而黑骑出手定是血雨腥风。

不过，这一切，凤轻尘都不知道，九皇叔下达调动黑骑的命令时，凤轻尘正在给符临清理伤口上的腐肉，并洒上药防止伤口再度恶化。

就算是截肢也要把伤口处理好，不然感染了就惨了，这一点符临不知道，符临看凤轻尘把他腿上的腐肉一一清除，又给他的伤口上药，以为自己的腿还有救呢。

符临连大气都不敢喘一下，一颗心揪得死紧，满怀期待，又害怕失望。

符临的心思凤轻尘懂，她和符临说了好几次，她只是在替他清理伤口，并不能保住他的腿，可惜符临根本听不进去，他只选择听自己想听的话，根本不搭理凤轻尘。

然而，这样的安静是短暂的，清王过来时，凤轻尘和符临又开始了新一轮的争执。

“凤轻尘，命和腿我都要。”他不想死，可同样也不想变成残疾，如果他的腿废了，那和要了他的命有什么区别？

“我是人，不是神仙，就算是神仙，也不可能满足你所有的愿望，符大人，做人要面对现实，你腿上的伤口有多严重，不需要我拆开给你看吧？符大人，我再给你一炷香的时间，你好好考虑，不管你做什么选择，我都尊重你，毕竟命是你的，你有权自己决定。”凤轻尘近乎无情地道。

她的话，让一干太医面面相觑，一脸尴尬，有心想要解释两句，以免清王以为他们这群大夫都这般不近人情，可张了张嘴，却不知道该说什么，只好默默地站在一边当壁角。

清王没有训斥凤轻尘的意思，相反，他认为凤轻尘这话说得太对了，符临要死要活，就是他自己一句话，他选哪条路就认命地走下去。

凤轻尘不是救不了他，而是他自己接受不了，与旁人无关。

“凤轻尘，我真的想保住我的腿，连一丝的可能都没有吗？”符临双手捂脸，精神萎靡，他下不了决定。

“有，一成的可能，你祈祷奇迹降临。”奇迹这种东西不是没有，但不是人人都能那般好运。

每个等待奇迹的病人，都以为自己是主角，认为上天一定会厚爱自己，他们总以为自己是与众不同的，他们相信奇迹一定会诞生在自己的身上，但能被记载下来的奇迹，只有万分之一，遇到奇迹的人很少，更多的人是死去。

作为大夫，凤轻尘不建议符临赌那微乎其微的奇迹，可惜符临不这么认为，听到凤轻尘的话，符临精神为之一振，大声道：“好，我就赌那一成的可能，凤轻尘，我不接受截肢。”

“符大人，你清楚自己的选择吗？奇迹这种东西，并不是你有信心就行的。”凤轻尘不想打击人，她只是实话实说。

“我知道，凤轻尘你不用担心，正好清王在这里，我会写下一份声明，声明这是我自己的选择，生死与你无关。”符临这真是在赌了。

这份声明一旦写下，如果凤轻尘在医治的过程中耍花样弄死他，皇上也无法追究凤轻尘的责任。

“符大人，这不好吧。”

“符大人，这个风险太高了。”

“符大人，你三思呀。”

众太医一脸担忧，纷纷劝说，可符临心意已决，不管旁人怎么说，他的态度都十分坚决，谁也改变不了他的决定。

凤轻尘知道符临已经下了决定，不会再更改，转身便拿了纸笔给符临。

“可以，写吧。”

这是病人的选择，横竖她不用负任何责任，她只要尽心医治，做好一个大夫该做的事情，守好大夫该有的原则就行了。

符临接过纸笔就写了起来，清王几次想要劝说，却终是忍住了。

符临死了，他顶多就是被皇上厌弃，厌弃就厌弃吧，反正看太子皇兄的样子，他也不想争，他要是被父皇厌弃，说不定还能尽早离开皇城，自由自在呢。

清王后退一步，表明自己的立场，皇上派来的皇子都这样了，其他太医即使担忧，也只能默默地闭嘴，等到符临写完，太医才开口，请求清王允许他们在一旁协助。

太医们这是担心凤轻尘医治不尽心，或者出差错，有他们看着总是好的。

清王没有应下，而是问道："凤姑娘，你怎么看？"

"可以，但我不希望你们打扰我，你们只能安静地看着。"凤轻尘不怕被围观，这些太医在一旁看着也不碍事，反倒能为她做证明。

符临只有一成的机会活下来，她若不让人在旁边看着，符临要是死了，她就有嫌疑了。现在大大方方地让众人监督，于她而言只有好处，就算有坏处，也比不上好处多。

凤轻尘的爽快，在太医和符临的眼中就是坦荡，凤轻尘也不管这些人怎么想，将符临写好的声明递给清王："有劳清王殿下了。"

"这是我该做的事情。"清王也不客气，将符临所写的声明收好。

凤轻尘示意众太医退后一些，让出足够的空间，这才开始动手。

之前的伤口是按截肢所需处理的，现在符临不肯接受截肢手术，她只能重新清理伤口，也就是通常所说的刮骨疗伤。

"符大人，我给你用了麻沸散，有缓解疼痛的作用，可即便如此，还是会很痛，希望你能忍住。"凤轻尘解开绷带，露出符临腐烂的伤腿。

"我会忍住。"符临吸了口气，伸手抓住床单。

他很紧张！

这一点众人都明白，因为他们也紧张，屋内除了凤轻尘，恐怕没有哪个不紧张。

绷带被全部解开，符临的腿伤露了出来，看到那狰狞的伤口，清王终于明白凤轻尘为什么会说，要把符临的腿给截了。

这样的伤也就是在皇城，有太医精心医治，有上好的药材源源不绝地供应，要是在边境，士兵受了这么重的伤，只有死路一条，哪能如符临这般，又是要保命，又是要保腿。

同人不同命，同样是受伤，符临有数十位太医围着，各种上好的药材不断地供着，可他手下的兵，别说太医了，就是军医也不一定有空……

清王看着凤轻尘举刀，下刀，不禁神色恍惚。

他一直就听说，凤轻尘很擅长医治外伤，要是能把凤轻尘拐到军营做军医，对于士兵来说会不会是个福音？

在皇城，凤轻尘医治的病人非富即贵，医好了不仅得不到好处，还很容易惹麻烦，可到了军中就不一样了，在军中大夫的地位很高，凤轻尘会很自由。

只可惜凤轻尘是个女子，不方便出现在军中，就算方便，九皇叔也不会同意，这样的事情，清王也只能偷偷想一想。

凤轻尘的胆大在皇城是出了名的，一个孤女上敢挑衅皇后，下敢斩杀乞丐，在流言蜚语中迅速成长，得到东陵最尊贵的九皇叔青睐，她的一举一动都是别人津津乐道的事情。

不管是从皇后手中逃生，还是当街下令斩杀闹事的乞丐，这样的事都闹得极大，在场的很多太医也都知晓，可他们也仅仅是听说，此时看到凤轻尘堪比凌迟的刀法，众太医这才明白什么叫胆大。

“姑娘呀，那可是人肉呀，你切的时候能不能别那么利落。”

“姑娘呀，那可是血管呀，你剪的时候能不能别那么快。”

“姑娘呀，那可是血肉呀，能不能别那么淡定。”

“姑娘呀……”

处理外伤绝对没有什么美感可言，凤轻尘的手法简单、粗暴，只求用最快的速度达到最理想的效果，至于下手是不是太血腥，她从不考虑。

染了血的绷带一团一团，银盘里的腐肉也越积越多，不知道的人还以为凤轻尘是在分尸。

真的好血腥！

“呕……”有几个年轻的太医，已经忍不住干呕起来，清王面露不悦，横了一眼，吓得那几个太医连忙捂住嘴巴。

在场的十几个太医，只有三人擅长医治外伤，除了这三人外，其他几位太医的面色都不怎么好看。

不过他们到底是识货的人，看到凤轻尘的手法，就知道凤轻尘此举不凡，虽然觉得恶心欲呕，但还是努力伸长脖子往前凑，趁清王没注意时，时不时和身边的人聊两句，交流一下感想。

“凤姑娘抽出的那个血管，要是没有缝合，日后肯定会留下病根。”

“说得没错，凤姑娘极是认真，骨头上沾到的一点腐肉，她也给挑了出来，这眼神也实在太好了。”

“不是凤姑娘眼神好，你没看到她手上拿了一个小东西在照嘛，我怀疑那个东西有放大的作用，你不记得凤姑娘当日米上刻字的事嘛。”

“有道理，有道理，这可真是好东西，要是能买得到，那该多好。”有太医垂涎凤轻尘手上的器械。

“那么细的血管也能看到，还能下针，凤姑娘的手真巧，老夫以前看不起只会拿针的女人，现在看来，这针线用得好，也是能救人命的。”一位白胡子老太医一脸的感慨，看他那样子，恐怕回家就会找夫人或者女儿学针钱活。

清王一直在努力记下凤轻尘的做法，想着回去后，和军中的大夫说说，看看那些大夫能不能学着用，要是凤轻尘医治外伤的手法能在军中普及，那么因伤而死的士兵就会少很多。

清王没空管这些太医，太医们的议论声也就越来越大，凤轻尘将全副心思都放在符临受伤的腿上，根本注意不到外界的情况，直到额头冒出汗珠，才说了一句：“来一个人，帮我擦汗。”

这句话就像是魔咒，吓得众太医立马噤声，清王立刻站了起来，符临呆愣的双眼也恢复了清明。

所有的人都听到这句话了，却没有一个人肯上前给凤轻尘擦汗，眼见汗珠就要掉下来，凤轻尘又催了一句。

“好。”离得较近的几位太医听到后，连忙上前，可此时却有一个人比他们更快。

“我来。”清王大步上前，呵退太医，取出随身携带的锦帕。

凤轻尘适时地抬头，好方便清王擦拭。

白净的脸上不施任何脂粉，双眼清澈明亮，眼珠如同墨点一般，认真而专注，清王感觉自己的心都跳漏了一拍。

呆愣地伸手替凤轻尘擦汗，又呆愣地收回手，清王都不知道自己这个动作是怎么完成的，他只知道凤轻尘又低下头，给符临处理伤口去了，那专注的神色，就好像天地间只有那么一块方寸之地。

有那么一瞬间，清王发现自己嫉妒了，嫉妒能得到凤轻尘全部注意力的伤口，可他更嫉妒九皇叔。

清王不禁在想，要是被凤轻尘这专注的眼神看着，他会怎样？

只是光想，清王就感觉心跳加快，快到无法控制。

怎么会这样！

清王慌张了，连忙收回心神，想要逃离，离凤轻尘远远的，可他一抬头却看到符临正看向凤轻尘，那专注而又认真的眼神……很炽热！

符临他……

清王看看符临，再看看凤轻尘。

他承认凤轻尘认真的样子很迷人，他承认自己刚刚有那么一瞬间心动了，可他的理智告诉他，这种心动是不应该的，因为凤轻尘是九皇叔的人。

他可以欣赏、可以佩服凤轻尘，唯独不能倾慕，不然等待他的只能是孤寂一生，或者死路一条，九皇叔这样的对手，他得罪不起。

如果符临只是感激凤轻尘的救命之恩还好，要是有别的想法，那么符临的下场会更惨，符临可不是皇子皇孙，他那个九叔绝不会对他手下留情。

清王很快就收回了思绪，平定了自己紊乱的心跳，默默地退到一边，待凤轻尘需要时，替她擦汗，除此之外，不再做他想。

从小到大，他很明白什么叫本分，作为一个没有母族支持，又不得父皇宠爱的皇子，他想活下来，就必须坚守自己的本分，不做非分之想。

清王这一站，就到了天黑，也就是说凤轻尘直到天黑，才把符临的伤口清理好，而这个时候，符临已经昏死过去。

包扎好伤口，凤轻尘面色惨白，一身是血地站了起来，高强度的工作，很耗费精力，凤轻尘虽然还能坚持，可她现在真的累了，身心俱疲。

捶了捶自己的双腿，凤轻尘从药箱里取出药放在小桌子上，交代众位太医，接下来要如何照看符临。

她能做的就是这些，接下来就要靠符临自己了，能不能活下来，不由她决定，而是要老天爷去决定。

清王看凤轻尘神色疲惫，也没有勉强她一定要留下来照顾符临，而是亲自将凤轻尘送回了凤府，才回宫复命。

凤轻尘一进门，暗卫就悄悄上前，带来九皇叔的话："尽力救治符临。"

听到这话，凤轻尘眸光一闪，可不等她多问，管家就上前，递上了一张精致的帖子："小姐，苏公子送了一份拜帖过来。"

"苏公子？苏文清？"

"是的。"老管家点头。

凤轻尘接过帖子，打开一看，笑了，明晚子时，果然是见不得光。

至于九皇叔让暗卫传的话，她已经尽力了，符临能不能活下来，不是她能决定的事。

有符临那张声明在，符临的生死就与凤轻尘无关，符临死了，皇上也不能治凤轻尘的罪，要拿凤轻尘撒气，只能另找借口。

清王进宫复命，将符家发生的事情，一一说给皇上听，皇上气极，又摔了一个砚台："混账，朕怎么养了你这么个没用的儿子。"

清王不是东陵子洛，他不会傻傻地跪在那里任皇上砸，在皇上抬手的刹那，清王就提前移动身子，堪堪避过。

黑沉的砚台擦着清王的脑门飞过，嘭的一声落在地上，碎成无数片，可见皇上砸得有多重，要是砸在清王的头上，立刻就会见血。

清王的动作很快，又只是略略移动了一点，皇上也没注意到，只当自己没有砸准，毕竟皇上不是马上得天下，也不是文武双全的主。

刚刚那么一砸，皇上的气也消了大半，人没砸中，皇上也不好再砸，只能指着清王破口大骂，骂完后又罚了清王三年俸禄，这才让清王滚出去。

清王一脸惶恐地退下，那颤抖的小模样，就像被吓破了胆一般，可一上马车，清王脸上的小心翼翼与担惊受怕就不见了。

"去太子府。"清王冷声命令道。

有些事情，他得和太子提前商量，太子可以不争，可以不掺和，但太子不能太过洒脱，要知道朝中还有一批官员依附太子，太子要是什么都不管不顾，这些官员怎么办？

皇上今天把他拎出来，让他接这个差事，无外乎就是做给朝臣看，让朝臣明白皇上还没有放弃太子一系，让太子一系的官员不要惊慌，不要乱，更不要没事就去攀咬洛王和其他的官员，以免朝局混乱，官员人人自危。

皇上今天的举动，让清王明白，他的父皇虽然不满意太子，可更不希望朝局大乱，百官不安，无论太子愿不愿意，都要做些什么，好安抚底下那些官员的心。

太子被关禁闭，有御林军看守，换作以往，太子一定会惊恐万分，不敢出半点差错，可现在不一样了。

御林军对于太子来说就是一个摆设，谁敢为难他，他就让谁一辈子不舒坦，面对这么一位天不怕、地不怕的太子，御林军还能做什么，他们只能装聋作哑。

是以，当清王来到太子府时，完全没有人阻拦，那些御林军形同虚设，见到清王的车驾过来，直接抬头看天，表示自己什么也没有看到。

"皇兄终于有一国太子的气度了，可偏偏是他不想做太子时才有。"清王说不出是高兴还是失落。

外人眼中，纵然太子有一千、一万个不好，可在清王眼中，太子始终是他的哥哥，要是没有太子维护，他也没有今天。

"六弟。"太子知道东陵子清来了，高兴地走出来迎接，见清王要行礼，直接在他的肩膀上拍了一巴掌，"自家兄弟，行这些虚礼做什么。走，前两天凤轻尘送了两坛好酒给我，我一直舍不得喝，正好今日六弟你来了，陪哥哥喝一杯。”

太子这真是放下一切，今朝有酒今朝醉了。

“皇兄，你这样……”清王一脸愁容，与太子的笑颜形成了鲜明的对比。

“怎么了？有人欺负你了？”一听太子这语气，就知道他是爱护弟弟，会为弟弟出头的兄长。

清王苦笑一声，从小就是这样，太子虽然身体不好，却事事护着他，清王摇了摇头，将今天发生的事情说了一遍，包括自己的推断。

太子听完，拍了拍清王的肩膀，宽慰道：“六弟，这些你不用担心，你哥哥我虽然无意争那个位置了，但我并不是一个没有责任心的人，这些年来，一直跟着我的人，我会给他们安排一个好的去处，不会让他们被人踢下来，也不会让他们因为没人护着，而如履薄冰，你哥哥虽然不成大器，但绝不是一个自私的人。”

“皇兄，你何必这样说自己，你现在就做得很好，那个位置也不是不可能。”他的皇兄有太子的风范与才华，可偏偏摊上这么一个身体。

太子笑了一声，眼中闪过一抹黯然，不过很快就消失不见，黑眸中只有熠熠的辉光，看到清王担忧的神色，太子温文尔雅地笑了笑：“六弟你别管我，也别担心我，我不会有事，同样我也不会让你有事，待到初夏，哥哥带你去江南赏景、赏水、赏美人。”

“好，我可等着了。”清王见太子有意避退江南，也就放宽心了。

毕竟，一旦把他们那个小心眼的父皇得罪到死，他们那个父皇可不会顾忌父子之情，要知道他并不是只有他们两个儿子。

最是无情帝王家，他父皇当年能杀自己兄弟，如今杀自己的儿子也不是多难的事。

凤轻尘将苏文清送来的帖子收好，便让春绘、秋画服侍她沐浴，顺便享受一下侍女的按摩，让酸痛的肌肉得到放松。

沐浴后，凤轻尘神清气爽地走出来，忍不住叹道：果然是由俭入奢易，腐败的生活实在太容易让人沉沦。

有热水浴，有侍女按摩，凤轻尘的精神恢复了不少，换上便服就去书房见佟珏和佟瑶。

佟珏和佟瑶这两天为了夜城的事，忙得几天都没有睡好，两人站在书房里等凤轻尘，差点就站着睡了过去。

“坐下说。”凤轻尘指了指一旁的位置，看到佟瑶和佟珏的黑眼圈，她也于心不忍。

“谢谢小姐。”佟珏和佟瑶坐下，便由佟瑶汇报夜城的情况。

她们从一些细节中，得知夜城主与皇上签订了臣属协议，允许东陵的兵马、商人、百姓进入夜城，夜城则对东陵称臣，具体的内容还没有查到，目前只知道这些。

“原来如此，夜城主这是被逼到绝路，才会签下这样不平等的条约，他本想保住夜城，却不想自己签的是催命符。”凤轻尘这才知道东陵和夜城臣属契约的事情，而这个时候她也才真正明白，皇上为什么会对夜城主下手。

佟珏和佟瑶吓了一跳：“小姐……”是她们猜想的那个意思吗？难道夜城主的死与皇上有关，而不是什么西陵？

凤轻尘相信佟珏和佟瑶，见两人问起，缓缓地点了点头：“有些事情，自己知道就好。”

“小姐放心，我们明白。”佟珏和佟瑶连忙保证，她们很清楚，这个消息代表了什么。

一个不好，可就是边境大乱。

佟珏和佟瑶很快就调整好自己的情绪，继续报告有用的信息。

夜叶从皇上那里得知凶手是西陵皇室，事后自己又暗中查了一番，发现确实是西陵人下的手，夜叶便安静下来，把自己关在屋子里一整天。

“果然是欺软怕硬。”凤轻尘想到夜叶砸门时的嚣张样，就忍不住生气，“这会儿怎么不见他去砸西陵皇宫的门，真是个没种的男人。”

佟珏和佟瑶苦笑一声，西陵皇室可不比凤府，给夜叶一百个胆子，他也不敢带人去西陵皇宫闹事，到时候他人还没有到皇宫，就被人丢出去了。

凤轻尘好欺，西陵皇室可不好惹，夜叶就是再狂妄、再不知轻重，也明白他不能带人打上西陵，甚至在证据不充分的情况下，他只能忍气吞声，当作什么都不知道。

夜叶独自待了一天，出来后就写了折子，请求扶灵回夜城，皇上同意了，试探性地提了一下夜叶的婚事，希望夜叶能够在百日内完婚，以免要守孝三年，错过好的联姻对象。

夜叶以百日太匆忙为由拒绝了，说是要等三年孝后再议婚事，皇上不满，夜叶便提出允许东陵再加五千兵马进驻夜城，皇上这才同意。

“真是一个痴情种。”凤轻尘不屑地冷笑。

为了一个女人，置夜城家业于不顾，她已经能看到夜城的衰败了，没有联姻的关系在，皇上对夜叶会逼得更紧，而多了五千兵马进城，对夜城来说也是一个威胁。

须知道，五千人可不是小数目，也只有不懂军事的夜叶，才会轻易地答应这样的条件。

不过，这些与凤轻尘无关，凤轻尘在意的是皇上给了夜城大批的救援物资，有了东陵的帮助，夜城的难关也算渡过了，而皇上插手了，他们也该收手了。

先前，她利用苏文清的商业人脉，联合一些大商人哄抬夜城物价，对叶夜进行经济封锁，让夜城变成一座孤城，借机赚了大笔银子，可现在，却不能再继续了。

“佟瑶你回头和苏家打声招呼，让他们撤了。”商人重利，她可以借苏文清的手报复夜叶，但不能让苏文清亏了。

“是。”佟珏刚应下，就听到凤轻尘又问道：“山东卢家怎么样了？”

说到山东卢家，佟珏和佟瑶的面色都不太自然，在凤轻尘的催促下，佟珏硬着头皮道：“回小姐的话，没有一丝进展，和当初初到山东时差不多。卢家是山东的大富，我们一直都只能徘徊在边缘地带，无法更深入其内部，卢家在皇城似乎也有靠山，而在山东就是封疆大臣也要给卢家家主三分薄面。”

“在山东，卢家就是土皇帝，我们的人刚到的时候并不觉得，可待得越久，这种感觉就越明显。卢家行事很低调，要不是在那里待了大半年，我们根本察觉不出卢家在山东竟有那么大的权势。”

佟珏越说，声音越小，她这话怎么听都像是在为自己的无能辩解。

凤轻尘倒是没有在意，只应了一声：“继续盯着卢家，卢家在山东的势力这么大，就让我们的人小心一点，上次你们联系的那个，卢家在外的私生子怎么样了？”

“死了，被卢家人发现了。”说到这个，佟珏的头埋得更低。

他们此举已打草惊蛇，卢家肯定会防备得更深。

“死了？居然死了，卢家人的反应真快，下手也够干净，不愧是能害死我爹的人，要是太弱那就没有意思了。”凤轻尘不生气是假的，可卢家已经把这颗好用的棋子给灭了，她再生气也没用，卢家是山东的土皇帝，天高皇帝远，谁也管不着他们。

“佟珏、佟瑶，通知我们的人，让他们全部收手，不要再去打听卢家的消息。”卢家已经察觉到有人在对付他们，凤轻尘不敢再冒险，要是让卢家察觉到她的动作，就惨了。

想杀她的人实在太多了，在没有到达山东前，她不能把自己暴露出来，不能明面上与卢家不对付，以免卢家对她起杀意。

“小姐放心，我已经让他们按兵不动，回头我就通知下去，让他们全部隐藏起来。”安插探子不容易，佟珏和佟瑶也舍不得折损人手。

“嗯，你们也累了，下去休息吧。”凤轻尘该知道的都知道了，剩下的事情，她得好好谋划一番，考虑一下手上又有多少资源可以利用。

思索了半天，凤轻尘也想不出好对策，皇城距离山东有千里之远，她只能从一些琐事中分析卢家的情况，这种地方大族，门第极高、规矩极严，她的人能打听到的消息实在有限。

“山东一行迫在眉睫，卢家已经察觉到有人在找他们麻烦，卢家顺着那根线，应该很快就能查到我身上来，到时候卢家先发制人，我就惨了，和卢家相比，我还是太弱了。”凤轻尘轻敲着桌面，自言自语。

不知从什么时候开始，她居然和九皇叔一样，有轻敲桌面的习惯了，凤轻尘讷讷地收回手，露出一抹苦涩的笑。

自从王家的事情揭幕后，她就不知道九皇叔在忙什么，天天连个人影都见不着，晚上也不见他出来。

凤轻尘叹了口气，吹灭书房的灯，回房睡觉。

明天，皇上肯定不会让她待在家里休息，一定会让她去守着符临，等符临生或者死……

凤轻尘吹灭了蜡烛，上床睡觉，本以为自己会因为夜城和卢家的事情睡不着，却不想沾枕就睡着了，完全没有失眠。

“姑娘今晚叹了三声气。”凤轻尘睡着后，暗卫无聊地打了个哈欠。

暗卫二的嘴里叼了一片树叶，含糊不清道：“我猜姑娘是想王爷了，王爷好久没来看姑娘了。”

“确实蛮久了，有大半个月了吧，王爷真厉害，以前没有尝过就算了，现在尝过了，居然还能忍得住。”暗卫一感慨着竖起大拇指，表示佩服。

“你找死呢，王爷的坏话你也敢说，不想活了嘛。”暗卫二将树叶吐在暗卫一的脸上，暗卫一不高兴地抹掉，却不敢反驳，只嘟囔了两句。

他这不是担心王爷在外面有别的女人，把姑娘给忘了嘛，要知道男人都是有生理需求的，九皇叔再忙也能抽出睡觉的时间不是。

九皇叔确实很长时间没来找凤轻尘了，可这一次，暗卫还真是冤枉了九皇叔，九皇叔虽然不至于忙到没有睡觉的时间，可也确实忙得没有心思想别的，至于今天晚上，他更是忙得连睡觉的时间都没有。

黑骑虽然只有一千人，可却是九皇叔手中的王牌部队，也是九皇叔的底牌之一，调动黑骑可不是什么简单的事情。

九皇叔不希望黑骑第一次出任务就暴露出来，也不希望黑骑折损，或者严重一点全军覆没，所以此次行事需要更加的小心谨慎。

再加上九皇叔这次给黑骑安排的任务，可不是寻常的小事，九皇叔调用黑骑，是为了从皇陵抢出他母妃的灵柩。

不知是凤轻尘父母尸骨的事情启发了皇上，还是皇上越来越无耻，最近这段时间，皇上一而再，再而三地拿九皇叔母妃的灵柩来逼九皇叔妥协。

九皇叔忍了皇上无数次，这一次是坚决不愿意再忍了，你拿我娘的尸骨威胁我，那我就把我娘的尸骨偷出来，看你以后拿什么威胁我！

至于皇陵，九皇叔吩咐黑骑直接炸了，罪名他会让神机营的人操作，安到皇上的头上去。

横竖举国皆知，只有皇上手上有震天雷，如果皇陵被震天雷所炸，那就一定和皇上脱不了干系。

哼，当初他敢炸皇上正在修建的陵墓，现在当然也敢炸皇陵，再说皇陵里除了他父母的灵柩外，就只有他的兄弟和先皇妃子的尸骨，他只要先把先皇和他母妃的灵柩带出来就行了，至于其他人，就随皇陵一起埋葬地下吧。

黑骑人如齐名，胯下是黑色宝马，身上是黑色铠甲，完全与黑夜融为一体，马蹄包了暖布，骑马在夜色中行走，声响极小，根本不会引人注意。

黑骑昼伏夜出，就在皇上彻夜担心符临的伤势时，黑骑悄悄地接近了皇陵，准备血洗皇陵，炸了皇陵……

# 第三十一章　兴师动众的一顿饭

诚如凤轻尘所预料的那样，她刚用完早膳，就有小太监前来传话，说是符临符大人至今未醒，皇上很担忧，命凤轻尘前去符府探望。

“凤姑娘，您就快一点吧，皇上真的很重视符大人。”小太监看凤轻尘不动，苦着一张脸催促道。

“我取了药箱就走。”凤轻尘再不爽也得忍着，忍到符临死，谁叫人家是宠臣，是皇上的心腹。

符临身边一直有太医照看，虽然没有昨天那么夸张，皇上还是大惊小怪地派了六个太医轮流照顾，确保符临能够得到最妥善的照顾。

就是皇后也没有这等待遇，凤轻尘暗骂符临浪费资源。

来到房间，看到正在符临床边守候的太医，凤轻尘和气地上前打招呼，那三个太医也颇为和气，不过面色有些尴尬。

凤轻尘不解这三个人是怎么了，见他们半天不说话，也没有多问，而是上前给符临做了基本的检查。

三位太医好奇地看着凤轻尘的动作，见凤轻尘检查完，找了一把椅子坐了下来，三位太医犹豫了半天，你挤挤我，我挤挤他，最后还是决定一同上前。

“凤姑娘，那个，昨天的事情，实在对不起。”三位太医面色尴尬，不知所措。

他们不是什么坏心的人，只是比较怕死罢了。

“啊？”凤轻尘愣了一下，随即反应过来，连忙站了起来，摆了摆手，“小事而已，我没有放在心上。”

“没放在心上就好。”三位太医确定凤轻尘是真的不在意了，才暗暗地松了口气，同时亦觉得自己真是以小人之心度君子之腹，凤轻尘虽是女子，可无论是气度还是医术，都不比他们差。

三位太医虽然在道歉后得到了凤轻尘的原谅，可他们在凤轻尘面前仍旧很局促，几次走到凤轻尘面前，明明是有话要说，可人过来了又开不了口。凤轻尘见状，主动开口请三人坐下，然后找了一个大家都感兴趣的话题，三两句就聊开了。

都是大夫，他们要找话题很容易，四人越聊越投机，很快就将之前的不愉快抛到脑后，三位太医也渐渐地放松心神，和凤轻尘打听起她刚刚检查用的器具，凤轻尘大方地把治疗器械拿出来，并一一演示给三人看，教他们如何用。

符临一直没有醒转的迹象，不过值得欣慰的是，符临的伤势也没有恶化，这一天，就在凤轻尘教学，三位太医学习中度过，符临的生死反倒成了次要的。

凤轻尘表示这样的日子一点也不无聊，她很喜欢和同行聊天，就一些专业上的问题，发表自己的意见和看法，有利于开阔自己的思维，如果在符家每天都可以这么过，她不介意每天跑一趟。

和同行聊天，是和九皇叔、大公子他们在一起时完全不同的感觉，她是大夫，需要同行业的朋友，不然她闭门造车，医术只会越来越差，永远没有进步的可能。

更何况，能进宫当太医的，医术都不错，凤轻尘就从他们身上学到了很多东西。

天色渐黑，凤轻尘告别了三位太医，在三位太医的依依不舍下，坐车回府。

凤轻尘毕竟是女子，皇上就算再担心符临，再气凤轻尘，也不能让凤轻尘在符家过夜，不然九皇叔真的会杀到皇宫，要皇上好看。

至于三位太医，他们还要在这里守夜，等明天接替他们的太医过来。

凤轻尘回府，用了晚膳便沐浴更衣，在书房处理了一些杂务，临近子时，便在暗卫的陪同下，坐着马车朝暖房驶去。

大半夜出门私会异性，凤轻尘还是有点心虚的，依九皇叔的醋劲，要是被他知道，她的下场肯定会很惨。

凤轻尘现在只希望她的警告有效，暗卫不会把今晚的事，报告给九皇叔知晓，不然她就要哭了。

凤轻尘出发了，蓝九卿当然也要动身了。在苏府密室里，蓝九卿把黑骑的事情交代完后，便准备出门。

“暖房那边都安排好了吗？”离去前，蓝九卿又问了一遍。

这算是他和凤轻尘的第一次约会，他希望让凤轻尘印象深刻一些，至少不能讨厌他，觉得他轻浮。

苏文清点了点头：“都安排好了，可……九卿，你真的要选择在暖房见面吗？万一中途出了意外怎么办？”

“不会有意外。”蓝九卿斩钉截铁道。

“可是你对花粉过敏。”苏文清嘴上说担心，心里却是幸灾乐祸。

他虽然不敢搞破坏，但幻想一下九卿因花粉过敏而坐立不安，却又要强装无事的样子，还是很不错的。

“我在御花园也待过。”蓝九卿横了苏文清一眼，要不是他忙，需要苏文清去布置，他哪里会告诉苏文清，他和凤轻尘要在暖房吃饭的事情。

“那不一样，你每次在御花园时，都选择离花最远的地方，这一次你是身处花海之中，就算带上玄医谷谷主给你配的药包，估计也不会有太大的效果。谷主也曾叮嘱过你，这药包不是万能的，它虽然能抑制花香和你身上的竹香，但要是花香太过浓郁，药包就会失效。九卿，不怕一万就怕万一，你还是换一个地方吧，为什么非得是暖房呢，要吃饭去哪里吃不行？”苏文清好心提议，蓝九卿想也不想就拒绝了。

“我会提前做好准备，不会对花粉过敏。”蓝九卿身上一直有抑制香味的药包，将周身淡淡的竹子清香压下。

九皇叔身上的竹香也是他刻意安排的，只要有人与九皇叔走得近，就能闻到九皇叔身上的竹香，至于蓝九卿，他身上绝不会有和九皇叔一样的味道。

“好吧，你自己小心。”自求多福。

最后四个字，苏文清没有说出来，蓝九卿很清楚苏文清的小心思，瞪了他一眼，便转身朝外走去。

蓝九卿刚到不久，凤府的马车便到了。

“姑娘，到了。”暗卫小声地提醒道，一副为难的样子。

凤轻尘也知道他们难做，主动提出让他们回避：“你们回吧，有左岸在不会有事。”

左岸来的第一天，就把凤轻尘身边的暗卫给打了一顿，暗卫们不敢对左岸有半点不敬，暗卫一听凤轻尘提起左岸，就默默地退下了。

凤轻尘独自一人踏上屋顶的暖房，沿路都有柔和的烛光照明，死角处也都特意摆上了蜡烛，以防止有人伏杀。

看得出来苏文清安排得很细致，一些小细节都注意到了，在这里绝对不会遇到危险。

“啪嗒，啪嗒……”凤轻尘踏着楼梯，一路来到顶楼，入眼所见，便是光彩夺目的暖房，还有置身花海中的蓝九卿。

他一身黑衣，在姹紫嫣红的花丛中显得特别突出，无数烛光汇聚在屋顶，倾泻而下，洒了蓝九卿一身，就好像……凤轻尘怔在原地，一时间竟然找不到合适的字眼来形容此时的蓝九卿。

她不知道，原来男子立在花丛中，也能如此的俊美风华，此时的蓝九卿丝毫不比九皇叔乘着小舟，带着夕阳的余光，从莲花丛中穿过逊色。

站在花丛中，将百花踩于脚底，头顶上那点点烛光，如同星光一般，为蓝九卿蒙上一层神秘的面纱，让人忍不住想要上前，看清那花丛中的人。

“原来，我这暖房还能美成这样。”凤轻尘把蓝九卿的风华，归功于唯美的暖房。

对于美好的人与物，欣赏和赞美是人的本能，凤轻尘唇角微扬，露出一抹好看的弧度。

不知是约好了，还是蓝九卿算到了，就在凤轻尘抬腿往前走时，蓝九卿正好回头，光线朦胧，两人视线交汇，皆是一滞。

片刻后，凤轻尘率先收回视线，微微点头一笑，蓝九卿戴着面具，又站在光线较强的位置，看不出他有什么表情，只知道他身边的红花颤动了一下……

“你来了。”

“我来了。”

两人一前一后说出这句话，随即又同时噤声，陷入沉默，直到蓝九卿淡淡一笑，才打破两人之间的宁静。

“坐。”蓝九卿摆出迎接的姿势，给凤轻尘让道，那彬彬有礼的态度，就好像他才是暖房的主人。

凤轻尘挑了挑眉，步态从容地走了进去……

暖房的环境很好，氛围也很美。鲜花、烛光、美酒、佳肴，处处都透着浪漫的气息，如果再有一段悠扬的曲子就更完美了。

凤轻尘已不是第一次来暖房，与蓝九卿吃烛光晚餐，所以完全不觉得拘束与尴尬，倒是蓝九卿颇为不自在，他没想到苏文清把暖房弄得这般梦幻，坐在这里显得他别有目的一般。

他只想和凤轻尘好好地吃一顿饭，让凤轻尘一想到暖房，第一个想到的就是蓝九卿，而不是与王锦凌一起吃饭的画面。

苏文清此举虽然也达到了效果，可太过了，让蓝九卿很是别扭，好在有面具遮挡，就是再不自在，蓝九卿也能装出无事的样子。

“上菜吧。”蓝九卿按了一下桌上的铃。

这是暖房最近才安上的设备，为了不打扰客人用膳，暖房内没有下人，铃声一响，小二才会上来服侍。

“公子，姑娘。”一个陌生小厮走了上来，停在暖房外，语气恭敬地道。

凤轻尘只一眼就知道，这个人不是她的人，是蓝九卿的人，蓝九卿这真是把“有间客栈”当成他自己的产业了。

对此，凤轻尘也不在意，对她来说，这客栈只是一个赚钱养家的地方，每个月有银子赚她就满足了。

“上菜。”蓝九卿言简意赅，微微动了动身子，借此掩饰自己的尴尬。

“是。”小厮飞快地下去，凤轻尘看蓝九卿一本正经地坐在那里，既不动弹也不说话，她也没有开口的意思，双手撑着下巴看天。

暖房建得很高，那些小蜡烛又全部是摆在屋顶上，抬头往上看，就像点点星光在闪烁，只不过这星光很近。

“真美。”微闪的烛光迷了人的眼，凤轻尘歪着脑袋，长长的睫毛轻轻颤动，美丽的黑眸熠熠生辉，脸上露出梦幻般的神采。

“是很美。”蓝九卿出言附和。

他夸的不是这满室的花朵与头顶上的烛光，而是凤轻尘此时的样子，美得让人移不开眼。

你站在桥上看风景，看风景的人在桥边看你，于蓝九卿而言，凤轻尘就是那个站在桥边，吸引他所有注意力的女子，美得让他心动，让他有摘下面具的冲动。

两人都有良好的餐桌礼仪，绝不会出现边吃边聊天的场景，由于临近子时，两人只吃了五分饱便让人把饭菜撤了下去，换上清茶。

捧着茶杯，凤轻尘靠在椅子上，眼睛微眯，和蓝九卿有一搭没一搭地闲聊起来，聊近况，聊未来，聊一些人生感悟。

经历了这么多风风雨雨的凤轻尘，和一般十五六岁的少女完全不同，她的想法更接近蓝九卿这样的人，两人在很多问题上，都有共同语言。

这种感觉对于两人来说都是陌生的，他们好像从来没有这般静下心来聊天，聊一些无关风月，无关权力斗争的话题，两人聊得兴起，这一聊就到东方泛起鱼肚白了。

“天亮了，我该回去了。”凤轻尘打了个哈欠，站起身来。

“这一顿饭，我吃得很高兴。”蓝九卿也跟着起身，摆明了是要送凤轻尘。

“我也一样，当然，如果能吃正常的晚餐，我会更高兴。”凤轻尘很诚恳地表达自己的意思。

今天已经是冒着天大的风险，要是再有下一次，她不敢保证九皇叔不会揍死她。

“我很抱歉，忘了你是一个女子，这么晚出门不方便。”蓝九卿的话没有半点诚意，他很清楚凤轻尘晚上出门方不方便。

“倒不是什么方不方便的问题，而是我家那位会生气，你知道的，他很小气。”凤轻尘回头，朝蓝九卿露出一个怕怕的笑，引得蓝九卿一阵大笑：“你会怕他？”

凤轻尘笑着摇头：“与怕无关，我这是尊重，如果他敢半夜私会别的女子，我也会生气，不是信不信任的问题，而是心里会不舒服。”

听到这话，蓝九卿不知道自己是该哭还是该笑，顿了顿才道：“既然如此，你为何还要来，你知道的，你若拒绝，我也不会生气。”

“我也要有自己的空间，再说我答应你的事情，就不能出尔反尔。”蓝九卿虽然没有说，可凤轻尘也明白，查到那些暗杀夜城主的人并不容易，而杀死他们更不容易。

那一晚死了很多人，可蓝九卿到底做了什么，却没有几个人知晓。

“你这样很矛盾。”说话间，两人已经走上了楼梯，一前一后往下走。

“不矛盾，两人相处就是这样，不过，我相信我和他一定会找到一个平衡点，他能放下骄傲，包容我的缺点，我也能为他退让。”两人相处，就是要不断地磨合，退让，迁就，她有原则，但也不会固执得一步不退。

马车和凤府的下人就在外面，蓝九卿无法多说，也不好出去，只站在屋内说了一句：“祝福你们。”

“谢谢，我一定会幸福。”凤轻尘大方地应道，在暗处灿烂一笑。

是“我”，而不是“我们”，凤轻尘自己没有发现，可蓝九卿却注意到了，也许潜意识里，凤轻尘就不认为九皇叔能给她一辈子的幸福。

蓝九卿站在原地，一动不动，直到马车的声音听不到了，蓝九卿才叹了口气，转身对着暗处道：“发生了什么事？”

暗处蹿出一个黑瘦的身影：“回主子的话，有一批不明高手试图闯进来，已经被拿下了。”

暖房附近都被清场了，附近的百姓都有高手盯着，想要潜进来吗？可以，先突破这层层封锁吧。

蓝九卿和凤轻尘吃一顿饭，耗费的人力与物力无法计算，当然这些准备也不是没有用处的，要不是有这般周密的安排，蓝九卿与凤轻尘又怎么可能安心地吃饭，不被人打扰。

如果在以往，蓝九卿一定会亲自去看看，只是今天……

“交给苏公子。”蓝九卿丢下这句话就走了。

没办法，被苏文清那张乌鸦嘴说中了，他在暖房待久了，身上已有过敏的反应。

和凤轻尘吃饭的代价真的很高，蓝九卿估计自己好几天都没办法出门了。同样，凤轻尘也付出了不小的代价，走出暖房百米的范围，就遇到了暗杀。

七名黑衣人如同木桩一样，一字排开，在凤轻尘必经之路上等她，马车刚刚驶入这七人的视线，就有人出声：“凤轻尘。”

嘎的一声，车夫猛得拉住缰绳，与七名黑衣人保持距离，两个暗卫侍女第一时间跳下马车，守住马车和里面的凤轻尘：“什么人？”

“我们是什么人不重要，重要的是马车内的人是不是凤轻尘。”刚刚说话的黑衣人又开口了，长剑直指马头，那马似乎有灵性，迎上对方的杀气，连气都不敢大喘。

“我是凤轻尘，不知哪位找我？”这个时候坐在马车里并不安全，凤轻尘撩起门帘，下了马车，准备上前，却被暗卫拦住了：“姑娘危险。”

“无妨，他们要动手早就动手了。”凤轻尘推开暗卫，走到路中央，与七名黑衣人对峙。

对方身上有着浓郁的血腥味，凤轻尘谨慎地与对方保持五步以上的距离。这个距离不仅在她发射暗器的范围内，也不会因为太近，被对方一刀砍死。

“你很有胆识，难怪当初易水城那场大火烧不死你。”黑衣人露出森白的牙齿，配上那猩红的双眼，让人打从心底发寒。

“当初，买通易水城太守放火烧死我的人是你……”凤轻尘一手背在身后，一手指着黑衣人，略微一顿才道，“的主子？”

“没错。”黑衣人点头，眼中闪过一抹傲色。

“那你们怎么称呼？”凤轻尘背在身后的手，摩挲着暗器。

那次的事情，她和九皇叔查了很久，都查不到是谁干的，在东陵除了皇上和九皇叔，还有什么人能指使一个太守，冒着得罪肃亲王的危险来杀她，这皇城到底潜藏了一股什么样的力量？

她真的想知道对方到底是谁，毕竟潜藏着一股不明力量，对于她和九皇叔来说，都太过危险了。

“凤轻尘，你是真傻还是假傻？以为我们是白痴吗？”黑衣人鄙夷地瞟了凤轻尘一眼，“你想知道我家主子是谁，何不亲自去问我家主子。”

“今天不方便，改日我定当上门拜访。”凤轻尘笑着婉拒。

她是想知道，可不是现在，她今天要跟对方走了，说不定连命都没了，这七个人可不是什么善类。

“改天？凤轻尘，我家主人的邀请，容不得你拒绝，你现在必须跟我们走。”黑衣人突然上前，手中的剑一晃，如同蛟龙游走，朝凤轻尘的心口刺去……

很明显，他们今天的目标是劫持凤轻尘，而且是要活的……

一群心怀不轨、想要杀你的人，突然要活口，那十有八九就是你还有利用的价值。

凤轻尘想不到自己除了医术外，还有什么值得这七个黑衣人手下留情。

想明白了这一点，凤轻尘就毫不害怕，她知道对方不会杀她，凤轻尘站在原地，任黑衣人的剑刺向她的心窝，眼中闪烁着嘲讽的笑意。

“你……贱女人。”果然，出手的黑衣人见凤轻尘不闪不躲，不得不收住剑势，手腕一转，朝一旁的马刺去。

“姑娘，小心，快走。”黑衣人的动作很快，可暗卫也不是吃素的，黑衣人身形一动，暗卫就冲上前来。

当的一声，不仅是凤轻尘，就是拉车的马也没有受伤。

车夫当机立断，斩断套住马的绳子，抽了马一鞭子，让马狂奔起来，车夫知道凤轻尘马术了得，凭她的本事，一定能跃上马背。

马本就受了惊，车夫这么一抽，那马更是没命地跑了起来，凤轻尘知道这是一个机会，在暗卫的掩护下，凤轻尘握着暗器就往前冲。

“拦住她。”与暗卫对打的黑衣人，对身后六人命令道。

身后的六人如同提线木偶一般，黑衣人一声令下，六人如同一人，以风驰电掣之速朝凤轻尘扑来。

“该死。”凤轻尘低咒一声，回头就启动了暗器。

距离这么近，目标如此明显，凤轻尘根本不需要瞄准，当然她也没有时间瞄准，只凭本能，朝对方的关键部位发射。

“砰！”

弹丸发射出去，却没有如预想的那般打中目标，只是逼得对方后退了数步。

“果然用太多就不稀奇了。”凤轻尘也不恼，这种事早就在她的预料中。

打不中没关系，在凤轻尘浪费了大量弹丸的情况下，还是逼得对方后退数步，凤轻尘也有了跑路的时间，只是那马已经跑得没影了，凤轻尘拔足狂奔，希望还能追上那马，不然她一路跑回凤府，那实在是太遭罪了。

凤轻尘的爆发力极强，可惜她身为女子，有一个致命的弱点，那就是耐力不够，跑出两条街，凤轻尘就被黑衣人追上了。

“凤轻尘，乖乖跟我们走，还能留你一命。”

凤轻尘看不到黑衣人的脸，却能看到他们眼中的疯狂，这七个黑衣人绝对是从地狱一般的地方爬出来的，血腥能让他们得到快乐，落在他们手上就算能活下来，下场也不会好到哪里去。

现在这些人也许不会要她的命，可之后呢？凤轻尘可没有忘记，这些人当日在易水城想要活活烧死她，所以当她失去利用价值时，绝对没有好下场，凤轻尘想也不想，就将暗器对准自己的脑门。

“别过来，再过来我就自杀。”凤轻尘觉得自己这么做特别傻，可偏偏对方就吃这一套。

黑衣人果然不敢再上前，双眼如同毒蛇一般，盯着凤轻尘：“凤轻尘，你别乱来。”

“我没乱来，你知道我并不怎么怕死。”事实完全相反，她很怕死。

黑衣人深吸了口气，将杀气压下：“凤轻尘，我们并不想杀你，我们找你，只是让你去救一个人。”

“我知道，把人送到凤府，我一定救。”凤轻尘没有一口拒绝，她很清楚她的利用价值在哪里，她若拒绝，对方会直接取她的命。

“不行。”黑衣人想也不想就拒绝道，凤轻尘也不退让：“只有把人送到凤府我才救，凤府才有我需要的东西，你们既然来找我，事先就应该调查过我，你们没有我需要的器具，凤府的木屋是你们唯一的选择。”

黑衣人顿时沉默，看向凤轻尘的神色多了几丝打量，只见凤轻尘落落大方，毫不畏惧，而实际上，她那握着暗器的手却在冒汗，心里默默祈祷左岸那个混蛋快来。

双方对峙，空气都为之凝固，凤轻尘听到自己的心跳声，“咚咚咚……”特别响，也特别快，凤轻尘不敢乱动，甚至连眼睛都不敢眨，她怕一眨眼就会落入对方手中。

要一个人生不如死，有千百种方法，她不想落到那般的境地。

黑衣人也一直盯着凤轻尘，等凤轻尘失神，等凤轻尘害怕，可随着时间的流逝，凤轻尘没有露出一线破绽，他们的领头人不在，六个黑衣人犹豫不决，等了半晌也没有等到机会，六个黑衣人只好默默地看向对方，想要看对方有没有什么好主意。

就在此时，凤轻尘身后突然蹿出一道黑影，前一秒还离得很远，下一秒他就挡在凤轻尘的面前了。

青色的剑光在六人面前画出一道好看的弧度，没有任何言语，只有极速的进攻，招招都致命。

“小心。”黑衣人知道对方不是善茬，小心戒备着，六人背靠背，将背部守得死死的，不露半丝破绽。

六人联手，虽然不能拿黑影怎么样，可黑影也没办法攻破他们的防线。

“呼……总算来了。”凤轻尘放下暗器，手不停地颤抖。

她胆子是大，见识也比一般女子多，可她终归还是一个普通人，被六个杀人狂魔一样的人盯上，她也会怕，好在左岸出现，危机解除了。

六个黑衣人顿时与左岸缠斗成一团，七人的身形都飞快，不停地变幻位置，凤轻尘试了几次，也没有把握能射中对方，索性收起暗器跑路。

她留在这里只会成为累赘，对方是冲着她来的，她若跑了，对方也会收手，毕竟这里是东陵皇城。

凤轻尘毫无心理负担，丢下暗卫与左岸独自朝凤府跑去，至于路上会不会有其他的危险，她就管不着了，再怎么样也比留在这里安全。

“快，凤轻尘跑了。”

远远的，凤轻尘还能听到黑衣人的怒吼声。

“别和这个人打，快去追凤轻尘。”

“我们的目标是凤轻尘，别浪费时间。”

……

有暗卫与左岸拖住对方，凤轻尘安全地回到了凤府，冲进凤府的第一件事，就是让暗卫立刻赶往出事地点，营救其他暗卫与车夫。

至于左岸，凤轻尘对他很有信心，这年头能弄死左岸的人不多，左岸可不是暗卫，会不要自己的命保护她。

救援的人总是在灾难结束后才赶到，这话一点也没有错，护卫赶到时，那七名黑衣人已经走了，暗卫与车夫一身是血地倒在地上，值得庆幸的是他们还有气在，至于左岸，护卫连他的影子都没有看到。

护卫将暗卫与车夫抬回凤府，凤轻尘早就做好准备，在小木屋等他们，三个人身上都有十几道伤口，一身的血，狼狈万分，两名暗卫的筋骨断了，就算能抢回一条命，日后也废了。

凤轻尘没有多说，只是埋头抢救三人，尽最大的能力保三人一条命，就算这两个暗卫日后不能再保护她，她也养得起他们，毕竟他们是因为保护她才受伤的。

处理外伤，凤轻尘已经得心应手了，在佟珏和佟瑶的帮助下，凤轻尘终于赶在皇上派人宣她去符家前，把暗卫和车夫的伤包扎好了。

“好好照顾他们，每隔两个时辰给他们喂一次药，情况不对，立刻去请大夫。”凤轻尘一边脱下带血的衣服，一边往外走。

她没办法一直守着他们，剩下的工作只能交给佟珏和佟瑶负责。

“是，小姐。”佟瑶留下来照顾三个伤患，佟珏则跟在凤轻尘身后，春绘和秋画他们则早早地准备好了热水，凤轻尘一踏入院子，就可以梳洗换装。

六个侍女训练有素，片刻就将凤轻尘收拾得整整齐齐，完全没有之前的狼狈与疲倦之相。

“小姐，你的脸色很不好，上一点妆吧。”最后一支发钗固定好后，冬雪小声地建议。

“不用了，符家没有人会关心我的气色好不好。”

“小姐，没有人贴身保护你，你出门会不会不安全？”昨天晚上的事，把几个丫鬟都吓坏了。

“春绘和秋画也会一些拳脚功夫，你们两个跟我去吧。”凤轻尘起身做出安排。

她总不能因为外面危险，就一辈子缩在凤府不出门，如果真得这样，那还不如直接杀了她算了。

“是，姑娘。”春绘和秋画不仅没有害怕，反倒斗志高昂。

下人的责任就是保护主子。

凤轻尘重新换了车夫和丫鬟，在小太监的催促下，再次来到符家，如同凤轻尘所想的那般，符家没有人关心她的气色，也不会注意到她带了什么人出门。

凤轻尘一到，新换班的太医知晓了昨天的事，便热情地上前讨教，凤轻尘也不拿大，拿出设备再次给符临做检查，并且详细地解说。

作为教学道具的符临符大人，万分尽责地躺在那里，任三位大夫摆布。

其中有一位太医提起，对于凤轻尘在与苏绾比试绘画时，所画的那幅人体骨骼图，有几个不太明白的地方，想请凤轻尘指导一二。

凤轻尘也不推辞，让三位太医帮忙，把符临的衣服脱掉，就拿符临当教材，三位太医点头同意，与凤轻尘四人齐齐地朝符临伸手。

符临上半身没有伤，三位太医很快就将符临的上衣脱了，三人正欲伸手，准备解开符临的裤子，可就在此时，一道冰冷的声音在耳边响起。

“你们在干什么？”

“啊，符，符，符大人，你醒了。”太医弯着腰，双手还放在符临的裤带上，听到符临的话，吓得立马僵在原地。

“符，符大人醒了，醒了。”抱着符临的太医，吓得立马松手，咚的一声，符临笔直地摔在床上，正好磕在石枕上，符临痛得一脸扭曲。

另一个太医则双手捏着符临的上衣，在符临开口说话的那一瞬间，吓得将手上的衣服丢掉，全场唯一正常的就是凤轻尘。

凤轻尘站在床边，吃惊地看着符临，不敢置信地说道：“你居然醒了？在第三天就醒了，你还在发烧呢，居然就醒了。”

神庙的后人果真强大，奇迹也能让他撞上，一成的机会符临也能踩得住！

凤轻尘简直不敢相信自己所看到的，连忙揉了揉眼，她是一个不相信奇迹的人，因为她曾见过太多太多的人在期盼奇迹的过程中死掉。

“我为什么不能醒，怎么，你想要我死？”符临倒在床上，一动不动，凤轻尘震惊的表情，让他很高兴。

“不，你的生死与我无关，我只是不敢相信，一成的机会居然让你给碰到了，这太神奇了。”凤轻尘呆呆地摇头。

“等等，我给你检查一下。”凤轻尘立马转身，把药箱拎了过来。

依旧发烧，依旧体弱，可改变不了符临已醒的事实，凤轻尘再三确定自己的诊断无误，伸出右手递到符临的面前。

符临诧异了下，不知道凤轻尘要做什么，看着眼前的手，符临学着凤轻尘，将右手伸了出来。

只是，这么一个简单的动作，却耗费了符临不少力气，就在他准备垂下手时，凤轻尘握住了他的手……

在摸到凤轻尘那冰凉、细滑的手心时，符临觉得哪怕是耗费他全身的力气，也值得！

凤轻尘没有察觉到符临的异样，握着符临的手，真心地说道：“恭喜你，你已经脱离了危险，你的腿和命都保住了。”

在与病魔的斗争中，符临是胜利的那一方，作为一个大夫，能看到这样的奇迹，凤轻尘是真心地为符临贺喜。

毕竟不是每一个病人都和符临这般，有这么好的运气，至少她从医这么多年，只见过这么一例。

“谢谢你。”符临没有听清凤轻尘说了什么，他的全副心思都放在了与凤尘紧握的手上，那滑嫩的触感，手背的冰冷，手心处的温热，让他的心痒痒的。

“不用谢我，我并没有做什么，这一切都是你自己努力的结果，如果不是你自己的求生欲够强，你自己的身体素质够好，你也扛不过来。”当然，也要感谢宫里那一堆珍贵的药材，没有这些东西，符临就算再想活下来，也撑不住。

意志力固然重要，可并不是有意志力就能活下来，生死关头，谁的求生欲不强，可并不是人人都能凭借求生欲活下来。

凤轻尘说完这句话，抽回了自己的手，符临若有所失，垂下手，暗暗地将手心握紧，好多保留一刻刚刚的触感。

凤轻尘没有多想，松开符临的手，转身对三位太医道：“三位大人，符大人醒了，你们看看是不是诊个脉，还有后续的治疗，是不是也要拿出一个方案来。”

“是，是，是，凤姑娘说得有理。”凤轻尘的话缓解了三位太医的尴尬，三位太医连忙拿出专业的态度，开始替符临诊脉，商讨药单。

三人做得相当刻意，试图略过刚刚尴尬的一幕，符临似乎也不愿意多说，光着上半身躺在那里，任三个太医围着他，眼神却透过三位太医，落在凤轻尘身上。

他很好奇凤轻尘在想什么，他不相信蓝九卿挖出夜城主被刺一事，凤轻尘一点也不知情。

符临可以肯定，凤轻尘很明白夜城主身死一事是他栽赃给凤轻尘的，可为什么在这样的情况下，她还能毫不介意地救他？

他看得出来，凤轻尘虽然不怎么乐意，但从头到尾都没有对他起坏心思。

“真是一个矛盾的女人。”最后，符临只能如此想道。

符临的腿保住了，人也没事了，皇上大喜，当天就赏了不少东西给凤轻尘，不过凤轻尘并没有居功，而是将功劳分摊给众太医，说是众位太医做得好，符临这才活了下来。

符临的伤势转好，后面只需要休养便可，凤轻尘无意与众太医争功劳，皇上也没再派人催她，她也就不去符府了，如此折腾了几天，距离她和苏柔骑射比试的日子还有五天。

凤轻尘原本还想着去练一下骑术，可一想到那天晚上的事情，凤轻尘便不怎么愿意外出了，凤轻尘担心比试时会出意外，便想着在这五天之内给云潇治病。

云潇的身体调养得极好，这段时间云家药铺也渐渐稳定，他娘的身孕也坐稳了，里里外外都特别的顺利，云潇心情大好，自然什么都好。

云潇听到凤轻尘派人传来的话，虽然心里咯噔跳了一下，但还是装出一副云淡风轻的样子，风度翩翩地应下，说是交代好家里的事，明天就去。

虽说云潇做好了治疗的准备，可真到面临治疗时，他还是忍不住害怕，这可是很危险的治疗，一个不好就会丢命。

人对于未知的事情，总是会恐惧、会担忧，云潇就是再从容，也忍不住会紧张，会不安，凤轻尘也知道这一点，她并没有上门安慰云潇，而是拖人找了崔浩亭，让他去云家，和云潇聊聊天，好让云潇能够放松下来。

知道凤轻尘要给云潇治病的人并不多，但也不是没有一点风声传出去，至少有几个太医就听到了这个消息。

毕竟云潇的病，知道的人还是很多的，略一打听便可得知凤轻尘要给云潇治病这件事，几位太医当下就坐不住了。

当初，凤轻尘医治王锦凌的双眼时，就有很多人好奇，不过在王家和宇文元化的强势下，没有人敢硬来。

这一次，众人不想错过此等机会，他们对凤轻尘如何医治云潇无比的好奇，于是一群人在太医署商量着，如何才能说动凤轻尘，让他们围观凤轻尘医治云潇，他们保证只看不说话……

## 第三十二章　求人要有求人的样子

凤轻尘半夜在街上遇刺一事，外界并不知晓，凤轻尘因为心虚也不敢告诉九皇叔，怕九皇叔问起她为什么半夜三更还在外面，便私下派人去查，结果当然是什么也查不出来。

这个结果早就在凤轻尘的预料之中，她也没有多失望，要真查到什么，她才觉得奇怪呢。

云潇的治疗提上日程，凤轻尘的琐事也越来越多，也就将遇刺之事放下，可她放下了并不表示九皇叔也会放下。

当日易水城的事情，对方做得太干净了，易水城的太守之前也是没有派系之人，根本查不出一点端倪，那个时候，九皇叔没办法，只得将易水城的事情放下。

这一次，对方又出手了，而且还是在皇城，无论是为了凤轻尘的安危，还是为了将来的大事，九皇叔都不会放任这么一个潜在的威胁存在，可是……

“一无所获？”九皇叔突然站了起来，隔着书桌看着跪在地上的属下，那冰冷的语气，让人不寒而栗。

“是，对方没有留下一丝踪迹。”在九皇叔起身的那一刻，黑衣人就觉得室内的空气瞬间变得稀薄。

“是你们无能，还是对方太强？”

“对方太强。”黑衣人说得斩钉截铁，却没有半丝推脱之意。

他们不是弱者，在九州大陆他们不算顶尖的存在，但也是数一数二的，对方能从他们手中逃走，一点痕迹也不留下，便说明对方比他们更强。

九皇叔闭上双眼：“不用查了。”

“是。”黑衣人不敢多话，悄悄退下，心中却暗自坚定，有机会一定要查清楚，哪怕主子说不用查，他们私下也要查清楚。

自打出任务以来，他们还没有败得这般惨过，连对方一丝踪迹都没有查到，这样的一个敌人，实在太危险了。

书房内只余九皇叔一人，九皇叔背对着光，没人能看清他脸上的表情，只知道他的身子站得笔直，衣摆连动都未动一下。

到底是什么人，能有这么大的权势，太可怕了！

崔家？

不可能，崔家最近的重心在西陵和南陵，崔家在东陵的人已经被他清理得差不多了。

可要不是崔家，这九州大陆还有什么人，能有这么大的本事，在东陵、在他的眼皮底下，弄出一支这么强的势力？

皇上？

九皇叔摇头，皇上若有这批人在手，早就将东陵内乱的源头一一清除了，哪里会让他活到今天，他比任何人都明白皇上有多想杀他。

就在九皇叔沉思间，门外响起一道极轻的脚步声，九皇叔眉头微皱，老管家的声音适时地在屋外响起："王爷，凤姑娘来了。"

"让她进来。"九皇叔的眉头立马舒展开来，眼中的宠溺怕是他自己也没有意识到。

"是。"老管家呵呵一笑，心中暗喜，他就知道凤姑娘来了，王爷的心情一定会好，也不会计较他打扰一事。

凤轻尘进来时，九皇叔已经坐了下来，屋内和之前一样，门窗紧闭，室内的空气有些沉闷，凤轻尘微微皱眉，正想开口建议九皇叔打开门窗，九皇叔却率先朝她招手："过来。"

"咳咳，你面前没有位置可以坐。"凤轻尘关上门，往前走。

书房内除了九皇叔那个位置外，下首倒是有四把椅子，只不过距离九皇叔有点远，凤轻尘要过去，根本没有地方可坐。

九皇叔挑眉，又说了一句："你来找本王，是有事相求吧？"

还是那句话，凤轻尘没事绝对不会来九王府找他。

"算是吧。"凤轻尘硬着头皮道，她没事来九王府做什么。

"那求人办事，总得有求人的样子吧。"九皇叔唇角弯弯，笑得如同狐狸，让人心里痒痒的，凤轻尘就很想上前，戳一戳九皇叔微微嘟起的脸颊。

怎么会有男人笑得这么好看呢。

本来就心动，凤轻尘也不矫情，绕过书桌就来到九皇叔面前，九皇叔心想事成，脸上的笑意更深，伸手搂住凤轻尘的腰，把人带到怀里，头埋在凤轻尘的颈脖间。

凤轻尘早就料到这个男人会做什么，半点也不惊讶，只安心地靠在九皇叔的怀里，等到九皇叔腻味够了，才道："幸亏我平时很少求你，不然亏死了。"

"哪里亏了，本王什么也没有做。"九皇叔不依了，他也就是抱了抱，没占什么便宜。

凤轻尘反手搂住九皇叔的脖子："这还叫什么都没有做，九皇叔，你还想做什么？"

"本王想……"九皇叔双眼晶亮，脸上似有红晕，俯身就在凤轻尘的脸颊上亲了一记，"你……"

一句想你，偏生说得这么零碎，这也就是凤轻尘，要换作其他女人，早就醉在九皇叔深情的眸子里，哪里还能听到九皇叔在说什么。

"我也……想你。"凤轻尘送上自己的红唇，在九皇叔的唇边轻轻印下一个吻，九皇叔不依，固定住凤轻尘的后脑勺，加深了这个吻。

舌滑入凤轻尘的唇内，扫荡着凤轻尘唇内每一处缝隙。

"嗯……"凤轻尘原本还想回应一二，可在九皇叔的强势下，她只能被动地接受，任自己的身子瘫软在九皇叔的怀里。

九皇叔将凤轻尘紧紧抱住，那力道好像要把她揉入体内一般，待到两人呼吸急促起来，九皇叔才松开凤轻尘。

凤轻尘被吻得气喘吁吁，双颊绯红，媚眼如丝，娇弱地倒在九皇叔的怀里，九皇叔按捺不住，又在她的脸上亲了几下。

两人没有说话，也没有其他的动作，只是静静地坐在那里，借此平息心中的欲火，虽说书房是个好地方，可这个时辰不对。

九皇叔和凤轻尘的自制力都不差，两人很快就平静下来，凤轻尘依旧坐在九皇叔的身上，没办法，没有离九皇叔近的椅子，唯一能坐的地方就是九皇叔的双腿。

"你最近在忙什么？"凤轻尘想到，她好几天都没有见到九皇叔了，便问了起来。

倒不是查九皇叔的行踪，她只是关心。

"科考的事，还有江南的事。"九皇叔没有隐瞒凤轻尘，但也没有多说。

"江南？江南有什么事？"科考的事情凤轻尘知道，但江南的事情，她可是一点风声也没有听到。

"江南富商多。"九皇叔生硬地道。

也就是说，九皇叔看中了他们手中的银子，要去打劫，可又不好意思明说，毕竟有些事情就是这样，能做，但不能说。

商人虽然地位低下，但要对付他们也不是容易的事情，毕竟每一个成功的富商背后，都有一群官员做靠山，官商勾结这种事情无法避免。

就比如东陵第一富商苏文清，背后就站着九皇叔，外人若把苏文清端了，必定会遭到九皇叔政治上的强力打击。

同样，九皇叔一旦触动了某些官员的利益，那些人也定会联合起来，形成一股很强大的力量。九皇叔要打江南富商的主意，定会得罪很多官员。

凤轻尘有些担忧道：“你要下江南？”

“不。”九皇叔知道凤轻尘在担心什么，他很清楚凤轻尘不似一般的闺阁女子，这些权力斗争，她比男子看得还要通透。

“太子要下江南。”九皇叔很早就想打江南的主意，奈何江南的那些商人向来团结，再加上其背后站着东陵子洛与宰相一系的文官，九皇叔迟迟没有机会下手。

动作太大，会引起对方强力的反扑；动作太小，不伤筋动骨的，他又不满足。所以就一直拖着，直到现在才有这么一个好机会，好人选。

“太子还是要争？”凤轻尘想到太子那潇洒恣意的面容，心中颇为惋惜。

太子好不容易才放下，又要卷进去，实在得不偿失。

“除非他死，只要他活着，就必须去争，不争就是死。”九皇叔嘴里说的是太子，可心中又何尝不是在说他自己？

这个道理凤轻尘明白，她只是为太子不值，凤轻尘知道这些事自己插不了手，只微微叹了口气：“奈何生在帝王家。”

太子，九皇叔，这两个人的身份超然，不争也得争。

“有人的地方就有斗争，帝王家有帝王家的斗争，普通人家也有普通人家的烦恼。”九皇叔在凤轻尘的头上蹭了蹭，开导道。

凤轻尘想了想，好像也是那么一回事，便乖乖闭嘴，不再说话，她可没有忘记王家的斗争，那惨烈的程度可不比帝王家差，王锦寒到现在还在别院修养，没有回王家呢。

九皇叔看凤轻尘情绪低落，安慰道：“这些事情你别担心，这是男人的战场，你的男人不是弱者，就算没有赢也不会败得太难看，现在说说，你来找本王有何事？”

提起正事，凤轻尘飞快地收拾好自己的心情，连忙将太医们要求观摩她医治云潇的事情说了一遍，最后可怜巴巴道：“如果他们和上次一样，拿身份地位压我，我肯定不搭理他们，可他们上门和我商量，说得在情在理，我也不知该如何拒绝，医术本就应该互相交流，互相学习。”

“那就让他们看吧。”九皇叔虽忙，可凤轻尘的事他还是抽空关注了，他知道符临已经醒了，脱离了危险，也知道凤轻尘和那些太医相处得很好，更知道凤轻尘的小心思，只是没有点破。

“可是……”凤轻尘一脸为难，“你知道的，我医治的手法有些匪夷所思，我怕……”

“怕什么？”九皇叔挑眉，他亲眼见过凤轻尘医治西陵天宇的双腿，除了她手上的器械特殊一点外，九皇叔不觉得有什么无法接受的。

“怕被人说我是妖女，怕被人说我用妖术，怕被人烧死。”凤轻尘将自己的担忧，一股脑地说了出来，最后眨巴着眼睛看向九皇叔。

求安慰。

九皇叔也没有让凤轻尘失望，伸出大手在她的头上轻轻地拍了两下：“有本王在，你怕这些做什么，你的医治手法只是奇特了一些，那些人不能接受便不能接受，你管他们怎么想。”

“我怕会带来麻烦。”是的，凤轻尘最主要的还是怕麻烦，可她若因为麻烦，就闭门造车，也心有不甘。

“那就拒绝那些太医观摩的要求。”九皇叔明知凤轻尘的心意，故意说道。

凤轻尘苦笑一声：“如果我拒绝，一直藏着掖着，只会让人更好奇。”

“那就放手去做，剩下的交给本王，天塌下来也有本王给你撑着。”九皇叔说这话时，没有加重语气，没有提高音量，只是平淡地陈述着，却让人打从心底信服，感到安全。

凤轻尘很明白，九皇叔这话就是承诺，他开了口就一定能做到，凤轻尘脸上的忧愁瞬间退去，露出灿烂的笑容：“那一切就交给你了。”

目的达成！

“好，一切都交给本王。”九皇叔宠溺道。

凤轻尘那点儿小心思，哪能逃得过九皇叔的眼，凤轻尘想让更多的人认可和接受她的医术以及她医治的手法，那么让太医接受就是第一步，只要太医们认可了，就会去学，然后受益的就是病人。

要不是这样，凤轻尘直接拒绝太医的请求就好了，哪里需要上门来求他，上门来找他，不过是为了找一个后援罢了，事情若有个万一，九皇叔还能帮忙说上几句话。

凤轻尘也没有想过，自己那点小心思能瞒得住九皇叔，凤轻尘看九皇叔不说破，心里更是高兴，搂着九皇叔的腰，枕在九皇叔的胸膛上，闭着眼睛，轻声道：“有你，真好。”

她没有父母，没有兄弟，凡事只能靠自己，人人见到她，都要夸她一句能干，却不知能干的代价有多辛苦。

如果可以，没有哪个女人愿意这般能干，因为有人依靠，有人宠着的感觉更好。

“那今晚留下来？”九皇叔也笑了，将人抱紧，凤轻尘要是抬头的话，定会看到九皇叔一脸春色荡漾。

凤轻尘心中满满的感动因为九皇叔这一句话而全部消失，杏眼瞪得滚圆，伸出手指戳着九皇叔的胸口，气呼呼道：“色狼，一天到晚就知道想那些有的没的。”

“本王想什么了？”九皇叔一脸委屈，心口被戳得好痛呀。

“装吧，装吧，你就装吧，哼……要是没有想，你要我留下来干吗？”凤轻尘脸颊红红的，看上去很是诱人。

九皇叔也明白凤轻尘指的是什么，含笑握住凤轻尘的手指，指尖轻轻地摩挲着凤轻尘的指腹，挑逗的意味十足，低头在她耳边轻声道：“本王想，难道你就不想？留下来好不好？”

这话真的很让人心动，凤轻尘张口就想说好，但是她一想到后天就要为云潇治病，便默默地望着天。

九皇叔可不是什么善良之辈，他肯定会把自己吃得连渣都不剩，到时候她还有力气给云潇治病吗？

留不留宿不是重点，重点是留宿后会引发一系列的影响，这是一个很严肃的问题，要认真思考。

九皇叔也不着急，美人在怀，他还急什么，凤轻尘既然入了九王府的门，想要再出去，可就不是那么容易的事。

时间悄然流逝，书房门窗紧闭，本就显暗，此时更是有种夜幕降临的感觉，九皇叔见凤轻尘迟迟没有回答，便又说了一句：“要么你留下来，要么本王送你回去。”

低沉的声音，略有几分沙哑，隐含着丝丝情欲，凤轻尘知道自己今天无论如何都要喂饱九皇叔，不然这个男人肯定不会收手。

“我后天要医治云潇，需要忙很久。”凤轻尘没有拒绝，也没有同意，将难题丢给了九皇叔。

你忍心看我累着吗？

“本王只谈今天的事。”九皇叔更坏心，含住凤轻尘的耳垂，轻轻地咬了一下，他知道此处是凤轻尘的敏感点。

凤轻尘一怔，却突然想起一件事：“对了，符临到底是怎么一回事？你为什么让人通知我，要好好医治他？他不是皇上的人吗？皇上很信任他。”要得到皇上的信任，可不是容易的事。

“是皇上的人没有错。”谈起正事，九皇叔稍稍正经了一点，但仍没有放过凤轻尘。

“那为什么还要我尽力救他？”这是凤轻尘不能理解的地方，九皇叔应该很清楚她对病人的态度，可还是特意让暗卫传话，可见九皇叔对符临的重视。

“因为……”九皇叔轻笑了一声，咬着凤轻尘的耳朵道，“所有的忠诚，都是为了最后一刻的背叛。”

“你是说……”符临是细作？

后面的话，凤轻尘没有说出来，因为九皇叔说完话，就在她的耳尖上舔了一下，凤轻尘忍不住嘤咛一声，忙推开九皇叔：“别乱来。”

“本王从不乱来。”九皇叔从善如流，松开凤轻尘，抱着她站了起来，“时辰不早了，有什么事，我们先去吃晚膳，再谈去留。”

凤轻尘双腿落地，有些不适，要不是九皇叔还搂着她，说不定双脚一软就摔倒了。

在九王府吃完饭，她还能走吗？此时她还能拒绝吗？

凤轻尘哀怨地看向九皇叔，以眼神控诉道：你太不体贴了。

九皇叔假装没有看到，握着凤轻尘的手就往外走。

他从来不是一个体贴的人，更不会为了让别人好过而委屈自己，所以凤轻尘只好委屈一下，迁就他了。

果然如同凤轻尘所想的那般，吃了九王府的饭，就别想轻易地走。

用完晚膳后，九皇叔独自散步去了，凤轻尘正准备借机溜走，却被管家给缠住了，不得不留下来。

和往常一样，侍女将凤轻尘送到院门口便不敢再进去，凤轻尘知道九皇叔不允许女子接近他的住处，也就不在意，径直进去，独自沐浴。

拖着湿湿的长发从浴室走了出来，室内一个下人都没有，习惯有下人服侍的凤轻尘不得不自己拿起干毛巾，将长发擦干。

绞发是个技术活，也是个力气活，太久没做过这个活的凤轻尘，花了好半天的时间才把头发绞干，正准备上床睡觉，九皇叔一身清爽地走了进来。

看到披着长发，一身素衣的凤轻尘，在房间里等他回来，九皇叔的面色柔和许多，步子也轻快了不少。

回到房间，面对的是活生生的佳人，而不是冷冰冰的空气，这种感觉真好。

"本王还以为你回去了。"九皇叔这是典型的得了便宜还卖乖。

凤轻尘也不是个好欺负的，张口就道："我正准备回去呢，九皇叔要不要送我一程？"

九皇叔被堵得无话可说，只得将人拦腰抱住："天黑了，路上危险。"

"有九皇叔在，我不怕。"凤轻尘背对着九皇叔，九皇叔看不到她脸上的笑。

"你不怕，本王怕。"九皇叔的唇，落在凤轻尘的颈脖间，凤轻尘一边笑着闪躲，一边问道："堂堂九皇叔，你怕什么？"

"本王怕黑……"

九皇叔抱着凤轻尘，大手滑入凤轻尘的衣服内："本王怕黑，留下来，陪本王。"

"不要……"

"不要不行……"

九皇叔将凤轻尘打横抱起，大步朝大床走去，凤轻尘双手环在九皇叔的脖子上，当九皇叔将凤轻尘平放在床上时，凤轻尘轻轻一带，九皇叔就顺势覆在凤轻尘身上。

凤轻尘明白，在这种事情上，她就是放得再开也不是这个男人的对手。

烛光婆娑，人影纠缠，满室旖旎……

一夜贪欢，凤轻尘忘了九皇叔折腾了她多少次，直至她极度虚弱，昏睡过去。醒来时已是次日中午，凤轻尘万分羞赧，这么一来，全府的人都知道他们昨晚有多荒唐了，好在九王府的下人都很知趣，就算猜到了什么也不会表现出来，只有管家大人……

管家命令小厮布好饭菜后，便将众人挥退，离去前朝凤轻尘挤眉弄眼，凤轻尘不好意思地别开脸，等到管家走后，才敢正眼看桌上的饭菜。

看到桌上的几道菜，凤轻尘的脸唰的一下就红了，朝九皇叔磨牙："都怪你，害我丢脸。"

九皇叔很淡定地夹起一块鹿肉，又给凤轻尘盛了一碗滋补的汤，一句话都不说。

这种事他比较丢脸好不好，看看这一桌子鹿肉、鹿血的，管家这是有多看不起他的能力。

好在管家识趣，知道凤轻尘不好意思，在凤轻尘离开九王府前，都没有出现，只躲在暗处帮九皇叔和凤轻尘张罗一切。

两人用完午膳后，凤轻尘略作休息便提出回府，九皇叔倒是想把人留下来吃晚饭，可惜凤轻尘坚决不同意。

九皇叔无奈，只好让人准备马车，送凤轻尘回府。

“不用送了，我自己回去就好。”凤轻尘不喜欢玩送来送去的把戏，太浪费时间了。

九皇叔也不是什么浪漫主义者，但是他做不到，任自己的女人独自回家，他还没有那么没担当。

可凤轻尘都说不要他送了，九皇叔也说不出必须送凤轻尘的矫情话，九皇叔正了正神色，严肃地道：“本王什么时候说送你了，本王是要去看看你给云潇医治的地方，以便提前做好安排。”

自作多情了！

凤轻尘摸了摸鼻子，乖乖地爬上马车，九皇叔眼中闪过一抹笑意，在凤轻尘坐稳后，才上了马车。

像是为了证明自己所说的话一般，在马车上九皇叔并没有与凤轻尘交谈，而是拿出一本书，靠在车窗旁看了起来。

凤轻尘刚开始还能正襟危坐，可她的腰实在是酸，坐着坐着就趴在马车中间的小桌子上，一双美目盯着九皇叔，一眨不眨。

九皇叔看似在看书，心神却一直在凤轻尘的身上，见凤轻尘看自己看到发呆，眼中的笑意更甚。

他可没有忘记，凤轻尘当初是如何迷恋他的，和他说一句话都可以高兴半天，和他同车紧张得都不敢动弹，被他握一下手，都能三天不洗手。

那时的凤轻尘虽然有些小鲁莽，但很可爱。

两人一路无言却温馨自在，各自占据一方，看似各做各的事情，实则全副心神都放在对方的身上，直到马车停下，下人提醒凤府到了，两人才打破这一室温馨，相视一笑。

然后，在九皇叔的搀扶下，凤轻尘下了马车。

凤轻尘刚下马车，街角带着王家标志的马车，也朝凤府驶了过来，凤轻尘脚步一顿，转头问道：“锦凌怎么来了？这么巧？”

“不是巧，是本王通知他过来的。”九皇叔扫了一眼越来越近的马车，很淡定地说道。

“这个时候叫锦凌过来有事吗？”凤轻尘万分无语，这个男人还真是越来越小心眼了，她可以肯定，九皇叔是故意的，故意要在锦凌面前秀恩爱。

九皇叔横了凤轻尘一眼：“怎么？没事本王就不能找他？”

凤轻尘连忙赔笑：“当然不是，我只是随口一问。”

“本王还当你心疼了呢。”九皇叔面无表情，可凤轻尘知道九皇叔并没有生气，不过即便如此，凤轻尘还是很狗腿地道："哪能，要心疼我也只心疼你呀。"

"哼……"九皇叔哼了一声，看似不在意，眼中的笑意却出卖了他。

凤轻尘低头偷笑。

这个男人真是越来越可爱了，连吃醋也吃得这么理直气壮，这么高端，她这辈子估计会被他吃得死死的。

两人说笑间，王锦凌的马车也到了，王锦凌优雅地下车，扫了一眼站在一起，双手紧握的凤轻尘与九皇叔，王锦凌没有任何惊讶，脸上的笑容都不曾变一下。

"九皇叔。"王锦凌礼貌地打了声招呼，也不等九皇叔回礼，便对凤轻尘道，"轻尘刚从九王府回来？"

见凤轻尘眉目含情，王锦凌略一错愕便回过神来。

九皇叔眼眸微沉，王家家主越发的沉稳了，也越发的老练，即使面对凤轻尘也能完美地掩饰自己的心情。

"是呀，真巧，我们同时到，你要是早到片刻，还得等我。"凤轻尘看王锦凌和九皇叔之间的气氛不对，连忙缓和气氛。

只可惜，无论是九皇叔还是王锦凌，他们都不领情，王锦凌笑了笑，不再说话，温润的眼眸笑意不变，只是看向九皇叔时多了一丝戏谑的味道。

九皇叔把王锦凌找来，当然并不全是因为吃醋，或是要在王锦凌面前显摆他和凤轻尘的恩爱，九皇叔找王锦凌真的是为了谈正事，只不过正好有显摆的机会，九皇叔不想放过，便在这个时间约王锦凌过来罢了。

门外不是说话的好地方，再加上九皇叔和王锦凌之间的气氛怪怪的，凤轻尘和王锦凌打了招呼后，便邀两人一同进府。

管家早就得到了消息，在府内准备好了一切，九皇叔与王锦凌一进去，就受到了最好的招待，同时寻了个理由把凤轻尘叫了出去。

里面两个男人都不是什么良善之辈，凤轻尘在那两人面前只有吃瘪的份儿，还不如先出来，等那两个男人出完气再进去。

反正九皇叔和王锦凌都不是肯吃亏的主，没有外人在，他们两人过招，也能畅快一些。

管家的做法深得凤轻尘的心，凤轻尘溜得飞快，回到房内换了一件衣裳，又吃了避孕的药丸，她知道九皇叔想要一个孩子，她也想要一个孩子，可现在还不行。

无论是年龄，还是现在的局势，都容不得她有孩子，她没有父母，九皇叔也没有父母，他们的孩子谁来教养？

下人吗？凤轻尘自认无法放心，而她现在也没有时间与精力去教养一个孩子，所以……

“九皇叔，只能委屈你再等等。”凤轻尘毫不犹豫，将掌心的药丸吞服了。

“春绘，夏挽，帮我梳妆。”凤轻尘用过药后，唤下人进来。

春绘和夏挽知道九皇叔就在外面等凤轻尘，没敢给主子梳太复杂的妆，只挽了一个双髻，插上凤轻尘特意挑出来的梅花钗。

说到梅花钗，凤轻尘有些懊恼，她怕脚链沾了水变色，每次沐浴时都取下来，而昨天她正好忘了戴上，以至于辜负了九皇叔的一片好意。

虽然九皇叔昨晚什么都没有说，可看九皇叔时不时地看她的双脚，凤轻尘就明白，九皇叔肯定是在找脚链，可偏偏她天天记得戴，就昨天忘了。

这会儿，凤轻尘特意插上梅花钗，就是希望九皇叔能不计较脚链的事情。

“姑娘，云公子今早就来了，正在偏院休息，姑娘要先去见云公子吗？”春绘和夏挽看凤轻尘梳妆完毕，没有起身的打算，便开口建议道。

“不了，九皇叔和大公子也在等我，你们去告诉云公子一声，我晚上再去找他。”她一进来，管家就告诉她云潇来了的事情。

云潇可不是一个人，他带了两名大夫，一个小厮，一个随侍，四个丫鬟，八个护卫，浩浩荡荡的一批人，幸亏凤府空的院子够多，不然都没法安排。

“是，姑娘。”春绘和夏挽本就是建议，凤轻尘不采纳，她们也没什么不高兴的，见凤轻尘起身，两人连忙跟在身后，主仆三人朝大厅走去。

远远的，管家就朝凤轻尘点了点头，表示里面的气氛正常了，凤轻尘可以进去了。

“咳咳。”凤轻尘站在门口，轻咳了一声，九皇叔与王锦凌同时抬头看了过来。

九皇叔冷峻的面容，在看到凤轻尘头上的发钗时，略有松动。王锦凌则是一贯的表情，只不过比对待一般人时，要更加的亲近一些，笑容也更加真诚。

见凤轻尘进来，王锦凌开口道：“轻尘来得正好，我们正在说你明日医治云潇的事情。”

凤轻尘挑了挑眉，边走边道：“你们打算怎么做？”

王锦凌坐在左下首，九皇叔则坐在左边的主位上，明显是把自己当凤府的男主人，凤轻尘也没有说什么，直接在九皇叔的另一侧坐下。

她是凤府的主人，九皇叔是东陵亲王，这主位于情于理，他们两人都坐得。

“我们刚刚商讨了一下，不过最后还是要看轻尘你怎么说。”王锦凌微微垂首。

低头不是认输，也不是臣服，有时候是不想让人看到自己脸上的失落。

“你们决定的事情，定是最好的，你们打算怎么做？”凤轻尘这是变相地同意九皇叔和王锦凌的做法，她只要配合便可。

王锦凌知道凤轻尘是真心的，也不绕弯子，直接问道："轻尘，你的小木屋不大，里面也挤不进太多的人，而小木屋虽有窗子，但你医治时那窗子却是紧闭的，我和九皇叔商量着，明天的医治过程，可以允许大夫旁观，但要有一个限制。"

也就是说，他们要制造出奇货可居的样子，别以为旁观凤轻尘医治云潇很容易，是个大夫就能进去。

"有道理，你们准备让多少人进去？"小木屋在建造时，也只是为了方便看病，没有方便观摩的地方。

"轻尘觉得你那小木屋进去多少人最合适？一切都要以不打扰你为前提。"这方面就要尊重专家的意见，九皇叔和王锦凌可不是专断的人。

凤轻尘在心中默算了一下："最多十人。"

"十人？多了一点。"王锦凌知道了凤轻尘的接受底限便好办了，略一思索，对九皇叔道："五人，我认为最多五人足以。"

就算要人接受凤轻尘的医治手法，也需要一个过程，他也看过凤轻尘的医治方案，那个办法的确有些匪夷所思，若想要别人接受，还是需要循序渐进，一上来就看这么惊心动魄的治疗现场，王锦凌怕把那些迂腐的老大夫给吓坏。

九皇叔点了点头："可以，这五人本王这里派一个大夫，王家派一个大夫，云家再派一个大夫，剩下两个大夫，由太医院决定。"

这么一来，不管是好是坏，其结果都在他们能控制的范围内。

不得不说，九皇叔和王锦凌为了凤轻尘，可谓是煞费苦心。

而作为一个不管事的人，当然是九皇叔和王锦凌说什么，凤轻尘就是什么了，再说九皇叔和王锦凌也没有和凤轻尘商量的意思，他们只是告知凤轻尘这个结果。

接下来，九皇叔又和王锦凌商讨了一些细节，凤轻尘乖乖地旁听，反正到时候按九皇叔和王锦凌所说的去做就行了。

云潇不是普通人，凤轻尘更没有百分百的把握，王锦凌和九皇叔谨慎一些，也是能够理解的，要不是这样，凤轻尘也不会上门找九皇叔求助。

事情商定后，也到了饭点，凤轻尘留两人用饭，同时把云潇叫了过来，将有大夫观摩一事告诉给云潇，并且说了云家也有一个名额。

云潇对那些大夫如此关心他的病倒不惊奇，云家是做药材生意的，在杏林界知晓他病情的人很多，稍微有点儿名气的大夫都给他看过，只不过他们一个个都是束手无策。

现在，凤轻尘这个年轻的女大夫说有办法医好他的病，那些大夫要是不关注，那才叫奇怪呢。

云潇完全同意凤轻尘的医疗方案，也同意按九皇叔、王锦凌所说的去办，唯有一点："轻尘，有大夫来看，我不介意，可只允许云家一个大夫进去是不是太少了，我可是带了两个大夫过来呢。"

云潇带来的两个大夫，都是云家一流的大夫，他们明面上是来照顾云潇，实则也是对凤轻尘的医治手法感兴趣，如果到时候只有一个人能进去看，那两个人肯定要吵架。

凤轻尘不敢把责任推到九皇叔和王锦凌身上，只好解释道："这也是为了你好，太多人在室内，或多或少会有些影响，我不希望医治时被人打断。"

"这个我知道，我没想让你多加人，我只希望你减少太医院一个名额，怎么说也是给我医治，我云家多一个大夫进去也不为过吧。"柿子挑软的捏，云潇不敢打九皇叔和王锦凌名额的主意，只好打太医院的主意，横竖太医院有两个名额。

可太医院那么多太医，两个名额对方都会嫌少，云潇还要抢？

凤轻尘苦着一张脸，望向九皇叔与王锦凌，两人很默契地别开脸，表示这事他们不插手，反正云潇也没有把主意打到他们的头上。

凤轻尘无奈，只得将麻烦推到太医院去，让云潇和太医院的人协商，反正她只接受五个大夫进去。

云潇看凤轻尘态度坚决，只好接受凤轻尘的提议，不想云潇还没有去问太医院的人，太医院的人就找上门来了，再三要求凤轻尘多允许几个人进去，两个名额对于太医院来说实在太少了。

凤轻尘以人数不宜过多的理由拒绝后，太医院的人便去找云潇，想要说动云潇将云家那个名额，让给太医院，至于九皇叔和王锦凌，咳咳，他们还没有胆儿打九皇叔和王锦凌手中名额的主意。

"我还嫌不够，你还让我们云家放弃，有没有搞错呀，我才是你们的观摩对象，你们居然不让我们云家的大夫进去看，你们太医院的人想观摩，再找几个病人，让凤轻尘医治就好了。"云潇那叫一个气呀，他本想打太医院名额的主意，结果反倒被人打主意了。

云家就那么好欺负吗？

太医院的人也苦呀，云潇的提议固然极好，但是……

"凤轻尘的诊金太高了，我们哪里出得起？"千两黄金呀，太医们表示他们有心无力。

"那是你们的事，与我何干？"云家大公子是谦谦君子，温润如玉，任何与他交往的人，都会有如沐春风的感觉，可那是以前，眼下临近手术，云潇既紧张又担忧，面对太医们叽叽喳喳的吵闹声，哪里还有平日的风度。

太医们本以为云潇好说话，结果碰了钉子，没办法，太医们只好再去找凤轻尘，结果遍寻不到凤轻尘的影子，好不容易打听到凤轻尘在小木屋，可太医们又进不去。

“姑娘正在准备明日医治云公子的事宜，交代属下，任何人不得打扰。”这个任何人也包括九皇叔。

连九皇叔都不让进，这群太医又有什么资格进去？

“这下怎么办？”上门求名额的太医面面相觑，他都不敢回太医院了。

“还能怎么办，九皇叔和王家都参与这件事了，我们只能认了。”太医耷拉下肩膀，无力地叹气。

不管是九皇叔还是大公子，他们都不敢得罪……

# 第三十三章　跪倒在凤轻尘的裙摆下

凤轻尘从来都不是一个事到临头，才慌手慌脚做准备的人，在决定给云潇治疗后，凤轻尘就提前安排了好一切，所需要的器具与药剂早就到位了，今天不过是例行检查罢了。

凤轻尘在小木屋略坐了一会儿，确定不会有人来打扰她，才从小木屋出去，可没走两步，便遇到了在外面等她的云潇。

“可以谈谈吗？”月光下，云潇一身玄衣，卓尔不凡，却显得有些清冷。

“走吧。”凤轻尘知道云潇很紧张，便决定充当一回知心姐姐，听云潇说说内心话。

凤府能观赏的景致不算多，两人走了几步，便找了一个亭子，让下人为他们点上蜡烛，泡上清茶。

凤轻尘没有开口安慰云潇，她知道云潇不需要她安慰，便和他天南地北地闲聊，聊她遇到的各种病人，聊一些不着边际却又能让人谈兴大起的话题。

凤轻尘不是一个口才好的人，但胜在说话实在，说着说着，云潇也渐渐地放松了，看着凤轻尘的侧脸，云潇问道：“你怎么会想着学医，女子学医很辛苦。”

行医的女子不是没有，但只限于看女子方面的疾病，她们的病人也多是妇人，从来没有哪个女大夫像凤轻尘这样，精通外伤以及各种疑难杂症。

“我说是为了银子，你信不信？”凤轻尘捧着茶杯，侧过脸，看向云潇。

想到之前太医说，凤轻尘要的诊费太高，他们付不起，云潇便用力地点头：“我信。”

凤轻尘绝对是个往死里要钱的大夫，完全没有大夫的仁心，可要这么说也不对，她在雪灾时就曾不计任何回报，无偿地给灾民看病。

云潇摇了摇头，不再纠结这个问题，想到凤轻尘刚刚的话题，一直都是围绕在学医方面，便问道：“轻尘，你除了医术外，有没有其他喜欢的，或者想要做的事情？”

外传凤轻尘多才多艺，可云潇和凤轻尘相处久了，发现她好像没什么拿得出手的才艺，就算有，也和医术相关。

“不知道，我从来没有想过我喜欢什么，从出生的那天开始，我就只想着如何活下去，如何活得更好。”

能活下去，活得更好对她来说比什么都重要，只不过心里依旧有着些许酸涩，凤轻尘不愿再想，放下茶杯，笑着问道：“别一直说我了，说说你吧，你呢？云家大公子，你又有什么喜欢的，或者想要做的事情？”

“我？”云潇指着自己的鼻子，脑袋微歪，一脸怀念道，“我小时候想做大侠，杀尽天下的坏人；后来想当大官，杀尽天下贪官，再后来想做名满天下的云公子，成为云家家主，现在和你一样，只想好好地活下去。”

“我还当你现在的愿望多大呢，原来和我这小女子一样。”凤轻尘哈哈大笑，心中的那一丝郁闷也消散了。

什么理想、兴趣，在活下来面前都不堪一击，只要能活下来，比什么都好。

凤轻尘的笑容很有感染力，云潇也跟着心神一松，不顾形象地笑了起来：“我也是普通人好不好，我的理想当然也和普通人一样。”

“是是是，小女子知错了，你云公子也是普通人，我不能用双重标准要求你。”凤轻尘很配合地起身作揖。

两人随后又闲扯了几句，考虑到明天的重要性，即使云潇谈兴正浓，凤轻尘还是把人赶回去休息了。

就算云潇不想休息，她还要休息呢。

“轻尘，谢谢你。”离去前，云潇郑重地道谢。

他怕今天不说，以后就没机会了，医治方案他签字了，生死由自己，他的生命有可能就到明天截止。

“不客气，要谢我，过了明天再说。”凤轻尘摆了摆手，潇洒地转身。

不得不说，凤轻尘的轻松与随意，让云潇放下了心中的最后一丝担忧。

虽说凤轻尘从头到尾都没有说什么安慰，或者让云潇放松的话，但云潇高悬的心却落到了实处。

对于这个结果，凤轻尘还是很满意的，回到院子里，舒服地泡了个澡，早早地就爬上床睡觉了，一夜无梦，端的是好眠，可惜在凌晨时分被人吵醒了。

“凤轻尘，凤轻尘！”

人未到，声先至，无视凤府内的护卫和侍女的阻挡，来人一路横冲直撞，护卫想要上前，却被他带来的人挡住了，侍女则根本不敢拦他。

暗卫听到响动，精神一振，可当看到来人的长相后，暗卫一无聊地打了个哈欠：“没有杀伤力，不用浪费时间。”

“除了扰人睡眠，没有任何作用。”

暗卫鉴定完毕，换了个姿势，继续等着看热闹。

来人很嚣张，直接冲到后院，冲到凤轻尘的住处，嘭的一声，门被踹开了：“凤轻尘，凤轻尘，你给我出来。”

凤轻尘一听到院外的动静就惊醒了，一个翻身，从床上跳了下来，起身的同时，摸出了枕头下的暗器，在来人闯进来后，凤轻尘的暗器也对准了对方：“谷主？”

“对，就是我。”谷主丝毫没有闯入人家闺房的尴尬，反而理直气壮，顺便把跟在他身后的侍女通通赶了出去，“滚滚滚，你们没看到，我和你们家姑娘有事要谈嘛，去角落儿蹲着，别挡在这里碍我的眼。”

“姑娘……”侍女们挡在门口不敢妄动，在谷主恶狠狠的注视下，向凤轻尘求助。

“下去吧，谷主不是外人。”凤轻尘特别咬重“外人”二字。

正常人绝不会在凌晨时分，乱闯姑娘家闺房，可惜谷主脸皮厚，根本不在意，看凤轻尘把侍女挥下去，便大大咧咧地坐了下来。

凤轻尘气得直咬牙：“谷主，你是不是先回避一下，有什么事，让我换件衣服再说。”

“回什么避呀，你又不是没穿衣服，我年纪一大把，都可以当你爷爷了，有什么好担心的。你放心，九皇叔就算知道此事，也不会怪罪你，再说了，我们是大夫，一天到晚计较什么男女之防，你累不累？你还要不要行医？”谷主鄙夷地扫了一眼遮得严严实实的凤轻尘，一副你丢了大夫脸的模样。

凤轻尘欲哭无泪，她没有想到，有一天会有人和她说，她太注重男女之防了，要她大方一点，别计较这种小事。

凤轻尘真想把谷主拎到九皇叔面前，让他给九皇叔解释一下大夫眼中的男女之防是什么。

当然，凤轻尘只敢想想，可不敢真行动，九皇叔有多小心眼，她是见识过的，到时候倒霉的还是她。

凤轻尘深深地吸了口气，强压下心中想要宰人的冲动，转身抓了一件外套披在身上，坐在谷主对面：“好了，我们现在可以说了，谷主凌晨到访，有何贵干？”

“贵干谈不上，我来是告知你两件事，第一，今天你医治云家公子的过程，我代表九王府全程观看。第二，你的徒弟我要了，孙思行从今天起，与你再无师徒关系，他改拜我为师。”谷主简单明了地将来意说明，并且用的不是和凤轻尘商量的语气，而是告知凤轻尘照此执行就行。

第一件事凤轻尘能理解，九皇叔把孙思行接回来，谷主知道医治云潇的事情后，肯定会来凑热闹，不然九皇叔也不会要一个名额，可是第二件事情嘛！

“什么叫我的徒弟你要了？”凤轻尘语带威胁，眼神凌厉，谷主被凤轻尘看得心虚，但为了掩饰心虚，他的声音就更大了：“就是那个意思，你的徒弟我要了，我要收他为关门弟子，你快写一份声明，解除你和思行的师徒关系，让思行拜我为师。”

“哼哼……”凤轻尘冷笑，“谷主，你是在做梦吗？”

“你说什么？”谷主怒了，抬头瞪向凤轻尘。

凤轻尘嗖的一下站了起来，一拍桌子，欺身上前：“我说你在做梦，谷主了不起呀，想要徒弟自己去找。”

胆敢打她徒弟的主意，活得不耐烦了。

“我看中你徒弟是你的荣幸，凤轻尘，一句话，你让还是不让？”气势不能比别人低，谷主同样一拍桌子站了起来。

两人如同斗牛一般，谁也不肯让谁。

“不让。”

凤轻尘回答得肯定，谷主气鼓鼓地说道：“凤轻尘你凭什么不让，你难道不知道孙思行跟着我，比跟着你更有出息吗？。”

谷主一脸厉色，毫不在意揭开凤轻尘的伤疤，继续道：“凤轻尘，你应该清楚，凭我的名声，只要我放话说孙思行是我的关门徒弟，他马上就能踏入名医的行列，受人尊敬。反观你，你能给思行什么？凤轻尘，哪怕是为了思行好，你也应该让他跟着我。”

谷主这话说得半点都没有错，天地君师，有一个好师父，和有一个好出身一样，可是……

“我的徒弟我自己会教，思行凭他自己的本事，也能成为受人尊敬的名医。”凤轻尘知道，让孙思行拜谷主为师，对他今后的发展大有好处，可是她舍不得。

没了孙思行，她去哪找一个这么乖巧，又有天赋的好徒弟。

“那你知不知道，没有我，他要走很多弯路，要付出比常人还要多的汗水，要浪费更多的时间。”

谷主说到这里，略一停顿，看凤轻尘的面色不怎么好，冷笑一声，继续道：“凤轻尘，你不可以这么自私，思行在医术上有着极佳的天赋，他的心思和精力应该花在学医上，而不是用在那些乱七八糟的事情上，有我在，我可以帮思行挡住所有的麻烦，你能吗？”

为了一个好徒弟，一个好苗子，他拼了！

“凤轻尘，你不仅不能为思行铺一条青云之路，还会给思行带来麻烦，成为他的阻碍，你自己本身就是一个麻烦，你拿什么来保护思行？凤轻尘，为了思行好，你也应该放手，让他拜我为师。”

是的，如果为了孙思行好，凤轻尘就应该同意谷主的提议，可是她就是没办法同意，就算她有各种不好，比不上谷主，可她还是无法退让。

在谷主咄咄逼人的气势下，凤轻尘深深地吸了口气，闭上眼睛，将心中的羞愧和自责压了下来。

再次睁开眼时，凤轻尘目光坚定，毫不退避地对上谷主的双眼，掷地有声道：“谷主，你说得没错，我是没有你那么大的本事，我不能给思行更多，但我会尽最大的能力保护他。”

“谷主，你不要再说了，无论你说什么我都不会同意解除我与思行的师徒关系。如果你来就是为了和我说这件事，那么我现在知道了，如果没有别的事情，你可以出去了，如果可以请你把思行带来，我找他有事。”

凤轻尘不想妄自菲薄，却又无法否认谷主的话，无论是名声还是地位，她都比不上谷主，所以她想问一问思行的意思。如果孙思行同意，她可以退一步，也仅仅是退一步，她并不稀罕师父这个名号，她在意的是孙思行的未来。

孙思行有学医的天赋，但她更希望孙思行能和普通人一样生活，而不是像谷主这样，做一个医学疯子，人生除了医术就再也没有其他。

谷主诡异一笑：“谁说思行来了，怎么？我没有告诉你，思行在玄医谷潜心学习医术，没空外出嘛。”

不把凤轻尘搞定，他怎么可能让那个小医呆出来，太危险了。

“你要怎样才会放他回来？”凤轻尘听出了谷主话中未尽的意思，可正因为听出来了才担心。

谷主道：“你什么时候答应让他拜我为师，我就什么时候放他出来。”他就不信凤轻尘不妥协，凤轻尘不妥协，他就一直把人扣着，直到凤轻尘妥协为止。

反正，不管怎样最后的赢家都是他。

“你……滚，你现在就给我滚出去，我不想看到你。”谷主太无耻了，为了抢人家徒弟简直是不择手段。

凤轻尘闭上眼，深呼吸，以免自己一时不爽，掏暗器杀人。

凤轻尘真想杀人，而罪魁祸首就是谷主，当然帮凶九皇叔也算一个。

凤轻尘这会儿是真生气了，谷主也不敢虎口拔牙，果断地转身离开，看谷主落荒而逃的身影，暗卫无声一笑。

果然是好戏。

谷主把凤府闹得鸡飞狗跳后，拍拍屁股就走人，留下凤轻尘和一干下人，睡也不是，不睡也不是。

凌晨扰人清梦，还带来数个不好的消息，这绝对是不厚道的行为，可元凶已经被她赶跑了，她还能怎样。

凤轻尘叹了口气，拍了拍自己的脸颊，强打起精神："春绘，秋画，进来。"

既然没办法睡，那就起来吧，她不能因为这个意外，影响之前所做的一切，至于思行的事她会交给九皇叔去办。

"姑娘。"被点名的两个丫鬟在凤轻尘强大的气场下，弱弱地走了进来，头也不敢抬。

"我没事，替我更衣。"如果语气不那么僵硬，就更好了。

春绘和秋画战战兢兢地上前，她们虽然清楚凤轻尘极少迁怒于人，可面对凤轻尘的低气压，她们还是怕呀。

两个丫鬟以前所未有的小心与细致，替凤轻尘换好衣服，又再三检查，确定身上没有什么累赘之物，以免影响凤轻尘对云潇的治疗。

"姑娘，现在用膳吗？"春绘和秋画进来时，夏挽和冬晴就去通知厨房的人起来了。

主子都起来了，下人哪里还能睡。

"半个时辰后再说。"刚吃了一肚子的气，凤轻尘哪里还吃得下早膳，看春绘和秋画神色萎靡，便将两人打发下去，凤轻尘朝小木屋走去，打算提前做好准备，却不想谷主来得比她更早。

许是知道先前孙思行的事惹凤轻尘生气了，谷主极尽狗腿地道："凤轻尘，你别生气，我这次主要是来帮忙，你给云潇医治的时候不是需要人协助吗？思行都教我了，我都会。"

为了证明自己没有说谎，谷主主动把治疗所用的器具报了一遍，最后得意洋洋地道："你看，我是不是全会了？一点也没有错吧。"

"是没错。"饶是凤轻尘也不得不承认，谷主确实很厉害，作为助手也很合格，可是……

她心里憋屈呀！

不过，再憋屈也无用，治疗过程中助手也很关键，她就是再对谷主不爽，这个时候还是要用他。

待到凤轻尘与谷主磨合好，给云潇医治的时间也到了，前来观摩的大夫齐聚到木屋，云潇则换了一身简洁的衣服，躺好，神色安静祥和，没有一丝的担忧与害怕，将自己完全交给了凤轻尘。

云潇的病灶在头颅里，为了方便治疗，那头黑发早已被剪掉，光秃秃的脑袋正对着凤轻尘，等着凤轻尘动手。

身体发肤，受之父母，云潇同意剪掉他那头长发也是下了极大的决心，可即便如此，他还是要求在手术前一个时辰再剪掉。

室内的大夫们也不是什么没有见识的人，他们看到云潇的光头，并没有一丝惊讶，很镇定地坐在一旁，趁凤轻尘没有动手医治前，打量起小木屋内的布局。

小木屋本身不算小，凤轻尘的器具虽然很多，可都摆放得极整齐，再加上烛火很多很亮，整个室内就更显明亮宽敞了。

云、王两家的大夫都暗自想着，回去是不是也说服自家的主人，也建一个这样的看病房，大夫在这样的环境里，更容易集中精神。

太医们也有这样的想法，只不过想到去太医院看病的人极少，他们都是上门给人看病，便将这个想法作罢了。

凤轻尘身着给人看病时专用的白色衣衫，踏入了小木屋，整个人的气场也顿时一变，沉着、冷静、干练、面无表情，没来由得就让人信服，也让人不敢出声。

“佟珏，佟瑶，你们站在一边，注意别让人打扰我。”凤轻尘冷声道，话中的暗示也足够明显。

佟珏和佟瑶都是聪明人，两人乖乖地站在四位大夫身后，一旦哪位大夫有异动，她们可以第一时间进行阻止。

凤轻尘略略点头，不再浪费时间，拿出一支专用笔，在云潇后脑中间，画好切口标记线，以免一会儿治疗时出现误差。

“这是……”谷主张口就问，在头上画一条线有什么作用，可惜他才说了两个字，凤轻尘就横了他一眼，以眼神警告他别问。

这些人不是孙思行，她同意这些人旁观，并不表示会一一为其说明，再者，她在为病人做治疗的过程中，也没空解答这些人的问题。

谷主吧唧了一下嘴巴，乖乖地闭上，凤轻尘则专心做自己的事，至于这些人能否看懂，那是他们的事情。

凤轻尘从药箱里，取出麻沸散给云潇服用，等待药效起作用。

谷主和其他四位大夫好奇死了，可看凤轻尘一脸严肃他们又不敢问，只能伸长脖子，等待凤轻尘继续手上的工作。

云潇已经进入深度睡眠，麻沸散的药效起作用了，凤轻尘从手术盘里，拿出一把细长的柳叶刀，在众人的注视下利落地下刀，极稳地切开云潇的头皮，也就是后脑勺的部位。

鲜红的血肉往外翻，却没有一滴血流出来，让人不知是该害怕，还是该佩服。

佟珏和佟瑶微不可察地变了变脸，除了谷主外，其他四位大夫也是全身一震。

凤轻尘这是在救人还是杀人？把脑袋上的皮肉掀开，那人还能活吗？众大夫一脸纠结，却不敢开口询问。

凤轻尘神色不变，接过谷主递过来的各种器具，继续手中的动作。

这个时候四位大夫才明白，凤轻尘为什么不允许那么多人进来。这都还没有开始，他们就有一种被吓到的感觉，要不是凤轻尘神色肃穆，他们都怀疑她这是在分解云潇的脑壳。

当然，即便是分解脑壳，凤轻尘也做得相当有美感，只见那些晶晶亮的器具在她的手上好像是活的一般，在云潇的头颅里有规律地游走。

治疗的过程这么精细，手法这么精准，难怪凤轻尘要在室内点这么多灯，要是暗了还真是会影响医治。

四位大夫加上谷主同时在心中感慨，自己的双手没有那么灵巧，做不到凤轻尘这般。

尤其是谷主，他离得最近，更能明白凤轻尘下刀的手法有多妙，又有多准，这得要做过上百次，才能有这样的准确度吧，难怪凤轻尘敢自信地说，她能教好孙思行。

凤轻尘并没有理会几位大夫，甚至连个眼神都没有给谷主，转身从一个精致的箱子里，取出了更加特殊的器具，用在云潇的头颅上。

凤轻尘真的不是在杀人吗？

四位大夫面面相觑，谷主则是双眼放光，跃跃欲试，要不是凤轻尘太过严肃，他肯定会上前挤开凤轻尘，自己动手操作一下那个特殊的器具。

不过谷主也明白，这可不是玩具，要是操作力道没有控制好，可是会要人命的。

谷主缩了缩脖子，乖乖地站好，孙思行说得没错，医治病人时的凤轻尘不好惹，他还是乖乖地做好助手该做的事情吧，有疑问等手术结束后再说。

凤轻尘虽然让谷主当助手，可在自己能忙得过来时，并不让谷主给她递器具。

众位大夫一致认为凤轻尘的手法太血腥、太残忍，凤轻尘却觉得这很小儿科。

看到凤轻尘拿出来的器具，众位大夫也总算明白，凤轻尘为什么要求他们清洁整齐，换上她准备的衣服才能进入小木屋。

这里，每一个角落都干净得纤尘不染，这样的情况下，他们要是穿着一身脏衣，那也太格格不入了。

“帮我一下。”凤轻尘终于开口说了第一句话，谷主一脸激动，立马狗腿地上前，双眼巴巴地看着凤轻尘，等她指示。

有谷主相助，凤轻尘很快就找准了云潇脑中异物的位置，和她之前检查出来的位置无二，异物很顺利地被切除了。

“凤……”王、云两家的大夫，事先就被警告过，即使担心也不敢多说，太医院的太医则大着胆子开口，可惜他只说了一个字，就被佟瑶和佟珏给制止了。

凤轻尘听到了，却是充耳不闻。不知是因为医治速度太快了，还是精神太过集中，明明室内不热，凤轻尘的额头却沁出了汗珠，佟珏和佟瑶示意众位大夫噤声后，佟瑶上前，取了一块干净的帕子，替凤轻尘擦汗，然后又乖乖地退下，这个过程间，凤轻尘手上的动作一直没有停顿。

治疗进行得相当顺利，云潇颅内的异物已被切除，后续只要做好跟进治疗就好了。

“完成了？”谷主看凤轻尘停了一下，以眼神询问道。

凤轻尘点了点头，朝谷主竖起大拇指，表示他做得很好，谷主眉开眼笑，凤轻尘喘了口气后，严肃的脸庞上终于露出丝丝的笑意，转头继续做收尾工作。

凤轻尘低头，将刚刚切开的伤口仔细地缝合好，根本看不出缝合的线口。

眼神真好！

谷主万分嫉妒，他相信只要自己练习几次，握起刀就能做得和凤轻尘一样，无论是力道还是精准度，他都能完美地复制出来，可眼神这东西……不服老不行。

他没有凤轻尘年轻，即使灯光再亮，他的眼力也比不上凤轻尘，这种缝合的精细活，他还真是做不来。

谷主只能默默地站在一旁，看凤轻尘将云潇头部的切口复原。

谷主越看脸色越难看，好吧，他现在真是没信心和凤轻尘抢徒弟了，他能带给孙思行名声和地位，可这些新奇的东西，他教不了孙思行。

凤轻尘根本不知谷主此时的想法，她只知道专心做好自己手上的活。云潇头颅上的各种切口都被缝合好了，可是，即便凤轻尘的手法再精细，也能看出那像蜈蚣一样的伤口，狰狞地盘旋在云潇的脑壳上。

“这就结束了吗？”众位大夫面面相觑，他们在这里坐了近四个时辰，结果发现自己什么都没有看到，可心灵上的震撼却是无法用言语来表达的。

“不，这只是开始。”凤轻尘擦干净手上的污秽，视线与坐在那里的四位大夫对上，“取出云公子脑中的异物，只是医治的开始，只能说云潇活下来的希望更大了。”

凤轻尘将云潇的脑袋包好，示意佟珏和佟瑶过来帮忙，将云潇转移到其他地方。

“凤姑娘，这医……”大夫看凤轻尘忙完了，不约而同地上前，不着痕迹地将谷主挤开，迫不及待地问出心中的疑问。

“凤姑娘，你之前画的那条线是什么？”

“你从云公子脑中取出来的是什么？”

“你切开云公子的脑袋，云公子不会有生命危险吗？”

一个接一个的问题，也不管凤轻尘听不听得清，众位大夫只想将心中的疑惑一一倒出来，让凤轻尘答疑解惑。

凤轻尘应付道：“请让一让，病人需要休息，有什么事我们稍后再谈。”

说话时，不忘将自己的双手举出来，几位大夫一看到凤轻尘的手，就想到凤轻尘的手刚刚做了什么、碰了什么，虽然没有露出厌恶的神情，却一个个主动地退到一旁了。

四位大夫只迟疑了片刻，可这个时间足够凤轻尘甩开这四人。小木屋外已有护卫接手佟珏和佟瑶转移出来的云潇，两人将云潇交给护卫后便返回屋子收拾凤轻尘刚刚用过的器具。

“谷主，你在做什么？”凤轻尘正准备踏出小木屋，就听到佟珏和佟瑶的尖叫声，回头一看，只见谷主大人，正将凤轻尘特殊的治疗器具往衣服里塞，因佟珏和佟瑶这么一吓，谷主心一惊，手一滑，原本放进衣服里的其他东西，哗啦啦地掉了出来。

人赃俱获！

凤轻尘皱皱眉头，众位大夫的眼睛也都直了，好半天才反应过来。

难怪谷主不出来，原来是想偷走凤轻尘的东西，众位大夫猛拍大腿，心中暗恨：“苍天呀，大地呀，我怎么就没有想到呢？”

屋外的人，也因这个动静冲了进来，走在最前面的是九皇叔和王锦凌，王锦凌一看，温润的眸子带着幸灾乐祸的笑意，看向身侧的九皇叔。

谷主是九皇叔的人，不管他做什么都与九皇叔脱不了干系，这件事真是有意思。

九皇叔很淡定，扫了谷主一眼，不发表任何意见，默默地转头，看向左侧的墙面，嗯，墙面很光滑，做得不错。

“这是怎么了？”一名中年美大叔，扶着一位美少妇走了进来，一脸不解地问道。

凤轻尘收回视线，很淡定地回话：“没事。”随即又对佟珏和佟瑶道，“收拾好。”

凤轻尘本想补一句，屋内的东西一件都不能少，可想到九皇叔那故作冷静的样子，凤轻尘便果断闭嘴，假装什么都没有看到。

罪魁祸首谷主这个时候也回过神来，被人抓包后的尴尬，在他身上完全没有，谷主气急败坏地道：“看什么看，没见过别人偷东西吗？”

确实没看过，众人默默地望天，能把偷东西说得这么理直气壮，谷主真乃神人也。凤轻尘丢了一个眼神给佟珏和佟瑶，让她们不用客气。

“大家出去再说吧，室内全是血气，待久了对大家不好，云公子也需要回房休养。”凤轻尘摆明了是要粉饰太平，不予追究，谷主自知理亏，也不再多说，只恶狠狠地瞪向佟珏与佟瑶，怪她们两人来得太早了。

“那个，凤姑娘，潇儿他怎么样了？”中年美大叔和美孕妇跟在凤轻尘身后，小心翼翼地问道。

“你们是……”凤轻尘停下脚步，转身问道。

“我是云潇的父亲，这位是内人。”中年美大叔很亲切地开口，言词中透着几分亲近的意思，美孕妇看凤轻尘的眼神，也很和善。

联想到之前云家下聘，替云潇求娶凤轻尘一事，便不难理解这二位的眼神了。

“原来是云家主与云夫人，轻尘失敬了。”凤轻尘和云潇毕竟也算是合伙人，当然不能把云潇的父母当成一般的病人家属。

“没事，没事，是我们冒昧前来，给你添麻烦了。”云家夫妇的脸上闪过一抹歉意，生怕凤轻尘为难。

原本云潇是不让他们来的，可是云潇正面临生死之劫，他们哪里坐得住，只好在外面等消息。

“没关系，我能理解你们的心情。你们放心，一切都很顺利，只要后续的治疗不出问题，他很快就会恢复健康。只不过他现在还没有清醒，这个时候也不方便让你们见他，稍后我会通知你们去见他。”人都是视觉动物，面前这一对中年夫妇长相不差，举止不俗，凤轻尘也没法摆一张冷脸，当然也仅仅如此，她是大夫，一切都要以病人为重。

“云家主，云夫人，云潇的后续治疗还要继续，请恕我不能久陪。”凤轻尘施施然行了个礼，也不等两人反应，便转身离去。

很失礼的行为，此时却没有一个人说凤轻尘的不是，见凤轻尘走了，几位大夫也不再久留了。

“凤姑娘，我们也去。”

四人也不管凤轻尘同不同意，直接就跟了上去，他们还有一大堆的疑问要问凤轻尘。当然，他们更好奇后续的治疗，凤轻尘后面要如何医治云潇的病呢？脑疾真的能根治吗？

这些问题只有凤轻尘能替他们解答，他们这个时候除了跟着凤轻尘，不做他想。

“凤轻尘，你等等我，等等我，我也要去看。”屋内，玄医谷谷主听到四位大夫的吼声，连忙跑了出来，以超出他这个年龄该有的速度，嗖的一下就出现在众人的面前。

就在众人感慨谷主果然不是凡人时，他又爆出一句让众人大跌眼镜的话，但闻谷主追在凤轻尘的身后大喊：“凤轻尘，不不不，师父，我叫你师父，怎么样，你收我为徒吧。”

所有人瞪大了眼……

# 第三十四章 九皇叔火海失态

谷主当着众人的面，嚷着要拜凤轻尘为师，当然不是说说而已，他是认真的，可是要让凤轻尘收谷主为徒，那绝对是不可能的事情，就是说破了天凤轻尘也不会同意。

先不说她的资历不够，单说谷主这种性子，凤轻尘就不可能收他为徒，谷主根本不是诚心想要拜师，他只是想要她手中的器具罢了。

当然，收徒不可能，奴役却是可以的，后续的治疗也是相当耗费时间和精力的事情，谷主的医学知识扎实，对云潇后续的治疗有极大的帮助，凤轻尘大方地将后续治疗方案，仔细地给谷主讲解了一遍，并且将云潇的后续治疗全权交给他做。

谷主这个人虽然古怪，但对待病人还是很认真的，这应该是大夫的通病。

云潇在术后的第三天就醒了，见了父母一面，虽然还不能说话，但能醒过来就足够让云家夫妇高兴了，看凤轻尘的眼神也越发的热情，让凤轻尘头皮发麻。

用看准媳妇的眼神看她，实在是让她没有办法接受。

为了避开云家夫妇，凤轻尘在亲自观察云潇两天后，就把云潇的后续治疗全权交给谷主。

云潇有人照顾，凤轻尘就能抽出时间和王、云两家，还有留在凤府不肯走的两位太医聊天了，聊的话题当然就是云潇的病。

云潇醒来，充分证明凤轻尘匪夷所思的医治手法是有效的，是经得起考验的，这个时候，凤轻尘只要把原理和他们说一遍，他们就能理解了，至于接受与否就是他们的事了。

接受需要过程，凤轻尘知道一口不能吃成大胖子，只要大夫们不排斥，后面的事情就好办了。

四位大夫在凤轻尘的讲解下，虽然还不能全然明白，但确实没有之前那么排斥了，只要能将病医好用什么方法又有什么关系呢？

可惜疑惑渐解的四位大夫，还是不舍得离开凤府，只不过他们不再缠着凤轻尘，而是改缠谷主了。

对此，凤轻尘乐见其成，她很忙，忙着准备比试的事，忙着讨好左岸，让他同意陪她去山东。

讨好左岸不是一朝一夕的事，当务之急还是她跟苏柔的比试。

凤轻尘与苏柔的骑射比试的消息很早就传了出来，原本因为天气寒冷而静寂下来的茶铺、酒楼，也因此再次热闹起来。

要知道，凤轻尘与苏家的比试，不仅仅关系到苏家的荣誉，更关系到东陵百姓的银子，那个拖了大半年、累积了数百万银两的巨大赌局，终于要揭晓了。

热血呀！激动呀！

无论是下了注的百姓，还是赌局背后的庄家都对凤轻尘与苏柔的比试万分期待。当然，庄家们不在乎谁赢，他们在乎的是那个巨额赌局终于要结束了，他们的那笔银子可以动用了。

与众庄家相反，赌局的发起人，最大的庄家苏文清，却一点也不高兴。

“九皇叔，你为什么就不能让比试再拖久一点呢，那么大一笔银子，我一时半刻去哪里凑呀。”

没错！凤轻尘与苏家的比试之所以拖得这么久，有皇上想要留下南陵锦凡的原因，但更多的是由于九皇叔在背后推动，至于原因，就是苏文清所说的银子一事，巨额赌资聚在苏文清手里，苏文清怎么可能让它们成为死钱而不拿来运作。这笔巨额赌资早就被苏文清拿去运作，充实军饷了，现在还没有周转回来。

赌局的那笔银子到底有多少，苏文清到底又有多大的差额呢，算一笔账就知道了。

赌局总共累积到的赌资是一千多万两，扣除给东陵国库交的两层税金，还有八百多万两，这笔银子可是东陵好几年的国库总收入，数额之大，真正是让人数都数不过来。

抹去零头几十万两不算，就算八百万两，抽掉一成用来资助贫穷百姓的七十二万两，再扣掉凤轻尘和苏文清两人可以分到手的半成银子三十六万两，等于苏文清有六百九十二万两的差额。

当然，苏文清手上也不是半文钱都没有，苏家的商铺可以筹出两百万两，苏文清真正意义上的缺口，也就是五百来万两的样子。

你说五百万两不多，凤轻尘随便卖几千盒安胎药就有了，可前提是你的安胎药要有这么大的市场。

五百万两银子，可不是一眨眼就能筹出来的，举北陵一国之力，短时间内都筹不到这么多银子。

再说，这世间除了凤轻尘，还有谁能做那无本的生意，赚那无本的银子，苏文清为银子头痛，不是没有原因的……

比试这一天，众人都很紧张，凤府从管家到扫地的婆子，看到凤轻尘都为她打气，倒不是因为他们压了多少银子，而是身为凤府的人，他们当然希望凤轻尘赢。

“姑娘，你一定会赢的。”这是早上起床时，春绘和秋画说的话。

“小姐，我们相信你。”这是去给暗卫和云潇检查时，佟珏、佟瑶说的。

“凤轻尘，别太丢脸。”这是躺在病床上的云潇说的。

“凤轻尘，哦不，师父，你可千万别输呀，不然我丢不起这个人。”这是谷主的原话。

管家怕凤轻尘紧张，只在凤轻尘出门时说了一句：“姑娘尽力就好，我们等你回来。”

那意思是摆明了，等凤轻尘回来庆功。

不怪众人这么看好凤轻尘，实在是凤轻尘的好骑术，那是经过了实践证明的。

兽苑驯马一事，虽说没有传遍九州大陆，但东陵皇城中消息稍微灵通一点的人都知道，毕竟这种长自己脸面，灭他国威风的事，皇上巴不得让它一日传千里呢。

可惜的是，凤轻尘赢来的马配种没有成功，不然皇上会让官员更加卖力地宣传此事。

在众人的期许下，凤轻尘只微笑以对，一脸淡然，对她来说，输赢都是那么一回事，能赢最好，不过输了也没什么，她不是苏家，输了怕家里的女人嫁不出去，横竖她怎样都嫁不出去。

吸取上次在皇宫被人算计，以至于衣服在马场裂开的教训，凤轻尘身上的骑装是由苏文清寻来的布料，凤轻尘指定的样式，春绘、秋画、夏挽、冬晴四婢亲手缝制的，经佟珏和佟瑶实践证明，绝对经得起马车的颠簸与重力拉扯。

黑色的骑装、金色的马靴，笔挺的料子，今日的凤轻尘格外英姿飒爽，看上去不像是去赛马的小姑娘，而是奔赴战场的女将军。

没有红色的张扬，没有蓝色的静谧，黑色的骑装穿在凤轻尘身上，透着神秘的气息，王锦凌一直知道凤轻尘很耀眼，除了最初的惊艳外，很快就回过神来。

从下人手中接过马鞭，递给凤轻尘，浅笑道：“马到功成。”

“谢谢。”凤轻尘大方地接过马鞭，看到王锦凌一身骑装，还有他身边的白马，便知王锦凌也会去兽苑的赛马场，便主动邀请道，“我们先赛上一段。”

“好。”王锦凌没有拒绝，他今天选择骑马而不是坐马车，就是存着与凤轻尘跑一段的心思。

“那就开始吧。”

凤轻尘一身黑衣，她的马也是黑色的。王锦凌则与凤轻尘完全相反，坐在白马上，比王子还优雅。

王锦凌是她见过的最适合穿白色衣裳的男子，将白色的干净与优雅展现得淋漓尽致，很容易让人心生好感，放下戒备，王家有这样的家主，对王家人来说不知是幸还是不幸。

“驾！”

凤轻尘率先跑开，王锦凌不疾不徐地跟了上去，说是赛马，其实两人都没把输赢当回事，因为真要认真起来，凤轻尘不一定是王锦凌的对手，王锦凌不会驯马，但不表示他的骑术比凤轻尘差。

两人很快就并排前行，风从耳边吹过，呼呼作响，这个时候谁也没有说话，只不过两人时不时地相视而笑。

笑声爽朗而明媚，无论是凤轻尘还是王锦凌，能这般恣意纵马狂奔的机会都不多。

两人很快就到了兽苑的赛马场，王锦凌与凤轻尘没有多说，默契地分道而行，凤轻尘朝赛马场奔驰而去，王锦凌则是将马交给下人，朝观看台走去。

不知是因为这是最后一场比试，还是因为皇上太无聊，最后一场比试竟然由皇上亲自主持，而且带了不少嫔妃过来，当然她们只能在屏风后面观看。

而今天能进入赛马场的都不是什么简单人物，能在赛马场有一席之位的，都是东陵跺一跺脚，就能让官场抖三抖的大人物。

凤轻尘到达赛马场时，苏柔已经到了，不是凤轻尘来晚了，而是苏柔来早了。

苏柔一改之前柔弱的样子，穿了一身正红色的骑装，整个人明艳似火，让人移不开眼，脸上的笑容也灿烂得如同盛开的花朵。

“参见皇上，万岁万岁万万岁，九皇叔、舟王、清王千岁。”凤轻尘跪下行礼，南陵锦行也在，可作为南陵锦行的干姐姐，她不需要给南陵锦行行礼。

“免礼。”皇上的声音低沉而威严，听不出喜怒，但让人心中忐忑。

凤轻尘眉头微皱，没有说话，只是默默地起身，本以为可以去比试了，却不想皇上突然开口训诫她，话里话外都暗示她必须赢得比试，要为国争光、不能毁了东陵贵女的名声。

这是什么意思？

凤轻尘万分不解，明明之前并不在意她和苏家的比试，这会儿怎么又把事情升级到国家的高度了？可这个时候没有人能为她解惑。九皇叔在一旁听着，冰冷的脸上挂着一抹淡淡的笑，嘲讽的意味十足，意味深长地看了皇上一眼。

皇上见达到了自己想要的效果，见好就好，大手一挥："比试开始！"

皇上的话一落下，屏风后的嫔妃们终于露出了笑颜，有几个人的眼中闪着一丝不明的光芒，可惜有屏风挡着，再加上这些女人都是皇帝的女人，也没有人会正眼打量她们，以免弄出什么误会。

凤轻尘与苏柔都是用自己的马比试，禁卫军上前，把凤轻尘和苏柔带到了比试场地，在入口处，凤轻尘看到一身铠甲的翟东明朝她挤眉弄眼。

那大意是说让她放心，他负责马场的安全，他全部检查了，没有任何问题。

凤轻尘回以一笑，表示感谢。

在起跑线上，凤轻尘与苏柔在令旗的指挥下，几乎同时上马，看苏柔身手矫健，凤轻尘便知道对方的骑术也不差。

站在高塔上的侍卫，再次挥出一面令旗，令旗一扬，凤轻尘和苏柔一夹马腹，催促骏马跑了起来。

嗒嗒的马蹄声响起，观看台上的人只能看到一阵尘土飞扬，凤轻尘和苏柔的身影已经变成了两道影子。

"果真是巾帼不让须眉。"舟王看着众人的目光追逐着赛场上的两个倩影，自以为活跃气氛地夸大其词，不想他的话如同投入水中的纸片，连一丝涟漪都没有惊起。

舟王看看皇上，又看看九皇叔，乖乖地缩在一旁，不再发话。

王锦凌眼中的笑意不变，将众人的表情尽收眼底，也不再管九皇叔的那张黑脸，他的眼中只有赛场上的黑影。

凤轻尘与苏柔比试时的场地，并不是驯马场上的马道，而是依着山林而建的跑马道，平时是给皇上观赏用的，为了增加可看性，马道上会设置一些障碍，以悦帝心。

当然，这些障碍并不会致命，只是给跑马增加一点难度，毕竟皇上可没打算用皇宫的跑马场训练骑兵。

凤轻尘与苏柔跑了五百米的样子，便遇到了第一道障碍，一个类似梅花桩的阻碍。

如同大腿一般粗，高低不等的木桩密密麻麻地打在地上，缝隙之间正好够马腿穿过。

这个时候就要考验控马的技巧了，如何才能让马前后四只脚在最恰当的时候，跨入最恰当的位置，当然驭马的速度也很重要，你慢腾腾地让马走过去，只会耽误时间。

苏柔跑在前面，她远远地看到这些桩子，便放缓速度，双手勒紧马绳，人也倾身上前，附在马的耳朵边，安抚座下的骏马。

苏柔的马术真不是盖的，她很聪明，很快就打马上前，她从来没有让马的四肢同时着地，而是尽量借助缝隙时间，找准让马下脚的位置，最大限度地加快前行的速度。

苏柔这样做绝对不会太影响速度，可她忘了，今天和她比试骑术的人根本就不是一个正常的大家闺秀，至少不能用正常大家闺秀的想法来揣摩凤轻尘。

凤轻尘在苏柔的马踏入第一道缝隙时，就冲了过来，没有如众人所料那般放缓速度，而是在看到前面的障碍时，眼都不眨一下，扬起马鞭，就猛得抽了一记。

“驾！”骏马突然加速，至少和前半段相比，速度快了近一倍。

“凤轻尘要干吗？这还早呢，就算现在落后一段也没什么。”虽然隔得远，可观看比试的大臣们坐得高，太傅虽然年事已高，眼神不太好，可通过两人的衣服，还是能辨出谁是谁。

“凤轻尘疯了嘛，那一段桩子至少有二十米，马根本跳不过去。”

“相信轻尘，她有自己的考虑。”王锦凌也为凤轻尘担心，可他更相信凤轻尘不会乱来。

观看台上，除了皇上，其他人的目光都紧紧地锁在凤轻尘的身上，九皇叔虽然什么都没有说，可看他的表情就知道，他也在担心。

那些木桩高低大小不等，一旦踏空，凤轻尘就会从马上摔下去，到时候摔在木桩上，不死也得重伤。

南陵锦行作为南陵的皇子，他就是担心也不能说出来，只能死死地握拳，压住心中的紧张与担忧。

后宫的嫔妃倒是没有这些顾忌，虽然女子大喊大叫不好看，可这是在赛马场，太过矜持只会少了英气，嫔妃们便大着胆子给凤轻尘加油。

不管是加油声还是众人的担心，凤轻尘都听不到也感受不到，她全部的注意力都放在前面的木桩上，当马加速往前冲时，众人只看到一道影子，听到一道马的嘶鸣声。

那影子先是往后倒，然后又猛得往前栽，紧接着纵身一跃……就这么三个虚影，众人却看得提心吊胆，心脏像是被人拽紧了一般，身子不由自主地往前倾，屁股不知什么时候也离了座位。

他们都想知道是凤轻尘冲过了这些木桩，还是马蹄踏空，凤轻尘从马上摔了下去。

啪的一声，在众人的期待下，马蹄平稳落地，凤轻尘的马继续往前飞奔，众人高悬的心终于落下。

“凤轻尘好样的！”

不知是谁率先喊了一句，屏风后面的嫔妃们也跟着欢呼起来。

“太漂亮了，凤轻尘是飞过去的，听人家说凤轻尘在马上风采过人，还以为是夸大，今日一见才知，当日那人的形容不及凤轻尘表现的万分之一。”

“凤轻尘真是大胆，不过做得好。”太保与太傅相视一笑，两个老人极度默契。

东陵一个女子都有这等骑术，东陵的骑兵还用说吗？

看东陵官员有意无意地赞美东陵、贬低南陵，南陵锦行哭笑不得，他是不是应该告诉众人，他也很欣赏轻尘，希望轻尘赢呢？

当然，这话南陵锦行只敢想一想，他要是真说出来，他回到南陵就会被众人的口水喷死，罪名便是不爱南陵。

南陵锦行的眼神扫向没有开口的九皇叔与王锦凌，原本以为两人不紧张，回头一看才发现，这两人根本不是不紧张，而是太会装。

看九皇叔那上扬的唇角，还有王锦凌那放松的笑容，无不说明刚刚那一幕，两人也是极担心的，事后又是极赞赏的，只是他们比较吝啬表情，没有表现出来罢了。

南陵锦行将目光继续追逐马场上的黑影，黑影离他们越来越远，也越来越不清晰，只有站在高塔上的侍卫才能看清，众人只能听他们一一汇报比试情况。

因木桩的阻拦，凤轻尘将苏柔远远地甩开，不过这并不代表什么，障碍本就容易拖住马的脚步。

这不，到了第二道关卡，也就是射这一项时，苏柔又把凤轻尘给甩下来了。

凤轻尘的马术是不错，可惜她实在不擅长弓箭，即使是专门给女子用的小型弓箭，凤轻尘也射不远，在射落数十支箭后，凤轻尘才成功地将面前的障碍清除，策马上前。

苏柔之前虽然落后于凤轻尘，可在第二道关卡苏柔只射了一箭就过关了，于是现在就变成苏柔领先，凤轻尘落后。这个消息一传来，无论太傅还是太保都不说话了，舟王也不敢吱声了。

“凤轻尘，加油呀！”后宫的嫔妃都为凤轻尘鼓劲。

“皇叔，你不担心吗？”清王一直将背景板饰演得很好，坐在那里几乎没有存在感，直到他开口，众人才想起还有这么一号人物在。

“担心什么？小女孩之间的玩闹罢了。”九皇叔轻轻地摩挲着自己拇指上的玉戒，淡漠得如同佛像。

“九弟，这是比试。”皇上冷冷地出声打断。

九皇叔也不退让，淡淡地开口：“真正的比试是在战场上。”

“莫非九弟想去战场上历练？”皇上阴险地反问，同时思索着这个办法的可行性。

要一个人“正常”地死在战场上太容易了，若是那个人在军队中还没有人脉和亲信，那就更简单了。

“有机会，臣弟绝不会拒绝。”只有上了战场，才能接触将领，收服士兵。任何事情都有利有弊，九皇叔明知皇上的小心思，却没有退避的意思。

“会有机会的。”皇上高深莫测地看了南陵锦行一眼，吓得南陵锦行不敢说话，默默地低头数脚下的灰尘。

这两兄弟说话就说话，好好的扯到战场上干吗，扯到战场就战场呗，看他干吗，难不成东陵要对南陵开战？

这可不是一个好消息，南陵锦行突然感觉他想哭，南陵因为内斗消耗严重，东陵若是在这个时候和他们打仗，他们十有八九会输得很惨。

在强国面前，弱小的国家没有尊严呀！

南陵锦行心中忐忑，可九皇叔起了头却没有继续谈的意思，神色自若地收回眼神，继续看向马场，尽管这个时候他已经看不到凤轻尘的影子。

凤轻尘和苏柔已经跑到最后一段路，前面还有一座桥，只要跑过那座桥，剩下的路就全部是平地，没有任何障碍。

之前所遇到的障碍凤轻尘和苏柔各有胜负，现在的结果是两人并驾齐驱，相差不到半个马头，可是前面的桥很窄，无法让两匹马同时冲过去，也就是说，现在谁先冲到桥上，谁就会是最后的胜利者。

这是最后的机会，如果让凤轻尘跑到前面，苏柔就一点胜算也没有了。

“我先走了，苏妃娘娘。”凤轻尘的马已到桥边，凤轻尘毫不客气地打马上前，超了苏柔一个马头。

不知是“苏妃娘娘”几个字刺激到了苏柔，还是怎么的，苏柔瞳孔猛得收紧：“不，我不能输，我绝不能输。”

“驾！”苏柔丝毫不顾会不会将凤轻尘撞下去，全力猛冲上前。她只知道她不能输，输了她拿什么在东陵后宫立足。

当凤轻尘的整个马身已踏上小桥时，苏柔的马也来到了小桥边上。

凤轻尘根本不把身后的苏柔放在眼里，双眼看向前方，拉紧了缰绳。

她可不想在最后关头出问题。

“赢的人是凤轻尘。”当凤轻尘的马走到小桥中央时，观看台上的人如是大叫，其他人亦纷纷附和，骑射比试到这里已经没有了悬念，可就在此时……

轰的一声，通红的火苗突然从桥底蹿起，水面瞬间变成了火的海洋，将整个小桥都包裹住，而凤轻尘与苏柔都在火海里。

“凤轻尘！”

“不……”

“轻尘！”

“凤……”

火苗蹿起来的那一刻，在众人还没有反应过来时，三道身影已从观看台上跳了下来，速度之快，就连一旁训练有素的士兵也暗暗佩服。

这三人分别是九皇叔、王锦凌和南陵锦行，三人飞速地朝着有马的地方跑去，抢过侍卫的马，就朝事发地赶去。

“快一点！”清王双拳紧握，看到三人如同离弦的箭朝凤轻尘奔去，重重地跌坐回去。

这个时候，众人才回过神来，大叫：“着火了，好好的水面怎么会着火？”

“不好了，凤姑娘和苏姑娘都在桥上。”

“快，快，救人呀。”

观看台上的众人顿时慌了，急忙呵斥侍卫上前救人，奈何整个水面都是火，凤轻尘和苏柔好巧不巧，正好处在火中央，他们怎么去救？

“九皇叔，别过来，危险。”翟东明离得最近，他看到九皇叔往这里冲，想也不想就上前阻拦。

整个水面都是熊熊大火，连绵数里，根本没有办法冲进去，就算冲进去也救不到人。

“让开！”九皇叔根本不理会翟东明，直接往前冲，也不管他这一冲，会不会把翟东明撞死。

“锦凌，劝住九皇叔，你也别跟着发疯，有侍卫在，侍卫已经去救人了，你们冲进去也没有用。”翟东明气急败坏，不敢和九皇叔硬碰硬，只得策马让道。

“是兄弟就别拦着我。”王锦凌看也不看翟东明，打马追上去，红肿的双眼，还有那一闪而过的亮光，似乎是泪水滑过。

翟东明说得没错，他们冲进火里也没用，这大火已将整座桥包裹住了，水面上也全是火，除了那座小桥，根本没有可以站人的位置，他们冲过去也不一定能救到人，可即便如此，他们仍旧要冲进去，因为凤轻尘在那里！

如果说，火苗飞蹿的那一瞬间，皇上惊到了，那么这一刻皇上就只剩下高兴了。

皇上无比希望九皇叔和王锦凌冲得快一点，最好一起死在火里，这样很多事情就都变得简单了。

用这种简单粗暴的手法杀掉九皇叔和王锦凌，皇上也不是没想过，奈何从来没有成功过，没想到今天会有成功的可能。

九弟呀，朕今天算是看明白了，你这是动了真情，朕是该说你傻呢还是蠢呢？

皇上冷笑，目光似箭，开口请求皇上下令救人的太傅与太保见状立马闭嘴，不敢再多言。

他们现在要是猜不到皇上的心思，就真该辞官回家卖红薯了。对于皇上的想法，两位大人决定不发表任何意见，因为九皇叔和王锦凌要是死了，对东陵或者说对于保皇党来说，绝对是一件好事。

九皇叔和王锦凌距离火海只有五十米左右的距离，皇上双眼通红，心里紧张得不行。

快，快，冲进去，冲进去！

皇上在心中呐喊，因为紧张和期待，双手不自觉地紧握成拳，舟王也和皇上一样，希望九皇叔葬身火海，皇上还稍微注意点形象，舟王就完全不管不顾了，一脸的激动。

清王将这一幕看在眼里，心里越发的冰冷，也越发为九皇叔和凤轻尘担心，二人若是真的死在这场大火里，顺了皇上的心意，那可真是太不值得了。

四十米……

三十米……

九皇叔、王锦凌、翟东明和南陵锦行距离火海越来越近，皇上也越来越兴奋。

解决了，东陵最让他头痛的三个人，眼看就要被一场莫名的大火给解决了。

可惜，皇上高兴得太早了，现实从不因为人的意志而改变，即使那个人是皇帝。

十米……

九皇叔距离火海只有十米之遥，热浪扑来，熏得人脸颊发烫，可九皇叔却像是没有感觉一般，勇往直前，一味地往前冲。

马头已碰到火星了，皇上的意愿眼看就要达成三分之一了，可惜就在此时，突然发生了极富戏剧性的一幕，但见一道移动的火影，从那火海里冲了出来。

“让开，让开！”火影坐在马背上，大声地吼道，虽然全身都被火焰包裹，声音也有些沙哑，可众人听到这声音，却高兴得差点喜极而泣。

“凤轻尘！”九皇叔的声音是那种恐惧中夹杂着惊喜的颤音，这绝对是九皇叔第一次发出这样的声音。

可惜此时没有人注意，因为所有人的关注重点都是那道从熊熊大火中蹿出来的身影。

凤轻尘骑马从火中飞驰而出，在跃出火海的那一瞬间，她就从马上跳了下来，在地上不停地打滚。

与凤轻尘一同出来的是她用马鞭带出来的苏柔，苏柔就没有那么好运了，她直接被甩在地上，早就昏死过去。

“哗啦啦，哗啦啦……”一桶一桶的水往凤轻尘和苏柔的身上淋去，凤轻尘身上的火很快就灭了。

“凤轻尘。”九皇叔根本顾不得冲到火里的战马，因为太过激动，旋身下马，脚步一个不稳，就栽倒在地。

身上的衣袍脏了，手上也蹭到了泥土，可一向有洁癖的九皇叔却毫不在意，九皇叔踉跄一步上前，一把将黑漆漆、脏兮兮的凤轻尘抱在怀里。

“凤轻尘，你吓死我了。”那种失而复得后的喜悦，那种失去理智后的疯狂，让九皇叔双眼酸涩。

当他看到凤轻尘被大火席卷时，他的第一反应就是杀人，把身边的皇上杀了，把所有可能的人都杀了，如果不是救人要紧，他已经出手了。

在靠近火海的那一刻，他告诉自己，要是凤轻尘死在这里，他要在场的所有的人陪葬！

“咳咳……痛，放开，我还没死。”凤轻尘全身都脏兮兮的，乌黑的长发散发着焦臭味，身上的衣服虽然脏污，但好在没有破损，反观一旁的苏柔就惨了许多。

衣服已经被烧焦，露在外面的肌肤也被火灼出丑陋的伤口，可惜这个时候根本没有人管她。王锦凌、翟东明和南陵锦行站在九皇叔身后，看着跪在地上，抱成一团的两人无法移动脚步。

南陵锦行是高兴，高兴凤轻尘大难不死，福大！

翟东明是震惊，震惊凤轻尘这样都死不了，妖孽！

王锦凌则是苦涩，苦涩他又晚了一步，只能站在那里看着凤轻尘，懊恼！

不管众人怎么想，凤轻尘没事就好，只要凤轻尘没事，他们就安心了，至于凤轻尘怎么从火里逃出来的，他们可以稍后再问，现在最紧要的是凤轻尘的安危。

“九皇叔，轻尘身上还有伤，先让轻尘起来吧。”王锦凌看到烧伤严重的苏柔，知道凤轻尘的情况比苏柔好，可不亲眼看到，他还是无法放心。

“对对对，九皇叔，你别抱了，轻尘身上烧伤了，你小心弄疼她。”翟东明就不客气了，直接上前将九皇叔拉开。

如果是平时，九皇叔一定会丢冷眼过去，让翟东明哪边凉快哪边待着去，可现在翟东明说得没错，凤轻尘刚刚还叫痛呢。

当然，最主要的是他发现自己失态了，不符合他平日的形象了，不过他并不后悔，只要凤轻尘没事，丢脸又算什么。

几家欢喜几家愁，九皇叔和王锦凌庆幸凤轻尘没事，皇上却恨死了凤轻尘没事。

这么大的火也烧不死凤轻尘，烧不死也就算了，凤轻尘怎么就不能在火里多待一刻，就不能让九皇叔和王锦凌冲进去后再出来呢？

混蛋，这是哪个白痴放的火，不知道要放大一点吗？不知道要一把火将他们全烧了吗？

这一刻，倒是皇上气得想要杀人了！

“陛下！”太保大人看皇上一脸扭曲，犹豫再三，还是开口提醒。

这个时候，做得好就是忠诚，从此得帝王信任；做得不好就是发现了皇上阴暗的心思，洗干净脖子等着被灭口吧。

太保大人开这个口，还是冒了极大风险的，可想到东陵的未来，太保大人不得不提醒皇上，即使再不高兴，也不能表现出来。

九皇叔和王锦凌死了就算了，可偏偏他们没有死也没有受伤，皇上要把自己的心思表现得太明显，只会逼他们造反。

皇上并不是一个随时将自己的喜怒表露在外的人，刚刚之所以没有控制好，实在是期待太高，结果期待没有达成，一时间无法接受，听到太保的提醒，皇上即刻回神，摆出最完美的帝王姿态，沉声命令道：“来人，传太医。”

先前的抢救工作没有做好，后续的治疗工作，皇上当然不会落于人后。

太保大人看到皇上的表现，一脸欣慰。

只要东陵不像南陵、西陵那样内乱，东陵就一直能保持九州大陆强国的实力。

“清儿，舟儿，代朕去看看。”做戏做全套，皇上自己不愿意去看，便派儿子去。

“是，父皇。”清王面无表情，舟王的脸上还能看出一丝失望与愤恨。

皇上扫了一眼便淡淡地收回眼神，心中暗道清王是个可造之材，喜怒不形于色，有他的风范！

清王和舟王赶到时，现场已经收拾得差不多了，侍卫把苏柔放在简易的担架上，凤轻尘则被九皇叔抱在怀里。

“皇叔，你没事吧，可担心死侄儿了。”不管舟王之前有多想要九皇叔死，这会儿看到九皇叔，硬是挤出了鳄鱼的眼泪，一脸关切。

九皇叔扫了舟王一眼，压根就不愿理会虚情假意的舟王，倒是清王上前询问九皇叔是否需要帮忙时，得到了九皇叔两个字的回复。

“不用。”

舟王也学着清王上前询问，则得到九皇叔一个字的回复：“滚！”

九皇叔小心翼翼地抱着凤轻尘上马，策马朝出口奔去，王锦凌与翟东明二话不说跟在身后。而作为南陵皇子的南陵锦行，不管他愿不愿意，这个时候他都得去关心一下苏柔的情况，顺便就此事向东陵要一个说法。

出口距离观看台不远，要出去一定会路过观看台，九皇叔本想直接走人，可想到凤轻尘的伤不算重，便停了下来。

皇上远远地看到后，亲自从观看台上走了下来，九皇叔也抱着凤轻尘下了马。皇上此时过来，九皇叔当然也要给皇上三分面子。

“九弟，凤姑娘可好？朕已派人传了太医，快让太医给凤姑娘诊治。”皇上的关切之情，溢于言表。

此时的皇上绝对是一副疼爱幼弟，慈爱功臣之女的仁君，可惜在场的人都明白，皇上在仁君的面具下，有着怎样的心思。

九皇叔既不动容也不生气，只冷硬地说道：“多谢皇上的关心，玄医谷谷主就在凤府，臣弟这就带凤轻尘出宫，让谷主诊断。”

九皇叔这是摆明了说，他不相信皇宫的太医，为了凤轻尘的安全他宁可舍近求远。

皇上被噎了一下，却没有生气，好像听不懂九皇叔语气中的嘲讽，附和着点头：“有谷主在朕就放心了，九弟你快快出宫，别在乎这些虚礼，救人要紧，朕不会怪罪于你。”

“臣弟遵旨。”

皇上再次表现出他对九皇叔的大方，和对凤轻尘的厚爱，可惜同样没有打动九皇叔，九皇叔才不管皇上是真心还是假意，照单全收，当着皇上的面，他再次抱着凤轻尘跃身上马。

坐在马背上，九皇叔居高临下道：“皇上，臣弟先行一步。对了，今天的事绝不是意外，皇上您最好查清楚，本王绝不会就此算了，敢当着本王的面放火谋害凤轻尘，就要有承受本王怒火的自觉。”

“驾！”九皇叔丢下这话，也不管皇上怎么想，调转马头，一夹马腹，绝尘而去，让皇上吃了一脸的灰。

龙有逆麟，触之必死。很不幸，今天某些人的举动，一不小心触到了九皇叔的逆麟，九皇叔绝不会善罢甘休，更不会接受“意外”这样的解释。

九皇叔此举可谓是极度无礼，完全不将皇上放在眼中，可偏偏这是皇上刚刚开口允了的，皇上也不能再斥责九皇叔无礼，当下只能将怒火压下。

王锦凌与翟东明对视一眼，王锦凌让翟东明留在宫里，好好查清那场大火的原委，翟东明点头应了，这里只有他方便在宫中查案。

和翟东明交换好眼神后，王锦凌也开口向皇上请辞，王锦凌虽然没有像九皇叔那样放狠话，可他此时摆出来的姿态就是在告诉众人，王家这一次站在九皇叔那边，要为凤轻尘出这口恶气……

# 第三十五章　前朝后人浮出水面

马场的意外，吓得众人心神俱裂，九皇叔更是不给皇上面子，当场让皇上难堪，王锦凌也是第一次如此明确地声明自己的立场，这让皇上既愤怒又难堪。

“查，给朕查，朕要知道什么人吃了熊心豹子胆，胆敢在朕的眼皮底下乱来。”皇上不能拿九皇叔和王锦凌怎样，只好挑侍卫出气。

“臣遵旨！”翟东明当仁不让地应了下来，让皇上的脸色稍稍好看了一些。

这么一闹，众人也没有闲情待在兽苑了，皇上一甩衣袖回宫，后宫的妃子也战战兢兢地跟了上去，一个个低眉顺眼，不知是被吓到了还是怎么的。

作为此次事件的最大受害人，苏柔的伤势很严重，全身大面积伤烧，尤其是脸上也有烧伤，就算能活下来容貌也毁了。

至于让九皇叔、王锦凌担心不已的凤轻尘，她的情况还是不错的。

“这也叫烧伤？”谷主指着床上的凤轻尘，气得直磨牙。

这两个男人不是号称天下一等一的聪明嘛，居然连人有没有受伤都看不出来，他真是服了他们。

王锦凌松了口气，轻尘没事就好。

“凤轻尘昏迷不醒。”九皇叔也知道自己是担心则乱，咬紧牙关不承认自己的错，只提醒谷主快动手救人。

“她是被烟熏到了，半个时辰后自然会醒。”谷主没好气道，任谁在上茅房时被人拉出来，也不会高兴。

“你可以滚了。”九皇叔得到谷主的诊断后，便不再搭理他，反倒是王锦凌上前，深邃温和的眸子带着一丝疑惑：“谷主，你确定轻尘要半个时辰才能醒来吗？”

“当然，怎么？你这是置疑老夫的医术？”谷主在凤轻尘面前不正经，可在其他人面前绝对是权威中的权威，不容置疑，哪怕是王家家主也不行。

王锦凌淡淡地摇头："谷主乃杏林高手，锦凌不敢置疑谷主医术，只是……"

"只是什么？"谷主不等王锦凌说完，便不客气地打断，恶狠狠地瞪着王锦凌。

竟敢置疑他的医术，活得不耐烦了！

王锦凌并不惧怕，指了指床上的凤轻尘，含笑道："只是，轻尘好像已经醒了。"

"什么？"谷主立马转头，只见凤轻尘睫毛轻颤，眼皮微动，这不是醒了是什么。

"凤轻尘！"谷主扯着嗓子大吼，声音之大，就连在另一个院子养伤的云潇都听到了，云潇掏了掏耳朵，淡定地道："能把谷主气成这样，看样子凤轻尘没事，我白担心她了。"

"少爷，凤姑娘，凤姑娘没事。"打听消息的下人正好跑了回来，气喘吁吁道。

云潇的笑更深了，表示自己知道了，挥了挥手示意下人退下，举止十分优雅，只是配上他那颗光头，显得有一点喜感。

如同谷主诊断的那样，凤轻尘并没有被烧伤，只是嗓子被烟熏到了，这会儿人醒来就表示凤轻尘没事了。只不过她醒得太早了，破坏了谷主高人的形象。

"凤轻尘，你混蛋，你怎么可以醒得这么早？"谷主此时的心情和皇上差不多。

凤轻尘总是在关键时刻拆他们的台。

"好吵！"凤轻尘的嗓子被熏伤了，略微有些嘶哑。

"吵？我这么吵是谁害的？"谷主更愤怒了，他觉得凤轻尘就是他的克星，遇到凤轻尘他就没有便宜可占。

凤轻尘没好气地白了谷主一眼，示意丫鬟给她倒一杯水，丫鬟还没动，九皇叔就把水倒了过来，递到凤轻尘面前。

凤轻尘顿了一下，抬头迎上九皇叔冰冷的眸子，什么也没有说，伸手接过杯子，一饮而尽，轻咳了两声，凤轻尘这才觉得好受些。

凤轻尘直接问道："到底是怎么一回事，兽苑好好的怎么会起火？"

"水上有油，具体的原因还在查。当时，是个什么情况？"九皇叔简要地说了一下现场的情况，立马转移话题。

他总不能告诉凤轻尘，他和王锦凌担心凤轻尘的安危，根本没有管后续的事情，也没有查看现场，直接抱着她就来凤府了吧。

所以，现场到底怎样，他们也不清楚。

"当时……"

当时的情况很惊险，凤轻尘走到桥上时，发现桥下的水不对劲，上面似乎浮了一层油，她正想折回，可苏柔已经跟了上来，凤轻尘无路可走，想到木桥与水面上的油，便猜到会有什么危险。

凤轻尘连忙撩起衣袍，将自己的脸包住，同时加速前行，可惜凤轻尘还来不及扬鞭，水面就起火了，火势迅猛，瞬间就席卷了整座桥。

好在桥上没有油，一时间还不会被烧断，而有了这个时间，正好给了凤轻尘喘息的机会，她安抚骏马，以最快的速度冲出了火海。

本来凤轻尘可以先一步走人，可她正想走时，身后传来苏柔的声音："凤轻尘，救我！求你！"

"求你！救我！"

凤轻尘不是圣母，不会因为苏柔的一句"求你"而心软，再说那个时候桥都要断了，她哪里有闲情去救苏柔，苏柔的死活又与她何干，可是苏柔好像笃定凤轻尘一定会救她一样，在桥要断时，苏柔不管不顾地跳马，朝凤轻尘扑去，还是那句："凤轻尘，求你！"

凤轻尘承认自己在那一刻心软了，随即想到苏柔活着比死了好，再说拉苏柔一把她也不会有事，便扬起马鞭朝苏柔卷去。

也是苏柔命不该绝，凤轻尘只是随意一扬鞭，苏柔居然就抓住了。之后，就是大家看到的了，凤轻尘带着苏柔一同从火海里冲了出来，只不过苏柔没有凤轻尘那么幸运，她身上的烧伤很严重。

"苏柔的命真大。"听完凤轻尘的话，九皇叔和王锦凌感慨道。

"确实命大，也不知道苏柔是幸运还是不幸，她烧伤了脸，肯定没办法入宫了。"凤轻尘难得好心，关心一下苏柔。

苏柔的算计会不会落空，九皇叔和王锦凌不在乎，在他们看来，苏柔和死人没什么两样，凤轻尘觉得苏柔活着比较好，那就让苏柔继续活着吧。

和苏柔的生死相比，他们更在意兽苑火灾的幕后主使者是谁，还有凤轻尘的安危。

为了凤轻尘的安全着想，即使凤轻尘身上没有伤，对外也要说被烧伤了，而且还很严重。

不是九皇叔和王锦凌故意整凤轻尘，而是只有这样说，九皇叔和王锦凌才能借题发挥，借机将皇城的水搅乱，以便查出幕后黑手。

为了制造伤势严重的样子，凤轻尘的身上和胳膊上都被缠上了绷带，幸亏当时在兽苑凤轻尘的脸露在外面，兽苑的人都知道她的脸没被烧伤，如此，凤轻尘的脸才得以逃过一劫。

做戏要做足，光缠绷带还不够，凤轻尘还得时刻在病床上躺着，以免露馅，一两天还好，可时间一长，凤轻尘就觉得无聊了，只能在病床上数头发打发时间。

“原来装病是个技术活，这日子简直没法过了。”凤轻尘在床上打滚，佟珏和佟瑶闷笑不敢出声。

为了避免露馅，凤轻尘能不见的人绝对不见，平时能和她说说话的，也就那几个知情人，可惜知情人都很忙。

九皇叔和王锦凌要查火灾的事情，谷主则忙着陪云潇，有一天谷主遇到崔浩亭，还缠着崔浩亭不放，要不是崔浩亭有崔家十六子的身份，谷主十有八九会把他按在床上，在他的伤口上再开一刀。

人人都有事要忙，就是佟珏和佟瑶也忙翻了天，凤轻尘若不是知道要以大局为重，恐怕她早就把绷带给拆了。

就在凤轻尘无聊到发霉时，终于有一个人上门陪她解闷了。

“苏文清，你来探病吗？”凤轻尘单手撑起身子，示意苏文清坐下。

“你像有病的样子吗？”话虽如此说，可苏文清还是乖乖地把补品奉上。

凤轻尘看苏文清脸色苍白，精神不济，重重地点了点头：“和你相比，我确实不像病人，你反倒像个病人的样子，怎么？不舒服？把手伸出来。”

苏文清正走神，听到凤轻尘的话也没有多想，乖乖地伸出手，等到凤轻尘准备探脉时，苏文清才记起凤轻尘是大夫，连忙收回手：“我好得很，不舒服的人是你。”

“没病？没病你怎么一副病恹恹的样子？”凤轻尘不太相信，苏文清的脸色很难看。

苏文清没好气地白了凤轻尘一眼：“累的，我没病！”

“行行行，知道你没病了。”这中气十足的声音确实不像有病，再说有谷主在，苏文清就是有病也轮不到她操心。

如此一想，凤轻尘便不再追问，可是苏文清并没有高兴，反倒是闷闷不乐地坐在那里，凤轻尘越看越觉得不对劲，试探性地问了一句：“苏文清，你还好吧？”

“不太好。”苏文清本就是装可怜来的，凤轻尘一问，他就顺杆爬了。

“哦。”凤轻尘这下肯定，苏文清就算没病，也遇到麻烦了。

苏文清看了凤轻尘一眼，等了半天，也没见凤轻尘追问，不爽地问道：“凤轻尘，你就不能追问一句吗？”

“需要吗？看你这样子，就算我不追问你也会说。”凤轻尘挑眉，别以为她在“养”病，就把眼神给养坏了。

苏文清气呼呼地磨牙，看凤轻尘半点不好奇，半点不紧张，就知道想要吊凤轻尘胃口，最终只会把自己吊死，苏文清深深地吸了口气，飞快地将今天的来意说了出来："凤轻尘，我今天是来向你借银子的。"

"借银子？要多少？"凤轻尘知道苏文清估计是不好意思，男尊女卑的观念深植脑海，堂堂大男人向一个女人开口借钱，这个绝对需要勇气。

苏文清骨子里是个骄傲的人，如果不是实在没办法，他绝不会开这个口。

苏文清耳根泛红，他确实做了许久的心理准备，可开口时依旧不好意思，见凤轻尘浑不在意，这才勉强冷静下来，将自己需要的数字报了出来："两百万两。"

"两百万两？"凤轻尘因为吃惊，复述了一遍。

这，这也太多了吧，她哪有那么多银子呀？

"嗯。"苏文清已经开了口，当下就没什么放不下了，他只是不习惯，也从来没有开口向女人借过银子。

"你怎么需要这么多银子？"凤轻尘不是想要探查苏文清要做什么，只是这数额太大了，她哪里拿得出来。

苏文清没有隐瞒凤轻尘，将赌局的缺口一一报了出来。

凤轻尘听到后并不吃惊，商人手上的银子怎么可能存在钱庄里，当然会被他们拿去运作，只不过苏文清比较背，他的银子短时间内收不回来，一时间周转不过来了。

"这么说来，你还差五百万两呀。"凤轻尘听了苏文清的清算结果，皱眉道。

这个赌局是块大蛋糕，分蛋糕的人很多，到时候苏文清要是拿不出银子，那些人可能会将苏文清生生撕碎。

"没有那么多，只要你赢了苏家一局，九卿就能赢到近两百万两，我也就差三百万两，前两天我从天下第一庄调了一百万两过来，现在我就差两百万两了。"苏文清把能调的银子都调了，最后还是差了近两百万两。

听到苏文清说，蓝九卿参与了赌局，凤轻尘一点也不惊讶。蓝九卿有内幕，怎么可能放过这等捞银子的好机会，南陵锦凡之前不也打算操控比试的输赢来赚银子嘛，只不过南陵锦凡比较悲剧，压错了宝。

两百万两银子对于凤轻尘来说绝对不是一个小数目，凤轻尘手上别说两百万两了，她连两万两都拿不出来，要知道她现在还欠苏文清一大笔银子呢。至于卖安胎药赚的银子，云家还没有跟凤轻尘结算，就算全部结算了，也没有这么多。

凤轻尘差人去问了云潇，从云潇那里得到的消息是，凤轻尘能分到的银子是六十万两，如果凤轻尘急需，他能先调一百万两给凤轻尘应急。

"这样一来，就差一百万两了。"解决了一百万两的缺口，凤轻尘和苏文清并没有高兴，因为最后的这一百万两银子更难筹。

“是呀，还差一百万两，我再想想办法吧。”怎么也是自己的事，苏文清哪里好意思一直麻烦凤轻尘，再说凤轻尘认识的人，也没人能立马筹集一百万两的银子。

王家倒是有，可那银子是王家的而不是王锦凌的，就算王锦凌要用，也得说个明目出来，这银子可不好筹呀。

“别急，事情不是还没有结束嘛，我们还有时间。”凤轻尘看苏文清都快急白了头发，开口安慰道。

苏文清苦笑一声，点了点头：“说起来我还得感谢兽苑那场火，要不是因为起火的事情，这赌局早就结束了。”

凤轻尘也十分烦闷：“不能这么说，棋艺的那一局，还没有揭晓，苏家也可以再拖一拖，说不定他们还有翻盘的机会。”

当然，最多也就是和局。

苏文清一听就慌了，连忙握住凤轻尘的手：“凤轻尘，拜托你，千万别让苏家有翻盘的机会，他们一旦翻盘，我可就惨了，轻尘呀，我输不起呀。”

“这个不是我说了算。”凤轻尘用力抽回自己的手。

除九皇叔外，她不习惯被人握手，尤其是苏文清的力道还这么大，她的手快痛死了。

“啊，那怎么办？难不成我还得去多筹两百万两备用？”苏文清快哭了，他连这最后的一百万两都筹不出来呀。

“不用，你可以去找蓝九卿，我想他应该有办法让苏家翻不了身。”凤轻尘坏心地建议道。

她绝不承认她是嫉妒了。

她的安胎药，才赚这么一点银子，蓝九卿随便下个注就能赚两三百万两，她羡慕呀。

“对对对，找九卿，让九卿去办。”苏文清相当赞同凤轻尘的话，当下就坐不住了，叮嘱凤轻尘早点把银票给他送过去，他现在继续筹银子去。

凤轻尘连连保证，当着苏文清的面，就让下人去告诉云潇，她需要一百万两。

苏文清一脸感激，看凤轻尘在房间里待着无聊，当下就把自己的弟弟给卖了：“轻尘，看你无聊，我让文航过来陪你，那小子天天叫嚷着想你了。”

“别……”

凤轻尘拒绝的话还没说完，苏文清就走人了，可把凤轻尘给郁闷死了，她虽然无聊，可还没有无聊到母爱泛滥，想要照顾苏家小弟。

只可惜，苏文清完全不懂凤轻尘的心思，当天下午就把苏文航给送来了，苏文航很懂事，也很崇拜凤轻尘，可依旧改变不了他是一个孩子的事实。

凤轻尘不讨厌苏文航，也愿意逗苏文航玩，可前提是偶尔玩玩，而不是让一个小孩常住在自己家。

苏文清把苏文航送到凤府，就完全没有后顾之忧了，一心扑在外面筹银子，可惜这最后的一百万两真不是一般的难筹。

他不能卖铺子、卖房子，也不能找同行借，更不能张扬以免走漏风声，否则，苏家的名声和信誉就毁了。

商人重利，也重信誉，没了信誉，以后苏家拿什么在商场上混？

顾忌太多，施展不开，苏文清奔走了好几天，也只是筹到一个零头，苏文清实在无奈，只好向蓝九卿求救。

“九卿，我真是尽力了，最后的八十万两实在筹不到了。”连续奔走了几天，苏文清的心累了。

“你确定是八十万两，而不是两百八十万两？”银色的面具，在烛光中散发出幽幽的寒光，让人不敢直视。

苏文清被蓝九卿噎得半天说不出话来，想到凤轻尘的话，担心地问道：“九卿，苏家是不是想在棋艺比试上做文章？”

棋艺比试结束后，凤轻尘摆出一个残局，说只要苏家解开棋局，就算苏家赢，要是解不开，就算和局。

“苏家人说凤轻尘那个棋局无解，凤轻尘是故意羞辱苏家。”蓝九卿想到苏家放出来的话，眉头不自觉地皱起来了。

那个棋局他也不知如何解，苏家找了很多国手，无一人能解开，也许真如苏家所说，凤轻尘摆出来的棋局无解。

“不是吧，凤轻尘应该不会做这种事。”苏文清吓得从椅子上跳了起来。

这要是真的，凤轻尘的麻烦就大了，会被天下所有读书人唾弃。

“苏家一口咬定，看他们的态度，想必手上掌握了什么证据。”蓝九卿也不相信凤轻尘会乱来，可苏家的态度太值得怀疑了。

苏家似乎笃定凤轻尘在耍苏家。

“那该怎么办？”苏文清想到凤轻尘也提过棋局的事，担心地问道。

“不怎么办，就算是凤轻尘耍了苏家又如何？苏家还敢杀了凤轻尘不成？”蓝九卿不在乎地说道。

要不是兽苑的火灾，要不是苏柔在东陵的地盘上受伤，苏家哪有那么足的底气？

苏文清默默地望天，他怎么就忘了，无论九卿还是凤轻尘，都不在意天下人怎么说。

“好吧，我不担心凤轻尘，我现在担心银子啊，既然你说棋局有变，那我还是准备两百八十万两吧，万一出了事，我也好应对。”苏文清发现自己肩膀上的压力又大了。

“你打算怎么筹？”蓝九卿问道。

“把偏远地方的铺子卖掉，价格压一点，应该很容易脱手。”苏文清叹了口气。

这种杀鸡取卵的做法虽然很不智，可他现在没有办法，当初雪灾的事他砸了太多的银子进去。

蓝九卿一听，立马否决：“那些铺子卖不到多少银子，而且短时间内也无法变现，银子的事情你就别担心了，交给我吧。”

“你？你去哪里筹银子？”九卿的银子都归他管，苏文清可不认为九卿有私房钱，也不认为他有那么多的私房钱。

蓝九卿确实没有那么多银子，可有一个地方一定有，在苏文清的期待下，蓝九卿吐出两个字：“户部。”

“什么？你要调用户部的银子？”苏文清吓了一跳，“一旦查出来，户部尚书就惨了。”

“不用担心，我自有打算。”蓝九卿的眼中闪过一抹精光，可惜被面具遮挡，要不然苏文清看到后，一定要为某些人默哀了。

苏文清从不怀疑蓝九卿的话，蓝九卿说有把握，苏文清便不会再多问一句，银子的事情解决了，苏文清整个人都轻快起来，也有心思说别的事情了。

“九卿，黑骑已经在皇陵驻扎许久，对皇陵内部结构了如指掌，他们什么时候行动？”黑骑第一次亮相九州大陆，无论是苏文清还是蓝九卿都十分重视。

蓝九卿略一思索，便道：“五天后，按原计划进行，不留活口，随即直上皇城。”

“好，我会传令下去。”苏文清重重地点头，虽然不解九卿为何要让黑骑来皇城，但他从来不会质疑九卿的命令。

“到了皇城，安排他们进城。”蓝九卿又道，这一次苏文清没有直接应下，而是提出要求：“我需要帮助。”

他一个商人可做不到神不知、鬼不觉地安排一千人进皇城。

蓝九卿点了点头，表示到时候会有人支援他。

说完这两件大事后，蓝九卿便问起另一个让他万分头痛的人。

“步惊云呢？有他的消息吗？”

步惊云这段时间又消失了，而且消失得相当完美，要不是苏文清临时要从天下第一庄调银子，蓝九卿和苏文清都不知道他从玄霄宫离开后，就没有回过天下第一庄，平时传来的消息，都是他的副手在做。

苏文清知道蓝九卿生气了，也不敢隐瞒，立马将步惊云的下落说了出来。

毫无意外，步惊云在连城，找秦宝儿去了。

“他就不能有点出息吗？”蓝九卿全身散发着冰冷的寒气，把苏文清冻得直发抖。

苏文清苦笑两声，不敢发话……

九卿说惊云时，怎么不想想自己呢，他最近和皇上死磕的表现可不像有出息的样子。

蓝九卿也知道苏文清在想什么，想到自己最近做的事情，还有接下来要做的事情，蓝九卿的语气终于恢复了正常的温度。

“告诉步惊云，这是最后一次，如果再犯，我就让人停了秦宝儿的药。”

蓝九卿永远都知道，要如何做才能让步惊云乖乖听话，苏文清抹了抹汗，连忙点头，表示他会把话传到，至于步惊云如何做，那就不是他的事情了。

“步凡呢？北陵的事情探得如何？”蓝九卿今天也不知怎么了，尽问一些早期的事情，把苏文清的小心肝吓得直跳。

“步凡在北陵的雪峰上发现有人的踪迹，怀疑那些是前朝后人的踪迹，为了确认消息，他冒了一次险，结果他带去的人全部折损在北陵雪峰了，他也受了点伤，现正在雪峰下休养，需要我们派人支援。”苏文清无比庆幸，即使九卿没有问，这些事情他也有关注，不然九卿问起，他答不出来就惨了。

“前朝后人？”蓝九卿的眼中闪过一抹冷意，问道，“王家向北陵走私的线路，你吃下来了吗？”

“没有问题，随时可以动。”苏文清很明白，蓝九卿要这条路线想做什么，现在不就派上用场了嘛。

“很好，你尽快安排人运一批物资过去，我相信北陵的百姓会需要。”蓝九卿是准备给步凡提供援助，让步凡探清北陵的消息。

前朝后人，光这四个字就值得蓝九卿冒险。

“我明白了。”苏文清一点就透，具体如何做完全不需要蓝九卿多说，他自会一一办好。

大事蓝九卿已经命令下去了，小事蓝九卿完全不参与，全权由苏文清和幕僚处理，这是对苏文清的信任，也是给自己减轻工作量。

子夜时分，蓝九卿离开苏家密室，本想去凤府看看凤轻尘，可想了一下，蓝九卿还是朝皇宫的方向飞掠而去。

兽苑起火一事，一直找不到线索，蓝九卿便想试试，夜晚去探一下禁宫，看看能不能有所突破。

皇宫的布局，没有人比蓝九卿更熟悉，蓝九卿先去了皇上的寝殿，发现皇上不在，便去了御书房。

即使蓝九卿知道，皇上绝对不会这么勤政，这个时候不会在御书房，也要去探一下，不怕一万就怕万一。

结果，当然是不在。

这两个地方找不到皇上，那么十有八九就在哪个妃子的宫殿，后宫新进了这么多年轻的妃子，皇上怎么可能不去宠幸一二。

蓝九卿想要知道皇上在哪个宫殿，本是一句话的事，可他今天却没有这么做，因为他很清楚，兽苑起火一事，绝不是皇上做的。

蓝九卿并没有特定的目标，除了到皇后和谢皇贵妃的宫殿转了一圈外，便随意地在后宫晃悠，打算将各宫都走一圈，结果还真让蓝九卿撞上了死耗子。

“事情已经做下了，娘娘已经没有退路了。”

低沉的男声，传入蓝九卿的耳朵里，蓝九卿后退数步，一个借力，轻盈地跃上屋顶，将屋顶上的瓦片移出一条缝隙。

殿内是皇上新封的纯妃和一个灰衣男人，纯妃的脸上没了平日的娇媚，苍白得吓人。

听到灰衣人威胁的话，纯妃并没有妥协，而是愤慨地道：“什么叫没有退路，本宫什么都没有做。”

“娘娘，现在才想撇清，你不觉得晚了吗？”黑衣人冷笑，一脸不屑。

上了贼船，想要脱身绝不是容易的事，这个道理纯妃自然也很明白，可正因为明白她才害怕，她不想跟这些人有牵扯。

纯妃的身子晃了晃，却站得更直，坚定地道：“先生不必再说，本宫不会与虎谋皮，本宫说了本宫什么都没有做，这一切都是你们擅自做主，与本宫无关，本宫可没要你们做这些。”

“呵呵，娘娘，虽然这件事是我们做的，起因却是娘娘，也是娘娘给我们行的方便。娘娘以为你现在撇清，九皇叔和王家就会信吗？娘娘以为没有证据，九皇叔和王家就不能拿娘娘怎么样吗？娘娘，你应该清楚，无论是九皇叔还是王家家主，都不会在乎什么证据，这件事只要走漏一点消息，娘娘和你的家人就永无翻身的可能。”

灰衣人平静地陈述，完全没有威胁的意思，却让纯妃通体发寒。

九皇叔和王家的怒火除了皇上外，没有人能承受得起，这句话在这段时间已经被全部验证了。

兽苑起火一事，受伤最严重的是苏家苏柔，可无论是南陵还是苏家，都只是要皇上给他们一个交代，在皇上的安抚下，他们也没有进一步要求什么，或者逼问凶手是谁。

反倒是九皇叔与王锦凌咄咄逼人，不肯善罢甘休，完全无视被推出来的几个替死鬼，非要把主使者找出来。

查了近半个月，九皇叔和王锦凌也没有查到任何线索，可就是这样，九皇叔和王锦凌还是紧咬着这件事不肯放，直把皇上气得牙痒痒。

可想到有人在宫里神不知、鬼不觉地设计杀人，皇上也担心自己的安危，便睁一只眼、闭一只眼任由九皇叔与王锦凌去查真凶。

这段时间，皇宫里的人一听到九皇叔和王锦凌的名字就发怵，要知道短短半个月，九皇叔和王锦凌就杀了上百人，但凡可疑之人他们宁可错杀也不放过，偏偏皇上也支持。

面对杀人不眨眼的九皇叔和王锦凌，这宫里没有人不害怕，哪怕是最近最受宠的纯妃也不例外，她这个时候真是后悔死了，一时的鬼迷心窍，却再也无法回头。

灰衣人很满意纯妃恐惧的样子，便见好就收，不再咄咄逼人，转而温声劝说："纯妃娘娘别担心，我们现在是一条绳子上的蚱蜢，一损俱损，一荣俱荣，我们的诚意娘娘也看到了，我家主人是真心想和娘娘合作，助娘娘宠冠后宫。”

先威胁恐吓，然后摆出巨大的利益诱惑，他就不信对方不心动。

“诚意？你们这算什么诚意，你们的诚意害死本宫了。”纯妃咬唇，唇角沁血。

猩红的血滴落在地上，瞬间破碎，一如她此时的处境，与魔鬼合作出卖的不仅仅是灵魂。

“娘娘何必如此愤怒，我们可是帮娘娘除去一个劲敌。哦，不……算上最近死掉的几个妃子，我们已经帮娘娘除去了好几个劲敌。娘娘，你还有什么不满的？你什么都不用做，双手也不用沾血，只要告诉我们一声，我们就会替你铲除所有会威胁到你地位的人。”灰衣男子不疾不徐道，言语中流露出来的自信与沉稳，让纯妃渐渐地平稳下来。

事情确实如灰衣男子所说的那般，她是得利的那一方。

虽然风险极大，可利益也足够大。

“你们能保证，这件事永远不会被查出来吗？”纯妃心动了，虽然这半个月来风声鹤唳，宫里人人自危，可一直没有查到她头上，说明这些人不简单。

“娘娘还有什么好担心的，这半个月来发生的事情，还不足以说明一切吗？”灰衣男人嗤嗤一笑。

他们特意等待半个月，就是让面前这个蠢女人更相信他们，然后乖乖地将灵魂和家族一起卖给他们。

纯妃动摇了，脸上恢复了几许血色，看向灰衣人的目光也变了，灰衣人一脸笑意地站在殿中，任纯妃打量。

几经思索，对权力的渴望压下了心中的惧意，纯妃点了点头：“好，我答应与你们合作。”

“娘娘英明，小人代主子提前恭贺娘娘母仪天下。”灰衣人对纯妃的回答半点也不意外。

纯妃没有别的路可走，她已经上了贼船，不答应与灰衣人合作，等待她的就是九皇叔和王锦凌的怒火。

灰衣人得到纯妃的肯定答复后，并没有逼纯妃做什么，而是给足了纯妃好处，便离开了，徒留下纯妃时而欢喜时而忧愁。

愚蠢的女人！

蓝九卿连看都懒得看那纯妃一眼，追着灰衣人而去。

如果他的推断没有错，这灰衣人十有八九和那天晚上半路拦截凤轻尘的人有关，这些人在兽苑安排的那场火，绝不是像他们所说的那样只是为了烧死苏柔。

蓝九卿轻功了得，可对方的实力也不差，可不知有意还是无心，灰衣人总是与蓝九卿保持二十米左右的距离，并且时不时地显露身形，让蓝九卿可以一路跟紧他。

当蓝九卿追着灰衣人出城时，他就知道灰衣人发现了他，特意把他拐到城外的荒凉处，明知前方是陷阱，蓝九卿还是毫不犹豫地跟了上去。

这群人一直隐藏得很深，好不容易有了线索，他无法放弃，错过这一次，下一次就不知是什么时候了。

两人一追一跑，眼见天就要亮了，蓝九卿也失去了耐心，显露身形，往空地一站：“出来吧。”

蓝九卿这是把自己当靶子，把事情摆到明面上。

灰衣人根本不是什么光明磊落之辈，见蓝九卿站在那里当靶子，他当然不会放过这个好机会。

“去死吧！”一道蓝光闪过，淬了毒的匕首，向蓝九卿的后脑刺去。

蓝九卿后面像是长了眼睛一般，眼见要被那匕首刺中，蓝九卿突然将身子往左侧去，堪堪避开了灰衣人的攻击。

一击不中，灰衣人再次将匕首折回，目标是蓝九卿的脖子。

“当！”蓝九卿抽出腰中的软剑，挡住灰衣人的攻击，往前逼近。

灰衣人面色平静，眼神却凶狠无比，一看就不是什么良善之人，见蓝九卿接二连三地躲过他的攻击，出手更快，刀刀都朝致命的部位刺去。

他已被蓝九卿发现踪迹，必须将蓝九卿除去才能安心。

蓝九卿也不说话，将灰衣人的杀招一一化解，很快就占了上风，从被动防御变成了主动攻击。

灰衣人刚开始还不把蓝九卿放在眼里，可当他发现自己处处被蓝九卿压制时，心中才害怕起来。

“你是什么人？”灰衣人被蓝九卿逼得后退数步，惊恐地问道。

“连我都不认识，看样子你不是江湖中人。”蓝九卿嘲讽道，银质的面具在此时显得特别醒目。

两人之间，只有一臂的距离，看来灰衣人还不知道他的身份，蓝九卿便能断定，这灰衣人绝对是隐在暗处的那拨人。

灰衣人很谨慎，看蓝九卿这话像是要打探他的身份，便紧闭双唇，一句话都不说，蓝九卿也不再逼问，长剑一挑，将灰衣人手上的匕首挑飞。

灰衣人手上没了兵器，看到蓝九卿又如此神勇，想杀蓝九卿的心思也淡了，回头看到身后的树，连忙往后退去。

离大树还有一人的距离时，灰衣人突然往前一冲，身子与地面保持平行，双脚蹬在树干上，蹭蹭地借着树干往上飞掠。

“哼，想走……”蓝九卿冷哼一声，将剑缠在腰上，只凭双拳与灰衣人缠斗，与灰衣人从树底打到树枝上，摆明了不会让灰衣人溜掉。

这么好的逃跑机会都被对方看破，灰衣人气得差点吐血，逃不掉，灰衣人只得与蓝九卿在树枝上继续打。

灰衣人越打越是担心，想到蓝九卿刚刚的话，凶狠地道：“你一个江湖中人多管什么闲事，我并不是江湖人，我自认与阁下没有任何恩怨，阁下何必苦苦相缠，现在放我一马，日后也好相见。”

“你与我确实没有恩怨，但和我的朋友有点小恩怨。”蓝九卿手上握着一根树枝，借力一个回转，将灰衣人踢了下去。

“哗啦啦……”树叶纷纷落下，灰衣人咚的一声跌倒在地，蓝九卿紧随而下，一脚踏在对方的心窝上，灰衣人吐了口血，在地上打了两个滚，又站了起来。

“你那个朋友是谁？我自认没有与江湖人为敌。”灰衣人痛得倒吸冷气，威胁纯妃时的冷静与自信荡然无存。

“唰！”蓝九卿抽剑，在灰衣人的胳膊上留下一道血痕：“凤轻尘！”

“什么？你是凤轻尘的朋友？”灰衣人瞳孔放大，显然被这个答案给吓倒了。

“看样子，你们知道的也不多。”蓝九卿嘲讽道，手上的剑却是没有放下，反而步步逼近，逼得灰衣人只能狼狈闪躲。

灰衣人一脸死灰，正想说什么，蓝九卿的剑突然朝他的脑袋招呼，灰衣人矮下身子，剑从他的发髻上扫过，打散了他的黑发，蓝九卿随即冲上前去，又是一脚，将灰衣人踢倒在地，这一次灰衣人动弹不得了。

灰衣人知道自己逃不走了，眼中闪过一抹狠绝，双眼一闭，用力一咬，却不想他不仅没有咬破嘴里的毒，反倒吐出一口血，随即又被蓝九卿拎了起来，脸上又是一痛，稀里哗啦，吐出满口的牙……

灰衣人痛得一脸扭曲，蓝九卿却没有半丝同情之色，将人随手一丢撞在大树上，灰衣人只感觉眼前一黑，下一秒就晕了过去。

眼见天就要亮了，蓝九卿也没有在城外多待，拎着人就往皇城内走去，至于能从这个灰衣人的嘴里问出什么来，就不是蓝九卿需要考虑的事情了。

# 第三十六章　棋中棋局中局

兽苑起火，九皇叔和王锦凌抓出无数个相关的人员，可真正的幕后主使者却迟迟没有找到。两方势力查了整整半个月，根本就没有停下来的迹象，可不知为何，九皇叔和王锦凌一夜之间突然就收手了。

查得轰轰烈烈，收手时却毫无征兆，皇上虽然气九皇叔和王锦凌不把他放在眼里，可也不得不说，在这场行动中他获利颇多。宫里上上下下都被清洗了一遍，凡是可能威胁到他生命的不安定因素都被清干净了。

现在九皇叔和王锦凌收手，皇上自然不会干涉，在推出一个不大不小的兽场总管背黑锅后，这件事基本上就算解决了。

南陵锦凡和苏家的人相当好说话，不知皇上与苏家背后商议了什么，苏家毫不怀疑这个替罪羊，兽苑起火一事就这么结案了，大家又和乐融融地坐在了一起，皇上还特意宴请了苏家来的人。

九皇叔和王锦凌很给面子地出席，只不过这两人面上一直淡淡的，甚至苏家的人说起与凤轻尘的比试一事，言词中暗指凤轻尘在棋艺比试中，故意布假局折辱苏家，九皇叔和王锦凌也没有接话，只当没有听到。

众人见状，只当九皇叔和王锦凌在兽苑起火一事上栽了跟头，被皇上拿捏住了，不敢张狂，却不知这两人冷眼旁观，心中自有乾坤，诚如九皇叔所说，这事不会就这么算了。

皇家的事，哪怕一件简单的小事，也能扯出惊天的大阴谋，把人弄得云里雾里，让人看不明白也想不明白，一如兽苑起火一事，一如凤轻尘与苏家的比试。

兽苑起火已经定案，苏家与凤轻尘的比试也要提上议程，骑射比试因为起火出了问题，苏家要求重新比，被九皇叔严词驳回。

凤轻尘被火灼烧，虽然没有苏柔那么严重，但手臂和双腿有多处烧伤，短时间内根本无法骑马。

苏家也不纠缠，便说这一局算和，九皇叔冷笑一声，依旧不肯同意，理由是当时的情况大家都看得明白，第一个上桥、下桥的人都是凤轻尘，苏柔根本没有一丝胜算，这一局无论如何都是凤轻尘赢。

苏家被九皇叔逼得哑口无言，再加上当时的情况确如九皇叔所言，苏家人也无法颠倒黑白，只得咬牙认了，转而又对棋局比试提出异议，说凤轻尘戏耍苏家，拿一个无解的棋局来让苏家解，要求凤轻尘向苏家道歉。

九皇叔当然不肯承认，苏家便要九皇叔解局，九皇叔极其高傲地说了一句："儿戏般的棋局，也配让本王出手，哼。"

这下可把苏家人刺激狠了，可惜面对位高权重的九皇叔，苏家人根本不敢强硬起来，只能受了这口气。

九皇叔不肯解棋局，那么就让凤轻尘来解，要让苏家输，也得让苏家输得心服口服。

皇上本不想理会，奈何苏家为了破棋局找了不少高人，在苏家的煽动下，这些高人的声音也不小，皇上便同意让凤轻尘解局。

九皇叔虽然不满苏家的态度，但也没有反对皇上的话，毕竟苏家的要求也算合理。

半个月的时间，云潇已经调养得差不多了，虽然身体还很虚弱，但他真的不想继续留在凤府被谷主当成小白鼠，准备回家休养。

从病床上下来的那一刻，云潇无比激动，他知道，自己从此以后再也不用担心脑疾了，再也不用担心自己会随时丧命，而这一切都是因为凤轻尘。

凤轻尘是云家的贵人，也是他的贵人。

云潇离去前，特意向躺在病床上"养病"的凤轻尘告辞，云潇没有说感谢的话，也没有泪流满面、激动无比，他只对凤轻尘说："来，轻尘妹妹，叫一句潇哥哥听听，以后云家就是你的娘家，谁欺负你了，告诉哥哥，哥哥帮你教训他。"

云潇明明是温润君子，可这话却说得相当不正经，凤轻尘哭笑不得，正准备开口，站在门口的九皇叔突然冷着脸说了一个字："滚！"

"九皇叔？"云潇吓了一跳，立马收起吊儿郎当的样子，心中暗道九皇叔来得也太巧了。

九皇叔冷冷地扫了云潇一眼，直把云潇看得双手不知往哪里摆，才满意地移开视线，然后走到凤轻尘身边：“你明天可以痊愈了。”

凤轻尘对外虽说是受伤了，但也只是手脚上的烧伤，不会影响行动，躺上大半个月也足够了。

“终于解脱了。”凤轻尘连忙应下，同时朝云潇使了个眼神，让他先走。

云潇虽然想在九皇叔面前摆大舅哥的款，可看到九皇叔周身散发的寒气，摸了摸鼻子，还是乖乖地走了。

云潇走后，室内沉默下来，凤轻尘看九皇叔面色不郁，便问道：“怎么了？”

“一点小事，你不用担心，苏家对外声称你摆的棋局是死局，无解，说你戏弄苏家，如果没有意外，三天后皇上会宣你进宫。”九皇叔并不担心凤轻尘会败在棋局上。

凤轻尘的棋艺很诡异、很刁钻，她摆出来的棋局旁人解不了也不是不可能，九皇叔就怕凤轻尘自己也解不开。

“哼，自己解不开不仅不承认自己无能，还反怪别人，真是出息。”凤轻尘反讽道。

九皇叔听罢，忍不住笑道：“苏家确实有出息，他们一向靠女人出头。”

“九皇叔，你别小瞧苏家，也别小瞧女人。苏家的女儿确实不简单，不但能笼络南陵的皇帝，还能在北陵后宫占据一席之位，并且夜叶的外家也是苏家。”凤轻尘倒是不敢小瞧苏家，苏家的势力其实挺大的，而这些势力都是苏家的女儿带来的。

“东陵也快要进一位苏妃了，你说得没错，苏家的女儿确实不简单。”九皇叔想到皇上与苏家的交易，不知该夸皇上有才，还是笨。

苏家的女人，是那么好要的吗？

凤轻尘忍不住唏嘘道：“希望这位未来的苏妃对得起苏绾和苏柔的牺牲。”

“这不是你要担心的，后宫那些女人的事，你别掺和，本王推断后宫将会大乱。”九皇叔站了起来，拍了拍凤轻尘的脑袋。

凤轻尘的眼神立马变得凌厉起来，锋芒毕现，对上九皇叔那双深不见底的眸子，凤轻尘脸色凝重，低声道：“我明白了。”

后宫女人想要拉拢她，可同时也有人想要除掉她，兽苑失火不仅仅是针对苏柔，也是针对她。

“别想太多，不是多大的事，本王自会解决，你好好休息，本王还有事。”

九皇叔来凤府，并不是来找凤轻尘的，而是与前来“探望”凤轻尘的西陵天宇偶遇一下，他不知西陵天宇发生了什么事，火急火燎地派人说要见他。

九皇叔从凤轻尘的院子出来后，便来到凤府最高的观景亭，这个观景亭是凤府重建时，九皇叔特意让苏文清建的，处在凤府之内又像是超然于凤府之外，算是凤府的一景。

九皇叔之所以建这个高亭，是想让自己与凤轻尘赏景时不被人打扰，也不会被人窥视，没想到，现在却成了秘密说话的好地方。

九皇叔到时，西陵天宇已经在那里等他，西陵天宇一见到九皇叔，连忙上前，一脸凝重道："九皇叔，出大事了。"

"怎么？西陵天磊逼宫了？"九皇叔眉毛一挑，波澜不惊道，对于西陵天宇来说，这应该就是最大的事。

九皇叔本是随口一说，却没想到西陵天宇重重地点头："差不多，父皇病重，天磊监国。"

"太子监国？这步棋倒是走得不错。"九皇叔没想到真是这样，却也没有多么吃惊。

"九皇叔你听到没有，我父皇病重，西陵天磊监国，西陵极有可能落到他手上。"与西陵天宇的焦急相比，九皇叔却平静得吓人，气得西陵天宇想杀人。

九皇叔到底知不知道事情有多严重，皇上重病，太子监国，这意味着西陵天磊很有可能成为西陵的新皇。

到时候西陵天磊登基，就没有他西陵天宇什么事了，他在西陵多年的布局，也会被西陵天磊一一清除，要知道皇上不同于太子，当了皇上的西陵天磊，想要打压西陵天宇太容易了。

无论如何，都不能让西陵天磊顺利登基，一旦西陵天磊当了皇帝，他这么多年的苦头岂不是白受了？

九皇叔当然知道事情有多严重，可是再严重又能如何，事情已经发生了。

九皇叔平静地道："西陵与东陵相隔千里，你再急也没用。"

西陵天宇看到九皇叔那平静的面容，也慢慢地冷静下来。

他远在东陵，急又能如何，急也改变不了现状。

西陵天宇深吸了口气："好吧，我不急，可是我们现在应该怎么办？"总不能坐以待毙，等西陵天磊登基吧？就算他同意，九皇叔也不会同意。

"当然是回西陵，阻止西陵天磊上位，不过在回去之前，要先弄清一些事情。"九皇叔示意西陵天宇坐下。

西陵天宇表面上冷静下来了，可他那担忧的眼神却显示出，他很着急。

九皇叔明白西陵天宇的担忧，可越是在这个时候越不能慌，否则一步错便是步步错。

“西陵的皇宫现在由谁把持？”九皇叔问道，他倒是没想到，眼见西陵天磊就要和他的母妃一起倒霉了，却又出现了转机。

“长公主。”西陵天宇尽量平复自己的情绪，让脑子保持高速运转。

“长公主？你那个公主姑姑果然是个厉害的角色，不过落到长公主手里，总比落到西陵天磊母妃的手上好。”九皇叔对西陵那个把持朝政的长公主，还是有那么一点欣赏的，至少这件事就做得很好。

“长公主确实手段了得，要不是她把持皇宫，我母后也没办法给我送消息。”西陵天宇听到九皇叔如此说，松了口气。

皇宫被长公主把持，就不用担心他的父皇会“意外”驾崩了。

“消息是你母后送来的？你可核实过？”不怪九皇叔多心，实在是西陵天宇的母后身上有诸多疑点，这个时候又是关键时刻，可容不得他们出错。

被九皇叔这么一问，西陵天宇半句话都说不出来，摇了摇头：“没有，可即便没有核实，这个消息十有八九也是真的。”

他母后就算再狠，也不会拿这个事骗他，毕竟没有好处。

“本王不怀疑消息的真假，只是担心消息被夸大。”也许是母子天性，西陵天宇虽然怀疑他母后，可很多时候却又选择相信，但九皇叔不一样，他一旦怀疑对方，那么无论对方做什么事情，他都会多想一层。

“你是说局势可能没有那么严重，母后故意诱我回去？”西陵天宇也不笨，虽说这么做，他母后一点好处也没有，可没有好处的事，他母后也不是第一次做。

“本王也无法确定，不过你万事小心，你回西陵没有错，但绝不能鲁莽慌张，如果你这个时候高调回西陵，只怕会引来西陵天磊的暗杀。如果西陵的局势没有那么严重，你此时急切地回去，恐怕会让你的父皇怀疑你。”西陵天宇可以回去，但一定要等到西陵天磊登基，或者皇上病好后，毕竟西陵皇上并没有下旨召西陵天宇回去。

身为皇子，不是你想去哪就能去哪的。

“这么说来，我只能秘密回去了。不对，我就不应该回去，我若回去了，父皇痊愈，就会猜忌我别有用心；而父皇要是死了，天磊登基也不会放过我，母后这个时候让我回去做什么呢？”西陵天宇茫然了。

父皇病重，他却远在东陵，这表示他一点争的机会都没有，一个在外面的皇子，手再长也没用，等他回去，一切都成定局了。

也许是想你回去搅乱西陵！

这句话九皇叔没有说出来，他还没有查到西陵皇后的事，就不会乱说，九皇叔沉吟片刻后道：“天宇，西陵你是一定要回去的，但不能孤身上路，你带谷主一同回京，进入西陵前，先去一趟玄霄宫，让暄少奇派人保护你。”

九皇叔很快就定好了计策，并且对西陵天宇有利无害。

“你是说……”西陵天宇一听要带谷主，就隐约明白了。

九皇叔点了点头：“你父皇的病来得蹊跷，他年纪不大也没有隐疾，不可能说病就病，你带着谷主回去，就算帮不上忙，也能体现你的一片孝心。当然，你父皇要是被谷主医好，多活几年，对你来说更有帮助。”

不管怎么说，西陵天磊都挂了一个西陵太子的名头，比起西陵天宇这个中宫嫡子更名正言顺，西陵天宇还需要时间，也需要西陵皇上的扶持。

九皇叔与西陵天宇又商定了一些细节，而这些细节都只为一件事服务，那就是无论如何，都要保住西陵皇上的命，不然他们就只能眼睁睁地看着西陵天磊登基称帝。

离开凤府后，西陵天宇便赶到皇宫，也不知道他和皇上说了什么，当天晚上西陵天宇就称病，皇上并派兵对其进行保护，同时还阻隔瑶华公主见外人。

“一定是西陵出事了。”瑶华公主最近就像没有爪子的猫，外界的消息她能探到的不多，但并不妨碍她利用自己的政治敏锐度感知一切。

可惜再敏锐又如何，她被看管在院子里，连行动自由都没有，西陵派来保护她的士兵，也被西陵天宇一一调走，她现在能做的就是坐在院子里等待。

西陵天磊赢，她就是尊贵的西陵公主；西陵天磊输，她就是和亲的棋子。

“不甘心，本宫不甘心。”西陵瑶华恨恨地捶打床板，可所有的不甘心，最终也只能听天由命。

西陵天宇秘密回西陵，顺路带上了谷主，当然谷主是无法不愿意的，他虽不想掺和皇权斗争，可在九皇叔的淫威下，谷主不敢不点头。

九皇叔威胁谷主，要是不去，他就把孙思行接回来，谷主一听，立马就收起权威的冷傲姿态，愤然应下。

至于一路上，谷主如何折腾西陵天宇，那就不是九皇叔要担心的事了，堂堂西陵皇子，若连一个江湖人都拿捏不了，也就不值得他帮了。

而就在西陵天宇火急火燎地赶回西陵时，皇上也如九皇叔所猜测的那般，召见凤轻尘去解决苏家的事情。

不过，不是在九皇叔所说的皇宫，而是在东陵的国子监。

暗中似乎有一股无名的力量，在帮助苏家推动凤轻尘布假局的事，于是引得皇城学子纷纷聚众抗议，说凤轻尘造假，甚至稷下学宫都派人前来调查此事，因为他们也解不了凤轻尘随手布下的棋局。

这结果是皇上始料未及的，面对天下学者的逼迫，皇上果断地将怒火发泄在南陵苏家人头上，他们这么做实在太过分了，毕竟东陵已经给足了南陵苏家面子。

南陵苏家人都哭出来了，他们在殿中大声喊冤，他们之前虽然小小地推动了一二，可自从和东陵达成合作协议后，就什么都没做，他们也不知道为什么会有这么大的动静。

不管苏家怎么说，事情都已经发生了，皇上也不能放之任之，作为九州强国，强的不仅仅是军事方面，东陵在文治方面也是数一数二的。在众多学者的要求下，皇上不得不将凤轻尘与苏家的比试公开，而用来公开比试的地方，国子监是最好的选择。

听到太监的传话，凤轻尘并不惊讶，九皇叔前几天来，不就是特意探查她对破局有没有把握嘛，在得到她肯定的答复后，九皇叔若不借机踩南陵苏家一脚，他就不是九皇叔了。

这事，十有八九就是九皇叔和王锦凌在背后推动的。

给传旨太监一个重重的荷包打赏后，凤轻尘便坐着轮椅，带着佟珏、佟瑶和春绘、秋画、夏挽、冬晴六大美婢前往国子监。

做戏要做全套，九皇叔让凤轻尘痊愈，也只是不用躺在床上，苏柔还处在昏迷中，凤轻尘怎么可能活蹦乱跳没有半点事？

再说，坐在轮椅上，示敌以弱也能博取众位文人学者的同情心，让众人看到苏家如何咄咄逼人，她凤轻尘又是多么的无辜可怜。

舆论这种东西，不仅仅苏家会用，她凤轻尘也会。

果然，凤轻尘坐在轮椅上，被人推进来时，众人的视线都集中在她身上。

“凤姑娘这是怎么了？怎么坐在轮椅上？”

有人问，立马就有消息灵通的人士回答：“前不久宫里不是出事了嘛，凤姑娘为了救人，把自己都弄伤了。”

“听说是烧伤，好好的一个姑娘，身上烙上疤，以后还怎么嫁人？”某个自诩悲天悯人的学生刚说完，就有一个现实主义者冷讽：“嫁人？就凭她一个婚前失贞，名节有损，无父无母，天天抛头露面的女子也想嫁人，你太天真了。”

“她怎么就不能嫁人了，凤姑娘自立自强，身为女子，傲骨不凡，你没看到雪灾时，凤姑娘为天下百姓所做的事情嘛，你没看到凤将军与凤夫人下葬那日，百姓自发送葬嘛，这样的女子为何不能嫁人，你太迂腐了。”

……

不管在哪个层次的人眼中，凤轻尘都是一个极富争议性的人物，凤轻尘一来，众人就只顾着说她了，几乎忘了棋局一事。

众人的议论声传入耳中，六个丫鬟一脸愤怒，要不是凤轻尘提醒她们注意点，这六位姑娘怕是要冲出去，和那些所谓的文人学者对骂了。

“小姐，他们怎么可以这样说你。”佟珏和佟瑶眼眶红红，她们跟在凤轻尘身边最久，也最了解她的事。

“嘴巴长在人家身上，管他们怎么说，这些人也不过是认识几个大字罢了，真正的学者是里面的那些人，被这些人说几句又不痛不痒，再说他们说得也没有错。”

流言，她听多了，已经麻木了。

凤轻尘都这么说了，六位姑娘还能如何，只能推着凤轻尘快点进去，免得被这些污言秽语污了耳朵。

太学里面的一个小场地里，九皇叔一行人坐在那里，中间摆了一个棋盘，在凤轻尘打量众人的同时，众人也在打量凤轻尘。

对于凤轻尘坐着轮椅进来，在场的人都颇为惊讶，随即便明白了原因，有几个心地仁厚的人脸颊微红，对于如此逼迫一个受伤的弱女子，感到羞耻。

场地内约有百人，最醒目的当属一身黑衣的九皇叔，他左手边是元希先生，和其他几个凤轻尘不认识的学者，右手边则是东陵国子监与南陵苏家人。

和外面的吵闹不同，这里宁静、轻松，就像文人聚会一般，可凤轻尘一进来，众人就齐齐噤声了，眼神齐刷刷地扫向她，气氛无端的紧张起来。

凤轻尘嘴角一直维持着不冷不热的笑意，毫不怯场，让佟珏和佟瑶推她上前。

棋局一事说大不大，说小不小，皇上并没有出现，朝中重臣也没有现身，今天主持大局的人是九皇叔。

凤轻尘上前，坐在椅子上，歉意道：“轻尘有疾在身，无法起身行礼，还请九皇叔见谅。”

“无妨。”九皇叔自然不会为难凤轻尘，明知凤轻尘这是装模作样，九皇叔还是跟着做戏，让人取来一床薄毯，盖在凤轻尘的腿上，美其名曰：“天寒，别着凉了，到时候苏家人还以为我们东陵欺负人。”

凤轻尘笑着接受九皇叔的好意，正准备朝九皇叔身边的学者打招呼，元希先生突然开口：“轻尘，我们也算是老熟人了，来，我给你介绍一下……”

说完，就将身边的人一一介绍给凤轻尘，这些人全是稷下学宫的人，与东陵无关，个个都是颇有名声的大学者，凤轻尘一一微笑着打招呼，既不热切也不孤傲。

凤轻尘的态度让众位学者颇为满意，再加上元希先生的面子，众人也不好无视她，一一和凤轻尘说了两句话，倒把苏家的人冷落在一旁了。

说起来，这些自诩清高的文人，还真的看不上南陵苏家，相比之下，他们更愿意与凤轻尘打交道，在他们眼中，凤轻尘比南陵苏家高尚那么一点。

等到凤轻尘与众人寒暄完毕，已是半个时辰后，苏家人险些坐不住，九皇叔冷笑一声，才淡淡地打断寒暄，让凤轻尘去解决棋局的事情。

苏家人终于抢到了话语权，急切地开口："凤姑娘，我们苏家与你的比试已告一段落，所有的比试成绩我们都承认，唯独棋局这一项……"

"棋局这一项怎么了？如果我没有记错，我当时赢了苏绾小姐。"凤轻尘故意提醒众人，就算她不破此局，棋局也是她赢了。

苏家来人脸色一白，很快又冷静下来，道："凤姑娘，你棋艺高超，我们苏家自认不如，你摆出来的棋局，我们苏家无法破解，棋局一项我们认输。"

"苏三爷言重了，不存在认不认输一说，当时我与苏绾小姐的约定是，你们苏家人要是能破局，你们赢，要是破不了，那便是和局，既然你们破不了，这一局便是和了。"凤轻尘可是知道，蓝九卿赌她赢一局，她要是傻傻地再赢一局，苏文清肯定会杀了她。

她这一局赢了，苏文清就要损失两百万两，相比之下，输一局实在算不上什么。

"不不不，这怎么行，凤姑娘棋艺高超，我们认输也是心甘情愿。"苏家以退为进，这姿态倒是让在场的很多人对她颇有好感。

毕竟，输得起也是君子之风。

苏家越是如此，凤轻尘越是不会让他们得逞，别说这一局的输赢关系到赌局，就是与赌局没有关系，凤轻尘也不会让苏家输得好看。

"苏三爷言重了，君子重诺，我既然与苏绾姑娘有约在先，当然得按约定行事，输赢不过是小事，苏三爷不必再说，棋局一项便是和了。"凤轻尘说得云淡风轻，眼中的坦荡让众人明白，她真的不在乎这一局的输赢。

看苏家抢着认输，凤轻尘咬着和局不放，众位大学者看向凤轻尘的眼神又和善了几许，功利心不重的人，总是能得到大多数文人的好感。

苏家与凤轻尘你推我让，最终由九皇叔断定，棋局一项是和，苏家对此倒也没有异议，只是他们提出了一点，也就是今天最重要的一件事："凤姑娘，棋局虽然和了，但凤姑娘你摆的棋局至今未破，不知凤姑娘可否破解此局，以解我等心头之惑。"

"既已和局，破不破局又有什么关系呢？"凤轻尘反问道，漂亮的眸子闪着戏谑的笑。

苏家想为自己立牌坊，虽说今天这个局面，有一部分是九皇叔推动的，可没有苏家人煽动，事情也不会变成这样。

苏家暗地里到处败坏她的名声，说她布假局折辱苏家，现在却一句话都不说，不就是想要摆出受害者的姿态，好博取众人的同情，凤轻尘偏不如他们的愿。

扫了一眼正在组织语言的苏三爷，凤轻尘笑了笑，朝九皇叔和元希先生告了个罪，便示意佟珏和佟瑶推她回去。

凤轻尘这是要干吗？难道凤轻尘不知道，今天特意在国子监商讨比试一事，又请这么多人来是什么意思吗？

众人顿时傻眼了，看着凤轻尘的背影，不知如何是好，一个个你看看我，我看看你。

九皇叔眼角微扬，勾起一抹浅笑，元希先生也是哭笑不得，心中暗道凤轻尘这是玩死人不偿命，苏家人既想要面子又想得利益，那是不可能的。

果然，凤轻尘不过是走出十米开外，苏家人就坐不住了，高声道："凤姑娘，请留步。"

"佟珏，停下。"凤轻尘笑得如同狐狸，佟珏和佟瑶离得近，将凤轻尘的表情尽收眼底，两人相视一笑，知道有人要倒霉了。

"苏三爷叫住我有何贵干？"凤轻尘一副什么都不知道的样子，让人无法责怪。

毕竟苏家从来没有当着凤轻尘的面，说她意图用假的棋局折辱苏家，凤轻尘如此一问，倒也在情理之中，可此刻却把苏家人给问住了。

凤轻尘这是真不知道，还是假不知道呢？他们已经做得这么明显了，凤轻尘居然不接招，难道非要他们当众说出来不成？

一说出来，苏家就没有退路了。

苏家人犹豫了，全场寂静了，众人都看着凤轻尘与苏家人，想看看双方到底如何抉择，凤轻尘坐在轮椅上，一脸平和，苏家人则是满脸挣扎，不知要不要说出来。

凤轻尘看对方犹豫不决，很好心地加了一把火："苏三爷，我身体不适，如果没有别的事，我就先走了。"

"慢着。"苏家人这下真急了，要是今天不把棋局的事情解决，苏家的面子里子都丢光了，无论如何，都不能让凤轻尘就此离去。

苏三爷咬牙切齿道："凤姑娘，咱明人不说暗话，你给苏家布的是什么局，大家都明白，我苏家给你面子，想要你自己承认，你却在这里装傻充愣，既然如此，就别怪我苏家不客气。"

"你们苏家何曾对我客气过？"凤轻尘笑道。

苏家把话说到这份上，她再装傻就不像了："苏家三爷是吧，你们苏家输不起就早说，这种浪费时间的比试，我根本就不在乎输赢，现在说说吧，你们苏家还想怎么对我不客气？"

“你，无耻。”苏家人被凤轻尘气得不轻，可又不敢当着一群大学者的面说脏话，只能气得全身发抖。

凤轻尘摇了摇头：“赢了苏家就叫无耻，那你们苏家中途换人，一个比试两位小姐上阵，难道就有耻了？”

苏家人面色涨红，却依旧坚持说道：“我苏家换人，那也是你同意了的。”

“呵呵……”凤轻尘轻笑一声，“苏三爷，你们要求中途换人，我若不同意，你们还不得说我欺负人了。好了，苏三爷，我与你们苏家的比试已经结束了，胜负也有定论了，不管你们输不输得起，你们现在都输了，你现在闹又有什么意思？”

“输，谁说我们苏家输了，凤轻尘你布一个无解的假局陷害我们苏家，居然还厚颜无耻地说我们苏家输了，我们苏家就算是输，也是输在你卑鄙无耻的手段上。”苏家人终于扯下和气的面容，狰狞地说道。

没办法，谁叫苏家输不起呢。

“我用卑鄙无耻的手段？我怎么卑鄙无耻了？是在比试医术时派人刺杀苏绾，还是在骑射比试时，在苏柔落后的情况下，放火烧掉了独木桥，让大家都没法赢？”凤轻尘确实无耻，随意点出两件事情，就将脏水泼在了苏家身上。

“凤轻尘你休要血口喷人，这些与我苏家何干？”苏家人气得脸红脖子粗，这事他们真的没有做过。

“我又没说你们做了，我只是说我没有做这些罢了，苏三爷既然说我用卑鄙的手段，那就请你说说我用了什么卑鄙的手段赢你们苏家吧。”凤轻尘一脸的淡定，丝毫不受现场的气氛和苏家人影响。

“你布假局，羞辱我苏家。”苏家咬着这一点不肯放。

“假局？你说的是那个棋局？”凤轻尘指着不远处的棋盘，笑道。

她一进来就看到那个棋局了，就是她当日摆给苏绾的棋局，苏家人做得如此明显，害得她都不好意思继续装傻。

“没错。”苏家人挺了挺胸膛，以证明自己的理直气壮。

凤轻尘扫了对方一眼，掩去眼中的嘲讽，问道：“你有什么证据证明那是假局？就因为你们苏家人无法破局吗？”

“凤轻尘，这个棋局不仅我苏家人破不了，就是九州大陆的圣手也无法破解，你这棋局不是假的又是什么？”苏家人可不会告诉凤轻尘，他们如此笃定，最大的原因是凤轻尘曾“亲口”承认，这棋局破不了。

“苏三爷，如果我没有记错，这棋局是我和你们苏家之间的比试，现在怎么又扯上九州大陆的圣手了？”凤轻尘犀利的问话，让苏家人再次哑口无言。

这事说起来，确实是他们理亏，可凤轻尘也有不对的地方。

气氛尴尬，一中年男子走了出来，语气温和地劝解："凤姑娘，这局比试苏家已经认输，我们现在纯粹是想知道，这棋局如何解。"

"这与我何干？我和苏家的比试可不包括解棋局。"凤轻尘倨傲道。

她的态度在场的大多数人都能理解，有才华的人总是这般，恃才傲物，桀骜不驯。

"话虽如此，可现在苏家说凤姑娘你以假局害人，凤姑娘你总得澄清此事，而最好的澄清办法，就是破了此局。"中年男子的话，得到大多数人的赞同，众人纷纷附和，这棋局，凤姑娘该解。

意见几乎是一面倒，可惜最有影响力的稷下学宫几位学者却不说话，只温和地坐在那里，静看事情的发展。

凤轻尘抿唇不语，不管众人如何软硬兼施，她就是不表态，态度孤傲得让人无法不生气。

"凤轻尘，莫非你真摆了一个假局，在这里骗人？"一位德高望重的老者突然朝凤轻尘发难。

恃才傲物可以，但太过就会惹人嫌。

"我没有摆假局。"凤轻尘倔强地道。

"既然不是假局，那为何不破局？"

"我为什么要破局？这又不是我的事。"凤轻尘这话，可谓是毫不尊重对方，苏家人看在眼里，喜在心里，越发肯定凤轻尘摆出来的棋局有问题。

"果然是有娘生没爹教的野孩子，为了赢，居然使出如此卑劣的手段，凤轻尘，我南陵苏家看不起你。"苏家三爷自以为站在正义的那方，高声谴责凤轻尘。

凤轻尘脸色一变："苏三爷，你说什么？"

"我说什么你没有听到吗？凤轻尘，我知道你想报当年你爹死在南陵的仇，可你别忘了，就算要报仇也应该光明正大，你如此蝇营狗苟，对得起你父母吗？"苏三爷摆出长辈的姿态，一副恨铁不成钢的样子。

该死！

凤轻尘双眼跳动着杀人般的火焰，定定地盯着苏三爷，似要吃人一般。

知道凤轻尘的人，都明白凤父与凤母是凤轻尘的逆鳞，苏家三爷不知死活地撞上来，简直就是自讨苦吃，九皇叔知道剩下的事，交给凤轻尘就好，凤轻尘绝不会让苏家好过。

"南陵苏家，我记住你们了。"凤轻尘一字一顿道。

“记住又如何？难不成当我们苏家怕你？凤轻尘，我们苏家只是不屑与你这个孤女计较，今天这事只要你给我们苏家磕头道歉，我们苏家就既往不咎。”

苏三爷自以为宽宏大量地说道，结果却换来凤轻尘的冷笑：“你不和我计较，我还要和你们计较呢，你们破不了局，便说我摆出来的棋局是假的，那要是我破了呢？”

凤轻尘紧握的拳头松开，脸上的肌肉也没有那么僵硬了，和九皇叔在一起久了，她调节情绪的能力也越来越强了。

“你若能破此局，我给你跪下。”苏三爷半点不惧凤轻尘，像凤轻尘这样的人他看多了，眼神再凶狠又如何，最终还不是败在苏家的权势下。

“跪下？我凤轻尘不稀罕，苏三爷，我若破了此局，我要你们南陵苏家摘下苏府的牌匾，从此不得自称苏家，世上再无南陵苏家。”

世上再无南陵苏家，那就是要把整个南陵苏家连根拔起了。

一时间，众人看凤轻尘的眼神是又惊又惧，如此嚣张的话，这个女人却能说得云淡风轻，就好像在说今天天气很好一般，这怎能不让人觉得可怕？

苏家人吓得不轻，一脸惨白，第一时间看向九皇叔，见九皇叔神色平静，没有杀意，这才冷静下来，语气晦涩道：“凤姑娘这话什么意思？要灭我南陵苏家满门不成？”

“苏三爷言重了，我不过是一个弱女子，哪有这般手段。我只要你们南陵苏家人不再以苏家人自称，至于你们苏家人的生死，那自有南陵皇上断定，哪容得我一个小小的孤女多话。”凤轻尘不轻不重地将“孤女”二字甩了回去。

众人因她的解释，也悄悄地松了口气，只有苏家人气愤难平：“你凭什么不让我们自称苏家人，我们本身就是苏家人。”

“我没有不让，这只是一个赌局，你们要是赢了我，当然还可以自称苏家人，要是输了，那就放弃南陵苏家这个自称，让南陵苏家这个称呼从九州大陆上消失。”凤轻尘承认自己小心眼，她不爽南陵苏家很久了，她认识的苏家只有苏文清。

凤轻尘的话没有错，苏家人当即陷入沉默，他们要是不答应，这个赌局自然就不存在，凤轻尘也就不用破局，可若答应，万一输了呢？

我们不会输，凤轻尘都承认破不了此局了！

苏家人心中暗道，只不过他们提出来的条件也变了：“凤姑娘，我们同意你的条件，只要你破了此局，我们就不再以南陵苏家自称，苏家的牌匾也愿意摘下来，可你要是破不了此局，我要用你的鲜血来清洗我南陵苏家所受到的耻辱。”

“好！”在众人还没有反应过来之前，凤轻尘直接应了下来。

"凤姑娘，三思呀！"稷下学宫的大学者，开口道。

"轻尘，你可有把握？"元希先生也颇为担心。

这个赌局太不公平了，凤轻尘输了便是凤家满门皆灭！

凤轻尘没有回答众人的话，只是朝九皇叔笑了笑，然后便示意佟珏和佟瑶将她推到棋局旁边去。

苏家人看凤轻尘这样，一时间忐忑难安，苏三爷与身边的人交换眼神，凤轻尘不会真的能破局吧？

不会的，一定不会的，凤轻尘这是在装模作样。

事已至此，他们也只能如此安慰自己，然后看着凤轻尘拈子，落子……

# 第三十七章　皇城流血夜

此刻，千里之外的皇陵，黑骑已于昨晚成功地将埋葬在皇陵的两副棺木偷了出来，并顺利送走，不过，他们也惊动了守陵人。

在九皇叔的要求下，黑骑没有选择夜袭，而是与守陵的一万大军正面作战。

看守皇陵的大军只有一万人，百里外还有一支三万人的驻军，但那三万驻军平时不会来皇陵，毕竟皇陵无法给三万大军补给。

黑骑以一敌千是九皇叔的终极目标，九皇叔就是拿皇陵的士兵来给黑骑练手。

守皇陵的士兵因为处在寒苦之地，再加上无人监管，并认为天下没有人敢来皇陵撒野，是以个个懒散至极，要是一千黑骑连这一万人都对付不了，那么这批黑骑就是失败的产物。

窸窸窣窣的声音响起，黑骑战马的马蹄包着布，在远处只能听到极细微的声音。

"兄弟，好像有奇怪的声音。"守陵的一名士兵感觉后颈一寒，神色不太自然地道。

与他一起的士兵拍了拍他的肩膀："习惯就好，皇陵常年阴森森的，时不时就会有阴风刮过。"

"不对，好像不是风声。"远处有几人颇为机警。

"去看看，我去报告将军。"小兵连忙分头行动。

守陵的将军听到消息，立马过来，等了半天也没有等到探消息的人回来，便知道出事了，当下调集三千先锋，准备亲自去查看。

"真晦气，皇陵还有人来。"

皇家陵墓说得再好听，也是埋死人的地方，那些个陪葬品虽然好看，但都是拿不出来的，一动就会死人。

“不好了，不好了，先皇和先皇后的灵柩不见了。”屋漏偏逢连夜雨，巡视皇陵内部的士兵跑了出来，大声喊道。

“什么？先皇灵柩不见了？”守陵将军整个人都蒙了，呆呆愣愣，没有半丝反应，只知道说，“死了，死了，这次死定了！”

确实是死定了，就在守陵将军发呆之际，那窸窸窣窣的声音，不知何时已变成整齐划一的马蹄声，守陵的士兵抬头一看，只见黑压压的一片朝他们涌来。

未战先怯，守陵士兵纷纷后退：“那是什么？”

“骑兵，谁家的骑兵，怎么在东陵境内？好多，好多骑兵。”

“不好，有敌军来犯，快，燃烽火，向驻军求援。”守陵将军这才反应过来，连忙下令，可惜已来不及了。

“嗖！”一枚短箭，从黑骑的袖中射出，直逼守陵将军的咽喉，守陵将军想退，可双脚却像是生了根一般，怎么也移不动。

噗的一声，短箭入喉，守陵将军当场死亡，守陵士兵群龙无首，还没有开打，自己就先乱了起来。

趁你病，要你命。墨骑当然不会放过这个机会，漫天的短箭齐飞，相隔上百米，黑骑就已开始动手。

“你们是什么人，难道不知这是东陵皇陵嘛，你们好大的胆子！”副将匆匆赶来，连忙令众将士保护皇陵。

“杀呀！”

“保护皇陵！”

在漫天的喊杀声中，黑骑清冷地吐出自己的名号：“黑骑。”

“列队，杀！”一声令下，千人的黑骑立马分为十队，百人一队，站在各自的方位，四面包抄皇陵。

“杀！”冰冷肃杀，没有一丝温度，黑骑所到之处，尸横遍野，血流成河，守城将士不想死，奋勇反抗，可是面对比自己强大数十倍的敌人，他们只有认命。

惨叫声与求饶声不绝于耳，守卫皇陵的士兵已开口投降，可惜黑骑无动于衷，就像一柄出鞘的剑，没有自我意识，只知道将面前的人杀死。

黑骑的目标是将东陵皇陵炸了，将所有见过他们的人都杀死，黑骑的眼中只有任务，没有其他，心慈手软从来不属于铁血的黑骑。

面对横七竖八的尸体，黑骑没有心软，他们策马上前，将尸体踏成肉泥，挥舞着手中的陌刀，将眼前见到的活人，通通放倒。

以一敌千并不是神话，他们必须做到，任务失败的下场，他们承受不起。

对方的战斗力迅速下降，黑骑却不敢放松，黑骑所到之处，没有一个还能站着的人，真正是所向披靡。

黑骑只花了一个时辰，便将外围的士兵清除干净，至于躲在皇陵里面的士兵，黑骑没有冲进去的打算，面无表情地扫了一眼皇陵，拿出绑在马背上的震天雷。

身后的人也一一跟着动作，一千枚震天雷，从不同的方向投向皇陵，轰隆隆的爆炸声响起，泥土飞溅，浓烟飘起，任皇陵坚固如铁，固若金汤，此时也只能化为一片废墟。

“撤！”

任务完成，黑骑没有半分留恋，当驻军赶到时，迎接他们的便是如同修罗战场的皇陵。昔日那巍峨肃穆的皇陵，此时已沦为一片废墟，万名守陵士兵，被埋在废墟之下，连尸骨都寻不到，偶尔找到的也是断肢残臂，竟没有一具完整的尸体。

驻军站在远处，好半天都回不了神……

在黑骑横扫皇陵一万大军时，凤轻尘也落下最后一枚子。

“破局了，凤轻尘破局！”

“棋局解了，凤轻尘布的不是什么假局。”

“这棋局竟然真能解开，凤轻尘解开了棋局。”

当凤轻尘落下最后一个棋子时，在场的人不敢置信地惊呼，从第一子到最后一子，他们不敢眨半下眼，他们可以肯定这棋局真是凤轻尘解开的。

“不可能，不可能，这棋局明明是假的，怎么可能解得开。”苏家人面如死灰，瘫坐在椅子上，双眼无神。

九皇叔轻蔑地扫了对方一眼，便看向朝他行来的凤轻尘。

当佟珏和佟瑶推着凤轻尘走到九皇叔面前时，全场的人都安静下来，众人定定地看着凤轻尘，想知道她会说什么、做什么。

无论众人的眼神是轻蔑还是敬佩，凤轻尘都安之若素，既不愤怒也不得意，让佟珏和佟瑶暗自佩服，也让稷下学宫的人对她颇有好感。

凤轻尘双手作揖，不卑不亢道：“九皇叔，各位先生，棋局已经破了，如果没有别的事，我先行告退了。”

“轻尘姑娘身体不适，早些回去也好。”有人看到苏家人的惨样，好心开口劝说，以为凤轻尘走了，摘苏家牌匾的事就可以当作不存在。

苏家人看凤轻尘破了棋局，却半句不提摘苏家牌匾一事，脸上也渐渐恢复了血色，眉眼间颇为自傲，好像凤轻尘怕了他们一样。

凤轻尘也不解释，与众人告别后，便示意佟珏和佟瑶推她回去，只不过转身之际，凤轻尘像是突然想到什么一般，示意佟瑶停了下来。

凤轻尘侧身，对苏家人道："苏三爷，棋局已破，我就不多说了，三爷记得我们的赌约就好，有这么多位大学者在，我想你们应该不会无耻地背信弃约才是。"

说完，也不管苏家人如何愤怒，如何不安，只自顾离开。

"凤轻尘，你什么意思，你给我站住。"苏三爷跳起来骂道，只可惜这一次，凤轻尘没有如他所愿停下来。

"来人呀，给我拦住凤轻尘。"苏家人顿时气得失去理智，指着国子监的护卫就吼道，可惜国子监的护卫只给了他一个白眼。

一直不说话的九皇叔突然站了起来，冷冷地打断苏三爷的咆哮："苏三爷，这是东陵，本王知道你们输不起，只不过这一次你们输不起也得输。"

说完拂袖离去，留下一干学者面面相觑：东陵的九皇叔果然冷傲不凡，不说话则已，一说话就能把人噎死。

至于苏家人——一个输不起的家族，绝不会被清流名士所喜，愿赌服输，当初既然同意了凤轻尘提的条件，现在就要按赌约行事，众人不认为凤轻尘的要求有什么过分。

再说，苏家的死活与他们何干，他们关心的是："来人呀，快，把那棋局抄一份，老夫要带回去研究。"

"说得对，说得对，这每一步子都落得极有深意，置之死地而后生，这世间能断自己生路，冲出一线的人不多，这棋谱值得好好研究。"

"人生如棋局，这棋局和凤轻尘的人生何其相似，同样是置之死地而后生，只有浴火才能成凤。"这是元希先生的评价，凤轻尘离去时，元希先生一直盯着她消失的方向，不知道他又在打什么算盘。

"我有凤轻尘落子的棋谱，有没有人要，有没有人要，三两银子一份。"凤轻尘离开没多久，街上就响起了叫卖声。

"凤轻尘破局精华，加数名大师点评，只要五十文，五十文就能看到那让南陵苏家消失的棋局。"

……

凤轻尘回到凤府才知街上的热闹，管家问凤轻尘要不要去翟世子那里说一声，让他派人禁一禁，免得那些人乱传流言坏了凤轻尘的名声。

凤轻尘摆了摆手，示意没有关系，她担的是凤府一家之主的重任，她不是闺阁女子，她的名字即便传遍大江南北又如何，她不在意。

棋局的事情会引来怎样的风暴，苏家又会如何愤怒，凤轻尘无心理会，也不会在这个时候火上浇油。

自从那天在国子监亮相后，凤轻尘就闭门不出，虽然天天有棋道圣手上门来找凤轻尘，但凤轻尘都没有应，以身体不适为由，拒绝见任何人。

凤轻尘这避风头的举动在外人看来是胆小怕事，可聪明人都知道，凤轻尘这是坐在一边看戏，冷眼看那些正义之士逼南陵苏家摘牌匾，除南陵苏家这个名号。

凤轻尘在国子监的那番话，虽然没有什么杀伤力，但却让南陵苏家没有了退路，当时众多大学者在场，苏家就是想要抵赖也不成，以后有人再称自己是南陵苏家，也只会被人鄙视。

苏家地位尴尬，被文人名士厌恶，本想走东陵皇帝的路线，一心一意做帝王的走狗，却不想东陵发生了大事，皇上根本无心管苏家，甚至连苏家刚送进宫的，那位千娇百媚的苏娘娘，皇上也没空临幸。

“皇陵被毁，上万士兵战死，却不知是何人动的手，你们告诉朕，朕是不是看错了。”皇上将手中的奏折，直接砸到太保的头上，“先皇的陵墓和灵柩都被人砸了，可你们除了请罪，什么都不会做，你说朕养你们这群废物有什么用？”

“啪！”可怜太保大人年纪一大把，被砸得当场出血晕了过去，本以为能逃过一劫，去太医院休息，不想皇上就像没有看到他一样，任他躺在冰冷的地板上。

皇上愤怒地问向其他几位大人，几位大人除了跪下来请罪，什么话都不会说，皇上气得大发雷霆，让侍卫把众位大人拖出去打板子，连昏迷的太保大人也不例外。

皇上盛怒之下，无人敢打扰，却有一个不怕死的，在这个时候选择了进宫。

“皇上，符大人求见。”小太监吓得双腿打颤，硬着头皮道，本以为会换来皇上的呵斥，却不想皇上强压下怒气，让人传符临进来。

一套虚礼过后，气色绝佳的符临开门见山道：“皇上，臣听闻皇陵被炸，不知具体情况如何？”

“自己看折子。”皇上怒气未消，可见到符临站出来，语气总算没有先前那般冲。

符临也不矫情，告罪一声后，便拾起染血的折子看了起来，驻军首领知道事态严重，根本不敢隐瞒实情，将现场看到的情况一一写明。

“皇上，这件事情既是人为，那便是有人刻意针对我东陵。”符临迅速为对方找到动手的理由。

皇上发过一通脾气后，也冷静下来，看着下首自己最欣赏的臣子，语气缓和了几许：“符临你可有怀疑的对象？”

“皇上，对方能在我东陵境内，如入无人之境，在短短一个时辰内，灭我东陵上万大军，足以说明对方绝不弱，再看对方手段毒辣，却没有动皇陵的陪葬品，由此可见对方不是为了财，只是为了羞辱我东陵，如果臣没有猜错的话，下手的人不是前朝的乱党，就是其他三国。”

皇上点了点头，表示赞同符临的推测，虽然没有证据，但在九州大陆有这个本事，又会做出这等事的人，非这些人莫属，虽然皇上也曾怀疑过九皇叔，可想到皇陵里埋葬的也是九皇叔的父母，皇上便收回了怀疑。

“符爱卿，这件事就交给你去办。”

“臣遵旨。”

皇陵被炸一事，影响甚广，九皇叔甚至当面质问皇上，连自己先人的陵墓都保不住，皇上不应该感到羞耻吗？

皇上的确感到羞耻，只不过不是因为没有保住先皇骸骨，而是被九皇叔义正词严的话给气得，再想到之前自己的陵墓被炸，皇上气得当场吐血。

一干大臣除了跪下来，请求皇上保重龙体，没有一句实际的话，皇上气得大病一场。病好后，皇上不再耽搁，接过符临“找”来的证据，皇上当即就将罪名推给了前朝乱党，同时下罪己诏，说自己有错，没有保住先祖皇陵。

毁皇陵的凶手找到了，并且被凌迟处死了，再加上皇上也认错了，这事就此过去。虽然九皇叔仍有不满，却没有多说，只是向皇上请旨，他要亲自负责皇陵废墟挖掘和重建的相关事宜。

皇上原是不肯，可九皇叔摆明了不相信皇上能保得住皇陵，皇上气得差点旧病复发，符临连夜进宫，也不知和皇上说了什么，皇上第二天便神清气爽地上朝，下旨让九皇叔择日前往皇陵，督促皇陵重建一事。

负责重建一事并不需要亲自去皇陵，皇上的旨意却是要求九皇叔常驻皇陵，直至皇陵建好为止。

九皇叔接旨，意味深长地看了皇上一眼，没有提出任何反对意见，众朝臣不敢说话，不过看向九皇叔的眼神，多了一分同情，也多了一分担忧。

“你打算去皇陵待个十年八年的？”王锦凌与九皇叔约在一间普通的茶馆见面，王锦凌给自己倒了一杯茶，就不管九皇叔了。

九皇叔也不生气，自顾自地倒了一杯热茶，却是握在手上，没有喝：“择日前往，本王想什么时候去就什么时候去。”

王锦凌笑着点头：“我就说，你没这么容易被皇上赶出皇城。”

皇上若真有本事把九皇叔赶出皇城，早就动手了。

“让他高兴两天好了。”

王锦凌不厚道地笑了笑："这世间也只有你敢说这话，不过这倒是一个好理由，等皇城的事情告一段落，你也应该出京了，有了修建皇陵的理由，你可以自由出京，不受管束。"

出了京，天高皇帝远，皇上就算是有心也无力，到时候九皇叔在外面做什么都方便。

"这事可从长计议，不急。本王给你的名单，你可查清了？"九皇叔给王锦凌的名单，便是那灰衣人吐露出来的参与兽苑火灾事件的妃子与大臣。

那灰衣人知道的不多，不管他们怎么逼供，灰衣人只招出兽苑一事，其他的不管他们怎么问，都是一问三不知。

兽苑起火一事，除了纯妃外，还有五位品级差不多的妃子参与了，除去宫里的女人外，还有八户大臣参与此事。宫中的妃子是想借机除去苏柔，那几位大臣则是想要除去凤轻尘。他们与凤轻尘没有直接的仇，只不过凤轻尘挡了他们的路。

说到正事，王锦凌脸上的笑容淡了下来，严肃地点头："查清了，可以动手了。"

"嗯。"九皇叔应了一声，表示知道了。

昨天晚上，最后一批黑骑已渗入皇城，只待他一声令下，黑骑就可以执行他们的第二次任务，将所有参与兽苑火灾的人全部清除……

自从九皇叔成年后，皇上就一直想着给九皇叔一块偏远的封地，把九皇叔赶出皇城，任其在封地称王称霸，他眼不见为净，可惜一直没有机会。

却不想，因皇陵被炸一事，让他找到了机会，九皇叔自请修建皇陵，虽说是对他能力的怀疑，可符临说得没错，失一点面子，能把九皇叔赶到偏远的皇陵，让九皇叔在皇陵待个十年八载的，怎么看都是皇上赢了。

一口气解决了皇陵与九皇叔两件事，皇上的心情极好，也有兴趣宠幸后宫的美人了，当贴身太监说，苏家送进宫来的苏妃娘娘还没有侍过寝，算不得妃子时，皇上便大手一挥，让人传苏妃娘娘侍寝。

苏家不愧是靠女人起家的，送进来的女子虽然年纪不大，却精通闺房之术，娇媚动人的身姿，婉转缠绵的叫声，风情万种的眉目，让皇上雄风大振。

看着在自己身下娇喘的苏妃娘娘，皇上热血沸腾，感觉自己就像十七八岁的少年，精力充沛。

那苏妃娘娘绝对是个聪明通透的女子，当皇上露出疲态时，苏妃娘娘连忙娇声求饶，说皇上太厉害了，她受不了，肯请皇上饶了他。

苏妃乖巧地躺在皇上的身侧，和皇上有一搭没一搭地聊了起来，苏家养出来的女儿，脑子聪不聪明不知道，但对付男人绝对有一套。

苏妃和皇上说了几句话，表达了自己离家的不安，遇到皇上的幸福以及对皇上的崇拜，然后又极有技巧地说，请皇上容许她去见见苏柔，以成全她们的姐妹之情。

皇上听了，对苏妃更是高看一眼，说她有情有义，当苏妃说想要在家人离去时，见家人一面时，皇上也没有阻拦，大方地同意了。

苏妃谢恩，却是没有半丝喜悦，皇上问她怎么回事，苏妃只说累了，但秀眉仍是紧皱，之后不管皇上怎么问，苏妃都不说，只展颜强笑。

皇上没有再问，却把这件事记在心中，当皇上看到苏妃眼角的泪水，想到苏妃对苏家和苏柔的情意时，皇上隐约想到，苏妃不高兴应该和苏家有关，而最近苏家最大的麻烦，就是与凤轻尘的比试输了，苏家得摘牌匾，让南陵苏家这个称号从九州大陆上消失。

这种事情，皇上本不想管，可看到美人儿愁眉不展，皇上决定改天召凤轻尘进宫，让皇后敲打她一下，一个女孩子，别做出失礼过分的事。

没人陪皇上说话，皇上也累了，搂着苏妃年轻娇嫩的身体，很快就入睡了，皇上不知，在他享受艳福时，他的大臣们正面临灭顶之灾。

黑骑有军人的原则，也有盗匪的凶狠，九皇叔从来没有想过把黑骑训练成正义之师，黑骑是九皇叔手中的王牌军队，也是九皇叔手中的杀戮利器。

黑骑是单兵之王，也是最优秀的团队，千人的黑骑瞬间划分为十四队，每队六十人，余下的人则负责拖住巡城官兵的脚步。

这是黑骑的战斗，九皇叔虽然有帮他们潜入皇城，却不会帮他们调走皇城的护卫，毕竟调走皇城护卫并不是小事，很容易就会查到九皇叔头上。

千余人的黑骑，脱下重重的铠甲，穿上轻薄的夜行服，如同午夜幽灵一般，飞快地在街道中穿行，各自朝自己的目标赶去。

来到目标大宅，为首的人展开一张地图，指着地图的方位，朝身边的人打了个手势，身边的人连连点头，表示知道自己要做什么。

布局完毕，为首的人将地图塞到身后的背包，朝众人道：“行动！”

“嗖！”类似飞虎爪的攀爬工具，从黑骑的手中射出，啪的一声，嵌入屋梁内，黑骑借力，轻盈地飞入院内。

没错，黑骑的配备，是九皇叔从凤轻尘那里借鉴过来的，当然九皇叔并没有照单全搬，而是去其糟粕，取其精华，将他认为必要的东西，都给黑骑武装上。

黑骑的夜行服也与平常的粗布黑衣不同，凤轻尘之所以能在兽苑的大火中毫发无损地跑出来，是因为她身上的衣服，是由特殊的布料制成的。

凤轻尘让苏文清在布料上涂了一层液体，这种液体有防水防火的功效，并且被晒干后融入到布料里，无色无味。

九皇叔知道这件事后，便不惜血本让苏文清大量制造这种防水防火的布料，并将其制成衣服，用来武装黑骑。

黑骑是一支武装到牙齿的队伍，要是没有以一敌千的能力，别说九皇叔，就是苏文清也不甘心。他们在这一千名黑骑身上花费的银两，比在一支十万大军身上的花费还要多。

黑骑也没有辜负九皇叔的期待，第一次任务就以零损伤完成，第二次任务也进行得非常漂亮，黑骑闯入官员内宅，在护院还没有反应过来时，就拔出了腰间的匕首。

噗嗤一声，割断了对方的喉咙，将人放倒。

“动作快一点！”先锋人员悄无声息地放倒护院，便示意身后的人冲进去。

黑骑各自散开，朝各个院子奔去，务必要在最短的时间内，把所有的人都解决。

“救命呀！”

“有强盗！”

“壮士饶命！”

“来人呀，来人呀。”

……

同一时刻，相隔不远的几家大宅都发出尖叫声，住在附近的官员被惊醒后，立马召集护院，将自己的家人保护起来，至于隔壁的求助声，对不起，已经派人替你们报官了，至于你们能不能撑到官兵来，那就看你们的造化了。

今晚，注定是皇城流血夜，十四户大臣一夜之间被灭口，数百人死于非命，整条大街都弥漫着浓浓的血腥味。

皇城禁卫军赶到时，只来得及替死去的人收尸，至于凶手，他们也许看到了一个影子。

翟东明半夜被人从被窝里拉起来，了解事情的始末后，一向什么都不在乎的翟世子黑沉着一张脸，命令侍女给他换朝服，他要进宫禀报皇上。

搂着美人儿入睡的皇上，在破晓时被宫人叫了起来，待到他换上龙袍，梳洗完毕，离早朝的时间也不远了。

翟东明急得嘴角都起泡了，见皇上阴沉着脸走进来，翟东明顾不上害怕，立马将事情一五一十地报告给皇上。

“混账东西！”皇上一拍桌子，从龙椅上跳了起来，“有凶徒潜入皇城，在朕的眼皮底下杀朕的大臣，你这个统管皇城安危的将军居然不知道，今日那些贼子敢在皇城杀官员，明日他们就敢到皇宫杀朕。”

“臣失职，请皇上责罚。”翟东明也知道事情的严重性，不敢求饶。

“罚，朕当然要罚你，翟东明，朕限你十日内将凶手缉拿归案，拿不到凶手，你就自请去皇陵，给朕建皇陵去。”皇上这次真是气极，炸毁皇陵的人还没有找到，又有人肆无忌惮地在皇城撒野，皇上怎么能不愤怒。

翟东明无话可说，连忙应是，在皇上的震怒下，连滚带爬地出了皇宫。

“真晦气。”翟东明在宫外，重重地踢了一下台阶，一抬头正好看到九皇叔站在不远处，翟东明连忙收起怒火，给九皇叔行了个礼。

“免礼。”九皇叔不冷不热地应了一下，便朝宫内走去。

今天的早朝，没有意外，议题全是和昨夜的凶杀案有关，大臣们一致要求严惩凶手，绝不能让那些恶徒逍遥法外，务必要加强皇城守卫，杜绝类似事件再发生。

皇上对这些没有建设性的意见只听不说话，对于一半大臣要求严惩翟东明的话，也只当作没有听到。

有肃亲王在，翟东明就不会有事，顶多对其革职罢了，可皇上还想借肃亲王手中的力量，查清在皇城犯案的人，所以皇上暂时不会动翟东明。

早朝退后，皇上召集了符临以及几位心腹大臣在御书房议事，几位大臣一致推断，昨天犯案的人和炸皇陵的人十有八九是同一伙人，都是为了挑衅东陵权威。

一夜之间，死了十四个京官，这确实是对东陵的挑衅。

众位大臣接着又提了几条缉拿凶手的办法，皇上只听，没有说采不采纳，议完事后，皇上看符临一直没有说话，便把符临单独留下。

“符爱卿，你可是不同意薛大人他们的话？”

“皇上，臣认同薛大人他们的话，只不过臣心中有一隐忧。”符临板着一张脸，俊美的眉目已被官场生涯磨练得刚毅沉稳。

“什么隐忧？”

“皇上，微臣查过，最近一个月并没有可疑之人进城，昨天犯案之人必是常年蛰伏在皇城，或者潜伏在皇城附近。臣不敢断言昨天犯案的凶徒和炸皇陵的是不是一伙人，臣只知道皇城内潜藏了这么一股强大的势力，我们却不知情，这实在是危险至极。”符临忧心忡忡，一副为皇上着想的模样。

这个担忧即使符临不说，皇上也明白，众大臣心里也明白，只是大家都不肯明说罢了，因为只要谁先提出来，查凶手的事十有八九就会落到谁身上。

对方能在暗中潜藏这么久，绝不是什么简单人物，众位大臣已是位高权重，他们不求有功，但求无过。

皇上沉吟片刻后，道：“符爱卿，朕给你调动九门提督的权力，务必要将那股潜藏的势力给朕连根拔起。”

“臣，遵旨。”符临连忙低头，掩去眼中的光亮。

九门提督，守城将军，皇城禁卫军，这是护卫皇城的三大兵力，皇上这是把皇城三分之一的兵力都交到了符临手上，可见皇上对符临信任至极。

手上有兵马当然好办事，符临领命而去，心中已经盘算着，要从那十四位死去的大臣下手，抽丝剥茧，找出凶手背后隐藏的势力。

一夜之间，皇城的大街小巷全是官兵，百姓惶恐不安，面对士兵的排查，一个个连祖宗十八代都背了出来。

官员人人自危，只要被查出有一点可疑之处，就会被丢到大牢里去，一时间京城各大衙门的大牢都满得不能再满。

整个皇城都笼罩在一股不安与惶恐之中，不过是一天之间，皇城就好像失去秩序一般，官员无心政务，一心想要查出行凶之人，百姓无心事务，生怕行错一步，连累全族。

凤轻尘看到京中乱象，要求凤府的人没事别外出，这个当口出了事，就是她也没有办法。

凤府关门闭户，可惜凤轻尘能挡得住别人，却挡不住九皇叔，九皇叔与凤轻尘在凤府闲逛，最后来到那凤府的最高处。

九皇叔指着城外，问道：“满意你看到的吗？”

凤轻尘顺着九皇叔所指看去，那个方向正好是十四户大臣居住的地方：“是你做的？”

一夜之间十四位大臣满门被灭，真是好大的手笔。

“除了本王，还有谁能做到？”九皇叔不是骄傲，他只是在陈述事实。

凤轻尘不置可否，问道：“为什么？”

“兽苑起火。”

“就为了这个？”凤轻尘颇为怀疑地看着九皇叔。

她可不认为，九皇叔会因为兽苑火灾一事，大下杀手。

“一部分，顺便借皇上之手，把那些隐在暗中的老鼠揪出来。”借刀杀人，栽赃陷害，只要你能想到的词，都可以说出来。

凤轻尘了然地点了点头：“我就说嘛，你怎么看也不像只要美人不要江山的人。”说完，还不忘上下打量九皇叔一眼。

看凤轻尘那一副我看透了你的样子，九皇叔绷不住，笑了出来：“本王要是只爱美人不爱江山，你也看不上本王。”

男人，不可能永远沉溺在温柔乡里，女人不是男人的唯一。

凤轻尘却一脸正经，煞有介事地道：“说得没错，本姑娘的确看不上窝囊的男人。”

说完，还不忘摆出女王的款，只可惜年纪太嫩，那粉嘟嘟的小脸令人怎么看都觉得可爱，九皇叔心中一动，忍不住捏了捏她的脸颊。

“姑娘说得是，本王为了让姑娘你一直看上，会努力做个不窝囊的男人。现在，本王已经把外面的人解决了，剩下的几个就交给姑娘你了。”

成功地把凤轻尘的脸颊捏红后，九皇叔在凤轻尘发火之前，递给她一张名单。

“哼，这一次就放过你。”凤轻尘气鼓鼓地斜了九皇叔一眼。

九皇叔面带微笑，作了个小揖：“本王谢姑娘不罪之恩。”

“啊，那个……你没事吧？”凤轻尘被九皇叔吓了一跳，一脸怀疑地看着九皇叔，怎么看怎么觉得九皇叔不对劲。

九皇叔什么时候会对她行礼了，是九皇叔脑子抽了，还是她眼花了？

“咳咳……”九皇叔被凤轻尘毫不遮掩的眼神，看得万分尴尬，轻咳一声掩饰自己的失态，一本正经道，“没事。”

他难得有心情逗弄一下凤轻尘，结果这姑娘居然用看怪物的眼神看他，实在是让人伤心。

“没事就好。”凤轻尘审视地看了九皇叔一眼，确定九皇叔还是九皇叔，这才展开手上的名单看起来。

名单上所写的人家，昨天已全部被灭门，只有六个妃子，还在宫里好好的。

在皇城杀人和潜入皇宫杀人，那完全是两个概念，九皇叔没有动这六个妃子，也在情理之中，凤轻尘将名单默记下来后，问道：“名单可信吗？”

凤轻尘虽然不介意杀人，可她介意滥杀无辜，那六名妃子中有几个与她的交情还算不错。

“大公子查证过。”九皇叔从来不是一个小肚鸡肠的男人，王锦凌的功劳他绝不会抹杀，也不会隐瞒，可他看到凤轻尘听说王锦凌查证过，便点头认可，还是很不爽。

难道在凤轻尘心里，王锦凌就这么可靠？

九皇叔的感情太内向了，凤轻尘不懂九皇叔心中的纠结，将名单递还给九皇叔：“那六个女人你不用担心，交给我吧，我会让她们生不如死。”

恩将仇报什么的最可恶了，她绝不会让这六个女人好过。

"嗯。"九皇叔看凤轻尘浑不在意，只得压下心中的不满，将手中的纸条撕碎。

现在的皇城中风声鹤唳，人人自危，这个时候只要稍微做得出格，都会被人盯上，九皇叔可不打算把自己给装进去，让皇上借机把脏水往他身上泼。

皇城的事情，九皇叔暂时不想管，那些躲在暗处的就交给皇上了，皇上要是连自己眼皮底下的事都管不了，就不配当皇帝了。

九皇叔已将京中的事布局好，科考的事情也有王锦凌盯着，他准备去做一件为了美人暂时放下江山的事。

"轻尘，下个月本王要去山东，你陪本王一同前去。"九皇叔这话不是询问，而是命令。

"去山东？你去山东做什么？"山东是凤轻尘要去的地方，这一点九皇叔很清楚，凤轻尘可不认为九皇叔在此时提出只是巧合。

寻个理由还不简单，九皇叔张口就道："本王奉皇命重建皇陵，去山东当然是寻石材。"

"山东有建皇陵用的石材？"这个理由也太随便了。

"本王说有便有，怎么？你有意见？"

"没有意见，你说有便有，反正这又不是我该操心的事。"凤轻尘用力摇头，反正有九皇叔陪着，占便宜的人是她。

"不过，去山东前，我想先去给我爹娘扫墓。只是不知道皇城这乱局什么时候能平，我什么时候才能出城。"凤轻尘一脸哀怨，好不容易偷得浮生半日闲，却遇上皇城流血夜事件，全城戒严，害得她都不敢出城。

"你准备什么时候去？"九皇叔这话的意思就是，你只管说出时间，其他的他会摆平。

凤轻尘忙道："清明那日。"

"本王知道了，清明那日本王来接你。"意思是要和凤轻尘一起去。

"啊？不用了，你打声招呼就行了，让我能出城就可以。"凤轻尘连忙拒绝，九皇叔要以什么身份去给她的父母扫墓呢？

她的情郎？

算了吧，她爹娘受不起。

九皇叔没有回答，斜了凤轻尘一眼，凤轻尘还想再劝，九皇叔却三言两语把话题转开，说到西陵的事情上去了。

西陵现在的情况很不乐观，一个不好他们之前所做的努力就会白费，他们现在唯一能做的就是等西陵天宇带来好消息。

九皇叔再位高权重，也无法插手别国政务，他现在能做的就是动用西陵所有的力量，保住西陵皇上的命。

凤轻尘知道九皇叔并不是想要问她的意见，便只听不说，毕竟这种高层的博弈，就是她想帮也帮不上忙。

两人闲聊半晌，九皇叔趁机留在凤府用膳，饭后凤轻尘话里话外都透着送客的意思，九皇叔只当听不懂，与凤轻尘在大厅里继续闲聊，见天色已晚，九皇叔便提议对上一局。

凤轻尘只好舍命陪君子，只是……

“就你这棋艺，居然还能赢苏绾、赢崔十六，被那些大儒称为圣手？”九皇叔看着棋盘上凤轻尘惨败的样子，一脸鄙夷道。

凤轻尘被打击得体无完肤，气得直磨牙：“既然看不起我的棋艺，那就别和我下，我棋艺不好又怎么样，还不是摆出了九州圣手都破不了的棋局。”

“你确定那棋局是你自己摆出来的吗？”九皇叔眸光潋滟，笑意盎然，修长白皙的手指，将棋盘上的棋子一一拾入棋盒。

那神情无不在告诉凤轻尘，他什么都知道，凤轻尘脸色微红，嘟囔一句，虽不清楚，但九皇叔却听得真切，凤轻尘说：“不是”。

九皇叔眸中带笑，语气却越发的严肃：“你这臭棋篓子，以后还是少和人下棋为好，免得被人看穿。”

这话当然是调笑，其实凤轻尘的棋艺不差，胜在棋路刁钻，正统学棋的人与她对弈，很少能在前几局赢了凤轻尘，只不过若再多下几局，懂了凤轻尘的棋路后，凤轻尘想要再赢，那就难了。

九皇叔之所以能赢凤轻尘，是因为他早就看透了凤轻尘的棋艺，不仅熟悉凤轻尘的棋路，还早早地想出了相应的对策。

以无心对有心，再加上九皇叔本身棋艺不凡，凤轻尘自然被杀得溃不成军。

被九皇叔如此明显的嫌弃，凤轻尘当然不干，她虽称不上精通棋艺，但绝不像九皇叔说的那般差，强烈要求再下一局，好一雪前耻。

“再下一局可以，只是这赢输总得有点彩头才有趣。”九皇叔把玩着棋子，心中暗笑：小狐狸总算上钩了，不枉费他拿棋盘出来诱惑她。

“你要什么彩头？”凤轻尘微微后退，摆出防备的姿势。

通常情况下，都是她扮猪吃老虎，九皇叔这语气，这招数，和她之前对付苏家时有点像。

“输了，本王今晚陪你。”九皇叔一脸认真道，却把凤轻尘给吓得跳了起来：

“你说什么？”

“如你所听到的那般，怎么？不敢赌？”九皇叔侧着身子，微挑的眉目，在烛光的映照下风情尽显，半是冷峻，半是温柔，只那么一坐，便尽显风流之姿。

凤轻尘看得口干舌燥，她承认自己被美色诱惑了。

“赌就赌，谁怕谁。”反正又没有说谁输，到时候她自可耍赖……

# 第三十八章　被中止的婚礼

不管凤轻尘和九皇叔谁胜谁负，第二天的太阳都照常升起，早朝也一样要上。九皇叔回王府换了一身衣服才进宫，早朝的主题依旧是缉拿凶徒一事，不过还有一件关于西陵的事情。

西陵来使说西陵皇上病重，希望瑶华公主与淳亲王早日完婚。

这话中的意思在场的人都明白，就是怕西陵皇上有个三长两短，瑶华要守孝三年。

这个消息对于九皇叔来说实在算不上好，西陵大大咧咧地把皇上病重的消息报出来，又催促瑶华完婚，便可以证明，西陵的大局已落到西陵天磊的手上，西陵天磊现在是有恃无恐，只待皇上西去，便可登基为帝。

九皇叔虽然担忧，面上却是不显，毕竟不到最后一刻，谁也不能说自己赢了。

西陵发来国书，皇上可以不给西陵天磊这个太子的面子，但不能不给西陵面子，当下就应诺，待钦天监算出日子，立即让瑶华公主和淳王殿下大婚。

最近东陵乱七八糟的事情太多，也需要喜事冲一冲晦气，皇上倒是没有为难瑶华，待钦天监算出日子后，便命人准备婚事。

只是瑶华的皇兄西陵天宇病重，只得让西陵来使处理与婚事相关的琐事，对此不管是皇上还是瑶华都没有提出异议，毕竟聪明人都知道西陵天宇现在根本不在东陵。

瑶华收到即将大婚的消息又喜又忧，喜的是这个时候大婚，就表示现在的局面有利于磊太子，忧的是只要没有登基，西陵天磊就只是太子，只有一个监国的身份。

虽说缉拿凶手的事也不能怠慢，可在两国联姻之际，终是不好大张旗鼓，以免在西陵人面前丢了泱泱大国的风度，于是皇城又恢复了该有的秩序。

只是知情人都明白，皇城是外松内紧，看大牢里只多不少的犯人就能明白，皇上这一次是铁了心要抓出那些潜在暗处的人。

九皇叔对此不发表任何意见，每日都和往常一样，上午上朝，下午去凤府，晚上回王府休息，日子规律到只要一看时间，就能猜到九皇叔在哪里。

皇上听到监视的人报告九皇叔的行踪，嘴唇微微抽动：“下次还是这般，就别告诉朕。”身为皇上他很忙，没空听九皇叔天天与凤轻尘腻味在一起的事。

“是。”监视的人木然应道，悄然退下。

皇上处理完折子，又拿起写满九皇叔行踪的折子看了起来，感慨他这个九弟这次是动了真情，怕自己去皇陵十年八载护不到凤轻尘，现在便做出一个姿态，让人看清形势，免得他走后那些人欺负凤轻尘。

“九弟呀九弟，只要你开口，朕绝对允许凤轻尘与你同行。”皇上嘲讽地说道，心里却明知这事不可能。

修皇陵是尽孝心，带个暖床的女人去那成了什么事。

处理完公务，太监送来绿头牌，皇上连看都没看一眼，就点了苏妃的名，太监当然知道苏妃最近受宠，哪敢多言，当下就差人去苏妃那里提点一声，让苏妃接驾。

皇上在苏妃那里草草地吃了一顿饭，便迫不及待地与苏妃卿卿我我去了，苏妃这一次更是使出浑身解数，将皇上服侍得舒舒服服。

一番云雨后，苏妃全身绯红，光滑的肌肤上沁着汗珠，隐约散发着一股馨香，皇上埋首在苏妃的胸前，忍不住吸了口气，似为苏妃身上的香气而陶醉。

苏妃眼中媚光流动，趁皇上在她的身上留恋不舍时，娇俏地说着这几天在后宫发生的事情，说后宫的妃子待她如何好，皇后娘娘如何有气度，遇到皇上如何幸福，自己如何快乐。

最后不知怎么的，苏妃提到皇后思子心切，看着于心不忍，要是自己有个孩子，定要天天带在身边疼着宠着。

一番话下来，没有提东陵子洛半句，却让皇上动了解除洛王禁令的心思，第二天早朝时，有臣子借瑶华大婚一事，提出解除太子和洛王的禁令，皇上没有多想便同意了。

皇后听到这个消息，又喜又怒。喜的是东陵子洛终于有机会重新夺回圣宠，怒的是苏妃一句话，竟是比朝中大臣还管用。

“娘娘，千万不要动气，那苏妃不过是一个玩意儿，老奴看了她的身子，她那身子是专门为男人调教的，为了保持细柳的腰肢、光滑如玉的肌肤，没少用秘药，她那个身子就是再得圣宠，也无法受孕，这辈子都不会有孩子，再加上她在东陵无家族依靠，在宫里她除了依附您，再没有别的出路，娘娘大可不必为一个不能有孩子的宠妃动怒。”

皇后的老嬷嬷细心地劝说着，又分析了各种利害，皇后这才冷静下来：“嬷嬷说得是，本宫要担心的不是后妃受宠，而是她们肚子里的孩子，谢皇贵妃那个贱人就要生了，也不知道她会生出一个什么东西。”

皇后不是不想对谢皇贵妃肚子里的孩子下手，可偏偏谢皇贵妃命大，几次都借着凤轻尘逃过了。

“娘娘放心，太医说谢皇贵妃在床上躺久了，胎儿偏大，她身子又弱、骨盆又小，怕是会难产。娘娘只要在她生产时，想办法把凤轻尘那个碍事的女人给拖住，到时候是母子双亡，还是去子留母，不过是娘娘一句话。”

皇后听老嬷嬷这话，认为可行，两人便琢磨着如何才能把凤轻尘拖住，除掉凤轻尘是不可能的，但要在谢皇贵妃生产的那几天，把凤轻尘支开却不是难事。

不过这事不急，还有两个月，她们可以慢慢谋划，可是，还没有等皇后和老嬷嬷想出办法支走凤轻尘，她们就被一个大消息给惊吓到了。

太子与洛王同时被关禁闭，皇上要放人出来，自然也不能忘了太子，毕竟朝中支持太子的人也不少，本以为太子与洛王出来后，两人又是一番龙争虎斗，结果却超出所有人的想象。

洛王解禁后的第一件事就是上折子请罪，说自己行事糊涂，累及君父操心，实在枉为人子，恳请皇上责罚。

皇上看到东陵子洛认错诚恳，再加上他又曾是自己宠爱的皇子，当下就赏赐了一堆东西给洛府，好让文武百官明白，洛王圣宠如初。

舟王虽然咬碎一口银牙，可最终只能打落牙齿和血吞，谁让他不得皇上的心呢。

如果说洛王复宠是众人意料之中的事情，那么太子上折子自请去江南调养身体，那就超出所有人的预料了。

要知道，太子即使被关禁闭，依旧自由、嚣张，除了不能出太子府外，太子过得比以往还要滋润，而皇上也是睁一只眼、闭一只眼。

皇上摆明了是宽待太子，足以说明太子在皇上心中也是有些地位的，再加上太子最近展现出来的手腕与气度，也让越来越多的大臣认为太子还是有争的可能。

虽说太子的身体是他的软肋，可太医前两天却说太子心结已除，短时间内没有生命之忧，若调养得好，再活个两三年不成问题，而两三年后也许就有救治的法子了。

在局面对太子极为有利时，太子却决定远离京师，不仅如此，作为太子手下的得力干将，清王殿下也交出了兵权，自请陪太子去江南别院养身子。

皇上大发雷霆，自古只有被皇上赶走的皇子，没有自请离开京师的皇子，尤其这其中还有一个皇子是太子，皇上怒极：“朕不同意，太子的身体自有太医调养，去什么江南水乡。”

“父皇，太医说江南最适合儿臣养病，儿臣在江南也许能多活一年半载，恳请父皇同意。”太子低头，却不卑怯，言词诚恳，却透着皇上要是不答应，就是不想让他多活两年的意思。

皇上气得不轻：“皇城这么大，难道就找不到一个适合给你养身子的地方？太子别忘了自己的身份，还有责任，你想去江南可以，自请废去太子之位，朕便准你去江南。”

“父皇，江南气候宜人，温暖如春，这是京师无法比拟的，皇城虽大却没有适合儿臣养病的地方，父皇如果对儿臣不满，想废了儿臣，儿臣绝无异议。”太子咚的一声跪下，半句不说自请废除太子之位的事。

没了太子的名号，他跑到江南去干吗，动不了江南那些富商，他和九皇叔的交易怎么办。

“你以为朕不敢废了你吗？”事实上皇上还真不愿意废太子。

皇上废太子，和太子自请废除是两码事，太子没有犯错，皇上无故废了太子只会让百官认为他喜怒无常，让支持太子的人不满，可要是太子自请废除，那所有的错就都是太子的了。

“儿臣自认当太子的这些年，一直战战兢兢，从不曾出过差错，父皇要废了儿臣，儿臣也无话可说。”太子笔直地跪在那里，不肯低头。

“你这是在威胁朕？”皇上双眼微眯，眼中闪过一抹狠厉的光芒。

面对帝王威压，太子只感觉背脊一寒，呼吸一窒，心口好像有什么压着，怎么也喘不过气来，太子本想强撑着说两句话，正欲张口时，眼珠一转，太子两眼一闭，昏了过去。

太子咚的一声栽倒在地，不仅仅是宫人，就是皇上也吓了一跳，连忙唤人传太医来。

皇上虽狠，可也没想要过逼死自己的儿子，或者说他不想再背一条逼死自己儿子的骂名。

太医很快就到，作为老病号，太医对太子的情况很了解，检查一番后便开了药，让宫人煎药。

“太子怎么样了？”皇上问道，不管喜不喜欢，表面功夫总是要做的。

太医眉头微皱，再三思索措词，小心翼翼地开口：“太子突发心疾，极需静养，不然定活不过三个月。”

活不过三个月？

皇上的脸都变了。

这下不同意太子下江南养病，那就真是活活逼死自己的儿子了，皇上想了半天，最终还是决定放太子下江南，并下令太子无诏不得回京。

无诏不得回京，虽然没有废太子之位，却也差不多了，一个太子不能回京，他还有继承大统的可能吗？

太子收到圣旨，不喜不悲，只命令侍卫收拾东西，准备择日下江南。

太子下江南一事闹得沸沸扬扬，凤轻尘就是想要装作不知道都不行，凤轻尘正琢磨着，要不要去送太子一程，毕竟太子下江南并不单单是为了养病，身上还肩负着为九皇叔捞钱的重任。

“九皇叔，太子哪天启程？”凤轻尘正在想哪些东西太子能派上用场，见九皇叔进来，便开口问道。

“四月十二。”九皇叔在凤轻尘对面坐下。

这段时间，九皇叔待在凤府的时间，远比待在九王府的时间长，皇上也因此找不到九皇叔半点麻烦。

“四月十二？那天不是瑶华和淳王大婚的日子吗？”人家大婚他走人，这不就是诅咒人家分离嘛，太子真乃人才也。

“那又如何？”九皇叔可不认为太子这么做有什么不对。

瑶华与淳王大婚又如何，太子爱哪天走就在哪天走。

“不如何，我只是很佩服太子。”太子这是半点也不奢望皇上的宠爱了，不然不会特意针对东陵子淳，毕竟皇上对东陵子淳的厚爱与保护，有眼睛的人都看得到。

“本王决定四月十五去山东，你也准备一下。”九皇叔在京城的一举一动都有人盯着，与其在此无法施展拳脚，不如早点走人。

“哦。”一个两个都走了，估计皇上会高兴死。凤轻尘暗自嘀咕着，又想到说要给太子送礼的事，便问九皇叔有没有什么好意见。

“给太子准备一些常用的药物，上次你给王锦凌准备的那个药盒不错。”九皇叔绝不承认他在吃醋，他只是就事论事。

上次王锦凌能在太鲁阁大峡谷拣回一条命，凤轻尘准备的那些常用药物起了很大的作用。

凤轻尘想了想，觉得也是，太子是什么人，就算他再怎么不受宠，也不会缺俗物，她能送得出手的也就只有各种药丸了，只可惜太子的侍妾中没有一个有身孕的，不然送几盒安胎药最省事了。

凤轻尘要准备送太子的药，没空理会九皇叔，九皇叔也不生气，便在凤轻尘的书房里处理起公事。

皇上以为九皇叔与凤轻尘天天在一起厮混，却不知九皇叔通过凤府与苏府密室相连的秘道办公，在皇上的眼皮底下，做着拆皇上墙的事。

东陵接连发生几件大事，大家都忙得不可开交，别说凤轻尘这种小人物，就是当初那轰动全城的东陵第一赌局，也在悄无声息中结算完毕。

除了知道苏文清拿出一百万两建了济善堂，和一个神秘赌客独赢两百万巨款外，其余的事情外人半点不知情，毕竟牵头的是几大世家权贵，这些人家就是赚钱也是悄无声息，绝不会对外声张。

建济善堂的一百万两中，有十几万两是死去的那几户官员应该分得的红利，人死债烂，对方一家子都死绝了，也没有人能分银子，苏文清便把他们应得的钱投入到善款里，替他们做点善事。

说起来苏文清还要庆幸这一连串事情的发生，不然他这个赌局发起人一定会被上千双眼睛盯着，众人定会关心、议论那两百万两巨额赌资的下落。

可现在，因为皇城死了那么多大臣，即使有人觉得那独赢巨款的赌客是庄家暗中操作的结果，也没有人敢多一句话，就怕一个不好，惹祸上身蹲大牢。

赌局的事情凤轻尘曾问过一句，知道苏文清筹够了银子便没有再过问，横竖九皇叔天天坐镇凤府，就算天塌下来也有九皇叔顶着。

时间一晃便到了清明这日，那天阴雨纷纷，路上没有什么行人。

今天本是清明扫墓日，可因为刺杀大臣的凶徒还没有找到，皇城仍处在戒严的状态中，所以一般人轻易无法外出，普通百姓也只能在家里寄托哀思。

管家早早地就准备好扫墓所需的香烛与纸钱，还有一些素果，门房来报，九皇叔到了，凤轻尘谢绝了丫鬟跟随，只让一个小厮拎着东西跟在身后。

本以为是和九皇叔两人轻车简从，没想到一出门就看到一支全副武装的禁卫军在九皇叔身后。

“这是怎么回事？”凤轻尘倒不是害怕，只是觉得奇怪，九皇叔可不是那么爱显摆的人。

“皇上听闻本王要出城，特派一支禁卫军保护本王。”与其说保护，倒不如说监视，皇上怕九皇叔出城是要与什么人联系。

“皇上真是有心了。”凤轻尘扯了扯嘴皮，示意小厮把东西放上马车，然后让小厮回府。

她可不想让自己的人受气，没看到这群禁卫军看向他们的眼神，就像看贼一样嘛。

“走吧。”九皇叔知道凤轻尘不满，只好出声安抚她。

皇上派禁卫军跟随是临时决定的，打着为他安危着想的幌子他也不好拒绝，再说他出城又不做什么不该做的事情，皇上的人跟不跟着，对他来说也没什么影响。

马车很宽敞，九皇叔与凤轻尘各占一边，没有任何暧昧与不合时宜的举动。

九皇叔虽然喜欢与凤轻尘亲近，但在外人面前，绝不会做出搂搂抱抱的失仪举动，两人一路安安静静，可把外面的禁卫军给无聊死了。

他们可是奉皇命盯着九皇叔的，结果九皇叔规规矩矩，他们盯得要多没意思有多没意思。

一路寂静，终于来到凤父凤母的陵墓外围，凤轻尘刚下马车，身侧的禁卫军便举着一把油纸伞走过来，以免细雨打湿凤轻尘的衣衫。

凤轻尘看到前面的九皇叔，也不说话，只跟着九皇叔朝墓地走去。

不知是惧怕九皇叔还是尊敬死去的人，禁卫军面色肃穆，只静静地跟在他们身后，轻轻的脚步声，在这墓地中显得特别响亮，让人听着安心。

凤轻尘一路沉默，谢绝了禁卫军的好意，动手把凤父与凤母的墓碑清理了一下，摆上祭品与香烛。

洒完纸钱后，凤轻尘并没有离去，而是静静地站在墓碑前，双眼迷茫而空洞，就好像无助的孩子，站在父母面前询问着父母的意见，却永远得不到父母的回答。

凤轻尘周身萦绕着一股淡淡的悲伤，没有人能够介入，九皇叔默默地站在凤轻尘身后，等待凤轻尘从这悲伤的情绪中走出来。

不管如何，凤轻尘的身后还有他！

自从清明那天出门后，凤轻尘就没有再外出过，直到四月十二，瑶华与淳王大婚，天气放晴，凤轻尘才从凤府出来。

当然，依凤轻尘的身份，还不够格参加淳王和瑶华公主的婚礼，凤轻尘也没打算参加，她出门是去送太子和清王。

皇城里的权贵们既虚伪又现实，太子和清王已被皇帝厌弃，无诏不得入京，今生怕是与大宝无缘，是以太子离京这日，除了太子的亲信外，竟是没有一个高官和兄弟相送。

那些人都跑着去讨好淳王了，与太子相比，淳王虽然不可能登基，但他身上的圣宠却是太子不能比的。

送行的人不多，凤轻尘亮明身份后，一路畅通无阻，来到太子面前。

“没想到小皇……咳咳，轻尘会来送孤。”太子本想说小皇婶，看凤轻尘不悦，才生生地改了口。

“轻尘与殿下相识一场，平日里没少得殿下照拂，殿下此次离京，也不知再相见是何时，轻尘怎么可能不来送一程。”

不管太子出于什么目的，他多次出手帮凤轻尘是事实，凤轻尘是感激的。

太子脸上的笑容僵了一下，尴尬地道：“轻尘就别笑话孤了，孤帮你从来都是别有所图，而且都是举手之劳，凡是难办的事情，孤可是一件也没有帮过你，你别怨孤就是好的。”

“于殿下而言是举手之劳，可对我来说却是救命之恩。至于什么没帮的话，殿下还是别说了，你这么一说，我羞都要羞死，殿下没有帮我的义务，我怎么可能会因殿下不帮就怨殿下。”凤轻尘说得真诚，太子见状也不再推拒，笑着受了凤轻尘的感谢。

“殿下，这是我给两位殿下准备的薄礼，还请两位殿下不要嫌弃。”凤轻尘知道太子赶着出城，也不再浪费太子的时间，示意下人捧了两个盒子上来，分别送到太子与清王的面前。

“殿下，这个盒子是有机关的，每个盒子的机关都不一样，我告诉殿下如何开。”机关的设计是有必要的，虽说落到敌人手上，只要用力就能将其砸开，但身边的人却没有办法在太子不知情的情况下，打开太子的箱子，调换太子的药。

凤轻尘先走到太子身侧，教太子如何使用机关打开箱子，顺便告诉太子如何另设机关，这只是简易的机关，太子要另设不是什么难事。

“轻尘有心了，孤甚是感激。”太子打开箱子，看到里面排列整齐的药瓶，还有上面的小标签，顿时感觉鼻子一酸，瞬间红了眼眶。

除了他死去的母后，没有人会为他想这些，子清虽说和他一条心，可毕竟是男子，有些事情他想不到。

他这个小皇婶虽然年纪不大，但颇有长辈之风。

“殿下能用上就好，里面还有一些简易的器具，我写了使用方法，太子得空可以看看。”不是凤轻尘对太子好，而是太子对九皇叔的用处太大。

太子活久一点，江南那边才能经营得更稳妥，九皇叔才会有充足的军饷。

要知道，打仗就是打兵马、打粮食、打武器，而这些无论哪一样都要花银子。

凤轻尘教完太子便去教清王，不是凤轻尘不肯一起教，而是在她教太子时，清王自动后退一步，以示君子之风。

同样的话，凤轻尘又说了一遍，箱子打开后，里面依旧是药，不过和太子的不同，凤轻尘给太子准备的药物大多是保心与医治风寒的，而给清王准备的药则以外伤药为多。

清王沉默地点头，没有说话，眼睛也不看凤轻尘，凤轻尘不知道清王这是怎么了，想着自己与清王不算熟，也不再说什么，礼物送上，凤轻尘便提出告辞。

“很快，我们就会再见。”太子看着渐行渐远的马车，轻声道。

清王站在太子身侧，直到看不到凤轻尘的马车才出言提醒：“皇兄，我们该走了。”

“走吧。”太子最后看了一眼皇城，毫不留恋地转身离去。

一国太子，在无百官相送的情况下孤独离去，而下一次再踏入这片土地，却不知是何年何月。

虽说是太子主动要求去江南养病，可如此冷清，却是大伤一国太子的尊严。不过，这一切都是太子的选择，不管后果如何，他都要承受。

九皇叔站在茶楼上，看着太子一行人落寞离去，薄唇微抿，待到太子一行人消失在城外，这才转身朝淳王府的方向走去。

淳王父母双亡，皇上本想亲自为淳王主婚，奈何满朝大臣都不同意，于是皇上便请肃亲王为淳王主婚。

肃亲王没有拒绝，翟东明刚犯了事，肃亲王绝不会在这个当口忤逆皇上。

与城门口的冷清不同，淳王府喜气洋洋、热闹非凡，处处都是喜庆的红色，府外停满了各式马车，皇城大半的权贵也都赶了过来，其中讨好淳王、讨好肃王者都有。

前来贺喜者各个满面笑容，说着吉祥的话，大家都默契地不提太子离京的事情，直到一声“九王爷到！”响起，才打破满府的喧闹。

婚礼已进行到一半，新人正准备拜堂，九皇叔这个时候来，也不知是什么意思。

众人不敢说半句不是，肃王也只好让司仪官暂停，先迎九皇叔进来。

九皇叔周身散发着冰冷的寒气，所到之处，众人皆避，两旁的人硬是在拥挤的淳王府，给九皇叔让出一条大道。

九皇叔面无表情地踩在红毯上，不疾不徐地往前走，众人不敢说话，只能目送九皇叔朝喜堂走去，待到九皇叔走远，才敢在暗中嘀咕：“九皇叔这是来参加婚礼，还是来找麻烦呀！”

“九叔，我还以为你不来了呢。”新郎官淳王殿下，完全不受九皇叔的寒气影响，九皇叔一踏入喜堂，东陵子淳就一脸笑意地迎了上去。

笨小子，怎么傻傻地往上撞，没看到九皇叔那阴沉的脸嘛。肃亲王在身后使劲地朝东陵子淳使眼色，可惜那小子完全没看到。

九皇叔身子略略向左倾斜，避开东陵子淳的手：“子淳，九叔这个时候来，是有几句话要对瑶华公主说。”

“啊，九叔你要说什么？”东陵子淳虽然单纯但不笨，知道九皇叔要说的话定会让瑶华难堪，可他娶瑶华本就不是心甘情愿，所以他不仅不会阻止，还会帮助九皇叔。

谁说淳王殿下性子单纯、不懂算计？这不也是一个有心眼的嘛。九皇叔扫了东陵子淳一眼，把东陵子淳吓得猛缩脖子。

肃亲王知道九皇叔这个时候来，肯定没好事，作为主婚人，他不能眼睁睁地看着淳王的婚礼被毁，上前道：“九王爷，今天是淳王殿下和瑶华公主大婚的日子，有什么事稍后再说。”

“肃王您放心，本王没有破坏子淳婚礼的恶毒念头，本王只是受人之托，给瑶华公主带一句话。”

九皇叔那双冰冷的寒眸扫向瑶华，即使隔着红盖头，瑶华也能感受到九皇叔眼中的冷意与嘲讽。

肃亲王见自己劝说无效，便朝唯一一个在场的皇子舟王使眼色，舟王却是一个装傻充愣的主，饶有兴致地与身边的人耳语，一副什么都不知道的样子。肃亲王无奈，只得拿出长辈的姿态劝说道：“小九，人生三大喜事，这洞房花烛排在第一位，你就算不为两国着想，也该为子淳着想，子淳怎么说也是你侄子。”

“肃王，本王不是不知轻重之人，本王说完话就走，婚礼依旧进行，肃王你要再拦着本王，可就要错过吉时了。”九皇叔绝对是阴险的，三言两语就把责任推到肃王头上，让肃王想要阻止都不行。

“肃王爷爷，皇叔最疼我了，你就让皇叔说嘛，子淳也想知道皇叔要和瑶华公主说什么。”还未拜堂，淳王乐得不称呼瑶华公主为王妃。

己方人员不给力还拖后腿，肃亲王再厉害也挡不住九皇叔的攻势，肃亲王无奈，只得后退一步，表示不再干涉，随便九皇叔说什么，都与他无关。

大不了，他进宫向皇上请罪，婚礼是被九皇叔和子淳破坏的，他阻拦未果，皇上总不好意思再责怪他。

“多谢肃王。”九皇叔朝肃亲王点了点头，以示尊重，然后才对瑶华公主道，“瑶华公主，西陵来使托本王转告公主，你父皇已经清醒了，你不必再忧心你父皇的病了。另外，你母妃淫乱宫廷，已被赐死，你皇兄监国期间行为失当，已被勒令思过。”

九皇叔的语速一贯不快，咬字清晰，以前瑶华只觉得九皇叔这人深沉得可怕，今日才知九皇叔这语气就像刀子，每一个字都似刀尖，往她身上戳。

瑶华不等九皇叔说完，就急切地打断："九，九皇叔你说什么？我母妃她……"

"你母妃死了。"九皇叔残忍地接过话，瑶华公主终于撑不住了，踉跄一步，撞在身后的案台上，红烛被撞倒在地。

喜娘尖叫一声，连忙去扶，瑶华却没有心思管这些，猛地扯掉红盖头："不可能，不可能，我母妃不会有事的，我皇兄也好好的，这不是真的，不是真的……"

九皇叔满意地看着瑶华公主狼狈的姿态，勾唇一笑，清冽的声音没有一丝温度："瑶华公主，如你所听到的那般，你母妃死了，公主请节哀。最后本王祝瑶华公主新婚快乐，与子淳白头偕老、儿孙满堂。"

丢下这句话，九皇叔不再多待，朝肃亲王招呼一声，怎么来的便怎么回去，丝毫不顾众人的议论。

一报还一报罢了，当初瑶华毁了凤轻尘的婚礼，他又怎么会让瑶华风光大嫁呢？

西陵的消息早就传出来了，只不过他故意让人压后两天，直到今天才传到东陵。

你看，他对瑶华多好，特意让瑶华多高兴两天。

九皇叔走后，众人齐刷刷地看向喜堂里的新人，想看看这婚礼还怎么继续，要知道瑶华公主母妃的罪名是淫乱宫廷，这可是会殃及子女的。

"母妃死了，我母妃死了……"瑶华公主如同木偶一般站在原地，泪水不停地往下掉，与脸上的胭脂混在一起，糊了一脸。

完了，一切都完了。父皇醒了，母妃死了，皇兄也被父皇猜忌，离皇位越来越远了。

瑶华公主摇摇晃晃，好像下一秒就要摔倒一样，东陵子淳站在一侧，完全没有上前安慰的意思，反倒是看向肃亲王，希望肃亲王能放过他终止婚礼，他不想娶一个身上有污点的女子为正妃。

肃亲王狠狠地瞪了东陵子淳一眼，让他别打小主意，要不是这小子临阵倒戈，他扯下这张老脸也能阻止九皇叔在婚礼上说这些。这下好了，瑶华公主在婚礼上，听到自己母亲去世的消息，这婚礼还能喜庆吗？

"婚礼……"继续二字肃亲王还没有说出来，就看到瑶华公主突然提起裙摆往外冲去。

"东陵九你回来，你回来，你告诉我，你是骗我的，我母妃不会有事的，我皇兄也不会有事，东陵九你别走，你别走，你告诉我这不真的……"

"还愣着干什么，还不快拦住淳王妃。"不管淳王有多不愿意，婚礼进行到这里，由不得他不娶，肃亲王连忙命令下人，拦住瑶华。

无论如何，婚礼都要继续，因为淳王娶的不是西陵瑶华，而是西陵公主。

瑶华公主被侍卫拦了下来，婚礼继续却再也没有了之前的喜庆，瑶华知道就算自己赶回西陵也于事无补，冷静下来后，任喜娘替她整理好盖头，机械地拜堂。

新娘一脸泪水，悲怆万分，新郎一脸的不情愿，众位宾客见状，知道今天讨好不成，便一一找借口提前开溜，舟王殿下是第一个走的，不过他并没有回府，而是去了洛王府。

怎么说，瑶华也曾是子洛心爱的女人，他当然要把婚礼上发生的事情，跟他那个宝贝弟弟说一说。

婚礼上的闹剧，凤轻尘当天晚上就知道了，这事并不算什么秘密，当时那么多人在场，九皇叔也没有遮掩，虽说普通百姓不会知道，可官场圈子里的人都知晓了。

凤轻尘虽然觉得瑶华活该，可还是为她掬了一把同情泪，大婚当天遇到这事，真不是一般的糟心，其悲惨程度仅次于她。

当然同情归同情，该说的风凉话，凤轻尘绝不会忘："被你几句话就挑拨得险些砸了自己的婚礼，瑶华公主也太让我失望了。"

凤轻尘随手拿起桌上的果子咬了起来，这个季节能吃到新鲜果子的只有皇家，凤府是绝不会有的，这都是九皇叔从九王府搬来的，九皇叔不爱吃水果，只好便宜凤轻尘了。

也许是太高兴了，也许是在九皇叔面前随意惯了，果汁顺着嘴角往下流，九皇叔摇了摇头，起身替她擦拭。

看凤轻尘那得意的小样，九皇叔忍不住戳了戳她的脸颊："别把瑶华公主想得太弱，她母妃死了，罪名又这般严重。在这样的情况下，瑶华公主要是能沉得住气，那就是冷血无情了，也太可怕了。"

"好吧，我承认瑶华公主能完成婚礼，还算不差。"凤轻尘三两口将手中的果子吃完，把果核放入盘子里，自觉地将双手伸到九皇叔面前。

求擦手！

"你呀，越来越懒了。"话虽如此说，九皇叔还是宠溺地拿起帕子、沾湿，细细地替凤轻尘擦拭双手。

凤轻尘嘿嘿一笑，闻着九皇叔身上的竹香，看着放大版的俊颜以及眸子里隐藏的脉脉温情，心也跟着温暖起来。

这个男人，为了她出现在香气杂乱的婚礼，不顾众人的指责，公然为难一个女子。

放在以前，打死她也不相信九皇叔会做出这么没有格调的事，可现在，事实摆在面前，容不得她不信。

“瑶华以后会怎么样？”既然做了，就要做彻底，凤轻尘不希望瑶华有翻身的可能，要知道女人一旦狠起来，比男人还要狠，她不怕瑶华报复，但她怕瑶华发疯。

“以后？她没有以后了，虞贵妃因为淫乱宫廷的罪名而死，瑶华这辈子也毁了，西陵差不多已经放弃她了。”九皇叔冷笑，见凤轻尘似有不解，又继续道，“一般情况下，即使真有妃子淫乱宫廷的事也不会被曝光出来，皇上只会尽力遮掩，就算不为皇室面子着想，也该为皇子、皇女着想。

“虞贵妃的儿子是太子，女儿又远嫁和亲，西陵皇上但凡对他们还有一点情意，就不会这样做。西陵皇上这一次毫不掩饰，将虞贵妃淫乱宫廷之事对外公布，定是恨极了西陵天磊与瑶华，不然不会这么毁他们的母妃，要知道毁了虞贵妃，就等于毁了西陵天磊和瑶华。

“有这样的母亲，是瑶华和西陵天磊这辈子都洗不掉的污点，西陵天磊即使有太子之名，想要登基怕也难了，至于瑶华，如果她安分的话，也许还能当几年淳王妃，如果不安分，皇上应该不介意她暴毙。”

九皇叔说得很平静，可凤轻尘却明白这其中的凶险，这是瑶华和西陵天磊在这场宫廷斗争中失败的下场，只要西陵皇上在位一天，他们兄妹二人就没有翻身的可能，除非西陵天磊造反。

“可怜的虞贵妃，从一个美人辛辛苦苦爬上了贵妃的位子，还养出一个太子儿子，熬了这么多年，眼见就要当皇太后了，却死得这么惨。”

如果西陵皇上没有醒来，那么一切就会截然不同，虞贵妃就会成为尊贵无双的皇太后，瑶华也会是西陵皇上之妹，无人能及，可现在……

“虞贵妃确实有手段，只不过她的对手太强，西陵长公主与皇后联手，再加上有谷主为西陵皇上医治，她根本没有胜算，要怪就怪她不够狠心，没有直接将西陵皇上杀死。”

后宫争斗永远不会停歇，皇后、宠妃并不是终点，皇太后才是终点，虞贵妃的儿子是太子又如何，只要她的儿子不是皇上，她就随时有倒下的可能。

“这么说，西陵皇上的病与虞贵妃有关？”凤轻尘想到西陵在短短一个月内的风云变幻，便猜到了其中的关键。

让一个帝王不顾儿女，如此羞辱为自己生儿育女的妃子，那只有一种可能——那个女人要害死他。

“如果不是这样，西陵皇上又怎么会将虞贵妃打落尘埃，一点机会也不给她。在宫里，皇上要悄无声息地弄死一个女人，有很多办法，西陵皇上如此做，就是要绝了西陵天磊未来的路。”帝王的宠爱一般人承受不起，同样，帝王的恨一般人也承受不起。

西陵皇上没有直接杀死西陵天磊，不是顾念父子之情，而是要一点一点地折磨西陵天磊，让他一次次的希望，又一次次的失望，每一天都活在恐惧中。

“那西陵天宇岂不是捡了个大便宜？”兜兜转转，谋算半天，最后的受益者居然是西陵天宇，磊太子实在太悲剧。

“什么大便宜，天宇现在的处境也很不妙，西陵皇上现在除了长公主谁也不信，他虽然厌弃西陵天磊，但也没有扶天宇的意思，从西陵的情报来看，西陵皇上应该是另有打算。”

凤轻尘默默望天：“帝王真心多疑，不过剩下的事情，你恐怕也不能做什么，要是让西陵皇上知道你在背后帮天宇，对天宇有害无利。”

“是呀，本王只能帮他到这里了，剩下的只能靠他自己，虽说西陵皇上经此一事，身体亏了不少，可想要皇子也不是什么难事，毕竟太医也不是吃素的。”九皇叔想到西陵天宇的猜测，心中也多了一丝担忧。

天宇说，长公主腹中的孩子，经太医判断是男婴，他父皇似乎有意将皇位传给长公主腹中的孩子，真不知道长公主腹中的孩子是谁的，居然能让西陵皇上动了这样的心思……

# 第三十九章　骑鹤下江南

九皇叔一心想查长公主腹中的孩子是谁的，可查了许久也没有结果，就在他准备放弃时，左岸给他带来了一个极可怕的消息。

“长公主腹中的孩子是隐篱先生的。”左岸拦住九皇叔的去路，以只有两人能听到的声音说道。

九皇叔自认自己面对皇权更迭，还能谈笑自如，可听到这话后他硬是愣神了。

“你确定？”九皇叔知道左岸不会胡说，可正因为如此，他才觉得惊悚。

“万分肯定。”杀手收集情报的能力一向不错，而左岸又是个中翘楚，仗着身份的便利，他可以自由出入长公主府，打探外人所不能查到的消息。

“不过隐篱先生和长公主都不知道，长公主以为孩子是她那个相爷情人的，隐篱先生也认为长公主再次给他戴了绿帽子。”

如果说上一条消息很惊悚，那么这一条就更可怕，好在九皇叔已稳定下心神，定定地看了左岸一眼，九皇叔平静地道：“本王知道了。”

依隐篱先生的个性被人算计很正常，不过能算计到长公主，对方也确实有手段，九皇叔赞许地点了点头，后退一步，从左岸身侧走了过去。

左岸愣了一下，没想到九皇叔居然不再问下去，只好再次挡住九皇叔的去路：“你不想知道谁动的手脚吗？”

“不想。”九皇叔摆了摆手，示意左岸让开，“西陵的事情，本王不想插手。”

左岸见九皇叔要走，直接拔剑横在九皇叔的面前：“九皇叔，你听我把话说完。”

九皇叔的面瘫脸没有一丝表情，冷漠地道：“你想说什么？”

“我想和你做一个交易。”

“什么交易？”

“帮我保护长公主腹中的孩子，我告诉你幕后主使者是谁。”左岸不知道九皇叔会不会答应，但九皇叔是他唯一的人选。

长公主纵然有种种不好，可她腹中的孩子是无辜的，是他左岸的弟弟，他左岸护短，不想那个孩子还未出生，就变成那些人斗争的棋子，也不想让那个孩子生不下来或者夭折。

九皇叔扯了扯嘴唇，冷笑道：“你以为本王会在乎幕后主使者是何人吗？左岸，那是西陵的事情，本王不插手。”

九皇叔说得高风亮节，可事实上他不插手才有鬼，在得知西陵皇上的打算后，他就没打算让长公主肚子里的孩子生出来。

一个注定无法活下来的孩子，孩子的父亲是谁根本不重要。

“九皇叔，真人面前不说假话，你在西陵做的事情，我虽然没有查，可知道的也不少，你不可能不插手西陵的事情。我要的并不多，我只要你把长公主腹中的孩子救下来，交给我，我保证他不会参与皇权斗争。”一个孩子要争皇位，至少也得十年以后，他相信有这十年的时间，自己一定可以把那个孩子教好，至少不会像他这样。

“兄弟情深吗？左岸，本王没想到你还有这样的一面。”在九皇叔的世界里，从来没有兄弟情深这四个字，他只知道兄弟相残。

左岸眼中闪过一抹苦涩的笑：“和兄弟情深无关，我只希望这世间有一个和我血脉相连的亲人。九皇叔，你不是我，你不会明白我的生活，我不是孤儿，却胜似孤儿，我没有亲人，那个孩子是我左岸的弟弟，是我左岸在这世上唯一的亲人。

“不管出于什么原因，我都希望他能活下来，我一个人太久了，又不知道活着是为什么，很容易疯掉。”杀手并不是天生无情，他左岸也是被现实逼得无情。

“左岸，你是个奇怪的人。”人称左岸是疯子杀手还真没有错，正常人根本无法理解他的想法。

明明是杀手，身上却没有一丝阴厉之气，一天到晚沉迷于那些稀奇古怪的研究，把自己搞得人不人鬼不鬼。

不过，九皇叔现在能理解左岸了，左岸并不是喜欢做那些研究，而是太寂寞了，他需要找一个活下去的目标。

以前的目标是那些稀奇古怪的研究，现在则是那个孩子。

这样的人，好掌控又难掌控，左岸有所求，但他所求的比一般人奇特，不为权又不为势，真对不起杀手的名号。

这样的左岸让人无法讨厌，九皇叔决定冒一次险：“本王同意你的条件，本王会让长公主把那个孩子生下来，不过你要保证，那个孩子不会在西陵出现，也不会被有心人利用。你应该明白，本王有很多办法让那个孩子出意外。”

只是公主之子，如果不是西陵皇上坚持，根本没有资格当皇帝，把那个孩子交给左岸，也不算什么，只要那个孩子不在西陵，让西陵皇上和长公主都以为他死了就好。

“你放心，我弟弟出生后，你把他送到凤府，我想有凤轻尘看着，你应该会放心。”左岸只是想有个弟弟，可没有想过要自己养。

他可不会养孩子，丢给凤轻尘，凤府有现成的下人，他只要守着那个孩子长大就行。

这人真是赖上了凤轻尘，不过这样也好，有左岸在，凤轻尘总是安全的，九皇叔权衡利弊后，点头同意：“可以，现在你可以告诉本王，是谁想让隐篱先生的孩子登上皇位了吧？”

其实，即使左岸不说，他也能猜到，不过左岸说出来，九皇叔就能知道自己的猜测有没有错。

左岸知道九皇叔说的话一定算数，毫不犹豫道：“西陵皇后。”

“果然是她，这样一来，所有的事情都能说通了。”九皇叔半点也不意外，毕竟西陵天宇的怀疑不是没有道理，他们之前一直弄不明白皇后害自己儿子的动机，现在看来，全是为了隐篱先生。

最毒妇人心，这话果然不假。

“你不意外？”左岸查到这个消息时，可是愣了半天的。

他没想到，一个女人，为了一个男人，居然可以不顾家族利益，残害自己的儿子，逼迫自己的儿子。

意外？

九皇叔真不觉得这事有什么好意外的，他虽然与西陵皇后合作过，西陵皇后的表现也可圈可点，但听了西陵天宇的怀疑后，他心里对那个女人还是很防备的。

看左岸一脸不解，九皇叔缓缓开口，解释道：“西陵天宇曾怀疑他的双脚是他母后弄断的，因为那个时候能把他双腿弄断的人，只有皇上与皇后。”

当年的事情已经找不到证据，这些也并不是他们查出来的，而是根据当时的情况推断出来的。

九皇叔看左岸一脸困惑的样子，想了想，继续道：“本王和天宇一致认为，动手的绝不是西陵皇上，西陵皇上要是不喜欢西陵天宇，根本没必要把他弄残，而且事后皇上也曾派人去调查过，虽然皇上什么都没有查到，但也可以证明，出手的人并不是皇上。”

“不是皇上，那就是皇后了，不过你们应该没有查到证据。”左岸了然地点头，九皇叔和西陵天宇更容易接受母亲残害儿子这种事，毕竟他就是个现成的例子。

九皇叔点头：“当时的事情处理得太干净了，完全找不到证据，我们即便怀疑皇后，也不敢确定，她毕竟是西陵天宇的母亲，虎毒还不食子，她怎么可能会出手毁了天宇的未来？作为一国皇后，她就算不喜欢天宇，也没有理由这么做，她应该很明白，一个健康优秀的皇子，对她和她的家族来说有多重要，所以即便怀疑她也不敢确定，我们实在找不到皇后出手的理由，现在你这么一说，事情就明朗了。”

果然，不到最后，永远不知道谁是赢家，原来在西陵，西陵天宇那个贤良温德的母后，才是西陵天宇最大的敌人。

他们失算了，这一次西陵天宇秘密返回西陵，却被他父皇厌弃，想必也是西陵皇后算计的结果。

“没想到，堂堂九皇叔，居然被一个女人给糊弄了。”左岸不想嘲讽九皇叔，可实在忍不住，谁让九皇叔刚刚一点也不爽快。

“本王不是输给了一个女人，而是输给了一个疯女人的爱情，本王没想到西陵皇后如此喜欢隐篱先生，为了隐篱先生，居然可以牺牲自己的家族与儿子。”

疯子的世界，正常人无法理解，九皇叔自认是正常人，所以他实在不能理解西陵皇后的做法。

左岸嗤之以鼻，不过没有反对：“我知道的事情已经全部告诉你了，剩下的我就不管了。”

“本王应下的事情，定会做到，不过有一点本王必须先告诉你，本王可以保证别人不伤害那个孩子，但不能保证长公主不伤害那个孩子。”

“这个……”左岸抹了把汗，九皇叔的担心并不是多余的，他那个公主娘很看不起隐篱先生，如果知道孩子是隐篱先生的，肯定不会要，那个什么相爷情人要是知道，也不会帮长公主夺位。

“我知道，如果真发生这样的事情，我不会怪你。”左岸闷闷地说道。他怎么就有一个比男人还热衷于权势的生母呢？

“你明白就好，这一次本王就不和你计较了，下次要是出门办自己的事情，记得提前招呼一声。两日后，本王与凤轻尘去山东，你记得跟着。”九皇叔很满意左岸的态度，不客气地吩咐道。

左岸也没有任何不满，一一应下，待到九皇叔走后，左岸才回过神来，发现九皇叔居然把他当下属来用，而他居然毫不反抗。

“果然阴险！”左岸认为是九皇叔太阴险，害他上当。

九皇叔从左岸那里得到这么大的消息，细细分析了西陵的局势后，九皇叔换了装扮，来到苏府密室。

“文清，尽快把这个消息传到西陵，让天宇不要留在西陵，快点来东陵。”西陵天宇在西陵留得越久，他那个皇帝老子的疑心就会越重。

“西陵的事是真的？西陵宗室怎么可能同意皇上立长公主的孩子为太子？”苏文清实在不能理解西陵皇上的想法。

长公主的孩子还没出生呢。

“西陵天磊废了，天宇的腿疾终归是他的硬伤，虽然他现在行动自如，可依旧身有残疾，皇上在无皇子可立的情况下，立长公主的儿子也没什么，毕竟长公主的儿子也是皇室血脉，到时候皇上只要把那个孩子过继就行了。”

“西陵皇上要过继，也可以从宗室过继，不一定非要立长公主的儿子。”

“宗室之子大多年岁不小了，西陵皇上想必不会乐意那么做。不过，这件事与我们无关，西陵皇上想要长公主的儿子继位也不是什么简单的事情，先不说那个孩子能不能生下来，单说宗室就不会轻易同意。”皇室血脉何等重要。

苏文清了然地点头，他可是看到了前朝那些旧部是如何刁难蓝九卿的，只因为蓝九卿是公主之子，而不是皇子之子。

九皇叔继续道：“西陵的事情暂时告一段落，关于长公主的儿子能不能继位的事情，让天宇不要插手，他已经被皇上厌弃，不要再做让西陵皇上不满的事情，让西陵皇上自己与宗室及满朝大臣去斗。”

九皇叔没有把他和左岸的约定告诉苏文清，当然也不打算告诉西陵天宇，西陵天宇可以容忍左岸的存在，但绝不会同意让长公主的那个孩子活下来，斩草不除根这种事，他们这种人极少做，而他也不想让太多人知道那个孩子的存在。

“我会尽快通知宇皇子，让他继续保持超然做派。就像以前一样，不管双腿是不是能正常行走，都要摆出一副没有争位的打算。”

“西陵皇上还算年轻，他现在不争就是争。”与其争皇位，不如暗中争兵权，长公主能在西陵皇上昏迷不醒期间掌控宫廷，不就是因为她的现任情人是手握兵权的将军嘛。

无论在哪里，兵权都是王道，手握兵权就有话语权，九皇叔希望西陵天宇在皇上与大臣做斗争时，暗中收买武将，收拢兵权。

四月十五是东陵科考的日子，也是九皇叔选择去山东的日子。

不知九皇叔是有心还是无意，居然和太子一样，选了一个没有人来送行的日子。

太子离京那日是淳王大婚，有点身份的人都忙着讨好淳王去了，而九皇叔离京这一天，正是东陵第一次科考开考之日，别说百姓了，就是皇上与百官，那目光也只盯着贡院，生怕贡院出意外。

九皇叔可谓是悄无声息地离京，至少在此之前，根本就没有传出九皇叔要去山东的消息。

九皇叔在淳王大婚次日，在皇上暗指九皇叔破坏东陵与西陵两国友好关系时，提出要去山东采购修建皇陵用的石材。

皇上当场驳回，说这种事情交给下面的人去办就行了，九皇叔据理力争，说给先皇建皇陵，所需要的材料他当然要亲自去买，以免下面的人以次充好，再次发生皇陵被炸一事。

皇上气得脸色发青，再次驳回，讽刺九皇叔不知所谓，修建皇陵从不曾去山东采买过石材，山东可没有什么好石材。

九皇叔笑了笑，只说了一句："山东卢家有一个石矿，出产的花岗石极好。"

皇上陷入沉思中，半晌后同意了九皇叔去山东的事情，九皇叔当即提出后天出发，皇上深深地看了九皇叔一眼，点了点头。

于是，在学子们一一进入贡院准备考试时，九皇叔和凤轻尘带着几个侍卫，轻车简从地出发了，除了南陵锦行外，没有任何人前来送行，而这也是九皇叔选择的，毕竟他和太子不同，他又不是不回来。

今天出城的人不多，九皇叔的马车也没有任何人敢拦，一行人很快就出了城，九皇叔一出城，跟随在他身后的监视人员，也第一时间将消息传回宫里。

"符爱卿，依你之见，老九去山东，真的只是为了帮凤轻尘出气，给凤战报仇？"九皇叔什么都没有做，就这么带着凤轻尘出城，实在不符合九皇叔在皇上心中的形象。

他这个九弟从来不做没准备的事，此次山东之行如此匆忙，根本没有做任何布局，难不成他打算亲自上阵，以堂堂皇叔之尊，对付一个卢家，这也太掉价了。

"皇上，不管九皇叔去山东要做什么，我们都只能让他对付卢家，别的什么也不能做。"

符临这话说到皇上的心坎里了，皇上当即问道："符爱卿可有对策？"

"微臣愚钝，尚未有对策。不过，依微臣之见，没有对策就是最好的对策。"神棍就是神棍，明明很简单的一句话，符临也有本事绕得人听不懂，摆出一副高深莫测的样子。

好在皇上耐心十足，听到符临的话并没有生气，而是饶有兴致地问道："什么叫没有对策，就是最好的对策？”

符临不敢再卖弄，张口就解释道：“皇上，卢家在山东经营上百年，根深蒂固，卢家子弟早就渗透到各行各业，山东的官员哪个都要给卢家三分面子。在山东，卢家要地位有地位，要人脉有人脉，要银子有银子。而九皇叔则恰恰相反，他在山东什么都没有，九皇叔要是贸然地对卢家出手，定会引起卢家的反击，到时候皇上只要让山东的官员装作什么都不知道，任两人斗就行了，反正不管最后谁是赢家，赢的都是皇上。”

后面的话，符临没有说出来，但皇上却是明白，如果九皇叔赢了，那么皇上就可以借此事问责九皇叔，顺便接收卢家的产业。如果九皇叔输了，皇上也可以借此打压九皇叔，顺便问责山东卢家，同样山东卢家也不会存在。

“好，好一个没有对策就是最好的对策，爱卿此计甚好，爱卿果真是国之栋梁，有治世之才。”皇上甚是高兴，越想越觉得九皇叔去山东，对他有百利而无一害。

山东的官员是他的心腹，他就不信九皇叔能在他的眼皮底下做什么。

“皇上过誉，微臣愧不敢当，一切都是皇上英明，要不是皇上留下山东卢家这颗棋子，也不会有今日之事。”符临很自然地拍着皇上的马屁，把皇帝当年的失误，说成是皇帝的计划，哄得皇上高高兴兴，又提起皇城流血夜案件的进展。

符临把话说得相当漂亮，总结起来就是小有进展，小有突破，在皇上的英明领导下，他们很快就会查到相关人员，绝不会让那些贼子再次作恶。并以项上人头担保，在科考期间，绝不会发生类似皇城流血夜的恶性案件。

皇上很高兴，认为符临很能干，是能吏；身为皇帝，他很有识人之才，敢于启用符临这种年轻的臣子。

符临连称一切都是因为皇上英明，才能取得这些成绩。

君臣二人相谈甚欢，皇上心情大好，决定带符临去科考现场看看，为了看到科考的真实情况，符临建议皇上微服前往，皇上采纳了符临的意见。

这一天的巡视，皇上看到很多参考人员大多是寒门学子，大大地松了口气，皇上就怕那些世家子弟，抢走太多的名额，让寒门学子没有机会。

再看主考官和监考人员，一个个坚守本职，认真负责，皇上大感欣慰，认为此次科考，定能为东陵选拔大量人才，而这些人只会忠心于他。

皇上满意地回宫，心里琢磨着这些天子门生日后可能去的官位，要如何磨炼他们，才能让他们在最短的时间内成长起来，成为和符临一样的天子纯臣。

至于九皇叔去山东的事，皇上只让暗部盯着，必要的时候让山东的官员出手推动卢家与九皇叔的斗争，其他的不用多管。

诚如符临所说，先让九皇叔去收拾卢家，等两败俱伤后他再出手。

王锦凌在当天晚上，就得知皇上对这次的科考很满意，但笑不语，温润的眸子闪烁着丝丝笑意。

如果皇上知道，那些穿着粗布棉衣的学子，大多是世家子弟，不知会不会气得吐血？

凤轻尘说，想让一个人痛苦，就要先给对方希望，再让其希望落空。

赶了一天的路，九皇叔与凤轻尘在日落前到了离皇城不远的一个小镇，在这里找了一间客栈入住。

两人没有就一间房、还是两间房的问题争吵，而是回到房后就谁睡地上、谁睡床上的问题争执起来。

凤轻尘说："你是亲王，哪能打地铺，我打地铺睡地上就好，反正我以前也睡过，不会不习惯。"

"你是女子，本王还没有无耻到让女子睡地上，你睡床上。"九皇叔道。

"女子又如何，如果是服侍你的丫鬟，肯定只能打地铺。"凤轻尘不让。

九皇叔也不退步："本王不用侍女，不存在这个问题，你睡床上，别逼本王发怒。"

"不要，你睡床上，你娇生惯养，打地铺肯定不习惯，万一着凉了怎么办？"凤轻尘道。

九皇叔："本王还没有那么娇气，好了，不管你说什么，本王都不会让你打地铺，既然你不肯让本王打地铺，那一起睡，床够大。"

凤轻尘想也不想就否决了："不行，我们未成婚，不能同榻而眠。"

九皇叔黑脸："……"

凤轻尘连忙讨好地凑上前："好嘛，好嘛，别生气啦，你想打地铺就打地铺呗，我不拦你行不行，我这就给你铺上新被褥，保证你即使打地铺，也不会着凉。"

九皇叔望天！

本王什么时候想打地铺了，分明是你不让本王睡床上。

于是，接下来的十几天，九皇叔一直打地铺，因为他不肯多要一间房。

皇上收到这个消息时，感慨了一句："朕这个九弟还真是情痴。"便将这情报丢在一边，不再管了。

皇上也是很忙的，哪有闲工夫管九皇叔这种琐事。

虽然凤轻尘再三保证，打地铺也不会着凉，可打了十几天地铺后，九皇叔还是得了风寒，于是，一行人不得不停下来，等九皇叔病好。

这个消息也第一时间传到了皇上的案台上，皇上随手翻了一下，便没有理会，反正一个风寒，又要不了九皇叔的命。

九皇叔养病需要一个良好的环境，可他们停留的地方是一个小县城，客栈相当简陋，住一晚九皇叔勉强还能接受，可要在这个小客栈养病，九皇叔坚决不同意，理由是客栈太脏。

为了九皇叔的身体着想，凤轻尘便让人拿着九皇叔的令牌，征用了当地县官的私宅，一座很偏远的小院子，虽然同样简陋，但比客栈好了许多。

九皇叔勉强同意，于是一行人便在那私宅停留下来，以养病为名，谢绝任何人拜访。

因为一路奔波，没有得到好的调养，九皇叔的病情反反复复，再加上小县城的好药材少，九皇叔的病情并没有什么起色。这是皇上得到的消息，而事实上，在九皇叔与凤轻尘搬入县官私宅的那天晚上，两人就趁夜黑风高的时候，偷偷地溜走了，改走水路，朝江南方向奔去，准备与太子碰头。

九皇叔与凤轻尘两个大活人，就这样在皇上的眼皮底下溜走了，而皇上却没有得到一丝消息。

一艘不起眼的大船上，一名身着天蓝色长裙的女子立在船头，甲板上一个人都没有，女子孤身一人，周身散发着宁静而安详的气息，她站在船头，瞭望远方。

清风迎面吹来，天蓝色的裙摆迎风飞舞，满头青丝在身后飘荡，而她身后的青山绿水，则成为最佳的背景，远远看去，那女子就好像被那青山包围，绿水环绕。

九皇叔从船舱中走出来，就看到凤轻尘双手背在身后、一脸淡漠地站在风中，好像在思考什么。

“担心太子的病情？”九皇叔走了过来，与凤轻尘并肩而站，共赏这绿水青山。

“是呀，太子的病，我本就没有多大的把握，这一次你安排得如此突然，我更是一点准备也没有。”凤轻尘没有动，依旧看向远方。

在出发前，她根本不知道九皇叔这么急着去山东，是要绕道去江南医治太子的病，她是被赶鸭子上架。

“不要太忧心，太子的病你尽力就好，太子死在江南，不会有人想到与你有关。”九皇叔握住凤轻尘的手，轻声安慰。

他煞费苦心，又是打地铺，又是装病，就是不想让人知道，凤轻尘要去给太子医病。

这样一来，太子是生是死，都与凤轻尘无关，凤轻尘既不用因为医好太子，被皇帝、东陵子洛等视为眼中钉，也不会因为没有医好太子，而引来太子一系的报复。

“我怎么可能不忧心？”凤轻尘秀眉微皱，病人死在手上，总会让医生难以释怀，而太子的病，真的不好治。

“九皇叔，之前太医不是说太子郁结已除，还能活两年嘛，怎么还急着让我去医治，如此匆忙行事，毫无准备，于太子的病情无利。”

凤轻尘知道，九皇叔已经安排好一切，可她还是不太想动手，她曾看过太子的心疾，已经很严重了，最好的办法是换心，可给太子换心，就要从活人身上取得一颗健康的心，这一点她做不到。

她无法为了救一人而杀一人，哪怕那个人是太子也不行，杀人她不会有罪恶感，可从活体身上摘取器官，她有很重的罪恶感，她根本下不了手。

“两年的寿命是说给皇上听的，太子的身体很不乐观，太医估计太子最多只能活三个月。”如果不是这样，他也不会急着去山东，并装病带凤轻尘去江南。

太子命不久矣，凤轻尘此行，也是死马当作活马医了，医好了皆大欢喜，要是太子死了，那他们就让太子死得最有价值。

“三个月？你不是在和我开玩笑吧？我之前看太子可不像将死之人。”凤轻尘的声音忍不住拔高。

九皇叔当她是神吗？只剩下三个月的寿命，她怎么救？

“太子的心脏已不堪负荷，是太医用了药，才让他看着和常人无二。轻尘，本王明白此事你很为难，本王说了，你尽力就好，太子是死是活都与你无关。”九皇叔拍了拍凤轻尘的肩膀，安抚道。

凤轻尘知道，她没有别的选择。

深深地吐了一口浊气，凤轻尘闭上双眼，用力地点头：“太子的事情，我会尽力，不过，别抱太大的希望，你最好早做安排。”

九皇叔没有说话，手搭在凤轻尘的肩上，轻轻地将人搂在怀里。

凤轻尘虽然不太愿意接太子这个病人，可九皇叔都这么说了，她就不能拒绝，大夫其实没有想象的那般自由，至少她就没有选择病人的权力。

凤轻尘要求用动物做实验，为治疗太子的病练练手，于是一连七八天，凤轻尘都在船舱内拿兔子做实验，可一连做了十几次实验，全都失败了。

一次次的失败并没有打击到凤轻尘，她从一次次的失败中寻找到了不可能的方法，将错误的方法一一摒弃，然后寻找最佳的方案。

每一次失败后，凤轻尘就会重新修改治疗方案，然后继续实验，几乎不曾停歇，九皇叔看着日渐消瘦、疲惫不堪的凤轻尘，眼中闪过一抹心疼，心里盘算着，从山东回来后，是不是可以带凤轻尘去江南玩一趟，单纯的游玩，没有任何压力与责任……

凤轻尘一夜好眠，当清晨的第一缕阳光洒入房间时，凤轻尘幽幽转醒，随即愣住了，怎么回事？我被人绑架了？这好像不是船上。

凤轻尘的心跳漏了一拍，完全没有刚醒来的迷糊，猛得睁开眼睛，看到面前熟悉的人，高悬的心这才落下。

静下来后，九皇叔身上那淡淡的竹香扑鼻而来，凤轻尘深深地吸了口气，这一下才彻底地清醒了，不过她并没有起身，而是一动不动地窝在九皇叔的怀里。

九皇叔在凤轻尘惊醒的那一刻就醒了，只不过他一直在装睡，想看看凤轻尘会做什么，结果凤轻尘除了最初的震惊外，很快就没有动作了。

九皇叔郁闷了，等了半天也没有等到凤轻尘动作，只得加重力道，将凤轻尘抱紧，让她与自己贴得更紧。没有意外，男人早上总是比较冲动，九皇叔之前就有些蠢蠢欲动，此时直接就有反应了。

察觉到九皇叔的变化，凤轻尘心中冷笑，依旧没有任何动作。

她之前不敢动，就是不想让九皇叔找到理由，结果九皇叔自己动了起来，这可就怪不得她了。

没良心的小女人。

九皇叔睁开眼睛，看着怀中面色绯红的凤轻尘，很不客气地用额头碰凤轻尘的额头，力道不重，只是为了惩罚一下凤轻尘。

他就不信，凤轻尘这样还不动。

“痛啦，别撞了。”凤轻尘确实是动了，可却是双手握成拳头，横在九皇叔和她之间，“一大清早的，别乱发情啦，我忙着呢。”

“咳咳……”九皇叔被凤轻尘如此直白的话给呛住了。

发情？

这个词真不怎么好听，可该死的贴切。

“放心，本王是人不是动物，不会随意发情。”九皇叔很诚恳地说道，一副我是正人君子，我说的就是事实的样子。

“真的吗？”凤轻尘轻轻一笑，手指在九皇叔的胸前滑过，一圈刚刚滑完，就见九皇叔突然翻身，直接压在凤轻尘身上。

“唔……”凤轻尘刚张口，就被九皇叔的唇给堵住了，凤轻尘挣扎了一下，却被九皇叔无视了。

男人的人品在这种情况下，完全靠不住。

九皇叔吻住凤轻尘的双唇，耐心而细致地摩挲着，引得凤轻尘一阵轻颤。

九皇叔看凤轻尘眼露迷离之色，双眼微微上挑，露出一抹邪肆的笑，继续诱着凤轻尘的双唇。

凤轻尘见反抗无效，索性享受起来，面对九皇叔的邀请，凤轻尘轻吐香舌，描绘着九皇叔的双唇，一点一点地回应起来。

“我的轻尘，真乖。”九皇叔很满意凤轻尘的配合，淡漠的眸子顷刻间便是火花四溅。

凤轻尘虽陷入情欲中，可脑子还是能转的，她转过脸，坏声地提醒道：“九皇叔，我等会还有事要做，你最好别……”

“本……”

九皇叔刚开口说了一个字，屋外就响起一阵喧闹声……

“师父，师父，你醒了没有？”

伴随着这喊声的，还有让人厌烦的敲门声，“嘭嘭嘭……”让人想要忽视都做不到。

“孙少爷，这是小姐的闺房，你不能进去。”下人上前将孙思行拉开，孙思行却不肯走，小脸很是严肃，一本正经道：“我知道，我不会进去，我就在这里等我师父。”

为了表示自己所言不假，孙思行后退三步，下人刚松了口气，就听到孙思行又喊叫起来：“师父，你快点起来。”

听孙思行一声比一声高，凤轻尘很不厚道地笑了起来：“哈哈哈……乖徒儿，师父果然没有看错你。”

混蛋！被孙思行这么一打扰，九皇叔什么都做不了，真是白白浪费了一个好机会。

九皇叔忍不住低咒一声，看凤轻尘一脸得意，他的脸更黑了，低头咬住凤轻尘的鼻子：“你个小坏蛋。”说完，一个翻身就放开了凤轻尘。

被孙思行这么一闹，他哪里还有兴致，就算他有兴致，凤轻尘也不会配合。

凤轻尘抱着被子咯咯直笑，努力压抑自己的笑声，就怕惹恼了某个欲求不满的男人，听孙思行还在叫嚷，凤轻尘出声，让他到大厅等着，她很快就过去。

孙思行之前凭着心中对医学的热爱，不管不顾就闯了凤轻尘的院子，这会儿冷静下来，也知道自己太急切了，有失礼仪，闹了个大红脸，压下心中的急切，乖乖地去大厅等。

“你这个徒弟倒是听话。”九皇叔张开双臂，以方便凤轻尘给他穿衣服。

凤轻尘绝对不知谦虚为何物，顺竿子就往上爬：“那是，也不看看是谁的徒弟，谷主跟我抢，我都没有同意。”

九皇叔敲了凤轻尘一记，让她别得意过头，谷主那人亦正亦邪，只凭喜好行事，从不问对错。

对你好时你做什么，他都看你顺眼，对你不好时，定会想尽办法与你作对，他看中了孙思行，如果得不到，小心他毁了孙思行。

凤轻尘笑了一声，让九皇叔别担心，她看得出来，谷主是真心疼爱孙思行，更何况她也没打算留着孙思行不放。

谷主只是看思行天赋好，是学医的料，那么很简单让思行跟着他学就好，至于拜师，就要看思行自己的意愿了，若是思行同意，就拜个二师父好了。不过凤轻尘相信，她的徒弟哪怕没有谷主的提携，也能闯出一个名堂。

九皇叔见凤轻尘懂得变通，不会和谷主死磕，便放下心来，毕竟这两个人一旦闹起来，最头痛的是他。

两人携手走出去，屋外的下人并不惊奇，不过他们的身子却在不停地抖动，凤轻尘知道他们是担心被九皇叔处罚，毕竟孙思行闯进来是他们的失职。

凤轻尘扫了他们一眼，对九皇叔道："这一次是思行的错。"

凤轻尘很护短地替孙思行向大家认错，免得这些人因为孙思行而受罚，在接下来的日子刁难思行。

她要让这里的人明白，顺着孙思行而犯错是不会受到惩罚的，相反，要是真拦了孙思行，反倒会受罚。

九皇叔好不容易柔和下来的脸部线条又僵硬起来，狠狠地瞪了凤轻尘一眼："你就宠着他吧。"

"他是我徒弟。"凤轻尘不以为耻，反以为荣。

"哼……"九皇叔一甩袖子，没有提处罚这些下人的事，只朝另一个方向走去。

"你不去用膳？"凤轻尘站在原地问道，九皇叔头也不回，只说了一句："本王不饿。"

事实上，他怕去了大厅，看到孙思行会忍不住掐死他。

他绝不承认，他嫉妒孙思行了。

"好吧，我让厨房以后不做你的早膳。"明知九皇叔口是心非，凤轻尘还相当"体贴"地撤了九皇叔的早膳。

九皇叔脚步一顿，心里气得不行，可偏偏自己说出去的话又不能收回，只能气闷闷地回书房处理公务。

他与太子约定碰面的时间早就到了，可太子却不见人影，他要查清楚太子遇到了什么事？

九皇叔饿着肚子在书房处理公务，凤轻尘和孙思行师徒二人却是吃得饱饱的，然后慢悠悠地散步，向治疗室走去。

一路上，孙思行不停地询问云潇治疗时的细节，时不时就抱怨一下，他被谷主耍了的事。

要不是谷主借医书留住他，阻隔他和外界的联络，他一定不会错过云潇的治疗。

凤轻尘看孙思行一脸懊恼，忍不住开口安慰道：“以后还会有机会的，师父会让你亲自上手。”

她已经决定了，回头让九皇叔找几具尸体，她指点思行如何做有难度的治疗，她这个徒弟成长得很快，她必须尽快让他独当一面，让谷主看到，即使没有谷主的名声，思行凭借自己的本事，也能闯出一条光明大道。

“真是个医呆子。”凤轻尘笑了一声，孙思行的脸红了，跟在凤轻尘身后，踏入九皇叔让人重新布置的治疗室，在凤轻尘的指导下，亲手下刀。

而九皇叔在书房里，看到手下传来的关于太子的情报，眼中闪过一抹担忧……

太子的心疾又发作了！

一个月不到，就发作了两次，这对他们来说绝对不是一个好消息，这说明太子的身体已经糟糕到药石惘然的地步了。

九皇叔握着手中的情报，略一思索，便带着情报去找凤轻尘。

如九皇叔所料，凤轻尘看到情报上的信息，脸色立马严肃起来，九皇叔本以为凤轻尘会担忧、愤怒，不肯医治太子，不想凤轻尘只是沉默片刻，便恢复如常。

“太子什么时候能到？”作为大夫，凤轻尘的素养还是很高的，她既然决定医治太子，就会把太子当成病人，不掺杂个人感情。

“三天后。”太子的身体不适合远行，太子一行人只能慢慢走，即使出发的时间比他们早，到的时间也比他们晚。

“我会做好准备。”凤轻尘神情严肃，没有一丝慌张，让九皇叔又喜又恨。

他喜欢凤轻尘的冷静、理智，面对任何难题，她都能沉着应对，同时又恨凤轻尘极少在他面前露出柔弱的一面，让他没有机会，做那救美的英雄。

两人接着又商谈了一番，凤轻尘提了几个要求，九皇叔点头，表示会尽量满足。

九皇叔与凤轻尘在担心太子的病情时，太子却浑不在意自己的身体，正在和半路上遇到的两个大夫闲聊。

太子和清王在途中，遇到了天灾，太子淋了雨，着了凉，引发了心疾。

太子重病时，他们正处在前不着村、后不着店的小道上，当时东陵子清吓得三魂丢了七魄，要不是太子随身带着凤轻尘备下的药，怕是早就见阎王去了。

太子打开他的药箱，东陵子清从那一堆瓶瓶罐罐中找出太子需要的药，也不管这药丸能不能混着吃，将医治风寒、退烧和心疾的药，一股脑地往太子嘴里灌。

好在东陵子清还算冷静，没傻到以为一粒小小的药丸没有用，吃得越多越好，东陵子清严格按照凤轻尘所写的剂量，给太子服用，每隔三个时辰就喂一次药，并且绝不让太子空腹吃药。

就这样，太子借着凤轻尘备下的药丸撑了过来，并且因为这些药丸引来两位仅次于谷主级别的医学圣手。

这两人的大名，就是太子与清王也是知晓的，因为他们和谷主同时成名，一个是神医赤炼水，另一个则是毒医郭保济。

神医赤炼水精通针灸之术，凭三枚金针行走天下，毒医郭保济则喜欢以毒入药，以各种毒物相生相克的特性，给人医病。

这两人是师兄弟，两人出道至今，便形影不离，神医赤炼水喜穿艳色衣服，凤眼薄唇，看上去就不像什么正人君子，哪怕年近四十，依旧是一副妖孽的样子。

毒医郭保济则完全相反，喜穿淡色衣服，看上去就像一个文雅的儒士，完全看不出他成天和毒物打交道。

这两个人的特点充分说明，什么叫人不可貌相。

太子和清王遇到二人，便有心拐二人跟他们同行，可两大杏林圣手又哪是那么容易拐带的，太子试探了几次，也没有打动这二人，这二人一直避世而居，根本没有出世的打算。

为了笼络住这两个医学奇才，太子只好使出杀手锏，说他认识一个大夫可以医好他的心疾，他这次就是去找那个大夫医病的。

别说赤炼水与郭保济这种大名医了，就是一般的大夫也不会相信太子的话。

“不可能，你的心疾无药可医，只能等死。”神医赤炼水宣判道。

毒医郭保济略一思索，也道：“如果用毒物，我可以让你多活三五年，想要根治却是不可能。”

太子见二人不信也不生气，只摆出一副高深莫测的样子，拿着凤轻尘给他准备的保心丸，故意在两人面前把玩。

“两位先生有所不知，我那个朋友虽然名不见经传，却医好了不少疑难杂症，两位先生想必知道云家大公子云潇的病。”

“知道，我二人就是为云潇的病出山，准备去东陵皇城见见那位云公子。”郭保济毫不避讳，将自己出山的原因说了出来。

他和赤炼水隐居山林多年，潜心整理医书，想要写一本收录各种疑难杂症的医书，好为后人谋福，要不是因为云潇的病情太过特殊，也不会引得他们下山。

如果能把云潇的病症收录在册，定可让后世大夫学习。

有戏了！

太子笑得灿若桃花，看上去没有那么虚弱了，笑容满面道："两位先生，云公子的病，就是我那位名不见经传的好友医好的，她打开云公子的后脑，将脑中坏死的部分切了出来，又将切口缝了回去。赤先生，郭先生，我那朋友既然能开脑而让人不死，当然也能做到开胸而让我不死。"

太子虽然没有观摩凤轻尘医治云潇的过程，但大概的事情却是知道一些。

"开后脑让人不死，这不是谷主一直的追求吗？"赤炼水眼神一闪，说不出来的勾人，好在太子因为心疾，这些年一直心如止水，美色对他的诱惑不大，更何况男色？

"当时谷主也在，他曾亲眼目睹整个过程。"太子又道。

而太子的话，也让赤炼水和郭保济两人对他的身份起了怀疑，两人面色一寒，问道："你是谁？"

太子知道的事情太多了！

"两位先生应该能猜到，这天下有谁能知道东陵皇城这么多的事情，而又天生带着心疾。"太子没有直说，却给出了足够的暗示。

东陵太子！

这么说来，那开脑就是真的了？那个大夫即将给太子医治心疾也是真的？

赤炼水和郭保济相视一眼，两人同时在心中默道。

太子看两人的神色，就知这两人心动了，将手中的药丸抛给赤炼水，他看得出来，这两人隐隐以赤炼水为头。

"我知道两位先生对这药丸感兴趣，这药丸就是我那朋友所配，两位先生可以拿去研究一二，不过明日一早得还给我，这药可是我保命的药。"

太子说完这话，便示意子清走人，他的饵已抛下，咬不咬就是这两人的事了。

是人就有弱点，只要抓住他们的弱点，再佐以手段，这天下便没有拿不下来的人，太子从出生起就明白这个道理。

在京城，他能和那些心眼极多的大臣斗，以病弱之身游走在众大臣之间，得到那些大臣的支持，绝不是没有手腕的人，而且，他的手腕比东陵子洛强多了。

赤炼水和郭保济可不是刚出山的小弟子，他们混迹江湖数十年，虽说不知官家险恶，但却明白江湖险恶这个道理，江湖人最忌讳和官家打交道，二人得知太子身份后，本不想与太子深交，可是……

赤炼水看着手中的药丸，漂亮的眉目中闪过一抹挣扎：“师弟，你怎么看？”

“师兄你不是想去嘛，既然想去那就去吧。”郭保济温和地道。

要是赤炼水不感兴趣，就不会这么挣扎了。

“我是想去，可对方是朝廷的人，你知道我们江湖中人，最忌讳被扯入权力斗争中。”玩心眼，他们绝不是那些皇子皇孙的对手。

“师兄你想想看，既然那太子的朋友有那般厉害的手段，又怎么会看上我们，我们跟着去看看就好，至于那太子想要我们做什么，也不是那么容易的事，我们只是大夫。”身为毒医，郭保济一向很得皇室中人看重。

虽说在皇宫，不一定有谁敢对皇上、皇子下毒，可身边有一个懂毒，精通毒术的大夫，绝对是值得放心的事情，就算别人不想害你，关键的时候你也可以害别人不是。

“师弟言之有礼，既然如此，我们明天就与那太子一同出发，我倒要看看，这世间是否真有人能做到取心医心。”赤炼水是骄傲的，他不想相信太子的话，所以他要去验证。

若真的有人能做到开胸医心，那他赤炼水就服了那个人，要知道就是谷主也得不到他一个服字。

师兄二人定下来后，第二天一大早就将药丸还给太子，并表达了要一同上路的想法，太子对此并不意外，笑着说有这两人相伴，他就不用担心死在路上了。

赤炼水和郭保济虽然面上不显，可心里对太子的恭维还是很满意的，太子昨天的话把他们打击得不行，今天这话明显是给他们一个甜枣，明知这是太子的手腕，可偏偏人家做得自然而然，赤炼水和郭保济根本兴不起半点不满。

不知是太子心情太好，还是赤炼水的医术真的高，太子的身体恢复得很快，即使偶尔赶赶路，也不显疲累。

东陵子清看在眼中，喜在心里，在他看来什么都比不上太子的身体，虽然他之前对于太子带赤炼水和郭保济一起赶路略有微词，但看到这二人对太子的病情有用，接下来的路上，东陵子清对这两个人也就和气了许多。

九皇叔在太子带郭保济和赤炼水上路的第二天就知晓了几人同行的事，也给凤轻尘提了个醒，凤轻尘只问了一句这两人可不可信。

九皇叔说这二人淡泊名利，隐世而居，一心只想出医书，凤轻尘便对这二人的印象好了许多，也有些期待这两人的到来。

“没想到，太子居然能拐到两个这样的人，实在厉害。”作为大夫，凤轻尘很明白那些医术高超的人十分清高，一心埋头研究著书的人更是不愿意被俗事打扰。

九皇叔长长的睫毛往上一扇，冷冰冰道："他是太子。"

皇室中人，个个心眼不差，看上眼的人才没遇上就算了，一旦遇到，得不到宁可毁之。

凤轻尘摇头叹息了两句，不再说话，再清高的人也无法和皇家朝廷斗。

凤轻尘和孙思行这两天，大部分时间都泡在治疗室，心脏修复手术凤轻尘已经很熟悉了，她可以保证治疗时自己零误差。至于成功率，这就不是凤轻尘可以保证的了，毕竟具体还要看太子的身体状况。

治疗方案已经定了，凤轻尘和孙思行并没有放松下来，而是趁太子没到的这段时间，让孙思行进行各种治疗实践。经过玄医谷一段时间的学习，孙思行的医学常识相当扎实，现在只差实践。

凤轻尘和孙思行沉浸在教与学中，凤轻尘每每都为孙思行的聪明而惊叹，思行虽然性子单纯，在医学上却能举一反三，天生就是学医的好苗子。

孙思行学得快，凤轻尘教得起劲，恨不得把自己的全部医术都教给他，让谷主那个臭老头看看，她能教好孙思行。

凤轻尘把全部注意力都放在孙思行身上，自然而然就冷落了九皇叔，一两天，九皇叔还能忍一忍，可都四五天过去了，凤轻尘还是这个样子，九皇叔郁闷得快要吐血了。

九皇叔一天到晚都黑着一张脸，别院的下人每天都胆战心惊，路过九皇叔身边时，更是恨不得把自己缩起来，好减弱自己的存在感。

凤轻尘一心埋头教学，根本无心关注九皇叔，直到孙思行要独立做治疗实践，凤轻尘无所事事，才想起她好久都没有见到九皇叔了。

凤轻尘认真地自我检讨后，换了一身漂亮的衣服，来到书房找九皇叔。

"轻尘？你怎么这个时候来了？"九皇叔从一堆公务中抬头，看到门口的人，很是诧异。

凤轻尘这个时候应该在治疗室才对，怎么会有空来找他，难不成出事了？

"怎么回事？"九皇叔立马放下公务，站了起来。

"九皇叔，我徒弟不要我了。"凤轻尘走了进来，故作委屈道。

"不要你？什么意思？"孙思行那个臭小子，不会想要另投师门吧，如果真是这样，他绝对让暗卫揍那臭小子一顿。

凤轻尘根本不知九皇叔所想，一脸委屈道："那个臭小子一工作就完全忘了我，这会儿自己在做治疗实践，直接把我关门外了。"

凤轻尘说得可怜兮兮的，可她并不是真委屈，只不过这几天冷落了九皇叔，正好拿这个当借口，来安慰一下九皇叔。

没听到凤轻尘的解释还不生气，听过之后九皇叔就气得不行：“你还委屈了？你徒弟不要你，你才想起本王，你委屈，那本王呢？”

他才是最委屈的那个好不好，偏偏他委屈还不能说，因为是他强制凤轻尘医治太子，凤轻尘是为了太子的病而忙碌。

“你不是忙嘛，我平时不敢打扰你，男人要以大事为重，我说过我不喜欢窝窝囊囊，成天儿女情长的男人。”凤轻尘拽着九皇叔的衣袖，一边摇晃一边解释，反正错的不是她。

“你呀，怎么说都有理了。”九皇叔看凤轻尘那小媳妇样，伸手揉了揉她的小脑袋，“好了，本王知道你忙，没有生你气，至于你那徒弟他是大人了，有自己的决断。”

“徒弟什么的果然靠不住，还是九皇叔你最好。”凤轻尘这个时候哪里还有委屈的样子，伸手搂着九皇叔的腰，靠在他的怀里，一副温柔体贴的样子。

九皇叔嘴角扬起一抹淡笑，反手抱住凤轻尘，额头顶在她的头顶上，两人就这么静静地站着:“本王会一直对你好。”

岁月静好，虽然这只是短暂的，但他们享受当下便好。

可就是有人看不得他们好，九皇叔和凤轻尘好不容易偷得半日闲，别院外面却突然响起了号角声。

“有不明身份的外人闯入！”一听这两急一慢的声音，九皇叔就知道出了什么事，连忙松开凤轻尘，拉着她就往外走。

“发生了什么事？”九皇叔一出来，就问身旁的人。

“回王爷的话，有两个身份不明的人闯入别院，现已冲到河对面。”也就是说，对方一路冲破各种阻碍，已经杀到他们的门口了。

“知道是什么人吗？对方有说什么吗？”不过是须臾之间，对方就杀到了他的面前，这可不是什么简单的人物，当然从另一方面，也可以看出来，来人对别院的布局很了解。

“不知，他们一出现就与我们的人大打出手。”

九皇叔眼眸一闪，沉声问道：“生死如何？”

“伤者十六人，无人死亡。”说到这里，回话的人略一停顿，他刚刚就觉得有什么不对劲，只是一时想不到，现在想来，不对劲的地方就在这里。

对方既然能一路闯到他们面前，却没有杀一个人，似乎没有恶意。

“哼……”来而不往非礼也，九皇叔冷笑一声，眸中闪过一丝狠厉，“弓箭手准备，把他们二人逼到水中央。”敢上门挑衅，就要付出代价，神医又怎么样，他东陵九也不是那么好欺负的。

“是。”来人应了一声，立马下去布置。

九皇叔也拉着凤轻尘往外走：“走，本王带你看戏去。”

“是那两个人？”凤轻尘刚开始还没有听懂，听九皇叔这语气，便想到了。

“嗯。”

“他们这是要做什么？挑衅？”凤轻尘不解。

“是挑衅，也是试探，他们二人不喜欢被人束缚，怕落入此地，成为笼中之鸟。”九皇叔大约能猜到那两人的想法，对此也表示认同。

不过，认同归认同，该给的教训绝对不能少，不然别人还以为，他东陵九的别院是青楼楚馆，想来便来，想走便走。

凤轻尘看九皇叔神色冷峻，没有一丝温度，默默地为那两个人悲哀，得罪谁也别得罪九皇叔，这下倒霉了不是。

九皇叔带着凤轻尘站在哨台上，从这里不仅能看到宅子对面的那条河，隐隐地还能看到河对面的树林，再往后看，除了山就是山。

九皇叔选的这处别院，不仅易守难攻，还相当隐秘，难怪九皇叔一听下面的人汇报，就能猜到来人是谁，这个地方没有人带路，轻易找不到……

# 第四十章　集百家之长救太子

如九皇叔所预料的那般，来人正是神医赤炼水和毒医郭保济。赤炼水今天稍微改了一下风格，没有穿一身鲜艳的衣服出来当靶子，而是换上了和郭保济一样的淡色衣服。

二人从河对面凌空掠起，在水面上数个起落，眼见就要来到对岸，可就在此时，密密麻麻的箭从河对岸射出。

赤炼水和郭保济虽然武功不错，可终归是凡人，面对箭雨，他们只能努力避开，两人不得不往后退，这一退，林子那里不知怎么地，居然出现数十架投石机，脑袋大小的石头从他们身后砸了过来。

前有箭雨，后有巨石，饶是赤炼水和郭保济也吃不消了，两人刚开始还有余力应付，很快就扛不住了。

“师兄，走。”郭保济拉着赤炼水，朝左侧飞去，却不想他们的身形刚动，又有数枚短箭从左侧飞出，说是箭，倒不如说是镖，箭头森寒无比。

“师弟，看样子我们今天走不了了。”虽然面临险境，赤炼水依旧面容带笑，不知是不是凤轻尘的错觉，她总感觉赤炼水刚刚朝她和九皇叔这边看了一眼。

“唯一的活路是右边，那里应该有什么陷阱等着我们。”混迹江湖这么多年，郭保济可不是什么笨蛋，一看这个情况就明白了。

对方不想杀他们，只想把他们赶到陷阱去，好来一个瓮中捉鳖。

“就算是陷阱，咱们师兄弟二人也得跳，没看到人家已经给我们面子，没有下杀手嘛。”赤炼水是何等聪明之人，看身后那石块的大小和箭雨的速度及密集度，就猜到别院里的人，没有杀他们的意思。

“即使没有下杀手，这也算是一个下马威。”郭保济无奈道，在后路被封的情况下，明知右侧有陷阱，他们也只能往下跳。

没办法，谁让他师兄说，先来试探一下对手，顺便也把爪子亮出来，让对方看到他们可不是普通的大夫，想要拿捏他们，没门。

结果，他们的爪子倒是亮了出来，可不仅没有威胁到对方，反倒让对方给了他们一个下马威。

“死不了就好，只要我们不死，这群混蛋就等着倒霉吧。”赤炼水毫不在乎即将面临的危险，只要有一口气在，他们身为神医与毒医，就有一千种办法报仇。

医术高超的大夫要杀一个人，绝对比救一个人更容易。

赤炼水和郭保济朝右侧飞掠而去，差不多到河中心的位置时，岸边突然跑出两队人马，水面一阵激荡，嘭的一声，水帘飞起，一只巨大的鱼网，从水底冒了出来，将赤炼水和郭保济网住。

“居然把我们当鱼了，活得不耐烦了。”赤炼水双眼通红，郭保济的眼中也闪过一抹愠怒。

他们师兄弟二人自认手段温和，一路上不仅没有下毒，连一个人都没有杀，对方却这般狠厉，实在过分。

这两人实在太小瞧九皇叔了，更过分的还在后面呢。

九皇叔朝岸边下达一个“沉”的命令，岸边的人则叫了一句：“逮到大鱼了。”接着扯住渔网的汉子们，很默契地提起渔网，然后狠狠地往下一丢。

“混蛋。”赤炼水察觉到对方的动作后，开口大骂，可他刚张口，河水就涌入他的嘴里。

“唔……唔……”赤炼水被水呛得不行，虽然这种手段不至于要了他们的命，却让他们丢尽了脸面。

在江湖上威名赫赫的神医大人，被人当成鱼抓住也就算了，居然还被沉到河里，实在是太过分了。

“不把这些混蛋毒瞎，我就不是郭保济。”沉入水里的那一瞬间，郭保济如是道。

“哗啦啦……”

九皇叔也不是真的想要弄死赤炼水和郭保济，不过是给他们一个下马威罢了，两人沉入水里没多久，就被拎了起来，接着又被浸入水中，如此反复……

赤炼水和郭保济刚开始还能骂得出来，很快他们就骂不出来了，两人就算武功再高，也经不起这样的折腾，两人没多久就有气无力了。

这简直就是酷刑，一次次的被水淹没，那种灭顶的压力，还有在水中的窒息感，让他们觉得距离死亡很近很近，可偏偏就在他们以为自己要死了时，又活了过来，本以为逃过一劫，不想又将面对死亡的威胁。

太折磨人了！

凤轻尘看着前一秒还威风凛凛的大侠，眨眼间就沦为落汤鸡，要说不同情那是不可能的，不过比起同情，她更担心另一个问题。

“九皇叔，你不担心他们事后报仇吗？要知道一个大夫想杀人是很容易的事情。”凤轻尘明白，毒医郭保济如果给他们下毒，那他们整个别院的人就惨了。

毕竟，防备一个使毒高手可不容易，最好的办法就是直接杀了他，可看九皇叔那样子，明显又不打算杀他们。

“有你在，怕什么？”九皇叔摩挲着大拇指上的扳指，幽深的眸子闪过一抹亮光。

“我？关我什么事？”她可不认识这两个人。

“你以为太子是拿什么把他们诱拐过来的？”

九皇叔这么一说，凤轻尘就明白了：“你是说太子拿他自己的病情，然后把我卖了？”

太子，你太无耻了。

“不能说太子把你卖了，这两个人本就是冲着你来的。”有这么多天的时间，足够九皇叔弄清赤炼水和郭保济下山的目的，毕竟这样两个人突然出现在江湖上，他若不去查一查，实在太不安全。

即使没有太子，凤轻尘早晚也会和这两个人碰上，而现在碰上对凤轻尘来说是好事。

“因为云潇的病吗？”想到九皇叔之前说赤炼水与郭保济潜心修习医书的事，凤轻尘不难想到这二人的目的。

九皇叔点了点头，看赤炼水和郭保济被折腾得差不多了，九皇叔挥了挥手，拉网的汉子们立马停了下来，将赤炼水和郭保济从水里拖了出来，当然，他们身上的渔网还在。

“师弟，我长这么大，还没有这么惨过。”赤炼水一头长发缠在身上，妖孽般的脸上没有半丝笑容，看上去很是可怜。

“师兄别着急，到时候我定会让这些混蛋十天下不了床。”郭保济此时也是狼狈至极，儒雅什么的此时全是浮云，有气无力地瘫在那里，任人拖着走。

武功再高又怎样，医术再强又如何，毒术再了得又如何，他们没有下手的机会。

“皇家人果然不能惹，早知道咱们就不跟那什么太子来了。”赤炼水嘟囔着，这一次郭保济没有接话，他们上山挑衅前，太子曾提醒过他们最好不要这么做，他那个皇叔相当小气，要是惹毛了他，定会让你生不如死。

师兄弟不信，太子越是阻止，他们越是要上山挑衅，结果就变成这个样子了。

两人被拖进房里，赤炼水和郭保济也不说话，他们知道这些人不过是听命办事罢了。

两人坐在地上，借此调息，同时等着太子口中的九皇叔前来，那什么九皇叔既然没有杀他们，想必是知道了他们的身份。

没有让两人等太久，九皇叔携凤轻尘走了进来，郭保济和赤炼水只觉得眼前一道光芒射来，眼睛一花，待到他们看清时，就看到一男一女，逆光而立，背后隐约有丝丝光晕萦绕。

“好一对风华无双的……”赤炼水脱口而出，转念想到自己此时狼狈的样子，就是这两人造成的，态度立刻从赞美变成不屑，“恶毒……男女！”

“神医赤炼水？”九皇叔听到这话并不生气，只叫出对方的名号。

“我是，怎么了？”赤炼水完全忽视自己沦为阶下囚的事实，傲气道。

“不怎么。”九皇叔温和道，转头对凤轻尘道：“他们两个一个太吵，一个太毒，让他们安静下来。”

“喂，你敢……”

“好。”

赤炼水和凤轻尘同时开口，只不过前者只能干瞪眼，表达自己的不满，后者则直接行动。

凤轻尘示意身后捧着药盘的人跟她上前，然后蹲在赤炼水和郭保济的面前：“两位前辈，得罪了。”

“你要做什么？”郭保济挡在赤炼水的面前，死死地盯着凤轻尘，一双黑眸散发着森冷的杀气。

凤轻尘半点不惧，笑道：“两位前辈别担心，你们太危险了，我只是想让你们安静一下，这样对大家都有好处。”

说完，就示意身旁的人押住赤炼水与郭保济，撩起两人的手臂，分别给他们扎了一针。

这个沉默的中年男人，让凤轻尘觉得很危险。

“这是什么东西？”赤炼水知道没有生命危险，而自己又无法抗拒，便不再挣扎，问向凤轻尘。

他对凤轻尘手中的针很好奇。

“两位前辈很快就会明白。”凤轻尘淡定地回答。

不多时，赤炼水和郭保济就发现不对劲了，两人昏昏沉沉的，很快就睡了过去。

比蒙汗药什么的厉害多了，蒙汗药对他们可没用。

“好了，你可以让人动手了。”凤轻尘对九皇叔道。

“清理干净。”九皇叔交代一声，便离开了。

在赤炼水与郭保济任人宰割时，太子与清王终于到了，太子绝对是个知趣的人，一来就先道歉：“九叔，轻尘，实在抱歉，孤没想到两位先生会那般急切，如有得罪之处，还请九叔和轻尘别介意。”

人家都这么说了，你还能怎样，凤轻尘表示没关系，横竖她又没有损失什么，可九皇叔就不那么好说话了。

赤炼水和郭保济如此嚣张地冲到别院来，太子绝对起了推波助澜的作用，要是没有太子煽动，依郭保济的谨慎，绝不会做出这样的事情。

九皇叔见太子开口赔罪，冷笑道：“看样子让太子离京是对的，太子越发孩子气了。”

离了京，胆子越来越大，也越活越回去，居然跟个孩子似的，挑拨赤炼水挑衅他，想看他出糗。

“九叔，你误会孤了，孤没有别的意思。”太子摸了摸鼻子，乖乖地认错。

他真的只是想要看看热闹，他知道无论是赤炼水还是九皇叔，都不会玩真格的。

“你要是有别的意思，还能站在这里吗？”九皇叔这绝对是威胁，同时也是实话，太子要是敢在他面前玩花样，早就是尸体一具了。

离了京城，他要杀太子易如反掌。

九皇叔的威胁，太子装作没有听懂，可怜巴巴地看向东陵子清，让他帮忙说两句好话。

太子真的只是太无聊了，一路走来，他天天窝在马车里养病，人都快养废了，难得有人想要挑衅九皇叔，他若不推一把，实在看不过去呀。

好吧，哥哥闯了祸，做弟弟的就得挺身而出，东陵子清先是给九皇叔和凤轻尘见了礼，接着又将路上发生的事情说了一遍。

最后请九皇叔原谅太子的恶作剧，太子只是因为生病闷得慌，不是故意的，东陵子清没有求情，而是恳请九皇叔责罚他，因为他没有照顾好太子。

九皇叔一直很欣赏东陵子清，看他把所有的错都揽了下来，便松了口：“看在子清为你求情的份上，这次就放过你。”

这事他会记下，以后再算。

“多谢九叔。”太子总算逃过一劫，暗暗松了口气，抹了抹额头的冷汗，也不敢再提赤炼水和郭保济的事，毕竟九皇叔的怒火不是什么人都承受得起的。

凤轻尘见九皇叔的怒火消得差不多，便上前打圆场，让太子先下去休息，如果没有意外，下午她想给太子检查一下身体。

太子这一路走来，好车好药的养着，一点也没有赶路的疲累，休息半天足够了，说到正事，太子也收起嬉闹的神色，一脸凝重地点了点头，表示自己会好好休息。

虽然太子一直表现出相信凤轻尘，不惧生死，可真正到这一刻，他才发现自己很怕，很紧张。

他不想死，一点也不想死。

太子走出来，看着蔚蓝的天空，眼神是那么的眷恋与不舍，他还想再看到这蓝天白云，再看到这青山绿水，再看到这盛世繁华，风云变幻。

“皇兄，你放心，轻……凤姑娘一定能医好你。”死不可怕，等死才最可怕，面对死亡的那一刻，比死亡本身还要可怕。

太子露出一个比哭还难看的笑容，从太医、赤炼水和郭保济的话中，他明白即使凤轻尘能医他，他活下来的几率也不高。

太子按住自己的心口，感受着那比正常人虚弱的心跳，黯然地叹了口气。

他能做的都做了，剩下的就只能交给凤轻尘，交给上天了。

孙思行一出治疗室，得知太子来了，便匆匆地跑来找凤轻尘，看到九皇叔和凤轻尘在一起，孙思行先是一愣，随即当作没有看到九皇叔，问道：“师父，太子来了吗？人在哪里？”

太子来了，就意味着治疗可以开始了。

“太子正在休息，思行别着急，这一次一定会让你全程参与。”凤轻尘示意孙思行坐下，又让下人给他倒好茶水，奉上点心，那周全的样子，就好像在照顾自己的儿子。

九皇叔不屑地别过脸，还是那句话，他不会承认他嫉妒了。

孙思行连连点头，突然觉得身上有点冷，孙思行不自在地拉了拉衣服，小声地问道：“师父，太子醒后，我可不可以和你一起去看他？”

“好，等太子醒了，我让人叫你。”

“谢谢师父，那我先下去了。”孙思行觉得身上越来越冷，他可能感染风寒了，他得去给自己配些药吃，不然风寒严重了，就没办法参与医治太子的过程了。

凤轻尘看孙思行一副我有要事要办的样子，也没有阻拦。

总算没有乱七八糟的人打扰了，九皇叔很是满意，在别院这么多天，他总算可以和凤轻尘单独用一顿饭了。

用过饭后，下人就来报，赤炼水和郭保济醒了，要见凤轻尘。

凤轻尘对此并不意外，她用的剂量并不多，。

赤炼水和郭保济已经换了一身衣服，两人从头到脚都被清理得干干净净，武功也暂时被控制住了，保证无毒无害，也就是因为这样，九皇叔才允许凤轻尘去见他们。

“哼！”赤炼水和郭保济看到九皇叔，没有一点好脸色，可也没有对九皇叔动手，不是他们不想，而是无能为力。

不过，两人看到凤轻尘时，脸色好看了几许，他们对凤轻尘给他们用的药很感兴趣。

赤炼水完全没有了初见时的狼狈，坐在椅子上，端起手中的茶杯，用眼角瞥了凤轻尘一眼，格外威仪道：“你就是太子口中，医好云家大公子的人？”

“回前辈的话，是我。”凤轻尘看赤炼水这架势，是想忽略之前那一出，假装一切没有发生，凤轻尘当然愿意配合。

凤轻尘上道，赤炼水的脸色好看了几许，审视地打量了凤轻尘一眼后，道：“别叫我前辈，我没有你这样的后辈，就你这么一个小女娃，居然能医好云家公子的病？想必是运气好了一点，看样子我是白跑了一趟。”

这是激将法吗？

不管是与不是，凤轻尘都知道她不能藏拙，她本就年轻，若拿不出一点真本事，赤炼水和郭保济肯定不会把她放在眼里。

“运气也是实力的一部分，两位前辈想必知道，即便大夫的医术再高，遇到该死的病人也无用。”凤轻尘说完，便将话题引到云潇的病情上。

赤炼水和郭保济本就是为此而来，这个时候当然是打蛇随棍上，故作矜持地问了几个关于云潇病情的问题，很刁钻，很专业，摆明是想考一考凤轻尘。

凤轻尘已经习惯了这样的对待，毕竟依她现在的年龄，再有天赋的人，也需要花时间去学习、去实践，她若不拿出一点真本事，真的没有人会相信她。

凤轻尘不敢怠慢，不管赤炼水和郭保济问什么，她都详细地回答。

赤炼水和郭保济毕竟是大圣手，虽然凤轻尘的说法和他们的理念不太相同，但他们也能理解。

听到凤轻尘详细讲解云潇的病情，还有凤轻尘医治外伤的一些手法，赤炼水和郭保济对云潇的病是凤轻尘医好的这件事相信了八成。

“通一则通百，这倒是个简单的法子。”这是赤炼水对凤轻尘医术的评价。

凤轻尘从赤炼水和郭保济的话中，知道这两人对自己的医术不太看好，也不生气，谁让她把过程说得简单了呢。

凤轻尘只笑着和赤炼水、郭保济从云潇的病，谈到人体结构、人体组织构成。

她虽然不太精通中医理论，但在人体构造方面，在九州大陆没有人比她强，一番细说下来，赤炼水和郭保济的脸色越来越难看，听凤轻尘这么一说，和她一比，好像他们不了解病人似的。

郭保济还能勉强维持大神的风度，不与一个小辈计较，可赤炼水就不行了，看凤轻尘“卖弄”学识，很不客气地打断：“雕虫小技罢了，凭你这点医术，遇到真正的疑难杂症也只有束手无策的份。”

赤炼水这话也不算全错，凤轻尘没有争辩，而是附和道：“赤前辈说得是，我会的不过是微末之技，哪能和两位前辈相提并论，两位前辈才是真正的杏林高手，我不过是旁门左道罢了。”

“算你还有点见识。”赤炼水看凤轻尘如此客气，又处处示好，看她也就顺眼多了，他之前看凤轻尘眼睛不是眼睛，鼻子不是鼻子，不过是迁怒罢了。

谁让他们两人刚刚丢了那么大的脸，要不找个人出出气，他们的面子里子往哪里摆，而凤轻尘的示弱，让赤炼水顺气了，朝郭保济使了一个眼色，示意他开口。

郭保济知道赤炼水的想法，当下便一脸正色地与凤轻尘说，如果可以，他们想亲眼见识一下凤轻尘所说的开颅之术，不需要用人来做实验，取几只动物就行。

凤轻尘没有推拒，爽快地应下，让两人随她去治疗室。

赤炼水和郭保济相视一眼，二人眼中同时闪过一抹亮光。虽说，他们二人一直说凤轻尘所说的理论不入流，但事实上他们很感兴趣，要不是这样，他们也不会不计较之前受辱一事。

凤轻尘所说的几个病例，他们也做过，比如剔掉腐肉治伤，切掉腐烂的腿和胳膊以保全性命，只不过成功率不高，而且每一次如此操作时，病人必高烧发炎，遇到这样的情况，最后都只能靠病人自己撑过来，若撑不过来就只有死路一条。

凤轻尘既然能开脑壳，并让人活下来，想必在这方面有专长，他们若能学得一二，于他们而言也是好事。

医术本就是取百家之长，只不过每位大夫都把自己所擅长的当作传家之宝、立世之本，根本不肯把自家成名的药方，或者医治方法拿出来供人学习，以至于每一派的医术都有或多或少的缺点。

他们师兄弟二人想要著书，并不是为了传世，而是为了让天下学医之人，能够集百家之长，而看凤轻尘的样子就知她绝非藏私之人，不然也不会在他们面前，毫无保留地讲解云潇的病情。

就冲着这一点，赤炼水和郭保济也要高看凤轻尘一眼。

三位大夫要去治疗室，九皇叔当然不会陪同，赤炼水和郭保济还没有资格让他全程陪同，他之所以露面，不过是因为之前的事，出来震一震场子，以免赤炼水和郭保济恼羞成怒，真的在别院下毒。

九皇叔让一个管事模样的人跟随，嘱咐凤轻尘有事就派人去叫他，然后九皇叔便回书房处理公务去了，从头到尾不提之前折腾这两人的事情，半丝歉意也没有。

赤炼水和郭保济虽然气恼，可他们挑衅在前，实力没人强只能忍了，再加上凤轻尘确实有真材实料，且为人谦逊，让他们也无法生气。

进治疗室之前，凤轻尘让人给赤炼水和郭保济拿了两件白外衫换，并让人服侍他们清洗双手。

“这是为何？”赤炼水和郭保济问道。

凤轻尘知道这两人不是普通人，便将洁净的重要性解释一遍，同时也说了这白外衫，得经过彻底清洁才行，之所以选择白色，是因为白色不会添加染料。

染料对病人有没有害处不清楚，但能不用最好，而且白色的衣服脏了也容易看出来。

赤炼水和郭保济相视一眼，很干脆地换上凤轻尘提供的衣服，这也算是对凤轻尘的认可。

和谷主一样，进了治疗室后，二人就被治疗室的干净、整洁、明亮给吸引了，当然最吸引他们的，还是在和兔子做搏斗的孙思行。

孙思行知道太子到来后，就知道距离治疗不远了，孙思行坐不住，便让人准备了两只兔子，他要去治疗室再练练手，以免治疗过程中出差错。

没办法，第一次参与这样复杂的治疗，他紧张，他生怕因为自己的事拖累凤轻尘，进而影响太子的病情。

凤轻尘带赤炼水和郭保济进来前，就知道孙思行在做什么，她是故意挑这个时间让这两人进来的。

与其让她絮絮叨叨地说一堆，不如让赤炼水和郭保济亲眼看一看，没有什么比亲眼所见，更让人震撼。

凤轻尘站在一侧，看着脚不挪、眼不眨的赤炼水和郭保济，眼中闪过一丝笑意。

说再多，也比不上亲眼所见。

凤轻尘也不说话，双手环抱，站在孙思行的对面，靠在案台上，以欣赏的眼光看着孙思行的动作。

一件白袍，一脸严谨，这样的思行还真有气势，只站在那里，就让人信服。

不过，思行这人什么都好，就是太过专心，虽然他们三人进来后没有发出太大的声响，可三个大活人站在他面前大半天，他硬是没看到，眼中只有他手上的小兔子。

凤轻尘看赤炼水和郭保济的眼都看直了，坏心地笑了笑，上前一步，一副要打断孙思行动作的架势，这两人似乎洞悉了凤轻尘的想法，先一步拦在她面前，责怪的意思很明显。

凤轻尘一脸无辜，委屈地站在原地，赤炼水和郭保济压根就没把凤轻尘放在眼里，朝凤轻尘挥了挥手，示意她一边待着去，别妨碍他们两人。

思行今天露的这一手，足以让这两个人震撼，这二人也定会高看思行一眼，而他们所编写的医书中，说不定还会有思行一席之地。

能得到这两人的欣赏，对思行来说是好事，思行若能从他们二人身上学一些医术，对他也是有利无害，取百家之长嘛。

当然，凤轻尘对郭保济的毒术更感兴趣，要是思行学会的话，以后也多了个自保的手段。

太子带来的这两个人还真是颇有用处，有他们两人在，她想在九州大陆普及简单的外伤治疗方法，说不定会事半功倍，思行的行医之路也会更顺畅。

就在凤轻尘考虑这些乱七八糟的事情时，孙思行已经完成了开胸，将横在胸前的肋骨，用小工具取下来后，就看到兔子那小小的心脏，还在噗通噗通的跳动。

实力决定一切，经过孙思行的这番动作，哪怕是赤炼水和郭保济也不敢再小视凤轻尘，不敢拿她当普通后辈，更不会用先前那般傲慢的姿态对待她。

收服赤炼水和郭保济的第一步，凤轻尘赢了。

孙思行的动作已经到了最后阶段，片刻间，孙思行便将兔子的胸口缝合好了，从实践中走出来后，孙思行立马变得和普通少年一样，颇为尴尬地站在原地，时而看看这个，时而看看那个。

对上赤炼水与郭保济放光的眼神，孙思行紧张得不知所措，与他刚刚凌厉的状态简直判若两人。

“思行，你做得很好。”凤轻尘上前，打断赤炼水与郭保济火辣辣的眼神。

她的小徒弟容易害羞，这两人也该收敛一些了。

一说到正事，孙思行就忘了不自在，双眼放光：“师父，我也觉得我这次做得极其顺利，不过还是比师父慢了许多。”说到最后，声音越来越小。

“师父练得比你多，你勤加练习的话，很快就会超过师父。”你比师父的天赋好。这话凤轻尘没有说，说出来思行不会高兴，只会不安。

“不会的，我怎么可能超过师父，师父是我见过的最厉害的大夫。”比谷主还要厉害。这话孙思行没有说，可凤轻尘却懂，孙思行完全不懂得掩饰自己。

“思行，这世间没有最厉害的大夫，所谓术业有专攻，每个大夫擅长的领域不同，我只是擅长握刀，你可不能和师父一样只会这一样。”如果有能力做到样样精通，那总比只通一样的好，能做全才，为何只做专才？

孙思行心无旁骛，心思单纯，接触的又多是圣手级的大夫，以后定前途无量。

“师父，我……”

“等一等，等一等，你刚刚叫她什么？”赤炼水不甘被人无视，不客气地打断孙思行要说的话。

是风太大，他没听清吗？

孙思行愣了一下，很乖地答道：“前辈，这是我师父，不知你如何称呼？”

“她是你师父？”赤炼水实在不愿意接受这个事实。

多乖的孩子，多优秀的苗子，怎么就拜了师呢，还拜一个小女娃娃为师，实在是暴殄天物啊。

“是的。”孙思行老老实实道，赤炼水看凤轻尘没有反驳，再想到两人刚刚的对话，就知道这是真的。

虽然惋惜，可也没有办法，谁让他们平时不下山，白白错过了这棵好苗子，赤炼水郁闷得差点呕血。

“小兄弟，我叫赤炼水，你如何称呼？”收不了徒，结交也好，赤炼水发现他怎么看孙思行怎么觉得喜欢。

“原来是赤神医，晚辈孙思行，见过赤前辈。”孙思行吓了一跳，没想到面前的人竟然是神医赤炼水，不过他连杏林界的泰山北斗谷主都见过了，再见赤炼水就没有什么压力了。

杏林界传闻，赤炼水身边必跟着毒医郭保济，孙思行潜心学医，对这两人都是知道的，给赤炼水见完礼后，便对他身侧的郭保济行礼：“这位想必就是郭前辈了，晚辈失礼了。”

“你是个好孩子。别前辈前辈的叫，太见外了，我们二人见你亲切得紧，要是不嫌弃，就叫一句郭叔叔和赤叔叔。”郭保济也非常喜欢孙思行，行医这么多年，他们识人无数，一眼就能看出孙思行这孩子的本质。

诚如凤轻尘所说，经历得越多的人，越是无法抗拒孙思行这种天然无伪的干净。

孙思行心性单纯，不懂拒绝别人的善意，也不懂这一句“叔叔”代表了什么，孙思行很配合地叫了，让赤炼水和郭保济满意得很，当下就取出两块上好的暖玉，给孙思行当见面礼，真正把孙思行当子侄辈来看。

凤轻尘看在眼里，喜在心里，同时又万分郁闷，同样是大夫，为何她徒弟的待遇比她强百倍，她不仅不招动物喜欢，还不招人喜欢。

她谦逊友好了半天，也比不上思行一个眼神，做人做到她这个地步，真正是失败呀。

不过，凤轻尘很快就明白，赤炼水和郭保济为什么喜欢思行了，因为思行不到十句话，就把她给卖了，看着孙思行把她给太子制定的治疗方案，一字不差地“背”了出来，凤轻尘顿时有种吐血的冲动。

她都在一旁不停地给孙思行使眼色，让他别说，就算说也别把她卖得这么彻底，结果她的眼皮都快抽筋了，思行居然还说个没完。

这孩子，是要多单纯呀，凤轻尘真想捂脸痛哭。

凤轻尘知道自己阻止无效，便想着赶紧溜走，这两人的眼神太过火热，一看就知道对此次的治疗很感兴趣，她若不走，被这二人逮住，十有八九会麻烦缠身。

凤轻尘说溜就溜，可她反应快，赤炼水与郭保济也不是吃素的，他们的武功虽然被九皇叔的人给制住了，可他们的灵敏度还在，凤轻尘刚动，两人就发现了，郭保济快步挡在凤轻尘面前。

“凤姑娘，你这是要去哪里？”

人有三急，去茅房行不?

如果是赤炼水问，凤轻尘一定会这么答，可是郭保济不行，这位中年大叔全身都透着一股正经的气息，她若敢这么答，一定会被鄙视死。

凤轻尘扯了扯嘴角，皮笑肉不笑道：“郭前辈，刚刚思行也和你们说了，我要医治太子，太子现已在别院，我和太子约好了，现在要去给太子做初步检查。”

“原来凤姑娘是有要事要办，我们师兄弟二人也是医者，不知可否同行？”郭保济说得客气，可那架势却摆明了不接受凤轻尘的拒绝。

这两位神医添乱就算了，孙思行一听，立马附和：“师父，等等我，我也去。”话落，就一副非跟不可的架势。

我能拒绝吗?

凤轻尘看着这三人，欲哭无泪，她有一种不好的预感，那就是太子的治疗过程，估计会很热闹!

虽说孙思行把凤轻尘卖得差不多了，但好在他还知道轻重，取了桌上一个最小的药箱，跟在凤轻尘的身后。

凤轻尘暗暗松了口气，朝孙思行赞许地点了点头，孙思行脸色涨红，似乎也明白自己刚刚说多了。

一行四人很快就来到太子暂住的院落，一到院门口下人就迎了出来："凤姑娘，殿下已经醒了，正在等姑娘。"

"让殿下久等了。"

在下人的引领下，凤轻尘来到偏厅，太子与清王正坐在那里聊天，见到凤轻尘一行人过来，太子和清王同时侧头，朝凤轻尘点了点头，示意四人坐下。

对于赤炼水和郭保济在别院的生活，太子很聪明，一句都不问，只朝两人歉意地笑了笑。

落到九皇叔手里，还能好到哪里去？

"太子，把手伸出来。"

"脉象平稳，气吸顺畅，太子这段时间调养得很好。"

"多亏了郭先生和赤先生，要不是有两位先生在，孤也无法顺利到达别院。"太子当着两人的面卖好，用意不言而喻。

"两位前辈医术高超，轻尘很是佩服。"凤轻尘诊完脉后，退了下来，示意孙思行上前。

凭她的本事，光靠望闻问切查不出什么，还是让思行来吧，她就不浪费时间了。

同样是诊脉，孙思行从脉象中看到的更多，不过孙思行谨慎，并没有把诊断结果说出来，而是按照凤轻尘所说的那般，将脉搏跳动规律等数据记了下来。

每检查一样，便记录一样，孙思行充分担起助手的责任，郭保济和赤炼水则在一旁观看，看到凤轻尘设计的简单病历，颇为好奇，在孙思行记录完后，直接拿了过来，一一翻阅。

孙思行看向凤轻尘，以眼神询问，要不要抢回来。

凤轻尘摇了摇头，让孙思行继续。

待做完一切基本的检查，没有意外的话，太子三天后就可以进行治疗。

郭保济和赤炼水看孙思行与凤轻尘要走，连忙跟了上去。

赤炼水和郭保济看凤轻尘把他们无视得彻底，顿时急了，连忙上前道："凤姑娘，你等一等。"

"两位前辈有事？"凤轻尘转身，客气地问道。

赤炼水有些不好意思，反倒是郭保济落落大方道："凤姑娘，之前的事，我们师兄弟二人多有得罪，我们师兄弟二人现在给凤姑娘赔个不是，还请凤姑娘大人有大量，不要与我们一般见识。"

说完，就朝凤轻尘深深一揖……

凤轻尘直接愣在当场，她怀疑自己在做梦，可是郭保济开口道歉后，赤炼水也嘟嚷了一句，说着道歉的话，声音不大，但确确实实是在道歉。

凤轻尘踉跄一步，连忙道：“没，没关系，两位前辈不用客气。”

凤轻尘觉得自己有些轻飘飘的，好在她还算懂事，没有傻站在那里受郭保济的礼，不然传出去定然有人说闲话。

被人看不起这种事她经常遇到，从来没有人因为这种事给她道歉，这是第一次地位、能力在她之上的人因为这种事给她道歉，不得不说，这对凤轻尘来说，是很稀奇的经历。

凤轻尘有些晕乎乎的，回去和九皇叔一说这事，九皇叔揉了揉她的头顶：“我的轻尘当得起。”

想要让人高看你一眼，想要让人尊敬你，就得靠自己，他可以出面帮凤轻尘，但他只能让对方口服，未必心服，只有凤轻尘将自己的实力展示出来，才能真正让对方信服她，赤炼水和郭保济就是最好的例子。

得到了赤炼水和郭保济的认可，接下来的事情有了这两人帮忙，进展快了许多，太子的治疗也能如期进行，只是凤轻尘担心十几个小时的治疗过程，这两人站不下来。

“放心，我们两个早就准备好了，这几天我们一直跟在思行身边学习，我们保证明天能帮上你的忙，而不是给你添乱，你尽管交给我们。”赤炼水一双桃花眼，亮得吓人，凤轻尘伸手挡了一下，暗自叹了口气。

大师长成这样，真不怕患者为爱装病吗？不过，看到沉着脸的郭保济，凤轻尘就知道她的担心是多余的。

第二天，天还未亮，凤轻尘就来到太子暂住的房间，凤轻尘本以为自己算早的，没想到还有一个人比她更早。

“清王殿下？你怎么在这里？”凤轻尘这个时候已经换了一件白袍、头发也包了起来，远远看去，还是挺吓人的。

“我想见见皇兄。”也许这是最后一面。

凤轻尘点了点头，示意清王和她一起进去，她没办法向清王保证，治疗过后太子一定能活下来。

屋内，太子已经换上治疗时专用的衣服，看到凤轻尘和东陵子清两人走进来，太子露出一抹极淡的笑，然后命下人退下去，一句话都没有说。

清王站在门口，也没有说话的意思，凤轻尘等了半天，也没有等到两人开口，便打开药箱：“既然殿下和清王没有什么话要说，那么我们现在就开始吧。”

凤轻尘拿出麻沸散，走到太子床边，示意太子躺下。

太子很配合，只是脸上的表情有些僵硬，双眼盯着凤轻尘，心脏跳得更快了。

太子拉住凤轻尘的衣摆，扯出一抹牵强的笑："轻尘……"他有点害怕，可他又不能说出来。

"殿下，相信我，我一定会让你摆脱心疾。"凤轻尘握住太子的手，坚定地说道。

不管她有几成把握，这个时候都要给太子十足的信心，只有这样，太子才有面对治疗的勇气。

"我相信你，轻尘，我……就交给你了。"太子知道凤轻尘不喜欢有人握她的手，所以很快就松开了。

面临未知的生死，他害怕，他不安。不过有凤轻尘这句话，他就心安了，凤轻尘救了那么多必定会死的人，他当然也不会有事。

他不想死，真的不想死。

轻尘，你一定要医好我，我不想死。

治疗室里，孙思行、郭保济和赤炼水已经等在那里，他们早早地就准备好了。

郭保济和赤炼水两人将太子抱上治疗台，一切都准备就绪，只等凤轻尘过来动刀。

凤轻尘深深地吸了口气，站在治疗台前，孙思行稍显稚嫩的小脸绷得紧紧的，一脸严肃。

"师父。"孙思行将所有的药包和器具，一一放到治疗台旁边。

赤炼水和郭保济一见治疗用的器具和药品，双眼放光，不过他们记得凤轻尘之前提醒过的话：在治疗室里，不得发出与治疗无关的声响，有问题回头再问，不要打扰她，她只要走一下神，太子就会有生命危险。

"师父，可以了。"孙思行在凤轻尘自我调节时，已经给太子服用了所需要的药，现在只等凤轻尘动刀。

凤轻尘点了点头，示意孙思行站到自己对面，郭保济和赤炼水则站到她身侧，孙思行要辅助她治疗，郭保济与赤炼水则完全是做助手的工作，可即便如此，也足够郭保济两人激动了。

站在治疗台前，凤轻尘收起所有的情绪，整个人就像一台冰冷的机器，有那么一刹那，赤炼水和郭保济都失神了。

这还是他们认识的那个，才识不凡、谦逊知礼的凤轻尘吗？不过想到孙思行在握刀时，与平时判若两人的表现，也就能理解了。

这师徒二人都是怪人，握刀的那一刻，就好像是神一般，严谨、自信，没有人的情绪。

凤轻尘没空理会这两人怎么想，她已经开始动手治疗了。

凤轻尘在太子的心脏处，画好标记线。

画好标记线，赤炼水便将专用刀递给凤轻尘，凤轻尘握刀的手极稳，没有任何犹豫，她果断下刀，沿线切开太子的胸口。

在凤轻尘下刀的瞬间，郭保济和赤炼水是佩服的，切人和切兔子完全不一样，凤轻尘刚刚的那个动作，比一流杀手还利落。

……

治疗从开始到现在都十分顺利，太子的整体情况良好，如能一直保持现状，太子绝对不会有事。

凤轻尘正庆幸进行得顺利，可就在此时，别院外突然响起一道惊天动地的巨响声。

“轰……轰……”似乎连后山也跟着震动了。

出什么事了？

凤轻尘的脸唰的一下就白了，连忙停下手上的动作，抬头看向外面。

这声音她太熟悉了，这是震天雷的声音，如果只有一声，她还可以安慰自己，这是九皇叔手中的震天雷意外走火了，可是漫天的爆炸声响了起来，凤轻尘感觉地面都在震动，手术时凤轻尘轻易不会被外界打扰，可现在这个情况，她怎么可能不分神？

“不好，有人攻进来了。”赤炼水虽然不知震天雷，但听这动静却也能明白，马上与郭保济相视一眼，然后两人同时看向凤轻尘。

事情麻烦了，今天这治疗怕是……

“师父？”孙思行被爆炸声吓了一跳，回过神后，便看向凤轻尘。

面对三人询问的眼神，凤轻尘心里叫苦，这什么人早不找上门，晚不找上门，偏偏是这个时候，实在让人糟心。

凤轻尘心里也急，担心治疗无法进行，面上却是不显，冷静地安慰道：“思行你别担心，外面的事情不用我们管，我们只要做好自己的事就行了，如果外面有人问起，替师父回答，师父还需要两个时辰。”

治疗进行到这里，就是凤轻尘想停也无法停止，凤轻尘看了一眼躺在台上的太子，心中暗道：太子实在是不走运。

做好了决定，凤轻尘很快就稳定住心神，慎重地拜托道：“两位前辈，太子的病不能等，我必须继续治疗，如果，真有什么事，恳请两位前辈替我争取一点时间，切不可让人闯进来。”

要是治疗室的门被人炸开，即使治疗成功了，太子也极有可能死于感染，要是因为这个原因造成治疗失败，他们每一个人都会悔恨。

凤轻尘的镇定感染了孙思行等三人，郭保济连忙保证道："凤姑娘放心，只要我们还有一口气在，定不会让人闯进来。"

作为大夫，赤炼水和郭保济的医德，让他们无法放弃病人。

有了这两个人的保证，凤轻尘更放心了，她管不了外面的事情，但她相信九皇叔一定能顶得住，她能做的就是尽快做完治疗，转移太子。

凤轻尘深深地看了三人一眼，不再多言，继续手中的动作，就在这个时候，治疗室外突然响起一阵脚步声，九皇叔的声音从屋外传了进来："轻尘，不用担心，外面的事在本王控制的范围内，你只管做你的事，其余的交给本王。"

"九皇叔，你放心，师父不会紧张的，师父说她还要两个时辰，你无论如何都要为师父争取两个时辰的时间。"孙思行知道凤轻尘已经放下外面的事，连忙上前答话。

"本王知道了。"见回话的人是孙思行，九皇叔即使没有看到，也能猜到凤轻尘此时的状态。

这样很好，他就可以安心对付外面的人了。

毕竟，谁也不会想到，会有人在这个时候找上门，不得不说巧极了，九皇叔凝着一张脸，交代身边的亲兵："保护太子，不得离开半步。"

"是。"

九皇叔将他的亲兵与暗卫齐齐留下，无论如何都不能让来人炸了治疗室。

交代完毕，九皇叔便带着四个亲随，向别院外赶去，来者准备充分，又多是高手，凭子清一个人挡不了多久。

震天雷！

九皇叔漂亮的眸子闪过一抹杀意，他本就没想过，他装病能一直瞒着皇上，只不过天高皇帝远，能拖一时是一时，却没想到皇上的人居然在这个节骨眼上出现。

而且为了将他和太子一网打尽，居然拿出一直封存不用的震天雷，真是大手笔。

九皇叔赶到时，东陵子清已率领别院的护卫，隔着河与对面的人打了起来，这个时候九皇叔无比庆幸，别院前的那条河还算宽，不然震天雷疯狂地砸过来，他们讨不到好。

"轰……"又是一道爆炸声响起，水面激起一阵浪花，一个接一个的震天雷被投掷过来，像是不要钱似的。

河中水花溅得老高，冲在前面的人早就一身是水，好几个因为离得太近，直接被炸飞了，局势对九皇叔很不利。

东陵子清冲锋在前，一边躲着震天雷，一边想着如何对抗，这个时候硬碰硬肯定不行，对方有震天雷，人又多，他们唯一可以凭借的就是地利。

东陵子清把局势看得很清，当下就命人推出投石车，布阵。可惜在敌众我寡的情况下，这样做也坚持不了多久，对方很快就炸开一条血路，在河上搭起简易的行军桥，想要从河对岸杀过来，而他们一旦杀过来，别院的护卫能不能抵挡两个时辰，可就难说了。

九皇叔一出现，对岸的人就看到了，他们的目标就是九皇叔，见九皇叔现身，对方将领一声令下，投掷震天雷的士兵，齐齐将震天雷对准九皇叔，试图将九皇叔炸死。

“王爷小心。”九皇叔的亲随紧张万分，连忙将他护在中间。

“去，取火油。”九皇叔从容淡定，丝毫不将面前的震天雷放在眼中，果断地下令。

亲随一听，便知九皇叔要做什么，当下就去执行，不过临走之前，留了一小队人马到九皇叔身边：“保护好王爷。”

“无妨。”九皇叔虽然只是刚到，可该看到的他都看到了，这些震天雷虽然爆炸力很强，可杀伤力远远比不上李想在城门口投掷的那一批。

如果他没有猜错的话，皇上的人应该研制出了震天雷，不然皇上不会如此浪费。

“九叔。”东陵子清在侍卫的保护下，来到九皇叔的面前，急切地询问：“皇兄可好？”

别院出事时，他最担心的就是太子那里，怕凤轻尘受外面事情的影响，进而出差错。

“很好。有凤轻尘在，你不用担心。”九皇叔冷声道，同时指挥士兵后退，令弓箭手阻挡对方，这么一退，岸边的人就冲得更猛了，黑压压的一片，一眼看不到头。

“父皇这是调了一个营的人来吗？他就这么想要我们的命？”东陵子清也不是笨蛋，对方一出手，他就知道是谁的人马。

“皇上想要的是本王的命。”太子只是意外，皇上虽然狠心但还没有想过杀自己的亲生儿子，更何况太子根本不值得皇上如此出手。

“可是，我与皇兄也在，父皇就不在意我们吗？”东陵子清感觉背脊发寒，他知道自己不得皇上喜爱，可从来没想过，皇上会杀他。

“你们与本王走得太近了。”所以，皇上便准备将人一起杀了，如果他是皇上，他也会这么做，东陵不缺皇子，而想找一个这么好的机会，却不容易。

东陵子清无话可说，只觉得心寒，只不过现在不是说这些的时候，东陵子清指着尘土飞扬的战场，还有那即将渡河而来的敌军，焦急地道：“九叔，不能再退了，敌军就要过河了，我们再不出手，等到他们过了河，我们就挡不住了。”

“不急，等他们上桥。”九皇叔将战局尽收眼底，处在战火纷飞的战场上，依旧沉稳如常，丝毫不将对方的攻势放在眼中，这份气度东陵子清自愧不如。

东陵子清焦急无比，命令士兵抵抗，绝不能让敌军渡河，直到九皇叔的人取来火油，倒在水面上时，东陵子清才知道九皇叔想做什么。

当初那些人能在皇家兽苑的小河中倒油生火，今天他们一样可以，不是爱用震天雷嘛，那就看看火油和震天雷相碰，会发生什么……

火油倒入河中，浮在水面，敌军虽然察觉到了，可惜反应不及，不需要九皇叔下令点火，一个震天雷就炸了过来，轰的一声，水面立马燃起熊熊大火。

“啊……”正准备从桥上渡过的士兵被炸了个正着，如同下饺子一般往水下掉，瞬间就被大火给吞噬了。

“救命呀，救命呀。”落入河中的士兵拼命挣扎，却瞬间被火舌吞没，凄厉的喊叫声响彻云霄，熊熊的烈火将河面映得通红，对岸的将士一看，立马下令不再投掷震天雷，让士兵先退下来，换一个方位攻过去。

这条河这么长，这个地方有火，他们就换一个地方继续过河。今天无论付出多大的代价，他们都要将九皇叔炸死在此，不然死的就是他们。

“火营队准备！”领军的将士换了一个战场，下令继续强攻。

九皇叔的别院依山傍水，除了面前这条河，和别院后面的高山，他们除了强攻别无他法，领军的将领自认他们带来的人多、武器也多，虽然强攻的损失会大一些，但拿下别院也是早晚的事情。

如果换作攻打别的地方，在这样的情况下他们也许会全胜，可偏偏他们攻打的是九皇叔的别院。

此地乃九皇叔的秘密基地之一，九皇叔在这里存储的武器当然不会少，光火油就有数十车，一车一车倒下去，很快就浮满水面。

敌军忌惮火油，不过想到只要等水面那层火油烧光，九皇叔他们就没办法了，于是敌军首领立马下令：“放火箭。”

“嗖嗖嗖……”一支支火箭射入水面，嘭的一声，火苗顺势蹿起，整个天空都被映红，四周的温度瞬间升高，火苗在半空中狂舞，风一吹，摇曳生姿，看上去别有一番美景。

“九叔。”东陵子清见此景，出声叫道。

对方这是要耗死他们，耗尽他们的兵器，耗尽他们的储备，毕竟只是一个小别院，存货再足也有限。

“急什么，慢慢烧着吧。把投石机上的石头卸下来。”九皇叔瞪了东陵子清一眼，让他冷静一些，心中却在盘算，如此拖延，能不能拖过两个时辰。

“是。”

石头被取了下来，换上九皇叔让人取出来的炸药包，这是凤轻尘之前做好，准备拿来炸玄霄宫的，后来没用上，他便让人仿着做了一批，在各处都存放了一些。

他向来喜欢准备周全、防患于未然，哪怕是一个别院也是配备精良，事先拟好各种退路，他从不做凭空的许诺，也不打没有把握的仗，凡事都做好最坏的打算。

炸药包已经装好，九皇叔却迟迟不让人投出去，东陵子清眼睁睁地看着水面的火越来越小，他们的优势慢慢消失，东陵子清急，可看九皇叔一副万事在握的样子，只能强忍着，没有开口催促。

事实上，东陵子清是关心则乱，他若冷静下来就会发现，凭他们这些人，根本不可能是对方的对手，能拖住对方进攻的速度就算不错了。

对方至少有五千余人，而他们别院不到一千人。别院的人只是护卫，并不是以一敌千的黑骑。

在对方手持震天雷的情况下，别院的护卫根本不是敌方的对手，就算拼着劲儿地打，他们也赢不了，更何况就算赢了又如何？

皇上既然知道他们在这里，那么山下也定有士兵相守，他们打退了这一批，还会有下一批上来，光车轮战也能耗死他们。

快一点，再快一点！

即使没有出去，凤轻尘也知道对方来势汹汹，战斗力极强，别院的护卫想抵挡住两个时辰，必要付出极大的代价。

治疗室里，凤轻尘拼了老命地加快速度，连大气都不敢喘一下，就怕浪费时间。

治疗室的气氛，比起战场，毫不逊色，甚至比战场还要紧张，除了几个人的呼吸声，就只有凤轻尘挥刀的声音。

也许是因为外面的战火，也许是因为救人心切，凤轻尘爆发出前所未有的潜力，手速之快，让赤炼水和郭保济连看都看不清。

当然，潜力爆发并不是没有代价的，一个时辰后，凤轻尘已面色发白，手腕微微颤抖，凤轻尘能感觉到自己的手筋酸痛。

在精神高度紧绷的情况下，凤轻尘不论是体力还是精神都严重透支，孙思行看在眼里，急在心里，生怕凤轻尘坚持不到治疗结束，就先累倒在手术台上。

孙思行无数次想要提醒凤轻尘，不要这么拼，可话到嘴边又咽了回去，他知道此时劝说根本没用，外面的爆炸声根本没有停，他师父没办法放松，他现在唯一能做的，就是祈祷九皇叔能为师父多争取一些时间。

凤轻尘知道自己快撑不住了，自己的身体虽然锻炼得不错，终归还是弱了一点。

“呼……”凤轻尘借机喘了口气，眨了眨酸痛的眼睛，心脏修补已经到了最后的关头，她一定要坚持住，绝不能倒在手术台上，前功尽弃。

凤轻尘不敢放松精神，只能稍稍将手速放慢，孙思行几人这下才能看清凤轻尘的动作，看着凤轻尘将太子受损的心脏一一修补好，不得不说凤轻尘有一双巧手，真正是巧夺天工。

孙思行和赤炼水三人看得眼也不眨，当凤轻尘剪断缝合线时，孙思行惊呼了一句：“成功了！”

虽然太子的心跳还没有恢复，但孙思行已经能肯定，凤轻尘的手术做得相当成功。

“是的，成功了！”凤轻尘大大地松了口气，紧绷的俏脸终于露出笑颜。

在这么简陋的情况下顺利地完成治疗，她还是很满意的。

“师父，恭喜你。”要不是场合不对，孙思行都要高兴地跳起来了，这绝对是历史性的一刻，是医学上的一个重大突破。

赤炼水和郭保济也相当兴奋，这原是他们只敢想象的事情，凤轻尘却用实践证明，这些完全可以做到。

凤轻尘的笑容如同昙花一样，刹那间就消失了，严肃地说道：“现在说恭喜为时尚早，治疗很成功，并不表示太子一定没事，别院不安全，太子得不到妥善的照顾，如果……”

凤轻尘咬了咬唇，将到嘴边的话咽了下去：“好了，先不说这些，我还要缝合切口，思行你把这里的东西都收拾一下，等会儿我们肯定要直接走。”

“是，师父。”凤轻尘的话，把孙思行三人打击得不行，要是因为治疗后没有得到妥善的照顾，导致太子死去，他们绝对会气疯。

凤轻尘倒是冷静，只顾着做自己的事情，还是那句话，她能做的都做到了，其他的事情她控制不了，虽说听天由命悲观了一点，可有时候只能尽人事听天命。

离两个时辰还有片刻工夫，凤轻尘在太子的心口打了一个结，蜈蚣一样的缝合口告诉孙思行三人，治疗正式结束了，太子有救了！

# 番外　大公子王锦凌

“轻尘，我们私奔吧。”

这句话埋在我心中许久，再真不过，可我却只能用玩笑的语气说出来，因为我怕，怕你因此远离我，我们连朋友都做不了。

凤轻尘，你可知为了在你面前，轻松自如地说出这句话，我私下准备了多久？

凤轻尘，你可知为了在你面前，不表露出内心深处的想法，我暗暗给自己做了多少心理建设？

凤轻尘，你可知这句话含了多少情？又含了多少希望？

想来你是知道的，那么聪慧的你怎么可能不知我对你的心意，你只是不想接受我罢了。

看着你刻意远离我，看着你刻意在我面前，表现着你与九皇叔的亲近，你可知我的心有多痛？

我没有告白，甚至来不及说喜欢你，你却拒绝了我，用一种近乎残忍的方式拒绝了我。

如同当初拒绝嫁给我一般，用一种近乎残忍的方式，拒绝了我的靠近，让我永远只能待在朋友的圈子内。

天都知道，我根本不想跟你做什么朋友，我想要的是你成为我的妻子，陪伴我一生一世，可是……

我舍不得为难你，更不想勉强你，也害怕你恨我，所以在察觉到你的心意后，我默默地退到朋友的位置上，再不敢往前一步。

可就是这样，我仍旧放不下你，你牢牢地占据了我的心房。

在玄霄宫，听到王家要为我选妻的消息，我明知这是九皇叔的算计，仍旧毫不犹豫地回去了，因为在我心中，我的妻子永远只能是你，除了你谁也不能占据我王锦凌妻子的名分。

我回到王家，一改先前的温润，以近乎凶残的方式，把一干逼我娶妻的人通通压下，包括我的父亲。

我强势地告诉我的父亲："我有妻子的人选，如果此生娶不到那人，我宁可终生不娶。"

父亲问我那人是谁，他亲自去提亲，无论是求还是逼，他都会帮我把人娶进门。

我相信，凭借王家的实力，我的父亲真的可以逼你嫁进王家，嫁给我为妻，可我却不想如此。

我希望，你嫁给我是心甘情愿的，是因为真心喜欢我，而不是不得不嫁。

我没有告诉父亲，我想娶的人是你，但想来父亲也是猜到了，只是他还没有对你出手就被我压了下来。

想来，这就是我和九皇叔最大的不同，我舍不得，舍不得你受一点委屈，你说我怎么舍得你因我受委屈？因我而郁郁寡欢。

娶妻一事就此过去了，只是我先前展露出来的手段，却让王家的人忌惮了，王家人开始算计我手中的权势，算计我的命。

轻尘，你是知我的，我从来就没有将王家的权势放在眼中，也没有想过去做王家的万万人之上。我要的一直都很简单，在眼睛看不清前，我要的只是双眼能视物，在眼睛能看到后，我想要的……只有你。

前者，我得到了；后者，我想我一辈子都得不到。

那些所谓的亲人、族人，他们联手算计我手中的权势，我半点也不在意，我王锦凌手上的东西，是他们能算计得去的吗？

可是，他们千不该，万不该算计我的命，甚至险些牵连到你。

九皇叔一直都说我太过温和，太心软，可事实根本不是如此，我并非温和、并非心软，我只是不在意罢了。

那些人，一生蝇营狗苟，为名利汲汲营营，有什么值得我在意的？值得我为他们花心思？值得我为他们脏了自己的手？

我不在意，但是龙有逆鳞，触之必死。

我不在意他们争权夺势，可他们千不该，万不该想取我的命，不该牵连你。

我的双眼是你给的，我睁开眼睛，第一个看到的就是你，我曾暗暗发过誓，我会静静地看着你一辈子，直到我老了，眼睛看不清为止。

我们才认识这么短的时间，我才看了你几眼，我怎么可能舍得死，死了就再也看不到你了，看不到你脸上的笑，看不到你眼中的泪，更看不到明天的你，是否依然开心。

我不能死，哪怕只是为了多看你一眼，我也不能死。

我开始着手整合王家，收拢王家的势力，我将计就计诈死引蛇出洞，随后将其一网打尽，一个也不放过。

王家人见我突然变得凌厉凶狠，只当我是被王家人气到了，可只有我知道，我是因为你！

任何妨碍我守护你的人，都是我王锦凌的仇人，哪怕那人也姓王。

为了你，我愿意接手处在悬崖边上的王家；为了你，我愿意孤身外出，接受家主的考验；为了你，我可以不顾一切与九皇叔合作；为了你，我可以一改温和的作风，化身修罗……

为了你，我可以做很多很多，可这一切你都不知道，而我也不想让你知道。

我心中的凤轻尘，只要活得快活、肆意就好了；我心中的凤轻尘，只要活得自在、张扬就好，其他的一切自有我来处理。

锦寒和翟东明曾不止一次说我是傻子，明明知道你和九皇叔在一起了，明明知道我已没有可能，明明为你做了那么多却一声不吭，明明……

他们说了很多，很多，我也听了很多，很多，我知道他们说的是对的，可是再对又如何？我为你做再多又如何？

你不爱我！

你不爱我，也从不曾给过我机会，更不曾欺骗过我，你没有对不起我，这一切都是我心甘情愿的，既是我心甘情愿的事，我为何要告诉你？我为何要让你有负担？

此生，我虽晚了九皇叔一步，可我对你的爱并不会因此而改变，不管你选择了谁，我希望你快乐、希望你幸福的心意永远都没有变。

轻尘，你一定要幸福，连同我那份一起！